독자님들께 깊이 감사드립니다.
박스오피스

좀비묵시록 82-18

3

MOON
PHASE

좀비묵시록 82-08

초판 1쇄 인쇄	2023년 07월 17일
초판 1쇄 발행	2023년 08월 16일
ISBN	979-11-91841-35-0 [04810]

지은이	박스오피스

기획	이하늘
교정·교열	김경희, 윤화리
디자인팀장	공가을
디자인책임	이화정
편집디자인	임은영
타이틀제작	진유성

펴낸이	문상철
펴낸곳	주식회사 바이프로스트
주소	서울시 강남구 선릉로 549, 에본빌딩 3층 (역삼동 694-35)
출판등록	제2020-000007호, 2020년 1월 9일
대표전화	070-8833-7312
전자우편	bifrostkr@gmail.com

이 책은 저작권법의 보호를 받는 저작물로서 무단 복제 및 재배포를 금지합니다.
잘못된 책은 구입처에서 교환하여 드립니다.

BIFROST SERIES

CONTENTS

Chapter 18
덫을 놓다 ·· 007

Chapter 19
학살 ··· 051

Chapter 20
지하 세계 ······································· 083

Chapter 21
불길한 바람 ···································· 125

Chapter 22
안간힘 ··· 180

Chapter 23
불꽃처럼 ·· 239

Chapter 24
디아스포라 ····································· 276

Chapter 25
폭풍 속으로 ···································· 313

Chapter 26
변곡점 ··· 373

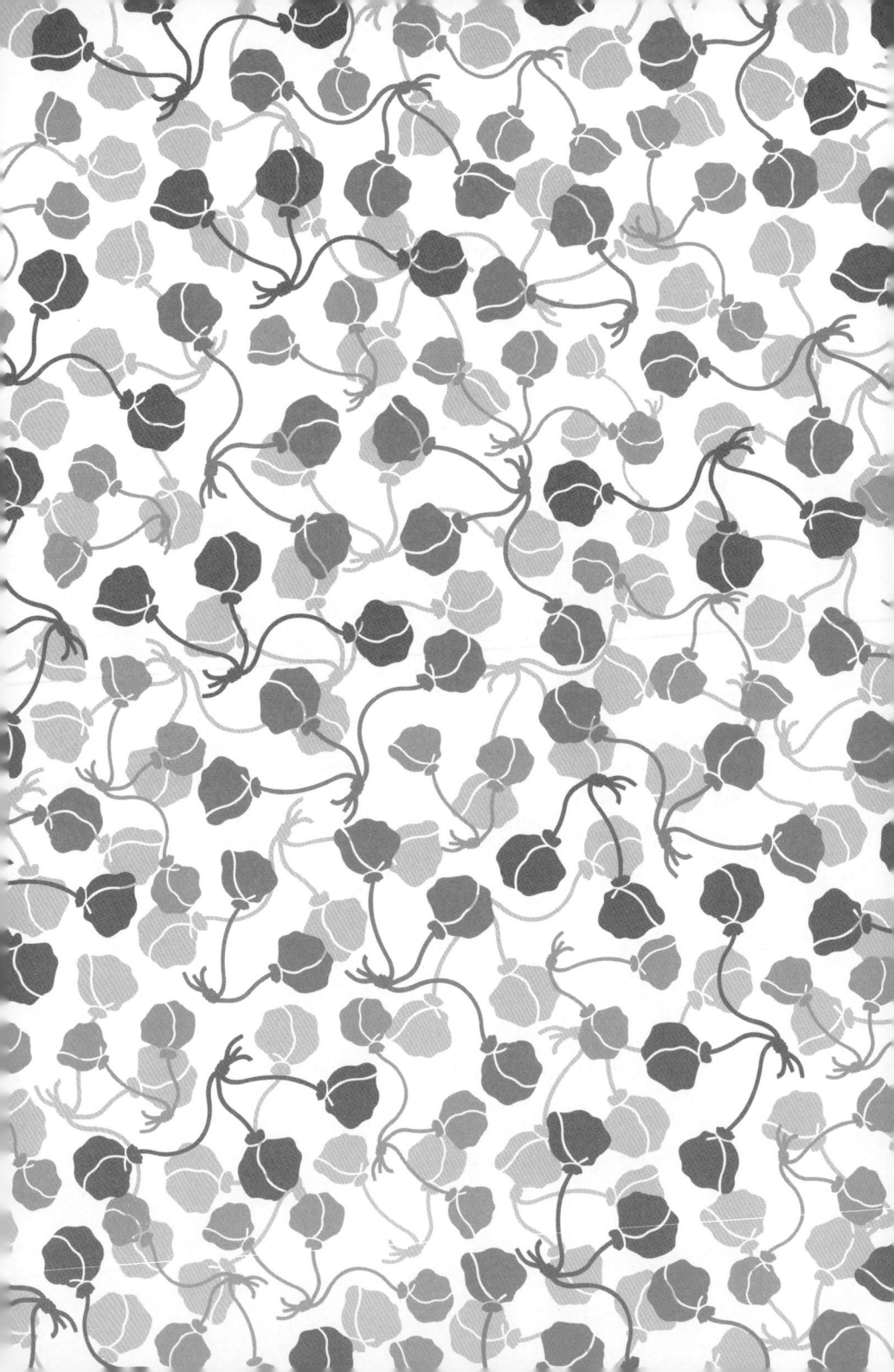

Chapter 18
덫을 놓다

01

벌판을 거의 다 가로질렀을 때, 삼식이가 시계를 들여다보면서 중얼거렸다.
"지금 시각은 7월 22일 오전 6시. 지금부터 우리는 좀비와의 싸움을 위해 복지 센터로 간다. 하지만 꿈에도 몰랐다. 그렇게 끔찍한 결말이 우리를 기다리고 있을 것이라고는……. 아아, 시간을 다시 되돌릴 수만 있다면…….."
"야이, 미친!"
불길한 소리에 보안관이 발끈하자, 삼식이는 목적을 이뤘다는 듯 킥킥거린다. 제니와 신입도 소름이 끼친다는 표정을 지었다.
"아침부터 이 모양인 걸 보니 오늘도 푹푹 찌겠구나. 잠깐 쉬자."
20리터짜리 세녹스 통을 내려놓고 물을 꺼내 마시며 유빈이 중얼거렸다. 동이 트자마자 삼식이와 신입이 깔때기와 함께 가져온 말통 두 개 중 하나다. 두려움과 더위가 겹쳐져 목덜미로 땀이 줄줄 흘러내린다.
다들 잠을 설쳤다. 멀쩡한 집과 침대를 마다하고 굳이 이불을 가져다가 옥상에서 새우잠을 잤던 건 단지 익숙하지 않은 잠자리라거나 화장실의 죽은 여자가 무서워서가 아니었다.

그들을 괴롭게 하고 결국 옥상까지 올라가도록 만든 건, 벽에 걸린 사진들이었다. 지금은 죽어 버린, 원래 그 집에 살던 사람들의 흔적들을 보고 있자니 견디기 힘들었다. 그리고 무엇보다도 자신들이 집으로 삼고 있던 복지 센터가 좀비들의 경로 안에 들어갔다는 게 그들을 잠 못 이루게 했다.

어젯밤, 그들은 어떻게 싸울지에 대해 늦게까지 고심하며 의견을 나눴다. 10분도 걸리지 않을 거리에 좀비들이 떼를 지어 돌아다니도록 방치할 수는 없다. 그랬다가는 며칠 내에 번화가까지도 놈들이 몰려올 것이기 때문이다.

"다들, 자기 배낭 다시 확인해 봐. 혹시라도 빠진 것 있으면 말하고."

유빈이 말했다. 싸움을 앞두고 유빈은 모두의 배낭에 손전등과 헤드 랜턴, 배터리, 라이터와 생수 한 병, 빨랫줄, 칼집이 달린 과도, 작은 스패너와 드라이버, 반창고와 소독약, 티슈, 그리고 초코바와 껌 몇 개씩을 집어넣었다. 일전에 제니와 깜깜한 경전철역 계단을 올라갔던 경험을 토대로 만들어 낸 일종의 표준 장비였다. 여기에 또 세녹스 1.8리터를 넣으니 가방은 더욱 묵직해졌지만, 이 정도의 준비물을 갖추고 있으면 혹시 낙오된다고 하더라도 며칠 정도는 단독으로 운신이 가능할 것이다.

"제니야, 너 괜찮아?"

배낭을 짊어지고 있는 제니를 보면서 보안관이 걱정스러운 표정으로 묻는다. 제니는 밝게 웃었다.

"이 정도야 끄떡없죠. 아이돌을 우습게 보지 마세요. 자, 이 스피드!"

제니가 제자리에서 빠르게 달리는 시늉을 해 보이자, 자극을 받은 삼식이가 옆으로 가서 더 빠르게 허벅지를 번갈아 들어 올린다.

파파파팍—.

"장난 그만 치고, 이제 가 보자."

경쟁하는 제니와 삼식이를 말리며 유빈이 앞장을 섰다. 환한 햇살 아래 현실과 마주할 시간이다.

"이쪽에서 와서 저쪽으로 갔네."

복지 센터 앞 도로를 살핀 유빈이 결론을 내렸다. 좀비들의 스피드를 줄이기 위해 길 양쪽에 뿌려 놓았던, 못 박힌 나뭇조각들의 모양을 보고 판단한 것이다. 흩어진 나뭇조각들이 오른쪽 방향을 향해 드문드문 뿌려져 있다. 저쪽에서 밟고 오다가 하나둘씩 빠져나간 것이리라.

"유빈아, 이리 와 봐. 얘들 웃기다."

복지 센터 1층을 살펴보던 삼식이가 손짓한다. 유빈과 보안관이 뛰어가자, 삼식이가 흥미로운 표정으로 바닥을 가리켰다.

"여기에만 발자국이 엄청 몰려 있어."

그 말대로 1층 바닥 아래 어느 특정한 영역에만 더러운 발자국이 어지럽게 찍혀 있다. 흙이 묻은 것도 아닌데 발자국이 이처럼 선명하게 남아 있는 이유는 담배다.

삼식이가 물을 받아 놓고 재떨이 삼아 쓰던 커다란 쇠 통이 넘어지면서 담뱃진과 재가 섞인 시커먼 물이 놈들의 발바닥에 묻었기 때문이다.

"여기, 네가 담배 피우던 자리 바로 아래잖아?"

유빈이 2층 창문을 올려다보면서 물었다. 평소에 삼식이가 바로 저 창가에서 담배를 피우고 아래에 있는 통을 향해 휙 던져 버리곤 했었다.

응, 맞아. 대답을 하면서도 삼식이는 또 한 대를 피워 물었다.

"후우~ 이놈들도 담배 피우고 싶었던 걸까?"

"바보 같은 소리."

"그렇지 않고서야 이렇게 이 주변에만 잔뜩 몰려서 배회했다는 게 이상하잖아. 봐 봐. 저쪽으로 간 발자국은 있지만, 여기에서 다시 복지 센터 안으로 들어간 흔적은 없어."

듣고 보니 삼식이의 말은 일리가 있다.

이상한걸…….

유빈은 얼굴을 쓸어내렸다. 정말로 담배꽁초의 지독한 냄새가 좀비들을 끌어들였다면, 얌전히 길을 따라 걷던 놈들이 갑자기 도로에서 벗어나 복지 센터 안을 휘젓고 다닌 것도 설명이 되기는 한다.

하지만 이미 죽은 놈들이 어째서 담배를?

유빈은 머리를 한 번 털어 계속 떠오르는 궁금증들을 떼 버렸다. 가만히 앉아서 고민만 하기에는 해야 할 일들이 너무 많다. 놈들이 회전하는 방향을 알았으니, 어서 대비책을 마련해야 한다.

"일단 차부터 가져오자. 너희들, 망 잘 봐야 해."

수백의 좀비들을 몰살시키려는 이 커다란 작전에서 자동차는 꼭 필요한 준비물이다. 삼식이와 신입, 제니를 언덕 위에 두고 유빈과 보안관은 완만한 경사가 져 있는 왼편 도로를 따라 걸어 내려갔다.

빠른 걸음으로 15분쯤 걷자, 펜스에 들이받고 멈춰 선 첫 번째 자동차가 눈에 들어온다. 앞 유리창에 튀어 있는 검은 핏자국 주변에는 커다란 파리 떼들이 윙윙거리며 날아다닌다.

찌그러진 라디에이터 그릴과 깨진 헤드라이트, 터져 버린 타이어.

자동차는 한눈에 봐도 심각하게 망가져 있었다. 문이 열린 채였지만 키가 없고, 어차피 그런 차는 훔치고 싶지도 않았다. 둘은 그 차를 지나쳐 조금 더 걸었다.

"우와, 이건 뭐, 난리도 아니네."

보안관이 머리를 쓸어 넘기면서 탄식한다. 복지 센터 앞길과 T자로 만나는 왕복 4차선 도로에는 엄청난 수의 자동차들이 꼬리를 물고 선 채 방치되어 있었다.

서로 앞코를 박은 차부터 다중 추돌을 일으킨 차들과 넘어져서 차선을 막은 사고 차량까지, 그날 달아나 보려던 사람들의 참혹했던 현실을 그대로 보여 주는 듯하다.

"어쩌자고 이렇게들 차를 끌고 나왔지? 길 막힐 거 몰랐나?"

보안관이 말했다.

"일단 버릇처럼 몰고 나온 걸 거야. 그러다가 이러느니 걷는 게 더 낫다는 생각이 든 순간에 차를 버렸을 테고, 그런 차들이 앞에 막혀 있어서 뒤의 차들도 움직이지 못한 거지, 뭐."

유빈의 말을 들은 보안관이 고개를 끄덕였다.

"적당한 게 있어야 할 텐데……."

유빈은 납작 엎드려 시선의 높이를 지면과 같게 하고 자동차 하체와 도로 사이를 눈으로 훑었다. 혹시 허리나 다리가 끊어진 좀비들이 바닥을 기어 다니지는 않을까 싶어서였다.

"아무것도 없어. 좀비가 한 마리라도 있었어 봐라. 그랬으면 우리가 근처에 왔을 때부터 벌써 소리 지르고 생난리가 났을걸?"

케블라 장갑의 손목 부분에 청테이프를 감아 단단히 고정하면서 보안관이 말했다. 그 말처럼 다행히 바닥을 쓸고 다니는 좀비는 보이지 않는다.

"그러네. 어쨌거나 확실히 해 두는 게 좋은 거니까……."

하부 안전을 확인한 유빈과 보안관은 더 가까이 다가가서 멈춰 선 자동차들의 내부를 살폈다. 벌판 외에는 달릴 곳이 없다고는 하지만, 자동차의 스피드라는 것은 매력적이다. 혹시 복지 센터에서 좀비들과 만난다고 해도 차로는 놈들을 쉽게 뿌리칠 수 있다.

"저게 어떨까? 이왕이면 벤츠로."

커다란 검은색 벤츠를 발견한 보안관이 반가워하며 다가간다. 하지만 유빈이 반대했다.

"아니, 그렇게 기름 많이 잡아먹는 건 안 돼. 메이커는 상관없지만, 좀 작은 놈으로 골라야지."

"하지만 벤츠잖아. 일단 가져가 보는 게 어때? 이것 봐라, 이 쿠션!"

보안관이 트렁크 부분을 짚으며 누른다.

끼익ㅡ.

압력을 받은 트렁크의 뚜껑이 천천히 들어 올려졌다. 아마도 차를 버리고 달아난 운전자가 트렁크를 제대로 잠그지 않았던 모양이다.

"이…… 이 새끼, 대체 뭐 하던 새끼냐?"

트렁크 내부를 본 보안관이 질린다는 표정을 지었다.

테이프를 친친 감은 쇠파이프, 긴 회칼 여러 자루, 흙이 묻은 삽 두 개……. 그 외에도 여러 개의 연장과 함께 사람도 너끈히 들어갈 것 같은 크기의 검정 비닐봉지가 들어 있다.

"딱 보면 사연 나오네. 깡패 새끼들이었겠지."

소름 끼치는 무기들이지만 어차피 좀비 살상용으로 적합하지는 않다. 유빈이 다시 트렁크를 닫으려 하자 보안관이 말리며 안으로 손을 넣었다.

"잠깐만 기다려 봐. 이런 게 있잖아."

비닐봉지를 치우고 보안관이 끄집어낸 것은 테이프가 감긴 알루미늄 배트였다. 조금 찌그러진 부분이 있기는 하지만, 꽤나 멀쩡했다.

붕— 붕—.

배트를 휘둘러 본 보안관이 만족스러워한다.

"해머보다 훨씬 가벼워. 이거는 가져가야지."

벤츠의 문은 열려 있지만 키가 빠진 채였다. 보안관은 아쉬워하며 다음 차로 옮겨 갔다.

"어, 이건 키가 꽂혀 있다!"

유빈이 들어가서 시동을 걸어 봤다.

키이잉— 키이잉—.

힘없는 소리만 울린다.

"벌써 배터리가 방전됐나?"

이유는 금방 밝혀졌다. 안개등을 켜 두고 달아난 것이다.

"에휴~."

유빈은 한숨을 내쉬고는 망원경으로 복지 센터 쪽을 살폈다. 삼식이는 여전히 팔을 높이 들어서 원을 그리고 있다. 안전하다는 신호다.

"빨리 가져가야지, 저러다가 삼식이 팔 빠지겠다."

널려 있는 게 차라고 생각했는데, 실제로는 의외로 조건이 까다롭다. 시동이 걸려 있던 차나 라이트를 켜 두었던 차는 안 된다. 뭐, 사실 정 궁하면 그 정도는 다른 차에서 멀쩡한 배터리를 빼 와서 갈아 끼우면 될 테지만…….

그리고 가지고 있는 연료가 세녹스뿐이니까 경유나 LPG 차량도 안 된다. 토키가 꽂혀 있지 않은 차도 안 된다. 물론 길가에서 너무 멀리 세워진 차는 뺄 수가 없으니 역시 안 된다.

이것저것 다 빼고 나니 그들이 고를 수 있는 차는 서너 대에 불과했다. 게다가 그것도 맨 가장자리에 세워진 토요타 코롤라를 길 안쪽으로 움직여야만 가능한 일이었다.

"아, 이거 문제인걸."

코롤라 내부를 들여다본 보안관과 유빈이 곤란한 표정을 지으며 얼굴을 긁적였다. 키도 꽂혀 있고 멀쩡히 움직일 것처럼 보이기는 한다. 다만, 문제가 하나 있었다.

그롸아아악!

바로 운전석에 앉은 좀비 때문이다. 목을 이리저리 빼며 미친 듯이 울부짖는 좀비의 포효가 닫힌 문을 타고 조그맣게 들려온다. 3점식 안전벨트에 의해 운전석에 단단히 고정되어 있는 녀석은 보안관과 유빈을 보자 극도로 흥분해서 두 팔로 운전석을 내려치고 발을 구르며 발광을 하는 중이다.

"이거, 각이 나오겠냐?"

보안관이 운전석 문을 닫아 둔 채 해머로 각을 계산해 보다가 고개를 젓는다. 아무래도 영 때리기가 나쁘다. 그렇다고 여러 번 아무 데나 후려쳤다가는 차고 좀비고 다 박살이 날지도 모른다.

아무리 이런 상황이라고 해도 좀비의 뇌수를 뒤집어쓴 의자에 앉아서 운전을 하고 싶지는 않다. 네일 건을 쓴다면 한 번에 끝낼 수 있을 텐데, 충전해 두지 않은 게 못내 아쉬워진다. 유빈은 즉석에서 플랜 B를 생각해 냈다.

"하아~ 젠장, 이거…… 너나 나나 서로 못 할 짓인데……."

좀비를 보며 중얼거린 유빈은 벤츠 트렁크에서 꺼내 온 검은 비닐봉지를 두 어 번 겹친 다음, 뒷좌석으로 돌아 들어갔다.

"크윽!"

차 문을 연 순간, 내부에 갇혀 있던 끔찍한 악취가 코를 찌른다. 유빈은 재빨리 밖으로 튀어나와 헛구역질을 했다. 자그마치 아흐레 동안이나 썩어 온 냄새다.

"우엑! 컥! 어휴~ 젠장."

유빈이 눈물과 콧물을 닦은 다음 숨을 멈추고 다시 뒷좌석으로 들어갈 때, 보안관도 운전석의 문을 열었다. 보안관을 향해 좀비가 목을 뻗는 동안 뒤통수 쪽에서 재빨리 비닐봉지를 확 씌운 유빈은 양 끝을 끌어당겨 졸랐다.

그으으으으~!

비닐봉지가 입에 밀착되자 좀비의 울음소리도 인간의 신음과 비슷하게 들린다. 그게 더 끔찍하게 느껴져서 유빈은 몸서리를 쳤다.

"이익!"

비닐봉지를 있는 힘껏 뒤로 당기자 좀비의 머리가 헤드레스트에 밀착된다. 앞으로 기울이려는 녀석과 온 힘을 다해 뒤로 당기는 유빈의 줄다리기가 팽팽히 맞서는 동안 보안관은 공구 가방에서 꺼낸 드라이버를 꽉 움켜쥐고 다가섰다.

먼저 비닐로 덮인 옆머리를 손바닥으로 더듬어야 했다. 귓구멍의 위치를 파악하기 위해서다.

놈이 머리를 흔들고 발광을 할 때마다 그 움직임이 손바닥에 전해져 소름이 쫘악 돋는다. 거리를 둔 채 해머로 머리통을 부술 때와는 또 다른, 끔찍한 경험이었다. 마침내 위치를 확인한 보안관이 드라이버를 놈의 귀에 박아 넣었다.

푸슉!

고막을 뚫고 그 너머까지 들어가 박히며 드라이버가 고정되자, 좀비는 팔다리를 휘저으며 난리를 친다. 놈의 공격을 피한 보안관은 스패너로 있는 힘껏 드라이버의 손잡이를 후려쳤다.

빠지직!

살과 뼈를 뚫고 들어가는 소리!

하지만 좀비는 여전히 움직였다. 할퀴려고 내뻗는 손을 스패너로 후려갈긴 보안관이 숨을 헐떡인다. 좀비의 얼굴이 검은 비닐봉지에 의해 가려져 있으니 자신이 무슨 테러리스트가 된 것 같아 기분이 영 좋지 않다.

"빨리 좀 해!"

좀비와 힘 대결을 하고 있는 유빈이 소리를 친다. 보안관은 이를 악물고 드라이버를 더 깊숙이 박아 넣었다.

그와!

포효하려던 녀석의 성대가 떨림을 멈춘 것과 동시에 휘젓던 팔다리가 축 늘어지고 앞으로 당겨 대던 목의 기운도 빠져나간다. 뇌가 파괴된 것이다. 드디어 녀석이 죽어 버렸다.

후우~.

좀비의 시체를 자동차 밖으로 끌어낸 유빈과 보안관이 동시에 안도의 한숨을 내쉬었다. 이렇게 해서 겨우 자동차 한 대가 확보되었다.

02

"생각했던 것보다 많이 썩지 않았네. 가죽 시트라서 그런가?"

좀비가 앉아 있던 운전석을 보면서 보안관이 말했다. 유빈도 고개를 끄덕였다. 군데군데 얼룩이 남기는 했지만, 시체가 아흐레나 꼼짝 않고 방치되어 있던 자리로는 보이지 않을 만큼 깨끗하다. 지독한 냄새를 풍기기는 해도 확실히 좀비들은 보통의 시체처럼 부패하지는 않는 모양이다.

하지만 운전대와 운전석 바닥 깔개는 사정이 좀 달랐다. 녀석이 토해 놓은 토사물들이 엉망으로 엉겨 붙어 있다.

"으…… 이거 닦으려면 한참 공사 좀 해야겠는걸."

유빈이 눈살을 찌푸리면서 물에 적신 휴지로 운전대와 계기판을 닦아 냈다. 힘을 주어 문지를 때마다 바짝 말라붙은 토사물들이 굳은 점토처럼 툭툭, 부러지면서 떨어져 나간다.

보안관은 깔개를 꺼내 아예 멀리 던져 버렸다. 어차피 오래 타고 다닐 차도 아니므로 굳이 바닥을 보호하기 위한 깔개 따위는 필요하지 않다.

"대충 닦고 시동부터 걸어 봐. 괜히 망가진 차면 이렇게 공을 들이는 게 억울하니까."

보안관이 팔을 들어 코를 막으며 말했다. 유빈은 운전석에 자리를 잡고 키를 돌렸다.

키리리릭, 우우웅—.

'걸렸다!' 하고 좋아하기도 전에 좀비의 토사물 냄새가 가득 담긴 에어컨 바람이 갑자기 확 뿜어져 나온다.

우욱! 유빈은 질색하고 손을 뻗어 바람의 방향을 틀며 동시에 창문들을 열었다. 환기가 절실하다. 다행히도 연료계는 3분의 2 이상의 지점을 가리키고 있다.

"으아, 냄새 때문에 도저히 타고 있을 수가 없다."

그렇게 말은 했어도 유빈은 차에서 내리지 않았다. 언제 좀비들의 행진이 이곳에 닥칠지 모르기 때문에 조금이라도 빨리 여기에서 차를 빼내야 했다.

기어를 넣고 핸들을 꺾은 뒤 액셀러레이터를 가볍게 밟자, 차가 앞으로 움직인다. 앞차와의 여유는 그리 많지 않았다.

쿠웅—!

앞차의 범퍼에 부딪치자마자 유빈은 핸들을 반대로 돌린 다음, 후진했다. 뒤차 역시 바짝 멈춰 서 있기는 매한가지다.

쿠웅!

"아, 젠장. 어지간히 달라붙어들 있네."

창문 밖으로 얼굴을 내민 유빈이 투덜거리며 다시 전진한다.

쿠웅! 쿠웅!

결국 예닐곱 번 이상의 범핑을 하고 나서야 코롤라는 복지 센터를 향하는 길로 빠져나올 수 있었다. 매끈한 선의 범퍼와 펜더 라인은 이미 정신없이 긁혀 버린 지 오래다.

후우우~. 유빈이 진땀을 닦아 냈다.

길을 막고 있던 코롤라가 빠졌으니 뒤에 세워진 중형차도 자유로워졌다. 보안관은 중형차의 문을 열고 들어가서 시동을 걸었다.

키리링— 부우웅—.

조금 낡은 중형차인 데다 배터리도 쌩쌩한 것 같지는 않지만, 그래도 별로 속썩이지 않고 시동이 걸렸다. 다만, 기름이 별로 없다. 바닥에 바짝 붙어 있는 연료계 바늘은 손가락으로 톡톡, 두들겨 봐도 올라갈 기미가 보이지 않는다.

부우웅—.

핸들을 틀고 복지 센터를 향해 몰자, 조금 소음을 내면서 중형차가 움직였다.

"이건 세녹스 넣어야겠다."

"올라가서 하자. 이제 애들도 데리고 와야지. 간다?"

코롤라 운전석에서 유빈이 고개를 내밀고 말했다.

"먼저 가, 뒤따라갈게. 간만에 음악이라도 들어 볼까?"

보안관이 오디오를 켰다. CD가 아니라 곧바로 라디오로 넘어간다.

치이익—.

제대로 전파를 잡지 못한 라디오는 계속 잡음만을 냈다. 주파수가 끝까지 가도록 튜너를 돌려 보다가 겨우 걸린 것이라고는 딱 하나, 피난 센터의 명단과 위치를 읽어 주는 녹음된 목소리뿐이다. 일전에 산에서 주웠던 전단의 내용과 비슷하다.

"쳇, 여전히 건대까지는 가야 하네. 거기까지 어떻게 가라는 말이야?"

보안관이 투덜거리는 동안 두 대의 차는 벌써 세 사람이 기다리고 있던 복지센터 앞에 도착했다.

"우와! 오빠들 쩐다. 저도 좀 태워 주면 안 돼용~?"

삼식이가 하이 톤으로 코맹맹이 소리를 내며 몸을 배배 꼰다.

"응, 안 돼. 너는 안 되고, 저 뒤에 애는 태워 줄 용의가 있다."

차에서 내린 보안관이 제니를 가리키며 거들먹거린다. 신입은 코롤라에 관심을 보이며 다가오다가 코를 감싸 쥐었다.

"우와, 냄새. 완전 썩었잖아. 뭐야, 시체라도 타고 있던 차냐?"

"어떻게 알았지? 너 주려고 트렁크에 담아 왔는데."

유빈은 신입을 한 번 흘겨본 후, 공구 가방에서 스프레이 파스를 찾아와 운전석과 차 안에 골고루 뿌린 다음 낡은 수건으로 토사물이 튀어 있는 계기판을 닦았다. 당장 방향제가 없으니 이걸로라도 냄새를 좀 지워야 숨을 제대로 쉴 수 있을 것 같다.

그동안 삼식이와 보안관은 도로와 공터 사이를 가로막고 있는 철책 두 칸을 앵커째 뜯어냈다. 끌고 온 자동차를 공터 안에 들여놓기 위해서다.

"환기가 좀 됐나? 이제 어서들 타. 같이 내려가서 작업해야 돼."

공구와 세녹스, 모두의 배낭을 트렁크에 넣고 차를 돌려 다시 아래로 내려갔다. 기름이 없는 중형차는 공터 안쪽에 세워 두었다. T자형 도로 10여 미터 앞까지 가서 차를 멈춘 뒤, 만일의 경우 누구라도 몰 수 있도록 키는 꽂아 두고 내렸다.

"아, 씨바. 이거, 엄청 화끈거린다. 여기 앉지 말걸."

방금 전 파스를 잔뜩 뿌려 놓은 운전석에 앉았던 보안관이 등을 더듬거리며 인상을 찌푸린다. 제니를 옆자리에 태우고 운전하는 기분을 즐기느라 그걸 깜빡 잊고 있었다.

"자, 이거부터 움직일 거야. 키 걸려 있는 자동차만 하나씩 몰고 가서 복지센터 앞 공터에 세워 둔 다음, 걸어서 내려오면 돼. 웬만하면 덩치가 조그만 놈들

위주로 챙겨. 알았지?"

공구와 세녹스를 꺼낸 유빈이 코롤라 바로 옆 라인에 서 있던 소형차를 가리키며 말했다. 꽉 막혀 있던 데에서 차 두 대가 빠졌으니 이제는 퍼즐이 한층 수월하다. 삼식이가 물었다.

"몇 대나 가져가?"

"더 많으면 좋겠지만 시간이 아까우니까 계속 차만 주무르고 있을 수는 없고, 일단 서너 대만 더 가져가 보지, 뭐. 최소한 타이어나 배터리는 확보하는 거잖아. 그리고 제니는 망 잘 봐 주고."

삼식이의 망원경을 제니에게 건넸다.

롸저—! 제니는 가볍게 경례를 하고 나서 트럭 위에 올라서서 망원경으로 앞뒤를 살폈다. 자동차 사이로 도로 깊숙이 걸어 들어가는 유빈과 보안관을 향해 신입이 물었다.

"야, 우리만 일 시켜 놓고서 너희는 어디 가는데?"

"전쟁 준비한다, 이 새끼야."

등에 묻은 파스의 화끈거림 때문에 기분이 좋지 않아진 보안관이 으르렁거리는 얼굴로 윽박질렀다. 좀비들이 북쪽 방향에서 걸어왔다는 건 세워진 차들을 보면 알 수 있다.

비를 맞아 흙먼지를 골고루 뒤집어쓰고 있는 남쪽 방향 노선의 차들에 비해 북쪽 방향의 차들에는 좀비들의 손자국, 발자국, 옷으로 먼지를 쓸고 간 흔적들이 잔뜩 남아 있다. 보닛과 지붕도 움푹움푹 찌그러져 있다.

"원숭이처럼 네발로 타고 넘었나 봐."

자동차에 찍혀 있는 좀비들의 손자국이 무서운 이야기 속 이미지처럼 느껴진다. 터널에 차를 세워 뒀다가 갑자기 오싹해져서 나와 봤더니 유리창에 전부 손자국이 찍혀 있더라는 이야기…….

유빈과 보안관은 가끔씩 차 바닥과 도로 사이를 살피면서 천천히 걸었다. 좀비나 시체가 갇혀 있는 차들이 가끔씩 눈에 띄었다. 양손에 들고 있는 세녹스와 공구 가방이 무겁다고 느껴질 때쯤 그들은 여러 자동차들 가운데서 원하던 것을 찾아냈다. LPG 가스통을 실은 트럭이다.

"여기를 거점으로 해서 막으면 되겠다. 선을 어디에 치지?"

보안관이 짐을 내려놓으면서 말했다. 유빈은 주변을 둘러보았다. 자동차들이 유례없이 꽉꽉 들어서 있다는 점만 제외하면 전형적인 변두리의 한적한 4차선 도로였다.

도로 양쪽 중에 한쪽은 산으로 둘러싸여 있고, 다른 한쪽은 가드레일이 있다. 가드레일 너머는 가로수가 규칙적으로 늘어선 폭이 좁은 인도, 그리고 또 난간이 있다. 거길 넘어가면 5미터가량의 낭떠러지, 그리고 그 아래는 작물들이 말라 죽어 가는 밭이다.

"한 20미터 정도는 떨어뜨려서 장치해야 하겠지. 아니, 그 정도로도 좀 모자라려나?"

유빈은 자신들이 교차로에서 얼마나 걸어왔는지를 확인하기 위해 고개를 돌렸다. 망원경으로 이쪽을 살피던 제니가 유빈의 시선을 알아차리고 열심히 손을 흔들어 준다. 무슨 신호인지는 몰라도 위험하다는 말은 아닐 것이다. 그랬다면 소리를 빽! 질렀을 테니까.

"이쯤이면 될 것 같아. 키도 걸려 있고, 높이도 적당하고."

다시 한참 뒷걸음질을 쳐서 두 대의 승합차가 서 있는 곳에 다다른 유빈이 승합차를 두드리며 말했다. 문이 열려 있는 걸로 봐서 배터리는 이미 방전된 지 오래겠지만, 기어만 조작할 수 있다면 밀어서 길을 더 잘 막을 수 있다.

"부우웅―."

뒤쪽에서 자동차가 움직이는 소리가 들려왔다. 삼식이와 신입 중 하나가 차를 몰고 올라가는 중인가 보다.

"자, 민다! 하나, 둘, 셋!"

기어를 중립으로 놓고 핸들을 끝까지 돌려놓은 유빈이 보안관과 함께 승합차를 밀었다. 꿈쩍도 하지 않던 승합차가 보안관이 기합을 주는 것과 동시에 스르럭 앞으로 굴러간다.

쿠웅—!

앞차의 범퍼가 깨지는 소리가 났다. 마주 오던 두 대의 승합차를 V자로 맞붙여서 중앙 차선을 막았을 때, 뒤쪽에서 모종의 기척이 느껴졌다.

제니로부터의 위험 경고는 없었는데?

"어?"

깜짝 놀란 보안관과 유빈이 동시에 고개를 돌렸다. 개다. 좀비 덕분에 졸지에 유기견이 된 개들이 무리를 이뤄 그들로부터 조금 떨어진 산 쪽을 지나가고 있었다.

개들은 보안관과 유빈이 갑자기 소리를 지르는 바람에 오히려 자신들이 더 놀랐다는 듯 걸음을 서둘러 숲속으로 뛰어들었다.

"어휴~ 젠장. 야이 개새끼들아, 놀랐잖아."

보안관이 가슴을 쓸어내린다. 유빈도 한숨을 쉬며 이마를 훔쳤다.

"그러고 보니 저 새끼들이 좀비 시체 뜯어 먹는 건 한 번도 못 봤네. 갈비뼈 앙상한 거 보면 꽤 배고플 텐데."

"개도 그렇고, 비둘기도 좀비는 안 건드리는 것 같더라. 더 웃긴 건 뭔 줄 알아? 좀비들도 동물에게는 관심이 없어 보인다는 거야. 너, 개 뜯어 먹힌 시체 본 적 없지?"

"으음, 하긴 그러네. 개를 부러워해야 되는 거냐?"

보안관은 진지한 얼굴로 개들이 사라진 방향을 한 번 더 쓱 쳐다보고 나서 고글과 해머를 집어 들었다. 본의는 아니지만 파스도 미리 잔뜩 발라 뒀겠다, 본격적으로 힘을 쓸 시간이다.

"이거부터 부수자."

선을 쳐야 하는 자리를 막고 선 소나타를 가리키며 유빈이 먼저 해머를 후려갈겼다.

와장창!

옆 유리가 박살 나며 작은 부스러기가 되어 떨어진다. 고글에도 파편이 날아와 튀었다. 반대편에서도 보안관이 해머를 휘둘러 보닛 앞부분을 작살낸다. 창이란 창은 전부 박살을 낸 뒤, 그들은 바로 옆의 차로 옮겨 갔다.

이놈 역시 키가 없이 잠겨 있다. 유빈은 다시 힘껏 해머를 휘둘렀다. 박살 낼 차가 많기도 하다.

"아씨, 아깝다. 이왕이면 길 가까이에 세워 놓고 갈 것이지. 나 이거 하나 가지고 싶었는데."

제네시스 쿠페를 보고 입맛을 다지던 보안관은 에이~ 하고 탄식하면서 보닛에 해머를 꽂아 넣었다.

꽈지직ㅡ!

매끈하던 빨간 곡선이 엉망으로 박살 난다. 이제 이 녀석을 탈 수 있는 기회는 영영 날아갔다.

"오빠아! 오빠아~!"

제네시스의 비스듬히 누운 뒤쪽 유리창을 부수려고 할 때, 비명에 가까운 고음으로 그들을 부르는 제니의 목소리가 들려왔다. 보안관과 유빈은 동시에 앞뒤를 번갈아 돌아봤다. 제니가 미친 듯이 X자를 그리며 소리를 지르고 있다. 하지만 둘의 눈에는 아직 좀비의 행렬이 보이지 않는다.

"빠지자!"

두 사람은 세녹스와 공구 가방을 자동차 아래로 밀어 넣어 숨긴 뒤, 제니를 향해 달렸다.

빨리요, 빨리!

제니의 목소리가 그들을 재촉한다.

"너도 내려와!"

보안관이 두 팔을 뻗어 트럭 위에 올라서 있던 제니를 가볍게 안아 내렸다. 삼식이와 신입은 차를 몰고 올라가서 아직 돌아오지 않은 모양이다.

세 명은 서둘러서 코롤라에 올랐다. 햇볕에 달궈진 차 안에 들어가자 안 그래도 더웠던 몸에서 순식간에 땀이 줄줄 흘러내린다.

"가까워? 대충 얼마나 돼?"

시동을 걸며 보안관이 물었다. 등산 모자를 뒤로 젖히며 제니가 대답했다.

"망원경에 보이자마자 소리를 지른 거라서 몇 마리인지는 몰라요. 하여간 길을 꽉 채우고 몰려와요."

"잘했어, 잘했어!"

부우웅—.

가속 페달을 최대한 밟으며 보안관이 소리를 질렀다. 정확한 규모는 어차피 경전철역 옥상으로 달아나서 살피면 된다. 유빈은 시간을 체크했다. 디지털 시계는 8시 40분에서 막 8시 41분으로 넘어가는 시점이었다.

"신입이다. 야, 빨리 타!"

터덜거리는 걸음으로 천천히 길을 따라 내려오던 신입과 삼식이를 차례로 태운 코롤라는 속도를 내서 미리 뚫어 놓은 철책 사이를 통과해 벌판을 내달렸다. 그 순간, 소형 해치백과 검은 오피러스가 나란히 세워진 게 눈에 들어온다. 누가 뭘 가져왔는지는 대충 짐작이 갔다.

쿠웅— 쿵— 쿵—.

굴곡이 진 곳을 지날 때마다 삼식이는 천장에 머리를 찧었다. 걸을 때는 평평하다고 느낀 공터지만, 빠른 속도로 달리는 자동차에서는 꽤나 심하게 흔들렸다.

와사사삭—.

무성하게 자라난 풀이 뭉개지며 열린 창문 사이로 상큼한 향기가 스며들었다.

"아야야, 속도 좀 줄여! 이러다가 뒤집히겠다. 이런 놈이 면허는 어떻게 땄지?"

유리창에 얼굴을 부딪친 신입이 짜증을 부린다.

"면허 없어. 이번 여름 지나면 따려고 했는데……."

"뭐어? 야!"

"그래도 걱정하지 마. 운전 솜씨는 확실하니까. 그리고 지금 80킬로밖에 안 돼."

조그만 구릉을 피해 휘리릭, 핸들을 틀며 보안관이 말했다. 여전히 속도는 줄이지 않는다. 평소 10분 이상 걷던 거리를 순식간에 가로질러서 산책로와 맞닿은 철책 앞에 차를 세웠다.

"어으~ 토할 것 같아."

차에서 내린 신입이 비틀거리며 구역질을 한다. 그러거나 말거나 보안관과 유빈, 제니는 빠르게 철책을 지나 역을 향해 뛰었다. 좀비들이 복지 센터 앞을 지나가기 전에 자리를 잡고 정확한 규모를 확인하고 싶었다. 싸움을 위해 중요한 정보가 되어 줄 것이다.

퉁ㅡ.

트렁크에서 배낭을 꺼낸 삼식이까지 구름다리를 넘어가자, 신입은 그제야 마지못해 천천히 따라오며 '같이 가.'를 외친다.

"하아~ 하아~."

계단을 전속력으로 뛰어 올라온 일행이 숨을 헐떡이며 망원경을 눈에 가져다 댔을 때, 아직 좀비들은 복지 센터 부근까지는 오지 못한 상태였다. 심지어 T자형 교차로 부근에도 미치지 못했다. 쏜살같이 차를 몰고 도망을 왔으니 생각해 보면 당연한 이야기다.

"자, 이거 마셔."

뒤따라온 삼식이가 배낭에서 물을 꺼내 건넨다. 제니부터 차례로 바짝 말라 있던 목을 축이고 기다렸다.

20분쯤 기다리자 좀비들의 맨 앞줄이 모습을 드러낸다. 그것을 필두로 하여 계속해서 놈들이 줄을 지어 걸어온다. 대충 어림짐작으로도 육칠백 마리 이상은 돼 보인다. 워낙 수가 많아서 망원경의 힘을 굳이 빌리지 않아도 될 정도였다. 생각했던 것 이상의 규모다.

"씨발, 저 많은 거랑 싸우겠다고? 안 돼. 도저히 저거 다 못 죽여. 그냥 우리가 피하자. 내가 볼 때는 그게 낫다."

복지 센터부터 T자 교차로까지 긴 커브 길을 가득 메우고 있는 좀비들을 보고 흥분한 신입이 목청을 높인다. 유빈은 대꾸하지 않았다.
저 정도라면 아직 승산은 있다. 놈들은 또다시 이 길을 지나갈 테니까.
"저것 봐. 저놈들, 정말로 담배 피우고 싶은가 본데?"
모여 서서 주춤거리는 좀비들을 가리키며 삼식이가 말했다. 길을 따라 얌전히 걷던 놈들이 복지 센터 근처에 이르러서 우왕좌왕하더니, 결국엔 복지 센터 1층의 재떨이 통 앞에 집결해서 사방을 두리번거린다.
시간이 갈수록 점점 더 많은 놈들이 모여들면서 복지 센터 내부로까지 줄이 늘어섰다. 이제 행진을 계속하는 놈들과 멈춰 서서 배회하는 놈들이 반반 정도 비율까지 올라갔다.
"저 지랄을 하느라 우리 사다리를 작살내셨구만. 변하기 전에 담배를 피우던 놈들이라 인이 박여서 저러나?"
보안관이 투덜거린다.
"초딩들도 있는 걸 보면 그건 아닌 것 같은데…… 설마 저런 애들이 담배 피웠겠냐?"
"……너는 가끔 피웠잖아."
"에이, 세상 사람들이 다 나 같지야 않지이~."
망원경을 넘겨받아 보니 삼식이의 말처럼 아주 키가 작은 좀비들도 서성이는 대열 속에 끼어 있다. 넉넉하게 쳐 준다고 해 봐도 열 살은 넘지 않았을 꼬마들이다.
"어쨌든 실험을 해 볼 가치는 충분히 있는 것 같다. 담배를 저렇게 좋아할 거라고는 생각도 못 했어. 나는 슈퍼에 좀 다녀올게. 삼식아, 저것들 빠지는 시간 잘 기억해 둬. 혹시 뒤에 더 오는 놈들은 없는지도 봐 주고."
좀비들의 행진 속도가 지지부진해지자 유빈이 혼자 일어서며 당부를 한다.
"슈퍼에 간다고? 왜?"
"화염병 만들 재료 챙기러."
"화염병? 같이 갈까?"

보안관이 몸을 돌리자, 유빈은 고개를 저었다.

"아니, 너희는 따로 할 일이 있어. 저놈들 다 지나가고 나면 애들이랑 선로 아래로 내려가서 케이블을 가지고 와 줘. 무거울 거야."

"케이블이라니? 여기 그런 게 어디 있어?"

신입이 따지며 묻자 삼식이가 대답해 줬다.

"이게 전철이잖냐. 공사가 끝나도 수리할 때 필요하니까 전철역 주변에는 케이블 통을 놓아두는 공간이 따로 있어. 그 왜, 너도 본 적 있을걸? 나무로 만든 바퀴 두 개 사이에 실패처럼 전선을 둘둘 말아 둔 거 말이야."

"몇 미터나 가져와?"

"그냥 통째로 가져가지, 뭐. 굴리면서 가는 게 더 나을 것 같은데."

"아~씨, 너희, 정말로 싸우려고 그래? 승산이 없다고, 이 답답한 새끼들아. 예전에 죽였을 때랑은 완전히 달라. 저거 봐! 수백 마리란 말이야! 그냥 조용히 숨어서 지내면 되는데 왜 자꾸 문제를 키워?"

겁먹은 신입이 짜증을 내며 말린다.

"좀비들이 매일 점점 더 원을 크게 그리는데, 여기까지라고 안 올 것 같아? 그때는 싸울 방법도 없어. 어차피 우리나 저것들, 둘 중 하나는 죽어야 돼."

"다른 데로 도망가면 되잖아."

"여기보다 더 나은 데 알고 있냐? 좀비들이 없는 동네가 어딘지 아냐고. 당장 한 정거장 건너에서 무슨 일이 벌어지고 있는지도 모르는데?"

"야이, 븅신아. 사람 말 좀 들으라고! 이 씨발, 이러다가 우리 다 죽으면 그 책임도 네가 질 수 있어, 이 새끼야?"

유빈의 팔을 잡은 신입이 난리를 치자, 듣다 못한 보안관이 끼어들었다.

"네 새끼 목숨을 누구한테 책임져 달라는 거야? 징징거리고 싶으면 혼자서 조용히 징징거려. 공연히 다른 사람들한테 피해 주지 말고!"

"그래, 보안관. 너 말 잘했다. 내가 하고 싶었던 게 그 말이야! 싸우고 싶으면 남한테 피해 주지 말고 혼자 조용히 가서 싸우다 뒈지란 말이야! 저 좆도 아닌

새끼가 짜는 게 무슨 대단한 작전이라고 우리가 전부 그 말을 들어야 되는데? 난 싫으니까, 이번에는 도와달라는 소리 할 생각 말아, 개새끼들아!"

"뭐어? 누가 누굴 도와줬다는 거야? 네가 그동안 뭘 했는데? 이 아무짝에도 쓸모없는 새끼가!"

핏대를 올리던 보안관이 갑자기 입을 꾹 다물었다. 아무짝에도 쓸모없는 새끼…… 라는 말이 목구멍에 걸렸다. 학창 시절 싸움이 일어나면 대부분의 경우, 그 책임은 전후 사정과 관계없이 가난하고 공부도 못하는 친구들에게 덮어씌워졌다. 그리고 성질 고약한 선생들은 회초리로 머리통을 두들기면서 잔소리를 늘어놓았었다.

도대체 누굴 닮아서 이렇게 말썽을 피우지? 이 아무짝에도 쓸모없는 새끼들이…….

고등학교는 졸업하라는 부모님의 간곡한 부탁만 아니었다면 당장 선생의 얼굴에 훅을 날리고 싶었을 만큼 보안관은 그 차별적인 말이 싫었다. 다른 사람을 향해서 나는 이런 몹쓸 소리를 지껄이지 않으리라고 다짐했었는데…… 그런데 오늘 갑자기 그 말을 입 밖으로 내뱉어 버린 것이다.

얄팍한 진심이 표현된 것 같아서 갑자기 부끄러워진다.

"큼, 큼, 저기…… 마지막 말은 취소한다. 잊어버려."

보안관이 멋쩍어하면서 돌아섰다. 하지만 신입은 오히려 그리 신경 써서 들은 것 같지 않다.

"마지막 말이 뭔데?"

"못 들었으면 됐어. 신입, 이리 와서 담배나 피워."

삼식이가 신입의 어깨를 잡아끌고 구석으로 가서 담배를 꺼내 준다. 전후 사정을 대충 아는 유빈이 한숨을 쉬고 계단을 뛰어 내려갔다. 그들이 그렇게 싫어했던 몹쓸 어른들을 닮아 갈까 봐 두렵지만, 여기서 살아남지 못하면 누굴 닮기도 전에 모든 게 끝난다.

"침대 시트, 가위, 맥주병, 철사, 설탕, 알코올, 라이터 기름……."

유빈은 잡념을 떨쳐 버리기 위해 자신이 챙겨야 하는 물건들을 읊으며 달렸다. 그것들을 다 담으려면 일단 큼직한 배낭부터 집어 가야 할 것이다.

03

아침 9시 반이 되었을 때, 샤워를 마치고 새 옷을 꺼내 입은 민구는 떠날 채비를 하는 중이었다. 도로를 메운 채 위협적인 소리를 내던 괴물들의 대규모 행진도 조금 전 막 끝난 참이라 시간적 여유가 있다.

먼저 허리띠 뒤로 나이프 스트랩을 비스듬히 차고, 쿠크리를 끼워 넣었다.

샥—.

등 뒤로 손을 뻗어 보고 나서 민구는 히죽 웃었다. 익숙한 느낌의 칼이 익숙한 자리에 있는 그 감촉이 만족스럽다.

바람을 막아 줄 재킷 안쪽에는 울트라마린 나이프를 찼다. 그리고 긴 가방 안에 소지품들과 마세티를 집어넣은 후, 지퍼를 올려 대충 잠가 두었다.

계단을 통해 지하로 내려간 그는 10리터짜리 휘발유 통이 가득 들어 있는 창고 안에서 하나를 꺼냈다. 휘발유라는 건 참 쓸모가 많기 때문에 만배파 창고에는 늘 이게 상비되어 있었다.

이걸 한 번 뿌리기만 하면 먹고 죽으려 해도 없다던 돈이 곧바로 어디선가 튀어나오기도 하고, 계약서를 읽어 보지도 않은 채 열심히 지장도 찍는다.

게다가 불만 붙이면 범죄의 증거들이 깡그리 재가 되어 깨끗하게 사라져 준다. 물론 오늘 민구는 대부분의 사람들이 그러듯이 이 휘발유를 연료로만 쓸 것이다.

"조신하게 있어. 아무한테도 대 주지 말고."

자신의 애마인 트라이엄프 스피드 마스터를 지나치면서 민구는 길이 든 가죽

안장을 가볍게 쓸었다. 그는 몇 가지 이유 때문에 트라이엄프 대신 자신이 훔쳐 온 RMZ 450을 타고 가기로 했다.

헤드라이트조차 없는 놈이지만 오프로드 전용이어서 좁은 자동차 사이를 누비고 다니기도 좋고, 무엇보다도 '잠실 쉴 터'라는 곳이 얼마나 안전할지 모르는 상태에서 평소 아끼던 오토바이를 끌고 가고 싶지 않았다.

만배파 간부들의 고급 자동차들과 함께 이 지하 차고의 어둠 속에 조용히 잠들어 있는 편이 녀석에게도 나을 성싶다.

"후후후, 치안 상태 한번 좋군."

키를 꽂아 놓은 채 로비에 세워 두었던 RMZ 450이 아무의 손도 타지 않고 그대로 있는 것을 본 민구가 킥킥거린다. 연료를 보충하고 새의 부리처럼 길쭉한 뒷바퀴 진흙받이에 가방을 고정한 다음, 안장에 앉아서 뒤로 손을 뻗어 마세티를 꺼내 봤다.

스릉―.

칼집에서 빠져나온 묵직한 칼이 아침 햇살을 맞으며 번쩍인다. 손잡이를 잡고 동시에 지퍼를 푸는 데 조금 시간이 걸리지만, 몇 번 하다 보면 이것도 곧 익숙해지리라.

"후우우~."

민구는 깨진 유리창 너머의 거리를 향해 담배 연기를 내뿜으며 머릿속으로 경로를 그려 봤다. 쉴 터라는 데가 어디에 붙어 있는지는 모르겠지만, 잠실은 멀지 않다. 테헤란로를 타고 그대로 달릴 수만 있다면 20분 안에도 전부 훑어볼 수 있는 거리다.

다만, 그가 걱정하고 있는 것은 군인들에 의해 막혀 있는 길이다. 이곳까지 오는 동안 민구는 몇 번이나 완전히 봉인돼 버린 사거리들을 본 적이 있다. 어쩌면 이곳과 잠실을 이어 주는 삼성교나 봉은교도 이미 폐쇄되었을지 모른다.

"쯧, 가 보면 알게 되겠지. 오늘도 화끈한 하루가 되겠군."

고글을 내려 쓴 민구는 시동을 걸었다.

부다다당—.

머플러에서 천둥처럼 요란한 배기음이 쏟아져 나온다.

우우우웅—.

그를 실은 RMZ 450은 빌딩을 빠져나간 뒤, 곧바로 속력을 내며 테헤란로를 향해 좌회전했다. 가끔 차선 밖으로 튀어나온 자동차의 차체가 앞을 가로막았지만, 민구는 핸들을 가볍게 틀면서 장애물들 사이를 스치듯 매끄럽게 빠져나갔다.

"오라지게 무거웠어, 정말로."

다른 사람들이 자동차를 타고 이동하는 동안 벌판을 가로질러 케이블을 굴리고 온 삼식이와 보안관이 한숨을 내쉬며 땀을 닦았다. 어느새 태양이 높이 떠올랐고, 이글거리는 태양은 가만히 서 있기만 해도 체력을 갉아먹을 만큼 뜨거웠다.

"고생했겠다."

유빈은 두 사람을 위로하고는 세녹스와 라이터 기름, 알코올을 섞어서 화염병을 만들기 시작했다. 병 속에 설탕을 붓고 가위로 자른 침대 시트를 쑤셔 넣고 있을 때, 맞은편에 쪼그리고 앉아 구경하던 제니가 물었다.

"다른 건 알겠는데, 설탕은 왜 집어넣어요?"

"음, 이걸 넣으면 화염병이 터질 때 불길이 더 잘 옮겨붙는대. 사실인지 어떤지는 나도 몰라. 예전에 인터넷에서 본 거니까."

"근데…… 오빠는 어쩌다가 화염병 만드는 걸 다 찾아봤지?"

유빈은 대답 대신 고개를 들어 잠시 제니의 얼굴을 보다가 다시 손을 놀리기 시작했다.

"그러게. 나도 첨 보는 모습이네. 너 뭐야? 테러리스트냐? 우리가 모르는 사이에 알카에다가 된 거야?"

"알카에다? 풋!"

삼식이의 질문에 웃음이 터진 유빈이 입을 열었다.

"시시하고 구질구질한 이야기야. 진짜 알고 싶어?"

"응!"

삼식이와 제니가 동시에 대답했다. 보안관과 신입도 은근히 귀를 기울이고 있다.

"중3 때였는데, 우리 할머니가 떡볶이를 팔았었거든. 길거리에서 리어카에 놓고."

"알지. 아, 할머니 떡볶이 맛있었는데……."

"근데 어느 날 할머니가 울면서 집에 오셨는데, 왜 그러느냐고 아무리 물어도 말을 안 해 주는 거야. 결국 따로 알아보니까 단속 나온 용역 애들이 리어카를 압수했더라고. 그게 처음도 아니었어. 어린 마음에 어찌나 분하던지……. 그날 곧바로 피시방에 가서 인터넷으로 화염병 만드는 법을 열나게 찾았지."

"화염병으로 어떻게 하려고 그랬어요?"

"뭐…… 뻔한 거잖아. 덩치 큰 놈들 여러 명이라서 힘으로는 못 이기니까 단속 트럭에다가 던지려고 했지."

"나한테 이야기하지 그랬어. 어휴, 그런 줄 알았으면 내가 그 새끼들 가만히 안 두는 건데."

보안관이 답답하다는 듯 가슴을 친다. 유빈은 씁쓸한 미소를 지었다.

"야, 너도 그때 중3 꼬꼬마였어. 그리고 그런 문제 때문에 너까지 정학당하게 하기는 싫었고."

"그래서 정말로 던졌어요?"

"아니야. 구석에서 휘발유 조몰락거리다가 할머니에게 걸렸거든. 할머니가 막 울면서 그러는 거야. 죄짓지 말라고. 내가 똑바로 못 크면 자기가 죽어서 엄마, 아빠 얼굴을 어떻게 보냐고……. 아, 씨발. 나 그만 이야기할래."

말을 하다 보니 갑자기 감정이 북받쳐 오르는 것 같아서 유빈은 입을 다물고 젓가락으로 천을 꾹꾹 눌러 병 속에 집어넣었다.

흠, 짧게 숨을 내뱉은 삼식이가 중요한 문제를 지적했다.

"그러면 이게 정말 터질지 아닐지도 지금은 모르는 거네? 한 번도 실전에 써 먹어 본 적은 없으니까."

"터지기야 하겠지. 기름에다 알코올에다 전부 다 불에 잘 타는 것들뿐인데."

화염병을 두 개째 완성했을 때, 유빈의 작업을 눈여겨보고 있던 제니가 빈 병에 비율을 맞춰 내용물을 붓고 심지를 만들어 꽂는다.

"이렇게 하면 되죠?"

"매듭을 단단히 묶어야 된댔어. 던지다가 빠지지 않게."

제니의 야무진 손놀림을 보니 더 걱정할 필요는 없을 것 같았다. 일전에 일러 준 대로 작업을 할 때는 늘 케블라 장갑을 끼고 있다. 제작이 마무리된 화염병들을 박스로 덮어 둔 다음, 세 친구는 케이블 통을 굴리며 아까 자동차들을 부수던 곳으로 걸어갔다.

"오빠, 가서 도와줘요. 오빠가 참아야지 어쩌겠어요."

아직 응어리가 남았는지 뚱한 표정으로 뒤쪽에 버티고 서 있던 신입에게 제니가 다가가 조용히 귀엣말을 한다. 예기치 않은 제니의 행동에 놀란 신입이 말을 더듬는다.

"그, 그, 그래도 저 새끼들은 별로 도와주고 싶지가 않아."

"나를 위해서는 해 줄 수 있잖아요."

"무, 물론 그렇기는 하지만……."

"어서요. 이따가 이거 끝나면 설탕 듬뿍 넣어서 커피 타 줄게요. 옳지, 잘한다. 우리 오빠 파이팅! 후후후."

신입은 얼결에 등이 떠밀려 세 친구의 뒤를 따라간다. 마지못해 걸어가면서도 계속 갸웃거리는 신입의 뒷모습을 보고 제니는 혀를 날름하며 웃었다.

저런 게으름뱅이 밉상에게 일을 시키는 게 이렇게 간단한데……. 좋은 오빠들이지만 도무지 사람의 심리를 이용할 줄 모른다. 남자들이란…….

"어? 신입, 도와주러 온 거야? 잘 왔어. 이거 잡아."

케이블 통을 엎어 놓고 줄을 길게 풀고 있던 삼식이가 반가워한다.

"제니가 부탁하지 않았으면 안 왔어."

줄을 잡고 당기면서도 신입은 토를 달았다. 근처에서 해머로 자동차 유리를 박살 내고 있던 보안관이 발끈한다.

"지랄하네. 퍽이나 그랬겠다."

"됐어. 어쨌든 일하러 온 거잖아. 이거 계속 풀면 돼."

삼식이가 신입의 편을 들어 주었다. 직경이 2센티나 되는 굵은 전선줄을 위로 크게 돌리며 풀어내는 일이어서, 요령도 없고 체력도 달리는 신입은 금세 숨을 몰아쉬어야 했다.

"핵~ 핵~ 존나 무겁네. 이걸 왜 풀어? 그리고 너희는 뭐 하는 거야?"

"그걸 이 사이에 엮어서 엉성한 그물처럼 만들 거야. 차로 무게를 분산시켜 주는 거지."

유리창이 없어서 해골처럼 드러난 차체 필러를 가리키며 유빈이 설명한다.

"그럼 자동차 한두 대만 하면 될 텐데, 왜 굳이 그 앞쪽까지 돌아다니면서 멀쩡한 유리창을 다 부수냐고?"

"그래야 열기가 빨리 전달이 되니까 그렇지. 어제 계획 짜면서 다 이야기한 건데…… 그때 좀 잘 듣지."

짧게 대답을 마친 유빈은 스패너로 유리창이 작살난 자동차의 주유구 덮개를 뜯어냈다. 이따가 철사를 이용해 주유구 안으로 천 조각을 밀어 넣기만 하면 된다.

놈들이 어제 지나갔던 것이 비가 마른 다음이었고, 오늘 아침에 다시 이 길을 걸어갔다. 즉, 시간 간격은 열두 시간이 좀 넘는 정도다. 그러니까 앞으로 아홉 시간 내에는 작업을 모두 마친 채 기다리고 있어야 한다. 할 일이 많다.

"꽤 풀었네. 이제 엮어 볼까?"

신입이 진땀을 빼며 풀어 놓은 케이블을 당겨서 자동차 밑으로 던지고, 반대편에서 잡아 가드레일에 걸친 다음 계속 잡아당겨 다시 반대로 도로를 가로질렀다. 이번에는 자동차 창문마다 걸쳐 묶고 지나간 뒤, 가로등에 걸어 돌렸다.

네 명이 모두 달려들어서 힘을 쏟아야 할 만큼 시간도, 공도 많이 드는 일이지만, 그래도 이 성긴 그물이 멍청한 좀비들의 전진을 저지해 줄 것이다. 고압 케이블 한 통을 다 써서 4차선 도로를 팽팽하게 네 번 왕복했다. 승합차의 지붕 높이부터 발목 조금 위인 자동차 바닥까지. 이제 선을 그어 놨으니 걸려들어 주기를 바라야 한다.

04

민구가 예상했던 대로 길은 막혀 있었다. 역삼역 사거리 앞에 이르자 4미터가 넘는, 높다란 장벽이 나타났다. 인도에도 철조망이 여러 겹 꼼꼼히 쳐져 있어서, 절대 통과할 수 없도록 해 놓았다. 장벽 앞에는 여러 대의 자동차들이 차곡차곡 겹쳐진 채 쌓여 있어서 마치 폐차장을 연상시켰다.

장벽을 쳐야 하는 자리에 정차되어 있던 자동차들을 중장비를 동원해 끌어낸 모양이다. 민구는 오토바이를 몰고 장벽 가까이 다가갔다. 큼직한 안내판에는 접근 금지라는 글자와 함께 이 군사시설을 훼손하면 법적 책임을 물겠다는 내용이 자잘하게 적혀 있다.

흥, 괴물들에게 법적 책임을 잘도 물으라지. 걔들이 이따위 경고문에 수긍을 할까 보냐.

"귀찮게 됐군."

더 전진하기 위해서는 골목으로 빠져서 우회해야 한다. 민구는 고개를 돌려 좌우를 살폈다. 지금 막 올라온 방향을 되돌아가고 싶지는 않았기에 그는 핸들을 왼쪽으로 틀어 비좁은 왕복 2차선 도로 안으로 들어갔다.

인도에까지 걸쳐서 아무렇게나 세워진 자동차들. 그중에서도 문을 열어 놓고 달아난 빌어먹을 놈들 때문에 속도를 내기는 어려웠다. 이렇게 비좁은 길에서 괴물들을 만나면 꽤나 번거로워질 터다.

우회전할 수 있는 첫 번째 골목은 포기했다. 조그만 호텔 셔틀버스가 비스듬하게 벽을 박고 있어서 오토바이로 통과할 수가 없다.

"저놈 때문에 다 죽었겠군."

깨어진 운전석 유리 밖으로 머리가 튀어나와 피투성이가 된 채 숨을 거둔 버스 운전사를 보며 민구는 혀를 끌끌, 찼다. 그다음 골목의 끝은 대로와 이어진 부분이 철책으로 막혀 있었다.

오토바이를 돌리면서 민구는 자신이 미로 속에 들어온 것 같은 기분이 들었다. 막다른 골목, 갈 수 없는 골목이 계속 등장하는 바람에 몇 번이고 다시 왔던 길을 되짚어가야 했다. 골목 안쪽에서 목격한 군인의 시체도 여럿이다.

"쳇, 도대체 무슨 짓을 해 놓은 거냐."

좁은 골목 사이에서 20여 분을 빙글빙글 돌며 북진하던 민구의 RMZ 450은 봉은사로에 도착해서야 겨우 큰길로 빠져나올 수가 있었다. 하지만 기뻤던 것도 잠시. 논현로와 만나는 사거리가 가까워지면서 보이는 풍경에 위화감이 들기 시작했다.

매일 지나면서 보던 그 풍경이 아니었다. 200미터쯤 더 나가자 그 위화감의 원인이 밝혀졌다. 사거리에서 가장 높은 빌딩이었던 15층짜리 J타워가 반 토막이 난 채 앞으로 꺾여 있던 것이다.

차량 사이를 천천히 달리던 민구는 사거리 근처에서 오토바이를 세우고 내렸다. 금이 쩍쩍 갈라진 아스팔트 도로, 이리저리 뒤집혀 있는 자동차들…… 마치 지진이라도 난 듯한 풍경이 눈에 들어왔다.

"이거였나……."

사거리 전체에 걸쳐 분화구처럼 뻥 뚫려 있는 커다란 구멍 앞에 서서 민구는 조금 놀란 표정으로 중얼거렸다. 지하철 공사가 아직 마무리되지 않아 쇠판으로 덮어 두었던 부분이 모조리 날아가 버린 자리에는 수십 미터 깊이의 구멍이 나 있었다. 떨어져 내린 자동차와 좀비들의 잔해가 콘크리트 철근 잔해 사이에 박힌 채다.

"완전히 작살났구만."

민구는 감탄하며 커다란 구멍 주변을 천천히 걸었다. 쇠판을 받치고 있던 H빔 지지대가 잘린 단면은 불에 탄 흔적이 역력하다. 지반이 무너지면서 발생한 2차 충격 때문에 떨어져 내리지 않은 사거리 주변의 건물들조차 유리창이 전부 박살 난 채 기운 상태였고, 절반으로 동강이 나 무너진 J타워의 잔해 사이에는 깔린 사람들의 팔다리가 튀어나와 있다.

이미 오래전에 숨을 거둔 것이어서 괴물이었는지, 인간이었는지는 알 도리가 없다.

"뭘 어떻게 하면 이렇게 되는 거지?"

상상을 초월하는 크기의 거대한 싱크홀을 내려다보면서 민구는 턱을 긁적거렸다. 직각으로 햇살을 받은 구멍 바닥으로 사람의 손과 발, 머리를 포함해 엄청나게 많은 잔해들이 어지럽게 얽힌 모습이 눈에 들어왔다.

폭격이었을까?

민구는 고개를 저었다. 단순히 괴물들을 죽이기 위해서 이만큼 큰일을 저질렀을 것 같지는 않다. 철저하게 초토화된 도로를 잠시 더 구경하던 그는 방향을 돌려서 다시 북쪽으로 올라갔다. 계속 이런 식으로 가다가는 올림픽대로까지 가야 할 것 같다는 생각이 들어 혼자 히죽거리고 웃을 때, 멀리서 묵직한 쇳소리가 고막을 울렸다.

위잉— 쿵— 위잉— 쿵—.

이건 분명히 사람이 중장비를 이용해서 내는 소리다. 쇳덩이끼리 부딪치는 소리도 들린다.

"혹시 또 길을 막고 있는 건가?"

아까 역삼역 사거리에서 봤던, 층층이 쌓인 자동차들의 모습이 생각나서 민구는 속도를 높였다. 만약 그렇다면 군인 놈들이 작업을 마치기 전에 그 자리에 도달해야 한다.

개나리 공원을 지났을 때, 에에엥~ 하고 커다란 사이렌 소리가 울려 퍼졌다.

뭐지…… 공습이라도 있는 걸까?

민구는 고개를 들어 하늘을 살폈다. 낮게 위치한 하얀 구름들뿐, 비행기는 모습이 보이지도, 소리가 들리지도 않는다. 열흘이나 자동차가 다니지 않은 서울의 대기는 몰라볼 정도로 맑아져서, 꽤 먼 곳까지 아주 또렷하게 보인다.

골목에서 빠져나가 논현로에 재진입하자, 지난 며칠간 한 번도 보지 못했던 광경이 그를 맞았다.

중앙의 두 개 차로가 깨끗하게 정리되어 있고, 걷어 낸 자동차들은 부서진 채 길 양편에 쌓여 있다. 추석 당일의 서울 도로처럼 훤하게 뚫린 도로라니! 직접 그 위를 내달리고 눈으로 보면서도 도무지 믿어지지가 않는다.

에에엥~.

그러는 동안에도 사이렌은 여전히 시끄럽게 울려 댄다. 어디인지는 몰라도 고층 건물 위에서 틀어 대는 것 같다.

타타타타타! 투투투투투투둑! 타타타타타ー!

갑자기 사격이 시작되었다. 총성이 들려오는 곳은 대로의 오른쪽이다. 그가 지나가야 하는 방향이기도 하다. 민구는 한 블록 전에 방향을 틀어 골목으로 진입했다. 괜히 흥분한 군인들의 사선 속으로 오토바이를 몰아 들어가고 싶지 않아서였다.

아까 그 사이렌은 괴물들이 다가온다는 신호였던가 보군…….

상황을 대충 이해한 민구는 골목 끝까지 내달렸다. 대로를 거치지 않고 이곳을 통과할 생각이었다.

그롸아아악ー.

그때, 등 뒤에서 괴물들의 포효가 전해졌다.

끼이익ㅡ.

출구가 또 막혀 있는 것을 본 민구가 급하게 브레이크를 밟을 때, 자동차 때문에 가려진 골목 안에서 사람의 고함 소리가 들려온다.

"빨리 와, 이 새끼야! 빨리!"

"갑니다! 조 상병님!"

땡그렁!

공구를 내던지는 소리, 이어서 네 명의 군인이 달려 나왔다. 모양새를 보니 아마 출구에 철책을 치고 있던 녀석들인 모양이다.

그롸아악!

대열에서 이탈한 소규모의 괴물들은 벌써 골목 사이를 누비며 뛰어다니고 있다.

투투둑! 투투둑!

한 군인이 사격을 시작해 보지만, 목표와의 거리가 너무 멀어서 맞지 않는다.

그롸아악ㅡ.

이번에는 위쪽에서 괴물들이 튀어나왔다. 거리는 약 150미터. 앞뒤로 좀비들 사이에 갇혀 버린 네 명의 군인은 점점 바짝 붙어 서며 막다른 골목 쪽으로 뒷걸음질을 쳤다. 그러던 중 이병 하나가 민구를 발견하고 소리를 질렀다.

"어! 조 상병님, 저, 저기……!"

"뭐? 어디? 어…… 생존자야? 이런 데에 아직도 살아 있는 사람이 돌아다닌다니……."

믿기지는 않았지만, 오토바이에 멀쩡히 앉아 있다는 것이 민구가 좀비가 아닌 인간임을 한눈에 인정하게 했다. 군인들은 주변을 경계하며 민구를 향해 다급하게 손짓을 했다.

"아저씨! 이리 와요! 빨리! 거기 있으면 위험해!"

"뭐 해요? 아 참! 빨리 오라니까!"

그럽시다…….

느긋하게 대답한 민구는 오토바이를 세우고 손을 뒤로 뻗어 가방에서 마세티를 꺼냈다.

"스르릉—.

길고 넓적한 칼이 쇳소리를 울리며 뻗어 나오자 손짓하던 군인들은 동시에 말을 잃었다.

"헐……!"

맨 처음 그를 발견한 이병이 자기도 모르게 외마디 감탄사를 내뱉는다. 민구가 마세티를 든 채 그들 방향으로 한 걸음을 내딛자 군인들은 다시 소리를 질러 대기 시작했다. 다만, 이번에는 내용이 달랐다.

"아니야! 오지 마! 거기 서! 멈춰! 쏜다!"

"오지 말라고!"

오랬다가 말랬다가, 시끄러운 녀석들일세…….

민구는 목을 두둑두둑, 꺾은 다음 뒤로 몸을 돌렸다. 다른 놈들보다 달리기가 빠른 좀비 세 마리가 자동차와 벽 사이를 누비며 뛰어오고 있다. 빙글, 마세티를 한 번 가볍게 돌린 민구는 부웅, 몸을 날려 가장 앞선 놈의 목과 턱 사이에 칼을 내려쳤다.

칵!

중량감 있는 마세티의 칼날이 놈의 목에 박히며 밀어 치자, 괴물은 자동차 지붕에 머리를 부딪치며 쓰러진다. 녀석이 비스듬히 누워 버린 덕에 절단하기에 딱 좋은 자세가 나왔다. 민구는 곧바로 칼을 빼서 다시 같은 자리를 향해 빠르게 휘둘렀다.

카드득!

목뼈가 사선으로 꺾이면서 괴물은 맥없이 고꾸라졌다. 죽었는지 확인해 볼 필요조차 없을 만큼 깔끔하게 들어간 공격이다. 두 번째 놈을 상대하기 위해 민구는 방향을 45도 틀었다. 그리고 달려드는 녀석의 아가리에 마세티를 박아 넣었다.

와자작!

아래턱이 작살난 괴물이 벽에 대가리를 부딪친다. 그리고 퉁, 하고 튀어나오는 반동이 민구가 휘두르는 힘과 더해지면서 놈의 머리통 윗부분은 단번에 잘려 나갔다. 이빨이 부러진 턱 아랫부분만 남은 괴물의 몸이 벽에 박힌 듯 멈춰서 있다.

탁, 자동차 보닛을 밟고 뛰어오른 민구는 마지막 괴물의 정수리를 직각으로 내리찍었다.

쩌쩌쩍!

뼈가 조각나고 골이 터져 나가는 소리와 목뼈가 으스러지는 소리가 동시에 울린다.

삐걱!

민구는 팔목을 틀어 놈의 조각난 해골 틈에 낀 칼을 빼냈다.

"으......!"

순식간에 괴물 세 마리를 해치우고 민구가 몸을 돌렸을 때, 군인들은 난감한 표정으로 그를 바라보고 있었다. 자신들의 눈앞에 서 있는 것이 대체 어떤 종류의 인간인지 도무지 가늠이 되지를 않는다. 그러는 동안에도 위아래 양방향에서 좀비들은 빠르게 덮쳐 오고 있다. 혼자서만 상대하기에는 수가 어지간히 많다. 민구는 자신이 상황을 통제하기로 했다.

"내가 이쪽을 맡지!"

위쪽 골목에서 뛰어오는 괴물들을 마세티로 가리킨 민구가 자동차 지붕을 밟으며 뛰어나가자, 군인들 중 세 명은 얼결에 고개를 끄덕이고 아래쪽으로 몸을 틀었다. 어차피 이 골목 안으로 진입한 좀비들은 대열에서 떨어져 나온 부스러기들이다. 많아 봐야 전부 합쳐 20여 마리 정도.

한 방향에 열 마리씩만 집중한다면 상대하기 어려운 것만도 아니다. 갑자기 오토바이를 타고 나타난 사내를 마지막까지 의심스러운 시선을 풀지 않고 바라보고 있던 상병도, 민구가 좀비 둘의 머리통을 차례로 날리는 것을 보고 나서는 전방을 향해 고개를 돌렸다. 수상하기 짝이 없는 인간이지만, 지금 이 순간 뒤통수를 칠 것 같지는 않았다.

"한눈팔지 말고 집중해! 다 잡을 수 있다!"

"옛!"

투투투투둑— 투투투— 투투둑—.

한 번씩 훑고 지나갈 때마다 한두 마리씩 좀비가 쓰러진다. 하지만 역시 방치되어 있는 자동차들이 문제였다. 자동차가 좀비들을 위한 엄폐물처럼 작용하기 때문에 놈들을 맞힐 기회는 3분의 1 이하로 줄어들어 버렸다.

그롸아악—.

우직! 콰당!

등 뒤에서는 좀비들의 아우성과 뼈가 부러지고 자빠지는 소리가 요란하게 울린다. 그 칼 든 사내가 제대로 싸우고 있는 것인지 궁금했지만, 돌진해 오는 좀비들을 상대하는 데만도 벅차서 뒤를 돌아볼 여유가 없다.

"열한 시! 열한 시! 머리 쏴! 머리!"

"빨간 옷! 빨간 옷! 으아아아!"

네 명에서 사격을 하는데도 마지막 좀비를 쓰러뜨린 것은 놈이 불과 5미터 앞까지 다가왔을 때였다.

"하아~ 하아~."

네 군인은 숨을 헐떡이며 이마에 흘러내린 진땀을 닦아 냈다. 차 한 대 거리 너머에는 심하게 부패한 좀비가 머리통과 상체가 벌집이 된 채 쓰러져 있다.

살았다…….

안도의 한숨이 절로 나온다. 재수가 없는 동료들은 전투를 마쳤을 때의 이런 기쁨을 누리지 못하고 저 녀석들의 먹이가 되곤 했다. 오늘 그들도 만약 이 칼 든 사내를 만나지 못했다면 어떻게 되었을지 장담하기 어렵다.

05

"그러고 보니 그 남자는……."

등 뒤가 갑자기 서늘해진다.

조 상병은 깜짝 놀라며 뒤를 돌아봤다. 문제의 그 남자는 바로 뒤, 자동차 지붕에 걸터앉아 막 담배에 불을 붙이려는 참이었다. 여전히 남자의 손에 들려 있는 커다란 정글도, 그 칼날에 가득 묻어 있는 찐득한 검은 피와 녹색의 체액들에서 눈을 떼기가 어렵다.

좀 더 멀리 시선을 던지자 자동차들 사이의 도로에 머리가 박살 나거나 잘린 좀비들이 널브러져 있다.

벌써 다 죽이고 총으로 쏘는 우리가 끝내기를 기다리고 있었다는 말인가……. 뭐, 뭐야? 저거 인간이야, 귀신이야?

조 상병은 자기도 모르게 방아쇠 근처로 손가락을 가져다 대고 있었다. 사내의 행동이나 인상이 아무래도 너무 오싹해서 저절로 경계하게 된다.

"끝났군. 잘들 하네. 양복쟁이 새끼들보다는 백배 나은데?"

아흐레 전, 강서 정수장 앞 도로에서의 일전이 생각난 민구는 사격을 마친 군인들을 향해서 씨익 웃어 줬다. 그 딴에는 꽤나 호의를 담은 부드러운 미소였지만, 보고 있던 군인들은 오히려 흉터가 일그러지는 듯한 표정 때문에 등에 소름이 돋는 것 같았다.

"우리 막내들도 봄에 입대했는데……. 그 새끼들, 잘 있나 모르겠군."

그렇게 말하며 민구는 주머니에서 담배를 꺼내 갑째 던져 주었다.

막내들? 막내가 여러 명인 집도 있나?

병사들의 표정이 혼란스럽다.

거짓말은 아니다. 봄에 그가 직접 훈련소까지 따라가 입영시켰던 조직원 녀석들이 여럿 되었으니까.

"에…… 고맙습니다."

조 상병이 어설픈 표정으로 고개를 꾸벅한 뒤, 담배 한 대를 꺼내 문다. 그에게도 보급 담배 정도는 있지만, 호의를 받아들인 것이다.

타타타타— 투둑—.

아직도 대로 쪽에서는 간간이 총성이 들려온다. 하지만 사이렌이 더 이상 울리지 않는 것을 보면 좀비들의 웨이브는 애초부터 그리 큰 규모가 아니었던 모양이다. 잠시나마 서로 생명을 맡겼던 사람들끼리 조금쯤은 휴식을 나누어도 된다.

그런데 저 남자, 대체 왜 칼을 손에서 놓지를 않지? 네가 그러니까 나도 안전장치를 못 걸잖아…….

"근데……."

담배 연기를 코로 내뿜고 나서 조 상병이 조심스럽게 묻기 시작했다.

"도대체 어디에서 오신 겁니까? 이 근방이 전부 봉쇄되었는데. 아, 설마…… 이 골목 안쪽에 쭉 숨어 계셨습니까, 지금까지?"

"강남역 아래에서 오는 길이오…… 저걸로."

민구가 구석에 세워 둔 오토바이를 가리킨다. 군인들은 적지 않게 놀랐다.

"아니, 그쪽 막는다고 한 지가 언제였어? 아직도 뻥 뚫려 있나 본데?"

"저도 모릅니다. 3소대가 그 지역 담당이지 말입니다."

병사들이 자기들끼리 시끄러워지자, 귀찮아진 민구는 멋쩍어하며 말을 꺼냈다.

"저기…… 저것 좀 잠깐 열어 줬으면 좋겠는데. 나 좀 지나가게 말이오."

병사들은 민구가 가리키는 방향으로 고개를 돌렸다. 자신들이 조금 전 골목을 막아 설치한, 단단한 바리케이드를 말하는 것이다. 쇠기둥이 촘촘히 박힌 철제 장벽 내부에는 문이 달려 있긴 했다. 처음부터 잠겨 있어서 문제지만.

"우리도 열쇠 같은 건 없습니다. 그냥 정해진 위치에 설치만 하는 거라. 아마 애초에 열려고 만든 게 아닐 거라서."

"그렇게 골목 출구마다 다 막아 놓으면 당신들은 어디로 빠져나갈 건데?"

"저희가 철수할 길은 저깁니다. 저기에 장갑 수송차가 있습니다."

조 상병은 멀리 보이는 대로를 가리켰다.

끼우웅— 쿵! 끼우웅— 쿵!

다시 공사가 재개되었는지 처음 민구를 이곳으로 이끌었던 중장비 소리가 들려온다. 들어 보니 거짓말을 하는 것 같지는 않다.

애들을 죽여 봐야 열쇠는 얻을 수 없겠군. 그냥 돌아가는 수밖에…….

민구는 궁금했던 것들이나 듣고 가기로 했다.

"흠, 아까부터 궁금했는데, 저거 지금 큰길에서 자동차들을 치우느라 나는 소리 맞는 거요?"

"네, 그렇습니다."

"한쪽에서는 골목마다 벽을 쌓아서 길을 막고, 또 한쪽에서는 일부러 자동차들을 치우고…… 대체 왜 그러는지 압니까?"

"골목의 출구를 막아서 좀비들의 이동 방향을 조정한 다음, 더 많은 놈들이 한자리에 집결할 수 있도록 일부러 탁 트인 장소를 마련해 주고 있는 겁니다. 그렇게 해야 공격 효율이 좋아진다고 해서요."

"설마…… 그렇게 한 다음, 봉은사로 사거리처럼 날려 버리려고?"

"제거한다는 면에서는 비슷하긴 한데……. 언뜻 들은 거라서 잘 모르지만, 거기는 특별한 경우라고 했습니다. 도로 봉쇄 공사를 하던 중에 규모 여섯짜리가 들이닥치는 바람에 불가피하게 서둘러 폭파를 했는데, 하부가 비어 있는 상태여서 피해가 생각보다 컸다고……."

"규모 여섯? 그건 뭐요?"

"10만 이상의 좀비들이 뭉쳐 있는 경우를 말하는 겁니다."

10만…… 엄청난 수다. 걸려들면 그냥 끝장이겠는걸?

휘유~ 민구는 가볍게 휘파람을 불었다.

"아, 근데 애초에 이렇게 고생스럽게 길을 막는 이유는 뭐랍니까?"

"서울시 좀비의 3분의 1이 강남부터 그 서쪽 지역에 집결되어 있거든요. 뭐, 우리도 들은 이야기지만, 하늘에서 보면 아주 대단하다고 합니다. 그놈들이 상암이나 잠실 쪽으로 가면 안 되니까 양방향에서 이렇게 하는 겁니다. 그리고…….."

상병이 자신의 계급장을 가리키며 말했다.

"저희 같은 쫄따구들이 뭐 알아야 얼마나 알겠습니까. 그냥 시키는 대로 하는 거지."

"잠실! 이야기가 나온 김에 몇 가지만 더 물어봅시다. 잠실에 쉴 터라는 데로 와 달라던데…… 여기서 멉니까?"

"쉴 터요? 쉴 터? 아~아, 쉴 터가 아니라 쉘터 말하는 거겠네요. 민간인 생존자들을 모아서 수용하는 곳입니다. 잠실에는 야구장하고 올림픽경기장에 있습니다."

기동이, 이 바보 같은 새끼…….

민구의 왼쪽 눈이 미세하게 파르르 떨렸다. 비록 막아 놓은 길을 터 줄 것 같지는 않지만, 소득이 몇 가지 있었다.

"근데 아저씨, 어떻게 하실 겁니까? 규정대로라면 생존자시니까 보호해야 하는 게 맞는데, 저희는 지금 잠실 쉘터 반대 방향으로 작업을 하면서 전진하거든요. 저희 임시 기지는 저 위쪽 건물인데, 만약 따라가시겠다면 그…… 도검류……는 일단 저희가 보관하겠습니다."

"아니, 나는 잠실로 갈 거요. 이 위쪽에 안 막힌 길이 있습니까?"

"위쪽으로는 없을 겁니다. 올림픽대로까지 아마 전부…… 그리고 도로를 통과해도 아마 교량을 건널 수가 없을 겁니다. 아! 탄천교는 아직 개방되어 있다고 하긴 했는데……. 근데 완전히 믿지는 마십시오. 아까도 말했지만, 저 같은 졸병이 뭐를 얼마나 알겠습니까?"

"탄천교. 고맙소. 조심하시오."

민구는 칼을 들고 일어서서 오토바이를 향해 걸어갔다. 어째 한참 동안 빙 돌아서 가게 될 것 같다는 예감이 들었다.

"부르릉~!"

가볍게 손을 흔든 민구가 RMZ 450을 돌려 시야 밖으로 사라지자, 일병들은 참아 왔던 한숨을 몰아쉬었다.

"휴우우우~ 저 사람 뭡니까, 조 상병님?"

"몰라. 그냥 괴물이야. 씨발, 아까 좀비 머리 똑똑 따는 것 봤지? 북파 간첩…… 뭐, 그런 건가?"

"저희를 정말로 따라가겠다고 하면 어쩌나, 걱정했지 말입니다."

일병이 헬멧 속으로 손을 넣어 땀을 훔치면서 중얼거린다. 지금까지 배에 힘을 꽉 주고 있던 조 상병이 풀어진 목소리로 말했다.

"……나도 그랬어."

"우리 꼭 F1 정비팀이 된 것 같지 않냐? 레디~ 고!"

미니 잭 두 개로 자동차의 양쪽을 들어 올려 앞 타이어 두 개를 빼내는 동안 삼식이는 뿌듯한 표정을 지으며 복스 렌치를 돌렸다. 가끔씩 우우웅— 우웅— 하는 전동 렌치 효과음을 내기도 했다.

"바퀴 다 뺐어. 가스통!"

잭을 빼내 자동차들이 앞쪽으로 기울어지게 해 놓은 뒤, 신입이 부르면 보안관이 트럭에서 내린 LPG통을 굴리고 와서 자동차 뒤쪽에 반쯤 끼게 눕혀 놓는다. 이렇게 하면 한 대분의 작업이 끝난 것이다.

반대편 차선에 있는 차들은 뒷바퀴를 빼고 트렁크에 다른 차에서 꺼낸 배터리나 짐, 타이어들을 채워 넣어 두었다. 작업 대상은 가급적 작은 자동차들로 골랐다. 제한된 힘만으로 물체를 하늘로 날리려고 할 때, 공차 중량 1.2톤과 1.7톤은 꽤나 큰 차이다.

"씨발, 해 달라니까 해 주기는 한다만, 대체 이게 무슨 뻘짓거리인지 모르겠네. 멀쩡한 차바퀴는 뭐 한다고 일부러 다 빼놓은 건지 참……."

비 오듯 흘러내리는 땀을 닦으며 신입이 툴툴거린다. 세 친구도 가뜩이나 뜨거운 날 계속 몸을 썼더니 눈이 따끔거리고 어깨가 뻐근해 온다. 점심으로 먹은 초코바 두 개는 벌써 다 소화가 됐고, 땀을 너무 많이 흘려서 아무리 물을 많이 마셔도 몇 시간째 오줌이 마렵지 않다.

"당구랑 비슷한 거야. 작용과 반작용."

유빈이 대답했다. 그래도 신입이 이해를 못 하는 것 같아서 한 번 더 설명을 해 준다.

"자동차가 평평한 상태로 서 있으면 가스통이 폭발했을 때 아무 방향으로나 날아가게 될 거야. 앞쪽으로 날아가서 걸어오는 좀비들을 덮치게 될지, 반대로 튀어 올라서 우리 머리 위로 떨어질지를 모른다고. 그러니까 일부러 이렇게 한쪽 면이 들리게 해 놓는 거야. 폭발이 일어났을 때, 만약 하늘로 치솟아 오르거나 하면 그 반대 방향으로 날아갈 수 있도록……."

"그래, 그건 그렇다 치자. 그럼 이쪽 뒷바퀴를 뺀 차들은 왜 트렁크에 뭘 잔뜩 넣어 놨는데?"

"그건 무게 중심을 맞추려고 하는 거지. 왜냐하면 보통 자동차는 엔진이 있는 앞쪽이 더 무겁거든. 그러니까 이 차들의 뒷바퀴를 빼놓았어도 정작 아래에서 폭발이 일어나면 트렁크가 눌러 주는 추 역할을 못 할 거야. 아마 뻥! 터지고 나서 잘해 봐야 제자리에서 튕겨 올라가는 정도겠지. 그러니까 일부러 무게를 더 해 준 거야."

"그렇게 한다고 해서 정말로 네가 원하는 방향으로 차가 날아간다고? 작용과 반작용 같은 소리 하네. 너 고등학교 다닐 때 물리 잘했어?"

"중학교 2학년 때 이후로는 잘하는 과목이라는 게 없었다. 됐냐, 이 새끼야? 이런 건 그냥 잔머리로도 생각할 수 있는 거야."

"네 입으로 인정했으니까 하는 말인데, 이렇게 따로따로 떼어 놓아서 찔끔찔끔 불을 붙이는 것보다 그냥 가스통을 한데 모아서 터뜨리는 게 훨씬 더 빵! 터질 거라고. 왜 멀쩡히 트럭에 실려 있는 걸 일부러 나눠 놔?"

"개방된 공간에서 터져 봐야 그냥 불기둥 한 번 크게 솟고 나면 그만이야. 그러면 다른 차들에는 불이 안 붙는다고."

"도망가기 전에 한 번에 날려야 효과적이지!"

"좀비들이 도망치는 걸 한 번이라도 본 적 있어? 그냥 우리를 물어뜯겠다는 욕망, 그거 하나뿐이라고! 그러니까 이 작전이 통하는 거야."

유빈이와 신입이 티격태격하면서 빼낸 자동차 바퀴들을 트렁크에 넣는 동안 보안관과 삼식이는 더 깊숙이 앞쪽으로 들어가서 나란히 늘어선 자동차 A필러와 휠 축의 바깥쪽만 짝지어 두 대씩 줄로 연결했다. 줄은 빨랫줄을 세 겹으로 꼬아 만들었다.

혹시 바리케이드를 피해 우회하는 일을 미리 방지하기 위해서 그 선 우측 나무들에다 레이저 와이어를 걸어 놓는 것으로 유빈이 계획한 모든 트랩은 완성되었다.

가장 먼 위치에 있는 것은 주유구를 열어 놓고 긴 천을 꽂아 둔 다섯 줄, 20여 대의 차량이다. 그다음은 끈으로 자동차의 바깥쪽만 연결해 놓은 바리케이드다. 바리케이드 다음에는 바퀴를 빼고 가스통을 하부에 끼워 둔 차량이 두 줄, 그 바로 뒷줄에 오늘 작전의 목표물인 공항버스가 있다.

뒤쪽 창문은 깨 놓았고 버스 내부에는 세녹스 두 통과 LPG 가스 네 통이 들어 있다. 인접한 차량들과 그 뒤 네 줄의 차량 주유구에도 역시 천을 살짝 끼워 두었고, 거기에서 또 네 줄 뒤가 경전철 역에서부터 가져온 케이블로 그물을 쳐 둔 선이다.

정말 다행히도 비가 내릴 기미는 없어 보였다. 비가 온다면 이렇게 정성 들여 마련한 장치들이 모두 무용지물이 되어 버린다.

"잘 봐 봐. 이렇게 철사 끝을 천으로 잘 감싼 다음에 안쪽으로 깊숙이 쑤셔 넣고서 라이터 기름을 한 번 뿌려 주면 돼. 이렇게……."

주유구 안에 천을 집어넣는 시범을 보이며 유빈이 시간을 강조했다.

"이걸 차 하나당 10초 내에 해야 돼. 한 사람이 아홉 대씩을 해야 하니까 그렇게 서둘러도 이동하는 시간까지 합치면 2분이 더 걸릴 거야. 그러니까 각자 뒤쪽에서 아무 차나 붙잡고 연습을 좀 해 둬, 익숙해질 때까지. 삼식아, 나 지금 몇 초 걸렸냐?"

스톱워치를 보고 있던 삼식이가 고개를 갸웃댔다.

"13초 6? 14초 정도인 것 같은데."

"끄응, 나부터도 기준 미달이네."

"그냥 지금 미리 해 놓으면 안 되냐? 나 오늘 일 너무 많이 해서 팔이 어떻게 된 것 같아. 이 손으로 어떻게 그걸 할 수 있을 것 같지가 않다."

신입이 덜덜 떨리는 손을 들어 보인다. 비단 신입뿐 아니라 다들 지치기는 마찬가지였다. 유빈도 머리가 어찔어찔하다.

보안관이 가장 심각했다. 땀을 많이 흘려서 반창고는 다 떨어져 버렸고, 힘을 쓸 때마다 어제 베인 상처가 벌어져서 언제부터인지 모르지만 피를 흘리고 있었다. 하지만 이렇게 고생을 해서 기껏 함정을 만들었는데, 여기에서 잠깐 게으름을 피웠다가 이 모든 게 헛수고가 돼 버리는 건 싫다.

"휘발유니까 미리 해 놓으면 다 날아가 버려서 불이 제때 확 안 붙는다고. 연습하자."

네 남자가 철사와 천을 들고 차 주유구와 씨름하는 동안, 시간은 점점 흘러서 7시가 넘었다. 예상하고 있던 좀비들의 행진 시간은 8시였지만, 미리부터 준비를 하고 있는 게 낫다.

"한 시간 남았어요."

망원경과 시계를 번갈아 보고 있던 제니가 일러 준다. 하루 종일 햇살을 가려줄 곳 하나 없는 자동차 위에 서서 감시를 한 터라 그녀의 빨갛게 익은 얼굴에는 땀방울이 송골송골 맺혀 있다. 등산 모자로 직사광선을 막았어도 이글거리는 복사열을 고스란히 받아 왔다. 체력이 약한 사람이었다면 벌써 쓰러졌을 것이다.

"알았어. 자리 잡고 있자."

유빈과 세 남자는 주유구를 열어 둔 차량의 가장 앞줄로 가서 긴 철사와 라이터 기름통을 트렁크에 올려놓고 계속 수분을 보충하며 신호가 떨어지기만을 기다렸다.

다들 농담도 할 수 없을 만큼 지친 상태여서 긴 침묵이 이어졌다.

우웨엑, 더위를 먹은 신입이 결국 토사물을 쏟아 낸다. 놈들이 나타날 시간이 가까워져 올수록 불안감이 커져서, 유빈 역시 속이 뒤집히는 것 같았다. 놈들이 이쪽의 낌새를 알아채기 전에 미리 달아났던 어제와는 다르다.

제대로 되어야 하는데…….

만약 계획대로 처리하지 못하면 뒤늦게 달아나더라도 번화가까지 위험해질는지 모른다. 유빈은 세차게 도리질을 해서 걱정과 잡념을 쫓아 버렸다.

"와요! 왔어요!"

페트병의 물이 다 떨어져 갈 때쯤, 제니가 외치는 소리가 어지러운 머리를 울리며 뒤쪽에서 들려온다. 유빈은 혹시 환청이 아닐까 싶어 고개를 돌려 봤다.

제니가 망원경에서 눈을 떼고 열심히 소리를 지르고 있다.

Chapter 19
학살

01

"시작!"

네 남자는 서둘러서 천을 쑤셔 넣으며 뒷걸음질을 치기 시작했다. 주유구의 구조가 다른지 가끔씩 철사가 깊숙이 들어가지 않는 놈들이 있어서 계획보다 시간이 더 걸린다. 하지만 다행히 아무도 넘어지지 않은 채 무사히 바리케이드를 넘고 버스를 지나쳤다.

좌악—.

버스 안으로 뛰어 들어가서 세녹스 한 통을 골고루 뿌려 놓은 뒤, 유빈은 만일에 대비해 불을 켠 플래시를 의자에 놓아두었다. 해가 급격하게 진다 해도 이게 있으면 목표가 되어 줄 수 있다. 깨 놓은 뒤쪽 유리를 통해 뛰어내릴 때, 기름기가 묻은 신발이 아스팔트에 미끄러지면서 유빈은 바닥에 나동그라졌다.

"아야야!"

팔꿈치가 벗겨지고 등짝이 터지는 것 같다. 철사에 긁히면서 목에도 생채기가 났다. 하지만 그것보다 더 골치 아픈 문제는 손에 들고 있던 라이터 기름통을 놓친 것이다. 유빈은 굴러간 라이터 기름통을 꺼내기 위해 버스 밑으로 기어 들어갔다.

"야! 뭐 해, 인마!"

벌써 자기 할당량을 거의 끝낸 보안관이 다급하게 소리친다. 삼식이와 신입도 이 돌발 상황에 놀라 손을 멈췄다.

"아냐! 괜찮으니까 빨리 자기 라인 끝내!"

네발로 기어 나오면서 유빈이 외쳤다. 전체적으로 계획했던 것보다 시간이 늦어지면서 좀비들의 포효가 들려오기 시작한다. 놈들이 이쪽을 알아보고 뛰어 오기 시작하면 큰일 난다. 아직 우리가 보이지 않는 동안 빨리 뒤로 달아나야 한다……는 생각을 하면 할수록 주유구를 쑤시는 손이 떨리고 자꾸 천이 바닥에 떨어진다.

"빨리요! 이제 그만!"

제니의 목소리가 점점 째지는 고음이 된다. 준비 작업을 마치고 케이블 그물을 향해 뛰어넘었을 때, 네 남자는 모두 극한까지 지쳐 있었다.

"하아, 하아……."

제니가 기다리던 트럭 짐칸으로 기어 올라가 다닥다닥 붙어 앉은 네 사람은 잠시 숨을 몰아쉬었다. 달궈진 트럭 바닥은 해가 진 뒤에도 여전히 뜨겁다. 잠시 뒤, 타이어가 끌리며 지이이익― 하는 소리가 들려온다. 줄로 묶어 둔 부분까지 좀비들이 도착한 것이다.

유빈은 벌떡 몸을 일으켜 트럭 운전석 너머로 얼굴을 내밀어 놈들을 살폈다. 예상했던 대로 놈들은 가슴과 종아리 높이에 쳐 놓은 줄을 피하지 않고 뭉쳐 서서 힘으로 밀고 있다. 줄을 미는 놈들의 머릿수가 늘어나면서 조금씩, 조금씩, 자동차가 끌려 나와 회전한다. 곁으로 다가온 제니가 묻는다.

"근데요, 오빠. 저렇게만 묶어 놓으면 좀비들이 여러 마리 몰렸을 때 버티지 못하고 움직일 것 같아요. 가로등에 고정하지 않았어도 되는 거예요?"

유빈은 괜찮다고 했다.

"응. 애초부터, 하아, 하아~ 저렇게 움직이라고 해 놓은 장치야. 저 차들을 우리 힘으로 돌려놓지는 못하니까."

유빈이 가리킨 방향에서는 차들이 앞바퀴 안쪽을 기점으로 돌면서 점차 넓은 반원형의 공간을 만들어 냈고, 그 공간에 점점 더 많은 좀비들이 모여 섰다. 아직도 좀비들을 가로막은 줄은 용케 끊어지지 않은 채 버티고 있었다.

이제 놈들과의 거리는 자동차 열한 줄, 즉 50미터 정도에 불과했다. 하지만 아직 이쪽에 사람이 있다는 걸 느끼지는 못했는지, 그다지 아우성을 치거나 발광을 해 대는 기미는 없다.

어제 관찰해서 이미 그 규모를 알고 있는데도, 좀비들이 계속 꼬리를 물며 등장할수록 어마어마한 양이 실감되면서 온몸에 소름이 돋아 온다.

"그래…… 조금만 더 모여 봐라, 새끼들아."

트럭 뒤편으로 가 화염병 박스 덮개를 연 유빈이 나직하게 중얼거렸다. 어느새 주위는 어둑해져 있고, 버스에 켜 둔 플래시 불빛은 선명하게 가치를 발휘하는 중이다.

지이이익— 쿠쿠쿵—.

줄에 실린 좀비들의 무게 때문에 드래프트하듯 옆으로 밀린 차들이 다른 차를 때리며 요란한 소리를 냈다. 끊어지기 직전의 바리케이드 후방에 모여 선 좀비들이 100마리 가까이 된다. 더 기다릴 필요가 없었다.

칙—!

라이터를 켠 유빈은 기름을 흠뻑 빨아들인 화염병 심지에 불을 붙였다.

화르륵.

알코올과 기름에 적셔진 심지가 충분히 불꽃을 일으킬 때까지 기다렸다가, 유빈은 몸을 벌떡 일으켜 힘차게 어깨를 휘둘렀다.

휘익—.

화염병이 불타오르는 포물선을 그리며 날아가는 동안, 갑자기 모습을 드러낸 유빈의 존재가 좀비들을 흥분시켰다.

그롸아아아악—.

좀비들의 포효가 울려 퍼진다. 그리고…….

쾌창— 펑!

미리 깨 놓은 버스 뒤 창문을 겨냥했던 화염병은 버스의 모퉁이에 맞고 터지며 가로로 짧은 불기둥을 만들었다.

"이런 젠장!"

유빈이 탄식하면서 급히 두 번째 화염병을 집어 와 던졌다.

후우욱~!

어둠 속을 가르며 날아간 화염병은 버스 엔진에 맞으며 불꽃을 일으킨다.

화르륵—!

버스에 불길이 타오른다. 하지만 저 불꽃이 내부로 번져서 폭발을 일으킬 때까지 기다리기에는 시간이 부족하다.

뚜두두두둑—!

좀비들을 막고 있던 굵은 줄이 끊어지는 소리가 울린다.

"너무 먼가 봐! 내려가서 던져 보자!"

삼식이가 다급하게 외치며 화염병을 가지고 트럭 아래로 뛰어내려 케이블 그물 쪽으로 달려간다. 두 번의 실투에 당황한 유빈의 얼굴이 새파래졌다.

거리의 문제가 아니다. 버스 뒷면과의 거리는 35미터 정도에 불과하고, 트럭 위에서 던진다는 이점도 있기 때문에 각도만 맞추면 충분히 들어갈 수 있다. 문제는 불붙은 화염병을 그가 제대로 컨트롤하지 못한다는 점이었다.

시야가 어두워졌기 때문인지, 아니면 무게 중심이 달라서인지 모르지만 낮에 맥주가 채워진 병을 던지며 연습했을 때와는 완전히 감이 달랐다.

"이야압!"

아래쪽에서 삼식이가 커다란 기합과 함께 내던진 화염병은 비껴 나가떨어지며 주유구를 열어 둔 자동차의 트렁크 위로 떨어졌다.

화르륵—!

검은 연기와 함께 불길이 치솟아 오르고, 좀비 몇 마리의 옷에도 불이 옮겨붙었다. 바짝 말라 있던 좀비들의 머리가 활활 타오르며 기분 나쁜 냄새를 바람에 실어 보낸다.

"역풍이라서 그래! 더 세게 던지면 돼!"

크게 외치며 보안관이 있는 힘껏 화염병을 집어 던졌다. 배리 본즈가 한참 약을 빨던 시절의 홈런 타구만큼이나 빠르고 힘 있게 날아간 화염병은 버스를 넘고도 두 대의 차를 더 지나 뒤에 기다리고 있던 좀비들의 머리 위에서 터지며 놈들을 불덩어리로 만들어 버렸다.

그롸아아악ㅡ!

줄이 뚝 끊어지면서 앞줄에 몰려 있던 좀비들이 고꾸라진다. 그 혼란을 넘어서 뒤의 놈들이 달려 나온다. 남아 있는 화염병은 세 개. 세 번 안에 명중시키지 못하면 지금까지 해 온 모든 게 말짱 꽝이다.

젠장, 처음부터 확실하게 유선으로 연결해 뒀어야지, 이 멍청아!

때늦은 지혜가 떠오른 유빈이 후회가 가득한 얼굴로 화염병에 손을 뻗을 때, 신입이 새치기를 한다.

"내가 해 볼게. 좆나 못하네!"

하지만 신입은 심지에 불이 붙자마자 그 열기에 깜짝 놀라며 병을 놓쳐 버렸다.

퍼펑!

트럭 아래의 도로로 떨어진 화염병이 날카로운 유리 파편을 사방으로 날리며 터지고 얼굴과 머리에 가벼운 화상을 입은 신입은 비명을 지르며 쓰러진다. 사색이 된 세 친구는 서로의 얼굴을 번갈아 쳐다봤다.

남은 기회가 두 번뿐인데 아무도 명중시킨다는 보장이 없다.

그아아아아ㅡ.

자동차 사이를 빠르게 뛰어 다가온 좀비들이 케이블로 쳐 놓은 그물 틈새로 얼굴을 들이민다.

"여긴 내가 맡을게! 유빈아! 꼭 명중시켜!"

보안관이 해머를 꺼내고 달려가면서 소리쳤다. 삼식이도 야구 배트로 놈들의 내미는 손을 후려 패고 있다. 엄청난 책임감, 어깨를 짓누르는 중압감에 유빈은 퀭해진 눈으로 화염병을 바라보았다.

자신이 없었다. 맞히지 못할 것이다. 차라리 이걸 들고 뛰어가서 버스 안에 던지고 돌아와야겠어……라고 생각한 유빈이 뛰어내릴 준비를 하고 있을 때, 갑자기 제니가 그의 어깨를 가볍게 밀며 외쳤다.

"오빠, 머리 숙여요!"

그런 후, 제니는 배낭에서 꺼낸 볼라를 늘어뜨리고 끝부분에 불을 붙였다.

화아악—!

양말과 박스테이프로 감싸 둔 볼라의 무게 추들이 순식간에 불덩어리로 바뀌며 타오른다. 조그만 불덩어리들이 방울져서 떨어져 내리는 걸 보면, 바로 직전까지 기름을 듬뿍 뿌려 둔 모양이다.

휘잉— 휘잉— 횡, 횡, 횡—.

트럭 운전실 지붕으로 뛰어오른 제니가 불덩어리 볼라를 머리 위로 크게 휘두르며 돌린다. 그러고는 한 발을 내디디며 힘껏 던졌다.

그 광경은…… 아름다웠다! 뒤로 젖혀 무게 중심을 잡은 왼손, 활짝 편 가슴의 흔들림, 불꽃 사이로 비치는 꽉 다문 입술, 그리고 급격하게 움직이면서 벗겨진 모자 속의 파도치는 갈색 머리카락…….

남자들은 자신이 처해 있는 다급한 상황도 잠시 잊은 채 제니와 그녀의 손끝에서 떠나 원을 그리며 날아가는 볼라에 시선을 고정했다.

횡— 횡—.

볼라가 버스를 향해 날아가는 광경은 마치 슬로비디오처럼 느리게 느껴졌다. 그리고 마침내 그 지긋지긋하던 뒤쪽 유리창 안쪽으로 마술처럼 볼라가 빨려 들어갔을 때, 모두의 얼굴에 승리의 벅찬 미소가 지어졌다.

화악!

버스의 내부가 화염으로 뒤덮이면서 주변을 환히 밝힌다.

"엎드려! 다 엎드려!"

여전히 트럭 지붕에서 승리에 도취된 채 한 팔을 번쩍 들어 올리는 제니를 끌어 내려 그 위로 몸을 덮으면서 유빈이 외쳤다.

콰콰쾅!

엄청난 폭발음보다 먼저 피부를 찢을 것 같은 충격이 터져 왔다. 그리고 거의 동시에 주변 전체를 뒤덮을 만큼 커다란 화염이 버스 내부로부터 뿜어져 나왔다.

와장창!

그들이 몸을 숨긴 트럭의 유리창이 충격파 때문에 박살 난다.

쿠우웅!

육중한 버스가 잠시 떠올랐다가 떨어지면서 타이어가 터지고 사방으로 유리 파편이 튀었다.

끄롸악—!

화르르륵!

버스 근처의 좀비들 수십여 마리가 산산이 찢긴 채 날아가 떨어지고, 한데 모여 서 있던 좀비들의 몸에도 불이 옮겨붙어 시꺼먼 연기를 내뿜으며 활활 타올랐다.

콰쾅!

버스 옆에 세워진 자동차들도 잇달아 폭발한다. 불길은 이제 가스통을 깔아 둔 자동차의 줄까지 번졌다.

키에에—.

그롸아아—.

불이 붙은 채 절벽 아래의 밭으로 떨어진 좀비들 중 살아남은 놈들이 몸부림을 치며 기어간다. 그런 탓에 작물들이 말라 비틀어져 있던 밭에도 불길이 옮겨붙었다.

터엉—!

새까맣게 타 버린 좀비의 다리 토막이 트럭 위까지 날아와 떨어지며, 폭발의 충격 때문에 멍해져 있던 유빈의 정신을 깨웠다.

"괜찮아?"

유빈이 걱정스레 묻자 제니는 놀라서 커다래진 눈으로 고개를 끄덕인다. 그녀를 보호하기 위해 감싸고 있던 유빈은 등이 따끔거렸다. 가벼운 화상을 입었나 보다.

위이잉— 고막에서는 이상한 소리가 울려 댔다. 하지만 엄살을 부릴 때가 아니다. 제니에게서 떨어진 유빈은 불붙은 좀비의 다리를 집어 던져 버리고 아래쪽을 향해 외쳤다.

"삼식아! 보안관! 괜찮아?"

"어어! 아! 귀야, 젠장!"

바닥에 엎져 있던 보안관과 삼식이가 인상을 쓰면서 기어와 트럭에 몸을 걸친다.

쾅! 콰쾅!

불길은 버스를 중심으로 해서 사방으로 번져 가고 있다. 하지만 온몸에 불이 붙어 타오르면서도 좀비들은 여전히 전진을 멈추지 않는다. 연료 주입구에 끼워 둔 천을 통해 불꽃이 옮겨붙은 자동차들이 터질 때마다 대여섯 마리씩의 좀비들이 뜨거운 화염을 고스란히 덮어썼다.

퍼엉—!

가스가 폭발하면서 바퀴를 빼 둔 자동차가 들려 올라가고, 그중에 몇 대인가는 정말로 유빈의 계획대로 뒷줄의 좀비들을 덮치기도 했다. 불붙은 자동차에 깔린 녀석들은 마치 고통을 아는 것처럼 격하게 발버둥을 치다가 자동차가 폭발하면서 머리가 날아간 다음에야 비로소 조용해졌다.

취이이익—!

폭발하지 않은 가스통들은 밸브를 통해 가스가 빠져나오면서 화염방사기처럼 불꽃을 내뿜었고, 줄지어 걸어오던 좀비들은 인간 도화선이 되어 주변의 놈들에게 그것을 고루 전달했다. 나일론이 섞인 옷들이 순식간에 불덩어리가 되어 솟구쳤다. 하지만 여전히 놈들은 계속 다가온다.

콰콰쾅!

점점 더 멀리까지 폭발이 번진다.

그롸아아악—!

지옥처럼 넘실대는 뜨거운 화염과 검은 연기를 뚫고 달려온 놈들이 자동차와 가드레일을 연결해 쳐 둔 케이블 그물을 흔들며 울부짖는다. 수분이라고는 하나도 없이 바짝 말라붙은 녀석들의 몸은 마치 숯처럼 활활 타오르고 있었다.

02

"너, 진짜 엄청 잘 던지더라! 잠깐이긴 하지만 예쁘다는 착각까지 들 정도였어!"

짐칸으로 올라와 물병을 집으며 삼식이가 제니를 칭찬했다. 얼굴과 머리에 몇 차례나 물을 끼얹어 봐도 열기에 익은 피부는 좀처럼 진정되지 않았다.

"지금 삼식이 오빠가 뭐라고 한 거예요? 무슨 착각이라는 말만 들렸는데!"

여기저기 정신없이 터져 나가는 굉음 속에서 귀를 막고 있던 제니가 고개를 갸웃거렸다.

"응? 신경 쓰지 마! 그냥 정신 나간 소리야!"

마찬가지로 얼굴에 물을 쏟아붓고 있던 보안관이 얼른 얼버무렸다.

그롸아악!

전방에 쳐 둔 케이블 그물 너머에는 온몸이 화염에 휩싸인 채 몸부림을 치는 좀비들이 몰려서 얼굴과 팔로 서로를 밀어 대고 있다. 놈들 덕에 아직 멀쩡했던 다른 좀비들까지도 불이 옮겨붙었다.

끼이익—.

케이블에 힘이 실리자 V자 형태로 모아 세워 둔 두 대의 승합차 필러가 긁히며 날카로운 고음을 냈다. 케이블 그물의 탄성에 밀려 나가며 유리창이 깨진 자동차 안쪽으로 넘어진 녀석들은 자동차 시트를 불덩어리로 만들고 다시 일어섰다.

"저, 저, 저 케이블 어떻게 해요? 불 옮겨붙으면!"

제니가 당혹스러워하며 외쳤다.

"괜찮아! 괜찮아! 내화 케이블이라서 안 타!"

보안관이 제니를 진정시켰다.

"내화 케이블?"

"그래, 말 그대로 불에 잘 안 타는 거야. 전철용 전기선은 전부 내화 케이블을 쓰게 되어 있거든. 삼식아, 머리 숙여!"

멀뚱히 고개를 든 채 폭발을 구경하고 있는 삼식이를 끌어당기면서 유빈이 보충 설명을 해 준다.

"정말요? 저렇게 불덩이들이 달라붙어 있는데도요? 그럼 저런 상태에서 얼마나 버텨요?"

"아, 뭐, 종류마다 다른데…… 버틸 수 있는 온도는 800도에서 천 도 사이였던 것 같아. 시간으로 치면 대충 두세 시간 정도고."

콰아앙!

높은 발화점 때문에 뒤늦게 불이 붙은 경유 차량들이 엄청난 굉음을 내고 폭발하면서 하늘로 좀비들과 파편을 날려 보낸다.

후두둑―.

산 쪽에 쳐 놓은 레이저 와이어에 좀비의 조각난 몸뚱이들이 날아가 꽂히고 걸린다.

에엥― 에엥―.

위잉―.

삥! 삥!

폭발의 충격 때문에 작동된 근처의 자동차 알람들이 계속 시끄럽게 울려 대는 통에 귀가 송곳으로 찌르는 것처럼 아파 왔다.

퍼엉! 퍼펑!

도화선 삼아 주유구에 꽂아 둔 천에 불이 붙고, 그 불이 연료 탱크까지 타들어 가면서 열 대 이상의 차량이 연쇄 폭발을 일으켰다. 하늘로 날아올랐던 불덩어리 좀비들이 내리꽂히며 뼈가 박살 난다.

폭발 지점에서 자동차 여덟 대 이상의 거리를 두었는데도 큰 폭발이 한 번씩 일어날 때마다 그들이 앉아 있는 트럭까지 뜨거운 열기와 강력한 충격이 함께 실려 날아왔다.

여러 종류의 불타는 오일이 몸에 들러붙은 좀비들은 시꺼먼 연기를 뿜어내면서도 꾸역꾸역 앞쪽으로 걸어오고 있다.

"아! 아악! 씨발, 나 얼굴이 어떻게 된 것 같아! 으으~."

화염병을 놓친 이후 계속 웅크린 채 신음하고 있던 신입이 생수로 얼굴을 씻어 내며 울부짖는다.

"너희들이 좀 봐 봐! 나…… 씨발, 심각한 상태냐? 많이 데었어?"

얼굴에서 손을 떼는 신입을 보고 네 사람은 잠시 말이 없었다.

풉—! 가장 먼저 침묵을 깨고 감정을 표현한 것은 삼식이였다.

"이야~ 너 엄청 멋있어졌네에! 내가 너 알고부터 지금까지 봐 온 중에 제일 나은 것 같다."

"뭔 소리야? 어떻게 됐기에 그딴 소리를 해? 똑바로 이야기 안 해, 이 새끼야?"

"아하하! 매끌매끌 민달팽이맨! 크크큭."

성질을 부리는 신입의 얼굴 때문에 삼식이는 또 웃음을 터뜨렸다. 신입은 오른쪽 앞머리와 오른쪽 눈썹, 심지어 속눈썹까지도…… 오른쪽 얼굴의 털이란 털은 모조리 싹 다 타 버린 상태였다.

끄아아아~ 씨발!

트럭의 사이드미러에 제 얼굴을 비춰 본 신입이 발작에 가까운 반응을 보인다.

"진정해, 그냥 얼굴이 좀 그을린 것뿐이야. 괜찮아, 눈썹은 금방 자랄 테니까."

유빈이 신입을 달래 주고는 아직 불이 붙지 않은 놈들을 향해 구석에 놓여 있던 화염병 두 개를 마저 던졌다. 괜히 곁에 두었다가는 언제 폭발할지 모른다.

콰창—.

케이블을 잡고 흔들던 놈들의 어깨와 머리가 금세 불길로 뒤덮였고, 옆으로도 번져 갔다.

퍼어엉— 기름이 가득 차 있던 SUV가 위로 날아오르면서 뒤쪽에 뭉쳐 서 있던 좀비들을 덮치고, 곧이어 또 다른 폭발이 일어났다. 검붉은 불기둥이 높이 솟구쳐 오른다.

왼쪽 절벽 아래의 밭으로 튕겨 날아가는 불덩어리 좀비들의 수효가 점점 더 늘어나며 말라 죽은 농작물들에도 불이 옮겨붙었다.

"세 시간이 지나서 줄이 끊어지면 어떻게 되는 거예요?"

정신없이 날아오는 파편들을 피해 트럭 바닥에 웅크리며 머리를 감싼 제니가 묻는다. 유빈이 대답했다.

"그 전에 저놈들이 먼저 죽을 거야! 사람 몸이라는 게 그 정도로 튼튼하지가 않아!"

유빈의 말을 증명하는 것처럼 최초의 폭발에서 살아남았던 녀석의 다리가 힘없이 꺾인다. 두개골 속의 뇌가 끓어오른 것인지, 다리근육과 인대가 불타 버리면서 끊어진 것인지는 모르지만, 놈은 케이블에 대롱대롱 매달린 채 더 이상 움직이지 못했다.

반면, 아직도 팔팔하게 케이블을 잡아당기면서 어떻게든 이쪽으로 넘어와 보려는 녀석들도 있다. 불덩이 좀비가 케이블의 빈틈에 머리를 비집어 넣으며 버둥거린다.

"저 새끼들!"

놈들을 처리하기 위해 보안관이 해머를 치켜들고 트럭에서 뛰어내린다. 유빈은 황급히 몸을 기울여 달려 나가려던 보안관의 어깨를 꽉 잡아 저지했다.

"왜 그래? 시간 없어!"

"물부터 뿌리고 가! 불 옮겨붙는다고!"

아! 그렇구나, 하는 표정을 지은 보안관이 머리부터 물을 부어 옷 전체를 적신 뒤, 케이블 그물 쪽으로 뛰어갔다. 삼식이도 다시 야구 배트를 들고 그 뒤를 따른다. 놈들이 이쪽으로 넘어오기 전에 모두 처치해야 한다.

"젠장! 그냥 곱게 좀 죽어 주면 안 되냐?"

유빈이도 물병을 통째로 쏟아부어서 바지까지 흠뻑 적신 뒤, 해머를 들고 케이블 그물 쪽으로 달려 나갔다.

그롸아아악—.

성긴 케이블 그물 사이로 얼굴을 내민 좀비들이 연기를 내뿜으며 입을 쫙쫙 벌린다. 정말이지 지옥에서 막 튀어나온 야차가 있다면 이런 모습일까 싶을 만큼 진저리 쳐지는 공포다.

"시끄럿!"

좀비의 머리통을 향해 보안관이 해머를 내려쳤다.

퍼걱!

불붙은 살 조각과 뼛조각이 사방으로 튄다.

화르르—.

불덩어리 좀비들이 팔을 뻗어 휘저을 때마다 엄청난 열기가 전해져 왔다. 세 친구의 젖은 옷과 피부에서는 순식간에 김이 모락모락 피어오르며 수분이 증발되었다. 더 위험한 것은 화학물질과 썩은 살이 타며 사방에서 피어오르는 시커먼 연기였다.

고글을 쓰고 있어서 눈에는 들어오지 않지만, 숨을 쉬기가 어렵다. 이대로 가다가는 불길을 아랑곳하지 않고 쉼 없이 걸어오는 좀비들이 죽기 전에 이쪽이 먼저 쓰러질 판이다.

"콜록콜록! 캑! 캑!"

무심코 연기를 들이마신 삼식이가 구역질처럼 격한 기침을 내뱉는다. 유빈은 입고 있던 젖은 셔츠를 벗어 공구 벨트에서 꺼낸 커터로 부욱 찢었다. 그러고는 둘로 찢긴 셔츠를 보안관과 삼식이에게 각각 한 조각씩 건넸다.

'이걸 어쩌라고?' 하는 표정의 친구들에게 유빈이 외쳤다.

"코랑 입을 가려! 마스크처럼!"

"너는?"

"일단 써!"

그런 후, 유빈은 바로 뒤에 역방향으로 세워진 프라이드의 운전석 유리창을 해머로 깬 다음 손을 집어넣어 문을 열었다. 처음에는 카 시트 삼아 씌워 둔 컬러 티셔츠를 꺼내려는 게 목적이었다. 하지만 고개를 숙였을 때, 자동차 키가 걸려 있는 게 눈에 들어왔다.

어차피 뒤가 꽉 막혀 있어서 샛길로 빼낼 수는 없지만, 바짝 붙여 둔다면 그물 구멍을 막는 용도로는 적합할 것이다. 유빈은 얼른 해치백 도어를 열고 운전석에 앉아서 시동을 걸었다.

딜컹!

위로 올라간 해치백 도어가 덜렁거린다. 창밖으로 얼굴을 내밀어 시야를 확보한 유빈은 경적을 꽉 눌렀다.

빠아아앙—.

놀란 두 친구가 옆으로 피하는 것과 동시에 곧바로 후진했다.

부우웅—.

가속력이 붙은 프라이드가 V자로 세워진 두 대의 승합차 범퍼를 오른쪽으로 비스듬히 들이받고 멈춰 섰다. 숯처럼 연소된 좀비의 머리통이 범퍼에 받히며 부러져 바닥에 구른다.

유빈은 더 바짝 밀어붙인 뒤, 핸드 브레이크를 당겼다. 트렁크가 없는 해치백 구조여서 케이블 그물의 사이를 막아 준다. 물론 조금 있으면 불에 타올라 버릴 테지만…….

"뒤로 빠져! 이제 대충 막혔어!"

건너편의 문을 열어서 엉성하나마 바리케이드를 강화하며 유빈이 외쳤다. 세 친구는 나란히 뛰어와 다시 트럭 위에 올라섰다. 수백 마리의 좀비들이 연쇄적인 폭발과 함께 박살이 났지만, 그 뒤에는 아직도 또 수백 마리가 남아 불에 휩싸인 채 앞으로 달려오고 있다.

전방에 숯덩이 좀비들의 수효가 늘어날수록 점점 더 끔찍해지는 광경 때문에 트럭 짐칸에서 그곳을 바라보고 있던 다섯 명의 얼굴이 굳었다.

"그롸아아아~! 크에에엑!"

사람의 형상을 한 괴물 100여 마리가 온몸에 불을 붙인 채 굵은 케이블 그물을 붙잡고 밀어 대다가 천천히 죽어 가고 있다. 근육이 모두 타 버린 어깨와 팔이 떨어지고 머리가 뒤로 꺾여 쓰러지면, 그 뒤의 놈들이 또 불덩어리가 된 얼굴을 들이민다.

불에 갉아 먹히는 동안에도 좀비들은 괴로워하거나 서두르는 기색 없이 그저 보안관 일행을 노려보고만 있다가 차례로 무릎을 꿇었다. 그야말로 말로만 듣던 불지옥의 풍경이다.

문제는 그 지옥의 화형 장치를 만든 게 바로 자신들이라는 점이었다. 이제 불타는 차량의 총 길이는 좀비 행진의 꼬리를 지나 100미터를 넘어섰다. 이것을 설계한 유빈조차도 상상하지 못했을 만큼 불길이 너무 크게 번지고 있다.

"우웨에엑—! 못 보겠어! 우욱—!"

눈알이 녹아 버린 좀비의 눈구멍에서 불길이 치솟아 오르는 것을 보고 신입이 가장 먼저 토하기 시작했다.

"야! 토하지 마! 가뜩이나 연기를 마셔서 속이 메슥거리는데…… 우웨에엑!"

삼식이가 그 뒤를 이었다. 제니도 입을 틀어막고 고개를 돌린다. 유빈은 트럭 아래로 내려가 보안관과 제니를 향해 손짓했다.

"내려! 여기 더 있으면 안 되겠어!"

"저놈들 다 죽는 거 확인해야지?"

보안관이 식은땀을 뻘뻘 흘리며 묻는다. 유빈은 고개를 저었다.

"그때까지 우리가 못 버텨! 이제 금방 여기로 불이 옮겨붙을 거야!"

퍼엉!

유빈이 막아 둔 차와 그 옆 차에 불이 붙으며 엔진 룸이 타오르기 시작했다. 이제 곧 연료 탱크가 폭발할 것이다. 바람을 타고 시꺼먼 연기가 구름처럼 몰려와 트럭 주변을 메운다.

"그리고 이 연기! 더 마시면 큰일 날 것 같아!"

보안관과 삼식이가 비틀거리는 제니와 신입을 코롤라에 끌고 가서 앉히는 동안 유빈은 연장과 배낭을 챙겨 트렁크에 넣었다. 이미 해가 졌지만 플래시가 필요하지 않을 만큼 사방이 환하게 밝혀져 있다.

퍼퍼펑!

도로 북쪽에서는 아직도 계속 폭발이 이어진다.

"간다! 다들 잘 탔지?"

시동을 건 보안관이 뒤를 돌아보고 확인을 한다. 모두 고개를 끄덕였다.

화르륵—.

열려 있는 창문을 통해 또다시 엄청난 열기가 전해졌다. 숯가마에 들어간 것처럼 온몸에서 땀이 뚝뚝 떨어진다.

위이이잉—.

코롤라는 가벼운 엔진음을 내면서 완만한 고갯길을 올라가기 시작했다.

뒷좌석에 앉은 유빈은 고개를 돌려 좀비들의 최후를 눈에 담았다. 아직도 놈들은 천천히 타 죽어 가면서 케이블 그물에 체중을 실어 대는 중이다. 근육이 쪼그라들고 소실된 놈들이 아무리 밀어 봐도 정성 들여 묶어 둔 케이블은 끄떡없이 버텨 준다. 여기저기서 폭죽처럼 요란하게 불기둥이 치솟아 오르고 있다.

하아~. 유빈은 안도의 한숨을 내쉬고, 삼식이와 손을 맞잡았다. 이 전쟁은 우리가 이겼다.

03

 "하아~ 하아~. 아, 이제야 좀 살 것 같다. 아까는 숨이 막혀서……."
 복지 센터로 돌아와 잔디밭에 차를 세우고 내린 다섯 명은 바닥에 드러누운 채 한껏 숨을 들이마셨다. 갓 뭉개진 풀잎의 싱그러운 향기가 폐부를 파고들며 정화해 주는 것 같다. 불덩어리 속에 있던 터라 온몸은 화끈거리고, 여러 군데 화상을 입기도 했다. 아무리 물로 씻어 내 봐도 좀처럼 통증이 가시질 않는다. 그리고 정말로 갈증이 심했다.
 "아이고, 죽겠다. 으~ 어지러워."
 삼식이가 네발로 기어가 트렁크를 연다.
 "어지러우면 가만히 누워 있어. 왜 일어나?"
 "안 되겠어. 뽕약 좀 만들어 먹어야지."
 "뽕약? 크크, 이름 이상해. 그게 뭐예요?"
 갑자기 웃음보가 터진 제니가 물었다.
 "바로 이거지."
 삼식이가 반쯤 남은 포카리스웨트 병에 박카스를 부어 일대일 비율로 섞었다. 작업 시간이 부족해서 야간까지 일해야 할 때 자주 만들어 마시던 거다. 대단할 것 없는 재료들이지만, 이상하게도 마시는 순간부터 바짝 기운이 난다. 아니, 보다 정확하게 말하자면, 기운이 나는 것 같은 기분이 든다. 때로는 발포 비타민을 더 집어넣을 때도 있었다.
 "자, 마셔 봐. 오늘의 주인공부터!"
 삼식이가 내미는 뽕약을 제니가 받아 마신다. 벌컥벌컥, 두어 모금을 넘기고 나서 제니가 과장되게 웃는다.
 "캬아! 죽이네요! 하하하."
 삼식이와 제니가 하이파이브를 하는 동안 신입과 보안관, 유빈도 차례로 예의 그 뽕약을 들이켰다. 뜨뜻미지근하고 달짝지근한 음료수가 몸 안에 흡수되면서 둔해져 있던 감각들이 되살아난다.

따끔거리는 피부, 욱신거리는 근육, 하루 종일 뙤약볕 아래에서 노동에 시달린 온몸 구석구석이 전부 아파 온다. 그리고 무엇보다도 너무 뜨겁다며 피부가 비명을 질러 대고 있다.

"에어컨! 에어컨!"

다섯 사람은 거의 동시에 에어컨을 부르짖으며 두 팀으로 나뉘어 자동차 안으로 뛰어들었다. 삼식이와 신입은 오피러스 앞좌석을 둘이 차지하고 앉아서 참아 왔던 담배를 뻑뻑 빨아 댔다. 창문을 닫고 에어컨을 최고 강도로 틀어 놓았는데도 열기는 쉽게 가시지 않았다.

"엄청나다……."

운전석의 보안관이 창에 머리를 기대며 중얼거렸다. 멀리 길 아래로 보이는 도로가 훤하게 타오르고 있다. 밤새도록 계속될 것 같은 맹렬한 기세다. 확실히 저 긴 화염의 터널을 뚫고 살아 나올 수 있는 좀비 따위는 없어 보인다.

"보안관 오빠, 지금까지 죽인 좀비 수가 얼마나 돼요?"

"응? 글쎄…… 한 스무 마리 정도 아닐까? 아, 그 가시방석으로 잡은 놈들까지 합한다면 더 많아지려나?"

"그럼 후하게 쳐줘서 한 40마리라고 해 줄까요? 유빈 오빠는요?"

"나? 나야 뭐, 한 서너 놈 정도겠지."

"후후훗. 오빠들, 한참 분발하셔야겠네. 저는 자그마치 700마리라고요."

흥분을 감추기 위해 자기도 모르게 목소리의 톤이 높아진 제니가 히스테릭하게 웃는다. 생각해 보면 그녀는 조금 전부터 계속 그런 상태였다.

젠장…….

제니의 마음을 알아챈 유빈은 머리를 감싸 쥐고 자동차 뒷좌석 문을 열었다. 더 이상 참고 들어 주기가 너무 고통스럽다.

"어? 어디 가, 유빈아?"

"복지 센터에…… 물 좀 더 떠 올게. 아무거나 옷도 챙겨 오고."

웃옷이 없는 그를 보며 보안관이 고개를 끄덕인다. 연기를 마셔 가며 불 앞에서 싸웠던 터라 체력이 바닥난 보안관은 이미 거의 기절 직전이었다. 트렁크에서 플래시를 챙길 때, 제니가 문을 열고 쪼르르 따라 나온다.

"저도 같이 갈래요. 세수하고 싶어요. 오빠 약도 챙겨 올게요. 소독해야죠."

유빈은 아무 말 없이 조용히 걸었다. 뒤따라 걷던 제니가 갑자기 유빈의 맨 등을 손가락으로 쑥 훑는다. 간지러워 기겁을 하며 돌아보자, 제니가 장난기 가득한 표정을 짓고 있다.

"놀랐죠? 하하하!"

"……그래."

유빈은 착잡한 표정으로 잠시 제니의 얼굴을 보고 있다가 다시 걸음을 뗐다. 복지 센터에 도착해서 수도를 틀어 주고 제니가 세수를 할 동안 플래시로 비춰 주었다.

"저 많이 탔어요? 얼굴이랑 목이랑 차이 많이 나요?"

몸을 일으킨 제니가 갑자기 자신의 옷깃을 확 끌어 내리며 묻는다. 눈부시게 하얀 목과 쇄골이 눈에 들어온다. 유빈이 기겁하며 고개를 돌리자 제니는 또 배를 잡고 깔깔거리기 시작했다.

"제니야……."

그녀의 발작적인 웃음이 조금 잦아들기를 기다려서 유빈이 입을 열었다. 어찌나 열심히 웃어 댔는지, 고개를 들었을 때 제니의 눈가에는 눈물까지 맺혀 있다.

"그것들…… 다 이미 죽어 있었던 거야. 네가 죽인 게 아니라고."

"아뇨, 죽인 거 맞아요. 불에 타서 결국 쓰러지는 거 오빠도 봤잖아요. 하하하. 뭐야, 오빠, 질투해요? 내가 더 많이 죽였다고? 아무도 못 맞힐 때 내가 볼라로 명중시켰다고요."

"그래, 그건 네가 던졌어. 하지만…… 그 볼라는 말이지, 누굴 죽인 게 아니라 남자 네 명을 구해 준 거야. 멍청하게 허점투성이 계획을 짰고 팔이 벌벌 떨려서 화염병 하나 제대로 맞히지 못한 나부터 보안관이랑 삼식이, 신입까지······. 우리 모두 네 덕분에 오늘 살았어. 그러니까 그렇게 자책하고, 또 그걸 감추려고 이렇게 오버할 필요 없어."

유빈의 말을 들은 제니가 갑자기 얼굴에서 웃음기를 걷어 내며 중얼거린다.

"······처음에는 신이 났어요. 근데 온몸에 불이 붙어서 달려오는 사람들이 하나씩 늘어갈수록 더 이상 웃을 수가 없는 거예요. 그러다가 셀 수 없을 만큼 많아지니까 무서워졌어요. 내가 도대체 몇 명을 죽인 거지, 하는 생각 때문에······."

"사람이 아니라니까! 너도 봤잖아. 체온도 없고, 생각도 없고, 불에 타고 있는 줄도 몰라. 그런 건 사람이라고 부르지 않는다고."

"사람이 아니라고 해도 죽였다는 건 변함이 없어요! 그걸 누가 용서해 줄 수 있는데요?"

제니가 목청을 높인다. 여전히 흥분이 가라앉지 않은 상태였다. 유빈은 안타까웠다. 그녀가 오늘 던진 볼라가 자신의 선물이었기 때문에 더 가슴이 아팠다.

"내가 용서해 주지!"

난데없이 끼어든, 커다랗고 위엄을 가장한 목소리의 주인공은 삼식이였다. 유빈이 플래시를 돌려 보니 바지춤에 두 손을 넣고 긁적이며 걸어오고 있다. 가까이 다가온 삼식이는 바지춤에서 손을 꺼내 마치 성직자가 축복을 내리는 것처럼 두 사람의 눈앞에 대고 휙휙 휘두르며 말했다.

"뭔지는 모르지만, 너희의 모든 죄를 다 사하노라~. 웃통을 벗고 제니에게 치근거린 유빈이의 이 죄 많은 영혼까지도 전부!"

손톱 끝에는 꼬불거리는 털이 하나 끼어 있다. 유빈이는 더 보고 싶지 않아서 얼른 플래시를 치웠다.

"자, 전부 다 용서됐어. 이제 나 세수 좀 하자."

삼식이가 수돗가에서 허리를 숙인다. 갑자기 열이 식은 제니는 영혼이 빠져

나간 사람처럼 멍하니 그 모습을 보고 서 있다.
 그래, 쉽게 잊어버리기는 어렵겠지…….
 유빈은 고개를 저으며 공구 가방에서 낡은 옷을 꺼내 걸쳤다. 그녀는 이제부터 아마 지독한 악몽에 시달릴 것이다. 단순히 무서운 것을 보았을 때와는 다른, 아주 끔찍한 기억들이 끊임없이 꿈속에 비집고 들어와서 마음을 할퀴고 잠을 제대로 이루지 못하게 할 것이다.
 유빈은 그걸 잘 안다. 그 옥상에서 빨랫줄에 매달렸던 날, 사람을 죽여야 했던 이래로 놈들의 얼굴이 떠올라 매일 밤을 악몽 속에서 보내고 있는 자신처럼…….

04

 하루하루 시간이 지날수록 잠실야구장에는 더 많은 생존자들이 몰려들었다. 증가세가 폭발적으로 오르기 시작한 것은 중요 거점들과 쉘터 사이의 육로가 개척된 사흘 전부터였다.
 비록 중앙선 두 줄이기는 해도 중장비로 뚫어 놓은 도로를 장갑 수송차로 이동하면서, 헬리콥터로 10~20명을 겨우 실어 나르던 것과는 비교할 수 없을 만큼 많은 생존자들이 구조되었다. 구조된 사람들은 잠실이나 상암, 용산 전쟁기념관 같은 대규모 쉘터로 옮겨져 안전한 잠자리를 보장받을 수 있었다.
 물론 그에 따라 문제도 함께 증가했다. 가히 기하급수적이라 할 수 있는 인원의 증가는 인구밀도를 대폭 올려 버렸고, 지급받은 돗자리를 깔 공간이 부족해지기 시작했다. 공포와 배고픔, 더위에 지친 아이들이 우는 소리는 잠시도 끊이지 않고 콘크리트 벽을 타고 울리면서, 그렇지 않아도 지쳐 있는 사람들을 더 힘들게 하기에 충분했다.

젊은 사람들은 아예 인파로 북적거리는 실내를 벗어나 야외의 관중석에 자리를 잡았다. 시큼한 땀 냄새와 불쾌한 끈적거림, 소음에 시달리느니 차라리 한뎃잠을 자는 편이 낫다고 판단한 것이다.

"이 새끼가! 어디서 눈을 부라리는데?"

"당신이 먼저 어깨를 부딪쳤잖아!"

"당신? 당신? 이 대가리에 피도 안 마른 새끼가 애비도 없나!"

"그래, 씨발! 닷새 전에 돌아가셨다, 이 개새끼야!"

사람들은 아주 시시하고 하찮은 문제로 계속 싸웠다. 화장실 앞의 긴 줄을 새치기했거나, 돗자리 외에 다른 것들을 깔아 남들보다 넓은 자리를 차지했다거나, 지나가면서 발을 건드렸다는 식의 말하기도 부끄러운 이유들 때문에 열심히 목에 핏대를 올리고 멱살을 잡았다.

그것은 그들을 지배하는 공포에서 벗어나려는 발버둥이기도 했고, 절대 손해를 보지 않겠다는 피해 의식이 체면 따위의 얇은 가면을 벗겨 버리면서 드러난 대중 심리이기도 했다.

그렇게 여기저기서 시비가 붙고 싸움이 벌어지면, 임수정은 이마를 찌푸리면서 고개를 돌려 일부러 외면해 버렸다. 아무리 날씨가 덥고 생활이 불편하다고는 하지만, 겨우 살아난 귀중한 목숨들이면서 왜 저렇게까지 못되게 아등거리는 것인지 그녀로서는 이해를 할 수가 없었다.

처음엔 치안 유지를 위해 열심히 말리고 떼어 놓던 군인들도 어느 시점이 지난 후부터는 포기해 버렸는지 큰 부상자가 나오지 않는 한 관여하지 않는다.

"흐에에엥~ 흐에에엥~."

근처에서 또 아이가 운다.

에휴우~ 임수정은 속으로 한숨을 삼켰다. 아이와 엄마들로 둘러싸인 위치적 특성상 그녀와 테라의 주변에는 하루 종일 잠시도 끊이지 않고 아이 우는 소리가 들렸고, 아무리 참아 보려고 해도 가벼운 두통이 이는 것까지 막을 수는 없었다.

마침 아이들 홀리기 전문인 테라가 약을 얻으러 가서 자리를 비운 터라 아이의 울음소리는 더 커지고 길어졌다. 주변 사람들이 슬슬 짜증을 내는 것이 공기를 타고 전해져 온다.
"어허허허, 울지 말아야지. 자, 이거 먹고 뚝 그치렴, 뚝! 옳지, 그래. 착하다. 허허허. 아이고, 예쁘다."
갑자기 나타나 손바닥 가득 사탕을 내미는 중년의 신사 덕에 아이는 울음을 그쳤다. 그리고 멀쭝멀쭝 사탕을 바라보다가 조심스럽게 손을 뻗는다. 중년 신사는 웃는 낯으로 아이의 머리를 살살 쓸어 주었다.
어쩌다 한 번 지급되는 사탕은 이 쉘터 내 아이들 사이에서 최고의 인기품이었지만, 그만큼 구하기도 어렵다. 건빵 한 봉지와 사탕 한 알이 일대일로 교환되고 있으니 부모 중 한 사람이 하루 종일 배를 곯아야 겨우 한 번 간식을 줄 수 있는 것이다. 너무 사람이 몰린다는 이유로 배식이 중단되고 보급품으로 때우는 상황에서 그건 너무 큰 희생이었다.
"어휴, 죄송해요. 아이가 너무 시끄럽게 울었죠. 이걸 죄송해서 어떡해요. 지금 당장 갚아 드릴 수는 없지만, 내일 보급품을 받으면……"
아이 엄마가 일어나 몇 번이고 허리를 숙인다. 하지만 정작 중년 신사는 당치 않다는 듯 손사래를 친다.
"허허허, 아이쿠, 참 별말씀을 다 하십니다. 아이들 웃는 소리, 우는 소리가 저 같은 늙은이에게는 음악보다 더 기분 좋게 들립니다. 이런 아이들이 없다면 미래도 없는 거니까요. 허허허, 신경 쓰지 마십시오."
중년 신사는 사람 좋은 웃음을 잠시 더 흘리고는 아이 엄마와 인사를 나눈 뒤 뒤돌아 걸어갔다. 그의 등에 대고 아줌마들이 웅성거리기 시작한다.
"저 사람이지? 육 사장이라는 분이?"
"응, 사람 정말 신사래. 아이들도 좋아하고, 매너도 좋고, 인심이 또 그렇게 좋아서 어려운 사람 보면 도와주지 못해서 안달이 난다더라고."
"근데 육 사장? 무슨 사장인데?"

"무역 회사 크게 했다던데? 강남에서. 그 왜, 옷 입은 것만 봐도 벌써 부티가 자르르 흐르잖아. 완전히 그거야, 드라마에 나오는 착한 재벌 회장."

"그러게. 게다가 또 얼마나 카리스마가 있는지, 젊은 애들이 시비 붙어서 칼부림 날 뻔한 때에도 여러 번 저분이 끼어들어서 말렸다는 거야. 그냥 눈으로 척 바라보면서 '젊은이, 이러지 말게.' 그러면 중재가 된다네, 글쎄? 그래서 군인들도 육 사장은 신뢰한대."

"호호호. 어머, 자기는 흉내도 잘 낸다. 하여간 멋있다. 저런 게 로맨스그레이지."

아줌마들이 제멋대로 지껄이는 동안 약을 받아 돌아오던 테라와 육 사장이 좁은 통로에서 마주쳤다. 테라가 한쪽으로 비켜섰는데도 육 사장은 굳이 가볍게 묵례를 하면서 길을 비키고 먼저 지나가시라는 손짓을 한다.

"아…… 네, 감사합니다."

"천만에요, 아가씨. 레이디 퍼스트 정도의 에티켓은 아는 놈입니다. 후후."

육 사장은 쓰고 있지도 않은 모자를 들어 올리는 시늉까지 한다. 테라는 떨떠름한 미소를 짓고 묵례를 한 뒤 자리로 돌아왔다.

"어, 혜린이 사탕 생겼네! 언니도 가지고 왔는데, 누가 줬어?"

테라가 해열제와 간식거리를 꺼내며 묻는다. 며칠이 지났어도 그녀의 사물함은 여전히 선물 받은 간식들로 터질 듯했고, 또 여전히 그녀는 그것을 주변의 아이들에게 아낌없이 나누어 주었다.

"누구겠어, 육 사장이지."

아줌마들이 대답해 준다.

"육 사장요?"

"그래. 테라도 조금 전에 지나치면서 인사했잖아. 목소리도 멋지지?"

"크…… 모르겠네요. 아무 생각 없이 들어서."

대충 얼버무린 테라가 간식을 아이들에게 나눠 주고 임수정의 옆에 와서 앉았다. 허공을 응시하고 있는 눈을 보니 아마 생각에 잠겨 있는 모양이다.

육 사장에 대해 생각하는 것일 테지.

임수정은 그렇게 추측했다. 그녀에게만 집중되어 있던 쉘터 사람들의 관심에서 적어도 10퍼센트 정도는 육 사장이 가져가 버렸다. 말하자면 넘버 투 스타다. 테라의 마음을 읽은 임수정이 말했다.

"그래도 최소한 깔끔해서 좋아 보여. 일주일을 넘기고 구조된 사람들은 대부분 엉망인 상태잖아. 제대로 관리하지 못해서 머리카락은 새집처럼 덥수룩하고, 옷은 찢어지고 얼룩투성이고……. 하지만 저 육 사장이라는 사람하고 그 비서들은 깔끔하게 슈트를 입고 있잖아. 저 사람 주변만 보면 그냥 아침에 회사에 출근한 사람들 같아 보여. 난 그게 마음에 들더라고."

테라는 잠시 더 생각을 하다가 입을 열었다.

"전 바로 그 점 때문에 저 아저씨 일행이 더 무서워요. 대체 그런 상황 속에서 어떻게 하면 일주일 동안 저렇게 깔끔한 상태로 버틸 수 있었던 거죠? 양복도 이상하지만, 구두를 보셨어요? 긁힌 자국 하나 없고, 아직도 광이 나요. 대체 저 육 사장이란 사람은 뭘까요?"

그렇게 말을 하는 테라는 아직도 베르사체 미니 원피스에 하이힐 샌들을 신고 있다.

외모와 옷차림으로만 보자면 여기에서 가장 이질적인 건 너란다…….

굳이 입 밖으로 말을 꺼내지는 않았지만, 임수정은 테라가 약간의 시샘을 하고 있다고 생각했다.

세상에, 이런 애도 질투라는 걸 다 하는구나…….

"여어~ 수고가 많으십니다. 오늘도 별일 없이 흘러가고 있죠?"

그라운드 쪽으로 걸어 나간 육만배는 군인들 사이를 스스럼없이 지나쳐서 서류 작업을 하고 있던 위관급 장교들에게 인사를 건넸다. 전광판을 반만 켜 놓았는데도 그라운드는 꽤나 환하다.

"아, 육 사장님, 오셨습니까. 어쩐 일이십니까? 앉으세요."

장교들은 익숙한 듯 그를 반긴다.

"그냥 뭐, 도와드릴 일이나 있을까 해서 찾아뵈었습니다. 평생을 바쁘게 일만 하던 사람이라 그런지, 가만히 앉아 있으려니까 이거 영 좀이 쑤시는군요. 허허허, 청소라도 좀 할까요? 허허."

육만배는 위선적인 웃음을 지으면서 간이 의자에 앉았다. 시장에서 고가의 시계를 건빵과 사탕이랑 바꿔 나눠 주며 여자들의 환심을 사고, 젊은 놈들이 시비를 일으켜 격하게 몸싸움을 벌일 때 몇 번의 중재로 얼굴을 알렸더니, 군인들도 슬슬 그를 신뢰하고 있다.

물론 그 몸싸움을 일으켰던 것도, 또 위엄 있는 그의 말 몇 마디에 머리를 숙이고 사과하며 훈훈한 마무리를 지은 것도 전부 미리 그의 귀띔을 받은 만배파 조직원들이다.

'군인분들 업무를 줄여 드리기 위해서 우리가 청소라도 합시다!'라고 나섰을 때, 함께 데리고 온 두 연예인 계집애인 가희, 초희를 시켜 자원봉사 하는 척 바람을 잡게 했더니 호응도 좋았다. 덕분에 그는 군인들의 일을 덜어 준 고마운 신사로 통하고 있다. 짧은 시간 동안 이 쉘터의 인심을 사로잡은 것이다.

역시 사기를 치려면 처음엔 먼저 좀 좋은 걸 줘야지. 후후후…….

허접한 먹을거리와 교환하기 위해 시계가 없어져 휑해진 손목을 보며 육만배는 속으로 사악한 웃음을 지었다.

"오지 마라, 오지 마라, 제발 거기에서 돌아!"

모니터 화면을 보고 있던 장교 하나가 혼잣말을 중얼거린다. 육만배가 어깨 너머로 보자니 하늘에서 바라보는 근처 거리의 풍경이다. 아파트 단지 부근의 도로에서 대량의 괴물들이 행진하고 있다. 이중으로 크레모어를 설치해 둔 철책 근처까지 접근했던 괴물들은 더 이상 다가오지 않고 아래로 방향을 틀었다.

휴우~ 장교가 가볍게 한숨을 쉰다. 규모 여섯의 좀비들이어서 만약 놈들이 그대로 걸어왔다면, 크레모어 정도로는 다 처리가 안 되었을 것이다.

"허, 그건 어떻게 보시는 겁니까? 헬기 소리도 들리지 않는데, 신기하군요."

"헬기는 이렇게 어두워지면 잘 뜨려고 하지 않습니다. 아무래도 위험이 커지거든요. 저걸 띄우는 겁니다. 헬리캠이라고…… 왜, 예전에 방송에서 많이들 썼었죠."

장교가 가리키는 것은 직경 3미터 정도의 거미 모양 도구였다. 길게 뻗은 다리마다 프로펠러가 달려 있고, 가운데에는 카메라가 장착되어 있다. 고장에 대비한 것인지, 아니면 배터리 시간이 짧아서 교대를 하기 위한 것인지는 몰라도 꽤나 여러 대의 헬리캠이 준비되어 있었다.

"저게 넘어오면 위험해지는 겁니까? 안에서도 사람들이 수군거리더군요. 아이들도 있는데, 걱정이 큽니다."

육만배가 묻자 장교들은 고개를 저었다.

"정확한 수치를 말씀드릴 수는 없지만, 유언비어가 떠도는 걸 막기 위해서라도 육 사장님께는 대충 알려 드려야겠네요. 잠실 방어 병력만 3천 명이 넘습니다. 바로 근처에도 지원 병력이 상주하고 있고요. 혹시라도 시민분들 사이에 그런 말이 나돌면 육 사장님이 조곤조곤 말씀 좀 해 주십시오. 저희가 이렇게 감시하면서 마음을 졸이는 건 그냥 매설 작업을 또 하게 될까 봐 그게 싫어서 그러는 겁니다. 크레모어, 지뢰, 철책까지 새로 완전히 설치하게 되면 피곤한 점이 한두 개가 아니거든요."

"하하하, 그렇군요. 조금은 찜찜했었는데, 이렇게 설명을 듣고 나니 한층 더 안심이 됩니다. 하하하, 든든하네요."

겉으로는 웃었지만 육만배는 조금 놀랐다.

3천이라니…… 눈으로 보이는 게 전부가 아니었군…….

이 조직과 장비를 손에 넣으면 작은 나라의 왕처럼도 굴 수 있을 것 같다는 계산이 떠올랐다.

어서 하부 장교들과 더 친해진 다음, 최상위 지휘부로 넘어가 그놈들을 포섭해야 할 텐데…….

오늘도 정보 몇 가지를 더 얻어낸 육만배는 자리에서 일어나며 인사를 했다.

엉덩이를 오래 붙이고 있어 봐야 다음에 찾아올 때 부담스러워지기만 한다. 적당히 아쉬울 때 일어서 주는 게 좋다.

"그럼 전 다시 올라가 보겠습니다. 전광판을 보니까 슬슬 저희 조가 화장실 청소할 시간이네요."

"참…… 고생이 많으십니다. 아무래도 사람들이 너무 북적거리니까 힘이 드시죠? 그래도 하루만 더 참으십시오. 내일부터는 조금이나마 한산해질 테니까요."

응? 내일부터 왜 한산해진다는 거지?

육만배는 고개를 갸웃거렸다.

"허허, 고생은 아니죠. 다 같이 살아 보겠다는 건데, 조금 불편한 건 참아야 하지 않겠습니까? 그런데 내일 무슨 일이 있나요?"

"아아, 그거요? 말씀드려도 되겠지? 어차피 조금 있다가 방송이 나갈 거니까."

장교가 주변을 돌아보자 다른 장교들도 고개를 끄덕인다.

"현 시설이 포화 상태라서 내일 새로운 쉘터로 이동하실 분들을 지원받습니다. 건대, 한양대, 이 두 곳에 새로 수용소가 완비됐거든요. 거기로 한 곳에 300분씩 빠져나가시면 조금은 공간이 생기겠지요. 오늘 저녁부터 내일 저녁까지 선착순 지원을 받는 겁니다. 앞으로 수용소는 계속 신설될 예정이고요."

"헬기로 그 많은 인원을 실어 나를 수 있나요?"

"아닙니다. 도로를 확보해서 장갑 수송차로 갑니다. 오히려 더 안전한 겁니다."

"그곳들도 여기만큼 인원이 많은가요?"

"한 시설당 민간인 천 명 수용을 목표로 하고 만들어진 곳이니까 아무래도 훨씬 작은 데죠. 그게 오히려 더 편하실 수도 있습니다."

"하하하, 그런데 어째 제 짧은 생각에는 다들 안 가려고 할 것 같은데요? 여기가 아무래도 익숙하기도 하고, 또 그 뭐랄까…… 여럿이 겪는 난리는 난리가 아니라는 말처럼, 사람들이 더 많은 곳이 아무래도 더 안전하다는 생각이 들기 마련이거든요. 그리고 600명이 빠진다고 해 봐야 그리 표가 날 것 같지도 않고요.

하여간 고생들 많이 하셨습니다."

별것 아닌 소식이라 육만배는 금세 흥미를 잃었다. 그런 구석에 처박힐 일은 없다. 자고로 큰물에서 놀아야 하는 법이다. 육만배가 그렇게 생각하며 장교들을 지나쳐 돌아 나올 때, 그들끼리 나누는 대화 소리가 조그맣게 들렸다.

"정말 저분 말대로 되면 어떻게 합니까? 차츰 인원을 분산시키라고 몇 번이나 지시가 내려왔는데 말입니다."

"아, 그거 상부로부터 벌써 조기 징집하는 걸로 해결하라는 명령 하달됐어. 뭐, 어차피 다음 달 초부터는 병력 차출하기로 돼 있었고……. 며칠 차이니까 큰 상관이야 없겠지."

"입영을 시킨다고 해도 멀쩡한 훈련소나 있는지 모르겠습니다."

육만배는 자기도 모르게 우뚝 멈춰 섰다.

징집? 징집이라니…….

분명히 이곳에 들어올 때 입대하겠다는 지원서를 쓰기는 했지만…….

등에서 식은땀이 흐른다. 육만배는 한없이 비굴한 웃음을 지으며 뒤돌아서서 물었다.

"어이쿠, 이거, 이놈의 귀가 주책맞게 그만 두 분 말씀 나누시는 걸 들어 버렸습니다. 허허, 징집이 드디어 시작됐군요. 저 같은 늙은이도 도울 수 있는 겁니까? 이래 뵈도 아직 총 들 힘은 남아 있습니다."

"하하, 육 사장님 마음은 감사합니다. 그런데 연세도 생각하셔야죠. 해당 사항이 없어요. 일단은 30대 이하 남자들만입니다. 대단한 비밀은 아닙니다만, 내일 다른 쉘터로 이송이 끝나고 나서 차출을 시작할 예정이니까 아직은 다른 분들에게 말씀하지 말아 주십시오. 아시죠?"

장교는 대수롭지 않게 넘기며 쉿, 하고 검지를 입술에 댄다. 하긴 징집 소식이 퍼진다고 해도 아무런 문제는 없다. 이 꽉 막힌 쉘터에서는 아무도 달아날 수 없고, 달아난다고 해 봐야 바깥은 좀비들이 우글거리고 있는데 어디로 가겠는가. 아마 끌려가기 전에 수용소 내의 다른 여자들과 섹스라도 해 보려고 필사적으로 껄떡대는 게 전부일 것이다.

"그럼요. 저 육만배, 그 정도는 잘 압니다. 그리고 입도 꽤 무거운 사람이고요. 지익! 허허허."

육만배는 웃으며 자기 입에 지퍼를 채우는 시늉을 했다. 그리고 가볍게 손을 흔들어 주고 돌아섰다. 그를 배웅하고 있을 때 멀리 보이는 고층 건물 두 군데에서 환하게 불이 밝혀지고, 위이잉— 하는 소리가 울리기 시작한다.

혹시라도 좀비들이 이곳의 불빛과 웅성거림에 끌려 다가올까 봐 만들어 놓은 미끼들이다. 아직 별다른 효력을 발휘하는 것 같지는 않아 보였지만, 상부에서 별도의 명령이 떨어질 때까지는 매일 장치를 가동한다. 그것이 군이라는 조직이다.

"젠장! 젠장!"

야구장 건물 내부로 들어온 육만배의 걸음이 점점 빨라졌다. 가짜 웃음으로 가렸던 표독함이 얼굴에 드러나서 마주 걷던 사람들은 저절로 몸을 피했다. 스치기만 해도 살해당할 것 같은 적의가 마구 뿜어져 나왔다.

징집이라니! 징집이라니! 30대 이하 남자들만 해당되니까 안심하라고?

육만배는 이를 빠득, 갈았다. 이대로 있다가는 요리사와 연예인 계집애 둘만 빼고 자신의 부하들이 모조리 끌려갈 판이다. 그렇게 되면 만배파고 뭐고 끝장이다.

육만배는 빠르게 이동하면서 아까 그 군인 놈들이 나누던 대화를 되새겼다. 어차피 다음 달 초부터는 병력을 차출하기로 돼 있었다고 했다. 그러니까 지금 당장 다른 쉘터로 옮긴다면 며칠은 시간을 벌 수 있을 것이고, 그 시간 동안 묘수를 찾아낼 수도 있다.

탁—!

육만배는 실수를 하는 척하면서 세상모르고 편하게 뻗어 잠들어 있던 기동이의 다리를 걷어차고 지나갔다.

"어! 뭐야? 이런 씨…… 아이쿠, 회…… 아니, 아저씨, 왜 이러십니까?"

"미안합니다. 제가 바쁘게 걷다가 그만."

눈치를 주니 기동이가 주섬주섬 일어나 따라온다. 아직 밤도 아닌데 저렇게 축 늘어져서 깊이 잠들어 있던 걸 보니, 기동이 이놈 분명히 또 그 계집애들을 끌고 화장실에 다녀온 모양이다. 암시장 뒤쪽의 화장실은 아직도 러브호텔이자 사창가의 역할을 위해서만 사용되고 있었다.

"너 이 새끼! 눈에 안 띄게 조용히 지내라고 했지?"

흡연용 외야석에 이르러 아무도 곁에 없을 때, 육만배는 기동이의 정강이를 걷어차면서 소리 죽여 성질을 냈다.

크윽~! 정강이를 맞은 기동이가 잠시 엄살을 부리다가 육만배의 담배에 불을 붙여 주며 억울하다는 표정을 짓는다.

"회장님, 조용히 지내고 있었습니다. 눈에 띌 일은 하지도 않았고요."

"주둥이 다물어라! 눈에 안 띄고 싶은 놈이 대낮부터 계집애를 둘이나 끼고 화장실에 갔었나? 응? 그것도 연예인 나부랭이 년들을? 이놈의 새끼, 확 불알을 발라 버려야 그 껍죽대는 버릇을 좀 고칠래?"

기동이가 쭈뼛거리며 고개를 숙인다. 어떻게 알았을까 하며 고민하고 있다는 게 표정에 고스란히 드러났다.

어째 이 새끼는 이렇게 머리가 나쁜 걸까…….

육만배는 끌탕을 했다. 하지만 지금은 그런 사소한 문제보다 더 급한 일이 있었다.

"내 말 잘 들어. 조금 있으면 방송으로 새 수용소로 옮길 수 있다는 이야기를 하고 지원자를 받을 거야. 애들에게 이야기해서 무조건 다 신청하라고 해. 가능한 한 빨리! 미적거리다가는 꼼짝없이 군대에 끌려간다. 알아들었냐? 봐서 무조건 사람이 더 많은 쪽으로 신청하는 거다. 우리는 내일 저녁에 여기 없어야 해."

"회장님, 그러지 마시고 이 기회에 아예 여기를 접수하는 건……."

"미친놈아, 우리는 스무 명이고, 저기는 총 든 군인이 3천이 넘는다. 생각을 좀 하고 지껄여!"

하도 미련한 소리를 해 대는 통에 육만배는 성질을 못 이기고 기동이의 아랫배를 후려쳤다.

후우~ 잠시 화를 삭인 육만배가 담배 연기를 내뿜으며 말했다.

"빨리 가서 애들에게 이야기해, 한 놈도 빠지지 말고 신청하라고. 아, 그리고 초희 년에게 말해서 나 좀 보자고 해라. 여기서 기다릴 테니까."

"어……."

눈이 똥그래진 기동이가 말을 더듬거렸다.

"그, 그, 조금 늦을 겁니다. 씨, 씻고 오려면. 최대한 서두르라고는 하겠지만."

"씻어? 왜?"

"그게…… 제가 콘돔을 싫어해서……."

더 이상 참을 수가 없어서 육만배는 피우던 담배를 놈의 얼굴에 집어 던졌다.

윽! 광대뼈에 불똥이 튀면서 기동이가 가볍게 신음하고 고개를 숙인다.

"죄, 죄송합니다, 회장님. 오늘 걔 부르실 줄 몰라서 제가 철없는 마음에 그만……!"

"그런 게 아니니까 닥치고 가서 얼른 애 보내! 사람들이 다 너처럼 365일 발정이 나 있는 게 아니다, 이 자식아."

기동이가 뛰어가는 뒷모습을 보면서 육만배는 민구를 생각했다. 민구를 몰랐다면 모를까, 일단 알고 나서는 저런 놈들로는 도무지 만족할 수가 없다. 격차가 너무 크다. 민구가 있어야 마음이 좀 놓일 텐데 도대체 왜 이렇게 늦는 것인지……. 육만배는 고개를 저으며 새 담배를 꺼내 물었다.

우우우웅—.

멀리 환하게 불이 밝혀진 미끼용 건물에서는 여전히 둔중한 모터 소리가 들려온다. 육만배는 가늘게 뜬 눈으로 그 건물들의 환하게 밝혀진 조명을 바라보며 가벼운 상념에 잠겼다.

Chapter 20
지하 세계

01

 육만배가 잠실 쉘터에서 미끼용 건물의 조명을 보고 있던 시각, 민구도 같은 불빛을 보고 있었다. 그는 괴물들의 행진을 피하기 위해 고층 건물 옥상까지 피했다가, 갑자기 동쪽 하늘이 훤해지는 것을 보고 고개를 돌렸다. 높다란 빌딩 두 개 사이에 또 하나의 광원이 있다. 워낙 사방이 어두웠기 때문에 놓칠 수 없을 만큼 밝다.
 "홋, 전기가 환하게 들어오는 걸 보니 신기하기까지 하군. 쉘터가 저기 어디쯤 있다는 말이겠지."
 혼잣말을 중얼거린 민구는 허리를 굽혀 아래쪽을 바라보았다. 길고 길었던 괴물들의 행렬이 이제 슬슬 끝나 가는 중이다. 마치 무수한 바퀴벌레들이 떼를 이루어 꼭 달라붙은 채 원을 그리는 것처럼 괴물들은 이동하고 있다.
 수천으로 이루어진 작은 무리가 먼저 지나가고, 그다음 갑자기 그것보다 수십 배는 큰 규모의 떼가 도로를 가득 메웠던 것이다.
 "저게 그 규모 여섯인가 뭔가인 것 같군. 큭큭, 무시무시하네. 만나지 않기만 바라야겠는걸."

민구는 놈들의 무리를 피해서 달리는 것을 깨끗이 포기하고 이곳으로 대피한 자신의 판단에 스스로 박수를 보냈다. 비록 놈들이 지나가는 데에만 서너 시간이 넘게 걸린 데다가 가방을 두고 급히 올라와서 몇 시간째 담배 한 대 피우지 못하고 있기는 하지만, 이곳이 안전하다.

오토바이를 탄다고 해도 양이 저 정도 되면 따돌린다는 게 쉽지 않아 보였다. 군인 놈들이 골목마다 끝을 막아 버려서, 자칫하면 막다른 길에 몰려 버리는 형국이 되기 때문이다.

"응?"

괴물들의 움직임을 보고 있던 민구의 눈에 도로 건너편의 지하철역 입구가 들어왔다. 조금 특이한 광경이다.

"저놈들, 웃기는군. 저리로는 절대 안 들어가는 건가?"

비록 사방이 깜깜해져서 또렷이 보이지는 않지만, 괴물들이 뻥 뚫린 지하철역 계단을 피하듯 걷는다는 것만은 분명히 알 수 있었다. 무리 내의 다른 놈들에게 달라붙어 이동하는 것이 훨씬 더 중요한가 보다.

오호, 그래. 지하철…… 쭉 뻗은 선로……. 왜 지금까지 저기로 가 볼 생각을 안 했었지?

새로운 루트를 발견한 그는 고개를 끄덕이며 씨익 웃었다. 잘만 되면 오늘 밤 안에 잠실까지 닿을 수 있을지도 모르겠다.

괴물들의 행진이 끝나자, 민구는 다시 아래로 내려가 오토바이를 지하철역의 입구로 몰았다. 아무 데나 가리지 않고 겁 없이 돌아다니는 저놈들이 피해 가는 곳이 다 있다니, 신기하다. 무슨 이유일까?

"훗, 괴물 잡아먹는 귀신이라도 나오는 거냐?"

민구는 맥라이트 플래시를 계단 아래로 비췄다. 머리가 부서지거나 목이 떨어진 시체 몇 구가 엎어져 있을 뿐, 특별한 건 아무것도 없었다. 컴컴한 계단은 공포 영화의 배경처럼 미동도 없이 그저 아가리를 쩍 벌린 채 그를 기다리고 있다.

"가 볼까."

민구는 별 망설임 없이 RMZ 450의 핸들을 꺾어 계단 아래로 돌렸다. 아래에서 그가 만나게 될 게 무엇이든 간에, 적어도 10만 마리의 괴물 떼보다는 나을 게 분명하기 때문이다. 조금 전, 옥상에서 놈들의 커다란 무리를 보며 민구는 자신이 그간 운이 좋게 이동했다는 것을 절감했다.

카당카당―.

계단을 타고 내려가며 앞바퀴가 흔들릴 때마다 입에 물고 있는 플래시 광원이 춤을 춘다. 헤드라이트가 없어서 맥라이트의 불빛에만 의존해야 한다는 게 문제이기는 하지만, 밤이니까 오히려 공평하다는 생각이 들었다. 어차피 이 아래 깊은 지하 선로는 낮이든 밤이든 캄캄한 어둠 속에 잠겨 있을 테니까 말이다.

한 치 앞이 보이지 않을 만큼 짙은 그늘 속에 잠긴 지하 통로 양쪽에는 파괴당한 상점들이 죽 늘어서 있다.

부다다당―.

길고 좁은 공간에서 머플러의 요란한 배기음이 메아리를 만들어 내며 고막을 자극했다.

"어느 방향으로 가야 하는 거지?"

계단을 두 번이나 내려가서 승강장 바로 위쪽에 도달했을 때, 민구는 잠시 혼란스러워하며 제자리에서 빙글빙글 돌았다. 대중교통을 이용해 본 게 대체 언제였는지 기억도 나지 않는다. 개찰구 위에 붙어 있는 지하철 노선도를 발견하지 못했더라면 그의 고민은 훨씬 더 길어졌을 터였다.

"내가 있는 곳이 여기니까…… 이쪽으로 네 정거장만 더 가면 되는 건가……. 아니야, 그게 아니라 다음 역에서 이 색깔로 옮겨 가야 하는 것 같은데……. 끄응, 뭐야, 이거? 젠장, 좀 알아먹게 그려 놔야 할 것 아녀……."

초등학생처럼 노선도에 달라붙어서 한참 고민을 하고 머리를 갸웃거린 뒤에야 겨우 자신이 갈 길을 찾은 민구는 안도의 한숨을 내쉬었다. 10여 년 전쯤 몇 번 타 본 게 전부인지라, 지하철 노선이라는 것에 대한 이해가 절대적으로 부족한 그로서는 꽤 큰 숙제를 한 것이다.

어쨌든 방향을 정한 그는 다시 좀 더 헤매다가 선로를 찾아 아래로 바이크를 몰았다. 희미하기는 하지만 옅은 노란색의 조명이 눈에 들어온다. 아마 비상등일 것이다. 이미 잠실의 환한 건물들을 먼발치에서 보았던 터라 전기가 공급되는 지역이 있다는 사실이 특별히 놀랍지는 않았다.

"크윽, 냄새 한번 지독하군."

공기 순환 장치가 가동되지 않는 지하 공간에는 특유의 갑갑한 먼지 냄새와 시체들이 썩으며 풍기는 악취가 섞여 무겁게 가라앉아 있었다. 피투성이가 된 채 깨지고 금이 가 있는 차단벽을 따라 달리면서 민구는 입으로 숨을 쉬기 위해 물고 있던 라이트를 왼손으로 옮겨 쥐었다.

잠시 불빛이 아래로 움직이면서 사각이 생겼을 때, 그가 마지막으로 본 것은 바닥에 드리워져 있는, 굵은 소방용 호스였다.

피잉!

다시 라이트를 비췄을 때, 갑자기 팽팽하게 당겨진 소방 호스가 눈앞에 펼쳐진다. 피하거나 멈춰 서기에는 이미 늦었다.

사람이 있었나! 낯선 공간에서 길을 찾는 데에만 집중했다고는 하지만, 이런 실수를 하다니…….

민구는 핸들을 틀면서 몸을 눕혔다.

지이이이익—.

매끄러운 바닥에 타이어가 미끄러지면서 각도를 줄여 보았지만, 무릎 높이로 당겨진 소방 호스를 피할 수는 없었다.

쾌당탕!

바이크가 튕겨 나가면서 민구의 몸도 하늘로 부웅 떠오른다. 그리고 거의 동시에 엄청난 소리와 함께 둘 다 바닥에 곤두박질쳤다.

티이잉—.

민구의 손에 들려 있던 맥라이트가 데굴데굴 구르다가 그의 발치를 비추는 지점에서 멈춰 섰다.

"커억!"

쿵! 떨어진 민구의 입에서 커다란 비명이 뿜어져 나왔다. 그리고 잠시 침묵이 흘렀다.

"기절한 건가……."

"기절? 그 속도로 떨어졌는데 당연히 뒈졌겠지. 너도 떨어지는 소리 들었잖아."

침묵을 깨고 소곤거림이 울린다. 여전히 지하철 승강장은 어둠에 묻혀 있고, 보이는 것이라고는 맥라이트가 비추는 민구의 발뿐이다. 한쪽 신발이 날아가 버려 양말 차림인 것이 처량한 느낌을 더해 준다.

"혹시 모르는 거니까 확인을 해 보자."

말이 떨어지기가 무섭게 캔 음료수가 날아와 민구의 다리를 맞힌다. 정강이 근처를 때리고 터진 음료수가 바닥에 흐르는데도 여전히 움직임이 없다. 그제야 안도의 한숨 소리가 크게 터져 나왔다.

"휴우~ 놀랐네. 뭐지, 이 새끼?"

계단 밑의 기둥 아래에 숨어 있던 두 놈이 기둥에 묶어 두었던 소방 호스를 푼 뒤 얼굴을 내밀었다. 한 녀석은 쇠파이프를, 다른 녀석은 스패너를 들고 있다. 쇠파이프가 먼저 플래시를 켰다.

여러 바퀴를 돈 오토바이는 차단벽을 들이받고 멈춰 서 있고, 이상한 놈의 시체는 오토바이에서 여덟 발짝쯤 떨어진 곳에 널브러져 있다. 스패너가 갑자기 킥킥거리기 시작한다.

"미친 새끼 아닌가, 이런 때에 저런 걸 타고 다닐 생각을 한다는 게……. 나 좀 잡아먹으라고 광고하는 것도 아니고. 큭큭큭, 게다가 뭐 한다고 라이트도 없는 오토바이를 이 아래까지 끌고 왔지? 크크."

"그러게. 씨발, 누가 배달의 민족 아니랄까 봐. 야, 근데 저거 뭐냐? 오토바이 뒤쪽에……."

쇠파이프는 조심스럽게 걸어가서 마세티를 집어 들었다. 오토바이가 미끄러지면서 가방 밖으로 빠져나간 것이다.

"오, 염병. 죽인다. 이것 좀 봐. 이 새끼, 이런 걸 들고 다녔어."

마세티를 칼집에서 꺼낸 쇠파이프는 피와 뇌수가 묻은 칼날을 불빛에 비춰 보며 콧구멍을 벌렁댔다. 흥분하기는 스패너도 마찬가지다.

"야, 그거 나 줘. 너는 긴 무기 있잖아."

"지랄, 엉기지 마라. 확 그어 버릴까 보다."

투덜거리는 스패너를 밀치고 쇠파이프는 마세티를 붕붕 휘두른다. 아깝게 무기 업그레이드의 찬스를 놓친 스패너는 얼른 오토바이를 일으켜 세운 후, 시동을 걸어 봤다. 하지만 그것 역시 망가져 있자 성질을 부리며 욕설을 퍼부었다.

"씨발, 왜 나한테는 좋은 게 안 걸리는 건데! 왜 망가지냐고!"

"큭큭. 등신, 그렇게 날아갔는데 멀쩡하면 그게 더 이상한 거지. 그리고 오토바이 있어서 뭐 할래? 어딜 타고 다니려고?"

쇠파이프가 스패너를 비웃는다. 하지만 스패너는 금방 좌절을 뿌리치고 민구에게로 뛰어갔다.

"그럼 이 새끼에게서 나온 건 내가 갖는다. 오오, 이 시계! 이 새끼, 돈 좀 만지던 놈이었나 보다?"

스패너가 몸을 굽혀 민구의 팔목을 들어 올린다. 커다란 마세티의 매력에 사로잡혀 있던 쇠파이프는 뒤도 돌아보지 않고 건성으로 대답했다.

"야, 그 새끼 구두 사이즈 260인지 봐 봐. 맞으면 내가 신을게. 아까 비춰 볼 때 얼핏 발바닥에 찍힌 마크, 프라다인 것 같더라?"

그런데 대답이 없다.

쇠파이프는 언성을 높여 같은 말을 한 번 더 했다.

"구두 사이즈 몇이냐고, 이 등신아! 아······."

갑자기 싸늘한 느낌이 들어 말을 끊고 고개를 돌린 쇠파이프는 깜짝 놀라서 뒤로 물러났다. 조금 전만 해도 시끄럽게 주절거리던 스패너는 시체처럼 엎어져 있고, 대신에 죽은 줄만 알았던 사내가 일어나 있다.

"10이야."

사내가 무표정하게 말했다.
"네? 어어, 뭐?"
자기도 모르게 존댓말이 나와 버린 쇠파이프는 다시 용기를 모아 반말로 대답했다. 초반부터 기선이 제압돼 버리면 안 된다.
젠장, 하지만 저 새끼, 뭐 저렇게 무섭게 생긴 거지? 얼굴에 저건 칼자국이야, 뭐야?
쇠파이프는 떨지 않기 위해 이를 악물면서 마세티를 쥔 손에 힘을 주었다. 무슨 사연이 있는 새끼인지 모르지만, 이렇게 강력한 무기를 쥐고 있는 건 나야…….
"미국 사이즈 10이라서 너한테는 크다고. 그러니까 가서 신발이나 주워 와. 그 칼도 가져오고."
헛, 쇠파이프는 어처구니없다는 표정으로 한숨을 내쉬었다. 그러고는 커다란 칼을 앞으로 내세우며 소리를 질렀다.
"이 개새끼야! 이거 안 보여? 무기도 없는 새끼가 까불고 있어, 뒈질래?"
"그래? 난 무기가 없나?"
민구가 한쪽 입술을 비틀어 웃으며 묻는다. 뜨끔해진 쇠파이프가 혹시나 싶어 눈을 돌렸지만, 뻗어 있는 스패너의 손에는 아직도 스패너가 쥐어진 채였다.
이 새끼가 누구한테 심리전을 걸려고…….
쇠파이프는 왼손에 든 쇠파이프에 마세티를 두들겨 대며 바락바락 악을 썼다.
"허세 부리지 마, 이 새끼야! 네 무기 나한테 있으니까!"
민구가 오른손을 뒤로 돌렸다가 다시 앞으로 했을 때, 그의 손에는 커다란 쿠크리가 들려 있었다. 플래시 불빛 때문에 드는 착각인지는 모르겠지만, 어째 저쪽이 더 바짝 날이 서 있는 것처럼 보인다. 민구가 손등을 이용해 쿠크리를 빙글빙글 돌리면서 말했다.
"그럼 난 무기 없이 싸우지, 뭐."
쇠파이프의 얼굴에서 핏기가 싹 빠져나간다. 이미 싸울 마음 따위는 깨끗이 사라져 버린 지 오래다. 그러나 저 새끼는 한쪽 신발이 없다. 도망가면 나한테 승산이 있을지도 모른다……라는 생각을 쇠파이프가 하고 있을 때, 민구가 결정타를 날렸다.

"돌아서면 곧바로 꽂는다."

쿠크리의 둥근 날로 눈길이 간다. 그러자 이내 상상이 됐다. 저 악마 같은 새끼가 저걸 집어 던지면 빙글빙글 돌며 날아온 칼날이 내 뒤통수에 푸욱, 하고 박히겠지…….

상상만으로도 눈물이 찔끔 솟은 쇠파이프는 두 팔을 늘어뜨려 저항할 의지가 없음을 표시하면서 물었다.

"구, 구두 주워 드리면 사, 사, 살려 주실 거예요?"

"주워 와."

타협이고 뭐고 없었다. 쇠파이프는 일단 최대한의 성의를 보이기로 했다. 날아가 있던 한쪽 구두를 주워 든 그는 자신의 티셔츠를 당겨 정성껏 먼지를 털었다. 그가 슬쩍 보았던 게 맞았다. 프라다 윙팁이다.

"여, 여기요."

민구로부터 2미터 정도 떨어진 위치에 두 손으로 공손히 구두와 마세티를 내려놓은 쇠파이프가 후다닥 물러나려 할 때, 민구가 자신의 발 앞쪽을 탁탁, 두들겼다. 더 가까이 가져오라는 이야기다.

어쩐지 눈물이 솟아서 쇠파이프는 훌쩍거리기 시작했다. 아마 더 가까이 갔다가는 저 무식하게 생긴 칼에 목이 날아가게 될 것 같다. 하지만 이미 그에게는 민구의 명령을 거절할 배짱이 남아 있지 않았다.

눈물과 콧물로 범벅이 된 쇠파이프는 온몸을 부들거리며 신발을 들고 다가갔다. 그러고는 처분을 기다리는 노예처럼 구두와 칼을 내려놓으며 죄송하다는 말을 반복했다.

"앉아."

스패너에게서 빼앗은 플래시를 얼굴을 향해 비추며 민구가 명령했다. 쇠파이프는 눈을 가리며 자리에 쪼그리고 앉았다.
 으으으~ 이미 죽어 있다고만 생각했던 스패너의 입에서 신음이 흘러나온다.
 "후우~ 이 새끼들, 사람 귀찮게······."
 신발을 대충 구겨 신은 민구는 윗옷에서 담배를 꺼내 물고 길게 빨았다. 유일한 탈것을 망가뜨린 놈들이라는 걸 생각하면 당장 죽여 버린대도 화가 풀리지 않겠지만 이왕 저질러진 일이고, 지금은 이놈들이 어떻게 여기서 버티고 있었는지가 궁금하다.
 지금 이 부근에는 둘뿐인 것 같지만 다른 곳에도 이렇게 산적질을 하는 일당이 더 있는지도 캐물어야 한다. 귀찮게 죽은 척하는 일은 한 번이면 족하니까.
 "으왓! 담배를 피우시면!"
 고개를 푹 수그리고 있던 쇠파이프가 담배 냄새를 맡고 기절할 듯 소리를 지른다.
 뭐어?
 민구는 한쪽 눈을 찡그렸다.
 "다, 다, 담배 피우시면 안 돼요. 그, 그 새끼들이 온다구요."
 "그 새끼들이 뭔데? 괴물들?"
 "괴물요? 조, 좀비 말하는 건데요."
 "그놈들이 담배를 피우면 나타난다고?"
 "예, 예. 100프로예요. 정말입니다."
 "괜찮아. 너희들이 잡아먹히는 동안 난 도망가면 되니까. 후우~."
 쇠파이프의 얼굴을 향해 연기를 내뿜으며 민구가 말했다. 그러는 동안에도 쇠파이프는 불안한 표정으로 좌우로 고개를 돌리며 안절부절못하며 어쩔 줄을 몰라 한다.
 "저, 저기, 제발······ 아······."
 녀석이 아무리 똥 마려운 놈처럼 엉덩이를 들썩거리고 애원을 해도 민구는 천천히 한 대를 다 피웠다. 관자놀이 한 방에 기절해서 도무지 일어날 생각을 않는 스패너의 목덜미에 꽁초를 비벼 끄자 신음 소리와 함께 녀석이 정신을 차렸다.

"끄아아! 어? 헉……."

"쉿—!"

벌떡 일어나서 목덜미를 부여잡은 스패너의 눈앞에 민구의 쿠크리가 번뜩인다. 스패너는 엉덩방아를 찧으며 넘어져서 눈알만 굴렸다.

"너도 얌전히 앉아."

쇠파이프의 모습을 곁눈질한 스패너가 그 곁에 조용히 무릎을 꿇는다. 민구는 자신의 추측이 맞았음을 확신했다. 분명히 이놈들의 일당이 더 있다. 이 정도 밖에 투쟁심이 없는 놈들 단둘이서 아직까지 살아남았을 리가 없다.

"킁, 킁, 이, 이거, 담배 냄새 아니야?"

뒤늦게 후각이 돌아온 것인지 스패너가 쇠파이프에게 속닥였다. 쇠파이프가 고개를 끄덕이자, 스패너에게도 안달병이 전염되었다.

"저, 저, 저기, 도, 도망쳐야 하는데요."

엉덩이를 들썩거리면서 스패너가 간청한다.

"어디로? 너희 소굴로?"

"예? 그, 그게……."

"몇 놈이나 숨어 있어, 너 같은 새끼들이?"

쇠파이프와 스패너는 대답 대신 그저 살려 달라고 빈다. 생각지도 못한 정보를 전해 들은 민구는 그것이 사실인지 확인하고 싶어져서 새 담배에 불을 붙였다. 그리고 두 놈의 얼굴에 골고루 연기를 뿜어 줬다.

"안 오잖아, 이 새끼들아."

두 번째 담배가 중간 정도까지 타들어 갔을 때, 민구는 마세티를 집어 들며 중얼거렸다.

"거짓말하는 어린이는 혼이 나야……."

"아, 아, 아닙니다. 정말이에요."

두 놈은 필사적으로 도리질을 해 대며 진땀을 쏟아 냈다.

두 놈이라 그런지 영 시끄럽군. 아무래도 한 놈은 시범 케이스로 죽이는 게 낫겠어…….

민구는 스패너와 쇠파이프 중에서 어떤 놈을 살려 둘 것인지 잠시 계산을 해 봤다. 하지만 워낙에 고만고만한 녀석들이라 논리적으로는 선택하기가 어렵다는 걸 이내 깨달았다. 민구는 우연의 힘에 의존하기로 했다.

어.떤. 놈.을. 고.를.까.요. 알…….

마음속으로 외우던 주문이 '알'까지 진행되었을 때, 민구의 귀를 자극하는 소리가 들려왔다. 그리고 소리보다 약간 느리게 특유의 악취가 전해졌다.

저벅저벅, 그라아아악……. 저벅저벅.

우연일 수도 있지만 정말로 담배를 피우고 있으니 괴물들이 다가온 것이다. 메아리가 있어서 정확히 파악되지는 않지만, 두 마리 이상이다.

그래? 희한한 일인데? 정말 담배 냄새에 끌린단 말이야?

민구는 고개를 갸웃거리면서 일어섰다.

"흐으으으아아!"

사색이 되어 일어나려던 두 놈에게 칼을 겨누어 다시 꿇어앉혔다. 싹싹 빌며 귀찮게 굴려던 놈들은 마세티의 칼날이 눈동자 바로 앞에서 번쩍이자 곧바로 주저앉아 버렸다.

"먼저 일어나는 새끼는 죽일 거야."

사신의 선고처럼 차갑게 내뱉은 민구는 괴물들의 발소리가 들려오는 방향으로 플래시를 비췄다. 선로 아래에서 세 마리의 괴물이 걸어오고 있다. 이제 꽤나 가깝다.

"어디에서 온 거지? 오토바이가 날아가고 그렇게 시끄러운 소리가 날 때에도 잠잠하던 놈들이…….''

꿇어앉은 두 놈은 서로 상대방이 먼저 일어나기만을 바라며 눈치를 살피고 있다. 이 상태대로라면 저 녀석들은 결코 일어나지 못할 것이다. 민구는 괴물들이 가까이 다가올 때까지 그대로 서서 놈들을 관찰했다.

그롸아아악—.

앞줄의 괴물 둘은 벌써 선로 끝에 설치된 사다리를 타고 기어 올라와 있다. 깨진 차단벽을 지나면서 날카로운 단면에 긁힌 얼굴의 가죽이 벌어졌지만, 피는 흘러나오지 않는다.

탁— 타탁— 탁—.

놈들이 속도를 높여 뛰어온다. 민구는 주저하지 않고 마세티를 휘둘렀다.

콱—!

목에 마세티가 박힌 괴물이 힘없이 고꾸라진다. 쓰러진 녀석을 내버려 두고 두 번째 놈의 손목을 날리고는 곧바로 뒤로 돌아가 뒤통수를 내리찍었다.

쩌적!

괴물은 팔을 내젓다가 앞으로 고꾸라졌다. 다시 첫 번째 놈의 목을, 이번에는 반대편에서 갈랐다. 달려들던 괴물이 기둥을 들이받자, 뼈만 남아 덜렁거리던 머리통이 부러져 힘없이 구른다.

"뭐야? 이놈들, 왜 이래?"

순식간에 두 놈을 쓰러뜨린 민구는 어처구니가 없어 자기도 모르게 혼잣말을 내뱉었다.

믿기 어려울 만큼 싱겁다. 그의 몸이 기억하는 괴물들의 스피드와 힘이 아니다. 아무리 지금 나타난 괴물들의 상태가 안 좋아서 모두 한쪽 다리가 반 이상 떨어져 나가 있다고 해도 너무 느리다는 생각이 들었다.

세 번째이자 마지막 괴물이 뛰어 올라왔을 때, 민구는 일부러 놈을 마중하듯 달려 나갔다. 그러고는 곧바로 방향을 틀어 달아나 봤다. 괴물은 열심히 포효하며 쫓아오지만, 그와의 거리 2미터 정도를 줄이지 못한다. 확실히 느리다.

"이상하군."

실험을 마친 민구는 달리기를 멈추고 그 반동으로 허리를 돌려 풀스윙을 했다.

썽둥~!

앙상하게 달라붙어 있던 괴물의 비쩍 마른 머리가 그의 어깨 뒤로 날아가 구른다.

털썩!

머리를 잃은 괴물의 시체가 바닥에 엎어지자, 그때까지도 여전히 꿇어앉아 있던 두 놈의 입에서 안도의 한숨과 함께 탄성이 흘러나온다. 감히 덤비지 않고 순순히 항복하기를 잘했다고 생각하는 모양이다.

"이놈들, 왜 이렇게 느려 터졌어? 이유가 뭐야?"

민구는 마세티를 털면서 두 놈에게 걸어갔다.

느리다고요?

두 놈은 눈이 똥그래져서 묻는다.

"엄청 빠른데요. 죽도록 달려야 겨우 뿌리칠까 말까예요."

"아니. 이 정도가 아닌데, 내가 봤던 놈들은."

"그, 그럼 저것보다 더 빠른 놈들도 있나요?"

민구는 두 녀석의 얼굴을 가만히 바라봤다. 누렇게 떠 있는 얼굴, 핏기 없는 입술…… 꽤나 오랫동안 햇빛을 보지 못한 게 틀림없다. 아직도 좀비의 끈적한 피와 체액이 묻은 마세티의 칼끝으로 쇠파이프의 턱을 들어 올리면서 민구가 물었다.

"너, 언제부터 이 아래에 있었어?"

"어, 언제부터요? 그, 그게 처, 첫날부터였는데요. 14일인가? 네, 맞아요, 14일."

"너는?"

"저, 저도요."

"그 이후로 한 번도 지하철역 밖으로 안 나가 봤어?"

"네, 네…… 밖에 나가면 사방이 좀비 밭인 것 같더라고요."

같더라고요? 나가 보지 않았다는 말이잖아? 뭐, 이렇게 할랑하게 사는 놈이 다 있지?

민구는 속으로 웃었다.

"세상이 어떻게 돌아가는지 궁금하지도 않디?"

"그게…… 워낙 뻔하잖아요. 전기가 안 들어오는 것도 그렇고, 물도 안 나오고, 그러면 뭐 세상이 다 망했다고 생각할 수밖에는……. 처음엔 몇 번 정찰도 보냈었는데요, 나가기만 하면 못 돌아오고……."

자기도 모르게 일행이 더 있었다는 걸 인정해 버린 쇠파이프는 아차 하는 얼굴로 입을 다물었다. 민구가 뭉툭한 칼끝으로 놈의 턱을 툭, 친 다음 내렸다.

"술술 잘 털어놓네. 계속해."

"에, 그, 그게요……."

쇠파이프는 스패너의 눈치를 잠시 살피다가 체념한 듯 한숨을 쉬면서 입을 열었다.

"차 경장하고 윤 순경, 두 새끼가 가끔 애들을 내보냈거든요. 박 경사 죽은 다음부터는 완전히 저들 세상이라서요. 총이랑 인질이 있으니 반항도 안 되는 거고요. 처음에 갔던 애는 동식이라고 꽤 잘나갔던 앤데요, 그런데 걔도 결국은 안 돌아오더라고요."

"잠깐, 잠깐. 기다려."

민구는 녀석의 말을 끊었다. 이야기가 너무 두서가 없는 데다 이름만 잔뜩 나오니 도무지 알아먹을 수가 없다. 대충 알고는 있었지만, 이 자식 어지간히 머리가 좋지 않군. 다른 녀석이 더 나을 것 같아서 민구는 시선을 스패너에게로 돌렸다.

"네가 이야기해, 첫날부터. 어떻게 여기 내려오게 됐고, 너희 대빵은 누군지, 몇 명이나 남았는지, 너희는 여기 와서 뭘 하고 있었는지, 천천히 말해 봐."

"대빵은 원래 박 경사라는 사람이었는데요, 경찰이었어요. 첫날 아침에 막 난리 나서 정신없을 때 지하철이 끊겼거든요. 기다리던 사람들 중에 한 절반 정도가 성질내면서 택시라도 타려고 나갔을 때, 경찰 여덟 명이 뛰어 내려와서 역무원들한테 방범 셔터를 내리라고 했었어요."

스패너는 들고 있던 스패너를 바닥에 내려놓으며 박 경사라고 칭했다. 그러고는 주머니에서 라이터와 건전지를 꺼내더니, 차 경장과 윤 순경이라고 불렀다. 물건으로 예를 들지 않으면 이야기를 못 하는 놈인 모양이다.

"경찰 중에도 물린 사람이 있었고, 지하철 선로로 뛰어오는 좀비들도 있어서 결국 경찰은 네 명밖에 안 남았어요. 근데 처음부터 차 경장하고 윤 순경이 자꾸 개기는 게 눈에 보였어요. 이 새끼들은 어지간히 사납기도 했고요. 자꾸 사람들을 부하처럼 부리려고 하고. 그러더니 결국은요……."

스패너가 라이터와 건전지를 들어 스패너를 치는 시늉을 한다. 민구는 인내심을 발휘하면서 조용히 들었다. 이야기 자체만으로 따지자면 도저히 더 참고 들어 줄 수 없을 만큼 정신이 없었지만, 어쨌든 그가 가야 하는 방향에 총으로 무장한 놈들이 있다고 하니 정보를 알 필요가 있다.

그런 민구의 심정을 아는지 모르는지, 스패너는 계속해서 물건들을 동원해 열심히 정황을 설명했다. 나중에는 더 이상 끌어다 댈 물건이 없어서 아까 던졌던 캔까지 주워 와야 했다.

"그러니까 네 말을 요약하면, 처음에는 치안 유지가 잘되고 있었는데, 사흘째 되던 날 그 차 경장이라는 놈과 윤 순경이라는 놈이 저희들 대장을 죽여 버리고 그다음부터는 왕처럼 군다, 이 말이야?"

네, 스패너가 겁먹은 얼굴을 끄덕인다.

"쉰 명이 넘게 있었다면서 왜 가만히 당하고 있었어?"

"그건 첫날 이야기고요, 좀비들로 변하고 그러면서 많이 줄었어요. 이제 저희까지 다 해도 열세 명이 전부예요. 그리고 총이 있는데 어떻게 덤벼요?"

02

놈이 장황하게 늘어놓은 이야기를 정리하면 간단했다. 나쁜 경찰 두 놈이 상사를 죽이고 무기로 일반인들을 위협해서 노예처럼 부리고 있으며, 그 역 매점과 편의점의 음식이 떨어져 가자 먹을 것을 찾아오도록 다른 역까지 정찰을 보낸다는 거다. 민구가 한심하다는 듯 물었다.

"정찰 나왔을 때 그냥 도망치면 되잖아."

"그, 그게, 저는 여자 친구가 잡혀 있어서요. 그리고 걔 문제가 아니더라도 딱 두 명씩만 내보내거든요. 일행이 많으면 딴마음 먹는다고. 차라리 거기로 돌아가면 안전하게 잠이나 잘 수 있죠. 저희 둘이 어디로 가서 안전하게 살겠어요."

한 놈씩 죽어 가더라도 도살자 주변에서 여전히 맴돌며 풀을 뜯어 먹는, 전형적인 초식동물의 논리. 민구는 그 부분에 대해서는 더 다그치지 않았다.

"총 가진 놈들은 그 둘뿐이고?"

"네. 자기들 말고 다른 사람들은 절대 총 근처로도 얼씬거리지 못하게 해요. 사실 그 새끼들보다 더 좆같은 건 나까무라 새끼들인데요."

"나까무라? 그게 이름이야?"

"아뇨, 본명은 모르죠. 근데 딱 친일파 앞잡이처럼 굴어서 저희끼리는 그렇게 불러요. 그 새끼들은 자기네를 반장님, 부반장님이라고 부르라고 하지만요. 하여간 그 나까무라 새끼들이 경찰 새끼들한테 아부 열심히 하고 우리들 감시하고, 알아서 여자애들까지 그 경찰들 방으로 들여보내고요. 멀쩡한 사람도 몇 명 죽였어요. 기강 잡는다고."

들어 보니 여자를 제한 머릿수가 여덟 명, 이놈들을 빼면 여섯. 게다가 다들 겁에 질려서 억지로 명령을 듣는 수준인 모양이고, 원한도 적잖이 쌓여 있는 것 같다.

그런 놈들은 싸움에 개입할 것 같지 않으니까 처리해야 하는 건 최대치로 잡아도 네 명, 총이 없는 앞잡이를 제외하면 두 명만 제치면 된다.

놈들의 전력도 파악됐겠다, 짭새 놈들이 자는 곳도 들어서 알겠다, 더 시간을 끌 필요가 없을 것 같아 민구는 두 놈에게 일어서라고 했다.

"앞장서."

"거, 거길 가시게요? 형님, 안 돼요! 가뜩이나 식량 부족한데 낯선 사람 끌고 온 것도 모자라서 이런저런 소리 했다고 저희까지 죽습니다. 저희가 형님을 괜히 죽이려고 한 게 아니에요."

"너, 여자 친구도 잡혀 있다며? 매일 그 새끼들이 건드릴까 봐 무섭지도 않아?"

"벌써…… 여러 번 건드렸어요. 하지만 총이 있어서……."

스패너가 체념한 듯 고개를 숙인다.

"난 이게 있는데?"

민구가 마세티를 스패너의 눈앞에 들어 올렸다. 스패너는 경기를 하듯 찔끔거린다.

"네가 나를 도와서 그 새끼랑 싸우면 살 수 있는 확률이 90퍼센트다. 그런데 여기서 더 시간 끌고 말대답이나 하고 앉아 있으면 이 칼에 뒈질 확률이 100퍼센트지. 어떤 걸 택할 거냐."

민구의 말을 들은 스패너와 쇠파이프가 서로 눈빛을 교환한다.

어쩔래? 이 새끼, 존나 센 것 같기는 하지?

그래, 그냥 말 듣자. 정말 죽이고도 남을 새끼 같다…….

눈빛으로 이야기를 나누던 둘은 고개를 끄덕인다.

"경찰들은 특별한 일이 없으면 철문으로 된 사무실 안에 있어요. 30분마다 나까무라에게 무전기로 지시를 하고요. 근데 심심하면 한 번씩 내려와 볼 때도 있기는 해요."

일을 확실히 처리하고 싶었는지 두 놈은 해결해야 할 문제의 어려움을 토로했다.

"무전기가 아직도 방전이 안 됐다고?"

"그건 모르겠어요. 여러 대를 돌려쓰는 건지, 뭔지. 하지만 무전기로 대화를 하는 건 확실해요."

"그리고 이 넓은 역을 어떻게 다 감시한다는 거야? 겨우 열세 명이고, 교대로 잠도 자야 할 것 아니야."

"차단벽이 있는 곳은 감시를 안 해요. 어차피 거기가 뚫리려면 소리가 엄청 크게 날 테고, 또 우리가 있는 역 근처에는 더 이상 좀비가 그리 많은 것 같지 않거든요. 그냥 문이 깨진 곳 세 군데만 계속 보초를 서는 거예요. 혹시나 해서……."

"알았어. 그쯤 했으면 다 들은 것 같다. 얼른 움직여."

민구는 두 놈이 가방에 자판기에서 턴 음료수와 과자를 담을 때까지 기다렸다가 함께 선로 아래로 내려가서 걷기 시작했다. 아까 괴물들이 걸어왔던 쪽과 반대 방향이었다. 오토바이에서 떼어 낸 가방은 쇠파이프에게 지게 했다. 확— 두 놈의 플래시가 한꺼번에 같은 방향을 비추자 꽤나 밝다.

"근데 그 플래시는 어디서 났어? 둘 다 같은 모양이잖나?"

민구가 물었다.

"이거, 지하철역 계단마다 다 비치되어 있는 건데요."

"그래? 몇 개나?"

"몇 개요? 글쎄요. 세어 본 적은 없긴 하지만, 역 하나당 수십 개는 넘지 않을까요? 계단이나 복도에 세 개씩 든 통이 있거든요. 아, 여기는 피해 가셔야 돼요."

스패너가 가리킨 곳에는 발목 높이로 쳐 둔, 가느다란 끈이 서너 겹으로 설치되어 있었다. 한쪽 구석으로 비켜 가지 않으면 넘어지게 해 둔 장치다.

"아까 오면서 쳐 놨죠. 이렇게 해 두면 좀비들이랑 만나도 뿌리칠 수가 있거든요. 처음에는 진짜 만나기만 하면 곧바로 죽는 거였는데, 한 일주일 지나고부터는 요령이 좀 붙어서 어지간하면 따돌릴 수가 있게 되더라고요."

"너희들이 요령이 생긴 게 아니라 괴물들이 약해진 거야."

민구는 단정적으로 말했다. 바깥의 놈들이었다면 이 정도 트랩으로 서너 번 넘어뜨렸다고 해서 뿌리칠 수 있을 만한 신체 능력이 아니었다. 이유를 단정할 수는 없지만, 이 지하에 있는 괴물들은 육상의 놈들보다 약하다. 아마 일주일이 지나고 나서부터 급격하게 운동 능력이 떨어진 모양이다.

"담배 이야기 해 봐. 그걸 피우면 괴물들이 나타나는 걸 어떻게 알게 됐어?"

선로 옆을 걸어가면서 민구가 물었다. 앞서 있던 녀석들은 고개를 갸웃거리면서 대답했다.

"저희도 처음에는 몰랐어요. 그래서 담배 피우던 사람들은 선로 근처로 가서 자기들끼리 모여서 피우기도 하고 했죠. 뭐, 편의점에 한가득 있었으니까 담배는 많았거든요. 그러고 있다가 좀비들이 쳐들어오면 또 난리가 한 번씩 벌어지고요. 그때는 몰랐어요, 담배가 끌어오는 건지. 그냥 근처에 있던 놈들이 왔겠지 했죠. 근데 담배 피우는 사람들이 점점 줄어들수록 좀비들도 조금씩 덜 쳐들어오더라고요. 정찰 나갔던 애들 중에서도 담배 피우던 애들은 다 죽고 그러는 바람에 나중에는 담배 피우는 사람이 세 명밖에 안 남았는데, 애들이 모여서 담배를 피우고 서 있기만 하면 조금 있다가 좀비들이 꼭 한두 마리라도 달려오는 거예요. 그래서 알았죠. 아, 이 새끼들이 담배 냄새에 환장을 하는구나…… 하는 걸요."

흠, 그래서 내가 가는 곳마다 꼭 괴물들이 찾아왔던 건가?

민구는 지난 며칠간을 되짚어 봤다. 확실히 그는 어디를 가든 계속 담배를 피웠고, 만배파 빌딩에서는 다른 층에 숨어 있던 녀석들까지도 신기하게 그를 찾아왔었다.

확실한 건 아닐지 몰라도 한 번쯤 생각을 해 볼 문제인 것 같기는 하군…….

민구는 속으로 고개를 끄덕였다.

"저기…… 형님, 거의 다 왔는데요. 여기에서부터는 이제 조용히 하셔야 할 것 같은데요."

20분쯤 걸었을 때, 코너를 돌아 나가기 전에 쇠파이프가 멈춰 서서 플래시를 바닥으로 향하며 뒤를 돌아본다. 그렇지 않아도 저 앞쪽에 다른 플래시의 불빛이 어른거리는 게 보인다. 놈들이 소굴로 삼은 역이 멀지 않은 것이다. 쇠파이프의 어깨에서 자기 가방을 벗겨 낸 민구가 물었다.

"너희가 저쪽 선로 양방향 보초를 설 수 있겠나?"

"네, 다들 피곤해하니까 보초 서겠다고만 하면야 뭐……. 근데 어차피 나까무라 새끼가 계단 위에 앉아서 다 보고 있어서요."

Chapter 20 지하 세계

민구를 그냥 통과시켜 주기는 어렵다는 뜻이다. 그 정도는 민구에게도 다 계산이 돼 있었다.

"나까무라라는 새끼들은 무기가 뭐야?"

"경찰봉요. 한 이따만 한 식칼도 있어요."

스패너가 40센티미터도 넘게 두 손을 벌려 보인다. 그렇게 긴 식칼은 없다. 아마도 놈에 대한 공포심이 반영된 것이리라. 민구는 스패너에게 손짓을 해서 가까이 오게 했다. 그러고는 슈트 안의 금속제 홀더에 장착되어 있던 울트라마린 나이프를 꺼냈다.

"헉, 혀, 형님, 왜, 왜 이러세요?"

스패너가 기겁을 한다. 녀석들이 발작적으로 소리를 지를까 봐 민구는 얼른 날을 자신의 몸 쪽으로 향하게 돌려 쥐고 조용히 시켰다.

"소리 그만 내, 이 새끼들아. 이걸 줄 테니까 목을 그으라는 소리야. 어려울 거 없어. 말 거는 척하고 걸어가서 이렇게 반대쪽으로 당기고 돌리기만 하면 돼."

민구는 친절하게 직접 칼 손잡이와 홀더 사이에 손가락 네 개를 넣고 칼날을 아래로 해서 캭, 긋는 자세를 보여 줬다. 길이가 짧고 검신이 카본으로 되어 있어서 플래시 불빛 정도에만 의존하고 있는 상대에게는 아주 가까이 다가갈 때까지도 숨길 수 있다. 그래도 여전히 두 놈 모두 벌벌 떨기만 한다.

"무립니다. 무리예요. 그, 그렇게 잽싸게 못 움직여요. 나까무라, 그 새끼도 무기가 있는데……."

"아, 나…… 이런 한심한 새끼들. 이렇게 겁이 많은 새끼들이 나는 어떻게 그렇게 죽이려고 했어?"

"그, 그건 그냥 오토바이 소리를 듣고 혹시나 해서 줄을 쳐 놓고 기다린 것뿐이잖아요. 직접 마주 보고 칼싸움을 하는 거랑은 다르죠."

손을 부들거리는 모습을 보니 두 놈 다 영 틀렸다.

누가 초식동물 아니랄까 봐……. 그래, 알았다.

여기서 더 몰아붙였다가는 괜히 어설프게 거죽만 찢어 놓을 것 같아서 민구는 첫 번째 계획을 포기했다. 그런 일이 생기면 상처를 입은 나까무라라는 놈은 돼지처럼 꽥꽥 비명을 지를 테고, 오히려 더 골치만 아프다.

"좋아, 그럼 이렇게 하자. 음식 가져온 걸 넘기고, 저기에서 보초를 서다가 지금부터 딱 한 시간 뒤에 너희 둘 다 플래시를 꺼. 그 정도는 할 수 있지?"

"네. 하지만 그러면 나까무라가 곧바로 저희 쪽으로 플래시를 돌릴 텐데요? 그 사이에는 못 지나가세요."

"닥치고 내 말이나 잘 들어. 망가진 것 같다고 플래시를 두들기다가 다시 불을 켜. 그리고 너는 1분 뒤에 곧바로 불을 꺼. 그걸 세 번 반복해. 얘가 그러는 동안 너는 조용히 반대편만 비추고 있고. 알겠지?"

"네. 근데 형님은 언제 오실 건데요?"

"그건 몰라도 돼. 너희는 내가 시킨 대로 잘할 생각만 해. 시간 못 지키고 버벅대면 그냥 너네 목부터 따고 올라갈 테니까."

민구는 이 두 놈에게 기합을 확실히 넣어 주기 위해 울트라마린 나이프를 허공에 휘두르면서 빠르게 목과 양쪽 겨드랑이 안쪽, 사타구니를 지나 배를 올려 찢는 시늉까지 해 보였다.

날카로운 칼날이 휙휙 춤을 추듯 날아다니자, 겁을 잔뜩 집어먹은 쇠파이프와 스패너의 눈동자가 뱅글뱅글 돈다.

"얼굴 펴, 이 새끼들아. 이쪽에 누가 숨어 있다고 광고할 거 아니면."

네, 네, 열심히 대답을 하는 동안에도 공포로 굳은 표정은 좀처럼 나아지지 않았다. 결국 민구는 또 10여 분을 기다린 뒤에야 녀석들을 돌려보낼 수 있었다.

"어? 부반장님, 정찰 갔던 애들 왔습니다!"

쇠파이프와 스패너가 코너를 돌아 걸어가기 시작한 후 얼마 되지 않아서 역 쪽에서 다른 놈의 목소리가 들려왔다.

"이 개새끼들, 왜 이렇게 오래 걸렸어? 응? 도망가려다가 갈 데가 없으니까 다시 돌아왔지?"

위압적인 목소리 뒤에 쇠파이프와 스패너가 변명하는 웅얼거림이 이어졌다.

저놈이 아까 말한 나까무라겠지…….

몇 놈이나 보초를 서고 있는지 파악하기 위해 민구는 조용히 귀를 기울였다. 남자가 여덟 명뿐이라고 했고, 분명 교대를 할 테니 한 번에 다섯 명 이상은 역을 지키고 있지 않을 것이다. 물론 나까무라라는 놈들도 서로 교대를 할 테고, 그 다섯 중에 둘은 그가 심어 놓은 놈들일 거다.

지하철이라는 공간이 워낙 낯설어서 총을 든 놈들과의 싸움이 부담스럽지만, 그 정도는 사실 문제도 안 된다. 민구는 선로에 발을 걸치고 앉아서 어둠에 잠긴 채 조용히 시간이 지나가기를 기다렸다.

"야, 이 새끼. 너희들, 뭐 하는 거야? 왜 불을 끄고 지랄이야?"

민구와 약속한 한 시간이 지났을 때, 스패너와 쇠파이프는 거의 동시에 플래시 윗부분을 돌려 열어서 불을 껐다. 계단참에 앉아 있던 부반장 나까무라가 깜짝 놀라 양쪽으로 번갈아 플래시를 비추며 소리를 지른다.

"아, 죄, 죄송해요. 이, 이게 고장이 난 것 같아요."

"저, 저도요. 아까 한 번 떨어뜨렸었는데 그것 때문인지…….."

쇠파이프와 스패너는 필사의 연기를 하면서 플래시를 탁탁, 치는 시늉을 하고 다시 불을 켰다.

"똑바로 해, 이 개새끼들아. 확 대갈통을 부숴 버리기 전에. 등신 같은 새끼들."

잠시 당황했던 나까무라는 욕설을 내뱉으면서도 적지 않게 안도하는 모습이었다. 1분 뒤, 스패너는 약속대로 또 불을 껐다. 나까무라가 발끈한다.

"이런 씨발 놈이, 장난치냐? 너, 오늘 아주 뒈지게 맞아 볼래?"

"아, 아니에요. 이게, 이게 왜 이러지?"

스패너는 땀을 뻘뻘 흘리면서 다시 플래시를 켰다. 나까무라가 허세 가득한 말투로 말했다.

"한 번만 더 까불어라. 그땐 안 봐준다."

하지만 스패너는 또 불을 꺼야 했다. 안 그랬다가는 그 흉터의 남자에게 목과 배를 따이게 될 테니까……. 이번에는 나까무라도 더 참지 못하고 계단 아래로 뛰어 내려왔다.

"이 개새꺄, 내가 뭐라고 했어? 안 봐준다고 했지?"

나까무라는 플래시로 스패너의 얼굴을 비추며 경찰봉으로 놈의 허벅지를 사정없이 후려갈겼다.

아욱, 스패너가 비명을 지르자, 다른 보조들의 눈이 일제히 그쪽으로 향한다. 나까무라는 경찰봉을 계속 휘두르며 다른 놈들에게 똑바로 감시하라고 다그쳤다.

"하아~ 하아~ 하여간 이런 개새끼들은 꼭 사흘에 한 번씩 패 줘야 말을 들어요. 퉤! 이 씨발 놈아!"

잘못했다고 연신 빈 뒤에야 겨우 매 찜질을 벗어난 스패너는 나까무라가 계단으로 올라가자마자 또 불을 껐다. 씩씩거리던 나까무라가 완전히 이성을 잃고 폭발한 것은 당연하다.

"이런 개새끼가! 한번 해보자고?"

나까무라가 경찰봉을 높이 쳐들고 달려온다. 아까 나까무라가 한 말이 있어서 다른 위치의 보조들은 감히 눈을 돌릴 엄두도 못 내고 일부러 다른 방향을 쳐다보고 서 있다. 괜히 불똥이 자신에게 튈까 봐 불안한 것이다.

스패너는 불 꺼진 플래시를 던져 버리고 쇠파이프가 서 있는 쪽으로 달아나다가 나까무라에게 붙들렸다. 스패너의 머리카락을 움켜쥔 나까무라는 경찰봉으로 놈의 등짝을 마구 후려쳤다. 스패너는 본능적으로 머리를 감싸고 사정했다.

"아욱! 잘못했어요! 죄송합니다, 부반장님! 끄윽!"

"아냐, 넌 오늘 그냥 죽어. 아주 뒈지고 싶어서 안달이 난 모양이니까 내가 죽여 줄게. 너 같은 새끼는……."

턱, 치켜든 경찰봉이 어딘가에 걸려 움직이지 않는다.

어? 나까무라는 고개를 뒤로 돌렸다. 컴컴한 어둠 속에 한 남자가 서 있다. 자신의 경찰봉을 꽉 잡고 있는 그 남자의 얼굴에 눈길이 간다. 콧등을 가로질러 나 있는 긴 칼자국을 위협적으로 번뜩이며 남자가 씨익 웃었다.

03

"뭐, 뭐야…… 너는!"
경찰봉을 놓아 버린 나까무라는 당황하며 허리띠에 끼워 둔 식칼에 손을 가져갔다.
이걸로 이 개새끼의 배때기를 쑤셔 버려야지. 이 새끼가 뒈진다고 소리를 지르면 그다음엔 모가지를 콱—!
나까무라의 상상은 거기에서 멈춰 버렸다. 민구가 휘두른 마세티가 그의 팔목을 댕강 잘라 버리는 바람에 밀려온 통증이 뇌의 기능을 일시적으로 마비시켰기 때문이다.
찌지직!
솟아오르는 피의 분수 사이로 자신의 손목뼈가 보인다.
으아~ 나까무라가 비명을 지르려고 입을 벌리려 할 때, 민구는 빼앗은 경찰봉으로 그의 목젖을 후려쳤다.
흐어어어~ 커다랗게 열렸던 놈의 입에서는 숨이 꺼지는 쇳소리만 겨우 흘러나온다. 손목이 잘렸다는 것도 잊어버린 나까무라는 본능적으로 목을 감싸기 위해 오른손을 들어 올렸다. 하지만 손바닥 대신 뜨거운 피가 솟는 팔뼈가 그의 목에 닿는다.
이게 대체 무슨…….
나까무라는 갑자기 자신에게 닥친 불행을 이해할 수 없어서 눈을 들었다.
저 칼자국의 사내는 대체 어디서 나타나서 이런 짓을 하는 것일까? 아! 이제 알겠다. 스패너, 저 개새끼가 불을 깜빡거렸던 것이…….

빠르게 진행되던 그의 계산은 머리가 터지는 바람에 거기에서 종료되었다.

민구가 휘두른 마세티가 정수리를 쪼개 버리자 나까무라는 두 다리가 제멋대로 풀리며 그 자리에 허물어져 버렸다.

찌이익, 벌어진 나까무라의 상처에서 핏줄기가 솟아오른다. 그사이 다른 보초들에게 뛰어간 쇠파이프는 조용히 하라며 입단속을 시켰다.

사실 쇠파이프의 단속이 아니더라도 다들 감히 소리를 지를 엄두조차 낼 수 없었다. 너무 순식간에 너무 잔인한 꼴을 봤다. 인간을 잡아먹는 좀비보다도 저 칼 든 남자가 더 무섭다.

"아, 젠장. 기동이 새끼 생각이 나서 좀 오버했네. 그냥 한 번에 죽였어도 되는데."

나까무라의 셔츠에 마세티의 피를 쓱쓱 문질러 닦으면서 민구가 혼잣말을 중얼거렸다. 바로 자신의 눈앞에서 피의 분수를 고스란히 목격한 스패너는 약간 얼이 나간 채 멍해져 있었다.

"야, 일어나."

스패너의 뺨을 가볍게 때린 민구가 말했다.

"두 번째 나까무라는 어디 있어? 그 새끼 잡으러 갈 차례다."

"차, 창고에요. 다들 거기에서 자요."

"그렇게 말해 봐야 몰라. 앞장서."

"하, 하지만 쇠문을 잠가 놓고 자는데요."

"교대하자고 하면 나올 것 아니야?"

"그, 그 말 할 새끼를 죽여 버리셨잖아요."

스패너의 눈길이 죽어 자빠져 있는 나까무라 1에게로 향했다. 아직도 놈의 상처들에서는 피가 계속 흘러나오고 있고, 다리는 이따금씩 경련하며 꿈틀거린다.

음, 잠긴 쇠문을 열고 들어가서 또 다른 방에 들어 있는 총 든 짭새 둘을 처치해야 한다니…….

민구는 조금 귀찮아졌다. 어차피 이 역을 통과했으니 그냥 이놈들을 이대로 놔두고 가 버릴까 싶은 생각까지 들었을 때, 계단 위쪽에서 불빛이 흔들거리며 낯선 중년 남자의 목소리가 들려왔다. 약간 술에 취했는지 말꼬리가 조금씩 흐트러진다.

"야, 부반장. 왜 자기 위치를 안 지키고 있어, 이 새끼야. 하여간 이것들은 가끔씩 이렇게 불시에 나와서 감시를 해 줘야 정신을 차린다니까. 야! 부반장! 빨리 일로 안 뛰어와?"

짭새였다. 저벅저벅, 계단을 내려오는 구둣발 소리. 스패너와 쇠파이프, 그리고 다른 녀석들의 얼굴이 파랗게 질린다. 민구는 바닥에 뒹굴고 있는 나까무라의 플래시를 들어 스위치를 끄며 속삭였다.

"다들 불 꺼."

스패너와 쇠파이프가 얼른 말을 들어 먹은 것과 달리, 보초를 보던 다른 두 놈은 얼이 빠져서 멍하니 있다. 그사이에도 짭새의 발걸음은 점점 가까이 다가오고 있다.

보다 못한 쇠파이프와 스패너는 동료들의 손에서 플래시를 빼앗아 스위치를 눌러 버렸다.

팟, 순식간에 다섯 대의 플래시가 꺼지자 빛이 사라져 버린 승강장 안에는 이제 비상구 방향을 표시하기 위해 바닥에 깔아 둔 연한 비상등만이 남았다. 물론 아주 약한 조명이어서 그 바로 위를 밟고 서지 않는 한 이쪽의 모습이 보일 리는 없다.

"허어~!"

우뚝 멈춰 선 짭새의 입에서 감탄사가 흘러나왔다. 아래쪽에서 이리저리 흔들리던 플래시의 불빛이 일시에 전부 꺼졌다는 걸 눈치챈 것이다.

"뭐냐, 이 새끼들아? 야, 부반장!"

짭새는 느릿한 말투로 이미 죽어 자빠져 있는 나까무라를 부르며 플래시를 천천히 이동시켜 시야 전체를 훑는다. 그래 봐야 놈이 서 있는 위치에서는 시체가 보이지 않는다. 계단 뒤쪽에 모여 숨어 서 있던 민구는 불빛이 자신들 위쪽을 향하는 순간을 빌어 모두에게 조용히 하라는 신호를 보냈다.

괜히 놈들 때문에 위치를 들키고 싶지도 않고, 오발탄에 맞은 놈이 죽는다고 비명을 질러 대는 꼴도 보기 싫었다. 다들 고만고만한 애들이고, 하나같이 바짝 말랐다.

"이 개새끼들, 한번 해보겠다는 거야? 응? 반항해 봐야 다 뒈지는 것밖에 없어."

어지간히 조심스러운 놈이어서 더 이상 다가오지 않고 주둥이로만 떠들어 대며 정보를 얻어 보려 애를 쓰고 있다. 저렇게 신경을 집중하고 있는데 이 아래에서 계단을 전부 뛰어 올라가 놈을 처리한다는 건 무리다. 플래시가 이쪽을 비추고 있기 때문에 시야가 확보되지 않아서 칼을 던질 수도 없다.

삐릭—.

녀석이 무전기를 켜고 신호를 보내는 소리가 들린다.

"어, 윤 순경? 나야. 너 지금 일어나서 애들 다 깨워 가지고 내려와. 그쪽에 자빠져 자고 있던 놈들 머릿수도 세어 보고. 아무래도 반란인 것 같은데……. 응, 응. 총 가지고 있지. 너도 가지고 와. 아냐, 좀비는 아냐. 좀비면 이렇게 플래시가 다 꺼질 리가 없지. 그리고 벌써 소리가 났을 테고."

짭새는 일부러 들으라는 듯 큰 소리로 무전을 보내고 나서 제자리를 지키고 있다. 윤 순경을 부르는 걸 보면 차 경장이라는 놈이겠지. 제 판에는 무력시위를 하고자 했던 모양인데, 머릿수 운운하는 부분에서 민구에게 힌트를 주고 말았다. 민구는 낯선 놈 둘에게 다가가 귓속말을 건넸다.

"너희들…… 저 문으로 뛰어서 선로 아래로 도망쳐라. 그리고 뒤도 돌아보지 말고 계속 달려. 아무 말도 하지 말고."

민구는 자신이 조금 전 들어왔던 방향을 가리켰다. 계단에서 빤히 보이는 곳이다.

"에?"

두 놈이 이해가 가지 않는다는 말투로 외마디 대답만 흘릴 뿐, 좀처럼 엉덩이를 떼려 들지 않자 민구는 한 놈의 입을 막은 다음 울트라마린 나이프를 꺼내 가

차 없이 놈의 팔을 그었다.

끄으윽, 예리한 고통에 놀란 녀석이 소리를 내려 들자 입을 막은 민구의 손이 더 우악스럽게 파고든다. 거죽만 슬쩍 건드린 거라서 사실 그리 아플 것도 없다. 피도 곧 멎을 것이다.

"진짜로 찔러 버리기 전에 빨리 뛰어! 너도 그어 주랴?"

두 번째 놈은 필사적으로 고개를 저은 다음 자리에서 일어났다. 팔을 베인 녀석도 부들부들 떨며 일어날 준비를 한다.

"준비하고 있다가 플래시가 이쪽을 훑고 지나가면 곧바로 달려. 절대로 총에 안 맞으니까 걱정하지 말고."

"어, 언제 돌아오면 되나요?"

"대충 눈치 봐서 오든가. 지금! 가!"

플래시의 둥근 불빛이 계단 왼편을 비추고 막 반대로 꺾였다. 민구의 신호를 받은 두 놈은 그야말로 걸음아 나 살려라 하는 태세로 부서진 차단 문을 향해 달려 나가기 시작했다. 선로 안에 희미하게 남아 있는 비상등이 그들의 목적지다.

탁탁탁탁—.

조용한 승강장 전체를 울리는 놈들의 발소리가 요란스럽다.

찌익, 어떤 놈인지 나까무라에게서 흘러나온 피를 밟고 미끄러지는 소리도 들렸다. 다행히 넘어지지는 않은 모양이다.

이 소리를 계단 위의 차 경장 역시 못 들었을 리가 없다. 다만, 메아리 때문에 금방 방향을 특정 짓기는 어려웠다. 차 경장은 곧바로 플래시를 정신없이 돌렸다. 그리고 두 놈이 선로 아래로 뛰어 내려가는 순간, 그 뒷모습을 볼 수 있었다.

타앙—.

플래시가 따라잡은 것과 동시에 총성이 울렸지만, 이미 두 명은 선로 아래의 어둠 속으로 뛰어든 상태고, 애꿎은 차단벽의 강화 플라스틱에만 구멍이 뻥 뚫린다. 달아난 놈들이 앞을 비추기 위해 켠 플래시의 불빛이 정신없이 흔들리다가 코너를 돌면서 사라졌다.

"이 개새끼들, 도망가 봐야 너희 둘만 가지고는 이틀도 못 살아남아! 멍청한 등신 새끼들!"

저주와 욕설을 퍼부으면서도 차 경장은 계속 선로 아래를 비추고 있다. 혹시 몰래 돌아오지는 않을까 생각하는 모양새다.

삐리리릭—.

다시 무전이 들어오고 차 경장은 신중한 목소리로 대답을 한다.

응…… 응. 그래, 알았어. 빨리 와…….

놈이 떠들어 대는 동안 민구 역시 스패너와 쇠파이프에게 명령을 내렸다.

"너희들은 이제 반대편 선로로 뛰어가."

"지, 지금요? 차라리 아까 한꺼번에 보내시지……. 저 새끼, 독이 이빠이 올라서 곧바로 쏠 텐데요?"

민구는 대답 대신 가만히 놈들의 눈을 쏘아보았다. 어둠에 익숙해진 눈 때문에 근거리의 사물은 구분이 가능한 상태였고, 번뜩이는 민구의 눈동자에서 더 시간 끌면 혼난다는 메시지를 읽어 내기에는 충분했다.

다만, 이번에는 민구가 한 가지 도움을 주었다. 나까무라에게서 빼앗은 플래시를 켠 민구는 그걸 바닥에 대고 회전시키며 미끄러트리듯 던졌다. 불빛이 빙글빙글 정신없이 춤을 추며 촤악 미끄러지다가 나까무라의 피를 훑고 지나간다.

차 경장이 난데없이 나타난 불빛과 소리에 움찔하는 동안 계단의 오른쪽에서 살금살금 걸어 나가던 스패너와 쇠파이프는 반대 방향 선로를 향해 뛰는 속도를 높였다.

탁탁탁탁—.

역시 잘 뛴다. 이러니저러니 해도 좀비들과 부대끼며 지금까지 살아남은 녀석들이라 달리기는 꽤 빠른 편이다.

"자, 자유다! 개, 개새끼야! 하하하!"

쇠파이프는 민구가 일러 준 대사까지도 어설프게나마 외치고 사라졌다. 이번

Chapter 20 지하 세계

에 차 경장은 방아쇠 한번 제대로 당겨 보지 못했다. 선로 아래에서 두 개의 플래시 불빛이 켜지더니 점차 멀어진다.

"뭐야? 개새끼들! 네 명이나 한패였던 거야? 이런 씨발 놈들이!"

차 경장이 씩씩거리며 플래시로 난간을 후려친다. 띵— 하고 파이프 난간이 울리는 소리가 전해졌다.

잘됐군…….

민구는 마세티와 가방을 자판기 뒤쪽에 숨겨 놓고 천천히 어둠 속에 몸을 숨겼다. 남자 여덟 명이라고 하는 총인원 수가 단단히 각인되어 있는 저놈들의 계산 속에서 그 자신은 존재하지 않는 유령이다.

04

"저 왔습니다. 허억~ 어떻게 된 거예요, 차 경장님!"

윤 순경이 숨을 헐떡거리며 묻는다. 그의 곁에는 나까무라 2가 여자 다섯 명을 모두 거느리고 달라붙어 있다. 남아 있는 인원들이 총출동했다.

"나도 잘 모르겠어. 젠장, 뭐가 어떻게 된 건지."

플래시를 든 손으로 머리를 엉클며 짜증을 참은 차 경장은 윤 순경이 들고 온 가방에서 권총 한 자루를 더 꺼내 뒤춤에 찔러 넣은 뒤, 나이가 좀 든 여자 둘을 지목했다.

"너! 그리고 너! 아래로 내려가 봐."

"예에? 제가요? 남자들이 내려가는 게…… 컥!"

지목받은 여자가 말대답을 하자, 차 경장은 곧바로 그녀의 배를 걷어찼다.

"미친년이 말대답 꼬박꼬박 할 거지? 응?"

배를 움켜쥐고 쓰러졌던 여자는 눈물을 글썽거리면서 잠시 네발로 기어 다니다가 겨우 일어났다. 나까무라는 그런 여자의 머리채를 잡아당겨서 계단 쪽으로 끌고 갔다.

"보이는 걸 모두 다 이야기해. 큰 소리로! 알았어?"

두 여자는 고개를 끄덕였다. 난데없이 껌껌한 어둠 속으로 내려가라고 하는 걸 보면 무슨 큰일이 난 모양인데, 저렇게 총칼을 들이대니 시키는 대로 할 수밖에 없다.

"빨리빨리 가, 이 쌍것들아. 시간을 붙들어 매 놨냐?"

여자의 뒤통수를 후려갈기며 나까무라가 앞잡이질을 제대로 한다. 그녀들은 플래시 불빛에 의존해서 천천히 한 계단씩을 밟아 내려갔다. 무기라고는 짤막한 망치가 전부다.

차 경장은 여전히 그 둘의 등을 향해 총을 겨눈 채 경계를 풀지 않고 있다. 네 놈이 사라졌으니 한 놈이 아직 남았다. 그리고 다른 계단들은 전선으로 난간 사이를 묶어 두고 바리케이드를 쳐 놓았으니, 올라올 수 있는 곳은 여기가 유일하다.

"끄아아악! 으헉!"

계단을 다 내려가서 주변을 돌아보던 여자 중 하나가 비명을 꽥! 지른다. 다른 여자는 자리에 허물어지듯 주저앉기까지 했다. 겁에 질린 두 사람이 다시 되돌아 뛰어 올라오려고 하자 차 경장은 그들의 옆쪽을 겨누고 총을 발사했다.

빵!

피잉—.

발사음과 총알이 튀는 소리에 움찔한 여자들은 계단 중간에서 얼어붙었다.

"뭐야? 뭔데 그렇게 놀라?"

차 경장이 물었다. 머리를 감싸 쥐고 있던 여자가 떨리는 목소리로 대답했다.

"사, 사, 사람이…… 주, 죽어 있어요. 피, 피가……."

"아…… 이런 멍청한 년이 사람 죽은 거 처음 보는 것도 아니고, 웬 호들갑이야? 콱! 씨발, 너도 죽여 줄까 보다. 뒈진 게 누군데?"

"모, 모르겠어요. 그냥 너무 놀라서 뛰어 올라오는 바람에……."

어휴~ 차 경장이 답답하다는 듯 한숨을 내쉬자, 눈치를 보고 있던 나까무라가 재빨리 뛰어 내려가서 계단 중간에 어설프게 서 있는 여자의 어깨와 허벅지를 경찰봉으로 후려갈겼다.

"이 등신아! 똑바로 안 할래? 응?"

맞는 여자와 바로 곁에 서서 구경하는 여자 모두 비명을 지른다. 차 경장은 귀찮다는 듯 입을 열었다.

"야, 야, 그만하고 너도 같이 내려가 봐. 그리고 죽어 자빠진 게 누구인지 보고해."

"네?"

갑자기 현장에 투입되게 생긴 나까무라가 깜짝 놀라 외마디 대답 겸 질문을 내뱉었지만, 이내 정신을 차리고 고개를 끄덕였다.

나까무라는 두 여자를 방패 삼아 앞세우고 계단을 내려갔다. 승강장에서 왼쪽으로 돈 나까무라 일행은 다시 한번 흠칫 놀라고 나서 천천히 시체에 다가갔다. 엎어진 채 죽어 있는 시체지만, 누군지는 금방 알 수 있었다.

"부, 부반장입니다, 경장님!"

"어떻게 죽었어?"

나까무라는 떨리는 손으로 플래시를 비추며 나름 차분히 살펴봤다. 오른손을 목에 깔고 죽은 시체. 터진 머리에서 흘러나온 피의 양이 워낙 많아 더 가까이 다가가지 않아도 사인이 무엇인지는 분명해 보였다.

"대, 대갈통이 터진 것 같은데요. 피가…… 어휴…….''

나까무라의 비통한 보고를 들은 차 경장은 고개를 끄덕였다. 그렇다면 대충 앞뒤 계산이 맞아떨어진다. 달아난 네 놈이 몰래 작당을 했고, 멍청한 부반장 놈이 그런 줄도 모르고 계단 아래로 내려갔다가 협공을 당했을 것이다.

대갈통이 터졌다고 했으니 아마 뒤에서 스패너나 망치 같은 묵직한 무기로 내려쳤겠지……. 시체를 치울 생각도 하지 않은 걸 보면 처음서부터 달아날 생각을 굳히고 있던 게 분명하다. 인질까지 잡아 뒀었는데…….

차 경장의 붉어진 시선이 벌벌 떨고 있는 계집애들에게로 향한다.

하긴 어떤 놈이 이미 딴 남자에게 실컷 더럽혀진 여자 친구를 위해서 목숨 걸고 시키는 대로 일을 하겠어. 요즘 같은 세상에…….

"어쩌죠, 경장님?"

갑자기 일어난 일종의 반란과, 전력이 확 줄었다는 것 때문에 긴장한 윤 순경이 묻는다. 차 경장은 태연을 가장하며 대답했다.

"제까짓 것들이 무기도 없이 도망가 봐야 사흘도 못 버틸 거다. 하지만 본때는 보여 줘야지. 여튼 일단 내려가 보자."

"네? 내려갈 필요가 있나요?"

"그럼 부반장 시체를 저렇게 내버려 둘래?"

차 경장은 거짓 의리를 가장하며 버럭 화를 냈다. 요컨대 이런 공포정치에서 가장 중요한 것은 차별화다. 나에게 충성을 다하는 앞잡이에게는 뭔가 특별한 대우를 해 준다는 인상을 심어 줘야 하는 것이다.

이제 자신들 둘을 제외하면 남은 남자라야 하나뿐이지만, 그래도 부려먹는 동안에는 대우해 주는 척이라도 해야 자기 몸이 편하다. 두 썩은 경찰은 남은 사람들을 모두 이끌고 승강장으로 내려갔다.

두 번째 이유는 성공한 반란의 증거인 시체를 그대로 남겨 둘 경우 생기는 부작용 때문이다. 대단하다고만 여겨지던 부반장이 골이 터진 채 죽어 자빠져 있는 걸 자꾸 보게 되면 그들이 가지고 있는 권위 역시 위협받을 게 뻔하다. 계단을 다 내려가 왼쪽으로 돌아 열 걸음쯤 걸어가자, 발밑에 사건의 현장이 펼쳐져 있다.

"아이구야~."

흥건하게 흘러내린 피 속에 잠기다시피 되어 있는 부반장의 시체를 보고 윤 순경은 눈이 화등잔만 해졌다. 피 구덩이 속에는 잘린 손목도 뒹군다. 원한이 어지간히 쌓여 있었던가 보다.

"이 더러운 년! 네년 남자 친구도 한패라고!"

앞잡이 동료의 끔찍한 꼴을 보고 흥분한 나까무라가 계집애 하나의 머리채를 잡고 뺨을 정신없이 후려갈긴다. 네 명밖에 없는 여자 중 하나를 잡게 될까 봐 걱정이 들었지만, 차 경장은 나까무라가 마음껏 폭행을 할 때까지 가만 내버려 두었다.

분명 이 일을 저지른 놈들도 신경이 쓰여서 근처에 숨어 이쪽을 보고 있을 것이다. 만약 아직까지도 자기 여자 친구에 대한 애정이 남은 놈이라면 결국 견디다 못해 제 발로 걸어 돌아올지도 모른다.

"야, 야, 그만해라. 시체 수습이나 하고 나서 더 때리든지 다 같이 돌리든지 뭘 해도 하자. 어이, 알아들었어? 우리 셋이서 돌릴 거라고, 이 개새끼야! 보고 있는 거 다 알아!"

나까무라를 만류한 차 경장은 일부러 선로를 향해 큰소리를 지르며 여자를 잡아당겨 젖가슴을 사납게 움켜쥐었다.

아악, 고통과 수치심을 참지 못한 여자가 비명을 지른다. 입술이 찢어진 그녀의 얼굴은 피와 눈물범벅이 되어 있다.

"엄살 그만 떨고 얼른 가서 부반장 시체 옮겨, 이년아!"

여자를 확 밀친 차 경장은 다른 여자를 향해 명령을 내렸다.

"시체 옮기라고! 빨랑 움직여."

네, 네⋯⋯. 잔뜩 주눅이 든 여자는 걸음을 서둘렀다.

"경장님, 저기⋯⋯ 혹시 이거, 다른 놈들이 쳐들어오거나 그런 거 아닐까요? 이 안에 누가 숨어 있다거나⋯⋯."

윤 순경이 물었다.

"아니야. 그랬으면 선로 앞에서 경비 보던 놈들이 제일 먼저 죽었어야지."

"아⋯⋯!"

"그리고 아까 한 새끼가 도망가면서 한 말이 있어. 자유라느니 뭐니⋯⋯. 분명히 내부 소행이야."

차 경장과 윤 순경은 다시 부반장의 시체 쪽으로 고개를 돌렸다. 죽은 놈들을 그렇게 많이 봐 놓고도 아직도 가리는 게 뭐 그리 많은지, 여자 넷이 한꺼번에 달려들어서도 좀처럼 제대로 일을 하지 못한다. 지휘를 하는 나까무라는 성에 차지 않아 버럭버럭 화만 내고 있다.

"야, 이 멍청한 년들아! 팔이랑 다리를 한쪽씩 잡고 들면 되잖아! 아후~ 이 등 신들, 진짜."

쭈욱~ 철푸덕!

미끄러지고, 비명을 지르고, 한참을 헤맨 다음에야 여자들은 용을 쓰면서 겨우 부반장의 시체를 들어 올렸다.

어흐~ 잘린 오른팔 쪽을 든 여자가 팔의 단면을 보고 가볍게 신음했지만, 나까무라의 매질이 무서워 이내 이를 악물었다.

나까무라는 회수한 경찰봉과 식칼에 묻은 피를 닦는 데 온통 정신이 팔려 있으면서도 가끔씩 욕설을 하며 작업을 독려했다. 시체를 들고 움직이는 방향은 역 끝의 직원 대기실이다. 납골당처럼 사용하는 그곳에는 이미 시체가 잔뜩 들어 있다.

"휴~ 그래도 좀 걱정이긴 하네요. 한꺼번에 애새끼들이 다섯이나 줄었으니까요."

"뭐, 그만큼 입도 줄었다고 생각하면 되지. 좀비들도 이제 뜸한 것 같고······."

일 처리를 나까무라에게 맡기고 돌아선 두 썩은 경찰은 도망간 놈들이 사라진 방향을 향해 플래시를 계속 비추면서 두런두런 이야기를 나눴다. 시체 운반 행렬이 그들로부터 어느 정도 멀어졌을 때, 등 뒤에서 갑자기 싸늘한 바람이 확 불어온다.

"야, 짭새."

경멸이 담긴 호칭!

하지만 그보다 목소리가 너무 가깝다.

바로 목덜미에 닿는 숨결!

차 경장과 윤 순경은 깜짝 놀라 몸을 돌렸다. '이게 뭐지?'라는 의문이 채 들기도 전에 윤 순경의 오른쪽 겨드랑이에 커다란 칼날이 파고든다. 선을 긋듯이 빠르게 지나간 민구의 쿠크리가 차 경장의 양쪽 허벅지 사이를 훑고 올라와 반쯤 돌려진 오른손을 지나간다.

손가락들이 뭉텅 떨어져 나간 차 경장은 비명을 지르면서 권총을 떨어뜨렸다. 민구는 곧바로 다시 윤 순경에게로 방향을 틀었다. 칼날이 번뜩이는 것을 본 윤 순경은 근육이 잘려 나가 덜렁거리는 오른팔 대신 왼손을 급하게 들어 올렸다. 엄지 검지와 함께 왼손의 일부도 잘려 나간다.

끄아아악—! 고통에 못 이겨 고개를 숙인 윤 순경을 잡아당겨 넘어뜨린 민구는 놈의 양쪽 아킬레스건 위로 쿠크리를 그었다.

털썩, 소리에 놀란 여자들이 시체를 떨어뜨리는 소리가 울린다.

"끄으으……."

차 경장이 뒤춤에 꽂아 두었던 총을 왼손으로 꺼내려다가 놓쳐 버렸다. 손잡이의 방향이 맞지 않았던 것이다. 당황한 녀석은 바닥에 떨어진 총을 주워 보려고 허리를 굽혔다. 하지만 사방에 튀어 있는 피 때문에 모두 미끄덩거려서 쉽지가 않다.

주룩, 쇼크 때문에 벌벌 떠는 왼손을 휘저을 때마다 총이 미끄러지고, 그 때문에 녀석은 조금씩 뒷걸음질을 쳐야 했다.

"하하하하!"

민구가 슬랩스틱 코미디를 본 것처럼 크게 웃은 뒤, 왼손으로 울트라마린 나이프를 꺼내 콱 내려찍었다.

아아아~!

왼손과 허벅지를 한꺼번에 꿰뚫고 박혀 버린 칼날!

차 경장은 전기에 튀겨진 사람처럼 펄쩍 뛰어오르며 뒤로 나자빠졌다. 아무리 발버둥을 쳐 봐야 단단히 박힌 나이프는 점점 더 파고들어 갈 뿐이다.

"그러고 보니 내가 짭새들한테 쌓인 감정도 참 많았지……. 너희처럼 썩은 애

새끼들 말이야."

민구는 빙글거리는 얼굴로 두 놈의 주변을 천천히 돌며 떨어진 세 자루의 총을 발로 차 한군데로 쓸어 모은 다음, 윤 순경의 가방에 담았다.

"개새끼들……."

어느새 쇠파이프와 함께 선로에서 기어 올라온 스패너가 이를 악물고 차 경장과 윤 순경을 향해 다가온다. 아마 제 여자 친구가 두들겨 맞는 꼴을 근처에서 다 보고 있던 모양이다.

나는 나까무라만 해결하면 되겠군…….

스패너의 눈빛이 여간 사나워진 게 아니어서 민구는 놈들에게 두 대빵을 맡기기로 하고 몸을 돌렸다.

"가, 가까이 오지 마!"

민구가 몇 걸음을 떼자 나까무라가 필사적으로 소리를 지른다. 누가 악질 앞잡이 아니랄까 봐 나까무라는 어느새 스패너의 여자 친구를 붙잡아 인질극을 벌일 태세를 갖추고 있었다. 여자의 머리칼을 뒤로 잡아당기면서 놈은 식칼을 꽉 움켜쥐었다.

부림을 당하던 나머지 셋은 구석에 모여 서서 그저 벌벌 떨고만 있다.

하여간 찌질한 놈들은 늘 똑같아. 그리고 답답하게 당하는 놈들도 늘 똑같지…….

민구는 가볍게 한숨을 쉬었다. 그러고는 저벅저벅 걸어갔다.

"가까이 오지 말라고! 이 칼 안 보여? 죽일 거야!"

"그러든가."

"정말 죽여도 돼? 이 새끼야?"

"재미있는 놈이네. 그걸 왜 나한테 물어보는 거냐."

나까무라와의 남은 거리는 이제 여덟 걸음. 민구는 큰 소리로 말하면서 쿠크리를 던질 듯이 높게 들어 올렸다. 놈이 움츠리면서 여자 뒤로 숨는다. 민구는 힘껏 팔을 휘둘렀다.

휘리릭—.

공기를 가르며 빠르게 날아간 쿠크리가 여자의 귀 옆을 스치고 날아가 버렸다.

팅.

기둥에 맞고 튄 칼이 바닥에 떨어져 뒹군다.

"이런 젠장!"

민구는 당황한 듯 발을 구르며 분해했다. 이 어색한 연기가 통해 줄지 그게 조금 걱정스럽다.

"크크크, 이 새끼, 존나 멍청하네! 무기를 던져 버렸어?"

통했다!

나까무라는 갑자기 표정이 바뀌어 실실거리면서 여자를 옆으로 치우더니, 바닥에서 쿠크리를 집어 들기 위해 허리를 숙였다.

놈의 관심이 흩어진 사이, 스패너의 여자는 정신을 차리고 재빨리 달아났다.

뚜두둑.

나까무라가 뒤늦게 휘두른 손에 걸려 여자의 머리카락이 뜯겨 나간다. 하지만 그녀는 용케 나까무라에게서 벗어날 수 있었다. 인질을 잃은 나까무라는 악에 받쳐 소리를 질러 댔다.

"이런 씨발! 어쩔래? 응? 이제 어쩔래? 이 씨발 놈아! 쉭—!"

입으로 바람 가르는 소리를 내던 나까무라가 민구를 향해 쿠크리를 내지른다. 뒤로 풀쩍 뛰어 칼날을 피한 민구는 갑자기 장난기가 발동해 왼손에 들고 있던 가방에서 권총을 꺼내 놈에게 겨누었다. 자신이 암만 쏴 봐야 제대로 맞히지 못한다는 걸 놈은 모른다. 깜짝 놀라 주춤하는 나까무라에게 민구가 나지막이 명령했다.

"알지? 손 들어, 이 새끼야."

번뜩이는 총구가 나까무라를 얼어붙게 한다. 칼이라도 한번 던져 볼까 싶어서 움찔거리던 나까무라는 계획을 보류하고 엉거주춤 서서 주변을 살폈다. 민구와 그의 사이를 밝히고 있는 빛은 네 명의 여자 중 셋이 손에 쥐고 있는 플래시, 그리고 멀리 승강장 반대편에서 쇠파이프와 스패너가 들고 있는 플래시에서 비춰진 희미한 조명이 전부다.

"그, 그게 맞을 것 같아? 이렇게 어두운 데서?"

나까무라는 용기를 끌어모아 허세를 부려 봤다. 그러면서 천천히 옆으로 걸음질을 치기 시작했다. 계집애들이 들고 있는 플래시의 사각에만 들어갈 수 있다면 겨냥에서 벗어날 수 있다는 계산이었다.

"어, 그래? 그럼 더 밝게 하면 되지."

민구는 가방을 땅에 떨어뜨리고는 주머니에서 맥라이트를 꺼내 나까무라의 눈에 대고 비췄다.

윽, 갑자기 너무 밝은 빛을 마주 보게 된 나까무라는 식칼을 든 왼손을 들어 눈 주위를 감쌌다. 놈의 움직임이 멈춘 사이에 민구는 협박을 시작했다.

"계속 움직여 봐. 그 선만 넘으면 옆구리를 날려 줄게. 옆구리에 빵꾸가 나면 어떻게 되는 줄 아나? 콩팥 주변의 실핏줄들이 터져서 피가 멈추지 않는데 지혈할 길은 없고, 점점 더 고통이 커지다가 결국엔 피가 다 빠져나가서 죽게 되지. 한 세 시간 동안 아주 천천히……. 아마 나중에는 빨리 죽고 싶다고 사정을 하게 될 거야."

물론 그의 실력으로는 여섯 발을 다 쏴도 어느 한 군데 맞힌다는 보장은 없다. 그래도 민구의 이야기는 공포심을 자극하기에 충분했다. 나까무라는 자신의 발밑에 그어진 노란 줄을 겁에 질린 표정으로 바라보더니 마른침을 꿀꺽 삼켰다. 콩팥에 총알이 박히는 느낌을 상상하고 있는 모양이다. 녀석이 충분히 떨 시간을 준 다음 민구가 말했다.

"칼 내려놔."

잠시 망설이던 나까무라는 쿠크리와 식칼을 공손히 바닥에 내려놓고 다시 허리를 들었다.

"살려 주세요. 전 그냥 저 새끼들이 시켜서 말만 들은 거예요. 죄 없다고요."

나까무라는 전형적인 앞잡이의 대사를 내뱉었다. 민구는 귀찮다는 표정으로 권총을 까딱거렸다.
"알지. 너 죄 없는 거 다 알아. 그리고 아직 뒤춤에 칼 하나 더 가지고 있는 것도 알고."

이건 또 어떻게 알았지?

움찔하는 표정의 나까무라는 순순히 손을 뒤로 돌려 식칼을 꺼냈다.

"잘했어. 이제 대가리 박아."

"형님, 아니, 선생님……."

"대가리 박으라고."

민구가 권총을 들이댄다. 사정을 해 봐야 소용없다는 것을 깨달은 나까무라는 결국 깨끗이 단념하고 그 자리에서 원산폭격을 했다.

흐아암~ 짧게 하품을 한 민구가 한쪽 구석에 모여 벌벌 떨고 있는 여자들에게 뒤로 빠지라는 신호를 보냈다. 난데없는 피바람에 놀란 여자들은 부들거리는 다리를 억지로 떼어 자리를 벗어났다.

"수영아!"

"오빠!"

사지가 끊긴 경찰들을 상대로 신나게 복수의 주먹을 휘두르고 있던 스패너가 자신의 여자 친구와 감격의 포옹을 나눈다. 어느새 돌아온 다른 놈들 중에도 자기 여자가 있었는지, 끌어안고 '이제 괜찮아.'를 연발하고 있다.

하여간 어지간히 태평한 새끼들이네. 내가 어떤 놈인 줄 알고 저렇게…….

민구는 슬슬 귀찮아졌다. 칼을 다 챙기고 시계를 보니 어느덧 자정에 가까워져 있다.

"형님! 정말 고맙습니다! 감사합니다!"

스패너와 쇠파이프를 선두로 여덟 명이 모두 몰려와 허리를 깊이 숙이며 감사의 인사를 한다. 놔뒀다가는 이놈들이 더 엉겨 붙을 것 같아 민구는 차가운 어조로 끊듯이 대답했다.

"시끄러워, 이 새끼야. 너 좋으라고 한 짓 아니야. 지나가는 길이라서 어쩔 수 없이 끼어든 거지."

그래도 놈들은 여전히 싱글벙글하는 얼굴을 감추지 못한다. 민구는 총을 가방에 넣고 스패너의 머리통을 탁, 때리면서 말했다.

"난 좀 쉴 테니까 그동안 빨리 마무리 짓고 길이나 안내해."

민구가 등을 돌린 사이, 나까무라는 도망을 치기 위해 슬쩍 몸을 일으켰다. 헤헤 호호 웃는 새끼들의 시선은 이미 자신을 보고 있지 않았다.

그러나 의미 없는 몸부림이었다. 그가 발을 떼려 하자마자 민구가 곧바로 옆구리에 돌려차기를 날렸다.

컥, 숨이 끊어지는 것 같은 고통에 나까무라는 배를 움켜쥐고 쓰러졌다.

"이 새끼!"

욕설을 내뱉은 건 쇠파이프와 다른 사내놈들이지만, 먼저 달려들어 닥치는 대로 두드려 패기 시작한 건 오히려 여자들이었다. 네 명의 여자는 온갖 저주를 퍼부으면서 정신없이 놈을 짓밟았다. 그동안 놈이 어떻게 처신했는지 그 사나운 매질만 봐도 짐작이 간다.

"저…… 근데 형님, 어디로 가시는데요?"

스패너가 묻는다.

아, 이놈에게 아직 행선지를 말하지 않았던가?

민구는 자판기 뒤에 숨겨 두었던 자신의 마세티와 가방을 꺼내면서 일러 줬다.

"잠실. 두 정거장이나 걸어왔으니 이제 꽤 가깝지?"

일순 사내놈들의 표정이 굳는다. 영문을 알 수 없어서 민구가 노려보자, 스패너가 더듬거리며 말을 꺼냈다.

"혀, 형님, 잠실은…… 반대 방향인데요."

이런 젠장!

갑자기 피곤이 걷잡을 수 없이 밀려오는 것 같아 민구는 이마를 감싸 쥐었다. 아까 지하철 지도를 볼 때 아마 방향을 잘못 잡았던 모양이다.

후우~ 오지 않았어도 될 길을 기껏 거슬러 올라와서 할 필요 없는 수고를 했다는 생각에 저절로 한숨이 난다. 시간도 어지간히 손해를 봤다.

"……어쨌든 좀 자야겠다. 짭새들 있던 데가 어디야?"

"아, 네. 올라가셔서 오른쪽으로 도시면 역무원실이 있는데요……."

쇠파이프가 귀빈을 모시듯 두 손으로 방향을 가리킨다. 민구는 놈의 엉덩이를 냅다 걷어찼다.

"있는데요, 같은 소리 하네. 앞장서, 이 새끼야."

엉덩이를 차인 쇠파이프는 그래도 좋다고 헤헤, 웃음을 흘리며 플래시로 길을 비춘다. 민구는 양손에 가방을 든 채 놈의 뒤를 따랐다. 그가 움직이고 나서 여자들은 다시 나까무라에게 린치를 가하기 시작했다.

퍽! 퍽!

"으윽!"

매질 소리와 비명 소리가 승강장 전체에 가득 메아리치고 있다.

"끄으으~ 제발, 제발 살려 줘. 피, 피를…… 너무 많이 흘렸어."

계단 근처까지 기어와 뒹굴고 있던 짭새 중 하나가 손가락이 잘려 나간 손을 휘저으며 그의 발목을 잡아 보려 버둥거린다. 옷에 피를 묻히기 싫어 민구는 얼른 방향을 틀었다.

"포기해. 너나 나같이 죄짓고 사는 새끼들은 끝에 가서 험한 꼴 보는 거야."

민구는 눈길 한번 주지 않고 성큼성큼 계단을 올랐다.

퍼억! 퍼억!

나까무라에게서 더 이상 비명이 터져 나오지 않게 된 뒤에도 여전히 여자들은 그동안 당했던 일들의 앙갚음을 멈추지 않았다.

흐아암~. 민구는 한 번 더 길게 하품을 했다.

Chapter 21
불길한 바람

01

"내가 어디에서 읽은 적이 있는데, 야간에 근무하는 게 피부에 그렇게 무리가 간대. 노화도 촉진시키고."

김 상병이 아직도 잠이 덕지덕지 붙은 눈을 비비면서 중얼댔다. 특별히 한 시간을 더 재워 줘서 오후 10시에 일어났는데도 여전히 피로는 지워지지 않았다. 게다가 요즘 김 상병은 아주 자그만 틈만 생겨도 운전병들과 어울려 시간을 보내느라 바쁘다. 덕분에 어느새 육공 트럭도 곧잘 몰게 되었지만, 그만큼 몸은 고되다.

"쪼글쪼글해져도 좋으니까 노화가 촉진됐는지 어떤지 알 수 있을 만큼 오래 살게 되기만 하면 좋겠습니다."

강 일병이 안경을 벗어서 렌즈를 닦으며 대꾸한다. 어제 안경 가게에 들어가 털어 온 안경 중 그나마 자신에게 맞는 것을 골라 쓰기는 했지만, 여전히 시야는 좁고 사물은 흐릿하다. 그래서 강 일병은 버릇처럼 자꾸 안경을 닦게 되었다. 물론 그래도 안 쓴 것보다야 백배 낫다.

"야, 너 손을 아래로 해서 뭘 자꾸 조물락거려? 엄청 추잡스럽게."

이 병장이 나무라자, 김 상병이 허벅지 사이에 끼고 있던 것을 들어 보이며 웃는다.

"아이, 이 병장님. 무슨 생각을 하시는 겁니까? 체온 떨어지지 않으려고 그러는 겁니다. 전투 능력을 유지하기 위해서…… 이 병장님도 잠깐 잡아 보시겠습니까? 한기가 싹 가십니다."

김 상병이 건네준 것은 전투식량을 데우는 데 쓰는 발열 팩이었다. 꽤나 고열을 내고 열기도 오래가서 밥을 데워 먹은 뒤 손난로처럼 사용된다는 것은 비밀도 아니다.

게다가 한여름인데도 강원도의 밤을 지새우고 나면 오한이 들기 일쑤였다. 하지만 오늘 저녁 식사는 즉각 취식형이 아니었다. 내일 먹을 아침 식량에서 뺀 것이다.

"너, 인마! 그걸 써 버리면 당장 내일 아침에 찬밥 먹으려고 그래?"

이 병장의 말에 김 상병은 뻔뻔한 표정으로 웃으며 대답했다.

"하하, 병장님도 참! 제 밑으로 애들이 몇인데 제가 찬밥을 먹겠습니까? 그치 않니, 박 이병, 강 일병?"

김 상병이 너스레를 떨며 진우의 어깨를 끌어안는다.

네, 그렇습니다. 진우도 같이 웃었다. 그야말로 피를 나눈 전우에 사수인데, 그까짓 발열 팩쯤이야 얼마든지 나눠 줄 수 있다.

"아닙니다, 제 걸 쓰십시오, 김 상병님."

강 일병이 장난스럽게 끼어들자, 김 상병이 여유롭게 대답했다.

"응, 알았어. 그럼 네 거는 내일 쓰지, 뭐."

촤아아~ 철썩!

해안에 파도치며 날린 바닷물 방울이 밤바람에 날아와 차갑게 얼굴을 적신다. 정문 밖 해안에 위치한 참호에는 네 사람이 한 조를 이루어 앉아 있었다. 다들 제 딴에는 조용히 소곤거린다고 하는 중이지만, 실은 꽤나 큰 소리를 내며 떠들고 있다.

열흘이 넘도록 하루도 쉬지 않고 적어도 수백 발씩 계속 사격을 해 댄 덕에 모두 조금씩 청력에 손상을 입었고, 그 증상은 날이 갈수록 점점 더 심해졌다. 사각거리는 발소리 따위는 이제 잘 들리지도 않는다. 그만큼 위험도 올라갔다.

"그런데 이 병장님, 어제 그 작전…… 대체 뭡니까? 생존자 구출이라고만 알고 갔더니 갑자기 작전 성공이라고 돌아간다고 하지를 않나, 무슨 상자가 들어온 다음에 갑자기 좀비들이 몰려왔다고 하지 않나. 아는 건 아무것도 없이 그저 죽어라 싸우기만 하고……. 저희는 대체 왜 갔던 겁니까?"

"몰라. 원래 쫄따구들은 그런 거 모르는 거야. 그냥 쏘라면 쏘고, 까라면 까면 돼."

이 병장이 귀찮아하며 대꾸했다. 하지만 김 상병은 포기하지 않고 진우와 강 일병에게도 물었다.

"야, 너희들 생각은 어떠냐? 대체 뭐였을까?"

"철수하기 직전에 특임대 장교가 열쇠를 하나 얻었습니다."

진우는 자신이 아는 정보를 털어놓았다.

"열쇠? 커다란 상자에 열쇠라……. 어쩐지 핵무기 냄새가 난다?"

김 상병이 나름 날카로운 추리를 선보였지만, 이 병장에게서 되지도 않는 소리 그만하라는 타박이 돌아왔을 뿐이다. 물론 그런다고 입을 다물 김 상병은 아니다.

"하지만 생각해 보십시오. 핵이라고 하면 갑자기 좀비들이 몰려온 것도 다 설명이 됩니다."

"설명이 되기는 개뿔이 돼?"

"여기도 핵 발전소인데 좀비들이 원수진 것처럼 몰려들지 않습니까? 좀비들이 핵 냄새를 칼같이 맡는 겁니다. 아, 이거 진짜, 핵무기를 찾아내고 지킨 거면…… 우리 훈장감 아닙니까? 태극무공훈장."

"그따위 훈장 개나 주라고 해라, 씨발. 그걸로 뭐 할 건데? 그런 거 말고 뭐 재미있는 이야기나 좀 해 봐."

원래부터 야간 경계 근무에서 가장 재미있는 여흥이라야 누군가의 난잡한 러브 스토리를 듣는 것 외에는 별다른 게 없다. 게다가 지금은 하루하루 목숨이 조여드는 것 같은 위기감 속에 빠져 살고 있으니, 긴장을 떨어낼 수 있는 이야깃거리가 필요하다. 아니, 절실하다. 이 병장의 요구에 김 상병은 곧바로 대응했다.

"아, 그런 거라면 간단합니다. 이 병장님, 오랜만에 VS 놀이 한번 하시겠습니까?"

"뭐랑 뭘 비교하는 건데?"

"핑크 펀치 둘 중에 누구랑 할 건가입니다. 테라 VS 제니, 둘 중에 누굴 고를 것인가."

김 상병은 가능한 한 음란한 표정을 지으며 씨익 웃는다. 이 병장도 싫지 않은 듯 수염이 돋은 턱을 쓰다듬고는 흠흠, 콧소리를 낸다. 생활관에 붙여 놓은 포스터에서 매일 보고 키스를 건네는 그녀들이랑 할 수만 있다면…….

"흐흐, 마음에 드시죠? 자, 꼬맹이들부터! 박 이병, 너부터 읊어. 누구랑 어떻게 할 거고, 왜 그런지 아주 상세하게……."

"네? 어…… 꼭 하, 합니까?"

전방을 주시하고 있던 진우가 옆을 슬쩍 돌아보며 얼빠진 표정으로 전제 자체를 부정하는 질문을 던졌다.

"당연하지, 이 새끼야. 넌 둘 중에 하나랑 하게 해 준다는데, 안 할 거야? 네가 무슨 부처님이야?"

"아니, 그런 게 아니라 말입니다. 제가 도대체 뭐 잘난 게 있다고 걔네가 그렇게 해 줄지……."

"아나, 이 꽉 막힌 새끼. 상상력을 좀 발휘해 봐! 네가 실은 엄청 잘났어. 알고 보니까 재벌 2세야! 아, 그래! 태극무공훈장! 태극무공훈장을 받아서 엄청난 스타가 됐어. 좀비들을 다 죽이고 세계를 구한 영웅이라서 여자애들이 너만 보면 다 죽어, 그냥. 오빠, 한 번만 만나 달라고 울면서 매달리는 애들 뿌리치느라고 힘들어. 핑크 펀치도 마찬가지고! 됐지, 이 새끼야?"

아흐흥~. 진우는 가만히 있는데 옆자리에서 듣고 있던 강 일병이 신음 소리를 흘린다. 여자들이 달라붙는 상상을 하는 것만으로도 흥분이 되는 모양이다. 진우는 잠시 눈을 껌뻑거리다가 입을 열었다.

"에, 둘 다 예쁘기는 하지만, 저는 역시 제니일 것 같습니다. 그…… 몸매가……."

"이런 솔직하지 못한 새끼! 가슴이라고 똑바로 말을 못 하고 빙 돌려서 몸매가 뭐야?"

"그, 그러면 역시 그 가슴이……."

진우가 말을 다 맺지 못하고 얼굴을 붉히자, 다들 웃음을 터뜨린다. '다음은 접니다!' 강 일병이 콧김을 씩씩거리면서 자발적으로 나섰다.

"전 테랍니다. 저는…… 후우, 그 순진해 보이는 얼굴이 음란해지는 상상만 해도…… 후우~. 아우, 미치는 것 같습니다. 맨 처음에는 실크 스카프로 눈을 가리고 말입니다……."

강 일병은 반듯해 보이는 인상으로 잘도 저런 소리를 지껄인다 싶을 만큼 음란한 소리를 지치지도 않고 떠들어 댔다. 처음부터 시작해서 어떤 소품을 어느 타이밍에 사용할 것인지, 테라의 반응은 어떨지, 또 일이 끝나고 난 뒤의 행위와 대사까지 아주 자세한 묘사를 해서 세 사람은 이야기를 듣는 것만으로도 아주 제대로 만든 포르노 영화를 한 편 본 것 같았다.

"하아, 하아, 제 이야기는 여기까지입니다. 김 상병님은 누굴 고르십니까?"

"훗, 너희들은 그래서 안 된다는 거야, 이 애송이 새끼들아."

김 상병은 냉소적으로 비웃었다.

"에? 왜 그러십니까? 이것보다 더 야하게 하실 수 있습니까?"

아직도 흥분이 가시지 않은 얼굴의 강 일병이 물었다.

"당연하지. 너희들은 생각의 틀에 갇혀 있어! 왜 하나만 고르냐? 둘이 다 매달리면 둘을 다 안아 주면 되지!"

"엑, 그러면 애초에 VS 놀이가 성립 안 되지 않습니까?"

"핑크 펀치 둘을 다 데리고 잘 수 있는데, 그까짓 VS 놀이가 무슨 상관이야. 안 그렇습니까, 이 병장님?"

"으음, 나는 말이야…… 제니를 고를 거긴 한데, 좀 색다른 걸 꿈꾸고 있어."

이 병장은 그리운 것을 떠올리듯 애잔한 표정으로 먼 하늘을 보며 입을 열었다.

"제니가 나한테 막 적극적으로 매달리는 거지. 오빠, 제발 한 번만! 한 번만 안아 달라고!"

"자기가 블라우스 단추도 막 풀었습니까?"

"음, 맞아. 너 아는구나. 네 개까지 풀었어. 그런데 나는 그날 영 기분이 언짢아서 그걸 하고 싶은 기분이 아닌 거야. 그래서 제니의 어깨를 살살 밀어내면서 말하는 거지. 제니야, 미안해. 이런 기분으로 너를 안고 싶지가 않아. 그리고 돌아서는 거야. 그러면 제니는 차마 더 붙잡지 못하고 주저앉아서 우는 거지. 난 몇 걸음 걷다가 돌아서서 그런 그녀를 잠시 바라보고, 제니가 혹시나 싶어서 고개를 들면 다시 걸음을 떼는 거야. 바바리코트 깃을 촤악— 세우면서……."

"아니, 지금 그게 무슨……."

"왜? 이런 정서가 이해가 안 되냐? 존나 애잔하잖아?"

"허…… 애잔하고 아니고를 떠나서 말입니다. 남자가 그게 가능할 리가 없잖습니까? 아니, 총알이 영 좋지 못한 곳을 스치지 않고서야……."

네 사람의 나름 진지한, 그러나 얼빠진 대화가 끊긴 것은 뒤쪽에서 다가온 라이트 불빛 때문이었다.

부우우웅~.

후방에서 헤드라이트가 비치고 자동차의 엔진 소리가 들려온다. 자정을 기해 발전소 주변을 크게 도는 순찰인 모양이다. 네 명의 병사는 서둘러 자세를 바로잡았다. 가뜩이나 스트레스를 받는 일이 많은데 공연히 근무 태도를 지적받아서 속이 뒤집어지기는 싫다.

"어, 수고 많다. 정신들 똑바로 차리고 있지?"

간단한 암구호를 형식적으로 주고받은 후, 다가온 장교가 네 병사의 안색을 살핀다. 참호와 라이트의 배치를 쓱 훑어본 장교는 자랑스러운 표정으로 말했다.

"그래도 장갑차 덕에 많이 편한 줄 알아."

그는 기갑부대 소속이라는 티를 내려고 들었다.

이게 편한 거냐? 하루에 여섯 시간도 못 자고 매일 이렇게 뺑이를 치고 있는데?

비록 소리 내어 말하지는 않아도 네 병사의 얼굴에는 불만이 가득 드러난다. 그런 눈치도 모르는지 장교는 시답지 않은 농담을 던졌다.

"전방 주시 똑바로 해. 괜히 한눈팔다가 외상 입지 말고."

"알겠습니다. 저 그런데 중위님, 질문 하나 해도 되겠습니까?"

김 상병이 알랑거리며 궁금한 것을 묻는다. 장교는 통 큰 척을 하며 고개를 끄덕였다.

"어, 그래. 말해 봐."

"외상 입어서 격리되는 사람들 중에도 비감염자가 있지 않겠습니까?"

"……있겠지."

"그럼, 그런 사람들은 대체 어디로 가는 겁니까? 한번 끌려가고 나면 다시는 얼굴을 못 봤지 말입니다."

알몸 점호 중에 끌려가는 병사들이 적지 않았다. 힘들게 싸우다 상처를 입었다는 게 이유의 전부였다. 소위가 적어 준 사유서가 없었다면 이 병장도 어제 점호를 무사히 넘기지 못했을 것이다. 덕분에 병사들의 수는 점점 줄어드는데, 지원 병력은 다음 달이나 되어야 도착할 거라는 소문이 돌았다.

"음, 그건 걱정하지 마라. 자대로 보내서 관리하고 비감염자인 경우에는 잘 치료해 주니까. 일단 몸이 건강해져야 싸울 수도 있잖아."

"자대라고 하시면…… 그…… 기갑부대로?"

김 상병이 더듬거리자 장교는 어처구니없다는 듯 너털웃음을 지으며 김 상병의 어깨를 팍, 두드렸다.

"야, 인마. 엄연히 소속이 다른데 왜 거기로 가겠어? 당연히 너희 부대지. 짜아식! 이거, 이거, 정신 못 차리고 있네. 하하."

어안이 벙벙해져 있는 김 상병을 남겨 두고 장교는 자동차에 몸을 실었다. 시내에서 징발해 온 SUV였다. 규모 오짜리 좀비들이 습격해 오던 날, 워낙 많은 차량들이 파손되는 바람에 장교들은 근처에서 경유 사륜구동 차량을 끌어다 쓰고 있다.

"뭐야, 김 상병? 너 왜 그래?"

장교에게 경례를 마친 이 병장이 김 상병의 안색을 살피며 걱정스레 물었다.

하아아~. 얼굴이 파랗게 질린 김 상병이 땅이 꺼져라 한숨을 내쉰다. 곁에 선 진우 역시 가슴이 먹먹해서 견디기가 힘들었다. 설마설마했던 일이 사실이라는 걸 확인한 셈이다.

"……이 병장님, 저 새끼들 정말로 끌고 간 애들을 감염자든 뭐든 가리지 않고 싹 다 죽여 버리고 있나 봅니다."

"뭔 소리야, 자식아. 자대로 보내서 치료해 준다잖아."

"이 병장님, 저희 부대는 없어졌습니다. 지금 거기로 가 봐야 아무도 없지 말입니다."

김 상병이 단정적으로 말하자 이 병장은 잠시 머뭇거리다가 언성을 높였다.

"야, 인마. 우리 부대가 왜 없어져? 네가 뭘 잘못 알고 있는 것 아니야?"

"아닙니다. 확실합니다. 얼마 전에 헬기로 보급품 가져다주시는 소령님께 들었습니다. 야, 박 이병, 너도 같이 들었지?"

"네, 그렇습니다."

진우도 기가 죽은 목소리로 대답하자 분위기는 한층 더 무거워졌다.

"어? 잠깐만 있어 봐. 이게 지금 무슨 소리야? 자대로 보내서 치료한다고 하는데, 정작 우리 부대는 없어진 지 오래라고? 아이, 씨발. 담배, 담배."

호주머니를 뒤져 담배를 꺼내 문 이 병장이 불을 붙이고 길게 연기를 내뿜는다. 만약 인간들과의 전쟁에서처럼 담배를 피울 수 없었다면, 야간 경계 근무는 훨씬 더 견디기 힘들고 지루한 일이 되었을 것이다.

좀비들은 이쪽의 불빛을 보고 사격을 하는 상대가 아니니까 병사들은 눈치껏 담배를 피워 댔다. 요는 등 뒤의 간부들에게만 담뱃불을 들키지 않으면 되는 것이다. 마찬가지로 한 대 피워 문 김 상병이 넋두리하듯 한숨 섞인 불평을 늘어놓았다.

"암만 생각해도 왜 이렇게 충성을 다해서 여기를 지키고 있는지 잘 모르겠습니다. 위에서는 우리를 사람 취급도 안 해 주는데 말입니다. 이 병장님, 만약 제가 외상을 입어서 점호 중에 끌려가면 가만히 두고 보실 겁니까?"

후우우~.

이 병장은 대답하지 않고 담배만 뻑뻑 피워 댔다. 김 상병은 고개를 저었다.

"저는 이 병장님 끌고 가면 가만히 안 있을 겁니다. 무력으로라도……."

"그만 이야기해. 더 이상 말하면 선을 넘는 거야."

"선을 먼저 넘은 건 저쪽이지 말입니다. 왜 우리가 죄인 취급 받고 끌려가서 쥐도 새도 모르게 죽어야 합니까?"

"그래서 어떻게 하겠다고? 이 새끼야, 생활관 내에서 아군끼리 총 들고 교전이라도 하자고? 그래 봐야 전부 다 개죽음이야. 정신 차려!"

이 병장이 사납게 윽박지르자 김 상병은 입을 다물었다. 하지만 불만이 완전히 해소된 건 아니었다. 애초에 해소될 수 없는 불만이다. 침묵 사이로 흐르는 냉랭한 공기처럼 습기가 차오르기 시작했다.

02

휘이익—.

짙게 차오른 안개 사이로 싸늘한 바람이 분다. 어두운 데다가 안개까지 무겁게 깔리자 서치라이트가 무용지물이 되었고, 시계는 50미터도 채 되지 않을 만큼 좁아졌다.

"이 너머에는 뭐가 있습니까?"

침묵을 깬 것은 진우였다. 진우는 여전히 경계를 늦추지 않은 채 어두운 도로 너머를 손으로 가리키며 물었다.

"싱거운 새끼. 뭐가 있겠어, 도로랑 마을이지."

"그게 아니라 말입니다. 우리 부대 외에 또 경계초소가 있습니까?"

"아닐걸? 그랬으면 우리랑 서로 연락을 취하겠지. 이 근방에는 다른 부대가 없을…….."

아무 생각 없이 대답해 주던 이 병장이 말을 끊고 고민에 잠겼다. 진우가 무슨 생각을 하고 있는지 알아챈 것이다. 음, 잠시 머리를 긁적이고 있던 이 병장이 무겁게 입을 뗐다.

"……탈영을 하자고?"

뭐, 탈영? 왜 갑자기 그런 방향으로 이야기가 진행되는 거야?

눈치가 느린 김 상병과 강 일병이 깜짝 놀란다.

"지금 하자는 말씀을 드리는 건 아닙니다."

진우는 이 병장의 눈을 정면으로 보며 대답했다.

"만약에 우리 분대원 중에 외상자가 나오면, 그때 그 사람을 보내 주자는 뜻입니다. 개처럼 끌려가서 죽을 바에는 자기 힘닿는 데까지 해 보라고 하고 싶습니다. 전투 중 실종으로 보고하면 되지 않습니까?"

"혼자 나가서 뭘 어떻게 한다는 거야? 너 지금 왜 탈영 사고가 없는 줄 알아? 나가 봐야 살 수가 없다는 걸 알고 있으니까 이렇게 좆같아도 다들 어쩔 수 없이 부대에 들러붙어 있는 거야. 사방이 다 좀비들일 텐데, 몇 시간이나 버틸 수 있을 것 같아?"

"저라면 그래도 가능성에 걸고 싶을 겁니다."

진우는 진솔한 심정을 이야기했다. 강 일병도 안경을 치켜올리며 말했다.

"이 병장님, 저, 저도 제가 죽을 자리는 제가 정하고 싶습니다."

"이 새끼들이 정말……."

이 병장이 더 이상 못 들어 주겠다는 듯 몸을 일으켰다. 하지만 틀린 말이라고만은 할 수 없었다.

파파파팡—.

그들이 위치한 곳과 반대편인 산 쪽에서 장갑차의 기관포 소리가 크게 울린다. 오늘도 어김없이 놈들이 몰려온 것이다. 모두 굳게 입을 다물고 있지만, 다들 머릿속으로는 복잡한 생각들이 어지러이 엉키고 있었다.

휘이이이잉~.

바람 소리가 거세지고 점점 높아진 파도가 그들로부터 20여 미터 떨어진 해변을 사납게 때린다. 해안가에 세워진 소나무 가지가 춤을 추듯 아무렇게나 흔들려 댄다.

"태풍이 오려나……."

강 일병이 걱정스러운 얼굴로 중얼거렸다.

"태풍? 그런 말 없었잖아. 젠장, 갑자기 바람 세지는 거 보니까 비 올까 봐 걱정되기는 한다. 판초 우의도 안 가지고 나왔는데……. 어, 추워~. 그건 그렇고, 막상 부대 밖으로 나간다고 하면 어디에서 잠을 자야 합니까, 이 병장님?"

김 상병이 건빵 주머니에서 발열 팩을 꺼내 주무르며 다시 탈영을 주제로 올렸다. 이 병장은 듣기 싫다는 듯 펄쩍 뛴다.

"이 새끼들이 진짜, 듣자 듣자 하니까……. 너 임마, 지금 상급자한테 탈영 예고하는 거야, 뭐야?"

"그 상급자도 같이 나가실 건데 뭐 어떻습니까? 분대장이 없으면 분대 운용이 안 되지 말입니다."

"뭐? 혼자도 아니고, 단체로 도망을 치자고?"

"이 병장님, 그냥 까놓고 말씀드리겠습니다. 다른 분대원이라면 또 모르겠습니다. 하지만 만약에…… 만약에 말입니다. 진우가 다치면 얘가 죽는 것도 그냥 손 놓고 보실 겁니까? 다른 사람도 아니고, 박 이병입니다. 그리고 얘가 빠진 다음에 우리가 며칠이나 더 살아남을 수 있다고 보십니까?"

이 병장의 언성이 올라가는 것과 반비례해서 김 상병의 목소리는 낮고 은밀해졌다. 까불까불하던 장난기는 일절 찾아볼 수 없다.

"끄응~!"

직격타를 맞은 이 병장은 대답을 하지 못하고 한숨을 내쉬며 고개를 돌렸다. 규모 오의 습격 때 궤멸된 병력들을 모아 새로 분대가 편성된 이래, 자신의 분대에서는 아무도 죽지 않았다.

그건 이 병장 본인에게는 물론, 분대원 전체에게 커다란 자부심과 용기를 주는 성과였다. 다른 생활관에 듬성듬성 빈자리가 생겨나고, 아예 전멸 상태에 빠지기도 하는 동안 그들만은 특임대 뺨치는 눈부신 전과를 올리며 모두 살아남았다.

그런 일들이 누구 덕에 가능했는지 특별히 말로 표현하는 병사는 없었지만, 다들 분명하게 알고 있다. 낮이든 밤이든 이 시원찮은 K-2를 신의 지팡이처럼 휘두르는 명사수요, 좀비 잡는 귀신인 박 이병이 없었더라면 절대로 불가능한 결과였다.

"생존 같은 문제는 뒤로 미루더라도, 우리 목숨을 열댓 번, 아니, 수십 번 살려준 놈을 그냥 저 새끼들에게 넘기실 겁니까? 저 새끼들이 얘 목에 이렇게 주사를 박아 넣는 밤에 나머지 우리끼리 빙 둘러앉아서 맛스타에 건빵 먹으면서 '박 이병은 진짜 괜찮은 놈이었지.' 하면 그거참 맛있겠습니다. 참 사는 보람 있겠지 말입니다."

김 상병은 진우의 목에 대고 손가락을 쿡 쑤시며 주사 놓는 흉내를 낸다.

"그만해, 새끼야. 멀쩡한 박 이병 죽이는 시늉 하지 말고."

이 병장은 아예 뒤로 물러앉으며 다시 담배를 피워 물었다.

후우~ 심란한 표정으로 연기를 내뿜는 이 병장을 보니 어지간히 효과가 있는 것 같다. 이쯤에서 압박을 잠시 멈추고 혼자 생각할 시간을 주는 게 낫다고 생각한 김 상병은 자리를 피하기로 했다.

"어디 가?"

주섬주섬 일어나는 김 상병을 향해 이 병장이 묻는다. 김 상병은 주머니에서 꺼낸, 둘둘 만 휴지로 좌측의 해안가를 가리킨다.

"똥 좀 빼고 와야 할 것 같습니다. 아까부터 부글거리는 게 속이 영 좋지 않아서……."

"야, 강 일병. 저놈 따라갔다 와. 도망가려고 하면 경고도 하지 말고 그냥 쏴 버려."

이 병장이 악의 없는 농담을 던지자, 김 상병도 지지 않고 받아친다.

"큭큭, 살아도 같이 살고 죽어도 같이 죽어야지, 의리 없게 저 혼자서는 안 뜁니다."

김 상병과 강 일병이 서치라이트의 사각으로 이동해 해안가로 내려가는 동안 몇 모금 더 담배를 급하게 빤 이 병장은 진우의 하이바를 탁, 때렸다.

"새끼…… 이상한 말 꺼내서 사람 마음 다 뒤집어 놓고, 정작 저는 아무 일 없다는 식으로 근무 서고 있네. 넌 인간 맞냐, 새끼야?"

전방을 주시하고 있던 진우는 멋쩍게 웃는 것으로 대답을 대신했다.

콰콰콰콰쾅— 파파파파파—.

산 쪽에서는 여전히 장갑차의 기관총이 메아리를 만들어 내며 요란하게 울려 댄다.

눈으로 확인할 수는 없지만, 소리만 들어도 오늘 밤 몰아닥친 좀비들 역시 천 단위 이상인 것 같다. 멀리 강원도 전역에서부터 이 동떨어진 위치까지 지치지도 않고 참 질리게도 쳐들어와 댄다.

이 병장과 진우는 배경음악처럼 깔리는 총성을 한 귀로 흘리면서 말없이 캄캄한 어둠을 노려보고만 있었다.

"……음식은 둘째 치고, 저런 규모랑 갑작스럽게 마주친다면 지금 우리 화력으로는 못 버텨. 무리야."

Chapter 21 불길한 바람

잠시 무겁게 침묵하고 있던 이 병장이 혼잣말처럼 입을 뗐다.

"혹시 운이 좋아서 용케 물리칠 수 있다고 해도, 그걸로 탄약이 바닥날 거야. 아홉 명이 가지고 나오는 걸 맥시멈으로 잡아도 1,500발이 안 돼. 수류탄도 없고, 유탄발사기도 없으니까, 오로지 탄약만 가지고 잡아야 하는데……."

만약 집단으로 탈영을 한다면 어떻게 살아남을 것인가에 대해 고민하는 것이다. 귀담아듣고 있던 진우는 특유의 무표정한 얼굴로 말했다.

"그날 챙겨 둔 탄창이 저한테 아직 꽤 남아 있습니다."

"그래 봐야 그까짓 거 몇 발이나 된다고 그래. 그리고 말이야, 일단 도망친 다음에는 좀비만 무서운 게 아니야. 군인들도 피해 다녀야 해. 다른 부대에 걸리는 순간, 우리는 끝장나는 거라고. 이런 때에 군법 재판 같은 게 있을 리가 없잖아. 아마 본보기 삼아서라도 대번에 공개 처형을 할걸?"

"그래도 뭘 하든 반반 확률은 됩니다. 외상을 입고 끌려가는 것보다는 훨씬 낫습니다."

음……. 이 병장은 얼굴을 감싸 쥐었다. 그 역시 달아나고 싶다. 매일 하루도 쉬지 않고 좀비들과 마주해 놈들의 머리통을 날려야 하는, 이 지긋지긋한 쳇바퀴에서 벗어나고 싶다.

반면, 원자력 발전소를 지켜야 한다는 의무감, 자신이 맡은 지역을 버리면 다른 전우들에게 피해가 갈 것이라는 책임감, 법과 명령을 준수해야 한다는 매뉴얼 따위는 달아나고 싶은 그를 압박한다.

하지만 그런 피상적 관념들보다 훨씬 더 두려운 것은 막상 정해진 위치 밖으로 한 발을 내딛고 달아나는 순간, 의식주부터 무기와 동선까지 아홉 명의 생명에 대한 모든 책임이 그에게 지워진다는 냉혹한 사실이다.

"달아나려고 하면 역시 야간 근무일 때 실행하는 게 맞긴 한데…… 그런데 그 전에 아무래도 탄약을 더 확보해 놓아야 돼. 무슨 수가 있을까……. 아, 내가 진짜 미쳤나 보다. 손자 군번뻘 애 앞에서 이게 지금 무슨 소리를 하고 있는 거냐……."

역시 가장 중요한 문제는 실탄이었다. 언제부터인가 점점 1인당 탄창 지급 개수가 줄어드는 이유를 막연히 보급이 부족해서라고만 생각했는데, 지금 돌이켜 보면 그게 아니었던 모양이다.

위에 놈들은 알고 있었던 거다. 풍족하게 실탄을 지급해 줘 버리면 아랫것들이 그걸 들고 냅다 달아나 버릴지 모른다는 것을 말이다.

탄약…….

멍하니 생각에 잠겨 있던 진우가 갑자기 눈을 크게 떴다. 쓸데없는 것이라 판단해서 뇌의 기억 가장 바닥에 깊숙이 넣어 뒀던 김 상병의 비밀 이야기가 포옹— 하고 떠오른 것이다.

"이 병장님! 탄약, 있습니다. 구할 수 있습니다."

"뭐어? 어디서 구한다는 거야? 탄약고부터 털자는 소리 했단 봐라. 그런 건 안 돼."

"그게 아닙니다. 우리 부대에 구령대 있잖습니까. 그 아래 연병장 흙 색깔이 유심히 보면 조금 다르다던데, 혹시 기억에 있으십니까?"

"구령대 아래 흙 색깔이 다르다고? 글쎄…… 그랬나? 누가 그런 걸 유심히 보고 다녀? 근데 탄약 이야기 하다가 왜 갑자기 흙 이야기로 넘어가냐? 그딴 소리 말고 탄약을 어디에서 구할 수 있는지나 말해 봐."

"바로 그 이색진 흙 아래에 탄약이 묻혀 있답니다. 양도 엄청납니다. 1만 발 정도라고……."

이 병장의 싸늘한 시선을 느낀 진우는 말을 다 맺지 못하고 입을 다물었다. 참나…… 어처구니없다는 듯 웃은 이 병장이 물었다.

"1만 발? 1만 발이라고 했냐, 지금?"

"네, 그렇게 들었습니다."

"야, 탄약 만 발이 탄약고가 아니라 땅속에 묻혀 있다고? 탄피 하나만 없어져도 저녁을 거르고 비상이 걸리는 대한민국 군대에서? 큭큭큭, 참 내…… 어처구니가 없어서. 너, 그런 말도 안 되는 이야기는 어떤 미친놈한테 들었냐?"

"……김 상병님이 직접 보신 비밀이라고…….."

이 병장의 반응에 따라 진우의 목소리는 점점 더 자신감을 잃어 간다. 이 병장은 그럴 줄 알았다는 표정으로 킥킥댔다.

"큭, 내 그럴 줄 대충 알았다. 야, 넌 그 싱거운 놈 말을 진짜로 믿냐? 그거 다 너 가지고 놀려고 아무렇게나 지어낸 이야기지."

그랬을까?

진우는 고개를 갸웃거렸다. 김 상병이 농담을 좋아하고 뻥뻥거리는 타입이기는 해도 운전을 잘한다는 그의 말은 사실로 증명되었다. 그러니까 어쩌면 그 구령대 아래 탄약 이야기도 사실일지 모른다는 생각이 들었다.

애초에 허풍이라고만 하기에는 너무 허황되고 말이 안 되는 이야기라서 오히려 더 신뢰가 간다. 거짓말이라면 그보다는 좀 더 그럴듯하게 만들어 냈을 테니까. 그런 진우의 마음을 알았는지, 이 병장이 한마디 덧붙였다.

"네 표정 보니까 아직도 긴가민가하나 본데, 이따가 그놈 오면 내가 직접 물어볼게. 자식, 어디서 그렇게 되지도 않을 뻥을 치냐?"

03

"김 상병님, 어디까지 가십니까? 아까 그 갈대밭에서도 충분히 볼일 보실 수 있을 것 같지 말입니다. 이 병장님 걱정하시겠습니다. 설마…… 지금 바로 나가시려는 겁니까? 이리 가시면 발전소 방향입니다."

김 상병이 플래시로 바닥을 비추며 계속 어두운 해변의 수풀 속을 걸어가자 견디다 못한 강 일병이 채근을 한다.

"하, 이 답답한 새끼. 너는 사람 마음을 그렇게 모르냐? 오타쿠처럼 만날 외국 총 같은 거 스펙이나 외우고 있으니 그런 걸 알 리가 없지. 새끼야, 사람의 심리를 알아야 나중에 사회 나가서 연애도 하고 그럴 수 있는 거지, 너처럼 눈치 없는 놈은 여자애들이 준다고 신호를 줘도 그걸 못 알아채서 받아먹지도 못할 놈이야."

"무슨 말씀이신지 잘 못 알아들었습니다."

"어휴~ 가르쳐 줘야 할 게 정말이지 산더미구나. 지금 이 병장님이랑 박 이병이랑 둘이서 은밀하게 계획을 짜라고 내가 자리 피해 준 거 아니냐, 이 답답아. 계급장 에이스랑 실질적인 에이스랑 둘만 남았으니 무슨 이야기를 하겠냐? 언제 어떻게 도망을 치고, 무슨 방법으로 살아남을지에 대해서 말하지 않겠어? 지금 이 타이밍에 우리가 돌아가 버리면 대화가 끊긴다고."

"그, 그런 겁니까? 저는 정말로 화장실 자리 찾으신다고만 생각했었습니다. 그런데…… 정말로 그런 이야기를 하고 있을까요?"

"확실하지, 새끼야. 왜냐? 내가 다 그렇게 되라고 마음을 흔들어 놓고 왔거든. 그러니까 우리는 여기서 죽 때리면서 시간을 충분히 보내다가 돌아가야 하는 거야…… 윽!"

한참 잘난 척을 하던 김 상병이 갑자기 멈춰 서서 배를 움켜쥔다. 강 일병은 깜짝 놀라 플래시를 돌리며 물었다.

"왜, 왜 그러십니까?"

부우욱~.

대답 대신 김 상병의 방귀가 새어 나왔다. 워낙 구려서 강 일병은 자기도 모르게 코를 막았다.

"후우우~ 와, 신기하다. 구라로 똥 마렵다고 했었는데 갑자기 정말로 신호가 와 버리네. 요 며칠 제대로 된 놈을 못 봤었는데…… 잘됐다. 야, 강 일병. 나 똥 좀 쌀게. 망 잘 봐라."

김 상병은 무릎 높이까지 무성하게 자란 수풀을 종종걸음으로 헤치며 걸어 들어가서 적당한 자리를 찾았다. 하지만 별로 여의치 않은지 불평을 쏟아 낸다.

"아, 젠장. 바닥에 뭐가 이렇게 많아? 빈 병에, 쓰레빠에…… 훗, 이런 것까지 있네. 근처에는 해수욕장도 없을 텐데, 어디서 온 거지? 파도에 떠밀려 왔나?"

바람이 흐물흐물 빠진 튜브를 걷어차 버리고 김 상병이 쪼그려 앉는 것을 확인한 뒤, 강 일병은 자연스럽게 고개를 바다 쪽으로 돌렸다.

처얼썩~! 처얼썩~! 쏴~!

검은 파도가 쉴 새 없이 밀려와 그들로부터 20여 미터 떨어진 해변을 후려친다. 근래 본 적 없던, 높고 거센 파도였다. 해변에는 파도에 휩쓸려 들어온 물건들이 어지러이 널려 있다. 아이스박스처럼 작고 가벼운 물건들부터 대형 파라솔같이 크고 묵직한 것들까지……. 김 상병의 말처럼 분명히 이 근방에 있을 만한 물건들은 아니다.

"와아~ 장난 아니네……."

강 일병은 플래시를 바다 쪽으로 비추며 5미터 이상 높아진 파도를 바라보았다.

촤악—.

포말이 튀어 안경이 얼룩진다.

에이, 귀찮게…….

강 일병은 얼른 안경을 벗어 닦았다. 그리고 다시 안경을 걸쳤을 때…… 먼 파도의 위쪽이 뭔가 이상하다는 것을 깨달았다.

"……뭐지?"

강 일병은 눈살을 찌푸리며 플래시를 비췄다. 아무리 눈을 가늘게 떠 봐도 원래 좋지 않은 시력인 데다가 안경까지 남의 것을 쓰고 있으니 제대로 보이지가 않는다. 게다가 워낙 어두운 밤이다. 그래도 강 일병은 열심히 물기를 닦아 내고 눈에 힘을 주었다.

먼 파도의 위쪽에서 윤기 나는 무엇인가가 쑥 들어갔다가 나오기를 반복하고 있다. 보통의 포말이 섞인 파도와는 달랐다. 바다 전체가 그런 모습이어서 유심히 보지 않았다면 눈에 띄지도 않았을 것이다.

"기름띠 같은 게 떠 있나?"

혼잣말을 중얼거리던 강 일병은 주야 조준경에 생각이 미쳤다. 아무래도 이걸로 확대해 보는 게 맨눈보다는 나을 것 같다. 조준경 마개를 연 강 일병은 조준경에 오른쪽 눈을 가져다 댔다. 워낙 온도가 낮은 물속이어서 사물이 또렷하게 분간되지 않았다.

하지만 계속 들여다보고 있으니 파도에 섞여 있는 것의 윤곽이 조금씩 더 분명해졌다. 이, 이건…… 사람의 머리다. 무수하게 많은 사람의 머리통이 둥둥 떠오고 있다.

"아, 제발…… 제발……."

자신이 보고 있는 게 뭔지 파악한 순간, 바짝 얼어 버린 강 일병의 입에서는 애원이 흘러나왔다. 제발 저 무수하게 많은 머리들이 그냥 이미 죽어 버린 사람들의 시체이기를, 아니면 교정시력이 저하된 자신의 착시이기를 빌었다.

촤아악~.

파도가 한 꺼풀씩 가까워질수록 윤기 나는 머리들도 가까워진다. 물살에 휩쓸리며 제멋대로 돌던 머리 중 하나가 그와 정면으로 마주하는 순간, 갑자기 입을 쫘악 벌린다.

"흐아아아아~ 김 상병님!"

네발로 기다시피 하는 강 일병의 입에서 애원 같은 목소리가 터졌다.

"뭐, 뭐야? 아이, 놀라라. 왜 그래? 지금 막 엄청난 게 나오려고 하는데……."

고개를 들어 사방을 둘러본 뒤, 위험하지 않다는 걸 확인한 김 상병은 짜증스럽다는 표정을 지었다.

"조, 조, 좀비가 파도 속에……."

"뭐? 어디?"

강 일병은 대답 대신 플래시로 바다를 비췄다. 어느새 머리들을 가득 실은 파도는 코앞까지 바짝 전진해 와 있었다. 둥실, 파도가 출렁일 때마다 물에 젖은 머리카락들이 위로 솟구친다.

"이, 이런 씨발!"

급하게 바지를 추켜올린 김 상병이 지팡이 삼아 짚고 있던 총을 들고 뒤돌아 뛰려던 순간, 커다란 파도가 해변을 때렸다.

촤아아아아—.

수십, 수백 톤의 바닷물은 모래사장에 좀비들을 내동댕이쳐 놓고 사라진다. 수영복을 입은 채 열흘이 넘도록 물살에 실려 떠다니던 좀비들의 몸은 말 그대로 끔찍한 수준이었다. 팅팅 불어 떨어져 나간 살점 때문에 여기저기 뼈가 드러나 있다.

윽, 너무 경악할 만한 광경이어서 두 사람은 아주 잠깐 동안 얼어붙을 수밖에 없었다.

그으으으…….

그만큼이나 호되게 땅에 부딪쳤으면서도 좀비들은 곧바로 몸을 일으키며 그르렁거리기 시작했다. 김 상병과 강 일병이 서둘러 플래시를 끄고 나자 사방은 어둠 속에 묻혔다. 조명이라 할 만한 것은 멀리 발전소에서 새어 나오는 불빛의 부스러기 정도였다. 놈들과의 거리는 20여 미터.

눈에 띄지 않도록 기어야 할까, 아니면 무조건 뛰는 게 나을까? 갈등하고 있는 동안에도 쏴아아— 또 다른 파도가 놈들을 덮치며 두 번째 열의 좀비들을 쏟아 낸다. 좀비들이 한데 엉키고 부딪쳐 넘어지며 해안은 엉망이 되었다.

"지금이야! 뛰어!"

김 상병은 강 일병의 팔을 잡아당기며 전속력으로 달렸다. 그러고는 자신의 총구를 하늘로 향한 뒤 방아쇠를 당겼다.

투투투둑—!

거센 파도 소리가 사방을 가득 채웠는데도 그 총성만은 검은 밤하늘을 흔들며 아주 선명하게 퍼져 나갔다. 이제 최소한 동료들에게 경고는 해 준 셈이다. 총소리에 반응하듯 뒤쪽에서 놈들의 포효가 울린다. 그리고 팍팍팍, 젖은 모래를 밟고 뛰어오는 소리가 이어진다. 그 소리는 정말이지 상상 이상으로 소름 끼치는, 끔찍한 것이었다.

"으아아아아!"

두 병사는 비명을 지르며 죽을힘을 다해 뛰었다. 하지만 참호의 위치를 알리는 서치라이트는 아직도 까마득하기만 하다.

젠장, 왜 이렇게 멀리까지 걸어와 버렸지?

후회가 밀려온다. 유람하듯 천천히 걷는 동안에는 그다지 신경 쓰이지 않던 긴 수풀이 발목을 휘감아 채는 것처럼 속도를 줄인다. 언제 놈들의 갈퀴 같은 손이 뒤에서 뻗쳐 와 낚아챌지 모른다는 불안감이 호흡을 흐트러뜨린다.

두렵다. 놈들과의 거리가 얼마나 되는지 확인하고 싶다. 하지만 차마 뒤를 돌아볼 용기가 나지 않는다. 김 상병과 강 일병은 터지려 하는 심장을 달래면서 열심히 어깨를 흔들고 무릎을 끌어 올렸다.

넘어지면 죽는다. 느려져도 죽는다.

"김 상병! 강 일병! 너희냐?"

갈대밭 너머에서 구원의 목소리가 들려온다. 총소리를 들은 이 병장이 박 이병을 데리고 마중을 나와 준 것이다. 김 상병은 바짝 말라 있는 혀를 간신히 움직였다.

"조, 좀비! 우리 뒤에 좀비!"

그러고는 필사적으로 갈대밭을 향해 몸을 날렸다.

쏴사사삭— 풀썩!

누운 갈대 위로 엎어진 두 사람이 고개를 들자 어처구니없는 표정의 이 병장이 묻는다.

"뭔 소리야? 그쪽은 바다인데! 이 새끼들, 난데없이 사격을 하지 않나……."

응?

놀란 것은 오히려 김 상병과 강 일병이었다. 바로 등 뒤를 바짝 따라오고 있다고만 생각했는데, 실제로는 거리가 좀 있던 모양이다.

"저, 정말입니다. 파, 파도가……."

설명을 하면서도 강 일병은 얼른 일어나 몸을 추스르며 총을 집어 든다.

Chapter 21 불길한 바람

윽, 남들보다 조금 더 먼저 특유의 악취를 맡은 진우의 표정도 굳는다. 우측에서 밀려오는 좀비들에 정신이 팔려 정작 가까이 와 있던 놈들을 눈치채지 못했던 건가…….

"옵니다!"

진우는 이를 악문 채 사격 자세를 갖췄다.

사사삭—!

갈대가 부딪치며 마찰하는 소리. 바람만으로는 이런 소리가 나지 않는다. 이제는 이 병장까지도 사태의 심각성을 파악했다. 이 병장은 가슴에 장착하고 있던 조명탄을 떼서 심지를 힘차게 당겼다.

치이이익—!

붉은 조명탄이 어두운 밤하늘로 발사되며 갈대밭 전체를 붉게 물들인다.

"뒤로…… 뒤로…… 천천히……."

이 병장이 나지막이 속삭이면서 거리를 벌리기 위해 천천히 뒷걸음실을 쳤다. 네 병사는 간격을 넓히면서 물러났다. 허리 높이밖에 되지 않는 얕은 구릉이 지금 당장 그들이 점할 수 있는 최선의 장소였다.

사사사삭—.

그러는 동안에도 갈대의 흔들거림은 점점 더 가까워졌다.

어디지? 어디에서 가장 먼저 튀어나올 거지?

구릉에 올라선 진우는 넓은 갈대밭을 좌우로 훑으며 바쁘게 시선을 움직였다.

휘이잉—.

가뜩이나 혼란스러운데 바람이 불어와서 갈대밭 전체를 흔들며 탐색을 방해한다. 피를 말리는 것 같은 몇 초가 아주 천천히 지나갔다.

그롸아아아악!

강 일병의 눈앞에 최초의 좀비가 튀어올랐다.

투투둑—!

네 사람의 K-2가 일제히 놈을 향해 불을 뿜었다. 윗도리만 남은 파란 비키니의 좀비가 박살이 나서 바닥에 처박히기도 전에 제2, 제3, 제4의 좀비들이 잇달아 튀어나왔다.

투투투투둑— 투투둑—!

강 일병의 눈이 채 따라잡기도 버거울 만큼 순식간에 진우는 놈들의 대갈통을 모두 터뜨려 버렸다. 하지만 이 정도로 끝날 일이 아니라는 것을 그들 모두 잘 알고 있었다.

04

사사사사삭— 사사사사삭—.

여기저기서 갈대들이 쉴 새 없이 꺾이고 휘청거린다.

"어, 어디야? 어느 쪽이야?"

당황한 김 상병이 사방으로 고개를 돌리며 떠들어 댄다. 이 병장도 강 일병도 마찬가지인 상황이다. 혼자서만이라도 돌아서서 달아나고 싶은 유혹을 애써 꾹 눌러 참으며 다들 전방에 온 신경을 집중하고 있다.

사사사삭— 사사삭—.

흔들리는 갈대들, 몰아치는 파도 소리, 자잘한 먼지와 막 떨어지려는 빗방울을 눈 주위에 흩뿌리고 지나는 거센 바람까지…….

감각을 흐트러뜨리는 모든 자극이 냉철한 판단을 방해한다. 네 명은 얼굴이 파랗게 질린 채 손잡이가 부서져라 총을 움켜쥐고 식은땀을 뚝뚝 떨어뜨렸다.

우리보다 더 많은 수가 한꺼번에 달려든다면 어떻게 하지…….

모두의 얼굴에는 두려움이 가득하다.

그롸아아—! 그와아아악!

염려했던 일이 현실이 되어 버렸다. 다섯 개의 방향에서 그야말로 동시에, 넓게 감싸듯 좀비들이 튀어 오른다. 한꺼번에 놈들을 모두 맞힌다는 것은 불가능하다. 선택을 해야 했다.

미안!

진우는 미리 마음속에 정해 뒀던 순서대로 총구를 돌렸다.

투투둑!

먼저 정면의 놈을 명중시켜 쓰러뜨린 진우는 김 상병을 덮치려던 좀비의 머리통을 날리고, 몸을 오른쪽으로 돌려 이 병장을 노리던 녀석의 목과 가슴을 벌집으로 만들어 버렸다. 자신의 정면에서 달려드는 놈을 쏘는 것에만 정신이 팔려 있던 이 병장의 오른쪽으로 좀비의 너덜거리는 시체가 떨어진다.

이제 하나 더!

하지만 다시 허리를 왼쪽으로 돌리면서도 이미 늦었을 것이라는 생각이 든다.

"으아아아아!"

돌부리에 걸려 중심을 잃은 강 일병이 뒤로 넘어지며 K-2를 난사하자, 하늘에 붕 떠 있던 좀비의 몸이 그 충격을 받고 와이어가 당겨진 듯 뒤로 튕겨 나간다.

후우우~.

진우의 입에서 안도의 한숨이 새어 나온다. 그가 포기하는 편을 선택했던 강 일병은 그렇게 해서 일단은 용케 살아남아 주었다.

끄응, 신음 소리와 함께 재빨리 일어난 강 일병의 등은 온통 흙투성이가 되어 있다. 그러는 동안에도 간간이 갈대숲 사이에서는 놈들이 튀어 오르고, 이내 진우의 총알에 머리가 터진 채 바닥에 나뒹굴었다.

허억~ 허억~.

조금씩 뒷걸음질을 치는 병사들의 벌어진 입술 사이로 금방 헐떡이는 숨소리가 흘러나온다. 긴장감이 온몸을 옥죄어 오면서 혹시 떨어뜨리면 끝장이라는 생각에 탄창을 교체하는 손이 떨린다.

"나오려면 빨리 나와, 이 개새끼들아~!"

투투투투투둑—.

좀비들이 잠시 틈을 들이는 동안 치솟아 오르는 히스테리를 감당할 수 없어진 김 상병이 흔들리는 갈대밭을 향해 신경질적으로 총알을 퍼붓는다. 이 병장이 이를 악물고 소리를 질렀다.

"이 새끼야! 진정해! 박 이병! 이대로 오래 못 버틴다! 둘씩, 둘씩, 순서대로 물러난다. 내가 쟤 데리고 빠질 테니까, 엄호해!"

그롸아아~!

그 말이 채 끝나기도 전에 좀비들이 아가리를 벌리고 뛰어 올라온다. 당황한 이 병장이 방아쇠에 손가락을 다시 걸기도 전에 단 네 방으로 놈들을 처치한 진우가 외쳤다.

"엄호하겠습니다!"

"조심해! 가자! 김 상병!"

이 병장이 달려가 맞지도 않는 총알을 아무렇게나 난사하고 있던 김 상병을 잡아끌며 뛴다. 그때까지도 아드레날린이 과다 분비되고 있었는지, 김 상병은 뛰는 동안에도 갈대밭을 향해 욕설과 함께 짐승 같은 소리를 꽥꽥— 질러 댔다.

"이제 뛰어와!"

사선으로 10여 미터 정도의 거리를 물러난 이 병장은 진우와 강 일병을 부른 뒤, 다시 사격 자세를 갖추었다. 그러고는 김 상병을 향해 명령했다.

"마음껏 긁어!"

투투투투투투두— 투투투투투둑—.

김 상병은 기다렸다는 듯 구릉과 갈대밭 사이를 향해 총알을 퍼부어 댔다. K-2의 연사 능력이 얼마나 되는지 알아보려고 하는 사람처럼 꽉 당긴 방아쇠에서 손가락을 떼지 않았다.

"가자, 박 이병!"

김 상병의 예광탄이 그야말로 완전한 무작위의 탄도를 그리며 사방으로 날아가 꽂히는 동안 강 일병과 진우도 몸을 돌렸다.

케에에—.

하필 그때를 맞춰 튀어나오던 운 없는 좀비 한 마리가 총탄에 박살 나며 허공으로 체액을 흩뿌린다.

그롸아아악!

마치 진우가 몸을 돌려 주기를 기다리기라도 했던 것처럼 방향을 틀어 뛰자마자 한꺼번에 또 세 마리의 좀비들이 튀어나와 구릉으로 뛰어올랐다.

이익! 제기랄!

이 병장은 자신이 놈들을 모두 처리할 수 없을 것이라는 불안감 때문에 얼굴을 일그러뜨렸다. 곁에 선 김 상병은 순식간에 소모해 버린 탄창을 갈아 끼우는 중이다.

투두둑— 투두둑— 투두둑—.

세 번의 3점사 끝에 겨우 한 놈을 쓰러뜨린 이 병장이 두 번째 타깃으로 총구를 돌렸을 때에는 벌써 놈들이 진우의 동선과 겹쳐 든 이후였다.

난감함으로 가득한 이 병장의 표정을 읽고 진우는 고개를 흘끔 돌렸다. 어느새 다가온 좀비들! 이대로 가다가는 남은 몇 미터를 마저 달리지 못하고 놈들의 이빨이 살을 꿰뚫고 들어올 것이다.

"엎드려!"

진우는 나란히 달리던 강 일병을 옆으로 밀치고 자신도 그 반동을 이용해 사선으로 몸을 날렸다. 빙글, 회전이 진행되면서 좀비들이 시야에 들어온다. 자신이 쫓던 먹잇감이 갑자기 방향을 틀자 놈들도 잠시 주춤하며 발목이 꺾인 상태였다.

투두둑— 투툭—!

진우는 땅바닥에 등이 닿기도 전에 두 놈의 머리를 날렸다. 뒤통수가 터져 나간 좀비들의 시체가 맥없이 젖은 땅에 처박힌다.

"괜찮아? 젠장! 대체 나는 왜 너처럼 못 맞히는 거냐!"

이 병장과 김 상병이 뛰어와 두 사람을 부축한다. 진우는 얼른 몸을 일으켰지만, 강 일병은 그만큼 운이 좋지 못했다.

"아야야······."
 부축을 받으며 일어나는 강 일병의 왼 팔꿈치부터 손목까지가 온통 피에 젖어 있다. 하필 넘어진 곳에 튀어나와 있던 자잘한 나뭇가지에 온통 긁힌 것이다.
 외상!
 부상을 입게 만든 진우의 얼굴이 파랗게 질렸다. 부축을 하고 있던 이 병장과 김 상병의 표정도 당혹감에 일그러졌다.
 "너, 괜찮아? 응? 어느 정도 다친 거야?"
 "괘, 괜찮습니다. 그냥 긁힌 정도입니다. 싸우는 데 아무 문제 없습니다."
 살갗이 벗겨진 콧잔등에 다시 안경을 걸어 쓰면서 강 일병이 대답한다. 여러 군데를 깊숙하게 찢긴 데다 아직도 나뭇가지가 박힌 곳까지 있기 때문에 문제가 없는 것처럼 보이지는 않았다.
 하지만 움직일 수 있는 한 싸워야 한다. 좀비들은 부상자라고 해서 특별 대우를 해 주지도, 동정을 하지도 않는다. 놈들의 눈에 다친 병사들은 오로지 죽이기 더 쉬운 먹이로만 비칠 게 분명하다. 그리고 그건 현재의 국방부 의료 체계 역시 마찬가지였다.
 "죄송합니다. 저 때문에······."
 "아니야, 인마! 너 아니었으면 조금 전에 벌써 물렸을걸! 하······ 하하."
 고개를 숙이며 면목 없어 하는 진우에게 강 일병이 아무렇지 않다는 듯 애써 웃어 보인다. 하지만 그래도 역시 진우가 느끼는 자책감은 사라지지 않았다. 진우가 뭐라고 다시 사과의 말을 하려 들 때, 이 병장이 명령했다.
 "사과는 나중에 해도 돼! 사과할 일도 아니고! 저 새끼들부터 다 잡는 게 먼저다! 전원! 후방 엄호하면서 참호를 향해 이동한다!"
 단호하게 말을 마친 이 병장이 먼저 몸을 일으킨다. 네 명의 병사는 그들의 참호를 향해 달렸다. 죄의식과 후회가 머릿속을 어지럽히고 있는 진우도 묵묵히 후방으로 따라붙는 좀비들을 처리하면서 그 뒤를 따랐다.
 그러나 힘겹게 겨우 참호 안으로 몸을 던지고 나서야 그것이 습관에 얽매여 내려진 잘못된 선택이었다는 것을 깨닫게 되었다. 그들이 죽였던 수영복 차림의 좀비들은 오늘 밤 파도에 실려 온 수많은 대부대의 일각에 지나지 않을 것이다. 그리고 해안은 수 킬로미터에 걸쳐 길게 뻗어 있다.

참호로 돌아온 순간, 그들은 정문부터 절벽까지 수천 미터에 달하는, 긴 해변에서 모여드는 좀비들 전부와 정면으로 마주하게 된 것과 다름없었다. 외상을 입은 강 일병 때문에 무의식적으로 부대에서 멀어지려 했던 선택이 이런 결과로 이어졌다.

"너무…… 너무 많습니다!"

탄창을 갈면서 남아 있는 실탄의 개수를 가늠해 보던 진우가 소리쳤다. 서치라이트의 광원 안으로 뛰어 들어온 좀비들을 차례로 쓰러뜨리면서도 도무지 이 싸움이 끝날 것 같지가 않다.

수십? 아니, 수백이다. 그것도 겨우 1차로 해안에 도착한 놈들일 뿐이고, 시간이 갈수록 점점 더 많은 놈들이 이곳으로 몰려올 게 분명하다.

"자! 이거!"

김 상병이 자신의 탄창을 진우에게 건넨다. 아까 난사했던 일을 감안해 보면 네 개밖에 지급받지 못한 탄창 중 마지막 것을 주는 셈이다. 김 상병의 생명을 한 부분 뚝 떼어 받는 것 같아서 진우는 선뜻 그것을 받아 쥘 수 없었다.

"잘 쏘는 놈이 가지고 있으란 말이야!"

억지로 진우의 건빵 주머니에 탄창을 찔러 넣은 김 상병은 의연하게 고개를 돌렸다.

그롸아아아ㅡ.

한꺼번에 수십 마리의 좀비들이 다시 뛰어온다.

탕ㅡ 타탕ㅡ 탕! 탕!

진우는 최대한 효율적이고도 빠르게 놈들을 죽이기 위해 이를 악물었다.

투두둑ㅡ 투두둑ㅡ.

이 병장과 강 일병도 열심히 몸을 틀어 가며 녀석들의 대갈통을 겨냥해 쏘았다.

제발 이 웨이브가 끝나고 나면 잠깐이라도 시간이 생기기를······.

네 병사는 하나의 소원을 간절하게 빌었다. 이제 이쯤에서 달아나지 않으면 정말로 영영 도망칠 수 없게 된다.

그롸아아아아—!

하지만 지난 7월 14일 이후, 세상은 늘 그랬듯이 그의 편이 아니었다. 간신히 수십 마리를 쓰러뜨리고 탄창을 갈아 끼우기도 전에 곧바로 또 다른 놈들의 울음소리가 비를 뚫고 울려왔다.

어쩌지?

네 명은 서로 얼굴을 마주 봤다.

따라잡힐 것이 분명해 보이지만 이제라도 한번 뛰어서 달아나 볼까, 아니면 가지고 있는 실탄보다 좀비들의 머릿수가 더 적기만을 막연히 기도하면서 사격 자세를 풀지 말아야 할까?

그 어느 것도 정답이 아닌 것 같았기에 쉽게 결단이 내려지지 않는다. 그러는 동안에도 거리를 줄이고 달려온 놈들이 서치라이트의 환한 빛을 향해 몸을 날린다. 조금 전의 웨이브보다 더 많아졌다.

젠장, 내가 그리로 밀지만 않았어도······.

새로 장만한 지 이틀도 되지 않았는데 온통 흠집투성이가 된 강 일병의 안경 렌즈를 바라보며 진우는 다시 한번 자신의 미숙함에 분통을 터뜨렸다. 그리고 이게 마지막 사격이라는 마음으로 침착하게 가장 앞의 좀비를 향해 방아쇠를 당겼다. 이제 남은 탄창은 세 개뿐이다.

타앙—.

투투투투투두— 파파파파파파파파— 투투투투둑— 파파파파파파박—!

진우의 K-2에서 발사된 총알이 음속을 넘어서 요란한 소리를 내기도 전에 곧바로 엄청난 연사음이 참호 부근을 가득 메운다. 사납게 달려들던 좀비들의 몸에서 체액과 굳은 피가 터져 나오며 부근은 온통 검푸른 안개로 자욱해졌다. 놈들의 사지는 걸레처럼 꿰뚫리고 엉망으로 찢겨 날아가 버리며 또 한 번의 웨이브가 전멸했다.

"우와~ 씨발…… 이제는 하다 하다 한 방으로 저만큼씩도 잡는구나. 이런 게 천재인가……. 야, 박 이병, 다음에는 솔방울로 수류탄 좀 만들어 봐라."

이 지독한 상황 속에서도 여전히 싸구려 유머 감각을 잃지 않은 김 상병이 진우의 하이바를 쓰다듬는다. 진우는 혼이 빠져나간 것 같은 표정으로 총알이 날아온 세 시 방향을 향해 고개를 돌렸다.

"……뭐야? 여기 왜 이래? 이 병장님, 괜찮으십니까?"

정 상병이었다. 나머지 분대원들을 모두 데리고 온 정 상병이 측면에서 지원 사격을 해 준 것이다. 양각대도 펼치지 못하고 K-3를 쏘느라 명중률은 형편없었지만, 그래도 그 덕분에 모두가 살았다.

"너…… 여기 어떻게 알고 왔어?"

반가움이 가득한 말투로 이 병장이 물었다.

"아까부터 계속 총소리가 났는데 모르고 있다면 그게 더 이상하지 말입니다."

"새끼, 산에서 나는 거랑 헷갈리지도 않았나 보네. 잘했어, 잘했어. 하여간 여기서 빠진다. 빨리 정문으로 가서 알려야 해!"

"근데 대체 무슨 일입니까? 도대체 왜 좀비가 이런 곳에? 설마 바다 쪽에서?"

"그래, 그 설마야. 씨발, 지금 난리 난 것 같다. 여기만 이런 게 아닐 거 아냐."

이 병장은 바닥에 널브러져 있는 수영복 차림의 좀비들을 원망스러운 눈으로 흘겨봤다.

휘이이~ 쏴아아~.

바람이 점점 더 거세지면서 거기에 더해 빗물도 쏟아붓기 시작한다. 이 병장의 말을 들은 모두는 2킬로미터 밖 정문과 그 너머의 원자력 발전소 내부를 향해 시선을 돌렸다. 특히 바다와 바로 인접해 있는 발전 시설이 가장 큰일이다.

구보 속도가 빨라진다. 이 병장을 위시해서 분대원들은 시야를 가리며 쏟아지는 폭우를 헤치고 달렸다.

"그런데 얘들은 왜 아까부터 저렇게 기운이……."

정 상병이 뒤늦게 강 일병의 상처를 알아보고 소스라치게 놀란다.

"어! 야, 너…… 아우……."

"하하, 긁혔습니다. 이제 좀 남자다워졌습니까?"

아직 박힌 나뭇가지도 다 뽑아내지 못했으면서 강 일병은 애써 평정을 가장했다.

그롸아아―.

그러는 동안에도 바다 쪽에서는 파도가 새로 쏟아 놓은 좀비들이 걸어오며 내지르는 포효가 울려 퍼졌다.

10분 정도를 달려 정문 경비대 앞에 도착했을 때에는 모두 숨이 넘어가기 직전이었다.

하아, 하아…….

K-3 탄통을 함께 들고 달려온 정 상병과 김 상병은 제대로 숨을 삼키지도 못했다. 진우는 가장 뒤에서 분대 전체를 엄호하며 달렸다.

"멈춰! 거기 왜 돌아오나? 소속 밝혀!"

교대 시간이 아닌데 달려오는 일군의 병사들을 보고 바짝 긴장한 정문 경비병들이 서치라이트를 돌리며 총을 겨눈다. 발끈한 이 병장이 버럭 화를 냈다.

"으윽! 야이, 멍청아! 서치라이트 안 치워? 이 씨발, 경비 서다가 도망 오면 뻔한 거지! 좀비야! 좀비라고! 해안에서 좀비가 접근하고 있다! 빨리 작전실에 무전 때려!"

"해, 해안요? 무장공비도 아니고, 거기에서 어떻게……."

"지금 그런 게 중요하냐고! 저거 안 보이냐? 지휘관 없어? 너희뿐이야?"

전에 없이 허술한 정문의 지휘 체계 때문에 짜증이 폭발한 이 병장이 소리를 버럭 질렀다.

"중위님은, 지금 긴급 대책 회의차…… 산 쪽에도 오늘 규모 오짜리 내습이 다가오고 있다는 정보가 들어와서……."

뒤를 따라 달려온 좀비들이 마침 서치라이트의 광원 내로 들어오는 바람에 정문 경비병의 말이 끊겼다.
 수효는 30여 마리. 흙길과 풀밭, 아스팔트 도로 1.5킬로미터를 달려오는 동안 놈들의 퉁퉁 불어 있던 맨발은 엉망으로 찢어지고 살점이 떨어져 나가 뼈가 드러난 채였다.
 달각, 달그닥, 달칵!
 뒤꿈치의 뼈가 아스팔트를 울리는 달그닥 소리가 빗소리를 뚫고 울려온다.
 "어, 저…… 저! 기관총! 기관총!"
 정문 경비병들이 우왕좌왕하며 경기관총 사수들을 부른다.
 "야! 저 정도는 다른 사람이 처리해도 되니까, 너는 빨리 무전 때리라고, 이 새끼야!"
 "어, 네…… 네."
 경비병이 비닐로 덮어 둔 무전기를 들고 작전실을 호출한다.
 "삼둘둘하나칠! 당소 정문 경비대! 작전실 들리는가? 작전실!"
 치이ㅡ.
 무전기가 잡음만을 내고 아무 소리도 들려오지 않자 다들 피가 마르는 것 같았다. 경비병은 한 번 더 애타게 같은 말을 반복했다.
 파파파파파박ㅡ 파파파파박ㅡ.
 그와 동시에 경비대의 K-3와 1분대원들의 소총이 불을 뿜기 시작했다.
 ㅡ 아, 작전실이다. 무슨 ……인가, 소란……워서 잘 ……리지 않는다. 정문 경비대.
 "비상! 비상! 좀비다! 좀비들이 해안으로 접근 중! 에…… 이다음엔 뭐라고 해야 합니까?"
 뭐라고 더 지시해야 할지 막막하다는 표정으로 경비병이 이 병장을 돌아보았다.
 "내놔!"
 전화기를 빼앗아 든 이 병장은 다급하게 외쳤다.

"해안에서 파도를 타고 좀비 접근 중! 발전소 해안 철책 경비 강화가 필요하다! 대기조 애들 다 깨워서 출동시켜!"

— ……뭐라고?

작전실 당직사관이 믿기지 않는다는 말투로 되묻는다.

이런 젠장!

이 병장은 답답해서 속이 터질 것 같았지만, 이내 화를 진정시키고 다시 한번 차근차근 이야기를 했다.

"해안에서 좀비 접근 중! 에이 씨! 창밖으로 내다봐! 좀비들이 파도에 실려서 오고 있다고! 해안 인접 지역에 빨리 경비 병력 투입해야 돼!"

무전 너머에서는 잠시 대답이 없다. 정말로 문을 열고 나가 복도 창문을 통해 직접 확인하는 건가 싶었지만, 그게 아니었다. 망연자실해 있던 것이다.

— 그…… 불가하다. 이미 기갑중대 ……원을 위해서 대기 병력들이 투……되었다. 정문 경비대! 발전…… 귀환하……라. 반복하겠다. 정문 경비대! 발전소로 귀환하고 다음 명령을 위해 대기하라.

수화기 너머로 흘러나오는 소리를 다 들은 경비병들 역시 웅성거린다.

"그럼 씨발, 자고 있는 새끼들이라도 다 깨워! 자다가 뒈지게 하지 말고! 여기로도 몰려오고 있단 말이야!"

이 병장이 울부짖는 동안 무전이 끊어졌다.

후우우~ 고개를 푹 숙인 채 한숨을 몰아쉬며 잠시 생각을 정리한 이 병장이 분대원들을 돌아보며 말했다.

"들어가서 싸운다. 지원자만! 안에서 무슨 일이 벌어지고 있는지 전혀 모르는 상태라서 강요하고 싶지 않다. 그리고 아마 분명히 끔찍할 거다. 다시 한번 말하지만, 지원자만 나서도록! 내키지 않으면 굳이 뛰어들 필요 없다."

이 병장이 강 일병에게 시선을 고정했다. 조금 전까지만 해도 부상을 당하면 탈영하자는 모의를 했던 터라 지원자만 나서라는 이 병장의 말에는 여러 가지 의미가 담겨 있었다.

그런 내용을 전혀 모르는 정 상병과 나머지 분대원들이 먼저 한 발을 앞으로 내디뎠다. 그리고 아주 짧은 시간 동안 서로 눈길을 마주친 진우와 김 상병, 강 일병 역시 그 뒤를 따른다.

"야, 너…… 너 인마…… 일단 들어가고 나면……."

이 병장이 강 일병의 어깨를 짚으며 머뭇거린다. 외상을 입은 그가 발전소 내부로 돌아가 전투를 벌일 경우, 아무리 운이 좋다고 하더라도 결국에는 다시 외부로 나오지 못한 채 헬멧이 덮어씌워져 끌려가게 될 것이다. 하지만 강 일병은 오히려 대범하게 웃어 보였다.

"말씀드렸잖습니까, 제가 죽을 자리 정도는 제가 고르고 싶다고 말입니다."

이 병장은 이를 악물고 얼굴을 쓸어내렸다. 말리고 싶은 마음은 굴뚝같지만, 그렇다고 해서 별다른 뾰족한 수를 낼 수 없다는 게 마음을 아프게 한다.

가지고 있는 탄창이 두 개뿐인데, 사방에서 좀비들이 폭풍처럼 쏟아져 내리는 이 밤에 혼자서 도망을 가 봐야 얼마나 멀리 갈 수 있을까…….

마음을 모질게 먹기로 한 이 병장은 이를 악물고 말했다.

"그래, 같이 가자!"

그 짧은 대화를 나누고 결정을 내리는 동안에도 파도에 떠밀려온 좀비들은 어느새 또 무리를 이루어 발전소 정문 경비대를 향해 뛰어온다. 널찍한 4차선 도로와 갓길, 주변의 잔디밭까지 온통 벌거벗은 채 달려오는 썩은 몸뚱이들로 채워져 있다.

"젠장! 또 온다!"

05

파파파파파— 투투투투둑—.

누군가의 외침과 함께 정문 경비대의 K-3와 소총들이 일제히 불을 뿜었다.

파바박―.

사방으로 흩날리는 탄자들 사이로 예광탄이 어지럽게 교차되고, 퉁퉁 불은 좀비들의 몸뚱이는 걸레처럼 터져 나갔다. 수많은 K-2, 네 정의 K-3, 지프에 설치된 중기관총까지 일제히 사격을 퍼붓자 수십여 마리의 좀비 떼가 순식간에 몰살됐다.

물론 도로와 길가에 세워진 나무들까지도 몽땅 다 박살이 나 버렸다. 그간 워낙 병력 소모가 많았던 터라 정문 경비대에 1개 소대밖에 배치되어 있지 않다고 해도, 한 방향으로 집중된 소대 병력의 화력이라는 건 역시 대단하다.

"쿨럭! 야, 너희들! 좀 제대로 겨냥을 하고……."

수분 때문에 무거워진 공기를 타고 자욱하게 번진 화약 연기를 흐트러뜨리던 이 병장이 하려던 말을 멈춘다. 갑자기 탄약 문제로 생각이 미쳤던 것이다. 이 병장은 조금 전 함께 무전을 날렸던 경비병을 붙잡고 다급하게 물었다.

"너, 너희들, 탄창 몇 개나 지급받았어?"

"에? 탄창 말입니까? 그거…… 전부 다 네 개씩 아닙니까? 분대 지원 화기는 400발."

그래, 너희들도 그것밖에 가지고 있지 않을 테지…….

이 병장의 얼굴이 더욱 어두워졌다. 그의 감을 믿자면 분명 좀비들은 밤새도록 몰려 들어올 테고, 이 녀석들이 지금처럼 아무렇게나 난사를 했다가는 앞으로 서너 웨이브도 버티지 못하고 빈총으로 놈들과 맞서게 될 게 분명했다.

"안 돼, 이 정도 가지고는! 야, 너희들도 몇 명 따라와! 부대로 돌아가서 탄약 보충해 와야 돼!"

이 병장의 말에 다들 술렁거린다. 정식으로 내려온 명령도 아니고, 지휘관이 자리를 비운 터라 다들 어떻게 해야 할지 모르겠다는 투였다. 물론 정보도 턱없이 부족했다.

"내가 하나만 데리고 다녀오지. 이 아저씨 말이 맞는 것 같은데."

경비대 소속 병장 하나가 나서며 진우네 분대에 따라오라는 신호를 하더니, 선두에 서 있던 트럭에 올라탄다. 진우네 분대가 서둘러 짐칸으로 뛰어오르자마자 트럭은 이내 출발했다.

어두운 짐칸 안에 마주 앉아 다들 아무 말이 없었다. 경비대가 자리 잡은 초소로부터 정문까지의 거리는 500미터. 거길 통과해서 대학원 건물들을 지나면 발전 시설로 이어진 게이트다. 그리고 그 선을 넘어가면 해안과 마주하게 된다.

쿠르르르르ㅡ.

정문이 가까워졌을 때, 트럭이 차선 끝으로 붙는다 싶더니, 장갑차의 요란한 엔진 소리가 들려온다.

"휴우~ 다행이다. 그래도 예비 장갑차를 보내 주기는 하는구나…….'"

김 상병이 안도의 한숨을 내쉬며 트럭 바깥으로 고개를 내밀었다. 아무리 열심히 싸워 봐야 정문이 뚫린다면 별다른 의미가 없다.

쿠르르르ㅡ.

장갑차 두 대가 속도를 높여 그들이 탄 트럭을 지나친다. 그리고 완전무장한 레토나 세 대가 그 뒤를 따른다. 그런데…… 그다음이 이상했다. 차출해 온 민간 SUV 한 대가 꼬리에 바짝 붙어 스쳐 갔다.

"저, 저건 뭐야? 전투에 도움도 안 될 것 같은데…….'"

분대원들이 의아해하는 동안 여섯 대의 차량은 순식간에 정문 경비대가 쳐 놓은 바리케이드를 치고 달렸다.

콰앙ㅡ.

박살 난 바리케이드가 사방으로 튀며 요란한 소리를 만들어 낸다. 다시 트럭이 출발하자, 두 배의 속도로 멀어진 그 차량들은 완전히 외부 도로의 빗속으로 사라져 버렸다.

"뭐지? 지금 이게 무슨 일입니까? 대체 방어를 어디까지 가서 하려고…….'"

김 상병이 당혹스러운 표정으로 묻는다. 이 병장이라고 해서 알 리가 없다. 그들이 고개를 갸웃거리는 동안 정문을 통과한 트럭은 탄약고가 있는 대학원 건물 A동에 도착했다. 병력이 총출동해 있는 산 쪽으로 탄약을 실어 나르기 위해 대기하고 있는 여러 대의 트럭들이 엔진이 걸린 채 서 있었다.

"내려! 쓸데없는 고민 해 봐야 아무 소용 없다! 우리 눈앞에 있는 새끼들 먼저 처리한다!"

이 병장이 분대원들을 재촉한다. 운전을 하고 온 경비대 병사들도 급하게 뛰어내렸다. 그들은 서둘러 A동 안으로 달려 들어갔다.

"3소대로 갈 탄약 어디 있어!"

"이거, 몇 시 방향입니까?"

"7.62밀리 탄약도 가져가야 합니다!"

탄약고로 사용하는 회의실 앞에서는 보급병들이 정신없이 떠들어 대며 뛰어다니고 있었다. 부족한 인원수로 무거운 탄약 박스를 움직이기 위해 서두르다가 상자가 엎어지자, 촤아아— 요란한 소리와 함께 엄청난 양의 탄창이 매끄러운 복도에 쫙 깔린다. 회의실 내에는 K100이라고 적힌 박스들이 가득했다.

"개새끼들, 이렇게 잔뜩 쌓아 놓고서⋯⋯."

정 상병이 분하다는 듯 중얼거린다. 다른 병사들의 심정도 별반 다르지 않았다.

"정지! 너희들 뭐야?"

난데없이 뛰어 들어와 탐욕스러운 눈을 반짝이며 탄창을 보고 있는 열한 명의 병사에게 보초병들이 다가와 손을 들어 올리며 제지한다.

"정문 경비대! 예비 탄약 지급해 줘! 빨리 돌아가야 돼! 지금 교전 중이다!"

이 병장이 나서서 급하게 설명을 한다. 따라온 경비대 병장도 동의한다는 의미로 열심히 고개를 끄덕였다.

"교전 중이라고? 정문 경비대에 대해서는 우리는 지시받은 게 없는데?"

쏟아진 탄창을 열심히 한쪽으로 밀어서 길을 트고 있던 부사관이 끼어들었다. 분대원들의 눈빛이 사납게 변한다.

지시? 이 개새끼들이 한가한 소리 하고 있네! 우리가 매일 좆 뺑이 치는 동안 여기에서 에어컨 쐬면서 박스 개수나 세고 있는 새끼들이…… 라는 말이 하마터면 목구멍 밖으로까지 치고 나올 뻔했다. 발끈해서 대들려는 정 상병을 제지하면서 이 병장이 말했다.

"그럼 빨리 확인해 주십쇼! 탄약이 부족해서 밀리기 직전입니다!"

"중위님! 어떻게 합니까?"

때리라는 무전은 때리지도 않고 부사관은 또 곁에 선 장교에게 확인을 해 본다. 장교는 잠시 턱 주변을 감싸 쥐고 생각해 보더니 짧게 말했다.

"그냥 좀 줘서 보내라."

이런 씨발, 거지 동냥을 주는 것도 아니고!

분대원들의 얼굴에 또 한 차례 분노가 휩쓸고 간다. 하지만 다들 애써 꾹꾹 눌러 참았다. 여기에서 쓸데없이 말씨름이나 하려고 다시 돌아온 게 아니기 때문이다.

"빨리 챙기자!"

이 병장의 명령이 떨어지자마자 병사들은 2인 1조가 되어 탄약 박스를 날랐다. 정 상병이 마지막으로 욕심을 부려서 800발들이 K-3용 탄 박스 두 개를 낑낑거리면서 가지고 나왔을 때에는 일종의 성취감마저 들었다. 하지만 그러는 동안 강 일병의 부상에 대해서 까맣게 잊고 있던 것이 문제였다.

"엇?"

복도에 점점이 떨어져 있던 핏자국을 본 것은 중위였다.

"이게 뭐야? 응? 이거……."

워커로 붉은 핏방울을 문질러 본 중위는 곧바로 안색이 바뀌어 진우네 분대의 뒤를 따라 걷기 시작했다. 매의 눈으로 용의자를 물색하던 중위의 눈에 강 일병이 들어왔다.

다들 소매를 접어 입었는데, 한 놈만 소매를 끝까지 내리고 있다.

저놈이구나! 바보 같은 놈들, 저희들 내부에 외상자가 있는 것도 모르고…….

"야! 거기 서 봐! 정문 경비대!"

"돌아보면 안 됩니다. 강 일병님 때문에 그런 것 같습니다."

마음 약한 김 상병과 강 일병이 주춤하려는 순간, 뒷줄에서 걷고 있던 진우가 등을 떠밀며 말한다. 이 병장이 작은 목소리로, 그러나 단호하게 명령했다.

"속도 올려! 계속 걸어!"

그리고 병사들은 위치를 바꾸어 강 일병을 앞쪽으로 보냈다. 정문 경비대 소속의 병장도 별다른 내색도 하지 않고 잘 따라 준다. 자신의 명령이 통하지 않았다는 것 때문에 언짢아진 중위가 다시 더 큰 소리로 불렀다.

"야, 이 새끼들아! 서라고! 내 말 안 들려?"

모두 무시하고 걸음을 서둘렀다. 복도에는 다른 병사들이 많았지만 다들 자신의 임무 때문에 바빴기 때문에 그저 주위를 한 번 둘러보고 다시 자기 업무에 집중할 뿐이다. 공연히 뛰어서 시선을 집중시키지만 않으면 된다.

"이런 개새끼들이! 멈추라고! 거기 서란 말이야, 외상병! 외상자! 이 쌍놈의 새끼들아!"

발끈한 중위가 권총집을 풀며 바락바락 소리를 지른다. 하지만 분대원들은 벌써 긴 복도를 다 지나왔다.

트럭까지만…….

모두 낑낑 비지땀을 흘리며 열심히 발을 움직였다. 중위는 달리면서 권총을 꺼내 들었다. 정문을 빠져나오자마자 공포탄이라도 발사할 요량이다.

덜컥, 정문 너머 계단 아래에 탄약통이 하나 떨어져 있어서 하마터면 헛디뎌 구를 뻔했다.

이 새끼들, 기껏 탄약을 달라고 해서 줬더니 여기다가 버리고 가?

이래저래 짜증이 머리끝까지 치솟은 중위는 트럭 쪽으로 멀어져 가는 병사들의 뒤통수를 향해 총을 겨누었다.

"야! 너! 소매 내린 새끼! 거기 안 서? 확 쏴 버릴까 보다! 명령을 뭐로 알고 이런 개…… 헉!"

바락바락 소리를 지르던 중위가 문득 신음을 토한 뒤 입을 꽉 다물었다. 턱 밑을 꾹 누르는 진우의 총구 때문이다. 진우는 환한 정문을 지나치자마자 만나게 되는 어둠의 사각 속에 몸을 숨긴 채 그를 기다리고 있었다.
"쉿—! 조용히 하십쇼. 이 거리에서는 빗나갈 수가 없습니다."
진우가 속삭인다. 중위는 마른침을 삼키며 원망스러운 눈으로 자신에게 총을 겨눈 이 졸병을 노려보았다.
"너, 지, 지금 무슨 짓을 하는 줄 알아? 이렇게 하고도 멀쩡할 수 있을 것 같아?"
"자꾸 소리를 내시면 그냥 당겨 버리겠습니다. 국방부 덕에 사람 머리통 날리는 건 이제 아주 익숙합니다."
진우는 감정이 느껴지지 않는 어조로 차분하게 말했다. 그의 말에서 진심을 느낀 중위는 입을 다물 수밖에 없었다.
"무장 해제하겠습니다."
진우가 왼손을 뻗어 중위의 손에서 권총을 빼앗는다. 중위는 이놈이 엉뚱한 오해를 하고 있다고 생각했다.
"너, 너희들을 어쩌려는 게 아니야! 너희 중에 외상자가 있다! 그놈을 그냥 두면 너희들도 위험해져! 죽을 수도 있어!"
"지금 가장 위험해진 사람은 중위님이십니다. 자, 이제 걸어가십쇼."
권총을 오른손으로 옮겨 쥔 진우가 중위에게 바짝 붙어 서서 권총 끝으로 등을 쿡 찌른다.
"어, 어디로 가란 말이야?"
"저 트럭으로 들어가십쇼."
진우가 가리키는 것은 시동이 걸린 채 서 있던 여러 트럭 중 하나였다. 별다른 수가 없어서 중위는 시키는 대로 걸었다. 그가 속도를 줄이거나 멈춰 서려 할 때마다 진우는 사정없이 총구를 들이밀어 척추를 압박했다.
"야~ 중위님, 어서 오시지 말입니다. 누추합니다."
운전석에 앉아서 뻔뻔하게 웃고 있는 김 상병을 지나쳐 짐칸으로 가자 분대원들이 박스를 열고 탄창을 챙기며 기다리고 있다.

쿡, 빨리 올라타라는 의미로 진우가 또 등을 찌른다. 중위는 분한 표정을 감추지 못하고 트럭에 몸을 실었다.

부우웅~.

탄약을 나눠 실은 정문 경비대의 트럭이 그들보다 한발 먼저 출발해 자신의 부대로 돌아갔다.

"탑승 완료했습니다."

정 상병이 트럭 뒤창을 두드리자 그들을 태운 트럭도 출발했다. 안쪽 깊숙한 곳에 감금되다시피 한 중위가 불안한 목소리로 중얼거린다.

"너희들, 무슨 생각을 하는지 모르겠지만, 내려 주기만 하면 나는 잊을 준비가 돼 있다. 혹시…… 이 와중에 집단 탈영이냐? 그래서 탄약을 챙겼어? 그래, 가라. 하지만 나는 명예로운 장교로서 거기에 협조할 수 없어. 그러니까 내려다오. 나에게는 국가 수호라는 신성한 의무가……."

"쫌! 쫌!"

정 상병이 잡아먹을 듯 노려보며 대검을 꺼낸다. 한참 제멋대로 아무렇게나 지껄이던 중위는 다시 입을 다물었다.

06

우우우웅~.

대학원 건물들 사이를 빠르게 내달린 트럭은 이내 발전 시설과 이어진 게이트에 도착했다.

"시끄럽게 하지 맙시다."

트럭이 멈춰 서자 정 상병이 만일을 대비해 바짝 붙어 앉으며 대검을 중위의 옆구리에 가져다 댄다.

"지원 병력이야? 한 트럭? 이게 다야?"

게이트 경비병들이 서치라이트를 비추며 큰 소리로 외친다. 이 병장이 차에서 내려 대답했다.

"정문 외곽 경계 병력이다. 파도를 타고 해안으로 접근했던 좀비들과 교전을 마치고 지금 돌아왔다. 여기는 어때?"

역시 작대기 네 개짜리인 경비병은 실망을 감추지 못했다.

"아, 젠장. 안 좋아. 안 좋으니까 지원 병력 요청했지. 근데 대체 왜 안 오는 거야? 위급하다고 무전 때린 지가 언젠데? 답도 없고, 지원도 안 오고!"

게이트 너머에는 방어용 참호와 초소가 있고, 또 다른 서치라이트는 바다 쪽으로 난 철책을 비추며 움직이고 있다.

좌아아~ 처얼썩~! 쏴아아~.

파도는 조금 전보다 훨씬 더 사납고 높아져 있었다. 테트라포드 방파제를 넘어올 만큼 거대한 파도가 이따금씩 몰아칠 때면 좀비들이 3미터 높이의 철책 꼭대기까지 부딪쳐 온다. 철책 아래에는 박살이 난 좀비 시체들도 여러 마리 자빠져 있다. 아주 드물게 저 높이를 넘어서까지 날아온 놈들인 모양이다.

"여기 지키는 병력 얼마나 돼? 우린 한 분대가 다야!"

"마찬가지야! 그래도 철책이 버텨 주니까 다행이지, 저게 없었다면 벌써 무너졌을 거야. 무전 다시 때려 봐야지! 씨발, 탄약도 쥐똥만큼 줘 놓고서······."

경비병이 초소 안으로 들어가 무전기를 들어 올리는 순간, 다시 거대한 파도가 잇달아 휘몰아쳤다.

한 번! 두 번!

세 번째 파도가 가장 컸다. 철책을 향해 엄청난 기세로 맹렬하게 치닫는 파도에는 지금까지 보지 못한 것이 실려 있었다. 초소 안의 경비병도, 바깥에서 기다리던 이 병장도, 운전대를 잡고 있던 김 상병도 모두 경악스러운 표정으로 벌어진 입을 다물지 못했다.

그것은······ 불 꺼진 소형 어선이었다.

콰아아아~.

파도에 휘말려 온 소형 어선이 철책을 향해 내리꽂혔다.

콰자자작—.

그 무게를 이기지 못해 철책의 기둥이 휘고, 볼트로 단단히 고정해 두었던 철책이 뜯겨 나간다.

쏴아아~.

벌어진 철책 사이로 수십 톤은 족히 될 양의 바닷물이 쏟아져 들어온다.

"젠장! 빠져! 뒤로 빠져!"

경비병이 초소 밖으로 달려 나와 외치는 소리가 전달되기도 전에 좀비들을 가득 실은 거대한 파도가 벌어진 철책 사이를 후려치듯 덮쳤다.

그롸아아아~.

철책에 찍히고 긁혀 갈기갈기 찢어진 좀비들이 드디어 발전 시설의 아스팔트에 두 발을 내디디고 섰다.

"이런 젠장! 으으아아!"

졸지에 좀비들과 맞닥뜨리게 된 초소 내부의 경비원들이 비명처럼 고함을 지르며 달아나기 시작한다. 하지만 그들이 뛰는 방향이 이상했다. 오히려 게이트 안쪽으로 더 깊숙하게 들어가서 2킬로미터 남짓 떨어진 발전소를 등지고 사격 자세를 취했다.

"야! 그리 가면 어떡해! 나와, 이리로!"

K-2를 발사하며 그들을 엄호하던 이 병장이 안타깝게 소리를 질러도 소용이 없다. 경비대원들은 입을 굳게 다문 채 사격에만 집중하고 있다. 도로에 떨어진 열댓 마리의 좀비들이 중심을 잡고 일어나려다가 총탄에 꿰뚫려 날아간다.

하지만 아직도 모두 처리하지는 못했다. 밖이 소란스러워지자 무슨 일인가 싶어 중위를 진우에게 맡기고 트럭 아래로 내려와 있던 정 상병이 급하게 양각대를 펴며 진우를 불렀다.

"박 이병! 박 이병! 나와!"

투투투투두—.

정 상병의 K-3가 빠르게 시야 전체를 훑는다. 빠르게 뛰어 내려온 진우도 바로 곁에 자리를 잡고 그를 거들었다.

투두둑— 투투툭—.

빠르게 머리만 날려서 처리하고는 있지만, 이 좀비들의 파도가 언제 끝이 날지 모른다는 것이 가장 두렵다. 화력이 보강된 틈을 타서 이 병장이 경비대 병장에게 큰 소리로 외쳤다.

"야! 빨리 너희 애들 데리고 나와! 이대로는 못 버텨!"

촤아아아—.

그러는 사이에도 파도는 계속해서 몰아치며 무너진 철책 사이로 좀비들을 한 무더기씩 쏟아부어 놓고 돌아간다. 하지만 경비대 병장은 오히려 게이트 안쪽으로 뛰어 들어가려는 채비를 하고 있었다. 경비대 병장이 하이바를 조이며 대답했다.

"안 돼! 저기에다가 바리케이드 쳐야 돼! 여기 넘어가면 병력이 없어! 경수로까지 그냥 뚫리는 거야!"

이 병장이 흘끗 돌아보니 도로에 정말로 바리케이드가 준비되어 있기는 하다. 발전소 직원들이 아침저녁으로 미니버스를 타고 교대하던 그 도로다.

하지만 바리케이드는 어디까지나 무단 침입 차량을 막기 위해 만들어진 것이어서 허술하기 짝이 없었다. 사람 키 높이의 개폐형 철책 위에 레이저 와이어를 설치해 둔 게 전부였다.

"미친! 저런 건 금방 뚫려! 그리고 지금 이런 상황에서 달랑 분대 하나로 뭘 하겠다는 거야! 빨리 애들 빼!"

"안 그러면 끝장이라니까! 도와줘! 10분만 시간 좀 벌어 줘! 야! 바리케이드 쳐!"

이 병장의 대답을 듣지도 않고 경비대 병장은 경보 장치를 누른 뒤 자신의 분대원들이 있는 방향을 향해 달리기 시작했다.

에에에엥~ 에에에엥~.

초소 위에 붙은 경광등이 빙글빙글 돌아가며 번쩍거리고, 사이렌이 요란스럽게 울려 댄다.

"이 병장님!"

갑자기 사선을 가로질러 아홉 시 방향으로 뛰어 들어가는 경비대 병장을 보고 정 상병이 소리를 질렀다.

"저 사람 뭡니까? 왜 들어가요? 씨발, 빨리 빠져야지!"

"아오! 돌아 버리겠다! 저 멍청한 새끼가 바리케이드를 쳐야 된대! 이런 젠장! 탄창도 없어, 쟤들! 도와줘야 돼!"

이 병장이 분대원들을 모두 하차시켜야겠다고 마음먹은 순간, 김 상병이 엄청난 기세로 트럭을 몰고 와 이 병장의 코앞에서 방향을 돌리며 급브레이크를 밟는다.

"타십쇼! 이걸로 가는 게 빠릅니다!"

"저 앞에서 돌려! 쟤들 작업하는 동안 우리가 엄호한다!"

"드리프트해서 90도로 꺾는 걸 보여 드리겠지 말입니다!"

부아아아―.

모두 승차하자마자 김 상병은 기어를 정신없이 바꾸며 짧은 거리에서 최대한 속도를 냈다. 그러고는 아홉 시 방향으로 꺾인 도로에서 좌회전을 했다.

그롸아아아―.

트럭의 불빛을 향해 달려들던 좀비들이 범퍼에 치여 허리가 반으로 꺾인 뒤, 육중한 바퀴 아래 깔려 터져 나간다.

촤아아아~.

또다시 도로의 절반을 덮을 만큼 커다란 파도가 몰아친다.

"야! 파도! 파도! 저기 좀비!"

"알고 있습니다!"

이 병장이 어쩔 줄 몰라 하는 동안 김 상병은 경적을 요란스럽게 울리면서 속도를 최대한 유지해 경비병들이 서 있는 곳까지 접근했다.

퍼걱! 퍼벅! 콰자작!

좀비들이 부딪쳐 박살 나는 소리가 날 때마다 트럭이 덜컹거리며 튀어 오른다.

"으아아! 야, 이 새끼야! 속도 줄여!"

바리케이드를 잡고 있던 경비병들과 이 병장이 동시에 비명을 지른다. 하지만 김 상병은 여전히 브레이크에 발을 올려 두지 않고 있다.

그롸아아아ㅡ.

트럭 뒤에는 좀비들이 난폭한 소리를 내지르며 젖은 도로를 내달려 쫓아오고 있다. 조금만 늑장을 피웠다가는 저놈들이 짐칸 안으로 뛰어 들어오게 될 것이다.

"꽉 잡아! 돌린다!"

김 상병이 짐칸을 향해 외치는 것과 동시에 브레이크를 밟으며 핸들을 급하게 틀었다.

끼이이이이ㅡ.

요란한 브레이크 소리와 함께 트럭이 휘청거린다.

콰콰콰콰ㅡ!

정신없이 흔들거리던 트럭은 130도 이상을 회전해서 바리케이드 1미터 앞에 멈춰 섰다. 요 며칠 운전병들과 친하게 지내며 빡세게 배운 보람이 있다.

하아아, 하마터면 트럭에 깔릴 뻔한 경비병들의 입에서 저절로 신음 같은 한숨 소리가 터져 나온다.

"빨리 작업해! 정말 10분 내에 끝내!"

트럭에서 뛰어내린 이 병장이 사격 자세를 갖추며 경비병들에게 외쳤다. 바짝 긴장한 채 바리케이드를 당겨서 펴고 있던 경비병들은 기세가 올라 함성을 지른다. 경비대 병장이 자신만만하게 대답했다.

"알았어! 조금만 버텨! 경보 울렸으니까 지원이 올 거야!"

지원은 개뿔.

이제 그런 것은 믿지 않는다. 하지만 기껏해야 10분. 그것뿐이라면 함께 싸워 줄 수는 있다. 진우와 분대원들은 모두 뛰어내려 사격 자세를 잡았고, 김 상병은 운전석을 지키라는 명령을 받았다.

그라아아아아—.

어둠 속에서 좀비들의 울음소리가 울려온다.

비가 점점 더 거세게 쏟아지면서 위력이 반감된 초소의 서치라이트와 트럭의 헤드라이트가 모두 밝히지 못하는 사각이 만들어진 것이다.

드르르륵!

개폐형 바리케이드를 잡아당기면서 얽혀 있던 레이저 와이어를 함께 펴느라고 경비대는 여념이 없다.

"10분이다! 10분만 참아!"

이 병장이 분대원들을 독려하며 조준경에 눈을 가져다 댔다. 그리고 곧 첫 번째 좀비가 헤드라이트 안으로 모습을 드러냈다.

파파파파파파—.

정 상병의 K-3가 요란하게 불을 뿜는다. 좀비는 엉망으로 찢긴 채 뒤로 날아가 처박혔다. 제2, 제3의 좀비들이 계속해서 뛰쳐나온다.

파방— 파바박— 투투투투—.

분대원들의 화기가 일제히 발사되고, 여기저기에서 머리가 터진 좀비들의 시체가 바닥을 나뒹굴었다.

"작전실! 당소 발전 시설 게이트다! 나, 안광옥 중위야! 작전실!"

아무의 감시도 받지 않게 된 중위가 트럭의 무전기를 통해 작전실과 연결해 보려고 애를 쓴다. 태풍 때문인지, 아니면 비를 잔뜩 두드려 맞은 덕분인지 무전기는 치직거리기만 하고 별다른 기능을 하지 못했다.

투두둑— 투둑—.

진우는 열심히 총구를 돌려 가며 몰려오는 좀비들을 차례로 처리했다. 그가 방향을 틀 때마다 바닥에는 대가리가 터진 시체들이 한두 구씩 늘어난다.

"작전실! 작전실! 발전 시설 게이트에 지원이 필요하다! 작전실!"

중위의 목소리는 점점 더 높아져서 쇳소리처럼 바뀌었다.

촤아아아—.

파도가 다시 해안 철책을 덮친다. 동시에 콰쾅 하는 소음이 들려왔다. 또 뭔가 무거운 물체가 철책을 때린 모양이다. 파도가 좀비와 병사들의 사이에 몰아치는 동안, 좀비들은 자연의 방어막에 힘입어 가까이 접근한다. 한 번씩 거센 물보라가 몰아칠 때마다 병사들은 피가 마르는 것 같았다.

그롸아아아—.

물살에 휩쓸렸다가도 좀비들은 금방 벌떡 일어나 믿어지지 않을 정도로 빠르게 달려온다.

"정 상병, 열한 시 훑어! 박 이병, 한 시!"

열심히 지휘를 하던 이 병장이 뒤를 돌아보며 소리쳤다.

"야이, 씨발! 아직도 멀었어? 왜 이렇게 오래 걸려!"

"다 됐어! 이제!"

경비대 병장이 잔뜩 상기된 얼굴로 대답한다. 5미터 간격으로 두 개의 바리케이드를 쳐서 도로를 완전히 봉쇄했다. 바리케이드 상부에 부착된 레이저 와이어 칼날이 플래시 불빛을 받아 날카롭게 반짝인다.

그런데 경비대 병력은 전부 바리케이드 너머에 들어가 있었다. 이제는 그들도 빠져나올 방법이 없다. 뒤늦게 사태를 알아챈 이 병장이 펄쩍 뛴다.

"야이 개새끼들아! 안쪽부터 쳤어야지! 너희 갇혔잖아!"

"이 위치가 맞아! 지원이 올 때까지 여기 사수해야 한다고!"

"이런 미친! 목숨 바쳐 봐야 못 지켜! 올 거였으면 벌써 지원이 왔지!"

이 병장은 이를 바득 갈고 고개를 돌렸다.

타타타타타— 투두둑— 투두둑—.

바닥에 시체가 그득히 쌓였는데도 그의 분대원들 앞으로는 여전히 좀비들이 미친 것처럼 고개를 내저으며 달려들고 있다.

이쪽에는 그나마 허접한 바리케이드도 없으니 이대로 계속 버틴다는 것은 불가능했다. 트럭 짐칸에서 되는대로 탄약통을 꺼내 바리케이드 너머로 집어 던진 이 병장은 분대원들에게 명령을 내렸다.

"철수한다! 차례로 승차해! 정 상병! 박 이병! 엄호사격……."

콰아아아아~.

이 병장은 말을 다 맺지 못하고 갑자기 덮쳤든 파도에 휩쓸려 넘어져 버렸다. 진우도 고개를 돌리는 순간, 정면으로 물살을 두드려 맞았다.

꼬르르르르─.

전혀 준비하지 못하고 있다가 물벼락을 맞은 탓에 귀와 코로 물이 들어가며 쇠 끓는 소리가 나고, 중심을 잃은 채 밀려가 바리케이드 기둥에 어깨를 찧은 후에야 겨우 일어날 수 있었다.

"다들 괜찮아?"

이 병장이 비틀거리며 묻는다. 예! 진우는 벌떡 몸을 일으켜 더 가까이 다가온 좀비들의 얼굴에 커다란 바람구멍을 냈다. 바닷물 때문에 눈이 따갑다. 하지만 사격을 멈추는 순간 죽는다는 걸 잘 알고 있기 때문에 필사적으로 방아쇠를 당겼다.

트럭 창문을 열어 놓고 있다가 바닷물을 뒤집어쓴 김 상병도 헛구역질을 하며 몸을 일으킨다. 이상하다……. 진우는 위험 거리까지 근접해 있던 놈들을 모두 날리고서 뒤를 돌아봤다. 조금 전부터 기관총의 지원사격이 전혀 없었다.

"정 상병님!"

진우의 입에서 비통한 비명이 터져 나온다. 정신을 못 차리고 있던 다른 분대원들도 그제야 정 상병의 모습을 발견하고 울부짖었다. 정 상병은 레이저 와이어에 엉망으로 얽힌 채 고개를 푹 늘어뜨린 채였다. 파도에 휩쓸렸을 때 바리케이드 위쪽으로 내던져진 모양이다.

"야! 정 상병! 으아아아!"

이 병장이 달려갔을 때에는 이미 숨이 끊어진 뒤였다. 수십 톤에 달하는 물의 힘 때문에 레이저 와이어 면도날 위에 억지로 메다꽂아진 그의 목은 반 이상 끊겨 있었다. 팔과 다리, 손바닥 역시 철조망에 단단히 꿰어져서 피가 뚝뚝 떨어져 내린다.

그 바로 곁에는 조 일병이 비명조차 크게 지르지 못하며 바닥에 뒹굴고 있었다. 그의 허벅지 역시 철조망에 아주 깊숙이 박히고 갈기갈기 찢겨 출혈이 컸다.

"으으으으…… 이런 씨발! 으으윽!"

"정신 차려! 일어날 수 있어? 강 일병! 얘 부축해서 일으킨다!"

두 명이 부축해서 트럭 위로 올리는 그 짧은 시간 동안에도 조 일병의 허벅지에서는 피가 쭉쭉 치솟았다.

투투투둑! 투둑— 투둑!

진우는 입술을 꽉 깨물며 전방의 좀비들을 향해 총알을 퍼부었다. 하지만 기관총의 지원이 없이는 아무래도 버겁다.

"이 병장님! 가야 합니다!"

"그래! 전부 승차해! 여기서 탈출한다!"

아홉 명의 분대원이 왔는데, 여덟 명만 돌아가야 한다. 이 병장은 침통한 얼굴로 아직도 철조망 위에 걸려 있는 정 상병을 돌아보았다. 죽은 녀석의 홉떠진 눈도 감겨 주지 못했다.

투투투투투—.

게이트 경비대는 바리케이드 뒤에 자리를 잡고서 멀리서 달려오는 놈들을 향해 정신없이 총알을 퍼부어 대는 중이었다. 하지만 누가 보더라도 그들에게 승산은 없었다.

"끄으으으~."

조 일병은 경련하듯 몸을 채며 괴로워했다. 구급용 붕대로 있는 힘껏 조여 보았지만, 워낙 상처가 깊고 엉망으로 찢겨 도저히 버텨 낼 수 있을 것 같지 않아 보였다. 이미 트럭 바닥은 그에게서 흘러나온 피로 붉게 물들어 있다. 혈관이 잘린 허벅지에 비하면 가죽이 베인 복부는 부상처럼 보이지도 않는다.

"끄으~ 끄으~ 끄으~."

조 일병의 호흡은 점점 더 끓어오르고 간격이 짧아진다.

"빨리 타!"

마지막까지 혼자 남아서 달려오는 좀비들을 상대하고 있던 진우가 조수석에 오르자 김 상병은 액셀러레이터를 최대한 밟았다. 좀비들이 더 가까운 곳까지 몰려들기 전에 속도를 높여 둬야 놈들이 트럭으로 기어오르는 것을 막을 수 있다.

콰작! 콰콰콱! 우드드득!

지그재그로 달리는 트럭이 좀비들을 치고 지나가면서 놈들의 시체를 깔아뭉갠다.

에에에에엥~ 에에에에엥~.

그들이 게이트를 빠져나오는 그 순간까지도 사이렌은 요란스럽게 울려 대고 있었다. 하지만 지원 병력은 도착하지 않았다.

덜컹, 게이트를 지나면서 트럭이 크게 출렁였다.

"괜찮아! 괜찮아! 무서워하지 마! 조 일병! 너 괜찮아!"

이 병장은 빤한 거짓말을 하며 어떻게든 조 일병을 위로해 보려고 애를 썼다. 순식간에 얼굴이 파랗게 질린 조 일병이 숨을 헐떡거리며 부들거리는 손을 들어 올린다.

"헉, 헉, 헉, 끄으, 끄으, 어두워, 너무 어두워요. 끄으……."

이 병장은 그 차가운 손을 꽉 잡으며 다시 괜찮다는 거짓말을 했다.

"여, 연구원 기숙사로 가자! 거기엔 제대로 된 의무실이 있어!"

중위가 떨리는 목소리로 소리쳤다.

이게 지금…… 지혈제와 진통제 정도로 살릴 수 있는 상태일까?

이 병장의 눈에는 도저히 그렇게 보이지 않았다. 하지만 시도도 해 보지 않고 그냥 죽으라고 내버려 둘 수는 없는 노릇이다.

"들었지? 연구원 기숙사야!"

사방에서 울리는 총소리와 빗소리 때문에 제대로 목소리가 전달되는 것 같지 않아 이 병장은 아예 개머리판으로 운전석의 뒤창을 부숴 버렸다.

"알겠습니다!"

김 상병이 급하게 턴을 하며 트럭을 연구원 기숙사 쪽으로 몬다. 사방에서 튀어나와 바쁘게 뛰어다니는 병사들 사이를 누비면서도 속력은 줄이지 않았다.

빠아아앙—.

기숙사 앞에 나와 서서 불안한 얼굴로 주변을 둘러보고 있던 한 무리의 사람들을 경적으로 쫓아내고 급정거를 했다.

"다 왔어! 조금만 힘내! 이제 괜찮아!"

이 병장은 과장된 웃음을 지으면서 조 일병을 들어 올리기 위해 발목을 잡았다. 조 일병에게서 뿜어져 나온 피 때문에 손바닥이 미끈거릴 정도였지만, 그래도 안정감을 주고 싶었다. 네 명이 달라붙어서야 겨우 그를 들어 내릴 수 있었다. 의외로 중위가 나서서 어깨를 잡아 주고 거들었다.

"2층이야! 2층!"

중위의 지시에 따라 네 사람은 엘리베이터 안으로 조 일병을 옮겼다. 조금이라도 거칠게 흔들리거나 할 때마다 조 일병은 비명을 지르며 괴로워했다. 그리고 2층에 도착했을 때, 당연한 일이지만 의무실은 잠겨 있었다. 이미 아주 깊은 새벽이었기 때문에 다들 잠자리에 든 것이다.

"사람들한테 물어봐! 의사가 몇 호에 있냐고?"

조 일병을 바닥에 눕힌 이 병장이 창문 밖으로 고개를 내밀고 외쳤다.

초조하게 담배를 피우고 있던 김 상병이 사람들을 붙잡고 물었다.

"의사가 몇 호에 있습니까? 의사! 몇 호예요?"

"308호였지, 아마…… 아닌가…….'"

김 상병은 대답을 듣자마자 재빨리 뛰어 올라가서 308호의 문을 두들겼다.

쾅쾅쾅— 쾅쾅쾅—.

다급한 김 상병은 워커 발로 문을 걷어찼다.

"사람이 죽어 가요! 제발 도와줘요!"

"뭡니까?"

꽤나 노년의, 그러나 능숙해 보이는 사내가 짜증스러운 표정으로 문을 열었다. 김 상병은 급하게 손부터 잡아끌었다.

"부상당했습니다. 급하게 지혈을 해야 해요."

"지혈이라니? 외상병은 접촉할 수 없게 되어 있어요! 그게 규칙입니다!"

"물린 거 아니라고요! 아저씨! 얌전히 안 따라오면 내가 무슨 사고를 칠지 나도 모릅니다!"

김 상병이 멜빵에 건 총을 들어 보이며 으르렁거린 다음에야 의사는 마지못해 그를 따라 뛰기 시작했다. 하지만 막상 2층 의무실 침대에 조 일병을 눕히고 상태를 본 의사는 다시 절망적인 얼굴을 지었다.

"어렵습니다. 저 정도는 전문 병원이라고 해도 어려운 상태예요. 여기는 원래 응급조치만 하는 곳이란 말입니다."

정맥주사를 놓고 수액을 연결한 의사가 이 병장을 구석으로 끌고 와 귓속말을 한다. 이 병장도 그 정도는 알고 있다. 하지만 기적을 바라고 싶었던 그는 무작정 사정을 하기로 했다.

"어려운 거 압니다, 선생님. 제발, 최선을 다해 주십시오. 피만 좀 멎게 해 주시면⋯⋯ 그리고 고통만이라도 좀 줄여 주시면⋯⋯."

"둘 중에 한 가지는 할 수 있어요. 모르핀을 투여하면 아픈 건 좀 가실 겁니다. 하지만 그러면 심박이 떨어져서 결국⋯⋯ 더 위험이 커집니다."

"피는⋯⋯ 상처를 좀 꿰매면 안 됩니까?"

"그렇게 해도 내부에서는 피가 계속 나와서 고여요. 이미 끊긴 동맥들이 수축돼서 근육 안으로 숨었는데, 그걸 다 끄집어내서 연결하는 걸 나 혼자 할 수가 없어요."

이 병장은 얼굴을 감싸 쥐었다.

젠장, 순식간에 두 명이나 목숨을 잃는 건가⋯⋯.

아직 멀쩡히 살아 있는 애가 죽을 때까지 아무것도 해 줄 수 없다는 현실 때문에 미칠 것만 같다.

"후우~. 소리 죽여 한숨을 흘린 이 병장은 의사에게 속삭였다.

"그럼…… 가장 안 아픈 진통제로 부탁드리겠습니다. 그…… 잠자는 것처럼……."

말을 다 맺기 전에 의사는 알겠다는 표정으로 이 병장의 어깨를 두들겼다.

"끄으으~ 끄으, 후, 후, 이, 이 병장님, 저…… 끄으으, 어떻게 되는 겁니까? 후, 후우~."

의사와 대화를 마치고 돌아온 이 병장에게 조 일병이 걱정스러운 얼굴로 묻는다. 이 병장의 가슴속에서 뜨거운 게 울컥하고 치솟아 올랐지만, 애써 침착한 말투로 대답했다.

"자식, 이제 괜찮아. 병원에 왔잖냐? 선생님이 주사 놔 주실 거야. 그다음에 맥박이 진정되면…… 너, 몇 바늘만 꿰매면 된다고 하신다."

"아…… 끄으, 감사합니다. 후, 후, 이렇게 살려 주셔서…… 끄으, 끄으으, 처음에 지혈도…… 후, 후, 잘해 주시고……."

조 일병은 이 병장의 손을 꽉 잡았다. 비에 젖은 데다 피가 많이 빠져나가 이미 죽은 사람의 손처럼 차다. 부들거림만이 그가 아직 살아 있다는 걸 알게 해 주는 증거였다.

"쉬어. 한잠 자고 나면 수술은 다 끝났을 거다."

"죄, 죄송합니다……. 끄으으, 후, 후, 아무런 도움이 못 돼 드려서…… 후우, 후, 하아……."

"그런 말 하지 마. 넌 최선을 다했어."

그러는 동안 의사가 진통제를 주사했다. 얼마나 독한 놈인지는 모르겠지만, 맞자마자 조 일병의 일그러진 얼굴이 조금 펴지는 게 보였다.

하아아~. 그제야 살겠다는 듯 조 일병이 한숨을 내쉰다. 이 병장은 그런 그의 마지막 모습을 두 눈에 담고 몸을 돌렸다.

"이, 이 병자응니임……."

돌아서서 의무실을 나오려는 이 병장을 조 일병이 부른다. 혀가 많이 풀렸다.
"응? 왜?"
"저…… 끄으으, 수술 끝나며어 다른 외상자드처럼 끌려가니까? 거기…… 후, 너무 무서스니다. 소, 소문이…….."
이런 씨발!
이 병장의 눈에 왈칵 눈물이 고였다.
"너, 너는 거기 안 끌려간다!"
이 병장은 목소리를 추스르고 단언했다.
"그런 일은 절대 일어나지 않아. 그러니까 그건 안심해라!"
이 병장의 다짐에 조 일병은 그제야 평화로운 얼굴로 희미한 미소를 지었다.
제기라알!
다섯 명의 병사는 분노와 절망으로 터질 듯한 얼굴을 푹 숙이고 1층으로 내려왔다.
타타타타타ㅡ.
사방에서 총소리가 들려온다. 해안 쪽에서는 비명도 울리는 것 같다. 저 바리케이드가 뚫리면 그다음엔 2킬로미터 밖의 발전 시설들이 속수무책으로 무너질 것이다.

Chapter 22
안간힘

01

"김 상병."

조수석에 앉은 이 병장은 무언가를 결심한 듯 나지막이 김 상병을 불렀다.

"아까 말했던 그거, 지금 하자."

"에? 정말이십니까?"

"그래, 여긴 이제 끝났어. 더 이상 의미 없이 애들 죽는 꼴은 못 보겠다······. 어차피 우리 몇 명 정도 있으나 없으나 마찬가지 아니겠냐? 저 새끼들도 사람 취급 안 해 주고."

이 병장이 작전실이 있는 대학원 건물 최상층을 노려본다.

"제 생각도 그렇습니다."

김 상병도 입을 꽉 다물고 기어를 넣었다. 이제 그들은 새로운 삶을 찾아서 떠나게 될 것이라 생각했다. 여전히 트럭 앞에서 우왕좌왕하고 있는 연구원들은 불쌍하지만, 돕고 싶어도 방법이 없다. 목숨을 바쳐 5분을 벌면서 오지도 않을 지원 병력을 기다리기에는 이미 충성심이 너무 엷어졌다.

"이봐, 이게 대체 무슨 상황인가? 큰 위기인가?"

트럭이 막 출발하려는 순간, 운전석 아래에서 익숙한 목소리가 들려온다. 아인슈타인이다. 김 상병은 망설이지 않고 일단 그를 태웠다. 살려 주고 싶은 사람이다.

"타세요!"

"어디를 가는데?"

물어보면서도 일단 아인슈타인은 조수석에 몸을 비집고 올라탔다.

"발전소 밖으로요!"

"그, 그럼 여기 방어는?"

"이미 늦었습니다. 해안 도로가 전부 좀비들에게 점령당했어요. 바리케이드로 막고 있지만, 아마 5분이나 더 버틸 수 있을지 모르겠습니다."

"그럼 안 되는데……. 이보게, 나 좀 발전 시설로 데려다줄 수 없겠나? 건물을 봉쇄해 버리면 다만 얼마라도 시간을 벌 수 있어. 나한테는 그 명령 취급 권한이 있네."

"새로 올 방어 부대에 맡기고 그냥 잊어버리세요. 좀비들이 발전소를 때려 부술 만한 지능이 있는 것도 아니잖습니까?"

"경수로에 설치된 파이프 내부는 120기압이 넘어. 여러 마리가 거기에 매달리기라도 하면 그 순간 대폭발이 일어날 걸세. 제발, 이렇게 부탁하네. 응?"

"가고 싶은 마음도 없지만, 설사 가고 싶어도 못 들어갑니다. 저쪽 도로는 이미 바리케이드로 막혀 있어요. 뛰어서 간다는 건 자살행위고요."

김 상병은 심드렁한 얼굴로 대화를 나누면서도 열심히 핸들을 좌우로 틀었다.

"길은 있어."

아인슈타인이 김 상병의 손에 자신의 손을 겹치며 말했다.

"귀빈 전용 지하 통로가 있네. VIP나 뭐, 그런 분들이 이용하기 위해 만들었지만, 비상시 탈출 용도도 겸해서 설치한 거지. 제발…… 자네들더러 함께 저 안에서 죽자고 하지는 않겠네. 날 거기까지만 데려다 줘. 이 속도라면 발전 시설 세 곳 모두를 도는 데 10분도 걸리지 않을 걸세."

김 상병이 눈동자를 불안하게 굴리며 이 병장의 눈치를 보았다. 이 병장도 뭐라고 하기 난감한지 잠시 머뭇거린다.

"전에 말했지 않은가, 여기가 무너지면 나라 전체가 위험해진다고. 지금 얼마나 멀리 갈 수 있다고 생각하는지는 모르겠지만, 피폭 범위는 수십 킬로미터가 넘네."

아인슈타인이 다시 한번 간절하게 빈다.

이렇게 더러운 경우가 다 있나…….

김 상병은 이를 바득 갈았다. 지금 돌아가면 좀비들에게 무사하지 못할 것이고, 만약 달아나면 며칠 내로 방사능에 노출돼서 죽게 된다. 하지만 애초에 답은 정해져 있었다.

"에이잇!"

김 상병은 커다란 핸들을 바쁘게 돌려서 트럭의 방향을 틀었다.

"그래, 그 지하 통로가 어딥니까?"

"대학원 건물 B동! 거기 차고 지하 2층이 통로와 이어져 있어."

김 상병은 이 병장의 눈치를 흘끗 살펴본 후, 액셀러레이터를 밟았다. 이 병장 역시 수긍할 수밖에 없는 이야기였다. 지금껏 수백 명이 목숨을 걸고 해 왔던 일이므로 떠나기 전에 유종의 미를 거둔다거나 하는, 그런 거창한 논리 때문이 아니었다.

그들이 포기하면 발전소는 폭발하게 될 것이고, 어차피 터지면 다 죽는다. 내일이라는 시간은 오늘을 살아남은 자들만이 누릴 수 있는 특권이다. 내일을 살기 위해서는 오늘 목숨을 걸어야 하는 상황인 것이다.

"다들 잘 들어! 지금부터 지하 통로를 이용해서 발전 시설로 접근한다. 우리 임무는 이 연구원을 그곳까지 이송하고, 발전소 세 곳을 폐쇄하는 동안 엄호하는 거다. 마지막 임무가 될 테니까 정신 바짝 차려라. 알아들었지?"

"마지막 임무?"

강 일병과 진우를 제외한 분대원들이 무슨 뜻인가 싶어 잠시 술렁였다. 하지만 대충 눈치는 챘다. 이곳의 경비는 실패했다. 병력 지원은 더뎠고, 병사들을 소모품 정도로만 취급하는 지휘관 때문에 사기는 땅에 떨어졌으며, 예고 없이 몰아친 태풍까지 상황을 악화시켰기 때문이다. 제대로 된 명령을 전달받지 못해 분대 단위로 우왕좌왕하며 뛰어다니고만 있는 병사들이 그 증거다.

"이봐, 너희들. 무슨 계획은 가지고 움직이는 거야? 그냥 무작정 여기에서만 벗어나면 된다고 생각하는 건 아니겠지?"

중위가 트럭 뒤창에 바짝 다가와 묻는다. 이 병장은 고개를 저었다.

"오늘 밤에 갑자기 생각한 건데 거창하게 계획까지 짰겠습니까? 그냥 살아남으려는 겁니다."

쉴 새 없이 경적을 울려 가며 바쁘게 트럭을 몰던 김 상병도 한마디 했다.

"명예 찾으실 거면 지하 통로 지나는 대로 내려 드리겠습니다. 거기에서 게이트 경비대 애들이랑 합류하시면 명예롭게 싸우실 수 있을 겁니다. 야! 비켜!"

우물쭈물하고 있는 한 무리의 병사들을 칠 듯 스쳐 지난 트럭이 이내 대학원 건물 B동에 도착하는 동안 중위는 굳게 입을 다물고 생각에 잠겼다. 차고의 셔터는 굳게 내려진 채였고, 조명도 꺼진 상태다.

"기다리게. 내가 열 수 있어."

재빨리 조수석을 열고 뛰어내린 아인슈타인은 셔터 옆에 부착된 전자 경보 장치의 자판을 눌렀다. 암호 키를 입력하고 검지를 가져다 대자, 전원이 들어오고 셔터가 올라간다.

"헤에~ 아저씨, 여기서 꽤 높은 분이셨나 보네요. 이런 건 보통 아무나 아는 게 아닌데……."

아인슈타인이 다시 차에 오르자 김 상병은 감탄하며 차고 안으로 트럭을 몰아 들어갔다. 완만한 경사로를 지나자 아주 널찍한 차고가 모습을 드러낸다. 수십 대의 승용차들이 어둑어둑한 차고 속에서 깊은 잠에 빠져 있었다.

"섹션 H까지 쭈욱 직진하게. 거기에서 내려가면 터널이야."

"갑니다!"

김 상병은 있는 힘껏 페달을 밟았다.

우우우웅—.

풀 스피드에 가깝게 달리는 트럭의 엔진과 타이어는 폐쇄된 공간 속에서 엄청난 울림을 만들어 냈다. 순식간에 A부터 H까지 여덟 개의 블록을 지난 트럭은 한 층을 더 내려가 왕복 2차선의 통로로 접어들었다. 터널 위쪽에는 LED 조명이 줄지어 늘어서 있어서 꽤나 환하다.

"엄청 크네요, 트럭 높이 때문에 못 지나가는 건가 걱정했었는데……."

"말했지 않나, 비상 탈출 경로이기도 하다고. 그러려면 버스도 들어올 수 있을 만큼은 되어야지."

초승달처럼 휘어진 코너를 빠져나가자 통로의 끝이 눈에 들어왔다. 생각했던 것보다 가깝다. 이 속도라면 10분 내에 끝낼 수 있다던 아인슈타인의 말이 허언이 아니었던 모양이다.

"나가서 바로 좌회전하면 되네! 그리고 첫 번째 원통형 건물 앞에 세워 주게."

"그럼죠!"

김 상병은 아주 살짝만 브레이크를 밟고 자신 있게 핸들을 꺾었다. T자형 도로인 데다 터널에서 빠져나오는 것이지만, 일시 정지 따위를 하고 있기에는 상황이 너무 급박했다. 이 정도면 전복되지 않고 충분히 스피드를 살려 회전할 수 있다고 믿었다. 게다가 어차피 차들의 왕래도 없을 테지…… 라고 생각했다.

"어어어어!"

트럭의 머리가 돌자마자 라이트 범위 내에 사람의 형체가 나타났다. 브레이크에 발을 가져다 대는 것보다 사람을 치는 게 더 빠를 만큼 가까웠다. 김 상병도, 아인슈타인도, 이 병장도…… 비명을 지르는 것 외에는 할 수 있는 게 없었다.

와자자작—!

트럭의 강철 범퍼에 받힌 사람은 순식간에 허리가 꺾여 바퀴 아래로 말려 들어갔다.

덜컹!

왼쪽 앞바퀴가 살짝 들리는 느낌. 다시 덜컹! 왼쪽 뒷바퀴가 흔들리는 느낌. 그러고 나서도 20여 미터를 더 달린 다음에야 트럭은 멈춰 설 수 있었다.

끼이익―.

예상하지 못한 급정거 때문에 짐칸에서는 분대원들이 앞으로 쏠리며 넘어진다. 오발 사고가 나지 않은 게 천만다행일 정도였다.

"흐으으~ 저 지금 사람 죽인 겁니까? 허억, 허억……."

김 상병이 울상을 지으며 얼굴을 감싸 쥔다. 대시 보드에 호되게 박치기를 한 이 병장도 정신을 추스르고 백미러로 뒤를 확인한다. 아인슈타인의 코에서는 피가 철철 흐른다.

"……야, 그냥 밟아."

고개를 들고 백미러를 살피던 이 병장이 김 상병의 하이바를 탁, 치며 말했다.

"아니, 아, 아무리 그래도…… 도, 도의적으로 누굴 죽인 건지는……."

"아무도 안 죽었으니까 계속 가라고, 인마!"

무슨 말이야? 조금 전에 분명 사람을 친 것도 모자라 밟고 넘어가기까지 했는데…….

이해하지 못한 김 상병이 고개를 내밀어 사이드미러를 살폈다.

엉망으로 박살 나 버려서 이제 빗물이 튄 사이드미러에 비치는 형체만으로는 사람처럼 보이지도 않는 덩어리가 뿌드득, 뿌드득거리며 일어나기 위해 발버둥을 치고 있다. 어깨가 180도 돌아간 녀석의 아가리가 쫘악 벌어지며 포효가 울려 나온다.

그롸아아아아~!

"야이, 개새끼야! 놀랐잖아!"

김 상병은 고개를 내밀어 좀비에게 한바탕 욕설을 퍼부은 뒤, 트럭을 후진시켰다.

위이잉―.

빠른 속도로 회전하는 트럭의 뒷바퀴가 일어나려고 애쓰던 녀석의 머리통을 박살 냈다.

퍼거걱!

대갈통이 터져 숨이 끊어진 것을 확인하자마자 김 상병은 다시 기어를 바꿔 앞으로 내달렸다.

그롸아아아—.

뒤쪽에서 가로등 불빛에 의해 밝혀진 도로로 수십 마리의 좀비들이 모습을 드러낸 채 달려오며 울부짖어 댔다. 조금 전 죽인 녀석의 일행들이 가까이에 있었던가 보다.

"뭐야! 왜 이렇게 많아! 게이트 새끼들은 뭘 하고 있기에…… 박 이병!"

사이드미러에 비친 좀비들을 보고 깜짝 놀란 이 병장이 진우를 부른다.

"넷!"

"뒤쪽 처리해! 혹시라도 위험이 될 수 있다!"

"알겠습니다!"

진우는 트럭 후방으로 자리를 옮겨 쪼그려 앉은 채 K-2를 겨눴다.

투투투둑— 투투투투둑— 투투투투둑—.

탄약 걱정이 없으니 아끼지 않고 방아쇠를 당겼고, 그의 총구가 한 차례씩 훑을 때마다 도로에는 녹색으로 부패한 좀비의 뇌수가 흩뿌려지며 전속력으로 뛰어오던 놈들의 몸뚱이가 바닥에 나뒹굴었다.

"어디로 가면 됩니까?"

줄지어 늘어서 있는 대형 콘크리트 빌딩들 때문에 혼란스러워진 김 상병이 물었다. 지난 열흘간 이곳에서 먹고 자고 매일 싸웠다고는 하지만, 이렇게 발전 시설 가까이까지 들어와 본 것은 처음이었다.

건물들이 보이는 크기나 모양으로 보아 터널의 출구는 발전 시설과 조금 전 바리케이드를 친 경비대의 중간 정도에 위치해 있을 성싶다.

"으아! 여기도 또 있네!"

오른편 건물 틈에서 튀어나오는 좀비들을 보고 무의식적으로 핸들을 틀며 김 상병이 비명을 지른다. 트럭이 휘청거리는 것을 우려한 이 병장이 외쳤다.

"피하지 말고 그냥 받아! 바퀴 쪽 말고 정면으로!"

"막상 해 보십쇼! 머리로는 알지만, 그게 잘 안 됩니다! 자꾸 움찔거리게 되지 말입니다!"

"바퀴벌레라고 생각해! 사람이 아니라! 아니면 레이싱 게임에서 길에 깔린 포인트라고 생각하든가!"

김 상병이 어처구니없다는 표정으로 이 병장을 돌아본다.

그게 되겠습니까, 저렇게 사지가 달린 놈들이 사람 얼굴을 하고 갑자기 튀어나오는데…….

그리고 다시 정면으로 시선을 돌렸을 때, 두 마리의 좀비가 뛰어들며 길을 가로막았다.

"씨발! 이젠 안 피해! 너희는 바퀴벌레다아아아~!"

김 상병이 눈을 질끈 감으며 액셀러레이터를 꾹 밟았다.

콰자작— 푸걱—.

뼈가 부러지고 내장이 터지는 소리! 그리고 앞 유리창에는 찐득한 체액이 가득 튀었다.

삐익— 삐익—.

퍼붓는 비 때문에 이미 바쁘게 움직이고 있던 와이퍼가 지나가자 여러 개의 불투명한 녹색 줄이 유리창에 그려진다.

"도대체 왜 이렇게 멉니까? 지나친 거 아니에요, 연구원 아저씨?"

이따금씩 하얀 수증기를 잔뜩 뿜어내는 네모 건물들 사이로 한참 달린 것 같은데도 아인슈타인이 아무 반응이 없자, 김 상병이 묻는다. 옷깃을 당겨 코피를 훔쳐 낸 아인슈타인이 코 먹은 목소리로 대답한다. 부러진 콧잔등이 부어올라 있다.

"이런 건물들은 전부 디젤 터빈들이야! 발전소 모양 알잖나, 큰 원기둥 모양인 것 말이야. 저거! 저기가 발전 시설이네!"

과연 원통형 건물이 눈에 들어왔다. 그리고 그것의 입구에 바로 닿을 듯 가까운 곳까지 접근해 있는 좀비들도 보인다.

"꽉 잡아!"

뒤를 향해 외친 김 상병은 전속력으로 트럭을 몰아 발전소를 향해 뛰어가는 좀비들의 등을 덮쳤다.

콰드드득―.

뼈가 부서지는 소리! 하지만 아직도 뒤에는 뛰어오는 놈들이 잔뜩 있다.

끼이익―.

트럭은 발전소 건물의 정문을 오른쪽으로 두고 크게 회전한 뒤 멈춰 섰다.

"자! 내려요! 빨리!"

아인슈타인을 옆에 끼고 하차한 이 병장이 트럭 짐칸을 향해 외쳤다.

"박 이병! 윤 일병! 이분 호위해! 나머지는 현 위치를 사수한다!"

02

투투투둑―.

근처로 다가오는 좀비들을 향해 총알 세례를 퍼부은 후, 진우와 윤 일병이 짐칸 아래로 뛰어내렸다. 이 병장은 전사한 정 상병의 K-3를 넘겨받고 트럭 위에 양각대를 펼쳤다.

"가십쇼!"

윤 일병이 아인슈타인을 재촉하며 바로 곁에서 달린다. 진우는 그보다 대여섯 발 앞서 달리면서 혹시나 나타날지 모르는 좀비들을 경계했다.

"구 박사님!"

"부장님, 어떻게 된 일입니까? 지금 바깥이 엄청나게 소란스러운 것 같은데요!"

"억, 피! 괘, 괜찮으십니까?"

발전소의 강화 유리문을 잠가 두고 초조하게 밖을 내다보고 있던 발전소 직원들이 아인슈타인을 보자 반색을 하며 문을 열고 묻는다. 아인슈타인은 침착하게 말했다.

"아, 이건 그냥 코피야. 그보다 다들 내 말 잘 들어 줘. 상황이 안 좋아. 지금 바로 셧다운하고 씰 업 들어가야 해."

"그, 그럼 일단 오토로 돌리고 저희가 대피하고 나서……."

"바깥이 더 위험해. 지금 기숙사로 간다고 해도 어차피 시간문제밖에 안 돼."

직원들과 연구원들의 표정이 어두워졌다. 그들의 결정을 재촉하듯, 트럭 주변에서는 요란한 발사음이 시끄럽게 울려 댔다.

"잘 부탁하네. 그렇게 걱정하지 않아도 돼. 어차피 국가 시스템이 유지되고만 있다면 반드시 구조대가 와서 다시 여길 관리할 테니까. 비켜 줘."

아인슈타인은 입구에 서 있는 직원들을 밀어내고 ATM처럼 생긴 현관 안쪽의 전산 기계로 달려갔다. 아까처럼 비밀 코드를 입력하고 검지를 가져다 대자 경광등이 반짝이며 비상 안내 방송이 나왔다.

― 위잉―! 위잉―! 삼척 1호기, 봉인 명령이 내려졌습니다. 씰 업 개시까지 10분! 씰 업 개시까지 10분! 내부의 인력들은 10분 내에 대피하여 주십시오. 위잉― 위잉― 삼척 1호기, 봉인 명령이…….

"10분? 그렇게 오래 기다려야 합니까?"

윤 일병이 기가 막힌다는 표정을 짓는다. 경보가 울린 뒤에도 뭔가를 계속 더 입력하던 아인슈타인이 고개를 저었다.

"아니야. 수동 모드로 진행해서 바로 닫을 걸세! 이봐, 이 과장! 이리로 와요! 내가 나가자마자 이 클로즈 버튼을 누르면 돼."

그가 가리킨 것은 LCD 화면에 나타난, 네모난 붉은 단추였다. 이 과장이 망설인다.

"저, 저는 그 명령 권한이······."

"제한 해제해 뒀어!"

"하지만 일단 닫히고 나면 그다음엔······ 부장님 안 계시면 열지도 못하는데, 식량도 없고······."

"3호기까지 모두 작업을 마치고 나도 그 안에 들어갈 거야! 그리고 어차피 외부에서 전문가가 오면 새 암호 키를 가지고 올 걸세!"

그렇게 말을 해도 이 과장은 좀처럼 기계 앞에 설 생각을 않는다.

투투투투둑― 투투투둑―.

발전소를 등진 채 열심히 좀비들을 저지하고 있던 윤 일병이 고개를 돌리고 고함을 질렀다.

"뭔지는 모르겠지만 빨리 결정하십쇼! 우리가 버티는 것도 한계가 있습니다!"

그롸아아아아―.

대규모 좀비들의 포효가 소름 끼칠 만큼 가까이까지 다가와 있다. 아인슈타인은 주저하는 이 과장 대신 가운을 입고 있는 여자 연구원을 끌고 와서 간곡하게 부탁했다.

"일주일이 지나도 이 문이 외부에서 열리지 못한다면 어차피 우리나라는 끝난 거야. 김 박사, 내 말 믿고 이걸 누르게. 알았지?"

여자 연구원은 눈물이 그렁그렁한 얼굴을 끄덕였다.

그래, 고마워.

그녀의 눈에서 진심과 의지를 확인한 아인슈타인은 문밖으로 뛰어나오며 외쳤다.

"이제 누르게!"

여자 연구원이 LCD 화면을 꾹 눌렀다. 가장 먼저는 두꺼운 스테인리스 파이프로 된 게이트가 굳게 내려졌고, 그 뒤 벽이 열리고 1.5미터 두께의 단단한 콘크리트 문이 나타났다.

구구구궁ㅡ.

문은 육중한 소리를 내며 천천히 닫혔고, 이윽고 완전히 철통처럼 봉인되었다.

"가세! 이제 두 기 남았네!"

아인슈타인이 진우와 윤 일병의 어깨를 두드렸다.

투투둑ㅡ 투투둑ㅡ.

진우가 앞장서서 몸을 날리는 놈들의 머리통에 총알을 박아 넣으면, 그 뒤를 윤 일병과 아인슈타인이 따라왔다. 트럭까지의 거리가 얼마 되지도 않는데, 그 몇 미터를 이동하는 것도 조심스러울 만큼 발전 시설이 위치한 해안 도로는 많은 수의 좀비들에 의해 점령당해 있었다.

"이 병장님! 이곳 마무리했습니다!"

"그럼 합류해!"

윤 일병의 보고가 있은 뒤에도 분대원들 전체가 한동안 사격을 중지할 수가 없었다. 특히 기관총의 지원사격이 멈춘다면 그 즉시 전열이 무너질 것 같아 트럭에 승차하기가 어려웠다.

수백 단위의 좀비들까지는 아니지만, 이쪽의 병력 규모도 일곱에 불과했다. 김 상병은 운전석에서 아예 내리지도 못하고 대기하는 중이었고, 조 일병의 K-2를 넘겨받아 함께 싸우고 있는 중위의 사격 실력은 한 사람 몫으로 치기 힘들 만큼 보잘것없었다. 지원 화기 사수와 부사수 두 사람이 한꺼번에 자리를 비우자 그 공백이 너무 크다.

"젠장! 이 지경이 됐는데도 아직 병력 파견이 없나?"

멀리 작전 본부의 불 켜진 최고층을 바라보며 중위가 불평을 한다. 익숙하지 않은 연속 사격 때문에 어깨가 금방 빠지는 것같이 아파 온다.

"박 이병! 저기 정리해! 나머지는 승차한다! 빨리! 빨리!"

반경 50미터 내에 대여섯 마리의 좀비들만이 남았을 때, 그 시기를 놓치지 않고 이 병장이 이동 명령을 내렸다. 모두 일사불란하게 탑승하는데, 중위가 아직도 방아쇠에서 손가락을 떼지 않는다.

"중위님! 빨리 타셔야 합니다! 시간이 없습니다!"
"야! 얘 하나만 남기고 사격을 접으면 어떡해! 감당이 안 된다고!"
투투투투투둑ㅡ.
그렇다고 해서 명중을 시키는 것도 아니면서 중위는 진우의 곁을 지키며 악을 썼다. 보다 못한 이 병장이 중위의 어깨를 잡아끌었다.
"쟤는 저 두 배도 혼자 처리한 놈입니다! 엉뚱한 걱정 마시고 탑승하십쇼!"
'에~? 그게 말이 돼?' 하는 표정으로 끌려가는 중위의 눈에 비로소 진우의 사격이 제대로 들어왔다.
투투둑ㅡ 투투둑ㅡ.
이 병장이 말한 것처럼 애송이 이병의 총에서 3점사가 퍼부어질 때마다 정말로 좀비들이 픽, 픽, 고꾸라진다. 비바람이 치는 야간에 미친 듯이 달려오는 목표를 상대로 저런 게 가능하단 말인가 싶을 정도로 진기명기다.
어~ 어~ 하고 감탄하는 동안 벌써 진우는 근처의 놈들을 모두 잡아 버렸다.
그롸아아아아ㅡ.
뒤쪽에서 또 다른 무리가 달려오지만, 아직은 거리의 여유가 있다.
쏴아아아아~.
더욱 거세진 파도가 해안가에 인접해 늘어서 있는 디젤 터빈들을 덮쳤다. 파도가 휩쓸고 지나가면 몇 배나 많은 양의 수증기가 일제히 뿜어져 나와 시야를 가린다.
"다 처리했으면 빨리 타! 야! 김 상병, 출발! 출발! 차 돌려서 박 이병 태워!"
부우우웅ㅡ.
트럭이 회전하며 조수석이 열린다. 진우는 아인슈타인이 내민 손을 잡고 얼른 트럭 위로 몸을 실었다.
"자! 탄창 받아! 전부 교전 시작하기 전에 탄창 확인해!"
깨진 뒤창을 통해 탄창들을 건네받은 진우는 전투 조끼의 빈칸을 채웠다.
아야야~. 불과 몇 분 만의 교전에 물집이 잡힌 검지와 뻐근해진 어깨를 번갈아 주무르며 중위가 신음 소리를 낸다. 요령이 붙지 않은 상태에서 난생처음 좀비들을 만났으니, 그렇게 되는 것도 무리는 아니다. 다른 병사들 역시 처음 몇 번의 위기에서 운 좋게 버텨 내지 못했다면 지금까지 살아남을 수 없었을 것이다.

03

비가 거세게 몰아쳐 시야가 좁아진 상황 속에서도 김 상병은 요령 좋게 속도를 유지하며 장애물들을 매끄럽게 빠져나갔다.
두 발전 시설이 붙어 있는 2호기와 3호기까지의 거리는 약 700미터. 먼 거리라고는 할 수 없지만, 파도에 떠밀려 온 잡동사니들이 도로 이곳저곳에 잔뜩 널려 있었다.
"새끼! 운전 잘하네! 좋은 세상 오면 너 나랑 트럭으로 물건 떼다가 장사하자!"
이 병장이 김 상병을 칭찬한다.
"엑! 운전을 잘하는데 레이싱으로 진출하는 게 아니고 말입니까?"
"그 정도는 아니고!"
이 병장의 농담에 트럭 전체가 잠시 웃었다.
쏴아아아―.
다시 거대한 파도가 몰아친다. 김 상병은 재빨리 핸들을 틀어 파도의 충격을 피했지만, 도로를 밝히고 서 있던 가로등은 그러지 못했다.
콰자자작!
전선이 당겨지며 가로등이 휘청거린다. 그리고 제자리로 복원되기도 전에 재차 파도가 몰아쳤다.
"김 상병님! 가로등이!"

진우가 외치는 것과 동시에 기울어진 가로등이 두 구간에 해당하는 철책을 산산조각 내며 넘어진다. 그리고 떠다니고 있던 좀비들이 그 틈 안으로 잔뜩 쏟아져 들어온다.

"이런 씨바알!"

김 상병이 욕설을 내뱉으며 트럭을 왼쪽 차선으로 옮겨 지났다. 한두 마리라면 모르겠지만, 저렇게 많은 놈들을 깔고 지나갔다가는 바퀴가 들려 전복될 판이다.

투투투투투투두—.

짐칸 입구의 병사들은 아직 제대로 일어서지 못하고 있는 좀비들을 향해 되는대로 총을 난사했다. 하지만 쓰러지는 놈들보다 뒤이어 밀려드는 놈들의 수효가 더 많았다.

"저것들 다 처리할 때까지 차로 유인합니까?"

"아니야! 그러다간 시간 다 보낸다! 빨리 마무리하고 뜬다!"

"하필이면······."

중위가 중얼거린다. '하필이면 왜 발전 시설 2호기와 3호기에 가까운 곳에서 철책이 무너지고 지랄이야, 이 길고 긴 해안 도로에서······.'라는 말이라는 걸 뒤를 다 듣지 않아도 알 수 있다. 병사들의 얼굴에도 두려움이 가득 피어올랐다.

그러는 동안 트럭은 2호기 정문 앞에 도착했다. 다행히 강화 유리문이 훼손되지 않은 걸 보니 아직 이곳에는 좀비들의 습격이 없었던 모양이다.

"지금까지처럼만 하면 돼!"

분대원들의 집중력을 되돌리기 위해 이 병장이 소리쳤다. 사기가 떨어지면 이길 수 있는 싸움도 못 이긴다.

"너희들 이보다 훨씬 더한 것도 몇 번이나 넘겼다! 이까짓 건 아무것도 아니야! 윤 일병! 박 이병! 조금 전과 임무는 같다! 연구원 호위해! 빨리 움직여! 빨리!"

병사들이 힘차게 외치며 차례로 하차한다. 하지만 이 병장 본인조차도 자신의 말이 믿기지가 않았다. 머릿속으로 아무리 긍정적인 생각을 해 보려 노력해도, 그들 모두가 온전히 오늘 밤을 넘기기는 어려울 것이라는 예감을 지울 수 없었다.

"이이이익!"

불길한 생각을 떨쳐 버리려는 듯 이 병장은 K-3의 방아쇠를 힘껏 당겼다.

퍼퍼퍼벅—.

도로를 가로질러 달려오던 좀비들이 내장을 흩뿌리며 나자빠진다.

"빨리 위치로!"

분대원들이 분주히 움직이며 사격할 자리를 잡는다. 사방에 건물이나 구조물들은 많지만, 모두 창이나 계단이 없는 형태여서 지형지물을 이용한 우위를 점하기는 어려웠다.

게다가 어느 한 방향에서만이 아니라 190도 이상 활짝 열린 공간에서 밀려오고 있다는 것이 가장 힘든 점이었다. 가뜩이나 부족한 화력이 분산되면서 더욱 약해진다. 아인슈타인과 함께 진우가 이동하고 나면 에이스가 없는 싸움을 해야 하는 것도 문제였다.

치이이잇—.

줄지어 늘어선 디젤 터빈에서 또다시 엄청난 양의 수증기가 뿜어져 나오며 가뜩이나 좁은 시야를 더 흐린다.

"아홉 시 쪽을 맡아!"

게이트가 있는 우측을 향해 연사하고 있던 이 병장이 가장 늦게 합류한 병사 둘에게 소리쳤다.

투투투투투둑— 투투투투둑—.

200발들이 탄통이 금방 바닥을 보인다. 탄띠를 갈아 끼울 만한 여유도 없어서 일반 탄창을 채워 넣은 뒤 사격을 재개해야 했다.

투투둑— 투툭— 투툭—.

중앙을 담당한 진우의 총에서 일정하게 울리는 발사음이 응원가처럼 병사들의 가슴에 안정을 주었다.

"다녀오겠습니다!"

"3분 내로 끝내고 와! 3분이야!"

20여 미터 앞까지 접근해 온 좀비들을 제압한 진우와 윤 일병이 아인슈타인을 호위해서 2호기를 향해 몸을 돌리자, 남은 병사들에게 가해지는 긴장감이 더욱 커졌다.

이제부터 난도가 두세 단계 이상 올라가게 될 것이다. 분대원들은 트럭을 가운데 두고 등진 채 뒷걸음질을 치며 간격을 좁혔다.

그롸아아—.

도로를 하얗게 채운 수증기를 뚫고서 또 여남은 마리의 좀비들이 달려온다.

차라리 압도적인 대규모라면 깨끗하게 포기하고 달아날 수 있을 텐데, 오늘 밤 이놈들은 항상 110퍼센트의 집중력을 발휘하면 물리칠 수 있을 것처럼 보이는 만큼씩만 모여서 하나의 웨이브를 만든다. 아마 한 차례의 파도가 싣고 오는 놈들의 수가 그 정도인 모양이다.

"헉!"

"꺄아아~!"

2호기의 강화 유리문 뒤에 숨어서 근심스러운 표정으로 바깥의 사정을 살피던 연구원들은 불쑥 튀어나와 유리에 달라붙는 검은 그림자를 보고 비명을 질렀다. 진우는 그들이 알아볼 수 있도록 플래시 불빛을 아인슈타인 쪽으로 돌려주었다.

"문 열어! 문! 나야!"

그제야 놀란 가슴을 진정시킨 직원들이 서둘러 문을 열고 그를 맞아들인다.

"부장님, 무슨 일입니까? 총소리가 엄청 가까이에서 들려요. 그, 그리고 좀비들 우는 소리도……. 달아나야 하는 것 아닙니까?"

"여기 봉인할 거야! 길게 설명할 시간 없어! 그게 지금 자네들을 위한 가장 안전한 선택이라는 것만 알아주게! 1호기는 이미 씰 업이 끝났어! 이 차장, 따라와! 내가 암호 입력하고 나면 자네가 버튼을 눌러 줘야 돼! 시간이 없어! 서둘러야 해!"

아인슈타인이 이 차장의 팔목을 잡아끌고 기계 앞으로 달려갔다.

"그, 그럼 주간 근무조 사람들은 어떻게 합니까? 그 사람들은 누가?"

그 말에 사람들이 술렁거린다. 코드를 입력하던 아인슈타인 역시 흠칫 놀라며 손가락을 멈췄다. 이 차장의 부인 역시 이곳에서 일하고 있다는 사실이 기억난 것이다. 주간조인 그녀는 상황이 어떻게 돌아가는지도 모르는 채 불안에 떨며 숙소에서 창밖을 내다보고 있을 것이다.

그 외에도 친구나 동료, 친척, 후배나 선배, 그런 관계들이 이 발전소 내에는 잔뜩 얽혀 있다. 좀비 세상이 도래하면서 자식과 부모를 잃은 사람들이 유일하게 가지고 있는 소중한 인연이다.

"구, 군인들이 데리고 나가 줄 걸세! 지금 발전소 전체가 탈출하고 있으니까……."

그것은 물론 되지도 않는 거짓말이지만, 아인슈타인에게 선택의 여지는 없었다. 더 시간을 끌게 되면 이 차장의 부인은 물론이고, 그와 이 발전 시설 내의 직원들도, 그리고 그가 억지로 발목을 잡아끌고 온 이 꽃다운 나이의 군인들도 전부 죽는다. 그리고 이 차장은 발전소 내부에 남아 설비를 운용해 줘야 한다.

아인슈타인이 워낙 더듬거리는 바람에 꾸며 낸 이야기라는 냄새가 잔뜩 풍겼다. 하지만 의외로 이 차장은 한숨을 가볍게 내쉬었을 뿐, 더 캐묻지 않고 순순히 기계 앞에 섰다.

위이잉— 위이잉—.

컴퓨터의 경보가 봉인이 시작되었음을 알린다.

"구 부장님!"

닫히는 문 쪽으로 달려온 이 차장과 직원들이 한목소리로 아인슈타인을 불렀다. 아인슈타인이 고개를 돌리자, 이 차장이 얼굴을 일그러뜨리며 물었다.

"이렇게 하는 게 헛된 노력이 아니겠지요?"

"나도 확신은 없네. 하지만……."

쿠우우―.

두꺼운 콘크리트 문이 닫히며 아인슈타인의 말은 전부 전달되지 못했다.

"하지만 하는 만큼은 해 봐야지……."

다시는 못 보게 될지도 모르는 동료들을 향해 힘없이 중얼거리는 아인슈타인의 어깨를 윤 일병이 잡아끈다.

"아직 안 끝났습니다! 빨리 이동하세요!"

세 사람은 바로 마주 보고 있는 3호기를 향해 뛰었다. 2호기와 3호기 간의 거리는 약 700미터. 트럭으로 돌아가 모두 타고 다시 내리느니 차라리 직선으로 빨리 달려갔다 오는 편이 낫다.

"미끄럽습니다! 조심하십쇼!"

두 건물 사이의 최단 거리는 잔디밭을 가로질러 뛰어가는 것이었다. 앞서 달리던 진우가 경고한다. 열흘이 넘도록 제대로 관리를 받지 못한 여름 잔디가 제멋대로 자라나 있는 데다가 비에 흠뻑 젖기까지 한 터라 조금만 부주의해도 넘어질 것 같다.

콰콰쾅!

번쩍하고 벼락이 치는 순간, 왼쪽 나무 뒤에서 기어 나오는 좀비의 모습이 눈에 들어왔다. 하반신이 없는데도 놈은 엄청난 스피드를 내면서 진우 일행을 향해 기어오는 중이었다. 플래시 불빛에만 의존해 있는 동안에는 전혀 보이지 않았던 놈이다.

투투둑―.

진우는 재빨리 녀석을 처리한 뒤 주변을 다시 훑었다. 새삼스러운 이야기지만, 지금 현 위치는 너무 어둡다. 사방에 좀비들이 널려 있는 이런 상황에서는 육감 따위도 별 도움이 되지 않는다.

조금 더 시간이 걸려 돌아가더라도 가로등이 밝혀진 산책로 쪽을 택하는 편이 나았을 거라는 후회가 들었다. 진우의 달리는 속도는 자연스럽게 느려진다.

"더 있냐? 더 있어?"

윤 일병이 따라잡으며 묻는다. 진우는 고개를 저으며 머리가 박살 난 반 토막 좀비를 턱으로 가리켰다.

"모르겠습니다. 하지만 이놈도 벼락이 치지 않았더라면 못 봤을 겁니다."

하이바에 밴드로 고정해 둔 플래시는 비 때문에 효력이 반감된 상태였다. 사방을 둘러봐도 확신이 잘 서지 않았다. 짙은 나무 그림자 속에서 무엇이 튀어나온다고 해도 이상할 것 같지 않다.

바로 그때였다. 갑자기 전방이 환해질 만큼 눈부신 빛이 그들을 향해 쏟아졌다.

"윽!"

놀란 세 사람은 눈을 가늘게 뜨고 신음 소리를 흘렸다. 그리고 신경을 집중하자 들려오는 엔진 소리. 하이 빔까지 환하게 밝힌 미니버스의 헤드라이트였다. 발전소 3호기 앞에 주차되어 있던 통근용 미니버스가 방향을 꺾어 도로로 진입하고 있었다.

"이, 이런! 막아야 돼! 나가 봐야 개죽음인데!"

아인슈타인이 당황한 목소리로 외치며 버스 진행 방향을 향해 뛰어 보려 든다. 하지만 전속력으로 달려가는 버스는 그가 두어 발짝을 떼기도 전에 그들에게서 멀어졌다.

"못 따라잡아요! 그보다, 지금 빨리 가야 합니다!"

헤드라이트가 밝혀 준 덕에 좀비들의 위치를 파악한 진우는 앞장서서 뛰며 순서대로 총구를 돌렸다.

투투둑— 투투둑—.

코 윗부분이 날아간 좀비들이 화단에 처박힌다. 그리고 세 사람은 3호기 문 앞에 도착했다.

"허억, 허억~ 이봐! 저 버스, 어디로 가는 거야? 누가 저걸 움직였어?"

강화 유리문을 열고 들어간 아인슈타인이 숨을 헐떡이며 직원들에게 묻는다. 엔지니어들이 적어도 20여 명은 있어야 하는데 눈에 보이는 인원은 다섯이 전부였다.

"조, 좀비가 이 근처까지 돌아다녔어요. 차 과장님이 빨리 군인들이 있는 곳으로 도망가야 한다고……."

"그래서 다들 가 버린 거야? 남아 있는 건 이게 다고?"

"네……. 이제 저희 괜찮은 거죠? 군인들이 방어하러 와 준 거죠?"

어지간히 겁에 질려 있었던지 여직원은 눈물이 그렁그렁했다. 아인슈타인은 난감한 표정으로 진우와 윤 일병을 돌아보았다.

"미안하지만…… 돌아가는 길 안내는 못 할 것 같네. 며칠이나 걸려서 구조대가 상황을 정리할지는 모르겠지만, 그동안 나라도 여기 남아서 작업을 해야 하는 상황이야. 인력이 너무 모자라……."

진우는 고개를 끄덕였다. 어떻게든 꼭 살아남으시라는 상투적인 인사를 따로 남길 필요는 없었다. 그 정도의 의지가 없는 사람들은 이미 한참 전에 더 버티지 못하고 목숨을 놓아 버렸다는 걸 잘 알고 있다.

"가겠습니다."

두 병사가 짧은 거수경례를 하고 돌아서서 발전 시설 밖으로 뛰어나가자, 당황해서 그 뒤를 쫓으려는 사람들을 아인슈타인이 붙잡았다. 문이 완전히 닫히는 것을 확인하고 나서 진우와 윤 일병은 트럭을 향해 달리기 시작했다.

이제 세 기의 삼척 원자력 발전소는 외부로부터 완전히 차단되었다. 외부에서 저 문을 열어 주지 않는다면, 아인슈타인을 포함한 수십 명의 엔지니어들은 천천히 굶어 죽게 될 것이다.

드르르르륵— 드르르륵—.

2호기 너머에서 연사하는 소리가 끊이지 않고 울려온다. 총성이 멈추지 않았다는 것은 좋은 소식이다. 그들의 분대가 아직 살아남아서 저항하고 있다는 의미이기 때문이다.

04

이 병장의 상황은 그다지 낙관적이지는 못했다. 정말 쉴 틈을 주지 않고 몰려드는 놈들 때문에 바로 곁에 탄약통을 쌓아 두고서도 탄창을 보충하지 못해 죽을지 모른다는 위기감이 느껴졌다.

"열 시! 지원! 열 시 지원!"

자신의 전방을 전부 처리하지 못한 강 일병이 다급하게 지원을 요청한다. 하지만 막바지까지 몰린 것은 그만이 아니었다.

"한 시 지원! 지원!"

필사적인 지원 요청을 들으면서도 이 병장은 자신의 총구를 반대 방향으로 돌리지 못했다. 그가 담당하고 있는 세 시 방향에서 가장 많은 좀비들이 몰려오고 있는 까닭이다.

K-3가 무너지면 전원이 위험해진다. 하지만 지원 요청은 계속해서 울려 댄다.

여기까지가 한계인가…….

이 병장은 반쯤 포기하면서도 계속 방아쇠를 당겼다. 한 시 방향에서는 중위가 비명을 질렀다. 디젤 터빈 뒤쪽에서 튀어나온 대여섯 마리의 좀비들이 맹렬하게 달려오고 있다. 이놈들을 모두 처리한다는 건 불가능했다.

가장 앞선 놈은 물안경을 끼고 있었다. 계속해서 눈을 조이는 압력 때문에 결국 터져 나온 놈의 눈알이 또렷하게 보일 만큼 가까워졌다.

"으아아아아!"

중위는 놈의 머리 중앙을 노리고 방아쇠를 당겼다. 하지만 맞지 않는다. 놈의 귀밑으로 허무하게 스치고 지나가는 예광탄이 야속하게만 느껴진다. 그리고 바로 뒤에 두 놈이 더 달려왔다.

철컥, 설상가상으로 총알이 바닥났다. 탄창을 갈아 끼울 여유 따위는 없었다.

"비켜어어어~!"

빠앙! 빠! 빠아아아—.

경적을 요란하게 누르면서 김 상병이 맹렬하게 후진했다. 분대원들은 옆으로 몸을 굴리면서 가까스로 트럭의 타이어를 피했다.

콰자자자작!

달려들던 좀비들을 모두 깔아뭉갠 다음에도 트럭은 한참을 더 후진하고 나서야 멈춰 섰다.

트럭의 돌진에서 살아남은 좀비들이 운전석의 김 상병을 노리고 몸을 날린다.

"어림없다! 이 씨발아!"

부우웅—.

재빨리 기어를 바꾸고 핸들을 튼 김 상병은 놈들을 차례로 들이받았다.

쨍강!

좀비의 머리에 들이받힌 오른쪽 라이트가 박살 난다. 매끄러운 차체를 붙잡아 보려고 버둥거리던 녀석들은 결국 타이어 아래로 빨려 들어가 으스러졌다.

"이렇게 해서는 더 못 버텨! 다른 수를 내야 돼!"

탄창을 갈아 끼우는 동안 중위가 비명을 지르듯이 외쳤다.

하아~ 하아~. 다른 병사들 역시 동의하지 않을 수 없는 이야기다. 그들에게서 3미터도 떨어지지 않은 곳에 엉망으로 박살 난 좀비들의 시체가 걸레처럼 널려 있다. 김 상병의 판단이 아니었다면 바닥에 흩뿌려진 저 누런 이빨들이 그들의 혈관을 찢어발겼을 것이다. 이 병장도 작전을 바꾸기로 했다.

"전부 승차해! 트럭에서 이동하며 교전한다!"

이 병장의 손짓을 본 김 상병이 트럭을 크게 돌려서 그들 앞으로 와 서행했다. 좀비들이 어디에서 달라붙을지 모르기 때문에 완전히 멈춰 설 수는 없었다.

"빨리빨리 타! 빨리!"

이 병장이 K-3를 연사하며 분대원들을 독려했다. 가장 몸이 무거운 중위까지 다른 병사들의 손을 붙잡고 짐칸에 무사히 뛰어오르는 것을 확인한 이 병장이 조수석을 향해 달렸다.

투투투투두— 투투투투둑—.

짐칸에서는 먼저 탑승한 병사들이 이 병장의 뒤를 따라 달려오는 좀비들을 향해 총알 세례를 퍼부었다.

"빨리 타십쇼!"

김 상병이 안타까운 목소리로 이 병장을 부른다. 반쯤 열어 둔 조수석 문이 덜컹대서 도무지 잡기가 쉽지 않다.

"저 앞에서 크게 한 바퀴 돌려! 호위하러 갔던 애들 돌아왔을 때, 우리가 없어졌다고 생각하면 안 돼!"

가까스로 조수석에 오른 이 병장이 왼편의 사각형 건물을 가리키며 말했다. 그들이 탄 트럭은 2호기와 1호기의 사이에서 달리는 중이었고, 뒤따르던 좀비들은 어느 정도 정리가 끝난 상황이었다.

완만한 유턴을 거의 끝마치고 건물 뒤를 돌아 나오려는 순간, 터빈을 통해 또다시 대량의 수증기가 뿜어져 나온다. 잠깐이기는 하지만 마치 구름 속을 헤치고 달리는 것처럼 사방이 온통 뿌옇기만 하다.

"이거, 방사능 있는 거 아닙니까?"

열어 둔 조수석 창문을 타고 들어온 수증기를 손으로 훑으며 김 상병이 말했다.

"설마 방사능 있는 걸 계속 이렇게 뿜어 대도록 만들었겠……."

콰쾅—!

순간, 전혀 계산에 넣지 않았던 엄청난 충격이 트럭의 뒤쪽을 강타했다. 이어 들려오는 총성!

끼이이이—.

트럭은 타이어를 끌면서 옆으로 밀리다가 왼쪽으로 넘어갔다. 으윽! 세상이 빙글빙글 돈다. 김 상병과 이 병장은 목을 가누지 못하고 사방에 머리를 찧었다. 하이바를 쓰고 있지 않았다면 벌써 머리가 터져 죽었을 것이다.

"으으으~ 이게 대체 무슨……."

이 병장은 목을 움켜쥐고 정신을 추스르기 위해 애를 썼다. 왼편에는 그와 문 사이에 끼인 채 앓는 소리를 내는 김 상병이 있다. 트럭이 왼쪽으로 넘어진 상태라는 간단한 사실을 인식하는 데에도 짧지 않은 시간이 필요했다.

"이, 이 병장님, 아이고…… 괜찮으십니까? 아우, 아파……. 지금 뭐에 받힌 겁니까?"

김 상병이 다 죽어가는 목소리로 물었다.

"몰라. 일단 여기서 나가야 돼."

기다시피 해서 조수석 문을 통해 밖으로 빠져나온 이 병장은 김 상병을 끌어 올렸다. 숨을 쉬기가 힘들어 입 안 가득 고인 피를 뱉어 내자, 부러져 버린 이가 피와 섞여 나온다. 몸 전체가 다 지독하게 아프다.

그들이 유턴을 해서 돌아 나오던 자리에는 앞부분이 납작하게 우그러진 미니버스가 서 있다. 어디서 갑자기 튀어나온 놈인지는 모르겠지만, 저 좆같은 것이 범인인 것만은 분명해 보인다.

"다들 괜찮나? 빨리 정신 차려!"

트럭 아래로 뛰어내려서 짐칸을 향해 걸어간 이 병장이 아직도 신음 소리만 내고 있는 분대원들을 향해 손을 내밀었다. 한 발짝을 안으로 내딛던 이 병장은 발이 미끄러져 넘어질 뻔했다.

"뭐, 뭐야? 왜 이렇게 미끄덩거리는 게……."

고개를 돌리자 처참한 광경이 그를 기다리고 있다. 그가 밟았던 것은 분대원들의 몸에서 쏟아져 나온 피였고, 플래시 불빛이 비춰진 곳에는 머리가 엉망으로 터진 병사의 시체와 탄약통에 얼굴을 박고 쓰러진 채 목이 부러져 죽은 병사의 시체가 나란히 쓰러져 있다. 부러진 손가락이 아직도 방아쇠에 걸려 있다. 충돌 때 총구가 돌아가면서 옆 병사의 턱을 날려 버린 모양이다.

"윽! 이 새끼들아……."

이 병장의 무릎이 힘없이 꺾인다.

여기까지 오는 동안 그렇게 치열하게 싸웠는데…… 차라리 아까 달아나 버릴 걸……. 이런 씨발, 이런 씨발!

대상을 특정할 수 없는 증오가 가슴을 가득 채워서 슬픈 감정을 덮고 차올랐다.

"으으으~."

강 일병과 중위가 피투성이 바닥을 간신히 기어 나온다. 그 와중에 무너져 내린 탄약통에 부딪치면서도 용케 살아남았다.

"잘했어! 잘했어!"

비틀거리는 강 일병을 부축해 안으면서 이 병장은 그의 등을 쓸어 줬다. 이제 그의 분대 중에서 아직 시체가 되지 않은 사람은 다섯 명뿐이다. 그것도 발전 시설로 아인슈타인을 호위해 갔던 박 이병과 윤 일병이 돌아왔을 때의 이야기다.

으아아악! 버스 쪽에서도 신음과 비명이 섞여서 울려온다.

"빨리 갑시다! 애들 돌아올 때 됐습니다. 아우, 씨발. 왜 이렇게 온몸이 다 아파……."

뒤늦게 따라온 김 상병이 배낭 안에 탄창을 쓸어 넣으며 말했다. 찢어진 눈 주위에서 흘러나온 피가 빗물에 희석돼 뚝뚝 떨어진다. 고통에 일그러진 표정으로 총을 들어 전방을 경계하고 있던 중위가 김 상병을 보고 깜짝 놀라 중얼거렸다.

"어! 너, 너 다리가……."

"네? 제 다리가 뭐 말입니까?"

김 상병이 고개를 숙인다. 왼쪽 무릎이 반대로 꺾여 있었다. 완만하기는 하지만 확실하게 부러진 것이다.

"씨발! 끄으으~ 어쩐지 걷기가 더럽게 힘들더라. 후우…… 그래도 다행입니다."

김 상병은 애써 웃었다.

"까아아아!"

"안 돼에!"

버스 쪽에선 계속 비명을 질러 댄다.

그롸아아~!

좀비들의 포효도 섞여 들리기 시작한다. 살육이 시작된 것이다. 하지만 이쪽도 도울 수 있는 상황은 아니다.

"뭐가 다행이야? 다리가 이 모양인데……. 으으, 이 새끼야!"

이 병장이 분을 이기지 못해 자신의 하이바를 주먹으로 쾅쾅, 두드린다. 개머리판을 지팡이 삼아 2호기 쪽으로 걸음을 떼면서 김 상병이 말했다.

"오른 다리만 멀쩡하면 운전은 할 수 있지 말입니다!"

"제가 부축하겠습니다!"

강 일병이 총을 왼손에 옮겨 들고 김 상병을 부축했다. 그러나 강 일병 역시 상태가 심각하기는 마찬가지였다. 그의 왼팔과 손은 파랗게 변색되어 퉁퉁 부어올라 있었다. 나뭇가지에 관통될 때 터져 나온 피가 제대로 빠져나오지 못해 고이고 있는 모양이다.

무릎이 부러진 녀석이 팔이 작살난 녀석에게 기대어 걷고 있는 걸 보고 있던 중위가 땅이 꺼져라 큰 한숨을 내쉬며 끼어들었다.

"도저히 보고는 못 있겠다! 야! 나한테 기대! 너, 너는 그 팔 쓰지 마, 인마!"

네 명이라고는 하지만, 실제로 전력이 될 수 있는 것은 둘도 채 되지 않는다. 그런데도 버스에서 탈출한 사람들은 살려 달라고 외치며 뛰어오고 있다. 뒤에 좀비를 잔뜩 달고서…….

씨발, 너희 버스 때문에 이 사달이 났는데 아직도 우리 꼴이 구세주처럼 보이나……. 대체 뭘 어쩌라는 거야…….

이 병장은 피가 섞인 침을 연신 뱉으며 정신을 차리기 위해 애를 썼다. 머리가 어질어질하고 온몸의 근육들은 비명을 터뜨렸다.

"살려 주세요! 살려 주세요!"

저마다 피를 잔뜩 흘리며 달려오는 사람들. 누가 물렸고 누가 괜찮은지조차 파악할 수가 없다. 그리고 아무렇게나 얽혀서 뛰어오는 터라 함부로 총을 발사하기도 어렵다.

그롸아아아—.

그 바로 몇 걸음 뒤에는 좀비들이 쫓아온다. 이 병장은 사격 자세를 취하며 있는 힘껏 소리를 질렀다.

"엎드려! 다 엎드려!"

말을 듣고 행동에 옮겨 주는 사람은 절반 정도밖에 안 됐다. 나머지는 여전히 비명을 질러 대며 팔을 휘젓고 달리는 데에만 집중하고 있다.

젠장…….

이 병장은 일단 시야가 확보된 방향을 향해 방아쇠를 당겼다.

투투투둑— 투투투둑—.

그를 따라서 중위와 강 일병도 일제히 쏘아 댄다. 중위가 총을 잡기 위해 부축을 푸는 바람에 김 상병은 바닥에 나뒹굴고 말았다.

퍼퍼벅—.

가슴팍을 맞은 좀비들이 뒤로 넘어갔다가 다시 몸을 추슬러 일어난다. 진우가 없으니 살상 능력이 절반 이하로 떨어져 버렸다.

꺄아아~. 엎드려 있던 여자들이 총소리에 놀라 째지는 비명을 지르며 몸을 움츠렸다.

이 병장 일행의 총구에서 다시 불이 뿜어져 나온다.

타타타타— 투투투투둑—.

여러 번의 시도 끝에 예닐곱 마리의 좀비들을 모두 쓰러뜨리기는 했지만, 아비규환의 생지옥은 여전히 진행 중이다.

"으아아악!"

엎드리지 않고 계속 달리던 사람들은 발이 느려진 순서대로 좀비에게 붙잡혀 어깨를 물어뜯겼다.

콰드득— 우드득—.

뼈와 이가 부딪치며 부러지고 살이 찢겨 나가는, 죽음의 끔찍한 소리만큼은 빗소리와 총성이 퍼붓는 속에서도 믿어지지 않을 만큼 선명하게 전달되었다.

"엎드리라고! 엎드려!"

탄창을 갈아 끼운 중위가 경고의 말을 끝마치는 것과 동시에 방아쇠를 당겼다. 더 머뭇거리고 있다가는 그들까지도 좀비들의 먹이가 되고 말 상황이었다.

파파파박—.

운이 좋았다. 총알은 엔지니어의 바로 곁을 스치고 날아가 아가리를 쩍 벌리고 몸을 날리던 좀비의 얼굴과 어깨를 엉망으로 박살 내 버렸다.

이 병장이 겨눈 녀석은 복부가 벌집이 된 채 날아갔다. 하지만 강 일병의 총알은 허망하게 하늘로 빗나간다. 방금 대여섯 발의 총알이 자신의 머리카락을 스치며 지나갔는지도 모르는 좀비는 조금도 속도를 줄이지 않고 병사들을 향해 부웅 몸을 날렸다. 쫙 벌어진 놈의 아가리가 덮쳐 온다.

"이이익—!"

좀비와 강 일병 사이에 뛰어든 김 상병이 안간힘을 쓰며 비명을 지른다. 그리고 그가 내지른 총이 좀비의 목을 꿰뚫는다. 다른 병사들이 사격을 하는 동안 대검을 끼운 것이다.

그르르— 그르륵—.

목과 성대가 관통당한 좀비의 입에서 공기가 끓는 소리가 난다. 그렇게 된 상황에서도 놈은 연신 팔을 휘저으며 어떻게든 김 상병과 강 일병에게 이빨을 박아 넣으려 하고 있다. 놈이 몸부림을 칠 때마다 김 상병의 몸이 뒤로 밀리고 무릎이 꺾인다.

"우습게 보지 마, 이 새끼야!"

그렇게 외친 김 상병이 방아쇠를 꾹 누르자, 세 발의 총알이 잇달아 발사된다. 박살이 나며 잘린 좀비의 머리가 하늘로 솟구쳤다가 떨어져 내렸다. 그러는 사이 이 병장과 중위는 희생자의 목덜미를 물어뜯고 있는 좀비들과 그들의 먹이를 함께 처리했다.

턱, 걸음을 옮기던 이 병장이 누군가의 몸에 걸려 넘어질 뻔했다. 쪼그리고 앉은 여자 직원이었다.

"달라붙지 마요! 싸우는 데 방해가 됩니다!"

이 병장이 애원해 보지만, 공포에 사로잡힌 사람들은 자연스럽게 군인들의 주변으로 몰려들고 바짓가랑이라도 붙들어 보려고 애를 쓴다. 살아남은 사람들이라고 해도 교통사고를 방금 겪고 나온 이들이어서 온통 피투성이들이다. 이 중에 한두 사람이 언제 갑자기 좀비로 돌변한다고 해도 이상하지 않다.

그롸아아아ㅡ.

두 번째 웨이브의 놈들은 자신들이 곧 닥쳐오리라는 것을 소리로 먼저 알려 주었다.

"붙지 말라고! 이런 젠장! 떨어져요! 이봐요! 거기, 아저씨들! 트럭에 가면 총이 있어! 총 쏠 줄 알지? 군대 갔다 왔을 거 아니야?"

중위가 남자 직원들에게 알려 줬다.

총?

비교적 젊은 세 명이 반색을 하면서 모로 누워 있는 트럭을 향해 달려간다. 짐칸 입구에서 병사들의 시체를 보고 비명을 지른 직원들은 어둠 속을 더듬거려 겨우 피 묻은 소총을 집어 들더니, 뒤도 돌아보지 않고 게이트 쪽으로 도망가 버렸다.

"야이, 미친! 뭐 하는 거야? 이리로 와서 싸워야지! 너희만 달아나겠다는 거야? 그리로 가 봐야 죽어!"

중위가 악을 써 봐도 소용이 없었다. 애초에 그들의 머릿속에는 함께 힘을 합쳐 싸우겠다는 생각이 없었던 모양이다.

"어, 어떻게 해요? 우리도 뛰어요!"

"기다려요! 같이 가요!"

젊은 엔지니어들이 총을 탈취해서 달아나는 것을 보고 동요하던 사람들은 무작정 그들의 뒤를 따라 함께 달리기 시작했다. 그 방향으로 가면 더 많은 좀비들이 기다리고 있고, 게이트는 이미 막혀 있다는 것을 전혀 모르기 때문에 내릴 수 있는, 바보 같은 결정이었다. 답답한 상황이지만, 이 병장 일행이 그들을 위해

해 줄 수 있는 건 없었다.

"이동한다!"

이 병장이 강 일병과 김 상병을 돌아보며 말했다. 이렇게 사방이 트인 공간보다는 좀 더 나은 위치를 선점할 필요가 있었다. 박 이병과 윤 일병을 만나기로 한 지점까지는 아직 400여 미터 이상이 남았다.

끄으윽, 좀비와 맞서느라 부러진 무릎이 더 악화된 김 상병은 고통 어린 신음을 내면서도 이를 악물고 부지런히 발을 뗐다. 아직까지 그들 주변에 옹기종기 모여 있던 사람들도 그 뒤를 따라 걷기 시작했다.

"저 위로 가자!"

이 병장이 가리킨 곳은 계단 위에 위치한, 야트막한 컨테이너 사무실이었다. 비록 그리 높지는 않은 계단이라고 해도 죽느냐 사느냐가 찰나에 갈리는 이런 상황에서는 충분히 차이를 만들어 줄 것이다.

계단의 중간 정도 올랐을 때, 두 시 방향에서 자욱한 스팀을 뚫고 달려오는 놈들이 눈에 보이기 시작했다.

그롸아아아—.

그리고 곧이어 열 시와 열두 시에서도 한 무리가 달려왔다.

"으아아아아—!"

비명을 지르며 계단을 뛰어오르는 사람들. 병사들은 폭넓게 산개해서 자세를 잡고 방아쇠를 당겼다. 하지만 수가 너무 많다. 한 사람이 세 마리 이상을 쓰러뜨린다는 건 불가능했다. 그리고 그렇게 아래를 향해 쏘는데도 김 상병의 탄환은 멀리 날아가 뒷줄의 놈들에게만 꽂혔다.

"계단! 계단을 집중해!"

좀비들이 계단 위로 뛰어오를 것이라 생각한 이 병장의 판단은 틀렸다. 놈들은 네발로 기면서 완만한 경사를 날듯이 타고 오른다.

이런 젠장!

이 병장이 뒤늦은 후회를 하며 총구를 돌려 보지만, 놈들은 벌써 그들과 대등

한 위치까지 올라와 있다.

"어떡해! 꺄아아악~!"

여자들이 비명을 지르고 남자들이 몸을 치며 뛰어 달아난다. 가뜩이나 힘이 든 상황에서 그 정도의 혼란은 병사들의 집중력을 완전히 무너뜨리기에 충분했다.

이이익! 중위가 이를 바드득 갈며 좀비들을 향해 총을 발사했다.

강 일병도, 김 상병도…… 모두 이제는 죽는구나 하는 각오를 다졌다. 빗발처럼 쏟아부은 포화도 좀비들의 전진을 막아 내지 못했다. 네 병사는 뒤로 물러나며 열심히 쏘아 보지만, 이제 곧 탄창이 텅 비게 될 것이라는 것도, 그리고 자신들이 그걸 갈 만한 여유가 없다는 것도 절실하게 깨닫고 있었다.

으윽, 김 상병이 또다시 중심을 잃고 넘어진다. 그리고 그에게 발이 걸려 강 일병과 중위도 넘어졌다.

투투둑— 투투둑— 투툭— 투투둑—!

그 순간, 아홉 시 방향에서 들려온 총성. 그리고 거짓말처럼 순식간에 다섯 마리의 좀비가 머리에 커다란 구멍이 뚫리며 고꾸라졌다. 계단을 뛰어 올라오던 두 마리 역시 두개골이 터져 나간 채 아래로 곤두박질쳐 버린다.

하아아~. 빈총을 꽉 움켜쥐고 전방을 노려보고만 있던 이 병장의 입에서 안도의 한숨이 새 나왔다. 총알이 날아온 곳으로 고개를 돌려 확인하지만, 보기 전부터 이미 누가 쐈는지는 알고 있다. 그들이 속한 대대에서 이 정도를 해낼 수 있는 녀석은 한 명뿐이니까…….

05

"박 이병, 이 새끼야! 늦었잖아! 끄으으~."

김 상병이 비틀거리며 일어난다. 아무리 센 척을 해 보려고 해도 이미 무릎의 고통은 그 한계를 넘어섰다.

"3호기에서부터 여기까지 계속 뛰어오느라 시간이 걸렸습니다. 허억~ 허억~."

진우가 허리를 숙이고 겨우 숨을 돌렸다. 윤 일병은 토하기 일보 직전이다. 진우가 근심 어린 얼굴로 물었다.

"그런데…… 왜 여기에들 계십니까? 그리고 다른 분들은……."

"모두 전사했다. 여기 보이는 게 남은 병력 전부야."

이 병장이 탄창을 갈아 끼우며 대답해 준다. 충격을 받은 진우와 윤 일병의 눈동자가 흔들렸다. 진우는 고개를 돌려 도로 쪽을 내려다봤다.

3호기에서 탈출한 미니버스가 전면이 찌그러진 채 멈춰 서 있고, 트럭 역시 옆으로 넘어진 상태다. 저 버스, 3호기 앞에서 처음 봤을 때부터 그렇게 과속을 하더니, 결국 사고를 내고야 말았다.

"잘 왔어! 다 집결했으니까 이제 도보로 이동한다. 2킬로미터 정도니까 20분 내에 주파하는 걸 목표로 한다. 박 이병, 선봉에 서!"

이 병장이 작전 지시를 하고 있는 동안 뒤로 도망갔던 연구소 직원들이 다시 슬금슬금 걸어온다. 피투성이가 되어 있는 그들을 보고 진우와 윤 일병은 긴장했다. 살이 찢긴 상처를 가진 사람들도 눈에 띈다.

"이 병장님, 저분들 전부 안전한 게 맞습니까? 외상자들이 많습니다."

윤 일병이 걱정스레 묻는다. 이 병장은 고개를 저었다.

"나도 몰라. 그냥 멀쩡히 교통사고 때문에 다친 사람들 행세를 하고 있으니, 뭐 알아낼 도리가 있나? 행여 물렸다고 해도 설마 우리에게 솔직하게 말하겠어?"

"그런데도 함께 갑니까? 위험부담이 너무 큽니다."

"그럼 어떻게 하고 싶은데? 자기 발로 쫓아오는 사람들을 발로 차서 쫓을 거야? 따라오지 말라고 하면 듣겠냐고."

"제가 한번 말해 보겠습니다."

그렇게 말한 강 일병이 직원들을 향해 외쳤다.

"혹시 물리신 분은 따라오지 마세요! 다른 사람들에게까지 피해를 주는 겁니다! 부탁드립니다!"

물론 강 일병의 순진한 시도는 먹히지 않았다. 사람들은 모두 자기의 상처가 트럭과의 충돌 때문에 생긴 것이라고 큰 소리로 떠들어 댔다. 그대로 뒀다가는 도무지 입을 다물어 줄 것 같지 않아서 이 병장이 나섰다.

"앞서 달리지 마세요! 그리고 교전이 시작되면 방해가 되지 않게 모두 제자리에 엎드리는 겁니다. 강 일병, 네가 가장 뒤에서 호위하며 따라온다. 중위님, 경계 확실하게 부탁드리겠습니다."

생존 직원들의 수는 모두 네 명. 전력이 될 만한 사람은 없었다.

타타탕—. 으악~!

멀리 빗속에서 총소리와 비명이 들려온다. 조금 전 총을 가지고 게이트 쪽으로 달아났던 사람들일 것이다. 간간이 울리던 총소리는 얼마 버티지 못하고 곧 잠잠해졌다. 비명 소리마저 끊긴 걸 보면 벌써 모두 당한 게 분명하다.

"이 길을 따라 계속 간다! 그리고 터널이 나타나면, 그때 아래로 내려간다. 알겠지!"

사무실 사이로 튀어나오는 놈들을 조심해야 하겠지만, 계단 위가 아래쪽 널찍한 도로를 달리는 것보다야 안전할 것 같았다. 디젤 터빈인지 뭔지, 저놈의 네모난 건축물들에서 쏟아져 나오는 증기 안개만 없어도 시야가 한결 넓게 확보될 터였다. 그리고 몰아치는 파도에 대해서도 신경 쓰지 않을 수 있다.

"가자! 뛰어, 뛰어!"

이 병장의 명령과 함께 일행은 달리기 시작했다. 가끔씩 길을 가로막고 얼굴을 들이미는 좀비들은 아가리를 벌리기도 전에 진우의 탄환에 관통되어 벽에 처박혔다.

후우우~ 후우우~.

윤 일병의 어깨에 기대 달리는 김 상병은 식은땀을 비 오듯 흘린다.

몇 개의 간이 건물 창고를 지나 2층 높이의 휴게소를 지날 때까지는 그래도 순조로웠다. 문제는 발전 시설 1호기의 곁을 어떻게 지나는가 하는 데 있었다.

거대한 1호기 건물 앞에는 수많은 좀비들이 달라붙어 손톱이 벗겨지도록 벽을 긁어 대며 포효하고 있었다. 그들이 위치한 곳에 가장 가까운 놈과의 거리는 50여 미터, 높이 차이는 3미터 정도 된다. 진우는 일단 모두를 정지시키고 이 병장을 손짓으로 불렀다.

"젠장…… 여기서 5분만 더 가면 지하 통로인데……."

가로수 뒤에 숨어 놈들의 동향을 살피던 이 병장이 난감하다는 듯 웅얼댔다. 오늘 밤 그렇게 많이 없앤 것 같은데, 봉인된 발전 시설 앞에는 아직도 어마어마한 규모의 놈들이 모여 있다. 핵 발전소가 어지간히 마음에 드는지, 놈들은 자석에 달라붙은 쇳가루처럼 떨어질 생각을 않는다.

"플래시를 끈 다음, 소리를 죽이고 포복해서 지나가자. 그렇게 하면 높이 차이 때문에 이쪽이 안 보이지 않을까?"

곁으로 다가온 중위가 속삭인다. 이 병장은 쉽게 판단을 내리지 못하고 진우를 돌아보았다. 진우도 고개를 끄덕였다. 놈들이 시각이나 청각 같은 오감이 아닌, 무언가 다른 방법으로 사람들을 감지한다는 걸 알고는 있었지만, 저렇게 눈이 뒤집혀 발전소에 달라붙어 있는 상황이라면 이쪽에게도 기회가 있을지 모른다.

"좋아, 그렇게 해 보자. 뒤쪽으로 전달해. 별도의 지시가 있기 전까지는 아무 소리도 내지 말고 천천히 포복으로 이동한다고."

명령을 내린 이 병장은 김 상병에게 다가갔다. 부어올라 있는 무릎을 보니 그가 참아 내고 있는 고통의 크기가 얼마나 큰지 충분히 가늠이 간다.

"김 상병, 우리 기어가야 한다. 너, 가능하겠어?"

"후우우~ 후우~ 충분합니다. 이까짓 거, 오른쪽으로만 기어가면 되지 말입니다."

"그래, 이제 다 왔다. 조금만 더 가면 탈출이야. 우리 나가고 나면 이 지긋지긋한 데는 아예 쳐다보지도 말자."

김 상병은 억지 미소를 지으며 엄지를 치켜 보인다. 포복 이동은 순조로웠다.

그롸아아아―.

놈들의 소름 끼치는 울음소리가 바로 옆에서 들려오는 상황이기는 하지만, 침착하게 소리를 죽이고 천천히 움직이기만 하면 된다. 아니, 된다고 생각했다.

크르르륵!

기어가고 있는 일행의 앞에 좀비 한 마리가 걸어서 다가온다. 절룩이는 다리, 떨어져 나간 두 팔…… 놈의 상태도 어지간히 좋지 않았다. 제대로 속력을 내지 못해서 무리에서 떨어진 놈인 것 같았다.

크르르르―.

놈의 입에서 또다시 그르렁대는 소리가 터져 나온다. 놈의 신호가 혹시라도 동료들에게 전달될지 모른다는 두려움 때문에 시간을 끌 수가 없었다. 진우는 재빨리 몸을 일으켜 개머리판을 휘둘렀다.

퍼걱!

벌어져 있던 놈의 아래턱이 떨어져 나간다. 하지만 좀비는 쓰러지지 않고 곧바로 달려들었다.

빠악!

이번에는 이 병장이었다. 이 병장의 개머리판이 놈의 머리를 180도 가까이 돌려 버렸다. 목이 돌아간 좀비는 중심을 잃고 휘청거리다가 경사로 아래로 굴러떨어졌다.

하아아~. 진우와 이 병장이 다시 몸을 숙이며 한숨을 내쉰다. 아찔한 순간이었다. 한 놈이었기에 망정이지, 세 마리만 되었다면 총을 사용할 수밖에 없었을 것이다. 다행히 발전소의 놈들은 전혀 눈치채지 못한 것 같다.

"계속 이동합니다."

이 병장이 뒤를 돌아보며 속삭일 때, 여자 엔지니어 중 하나가 마른기침을 터뜨렸다.

"콜록! 콜록! 캑! 캑, 우욱~!"

파도 소리와 빗소리에 비한다면 그것은 아주 조그만 소음에 불과했지만, 그래도 일행의 심장은 철렁 내려앉는 것 같았다. 곁에 있던 윤 일병이 서둘러 손으로 입을 막았다.

"조용히 해요, 제발."

그러나 여자의 기침은 좀처럼 멎을 기미가 보이지 않았다. 난감한 윤 일병은 입을 막은 손에 더 힘을 줄 수밖에 없었다.

우웨에엑—.

윤 일병의 손에 뜨거운 토사물이 쏟아져 내린다. 엄청난 악취! 그녀의 증상이 심상치 않다는 것을 알아차린 윤 일병이 몸을 빼려고 했지만, 여자가 입을 벌리는 것이 더 빨랐다.

와드득!

여자의 이빨이 독하게 다물어지자 윤 일병의 손가락 두 개가 뭉텅 잘려 나간다.

"끄으윽!"

윤 일병은 피가 배어 나올 만큼 입술을 꽉 깨무는 것으로 비명을 대신하고 여자의 몸을 밀쳤다. 소리를 내지 않고 처리하기 위해 대검을 꺼내려 했다. 하지만 검지와 중지가 날아가 버린 손으로는 칼 막이를 풀어내는 일조차 쉽지 않다.

그롸아아아아~!

밀쳐 넘겨졌던 여자가 몸을 일으키며 포효한다. 곁에 엎드려 있던 민간인들 역시 그에 지지 않을 만큼 큰 소리로 비명을 질러 댔다. 윤 일병은 재빨리 왼손을 휘둘러 여자 좀비의 목을 그었다.

사각— 피부를 스치고 지나는 칼날!

너무 얕았다!

그롸악~!

목에서 피를 분수처럼 쏟아 내는 좀비가 윤 일병의 몸을 덮쳤다.

타아앙~!

진우가 발사한 총알이 그녀의 머리통을 꿰뚫는다. 측면 두개골에 커다란 구멍이 뚫린 여자 좀비는 뇌수를 사방에 흩뿌리며 고꾸라졌다. 그녀의 시체가 바닥에 닿기도 전에 발전소에 붙어 있던 좀비들이 홱— 하고 고개를 돌렸다.

"야! 너 인마! 총소리를 내면……!"

윤 일병이 난감한 표정으로 울먹이며 진우를 나무랐다. 그러고는 손가락 두 개가 좀비의 배 속으로 사라져 버린 자신의 오른손을 믿기지 않는 듯 들어 보였다.

그롸아아아!

엄청난 포효와 함께 뛰어오는 좀비들. 민간인 세 명은 다들 일어나서 달리기 시작했지만, 병사들은 얼어붙은 것처럼 꼼짝도 할 수 없었다. 분대원이 물린 것을 목격하게 된 건, 이번이 처음이었다. 돌이킬 수도, 치료할 수도 없다.

"끄으으! 씨발, 진짜 살고 싶었는데……."

소매로 눈물을 훔쳐 낸 윤 일병이 하늘을 한 번 흘겨본 후, 전우들에게 말했다.

"가십쇼! 여기는 제가 맡겠습니다!"

"하, 하지만……."

"하지만이 아닙니다! 다 함께 죽을 필요가 없는 거잖습니까! 가세요! 다들 꼭 사세요!"

말을 마친 윤 일병은 달려오는 좀비 무리를 향해 K-2를 난사하며 크게 고함을 질렀다.

"이 개새끼들아! 여기다아아아~! 일로 다 덤벼어어~!"

방아쇠를 당기는 약지가 부들부들 떨린다.

투투투투투둑— 투투투투투둑—.

탄창 하나를 순식간에 다 써 버린 윤 일병은 두 번째 탄창을 끼우면서 플래시까지 켰다.

"크롸아아—.

소리와 빛에 끌린 좀비들이 그를 향해 방향을 바꾸었다.

"가자! 뛰어! 이 새끼야!"

멍하니 윤 일병을 보고 있는 진우의 팔을 잡아당기며 이 병장이 외쳤다. 중위는 김 상병을 업고서 달리는 중이다. 이제 똑바로 길을 따라 도망갈 수는 없어졌다.

그들은 건물의 뒤쪽으로 돌아 난생처음 가 보는 미로 같은 길 속으로 자신을 밀어 넣었다. 앞에서 달려가는 민간인 생존자들이 제대로 길을 알고 뛰고 있는 것이기를 비는 수밖에 없다.

허억~ 허억~! 막다른 길에 도착했나 싶은 순간, 남자 엔지니어가 건물의 문을 열고 뛰어든다. 모두 그 뒤를 따랐다.

타타타타타다— 타타—.

……윤 일병의 총소리가 끊겼다.

"어디로 가는 겁니까? 이리로 가면 지하 통로로 이어지는 거예요?"

길고 어두운 복도를 여러 번 꺾으며 내달리다가 지쳐서 숨을 돌리는 엔지니어를 향해 이 병장이 물었다.

우우욱~! 줄곧 김 상병을 업은 채 달린 중위가 토사물을 쏟아 낸다. 모두가 긴장해서 돌아보았다.

"하아~ 하아! 이, 이 사람도 변하는 거 아닙니까? 토, 토했잖아요!"

엔지니어가 기겁을 하며 뒷걸음질을 친다. 이 병장이 고개를 저었다.

"좀비가 토하는 건 이것과 비교도 안 될 만큼 악취가 심해요. 그냥 숨이 차서 토한 겁니다. 아저씨가 한번 쟤를 업고 뛰어 봐요. 곧바로 넘어오나 안 넘어오나……. 그보다 이 길이 맞습니까? 지하 통로로 가야 합니다."

"거, 거기는 막혀 있을 텐데……."

"열려 있어요. 우리가 거기로 들어왔습니다."

"갈 수는 있어요. 여기에서 한 층 내려가면 매점이 있거든요. 그 출입구로 나가면 돼요. 거기에서 200미터 정도만 가면……."

그나마 희망적인 이야기였다. 이 병장은 출발하기 전에 전열을 재정비하기로 했다.

"중위님, 이제 교대하시는 게 나을 것 같습니다. 제가 업겠습니다."

중위는 고개를 끄덕였다. 이만큼 격하게 운동을 해 본 지가 얼마나 되었는지도 기억이 나지 않을 만큼 까마득하다.

끄응~. 김 상병을 둘러업은 이 병장이 강 일병을 불렀다.

"강 일병, 이제 네가 박 이병 뒤에 선다. 경계 확실히 하고, 알겠지?"

대답이 없다.

어? 놀란 이 병장이 뒤를 돌아본다. 가장 후방을 담당하고 있던 강 일병이 사라져 버렸다.

06

꺄아아아~. 여자의 날카로운 비명 소리가 건물 외부에서 울려 퍼진다.

강 일병에게도 그 비명 소리는 들렸다.

하아~ 하아~. 터질 것 같은 심장을 달래며 그는 주변을 필사적으로 둘러보았다. 어두운 윤곽으로만 파악되는 건물들과 가로수들, 모든 것이 분명하지 않다.

"젠장……."

조금이라도 더 잘 보기 위해서 눈에 스며드는 땀을 닦아 냈다. 하지만 그다지 나아지지는 않는다. 오늘 그는 또 안경을 잃었다. 정 상병이 파도에 휩쓸려 목숨을 잃었을 때, 그 역시 정신없이 곤두박질치면서 물살 속에 안경을 흘린 것이다. 하지만 안경을 찾아야 한다는 말을 할 겨를은 없었다. 허벅지에서 피를 분수처럼 쏟아 내고 있는 조 일병을 치료하는 게 몇 배나 더 긴박했기 때문이다.

"대체 어디에서 길을 잘못 든 거지?"

강 일병은 난감한 표정으로 주변을 두리번거렸다. 생전 처음 보는 미로 같은 건물 구조. 환한 대낮이라고 해도 쉽게 길을 찾기가 어려울 것 같은데, 비 오는 밤에 안경까지 없으니…….

크으윽! 정신없이 뛰던 강 일병이 다시 멈춰 서서 신음한다. 다친 왼팔이 저려와서 더 이상 총을 들고 있기도 힘이 든다. 그때, 복도 끝에 누군가의 그림자가 어른거리는 게 보였다. 강 일병은 간절한 기도를 담아 물었다.

"박 이병? 박 이병이냐? 이 병장님?"

하지만 그렇게 묻는 동안에도 강 일병은 자신의 바람이 어리석은 욕심이라는 것을 어렴풋이 인정하고 있었다. 그의 전우들이었다면 그림자가 어른거리기 전에 싸구려 군납품 워커의 발소리부터 먼저 들렸어야 한다.

날아간 대답이 메아리가 되어 들려올 때까지도 답이 없다. 강 일병은 마른침을 삼키며 사격 자세를 취했다. 하지만 사실 안경이 없기 때문에 모든 것이 뿌옇게만 보여서 가늠자 따위는 무의미하다. 그리고 복도 저 끝에 그림자가 모습을 드러냈다.

그롸아아아아ㅡ!

좀비의 포효. 역시 오늘은 그의 운이 바닥을 치는 모양이다. 그래도 혹시 몰라 강 일병은 방아쇠를 당기기 전에 다시 한번 확인을 했다.

"누구야? 말해! 쏠 거야!"

그림자는 대답 대신 맹렬하게 대시를 하며 그를 향해 덮쳐 왔다. 물에 젖은 맨발이 대리석 바닥에 부딪치며 나는 철퍼덕 소리가 심장을 쥐어짜는 것 같다. 강 일병은 곧바로 방아쇠를 당겼다.

투투둑ㅡ 투투둑ㅡ 투투둑ㅡ.

아홉 발을 잇달아 발사했다. 첫 번째 탄환이 날아가자마자 외곽 유리창이 깨지는 소리가 요란하게 울렸고, 그것을 기준점으로 삼아 몸을 틀며 영점을 잡았다.

퍼버버벅ㅡ.

가슴과 배가 엉망으로 뚫린 좀비가 뒤로 날아가 나동그라졌다.

젠장! 이런 개같은!

곧바로 뒤돌아 달리면서 강 일병은 자신의 신체를 저주했다. 어째서 이렇게 눈이 나쁘단 말인가. 그 가까운 거리의 좀비가 죽어 버린 건지 아닌지도 확인이 안 될 만큼…….

"박 이병! 이 병장님~! 박 이병!"

코너를 꺾어 달리면서 강 일병은 필사적으로 동료들을 불렀다. 하지만 워낙에 폭우가 쏟아지고 거칠게 파도가 휘몰아치는 중이어서 그의 목소리가 멀리까지 퍼질 수 있는 상황은 아니었다.

미로처럼 생소한 복도를 몇 개나 꺾어 가며 달렸다. 이놈의 건물은 대체 왜 이렇게 복잡하게 생긴 것인지, 지금 어디에서 어디를 향해 가는지조차 파악할 수 없다. 그저 뒤쫓아오는 공포로부터 달아나는 것이 그가 할 수 있는 최선이었다.

그롸악!

복도를 뒤흔드는 좀비의 울부짖음이 자신의 발소리에 섞여 들려온다. 아까 그놈을 제대로 처리하지 못한 것일까, 아니면 또 다른 녀석들이 있는 것일까? 어느 쪽이든 도망가야 한다는 것만은 분명하다.

소화기나 쓰레기통 같은 흔한 물건들이 다리에 걸리는 바람에 몇 번이나 고꾸라질 뻔하면서도 강 일병은 속도를 줄이지 않고 죽어라 뛰었다. 그러다가 막다른 길에 다다른 자신을 발견했다.

"하아, 하아~. 이게 뭐야……. 이런 젠장……."

자신이 달려온 방향만 빼고 나머지 세 군데가 벽으로 가로막혀 있다. 강 일병은 이마의 땀을 훔치고 다시 몸을 틀었다. 여기에서 벗어나야 한다. 왔던 길을 따라 다시 뛰기 시작했다. 계단과 다른 복도까지 이어진 곳에 도달했을 때, 이 병장의 목소리가 들렸다.

"강 일병! 강 일병! 어디야? 대답해!"

강 일병은 걸음을 멈추고 귀에 모든 신경을 집중했다.

어느 쪽이지? 어디에서 부르는 거지?

그러는 동안 다시 한번 그리운 목소리가 그를 부른다.

"강 일병님! 어디 계십니까?"

박 이병이다. 조금 전 이 병장의 목소리보다 약간은 가까워졌다. 강 일병은 안도의 한숨을 내쉬면서 크게 외쳤다.

"나 여기 있어! 여기야!"

메아리치는 목소리. 그리고 곧바로 질문이 돌아왔다.

"엘리베이터 보이나? 엘리베이터! 화물용이야!"

강 일병은 필사적으로 고개를 돌렸다.

엘리베이터? 그런 게 어디 있지?

불이 꺼져 있어 온통 어두운 가운데 몇 개의 조명이 어렴풋이 보이기는 한다. 하지만 그게 비상구를 가리키는 건지, 엘리베이터의 불빛인지 분간하기가 어렵다.

"안 보입니다! 안경을…….."

이야기를 맺지 못하고 강 일병은 총을 들어 올렸다.

그르르르—.

아까부터 계속 그의 뒤를 따르던 문제의 그 좀비가 모습을 드러낸 것이다. 강 일병의 플래시 불빛을 받은 좀비의 가슴에는 박살 난 갈비뼈와 내장이 엉망으로 부서진 채 뒤엉켜 있다.

이번에는 아까보다 가깝다.

투투투투투둑—.

강 일병은 시간을 주지 않고 재빨리 총알을 퍼부었다. 좀비의 머리와 상체가 잘린 채 날아간다.

후우우~. 안도의 한숨을 내쉬고 다시 대답을 하려는 순간, 코너에서 대여섯 마리의 좀비들이 윤곽을 드러냈다. 이번에는 누구냐고 물을 필요조차 없었다. 놈들의 강렬한 악취가 화약 냄새를 지우고 엄습한다.

"으아아아!"

강 일병은 비명을 내지르면서 필사적으로 방아쇠를 당겼다. 두 마리가 픽픽 날아가는 동안 네 마리는 전속력으로 그를 향해 달려들었다.

탁, 탁, 약실이 비어 있음을 알리는 소리, 강 일병은 뒷걸음질을 치면서 탄창을 꺼냈다.
그롸아아아아—.
놈들의 거리가 점점 가까워져 온다. 재장전을 막 끝마친 순간, 좀비의 아가리가 그의 얼굴을 향해 덮쳐졌다.
파바바박—.
강 일병은 이를 악물고 놈의 머리통을 향해 난사했다.
좀비의 머리뼈와 뇌수가 터져 그의 얼굴에 뿌려진다.
윽! 눈에 뇌수와 체액이 들어갔다.
이렇게 해서도 전염이 되는 걸까?
하지만 그런 고민도 일단 덮쳐 온 놈들을 모두 처치한 다음에나 할 수 있는 것이다.
강 일병은 쓰라린 눈을 꽉 감고 30발들이 탄창이 바닥날 때까지 총구를 휘두르며 방아쇠를 놓지 않았다.
투투투투투둑— 퍼퍼버벅—.
총소리는 고막을 찢을 듯하고, 근거리에서 박살 난 좀비들의 뼛조각이 날아와 얼굴과 팔뚝에 박힌다.
"끄아아아~!"
총알이 다 떨어진 후에는 총구를 아무렇게나 휘둘렀다. 어차피 물릴 것 같기는 하지만 죽을 때 죽더라도 끝까지 최선을 다해 보고 싶다.
쨍그랑!
총구에 맞은 유리창이 깨지면서 파편이 피부를 쭈욱 찢는다. 그 날카로운 고통! 하지만 그래도 멈출 수는 없었다. 강 일병은 두 눈을 꽉 감은 채 미친 듯이 두 팔을 휘저으며 소리를 질렀다.
"……해! 강 일병, 진정해!"
그를 멈춘 것은 이 병장의 목소리였다. 뒤에서 다가와 총구의 끝을 꽉 잡은 이 병장이 강 일병의 어깨를 두드리면서 진정시킨다.
"……이 병장님?"
눈을 껌뻑거려 보지만, 도무지 떠지지가 않는다. 이 병장이 물었다.
"맞아, 우리야. 근데 눈은 왜 그러냐?"
"크흑~ 눈에 좀비 체액이 튀었는데 따가워서……. 으, 이거 전염되는 거면 어떻게 합니까? 그런데…… 좀비들은? 네 마리인가, 다섯 마리가 있었는데 말입니다. 그, 그 많은 걸 제가 정말 다 죽였습니까?"
이번엔 김 상병이 끼어들었다. 김 상병은 강 일병의 손에 수통을 쥐여 주며 말했다.
"죽이긴 했지. 네가 아니고 박 이병이 죽인 거지만……. 자, 괜찮으니까 이걸로 좀 씻어 내 봐. 그딴 걸로 전염될 거였으면 우리 벌써 다 좀비 됐을 거니까 그만 걱정하고. 아 참, 그러고 보니 안경은 어쨌어?"
"잃, 잃어버렸습니다. 으흑."
수통의 물을 흘려 눈을 닦고 있던 강 일병은 복이 메어 대답했다. 감사와 안도와 뭔지 모를 서러움까지 한꺼번에 북받치면서 눈물이 왈칵 쏟아졌다. 그를 위해 모두가 위험을 무릅쓰고 구해 준 안경인데 면목이 없다. 하지만 김 상병은 쿨하게 대꾸했다.
"까짓것, 사회 나가면 발에 채는 게 안경이다. 걱정하지 마, 인마. 부대 밖에 가면 다시 구해 줄게."
"네…… 흑, 네……."
"어? 뭐야? 이 새끼, 왜 울고 그래? 야, 무릎이 작살난 나도 안 울고 버티는데!"
놀려 대는 짓궂은 말투까지도 반갑고 고맙다. 조금 전, 동료들과 떨어져 있을 때 느꼈던 고독감과 당혹스러움을 눈물로 녹여 보내고 나서 엉망이 된 팔뚝으로 얼굴을 쓱쓱 닦아 내자, 그는 비로소 눈을 뜨고 주위를 둘러볼 수 있었다. 그새 또 두 명이 줄어들어서, 중위와 민간인까지 합쳐도 남은 것은 이제 여섯 명뿐이다.
"어느 정도 견딜 만하면 출발하자. 박 이병, 앞장서."

이 병장이 김 상병을 둘러업으면서 말했다. 강 일병을 구하기 위해 뛰어오느라고 지친 그의 다리가 후들거린다. 엘리베이터가 도착하기를 기다리는 동안 민간인 엔지니어가 설명을 해 준다.

"아래층으로 가서 곧바로 우측으로 꺾으면 매점이 있습니다. 이쪽에서 보자면 지하이고 발전소 도로 쪽에서 보자면 1층인 구조인데요, 그런데 거기는 전면이 유리라서 안쪽이 훤히 들여다보일 텐데……."

말을 다 맺지는 않았지만, 그가 걱정하는 것이 뭔지는 알 수 있다. 도로가 좀비들에 의해 점거되어 있는 이 상황이라면, 그들이 매점 밖으로 나가기도 전에 수십 마리의 좀비가 그들을 먼저 알아보고 덮쳐 오게 되는지도 모른다.

다들 말없이 엘리베이터에 올랐다. 매점과 식당에서 물건을 실어 나르는 화물용 엘리베이터에는 카레와 돈가스 냄새가 희미하게 배어 있었다.

"역시 무리가 아닐까 싶지 말입니다. 이제는 차도 없는데…… 저는 다리가 이 모양이고……. 차라리 이 건물 옥상으로 올라가서 문을 잠그고 농성을 하는 게……."

김 상병의 걱정스러운 넋두리가 사람들의 마음을 흔들었다. 당장 오늘 밤 하루의 생존 확률만을 따진다면, 그 편이 물론 몇 배나 높을 것이다. 하지만 그래 봐야 미래가 없기는 매한가지다.

부족한 식량과 탄약으로 구조대가 올 때까지 버텨 낼 수 있을지도 의문이고, 또 용케 구조된다고 해 봐야 곧바로 소모적인 전투에 내몰리게 될 것이다. 분대가 그대로 유지될 수 있을지, 부상자들을 치료해 줄지도 의문이다.

하지만…… 하지만 그래도 이 밤, 좀비 무리의 한가운데로 뛰어 들어가 죽고 싶지 않기는 하다. 모두가 갈등하는 가운데, 연구원이 별거 아니라는 듯 말했다.

"차는 있어요. 근데 도대체 차를 타고 어디까지 가야 합니까? 여기만 벗어나면 되는 거 아니었어요?"

그러면서 주머니에서 키를 꺼내 빙글빙글 돌린다. 알람이 장착된 스마트키였다.

헐~. 구세주를 만난 표정의 중위가 물었다.
"그 차 어디 있습니까, 아저씨?"
"지하 주차장에요. 그 왜, 대학원 건물 B동에 있는…… 지하 통로 들어오기 전에 보셨을 거 아니에요?"
아, 그 넓은 주차장!
모두의 눈빛이 반짝였다. 이제 달아날 수단이 생겼다. 그러는 동안 엘리베이터는 지하층에 도착했다.
띵―.
문이 열리자마자 중위와 진우는 좌우를 경계하며 조심스레 걸음을 옮겼다. 다행히 당장 복도 내에는 좀비가 보이지 않는다. 진우가 따라오라는 손짓을 하고 앞장을 섰다.
우측으로 꺾어 20여 미터쯤 더 전진하자 매점 방화문이 보인다. 매점 안쪽이 어떤 상황인지는 전혀 가늠도 되지 않았다. 손잡이를 돌리기 전에 일행은 서로 눈빛을 교환하고 호흡을 가다듬었다. 긴장감 때문에 가슴이 뛰는 소리가 드럼처럼 울린다.
하나, 둘, 셋, 진우가 차례로 손가락을 편 다음, 문을 확 열어젖혔다. 그리고 문 옆에 몸을 숨긴 채 내부를 살폈다.
"깨끗한 것 같습니다."
플래시로 천천히 사방을 훑은 진우가 말했다. 널찍한 전면 유리창 중 어느 한 장 깨진 것도 없고, 안에 들어와 배회하는 좀비의 모습도 보이지 않는다. 플래시 불빛이 너무 눈길을 끌까 봐 우려했는데, 매점의 바로 옆에 가로등이 밝혀진 터라 그것도 크게 걱정할 필요가 없었다.
다만, 한 가지 조심해야 하는 것은 매점 바깥쪽에서 어슬렁거리는 서너 마리의 좀비들이었다. 놈들 자체로는 그리 대단할 게 없지만, 다른 놈들의 주의까지 끌어들이면 곤란하다. 상황을 확인한 일행은 모두 플래시를 껐다.
"들어갑니다."

진우가 먼저 허리를 굽히고 안으로 뛰어들었다. 줄지어 늘어선 테이블과 의자들 사이를 빠르게 내달려 중간까지 도착하고 음료수 진열대 뒤에 몸을 숨겼다. 외부의 좀비들은 여전히 반응이 없다. 진우의 신호를 받은 일행들 역시 차례로 잠입했다.

"이제부터가 문제인데……."

테이블에 기댄 이 병장이 숨을 가다듬으며 말했다. 강 일병과 김 상병은 냉장 진열되어 있던 비타민 음료를 꺼내 벌컥벌컥 들이켠다.

"지금 보이는 건 네 마리야. 박 이병, 저거 한 번에 모두 처리할 수 있지?"

진우가 고개를 끄덕이자 이 병장은 주위를 둘러봤다.

"그럼 남은 건 총소리를 낸 다음 터널 끝까지 뛰어갈 수 있느냐 하는 건데 말이야……."

이 병장은 경련이 일어날 것 같은 허벅지를 꽉 꼬집었다. 성인 하나를 업고 뛴다는 것이 생각보다도 더 많이 체력을 빼앗아 간다. 이미 중위는 탈진 직전까지 김 상병을 업었고, 강 일병은 팔이 엉망인 데다가 유리에 찢겨 출혈도 크다. 아직 멀쩡한 건 진우뿐이지만, 그는 화력의 90퍼센트를 담당하고 있기 때문에 이런 일에 차출할 수 없다.

"가다가 정 안 될 것 같으면 미끼로 던지고 가시지 말입니다."

고통이 밀려와 식은땀을 쏟아 내면서도 김 상병은 농담을 잊지 않았고, 이 병장은 네가 부탁하지 않아도 때가 되면 그렇게 하겠다고 말한 뒤 다시 김 상병을 업었다.

쿠웅—.

일행이 모두 자리에서 일어나려 하던 그때, 무언가가 매점의 유리문을 들이받는다. 아군이었다. 아까 게이트에서 이 병장과 대화를 나누던 그 병장이다. 하지만 더 이상 사람은 아니었다.

07

 그롸아아ㅡ.

 경비병 좀비는 팔꿈치 아래가 떨어져 나간 두 팔을 흔들면서 하이바로 연신 유리문을 들이받고 소리를 질러 댄다. 아무 의미 없이 하는 행동이 아니었다.

 다른 놈들이 모두 원자력 발전 시설에 꽂혀 그곳을 향해 이동해 가고 있는 동안 경비병 좀비만은 이따금씩 매점 안을 노려보고 있다. 여기에 그들이 있다는 것을 알아챈 것이다. 놈의 곁에 또 두 마리가 다가와 똑같은 행동을 한다. 시간을 끌 여유가 없었다.

 "처리하겠습니다!"

 진우가 이 병장의 의사를 확인하고 몸을 일으켜 유리문 쪽으로 뛰어갔다.

 꾸에에에ㅡ.

 사람이 다가오는 것을 느낀 경비병 좀비와 그 일행은 미친 듯이 문을 들이받고 괴성을 질러 댔다.

 툭ㅡ 투툭ㅡ 툭ㅡ.

 문을 밀치고 뒤로 물러난 진우는 단 네 발만으로 달려드는 세 마리를 처리했다.

 쏴아아ㅡ.

 열린 문 안으로 바람을 타고 샤워 줄기 같은 빗방울들이 쏟아져 들어온다. 그리고 근처를 지나던 놈들의 시선도 일제히 매점을 향해 쏠렸다.

 그롸아아아아~.

 한꺼번에 질러 대는 놈들의 울부짖음이 귀를 따갑게 한다.

 이 정도의 태풍이라면 몇 방의 총성 정도는 가볍게 묻어 줄 수 있을 것 같았는데, 그게 아니었던 모양이다. 발전 시설을 향해 돌진하고 있던 한 무리의 좀비들이 몸을 틀었다. 이제 그들의 목표는 매점이다.

"이런!"

진우는 재빨리 몸을 돌려 매점 안으로 뛰어들었다. 이 병장 일행은 영문을 모르고 엉거주춤하게 멈춰 섰다.

"좀비가 옵니다! 서른 마리 이상!"

진우는 필사적으로 외치며 사격 자세로 뒷걸음질을 쳤다. 부근에 있던 놈들이 한꺼번에 부딪쳐 오자 유리창이 버티지 못하고 박살이 난다.

투투투투둑— 투투둑—.

진우는 놈들이 매점 안으로 발을 들이미는 족족 머리통을 날려 버렸다. 이 병장이 엘리베이터까지 뛰어갈 수 있는 시간을 벌어 줘야 한다.

"뛰어! 뛰어!"

이 병장을 독려하며 중위가 호위를 해 준다. 코너를 돌고 있을 때, 건물 반대편의 유리창이 깨지는 소리가 들려왔다. 왼쪽에서도 놈들이 들이닥친 것이다. 대가리에 유리 파편이 박힌 놈들이 복도를 가로질러 달려온다. 중위와 강 일병이 놈들을 향해 난사를 퍼부어 댔다.

"괜찮아! 엘리베이터에만 타면……."

일단 급한 불을 끄고 코너를 돌았을 때, 반쯤 닫힌 엘리베이터의 문이 보인다. 그리고 그 사이로 남자 엔지니어의 겁에 질린 얼굴도 눈에 들어왔다.

"안 돼! 혼자 가지 마!"

중위가 손을 들어 올리며 간절하게 외쳤다. 하지만 엔지니어는 이미 닫힘 버튼을 연타하는 중이다. 엘리베이터의 문이 닫히자 복도는 다시 어둠 속에 묻혔다. 플래시의 불빛이 답답하게 느껴진다.

"하아~ 하아! 왜 그러십니까? 엘리베이터는……."

김 상병을 업고 뒤늦게 도착한 이 병장이 망연자실해 있는 중위와 강 일병을 보고 묻는다. 중위는 이를 갈며 고개를 저었다.

"그 멍청이가 혼자만 도망가 버렸어. 이런 젠장!"

투투투둑— 투투투투둑—.

진우의 총소리가 복도 전체를 왕왕 울렸다. 이 병장은 똥그래진 눈을 바쁘게 움직이며 계산을 했다. 엘리베이터는 3층까지 올라가 있었다. 하지만 다시 불러 내리면 된다.

"내려와! 내려오라고!"

올라가겠다는 단추와 내려가겠다는 단추를 모두 눌렀지만, 엘리베이터는 3층에 멈춰 선 채 도무지 움직일 생각을 않는다. 아무리 버튼을 쾅쾅, 두드려 봐도 요지부동이다.

"도대체 왜 안 내려오는 거야? 뭔 짓을 해 놓은 거냐고!"

미치기 직전인 중위를 내버려 두고 이 병장은 서둘러 계단을 찾았다. 이렇게 양쪽에서 협공을 당할 수 있는 위치에 마냥 멈춰 서 있으면 안 된다.

하지만 고개를 내밀자마자 양쪽 복도가 모두 좀비들로 막혀 있다는 것을 깨달았다. 매점 반대쪽 복도를 뚫어 낸 진우가 망연자실해 있는 이 병장을 향해 외쳤다.

"이쪽으로 오십쇼! 거기보단 낫습니다!"

그렇게 판단할 만한 아무런 근거도 없지만, 이 병장과 일행은 일단 뛰었다. 진우가 처리한 좀비들의 시체를 넘어서 그들이 들어간 곳은 작은 강당이었다.

쿠웅—!

매점의 방화문이 울린다. 조금 전 진우가 잠그고 빠져나온 그 문을 놈들이 몸으로 부딪쳐 대고 있는 모양이다.

투투투둑— 투투둑—.

달려들려던 놈들의 대갈통을 날리고 강당 안으로 합류한 진우는 망설이지 않고 곧바로 긴 의자들을 엎어 간이 바리케이드를 만들었다. 아주 허술한 장애물이지만, 목숨이 걸린 1초를 벌어 줄 수도 있다.

"같이 해!"

강당 무대에 김 상병을 내려놓은 이 병장이 진우를 도와 의자들을 엎는다. 강 일병은 벽을 더듬어 조명 스위치를 찾았다.

탁―.

불이 밝혀지자 그들이 처한 답답한 상황이 고스란히 한눈에 담겼다. 한쪽 면이 지하로 된 구조여서 강당 안에는 창문 하나 보이지 않는다. 외부와 통하는 유일한 통로에는 그들 스스로 쳐 놓은 바리케이드가 여러 겹으로 쌓여 있다.

"젠장, 이거 완전히 공포 영화잖아!"

무대 뒤쪽에 둘러진 두꺼운 자줏빛 커튼을 보며 중위가 울상을 짓는다. 무대에 걸터앉은 김 상병은 작업을 마치고 돌아오는 분대원들에게 탄창을 나눠 주며 손을 가볍게 한 번씩 꼭 쥐었다. 별다른 말은 없었지만, 그것만으로도 충분했다.

하아아~ 하아~. 거친 숨소리가 강당 안을 가득 메우며 불안감을 더 키운다.

"옵니다!"

문가에서 바깥을 보고 있던 진우가 앞서 달려오는 좀비들의 머리에 총알을 박아 넣으며 외쳤다. 정확히 전부 몇 마리나 되는지 파악할 수도 없다. 확실한 건 저놈들을 모두 쓰러뜨리지 않으면 이곳에서 빠져나갈 수 없다는 사실뿐이다.

그롸아아―.

동료들의 시체를 짓밟고 또 다른 무리의 좀비들이 돌진해 온다.

후우~. 진우는 가볍게 숨을 내쉬고 방아쇠를 당겼다.

타앙― 탕탕―.

진우의 K-2가 불을 뿜고, 달려오던 좀비 두 마리의 머리가 터지며 초록빛 안개가 뿜어져 나온다. 순식간에 둘을 줄이기는 했다.

하지만 전부 몇 마리 중에서?

그게 중요했다. 열 마리 중에 두 마리를 잡은 거라면 큰 성취감을 주겠지만, 어림잡아 보이는 놈들만 사오십 마리가 넘는 이런 때에 둘이라는 건 그다지 의미가 없는 숫자일 따름 아닌가.

투투둑― 투둑―.

그래도 진우는 쉬지 않고 방아쇠를 당겼다. 놈들이 좁은 복도 내에 몰려 있을 때, 그래서 그 혼자만으로도 어느 정도 저지가 가능할 때, 하나라도 더 줄여 보려는 심산이었다.

그롸아아아—.

대가리가 깨져 죽은 동료들의 몸통을 짓이기고 걷어차며 뒷줄의 좀비들이 달려온다. 놈들과 싸울 때마다 느끼는 거지만, 공포를 느끼지 않는 대량의 적들과 싸우는 일은 언제나 이쪽을 먼저 주눅 들게 한다.

"들어와! 문을 막아야 돼!"

진우가 쓰러뜨린 좀비의 카운트가 7을 넘었을 때, 이 병장이 그를 불러들인다. 문을 잠그기 직전, 진우의 곁눈에 건물 안으로 뛰어 들어오는 또 다른 한 무리가 비쳤다. 제기랄, 지금껏 복도에 쌓아 둔 시체들은 다시 헛일이 되어 버렸다.

"더 늘었습니다!"

진우는 숨기지 않고 곧바로 보고했다. 상황을 낙관하는 것이 도움 될 때도 있을 테지만, 탄약 개수까지도 헤아려 가며 싸워야 하는 이런 때에는 항상 최악의 경우를 상정하고 전투를 진행하는 게 옳다.

"몇 마리야? 몇 마리 정도 돼?"

중위와 함께 긴 의자를 옮겨 문을 막고 있던 이 병장이 묻는다. 진우는 얼굴에 감정을 드러내지 않으며 이 병장을 거들었다.

"끄응차! 규모 삼도 안 됩니다. 충분히 다 잡을 수 있습니다."

"규모 삼? 그럼 100마리가 넘는다고? 야이, 젠장. 이제 꼼짝없이 죽은 거잖아!"

깜짝 놀란 중위는 울상을 지으면서도 손을 멈추지 않고 문을 막는 일에 열중했다. 그만큼 다급하고 필사적인 상황이었다.

"그 정도는 여러 번 처리해 봤습니다! 포기하지만 않으면 됩니다!"

긴 의자 세 개를 포개서 겹쳐 놓은 뒤, 무대로 뛰어 올라가면서 진우가 중위를 향해 말했다. 하지만 중위는 여전히 믿지 못하겠다는 표정이다.

하긴 나라도 안 믿을 거야…….

이 병장은 그런 그의 심정을 이해할 수 있었다. 분대 하나가 제한된 공간에서 좀비를 만나 100마리 이상 잡는다는 건 논리에서 많이 벗어나 있다. 탄창 하나로 열 마리 이상을 쓰러뜨리는 박 이병이 없다면 그 역시 불가능한 일이라고 할 것이다.

그러나…… 그러나 이번에는 기관총 지원도 없고, 화력도 평소의 반 정도밖에는 안 된다. 언제나 폭죽처럼 하늘을 향해 탄환을 쏘아 올리는 김 상병과, 안경이 없어 조준 사격이 불가능한 강 일병을 제외하면 K-2 세 정이 화력의 전부다. 게다가 중위의 사격 솜씨 역시 그다지 신뢰할 만한 수준은 아니다.

쿠웅—!

상대적으로 더 단단히 틀어막아 놓은 앞문이 먼저 울린다. 놈들이 몸으로 들이받고 있는 것이다. 병사들은 긴장된 얼굴로 흔들리는 문과 그 앞에 쌓아 둔 각종 집기들을 바라보았다.

쿠웅—! 쿠웅!

집기들의 틈에서 해묵은 먼지가 일어날 때마다 심장이 조여드는 것 같다. 육중한 쇠문이지만, 어차피 문을 고정하고 있는 자물쇠 깊이는 손가락 한 마디 정도밖에 안 된다.

"뒷문으로 와라. 제발…… 뒷문으로 와……. 거기가 더 들어오기 쉽다."

진우의 제안으로 뒷문을 허술하게 해 놓았지만, 애초에 좀비들에게 그런 걸 비교해서 결정하라고 기대하는 건 무리였는지도 모른다.

쿠웅! 쿠우웅—!

좀비들이 대가리와 몸통으로 쇠문을 들이받는 소리가 점점 더 자주, 그리고 크게 들려온다. 아무래도 앞문에 몰린 놈들이 훨씬 많은 듯하다. 무대에서 불과 5미터도 떨어지지 않은 앞문이 무너진다는 것은, 그들 모두가 죽음에 내몰린다는 말과 같다.

"어떡하지? 하아~ 하아~ 작전 변경입니까? 뒷문 쪽으로 이동합니까?"

강 일병이 걱정스레 묻는다. 그러나 그렇게 되면 승산은 더 낮아질 수밖에 없다. 병사들은 자신들이 선점하고 있는 무대의 높이를, 그 1미터 남짓의 고도차가 주는 지형적 이점을 포기하고 싶지 않았다.

"비켜 봐! 내가 뒷문을 터 주고 온다!"

갑자기 무대 아래로 뛰어 내려간 중위가 얼기설기 엎어뜨려 놓은 바리케이드 사이를 지나 뒷문 앞에 섰다. 그러고는 잠겨 있던 자물쇠를 풀었다.

쿠우웅ㅡ.

때맞춰 부딪쳐 온 좀비들의 어깨에 바리케이드가 흔들리며 문이 빼꼼 열렸다.

"그래! 이리 와라, 이 개새끼들아아아~!"

투투투투둑ㅡ.

문틈으로 얼굴을 들이미는 놈을 난사해서 벌집처럼 만든 중위는 곧바로 뒤돌아 뛰었다.

쿠쿵ㅡ 쿵ㅡ 끼이익ㅡ.

일단 자물쇠가 풀린 뒷문은 몇 번의 몸통박치기만으로도 쉽게 열렸고, 긴 의자 바리케이드는 놈들의 미는 힘을 당해 내지 못했다.

끼이익, 의자가 바닥에 끌리며 밀려나자 문이 반 이상 열렸다. 다행스러운 것은 미끄러진 의자들이 벽과 문 사이에 버팀목처럼 끼워져서 쇠문이 활짝 열리지 못하도록 만들었다는 점이다. 그건 의도하지 않은 행운이었다.

그롸아아아ㅡ!

좀비들이 포효하며 좁은 문틈을 비집고 덤벼 댄다. 놈들은 서로 먼저 들어오고 싶어 서로 부딪치고 밀치며 난리를 벌였다. 그러나 아무리 발버둥을 쳐 봐도 한 번에 두 마리 이상이 통과하기는 어려운 폭이다.

"박 이병!"

이 병장의 호명이 있기 전부터 조준을 끝마치고 있던 진우가 방아쇠를 당겼다.

툭ㅡ 투둑ㅡ 투둑ㅡ 툭ㅡ.

강당에 발을 들여놓던 좀비들은 머리가 엉망으로 터진 채 차례로 바닥에 쓰러진다. 으으으~! 총소리가 울리자 달려오던 중위는 지레 겁을 먹고 허리를 굽혔다.

"시간 끌면 안 됩니다! 빨리 뛰어요!"

이 병장이 중위를 재촉한다.

투두둑— 투두둑—.

그러는 동안에도 진우는 기계처럼 냉정하게 좀비들의 대가리를 날렸고, 탄창이 바닥나면 옆에 대기하고 있던 김 상병이 장전된 총으로 바꿔 주었다. 강 일병과 이 병장은 그 사이를 메우는 지원사격의 역할만을 수행하는 데도 벅찼다.

"나도 알아, 인마!"

중위는 이를 악물고 뛰었다. 좀비들이 웬만한 운동선수들보다 빠르다는 것은 그 역시 여러 번 들어서 잘 알고 있다.

하지만 다급한 마음 때문에 바리케이드를 뛰어넘는 것이 꽤나 힘들다. 놈들의 발을 조금이라도 묶기 위해 늘어놓았던 긴 의자들이 지금은 그의 발목을 잡고 있는 것이다.

'자, 이제 마지막 장애물 두 개다……'라고 생각한 순간, 착지하는 워커가 미끄러지며 중위는 뒤로 넘어졌다.

쩡—!

뒤통수가 대리석 바닥을 때리는 소리가 총성보다도 크게 울린다. 하이바를 쓰고 있지 않았다면 그 자리에서 즉사했을 만한 충격이었다.

"중위님!"

이 병장이 달려가 중위를 일으켰다.

피시싯, 폐에서 바람이 빠져나오며 중위의 입가에 침 거품을 만들고, 두 눈은 흰자를 드러낸 채 위로 향해 홉떠졌다.

끄응~. 이 병장은 있는 힘을 다해 중위를 끌어당겨 본다. 하지만 기절해서 축 늘어진 성인 남자를 마음대로 다루기는 벅차다. 계속 김 상병을 업고 뛰어다니느라 기진맥진한 상태였기에 아무리 두 팔에 힘을 줘 봐도 도무지 움직일 생각을 않는다.

그롸아아아—.

움직이지 못하고 있는 둘을 향해 이빨을 드러내며 달려들던 좀비가 진우의 총에 맞고 뒤로 나동그라진다.

"일어나! 일어나요! 젠장!"

이 병장은 손바닥을 쫙 펴서 중위의 뺨을 때렸다.

짝— 짝—.

세 대를 맞고서야 중위는 머리를 흔들며 말을 더듬는다.

"으, 으으~ 뭐, 뭐야……. 내가 왜…….."

"그런 건 나중에 말하고 빨리 뛰어요!"

이 병장은 중위의 두 팔을 잡아끌며 무대를 향해 뛰었다. 중위 역시 비틀거리면서도 최선을 다해 빠르게 걸음을 옮겼다. 그들의 뒤를 따라 달려오던 세 마리의 좀비가 진우에 의해 저지되며 쓰러진다. 하지만 확연히 밀리고 있다. 단 두 명만이 사격 중이기 때문에 확실히 화력이 부족하다.

"빨리! 빨리!"

강 일병이 안타까운 목소리로 두 사람을 재촉했다. 강당 안으로 들어와 뛰는 좀비들의 수는 어느새 10여 마리에 이르렀다.

투투투투둑— 투투투투둑—.

이 병장과 중위는 무대에 기어 올라가자마자 몸을 돌리고 방아쇠를 당겼다. 중위의 발목을 낚아채려던 좀비의 몸통이 박살 나며 내장들이 무대 위에까지 튄다. 화력이 보충된 무대 위에서는 화끈한 실탄 사격이 뒷문을 향해 쏟아졌다.

우웨에에엑, 열심히 난사하던 중위가 뇌진탕의 후유증 때문에 구토를 했다. 하지만 그러면서도 그는 방아쇠를 움켜쥔 검지에서 힘을 빼지 않았다. 대리석 바닥을 향해 날아간 뒤 튀어 오른 도탄들이 좀비들의 다리를 작살냈다.

그롸아악—.

의자 바리케이드에 걸려 넘어지고 주춤거리는 놈들을 진우가 처리하는 동안, 나머지 병사들은 문가에 걸려 버둥거리는 녀석들을 향해 사정없이 총알을 퍼부어 댔다.

"이거! 의외로 싱거울지도 모르겠습니다! 죽어라! 이것들아아아~!"

뒷문 근처에 쌓이는 좀비 시체들의 수가 늘어 가면서 조금은 여유를 찾은 김 상병이 환하게 웃었다. 하늘로 총알이 날아가는 것을 방지하기 위해 그는 무대에 납작 엎드린 채 사격 중이었다. 그럼에도 불구하고 강당 뒷벽, 2.2미터 높이에 만들어진 수십 개의 탄흔은 거의 다 그의 작품들이었다.

"이빨 보이지 마! 정신 바짝 차려!"

이 병장은 혹시나 해이해질지 모르는 병사들을 독려하며 소리를 질렀다. 그러나 확실히…… 조금 전 무대 바로 근처까지 여러 마리가 돌진해 왔던 때와 비교한다면 밀려드는 좀비들의 수는 줄어들고 있었다. 복도를 쩌렁쩌렁 울리던 놈들의 포효도 이제는 잦아드는 느낌이다. 의자에 걸려 뒷문이 반밖에 열리지 않은 덕이 크다.

쿠웅—!

다시 앞문이 흔들린다. 단단히 잠가 둔 저 문에 여전히 미련을 버리지 못하고 매달려 있는 놈들 때문에 좀비들이 분산되었고, 그들은 아직 살아 숨 쉴 수 있다.

"탄창!"

진우는 탄창을 교환한다는 신호를 보내고 전투 조끼를 더듬거렸다. 없다. 다시 건빵 주머니 속으로 손을 넣었다. 탄창 세 개가 만져진다. 탄창을 갈아 끼우며 진우는 바닥에 놓여 있는 김 상병의 배낭을 향해 눈길을 돌렸다. 주둥이를 열어 놓은 배낭에도 탄창의 개수가 확연히 줄어들었다.

이 병장과 중위, 강 일병의 배낭 역시 다들 비슷한 상황일 터다. 정신이 번쩍 드는 것 같았다. 아무리 밀려드는 놈들의 수가 적어졌다고 해도 영원히 이렇게 버틸 수는 없다는 것을 새삼 깨달은 것이다.

'탄약을 아껴라.'라는 멍청한 소리는 하고 싶지 않다. 계속 난사를 하고, 이 허술한 소총에 잼이 일어나지 않아 준 덕에 이렇게나마 버텨 낼 수 있었다는 걸 잘 알기 때문이다. 달아나야 한다.
　자동차가 필요하다. 뒷문을 밀치고 뛰어드는 좀비들이 1분당 두 마리 정도로 줄어들었을 때, 진우가 이 병장을 향해 외쳤다.
　"엔지니어를 찾으러 가야 합니다!"

Chapter 23
불꽃처럼

01

뒷문을 밀치고 뛰어드는 좀비들 때문에 엔지니어를 찾아야 한다는 진우의 말은 잠시 끊겼다.

투투투투— 투투투—.

진우의 총구가 다시 불을 뿜고, 좀비들의 머리가 박살 났다. 두개골이 열린 채 쓰러지는 끔찍한 모습과 저 지독한 악취는 아무리 보고 맡아도 적응이 되질 않는다.

잠시 후, 놈들의 습격이 잦아들 때쯤, 진우는 이 병장과 김 상병을 돌아보았다. 둘은 조금 전 진우가 했던 말을 미처 듣지 못한 표정으로 뒷문만 노려보고 있다. 좁은 공간에서 울리는 시끄러운 총성과 메아리 때문에 귀가 먹먹해진 탓이리라.

"이 병장님!"

진우는 목청을 높였다.

"아까 그 사람! 그 엔지니어를 찾으러 가야 합니다! 자동차 키 말입니다!"

좀비들의 웨이브 하나가 끝났다. 지금 이 시기를 놓치면 언제 또 이렇게 좋은 기회가 올는지 기약할 수가 없다.

"하지만……!"

이 병장이 머뭇거린다. 그가 그렇게 하는 것에도 이유가 있다. 마지막으로 보았을 때 엘리베이터 표시등은 3층에 멈춰 서 있었다. 그러나 그놈이 엘리베이터에서 내린 이후 이 넓은 건물 중 어디로 도망을 갔을지는 아무도 모른다. 벌써 건물 외부로 빠져나갔을 수도, 어딘가 후미진 곳을 찾아 들어가 문을 잠근 채 숨어 있을 수도 있다.

물론 자동차 열쇠는 정말 간절하게 필요한 물건이 맞다. 그게 없이 빈손으로 되돌아간다고 해도 밀려드는 좀비들의 밥이 될 뿐이니까. 하지만 김 상병을 업고 좀비들을 피해 계단을 뛰어다니면서 무사히 엔지니어의 신병을 확보할 수 있을지, 도무지 자신이 없었다.

"여기에 있는 것보다야 낫잖아! 이건 그냥 총알이 바닥나기를 기다리는 꼴밖에 안 돼! 일단 3층으로 가 봐서 정 여의치 않으면 옥상으로 가자고!"

중위가 끼어든다. 조금 전 넘어졌던 이후로 그는 계속 구역질을 해 대고 있다. 오른팔도 미세하게 떨리는 경련이 멈추지 않는다. 한마디로 상태가 심각해 보였다. 머릿속에서 혈관이 터진 게 분명하다.

언젠가 전해 들었던 말이 이 병장의 뇌리를 스친다. 머리를 세게 부딪쳤을 때, 밖으로 피가 흐르지 않는 게 훨씬 더 위험하다고……. 이 사람마저 죽어 버린다면 화력이 20퍼센트 더 줄어드는 거다.

"좋습니다!"

이 병장은 결심을 하고 김 상병을 어깨에 둘러업었다.

"분대! 일제히 3층으로 이동한다! 박 이병, 강 일병, 너희 둘이 선봉이다!"

전술 조끼에 탄창을 채워 넣은 진우가 앞장을 섰다. 사방에 정신없이 널려 있는 좀비들의 시체 사이로 조심스레 한 발, 한 발을 내디디며 문가까지 다가간 진우는 고개를 내밀어 복도를 살폈다.

쿠웅— 쿠웅—.

아직도 포기하지 않은 두 놈이 강당의 앞문을 두드려 대고 있다. 좀비 중에서도 가장 멍청한 놈들인 모양이다. 반대쪽에서는 아직 달려오는 녀석들이 보이지 않는다. 잠가 놓은 매점 문이 꽤나 대견하게 버텨 주고 있어서 다행이다.

툭, 투둑.

진우는 재빨리 두 놈을 처리하고 복도로 이동하며 플래시를 켰다. 조명이 환히 밝혀져 있던 강당에 있다가 불이 꺼진 복도로 나오니, 동공이 어둠에 쉽게 적응하지 못한다. 뒤에 강 일병이 서 있는 것을 확인한 진우는 잠시 눈을 감았다가 떴다. 그러고는 계단을 향해 뛰기 시작했다.

콰르르릉―.

깨진 유리문 사이로 천둥소리가 요란하게 울린다. 이 밤의 태풍은 도무지 잦아들 기미가 없다.

"야, 박 이병. 너 여기 구조 알아? 방향도 확실히 모르면서 왜 이렇게 뛰어?"

뒤를 따르는 강 일병이 걱정스레 물었다.

"아까 엘리베이터 옆에 붙은 그림에서 계단 위치를 봤습니다. 길은 알고 있습니다!"

"정말? 그런 게 있었다고?"

"네, 그렇습니다! 건물마다 다 있습니다!"

고등학교 시절, 친구들과 공사 마무리 심부름을 할 때 화재 발생 시 탈출 경로 패널을 지겹게 붙였다. 진우는 엘리베이터를 지나치면서 슬쩍 곁눈질을 해 보았다. 아직도 3이라는 글자에 불이 들어온 채 멈춰 있다.

계단은 화물 엘리베이터에서 20여 미터 떨어진 코너를 돌아 위치해 있었다. 그러나 힘들게 그걸 뛰어 올라갈 필요는 없을 것 같았다. 그 바로 옆에 멀쩡한 직원용 엘리베이터가 두 대나 설치되어 있었기 때문이다.

"젠장! 처음부터 이리로 내려왔으면 조금 전 강당에서 그 난리를 칠 필요도 없었잖아!"

3층 버튼을 누르며 김 상병이 투덜댄다. 이 병장은 헐떡이며 숨을 돌렸고, 중위는 벽에 기댄 채 어지럼증을 달래고 있다. 핏기가 빠져나간 그의 얼굴에는 죽음의 그림자가 짙게 드리워져 있다.

"소, 손이 너무 떨려……. 제기랄, 이게 대체…… 왜 이러지……."

쉼 없이 부들거리는 오른손을 꽉 붙든 채 아무리 주물러 봐도 경련은 도무지 가라앉지를 않는다. 자세히 보면 오른쪽 눈꺼풀 역시 계속해서 파르르 떨린다. 뒤통수를 찧었을 때, 어딘가 심각하게 다친 것이다.

띵—.

그러는 사이 엘리베이터는 3층에 도착했다. 문이 열리기 직전, 뛰쳐나갈 준비를 하는 강 일병을 제지하고, 진우는 개머리판을 어깨에 붙였다. 한 번 올라간 이후 내려오지 않던 3층 엘리베이터. 아무래도 불길하다.

스르릉—.

문이 양쪽으로 벌어지는 그 찰나의 순간, 위장 무늬 하이바 두 개가 가장 먼저 눈에 들어왔다. 그리고 그 바로 아래 하얗게 변해 버린 눈동자와 벌어진 아가리도 보였다.

그롸아아!

"으아아아아~!"

군복을 입은 좀비들과 깜짝 놀란 김 상병이 거의 동시에 울부짖었다. 문이 다 열리지도 않았는데 좀비는 그 문틈을 비집고 돌진해 온다. 진우는 주저하지 않고 연달아 쏘았다. 노린 곳은 내밀어진 어깨와 가슴의 중간. 하이바를 쓴 채 고개를 숙이고 달려드는 좀비를 무력화시킬 때 그곳을 맞혀 뒤로 날려 보내는 것이 가장 효율적이었다.

퍼벅—!

어깨가 박살 난 좀비의 몸통이 젖혀진 순간, 진우는 총구를 돌려 두 번째 놈의 아가리에 쑤셔 넣다시피 한 뒤 쐈다.

퍼벅—!

놈의 얼굴이 형상을 알아볼 수 없을 만큼 처참히 박살 나고 터져 나온 뼛조각이 사방으로 튄다. 진우는 다시 첫 번째 놈의 턱을 향해 두 발을 더 날려서 끝냈다. 녀석들의 하이바는 산산조각으로 터져 나온 뇌수와 피로 가득 덮였다.

"으아! 씨발, 놀랐네……. 근데 이건 누구야? 못 보던 얼굴인데, 게이트 경비대인가? 어쩌자고 여기까지 올라왔지?"

김 상병이 가슴을 쓸어내리며 좀비의 시체를 살핀다. 어차피 얼굴은 이미 박살이 나 버렸기 때문에 식별하는 것이 불가능하지만, 인상이 꽤나 낯설었다. 처음 보는 녀석들이다. 중위가 얼굴에 흐르는 식은땀을 쓸어내리며 일러 준다.

"아마, 대공포대 애들이었을 거다. 우리랑은 별개로 원래부터 여기에 상시 주둔하고 있었거든."

애들이라…….

진우는 그 말을 심각하게 곱씹었다. 한두 마리를 잡았다고 해서 끝이 아니라는 뜻이다. 그들은 현재 이 건물의 정중앙에 위치해 있고, 그건 사방 어디에서든 좀비들이 덤벼들 수 있다는 의미였다. 시간을 끌지 말고 빨리 움직여서 엔지니어를 찾아야 한다. 살아 있든, 아니면 좀비가 되어 있는 상태든 그런 건 관계없다. 어차피 그들이 원하는 것은 엔지니어의 바지 주머니에 들어 있는 자동차 열쇠뿐이니까.

"화물 엘리베이터부터 가 보자."

다시 김 상병을 업으며 이 병장이 말했다. 진우가 코너를 돌았을 때, 화물 엘리베이터 앞이 환해졌다가 다시 어두워지고, 이내 또 환해지는 광경이 보였다.

띵— 철컹— 쿵— 띵— 철컹— 쿵—.

가까이 다가가면서 태풍의 거대한 소음에 묻혀 있던 소리들도 들린다. 시간이 경과해서 저절로 닫히려던 엘리베이터 문이 무언가에 부딪쳐 다시 열리기를 무한 반복하고 있는 것이다.

"뭐지? 왜 저래?"

한 발짝 뒤에서 따라오던 강 일병이 이해할 수 없다는 듯 중얼거린다. 아마 지금 그의 눈에는 바닥에 홍건하게 흘러나와 있는 피가 잘 보이지 않는 모양이다.

상황을 대충 파악한 진우는 조심스레 엘리베이터 앞으로 걸어갔다.

화물 엘리베이터 안은 온통 피로 가득했다. 아까 이것을 타고 내려가던 중 그가 아련하게 과거를 그리워하게 만들었던 카레 냄새는 피비린내로 덮여 있었고, 문가에는 상체가 뜯겨 나간 채 숨을 거둔 엔지니어의 시체 하반신이 엎어져 있다. 그들이 걸어왔던 곳과 반대 방향인 복도에는 피와 내장이 죽 흘어져서 엔지니어의 상체가 어디로 끌려갔는지를 알려 주었다.

그들에게 그랬던 것처럼, 엘리베이터 문이 열리자마자 덤벼든 또 다른 좀비가 엔지니어를 물어뜯고 그 자리에서 작살을 냈으리라. 그리고 시체가 끼는 바람에 엘리베이터는 이 3층에 발이 묶인 것이다.

"결국 이렇게 죽어 버렸구만. 혼자 살겠다고 도망을 치더니…… 쯧쯧."

이 병장이 답답하다는 듯 혀를 차는 동안 진우는 곧바로 시체의 바지 주머니를 더듬어 열쇠를 찾았다. 이런저런 생각을 할 여유가 없었다. 자신이 쏴 죽인 하이바 쓴 좀비들은 입가에 피를 묻히고 있지 않았으므로 이 엔지니어를 반으로 뜯어 죽인 놈, 혹은 놈들은 따로 있다.

"찾았습니다!"

진우는 들어 올린 스마트 키를 곧바로 이 병장에게 넘겼고, 이 병장은 다시 그것을 김 상병의 손에 쥐여 주었다.

"꽉 쥐고 있어. 나중에 열쇠 잃어버린 것 같아요, 어쩌구 하면 쏴 죽여 버릴 거야."

탁탁탁탁— 쿠당탕— 그롸아아아—.

계단 쪽에서 여러 마리의 발소리와 굴러떨어지는 소리, 좀비들의 울음이 한꺼번에 울려온다. 아마도 위층에 있던 녀석들이 새로 나타난 먹잇감을 반기며 뛰어오고 있는 모양이다. 옥상으로의 피신은 이제 선택지에서 삭제됐다. 일행은 얼른 엔지니어의 시체를 엘리베이터 안으로 끌어들이고 문을 닫았다.

"그런데 이거, 어디에 주차되어 있는 무슨 차인지도 모르잖습니까? 그 주차장 엄청 넓던데……."

1층 복도로 돌아와 뛰는 동안 김 상병이 물었다.

"열쇠에 자동차 메이커 있잖아."

"현대입니다만…… 거기 서 있는 차들 중에 절반은 현대 차일 테지 말입니다."

"그럼 알람 버튼을 계속 누르면서 뛰면 되지, 별걸 다 걱정한다."

화기애애하게 이야기를 나누던 이 병장과 김 상병은 동시에 입을 다물었다. 선봉에 선 진우가 손을 들어 멈추라는 신호를 보내온 까닭이다.

"휘이이잉~."

비를 가득 담은 바람이 불어와 열기와 흥분으로 달아오른 얼굴을 식혀 준다. 트럭이 전복되었던 이래, 그토록 돌아가고 싶었던 지하 통로가 바로 눈앞에 모습을 드러냈다.

문제는 매점과 지하 통로 사이의 20여 미터 구간. 가로등이 비추는 그곳은 좀비들이 배회하는 죽음의 거리였고, 그 뒤쪽으로 철책이 뜯겨 나간 곳에서는 파도가 계속해서 새로운 좀비 군단들을 실어 나르고 있었다. 물론 매점 내에도 아직 여러 마리가 들어 있다. 지하 통로 내부 역시 안전해 보이지만은 않는다.

"전부 열한 마리입니다. 제가 잡는 동안 곧바로 뛰셔야 합니다."

진우가 일행에게 작전을 설명한다. 사실 작전이랄 것도 없는 간단한 계획이다. 진우는 폭풍우가 몰아치는 밤에 길을 막고 이리저리 흩어져 뛰어다니는 좀비 열한 마리를 하나도 남김없이 쏴 죽여야 하고, 그사이에 세 명이 김 상병을 부축해 지하 통로까지 뛰어가면 된다.

그 세 명이란 반신에 마비가 오고 있는 중위와 눈이 거의 안 보이고 한 팔을 쓸 수 없는 강 일병, 그리고 김 상병을 업고 다니느라 지칠 대로 지친 이 병장이다.

그다음에는 총소리를 듣고 달려오는 다른 좀비들이 따라잡기 전에 차고까지 뛰어가서 차를 찾아 타야 한다. 지하 통로의 총 길이는 대략 1.5킬로미터. 진우가 한 놈이라도 빗맞히면 죽는다. 달리다가 넘어져도 죽는다.

"후우우~."

중위가 먼저, 그리고 이 병장이 그다음에 작게 한숨을 내쉰다. 말하는 사람도, 듣는 사람도 이것이 무리한 계획이라는 걸 절감하고 있지만, 입 밖에 내지는 않았다. 다들 눈 밑에 다크 서클이 짙게 드리워져 있고, 입술은 바짝 말라 갈라졌다.

정문 외곽에서 근무를 설 때부터 지금까지, 체력적으로나 정신적으로나 한계를 지난 지 오래다. 어떤 형태로든 이제 끝이 났으면 하는 약한 마음도 스멀스멀 고개를 쳐들었다.

"그냥 저를 어디 방 같은 데 숨겨 놓았다가 차를 가져와서 데려가시면 안 됩니까? 꼭꼭 잘 숨어 있겠습니다."

김 상병이 말했다. 말이 쉽지, 그냥 버려 달라는 것과 다를 바가 없다. 더 이상 다른 사람들에게 짐이 되고 싶지 않은 것이다. 이 병장이 김 상병의 콧잔등을 톡, 치며 가볍게 대꾸했다.

"몇 번 이야기해야 되냐? 따라잡힐 것 같으면 던져서 미끼로 쓸 거라니까. 다 내가 필요하니까 업고 가는 거야."

하지만 굳이 자동차 열쇠를 김 상병에게 맡길 때부터 모두의 마음은 이미 정해져 있었다. 죽든 살든 함께할 거라고……. 대충 마음들을 다잡은 것 같아서 진우는 탄창을 갈았다.

열한 마리 중 그들이 가야 하는 경로에 위치해 있는 좀비들은 정확히 다섯 마리. 나머지 여섯은 조금 떨어진 곳에 서 있다. 진우는 가까운 놈부터 잡기로 하고 마음속으로 순서를 정했다.

"준비되셨습니까?"

김 상병을 양쪽에서 부축한 이 병장과 강 일병이 고개를 끄덕인다. 중위는 토하지 않기 위해 입을 틀어막은 채 애를 쓰고 있다. 조준경의 물기를 닦아 낸 진우가 총을 겨누고 숨을 고른다. 그리고 방아쇠를 당겼다.

타앙―.

총구를 빠져나와 음속을 돌파한 총알이 엄청난 소리를 내자마자 좀비 한 마리의 뒤통수에 커다란 구멍이 뚫린다. 그리고 나머지 세 명은 일제히 뛰기 시작했다.

"으으윽!"

김 상병이 이를 악물고 뛴다. 부축을 받고 깽깽이걸음으로 달리는 것이지만, 오른발을 힘차게 내디딜 때마다 그 충격은 고스란히 부러진 왼쪽 무릎에까지 전달됐다.

타앙— 타당—.

두 번째, 세 번째 좀비의 머리가 터져 나갔다. 다른 놈들이 앞을 가로막지만, 병사들은 속도를 줄이지 않았다.

그롸아아아—.

지하 통로에서도 마중을 나와 준다. 중위가 부들거리는 손으로 난사를 하며 놈들을 상대했다.

타앙, 투두둑—.

또 두 마리가 쓰러졌다. 이제 경로는 확보됐고, 남은 건 제대로 뛰어가는 일뿐이다. 진우도 뒤를 쫓아 달리면서 쏘기 시작했다.

툭— 투둑— 투둑—.

열네 발을 쏘았고, 여덟 마리를 잡았다.

그롸아아악—.

인기척을 느끼고 매점에서 쏟아져 나온 좀비들이 이 병장 일행을 향해 덮쳐든다. 예상했던 것보다 수도 많고, 덤벼드는 시기도 빨랐다.

"이이익!"

강 일병이 부축을 풀고 돌아서서 매점 쪽 좀비들을 향해 연사한다. 그냥 이대로 도망만 치다가는 다 죽게 생겼다고 느낀 모양이다. 하지만 놈들은 너무 많다.

"야, 인마!"

깜짝 놀란 이 병장과 김 상병이 애타게 부르는 사이, 강 일병의 몸 위로 대여섯 마리의 좀비들이 한꺼번에 덮쳐졌다.

"으아아아악—!"
목을 물어뜯긴 강 일병이 단말마의 비명을 지르며 방아쇠를 꽉 당겼다.
투투투투둑—.
좀비들의 몸통을 엉망으로 꿰뚫고 날아가는 총알들. 하지만 강 일병의 몸 역시 좀비들의 이빨에 의해 갈기갈기 찢기고 있다.
"강 일병!"
이 병장이 김 상병을 내려놓고 돌아서려 할 때, 중위가 달려와 그의 팔목을 잡았다.
"이미 늦었어! 너도 물린 걸 봤잖아!"
"크흐윽~!"
틀린 말이 아니다. 이 병장은 입술을 꽉 깨물며 다시 뛰었다. 강 일병이 부축하던 자리를 중위가 대신 채웠다.
"강 일병님!"
진우 역시 망연자실한 얼굴로 강 일병을 겹겹이 둘러싼 좀비들을 향해 총알 세례를 퍼부었다. 강 일병의 군복을 뚫고 팔다리를 물어뜯던 놈들이 탄환에 꿰뚫려 날아간다.
하지만 이미 늦었다. 강 일병은 눈을 홉뜬 채 숨져 가는 중이었고, 설사 목숨이 붙어 있다고 해도 얼마 지나지 않아 놈들 중 하나로 변하게 될 것이다.
"미안합니다!"
강 일병의 시체를 지나쳐 뛰어가면서 진우는 마주 달려오던 두 놈을 쓰러뜨렸다. 저 앞 지하 통로에 접어든 이 병장 일행이 보인다. 아무래도 너무…… 너무 느리다.
"허억~ 허억~!"
이 병장을 따라잡은 진우는 이따금씩 몸을 돌려 뒤를 쫓아 달려오는 놈들을 쓰러뜨리고 다시 달리기를 반복했다. 1.5킬로미터. 연병장 두 바퀴 정도밖에 안 되는 거리인데 이렇게 숨이 차오를 줄이야…….

"우후우욱~! 우웨에엑!"

중위가 또다시 구토하며 넘어지는 바람에 이 병장과 김 상병까지 함께 바닥에 나뒹굴었다. 중위는 이제 오른쪽 반신을 거의 쓰지 못한다.

"일어나! 일어나!"

조금이라도 무게를 줄이기 위해 전술 조끼까지 벗어 던진 이 병장이 김 상병을 어깨에 둘러업으려고 안간힘을 썼다.

"그롸아아—."

따라오는 좀비들의 포효가 점점 더 가까워지고 있다. 진우가 아무리 저지하려고 해 봐도 한계가 분명히 보인다.

02

"그만해요! 이제 버리라고! 충분히 했으니까!"

김 상병이 이 병장의 부축을 뿌리치며 울부짖는다. 손에 쥐고 있던 자동차 열쇠도 이 병장을 향해 던졌다.

"너, 이 새끼…… 하아~ 하아~. 여기에서 나가면 오랜만에 얼차려 좀 해야겠다. 도대체가 고참 알기를…… 하아~ 하아~ 아주 똥으로 알고……."

이 병장은 열쇠를 주워 다시 김 상병의 군복 주머니에 넣고 눈물을 줄줄 흘리는 김 상병을 들어 올렸다. 김 상병을 둘러업고 나자 다리가 후들거리지만, 그는 포기하지 않고 걸음을 뗐다. 중위도 비틀거리며 그 뒤를 따른다.

그러는 동안 진우는 또 열 마리 이상의 머리통에 바람구멍을 뚫어 잠재웠다. 하지만 아무리 그래 봐야 놈들은 점점 더 가까워지고 있다. 터널 전체를 울리는 여러 가지 커다란 소음들 때문에 지하 통로는 지옥과 아주 가까운 곳처럼 느껴진다.

"다 왔어! 이제 정말 다 왔다고!"

지하 주차장으로 이어진 오르막길이 눈에 들어왔다. 이 병장은 이를 악물고 소리를 쳤다. 그렇게 휘청거리며 나선형의 오르막을 반 정도 지났을 때, 앞쪽에서 한 무리의 좀비들이 그들을 향해 쇄도했다. 숨 돌릴 틈도 없이 뒤를 쫓는 좀비들을 상대하던 진우가 마지막 두 놈의 머리통을 조준하던 순간이었다.

끄아아아아—.

좀비들에게 밀려 굴러떨어지며 이 병장과 김 상병이 비명을 지른다. 바닥에 부딪친 김 상병의 무릎은 한층 더 심하게 꺾였다.

"초, 총을……."

중위가 허둥거리며 K-2를 잡아 보려 한다. 그러나 경련이 이는 오른손 검지를 방아쇠울 안에 넣는 데만도 너무 오랜 시간이 걸렸다.

투투둑—.

뒤쪽의 놈들을 정리한 진우가 고개를 돌렸을 때, 그의 얼굴을 향해 군복을 입은 좀비 한 놈이 아가리를 쩍 벌리고 달려들었다.

이런!

진우는 총을 들어 올려 놈의 이빨을 막았다.

콰작—!

쇠를 깨문 좀비의 앞니가 뽑히고, 그 충격을 못 이겨 진우도 뒤로 넘어졌다.

"이이익!"

진우가 아무리 뿌리쳐 보려 하지만, 놈은 꽉 깨문 총을 도무지 포기하려 들지 않았다. 그리고 두 팔로 계속 진우의 팔과 어깨를 후려친다.

윽, 왼팔이 밀리면서 총을 들고 있던 손이 더 버티지를 못한다. 이제 좀비의 이빨과 진우의 목덜미 사이에는 중간에서 버티고 있는 그의 K-2뿐이다.

모로 돌아간 그의 시선에 좀비 세 마리와 한데 뒤섞인 이 병장, 김 상병의 모습이 보인다.

칼을…….

진우는 대검을 뽑아 좀비의 목을 찌르려고 오른손으로 왼쪽 가슴을 더듬거려 봤다. 하지만 총이 워낙 바짝 눌려 있어서 칼 막이를 끌러 내기도, 대검을 뽑기도 힘들다.

"끄, 끄윽!"

좀비의 무게가 더해지면서 목이 졸려 온다.

뭐지? 내가 이길 수 있는 방법이 뭐지?

한계까지 내몰린 진우의 오감이 부쩍 날카로워졌다. 그리고 그제야 자신의 오른쪽 건빵 주머니 안에 중위에게서 압수한 권총이 들어 있다는 것이 기억났다.

이이익—.

진우는 필사적으로 손을 뻗어 주머니 안에 넣었다. 차갑고 딱딱한 쇠뭉치가 닿는다. 손잡이를 꽉 쥔 진우는 떨어뜨리는 일이 없도록 천천히 권총을 들어 올리고 안전장치를 푼 후, 좀비의 턱에 가져다 댔다.

공이가 뒤로 젖혀지며 딸깍거리는 소리가 났는데도 좀비는 여전히 K-2를 물어뜯는 일에만 집중하고 있다. 진우는 열기로부터 보호하기 위해 눈을 꾹 감고 방아쇠를 당겼다.

타앙—!

총성이 울리는 것과 거의 동시에 좀비의 몸에서 힘이 추욱 빠져나간다. 놈의 시체를 밀쳐 내고 일어난 진우는 이 병장과 김 상병을 향해 뛰어갔다. 좀비들의 고개가 바쁘게 움직인다. 그럴 때마다 누군가의 살점이 뜯겨 나간다는 뜻이다.

"야이, 개새끼들아!"

진우는 있는 힘껏 개머리판을 휘둘러 좀비들의 뒤통수를 후려쳤다.

퍼억!

첫 번째 놈은 이렇다 할 저항도 못 해 보고 죽어 버렸지만, 두 번째 놈은 곧바로 몸을 일으켜 달려들었다. 진우가 총구를 돌리려 할 때, 어딘가에서 날아온 총알이 좀비를 날려 버렸다. 중위였다. 이제야 간신히 총을 제대로 쥘 수 있게 된 모양이다.

"하아~ 하아~."

세 번째 놈마저 처리한 뒤, 진우는 떨리는 마음으로 이 병장과 김 상병을 향해 다가갔다.

"으으으…… 아이구, 아야야……."

김 상병이 신음하며 고개를 들어 올린다.

"괜찮으십니까? 괜찮으세요?"

"……괜찮을 리가 있겠냐? 흐흐, 잔뜩 물렸지."

김 상병은 모기한테 물렸다고 할 때처럼 씨익 웃었다. 좀비들의 이빨에 뜯겨 나간 그의 팔과 다리는 온통 피투성이였다. 등과 어깨도 엉망으로 찢긴 채다.

"김 상병님!"

목소리가 갈라진 진우가 괴로워하자, 김 상병은 덜덜 떨리는 손을 휘휘 저었다.

"야, 야, 관둬. 그렇게 계집애처럼 굴지 마. 어차피 이렇게 될 줄 다 알고 있었잖아……. 아이구, 아야야! 씨발, 좆나게 아프네……. 흐흐흐, 뭐, 그래도 내가 이 병장님은 안 물리도록 확실하게 감쌌지. 그렇죠, 이 병장님? 김 상병표 고기 방패 확실했죠?"

"크크큭, 퍽이나, 이 새끼야……."

이 병장이 얼굴을 감싸 쥐고 있던 손을 떼어 내자 흰 뼈가 드러나다시피 살이 잘려 나간 볼에서 피가 줄줄 흘러내린다. 손가락도 하나 없어졌다. 진우의 무릎에서 힘이 빠져나간다.

어째서…… 어째서 이렇게 되어 버린 걸까……. 도대체 어디에서부터 잘못되었던 것일까…….

끄응차, 이 병장이 총을 지팡이 삼아 짚고 일어나며 말했다.

"아직 안 끝났다. 가자!"

"가다니…… 어디로 말씀이십니까?"

"답답한 놈일세. 어디긴, 탈영하기로 했잖아. 으! 아아아~."

이 병장의 부축을 받아서 겨우 몸을 일으킨 김 상병이 신음한다. 부러졌던 다리에서는 왈칵왈칵 피가 솟아 흐르고 있다. 이 병장이 뒤를 돌아보며 말했다.

"우리가 앞장서서 다 막아 줄 테니까 넌 바짝 붙어서 따라와. 정말 간만에 고참 노릇 좀 해 보자. 중위님, 정신 차리십쇼!"

벽에 기대 숨을 헐떡이고 있던 중위가 고개를 끄덕였다. 진우는 아무 말도 할 수 없었다. 근거리에서 권총의 화약이 터지며 입은 화상보다도 몇천 배는 더 아플 만큼 가슴이 답답하고 찢어지는 것 같다.

"젠장, 이놈의 차, 어디에 있냐?"

알람의 해제 버튼을 계속 누르고 다리를 질질 끌며 김 상병이 투덜댄다. 이 병장은 휘청거리면서도 김 상병을 부축한 손을 놓지 않았다. 자동차는 그로부터도 한참을 더 지나 D섹션에 있었다. 멀리 소나타 한 대가 방향 지시등을 점멸하면서 신호를 보낸다.

크롸악!

어두운 구역, 좁은 자동차들 사이에서 난데없이 좀비 한 마리가 튀어나오자 이 병장은 망설이지 않고 자신의 손을 내밀어 좀비의 입을 틀어막았다.

콰드득!

조금 전 네 개로 줄어들었던 손가락이 다시 하나 줄었다.

"어림없어! 이 개새끼야!"

이 병장은 옆구리에 꽉 끼고 있던 K-2를 난사해서 좀비의 몸통과 얼굴을 모두 박살 냈다. 그런 후, 쇼크로 부들거리는 왼손을 꽉 쥐었다.

"자, 이제 이건 네 거다."

소나타 문을 열 때까지 경호원 노릇을 마다치 않던 김 상병이 주머니에서 열쇠를 꺼내 진우에게 건넨다. 피에 젖은 그의 손은 정신없이 떨렸다.

우우욱, 이 병장이 구토를 시작했다.

저 냄새! 익숙한 악취가 정든 사람의 몸에서 뿜어져 나온다. 김 상병도 지지 않겠다는 듯 토사물을 바닥에 흩뿌렸다.

"어우욱~ 야, 우린 여기까지인 것 같아. 박 이병! 아니지. 진우야! 꼭 살아야 돼. 너 형들 기억할 거지? 응? 누가 물어보면 선임 잘 만나서 군대 생활 꿀 빨았었다고 해야 된다······. 우우욱!"

김 상병은 더 버티지 못하고 바닥에 드러누운 채 주머니를 더듬거렸다. 하지만 근육이 잘려 나가고 출혈 때문에 감각이 무뎌진 손은 담배를 제대로 꺼내지 못한다. 진우는 말없이 담배를 꺼내 김 상병과 이 병장의 입에 물려 주고 불을 붙였다.

후우우우~! 쿨룩! 쿨룩!

기침을 하면서도 최대한 깊숙이 연기를 빨아들인 이 병장은 세 개만 남은 손가락으로 진우의 하이바를 쓰다듬었다.

"그런 눈으로 보지 마. 나는 인마, 네가 이렇게 됐으면 뒤도 안 돌아보고 곧바로 발랐을 거야. 그리고······ 도망가서 꼭 살아! 분대장으로 하는 마지막 명령이다."

"그래······ 쿨룩! 쿨룩! 진우야, 이제 출발해. 우리 변하는 거 보여 주기 싫다. 빨리! 우웨에엑!"

진우는 입술을 깨물면서 고개를 끄덕였다. 이상하게도 눈물이 나지 않는다. 이제 거의 의식이 없는 중위를 조수석에 벨트로 고정하고 진우가 두 고참에게 마지막 경례를 했을 때, 뒤쪽에서 좀비들의 울부짖음이 들려왔다. 저 징그러운 놈들에게는 포기라는 게 없는 모양이다.

우웅―.

스타트 버튼을 누르자 소나타가 가벼운 엔진 소리와 함께 움직인다. 크게 원을 그리며 빠져나온 진우는, 백미러를 통해 마지막으로 둘의 모습을 바라보았다. 이 병장과 김 상병이 손을 꽉 잡고 마지막 한 모금을 빨고 있다. 그리고 좀비들이 가까워지기를 기다리던 두 사람은 동시에 그들의 주변에 있던 자동차 연료 탱크를 향해 최후의 사격을 했다.

콰콰콰쾅!

20여 발 이상이 관통되자 연료 탱크가 폭발했고, 두 용감한 병사의 모습은 순식간에 화염에 의해 덮여 버렸다. 진우는 세차게 고개를 저었다. 하지만 아직도 끝이 난 게 아니다. 진우는 마지막 명령을 완수하기 위해 핸들을 잡은 손에 힘을 꽉 쥐었다.

"애들 어디 갔어? 응? 애들?"

의식이 돌아온 중위가 창백한 얼굴로 이 병장과 김 상병을 찾는다.

"전사하셨습니다."

중위가 제대로 알아듣지 못하는 것 같아서 진우는 더 길게 설명하지 않았다.

콰아아―.

주차장 입구를 가로막으려 들던 좀비들을 그대로 받아 버렸다. 군복을 입은 놈들이다.

대학원 B동 부근은 조용했다. 간간이 총성이 울리기는 하지만, 예상한 것보다 훨씬 더 적은 병력만이 남아 있었고, 대부분 좀비들에 의해 둘러싸인 상태였다. 이런 상황이라면 산 쪽을 담당하고 있던 장갑차 부대 역시 제대로 보급을 받지 못해 꼼짝없이 고립되어 있을 것이다.

도대체 그 많은 병력이 왜 힘도 제대로 못 써 보고 당해 버린 건지 이해할 수 없었지만, 진우는 깊게 생각하지 않기로 했다. 이제 더 이상 누군가를 위해 희생하거나 거창한 명분을 위해 목숨을 바치고 싶지 않다.

03

― 도망가서 꼭 살아…….

이 병장과 김 상병의 당부가 귀에서 떠나지 않고 몇천 번이고 메아리를 친다.

"얘네들 어디 갔어? 응? 애들 데리고 가야지······."

중위가 조금 전 했던 말을 다시 반복한다. 아마도 의식이 오락가락하는 것 같다. 진우는 대꾸하지 않고 폐허처럼 무너진 정문 바리케이드를 전속력으로 통과했다. 몇 마리씩 몸을 날리는 좀비가 있었지만, 차를 따라잡을 만큼 빠르지는 않았다.

콰자작—.

앞길을 막아서는 좀비를 제대로 피하지 못해서 사이드미러가 부서져 날아간다. 이놈들 틈바구니를 헤집고 달리자니, 김 상병이 얼마나 운전을 잘해 줬었는지가 뼈에 사무친다.

목이 뜯겨 나간 병사들의 시체와 좀비들의 시체가 피할 수 없을 만큼 널려 있어서 자동차는 계속 덜커덩거리고 흔들렸다.

삐익! 삐익!

쏟아지는 장대비는 와이퍼를 최대 속도로 가동해도 여전히 시야를 가린다. 그래도 진우는 이를 악물고 속도를 줄이지 않았다.

"응? 저건?"

예전에 장갑차들이 뚫어 놓은 길을 따라 전속력으로 10여 분을 달렸을 때, 앞쪽에 낯선 광경이 보였다. 도랑에 코를 처박은 채 빠진 장갑차와 버려진 중무장 레토나, 그리고 장교들이 타던 사제 SUV가 엉망으로 부서진 채 멈춰 서 있다. 아까 1분대가 발전소로 돌아올 때 정문을 뚫고 나가던, 바로 그 조합이다.

전투를 지원하는가 싶었는데, 그게 아니라 도망을 치다가 여기에서 발이 묶였던 모양이다. 가장 앞에는 장갑차가 서 있다. 한 칸이 끊어져 늘어진 장갑차 무한궤도 내에는 좀비들의 뼈와 살이 잔뜩 엉켜 들러붙어 있다. 고기를 다지다가 멈춰 선 믹서의 칼날을 보는 것 같다.

기동력을 잃고 멈춰 서 버린 장갑차 해치 위에는 한때 아군이었던 좀비 세 마리가 달라붙어 단단히 잠긴 쇠문을 열어 보려고 손가락이 부러지도록 긁어 대는 중이었다.

"개 같은 놈들······."

진우의 입에서 저절로 욕설이 흘러나왔다. 좀비가 아니라 사병들을 내팽개친 장교들을 향한 욕이었다. 저만큼의 화력만 지원받았다면 1분대에서 단 한 사람의 전사자도 없이 발전 시설을 봉인할 수 있었을 터였다.

하긴 윗대가리들이야 우리와 생각하는 게 다르지······.

진우는 곧 체념하고 고개를 저었다. 놈들이 뭘 했든 이제 와서 상관하고 싶지는 않지만, 장갑차 속에서 누군가 구조를 바랄지도 모른다는 게 신경이 쓰인다. 그의 분대원들이 발전 시설 내에서 너무도 간절하게 그랬던 것처럼······.

"좋아, 이게 진짜 마지막이다."

멀찍한 곳에 정차한 진우는 K-2를 들고 차에서 내렸다. 하이 빔이 자신들을 환히 비추고 있는데도 좀비들은 여전히 장갑차 해치를 긁느라 여념이 없었다.

"이제 그만 쉬어라."

그렇게 읊조리고 나서 진우는 차례로 헤드샷을 날렸다. 하이바가 보호해 주지 못하는 눈에 구멍이 뚫린 채 좀비 세 마리는 장갑차 아래로 굴러떨어졌다. 그리고 진우는 자동차로 돌아가 경적을 크게 울렸다. 혹시나 장갑차 내에 생존자가 있다면 나오라는 의미였다.

으으응~. 또 기절해 있던 중위가 들이치는 비바람을 얼굴에 맞고 깨어난다.

"장갑차잖아······. 지금 여기가 어딘가······."

오른쪽 입이 제대로 벌어지지 않아 중위의 발음은 부정확했다. 느릿느릿 그 말을 간신히 해 놓고 중위는 머리를 감싼 채 신음했다.

"정문에서 15킬로미터 정도 떨어진 곳입니다. 이제 영외입니다."

모스 부호를 보내듯 클랙슨을 눌렀다 떼기를 반복하고 있던 진우가 설명을 해 주었다. 중위는 알아들었다는 표시를 하면서 계속 고통을 호소했다.

"으으, 머리가 쪼, 쪼개지는 것 같아. 너무 아파······. 그, 그 빵빵대는 소리만 들어도 귀가 울려서······."

그때, 조그만 해치가 열리며 기울어진 장갑차 안에서 누군가 머리를 내밀었다.

"좀비 더 없나? 응? 다 죽였어? 거기 이리 와! 이리 와서 좀 거들어! 나 좀 나가야 하니까!"

손을 내밀고 낑낑대는 건, 중년을 향해 가는 남자였다. 하이바에는 중령 계급장이 박혀 있다. 지난 열흘 동안 먼발치에서나 한두 번밖에 보지 못했던 대대장이다. 대대장이 다시 지껄여 댄다.

"너희 병력 얼마나 돼? 응? 뭐야? 두 명이 단가?"

진우가 아무 대답도 하지 않고 가만히 서 있자 대대장은 용을 써 가며 스스로 해치 밖으로 빠져나왔다.

"이놈, 이거 넋이 나가서 아무 말도 못 하는구만. 뭐, 이해한다. 이렇게 치열한 전투는 처음 겪어 봤을 테지. 그런데도 용케 여기까지 구조하러 왔구만. 어? 너, 안 중위 아니야? 허허, 이 새끼…… 후배라고 챙기고 아껴 줬더니 그래도 보은을 하네. 육사 인연 참 질기구만. 여튼 잘 왔어. 너희는 운이 좋아. 나를 호위해서 R-7 포인트까지만 가자. 거기로 헬기를 보내라고 했으니까 지금쯤 기다리고 있을 거야. 거기에서 울산으로 가면 너희 훈장도 받고 1계급씩 특진도 하게 될 거다. 아, 이놈의 레일이 어쩌자고 그만 똑 끊어져서 보수하러 나갔던 애들까지도 싹 다……."

진우가 차갑게 노려보는 것을 아는지 모르는지 대대장은 쉬지 않고 주둥이를 놀려 댔다. 대충 그림이 그려진다. 장갑차의 무한궤도가 끊어지면서 달아나던 놈들이 멈출 수밖에 없었고, 그걸 수리하겠다고 해치를 연 순간 좀비들이 덮쳐들면서 모든 게 끝났으리라.

대대장은 중위에게 다가와 그 어깨를 두드렸다.

자, 자, 가자……. 중위가 반응이 없자 이번에는 진우의 손을 잡아끈다. 진우는 그 손을 뿌리치며 확실히 알려 주었다.

"군으로는 돌아가지 않습니다."

"뭐어?"

대대장이 눈을 똥그랗게 뜨고 위협적인 소리를 내질렀다. 그래 봐야 진우는 조금도 흔들리지 않았다.

"제가 진짜 군인에게서 받은 마지막 명령은 도망가서 살아남으라는 것이었습니다. 그러니 더 이상의 명령은 없습니다."

"아니! 이, 이 새끼, 지금 무슨 소리를 하는 거야? 이, 이런 미친놈이……. 안 중위! 너도 들었지? 이 새파란 작대기 하나짜리 새끼가 지금 대대장한테……."

"닥쳐!"

중위가 인상을 찌푸리며 대대장을 밀어 쳤다.

바닥에 넘어진 대대장이 화를 내며 권총집에 손을 댄다. 하지만 어느새 중위는 K-2를 꺼내 들고 있었다.

타앙!

중위가 하늘을 향해 위협사격을 하자 대대장은 알아먹었다는 표시를 하며 두 손을 들어 보였다.

"왜! 왜 그랬어? 왜 도망갔어? 이 개자식아!"

중위가 눈물이 그렁그렁한 채 외쳤다. 사태가 심상치 않음을 깨달은 대대장이 그를 달래 보려 다급하게 거짓말들을 늘어놓았다.

"내, 내가 도망을 친 게 아니야! 이게 전투 선봉에 서려고 한 거란 말이야! 응? 안 중위! 내 말 믿어야 돼! 네 선배, 그런 사람 아니라는 거 잘 알잖아?"

"네가 지휘만 제대로 했으면…… 지휘 체계를 무너뜨리고 도망가지만 않았어도 이렇게까지 될 일은 아니었어! 500명이야! 자그마치 500명이! 저 어린애들 500명이 아무 죄도 없이 죽었어! 너같이 무능한 겁쟁이 새끼가 상관으로 됐다는 이유만으로!"

"그, 그래! 내가 좀 판단 착오를 일으켰던 것 같아. 그래도 이제 한 수 배웠으니까 다시는 이런 실수가 없……."

대대장의 얼굴이 흙빛으로 바뀐다. 중위가 총을 고쳐 쥐었기 때문이다.

투투투투투투투투둑—!

중위는 경고도 없이 곧바로 방아쇠를 당겼고, 탄창이 빌 때까지 사격을 멈추지 않았다. 대대장은 비명도 제대로 지르지 못한 채 온몸이 꿰뚫리고 터져 죽어 버렸다. 총을 떨어뜨린 중위가 얼굴을 훔치며 웅얼거렸다.

"그래, 이렇게 해 두면 다시 실수하지 못하겠지……."

진우는 그저 멍하니 중위의 행동을 지켜보고만 있었다. 순식간에 일어난 일이기도 했지만, 딱히 말리고 싶은 생각도 없었다. 대대장의 몸에서 흘러내린 피가 빗물을 타고 번져 온다. 그 더러운 피가 발에 닿기 전, 진우는 중위를 태우고 그 자리를 떠났다.

"……어디로 갈 거냐?"

대대장을 처형하느라 온 힘을 다 쓰고 기진맥진해서 잠시 기절해 있던 중위가 문득 정신을 차리고 물었다. 진우는 쉽게 대답하지 못했다.

어디로라니…….

그저 죽음을 피해 달아나는 것 외에는 아무런 계획도 없었다.

"모르겠습니다. 머릿속이 텅 빈 것 같습니다."

"그럴 거야…… 나도 그러니까."

창가에 얼굴을 기댄 중위가 힘겹게 숨을 쉬며 대꾸했다. 그의 안색은 시체처럼 납빛으로 변했고, 눈동자는 자꾸만 위로 올라간다.

"그렇게…… 좋은 친구들을 한꺼번에 전부 잃은 너야 말할 것도 없겠지. 좋은 놈들이었어……."

친구, 좋은 친구…….

분대원들의 얼굴이 하나씩 스쳐 간다. 껄렁거리는 사수라고만 생각했던 김 상병, 함께 핑크 펀치 포스터를 훔치면서 친해졌던 엉뚱한 이 병장, 무뚝뚝한 정 상병, 사근사근 친절했던 강 일병, 그리고 모두…….

그제야 비로소 진우의 눈에 왈칵 눈물이 솟았다. 이제 다시는 그들을 볼 수 없어졌다는 것이 너무도 절실하게 느껴졌다.

흐으으윽~! 진우는 눈물을 훔치며 브레이크를 밟았다.

전부…… 전부 죽어 버렸다.

"……중위님은 무슨 계획이 있으십니까?"

핸들에 얼굴을 박은 채 한참을 통곡하고 나서 어느 정도 감정이 추슬러졌을 때, 진우가 물었다. 대답이 없다. 또 의식을 잃었나…… 라고만 생각했다.

그러나 그 밀폐의 공간을 채우는 것이 한 사람만의 숨결이라는 것을 깨닫기까지 그리 오랜 시간이 필요하지 않았다. 조수석 유리창에는 더 이상 김이 서리지 않는다. 중위가 숨을 거둔 것이다.

그래…… 이제 진짜 혼자만 남았구나…….

진우는 힘없이 고개를 끄덕였다. 그 후로 얼마나 더 차를 몰았는지도 잘 계산이 되지 않는다. 하여간 발전소의 환한 불빛이 이제 잘 보이지 않을 만큼 멀어졌을 때, 도로 맞은편 저 멀리에서 여러 개의 헤드라이트가 다가오는 게 보였다.

"윽……."

진우는 서둘러 라이트를 끄고 차를 세웠다. 이런 때에, 이런 날씨에 저렇게 여러 대의 차량을 한꺼번에 움직일 수 있는 것은 군대뿐이다. 그리고 그는 절대, 두 번 다시 군에 끌려가 소모품으로 내돌려지고 싶지는 않았다.

내가 봤으니 저쪽도 나를 봤겠지…….

그렇다면 이 근처에 머물러선 안 된다. 진우는 탄약과 몇 가지 물건들을 눈에 띄는 대로 배낭에 담은 후, 자신의 K-2를 들고 차에서 내렸다.

쏴아아아~!

매섭게 휘몰아치는 비가 그를 반겨 준다.

진우는 갓길 울타리를 넘어 흙이 무너져 가는 비탈을 올랐다. 워커가 미끄러지고, 얼굴은 흙투성이가 되었다. 그래도 멈추지 않고 계속해서 산속 깊숙이 들어갔다. 이제는 절대로 도로에서 보이지 않겠다 싶을 만큼이 되었을 때, 진우는 겨우 멈춰 섰다. 그러고는 한숨을 내쉬며 얼굴에 흘러내리는 빗물을 닦고 고개를 들었다.

"아~!"

눈앞에 펼쳐진 광경 때문에 진우의 입에서 저절로 한숨이 나왔다. 숲과 산, 그 뒤에 또 숲과 산, 그리고 또 숲과 산이 수십 겹으로 자신을 둘러싸고 있다. 이제 그는 압도적인 강원도의 자연과 홀로 맞서야 한다.

04

"아하아~암."

제주 공군 기지 제3경비대 소속의 도진상 원사는 늘어지게 하품을 하며 천천히 걸었다. 여름이라는 게 무색할 만큼 오라지게 추워서 자꾸 팔짱을 끼게 된다. 그는 월정 해수욕장에서부터 출발해 해맞이 해안로를 따라 동쪽 방향으로 걸으며, 경계 근무병들을 순찰하는 중이다.

해안은 조용했다. 평소였다면 한창 여행객들로 붐빌 칠월 말이지만, 육지를 온통 덮은 좀비 떼 탓에 제주도가 계엄령 아래 놓인 때라서 인적이라고는 찾아볼 수 없다.

"젠장, 이 시간에 왜 이리 어두워? 태풍이 온다더니, 꽤 큰 놈인가 보네······."

전자시계를 확인한 도 원사는 입맛을 쩝쩝 다시면서 불평을 했다. 동틀 때가 가까워졌는데 바람만 거세게 몰아칠 뿐, 동녘이 훤해지려는 기미는 보이지 않는다.

"어라? 또 이러네? 어제만 해도 멀쩡하더니······. 여기만 대체 몇 개째야?"

불이 들어오지 않는 가로등을 발견한 도 원사는 내일 필히 대대적으로 손을 좀 보라고 해야겠다고 마음먹었다. 저 멀리 보이는 것까지 합하면 불 꺼진 가로등만 네 개다. 이것만 믿고 탐조등도 설치해 두지 않았기 때문에 발밑도 잘 보이지 않았다.

한적한 제주도에서라고 해도 혹시나 윗사람들이 봤다가는 공연히 긴 잔소리를 들어야 할 것이다. 윗사람들은 잔소리를 좋아한다.

"어이, 저거 혹시 일부러 꺼 놨어요? 응? 껌껌한 데 숨어서 농땡이 치고 싶어서?"

방파용 차단벽이 시작되는 자리에서 보초를 서고 있던 예비군 둘을 만나자 도 원사가 물었다. 수염이 텁수룩하게 자란 예비군들은 천만의 말이라는 표정이다.

"아니, 저희가 원숭이도 아니고, 거기를 어떻게 올라가서 끕니까?"

그가 입을 열 때마다 살이 쪄서 팽팽해진 군복 단추가 뜯어져 나갈 것 같다.

"그야 난 모르지. 올라간 놈들이 알겠지."

"아이구, 원사님, 왜 이러십니까? 우리라고 껌껌한 데 서 있는 게 좋겠어요? 그런 것보다 저희들, 집에나 좀 보내 주세요. 이 동네는 조용하잖아요. 장가가서 애 낳고 잘 사는 사람 2박 3일 예비군 훈련이라고 불러 놓고서 지금 이게 며칠째 무슨 꼴입니까? 내 식구들 제대로 밥이나 먹고 있는지 안부도 모른다니까요."

끄응~. 도 원사는 이렇다 할 대꾸를 찾기가 어려워서 앓는 소리가 먼저 나왔다.

예비군을 소집해서 즉시 전력 자원으로 활용한다는 것은 윗대가리들 머리에서 나온 것이니까 그가 관여할 수 있는 게 아니다. 눈치 빠른 놈들은 통지서를 받고도 재빨리 도망가 자취를 감춰 버렸고, 그의 눈앞에서 하소연을 하는 이 두 사람처럼 아무 생각 없이 시키는 대로 따르던 녀석들만 붙들려 벌써 열흘째 경계 근무를 서고 있다.

"난들 어쩌겠어요, 국방부에서 전시에 준하는 상황이니까 그렇게 하라고 다 지시가 내려온 걸……. 육지 애들을 생각해서 좀 참아요. 거기는 지금 매일 좀비들이랑 싸우느라 서로 죽고 죽이고 아주 난리도 아니라고 하던데. 사실 우리야 좀 귀찮아서 그렇지, 목숨이 왔다 갔다 하는 일은 아니잖습니까."

도 원사는 억지로 웃는 얼굴까지 만들어 가며 살살 달랬다. 평소였다면 이렇게 엉기는 놈들 상대도 하지 않았겠지만, 지금은 상황이 다르다. 실탄까지 지급되어 있는 요즘 같은 때, 억지로 찍어 누르려고 했다가는 언제 등에 바람구멍이 생길지 모른다. 안경을 쓴 예비역 병장은 푹푹 한숨을 쉬었다.

"너무 억울하다고요. 그냥 우리 둘 보내 주신다고 무슨 큰일이 나는 것도 아니잖습니까⋯⋯. 걸어가도 30분이 안 걸리는 집 근처에 서 가지고 찬 바람 맞으면서 이게 지금 뭐 하는 건지도 모르겠어요. 아니, 아무리 좀비고 뭐고 난리라고 해도 항만이나 공항 막았으면 됐지, 상식적으로 그것들이 여기까지 헤엄을 쳐서 오겠습니까, 비행기를 타고 오겠습니까? 그리고 정 병력이 필요하면 육지에서 팔팔한 젊은 애들을 데리고 오면 되잖아요. 왜 우리 같은 아저씨들을⋯⋯."

"그래그래, 알았어요, 알았어. 나도 다 생각하고 있다고. 기회를 봐서 말이 좀 먹힐 것 같을 때가 오면 내가 위에다가 이야기 잘해 보려고 마음먹고 있으니까. 응? 조금만 더 고생합시다. 다들 힘드니까⋯⋯. 지금 여기 법이 없어요. 거, 괜히 성질난다고 말썽 부리지 말고⋯⋯. 제주에 전국의 똥별이란 똥별들은 다 모여 있기 때문에 눈에 났다가는 괜한 트집 잡혀서 시범 케이스로 아주 인생 고달파진다고. 알잖아? 그냥 며칠만 더 죽었다~ 생각하고 꾹 참으면 이제 예비군이고 민방위고 더 이상 안 부르도록 내가 조처해 줄게!"

예비군 보초병들에게 신신당부를 하고 돌아서면서도 도 원사는 뒤통수가 당기는 것 같아 몇 번이나 뒤를 돌아보았다. 평소 간단한 훈련 몇 가지를 시키는 데에도 속이 시커멓게 썩어 들어가는 예비군들을 데리고 경계 근무를 서게 하려니 영 귀찮고 힘들다.

"하긴 저놈들 말이 맞지. 여기까지 뭐가 오겠어? 다 위에 것들이 미친 짓을 하는 거지⋯⋯."

정말로 치안이 우려되는 상황이었다면 저렇게 배 나온 아저씨들이 아니라 정예군들에게 임무를 맡겼을 것이다. 사나운 해류를 감안해 볼 때, 좀비는 절대로 이곳까지 닿을 수 없다. 또 만에 하나 그런 놈들이 있다고 해도 저쪽 먼바다 위에 잔뜩 늘어서 있는 해군함들이 그걸 허용할 리도 없다.

도 원사는 뒤로 고개를 돌려 아직까지도 불이 환하게 밝혀져 있는 김녕항을 바라봤다. 어선, 아니면 부자들 낚싯배나 세워 두던 조그만 항구였지만, 지금은 소형 군함들과 상륙정으로 밤낮없이 북적이고, 수백 이상의 병력이 상주하며 내리는 사람들의 신체와 소지품을 일일이 검사한다. 단순히 좀비를 방역하는 수준이 아니다.

"대강 좀 마무리하고 외지 사람들은 육지로 좀 돌아갔으면 좋겠는데……."

도 원사는 투덜거리며 2차선 도로를 따라 더 걸어갔다. 순찰을 돌아야 할 구간이 아직 많이 남았다.

후웅— 후웅—.

해안가를 따라 세워진 풍력 발전기가 돌며 위협적인 소리를 냈다.

"오빠, 갔어? 갔냐고?"

도 원사가 멀어진 지 30초 정도 지났을 때, 차단벽 아래 그늘에서 목소리가 들려왔다. 도 원사에게 항의하던 예비군이 고개를 끄덕인다. 그러자 어둠 속에 쭈그린 채 숨어 있던 사람들이 일어나 기지개를 켰다.

"아우~ 놀래라. 썩을. 뒈지는 줄 알았네. 아이, 진짜. 내가 묶인 몸이라 하기는 하는데, 이건 추가 요금 줘야 돼. 존나 애 떨어지는 줄 알았잖아."

"그러게. 이러다가 우리 걸리면 총 맞는 거 아니야, 오빠? 저 사람 또 오면 어떡해?"

젊은 여자 둘이었다. 소매 없는 셔츠에 반바지 차림인 여자들은 껌을 짝짝, 씹으면서 불평을 한다. 호리호리한 두 번째 예비군이 낄낄 웃었다.

"한 번 돌았으니까 아침까지는 절대로 안 와. 저 사람도 좋아서 하는 짓이 아니라 나가 보라고 쪼니까 그냥 시늉만 하는 거야."

"흠, 그래? 경찰이나 군인이나 다 비슷한가 보네……. 근데 어디에서 하려고? 설마 모래밭에서? 아우, 여기 너무 춥다. 오빠, 남자가 좀 매너가 있어 봐라. 그 옷도 좀 벗어서 걸쳐 주든가."

여자가 오들오들 떠는 시늉을 하자, 안경 예비군은 순순히 군복 윗도리를 벗어 여자의 어깨에 걸쳐 준다. 그러면서도 너스레를 잊지 않았다.

"어차피 벗을 건데 뭘 또 새삼스럽게 걸치고 그러냐?"
"야, 주문한 거나 좀 내놔 봐. 술 마시면 안 추워진다."
호리호리의 말에 여자 1이 핸드백에서 팩 소주 세 개를 꺼낸다. 호리호리는 혀를 찼다.
"에개! 이게 뭐야? 이건 두 병도 안 되는 양이잖아. 그걸 뉘 코에 붙여? 장난 하냐?"
"이게 요즘 얼마나 귀한 줄 모르는구나, 오빠. 담배랑 소주가 씨가 말랐다고 다들 난리야. 정 아쉬우면 원샷해. 원샷하면 빨리 취하지, 뭐."
여자 1은 건성으로 대꾸하며 마른오징어를 찢어 호리호리의 입에 물려 주었다. 그녀들이 원래부터 군인을 상대하던 건 아니었다. 지난 7월 15일 이후, 제주도에 있던 외국인 관광객들은 모두 보호 차원에서 격리 수용되었다.
말이 좋아 보호지, 실은 외국 정부를 압박하기 위한 인질이었고, 그래서 제주도 거리에는 그 많던 외국인들이 싹 다 씨가 말랐다.
그러한 일들의 여파가 피부로 느껴진 계층은 그녀들처럼 외국인 관광객을 상대하던 유흥업 관계자들이다. 서울에서 온, 방귀깨나 뀌시는 분들은 다들 제 와이프에 세컨드에 서드까지 거느리고들 왔는지, 매춘 수요가 눈에 띄게 줄어든 것이다.
하지만 포주들은 재빨리 업종을 변경함으로써 그들에게 닥친 위기를 타개하였다. 새로운 고객은 여기 그녀들의 눈앞에서 마지막 한 방울까지 팩 소주를 빨아 먹고 있는, 두 사람 같은 예비군들이다. PX를 대신해 몇 군데나 돌아가는 황금 마차에서 술과 여자에 굶주린 예비군들을 슬쩍 떠보기만 해도 어느새 거래는 성립된다.
외곽 경계 근무를 서는 시간과 위치를 미리 알려 주면 정확한 때에 여자들이 술을 가지고 찾아온다. 외상이라는 것 때문에 거래가 무산되는 일은 없었다. 어차피 이곳은 사방 어디로도 달아날 수 없는 섬이고, 지장 찍힌 영수증 하나면 포주들은 이 난리가 끝난 뒤에 충분히 돈을 받아 낼 자신이 있었다.

설사 최악의 경우로 무일푼인 고객이라 해도 관계없기는 하다. 군대에 끌려올 정도의 건강한 사람이라면 누구나 몸속에 꽤나 값나가는 걸 가지고 있기 때문이다.

물론 몇몇 주요 보직을 맡은 이들을 구워삶지 않았다면 이런 일이 가능할 리 없다. 육지에서 일어나는 일들을 낱낱이 알지 못하기에 제주도 사람들은 상대적으로 긴장이 느슨했고, 두려움보다는 귀찮게 됐다는 감정이 더 컸다.

"카아~ 좋다! 씨발, 우리가 무슨 스님도 아니고, 도대체 이거 없이 어떻게 살라는 거냐."

팩 소주를 원샷한 안경이 담배에 불을 붙이며 중얼거린다. 곁에 앉은 여자는 하품을 했다.

"다 마셨으면 우리 빨리빨리 하자, 오빠. 어명 내려오기 전에 끝내야 서로 깔끔하지."

어명이란 약속된 시간이 5분 남았을 때, 포주가 무전기를 통해 보내는 신호다. 전파방해 때문에 서로 교신할 수는 없지만, 무전기에서 치이익— 하는 잡음이 들리면 그것으로 충분히 의미는 전달된다. 팔을 잡아끄는 여자 1을 안경이 나무랐다.

"가만있어 봐. 한 대만 빨고 좀 하자. 너는 소주, 담배, 이 두 가지가 모두 갖춰져야 제대로 된 떡인 것도 모르냐?"

"그럼 나도 한 대만 줘. 가만히 있으려니까 심심해."

안경이 여자 1에게 담뱃불을 붙여 주는 동안 호리호리는 여자 2를 데리고 일어나 두리번거리며 동쪽으로 걸어갔다.

"그냥 대충 아무 데서나 해. 뭘 장소를 골라? 어차피 가로등도 나가서 깜깜하구만."

안경이 호리호리를 놀린다. 둘은 중학교, 고등학교를 모두 함께 다닌 사이다. 완전히 친했다고는 할 수 없지만, 그래도 함께 어울려 논 시간은 꽤 된다. 어차피 좁은 동네다. 호리호리가 뒤를 돌아보고 받아쳤다.

"넌 이 새끼야, 나랑 같이 하면 비교당해서 안 돼. 다 너 놀림당하지 말라고 배려해 주는 거야. 자, 글라."

모처럼의 여흥에 신이 난 호리호리는 제주도 사투리까지 써 가면서 여자를 잡아끌었다.

"지랄하네, 미친 새끼. 크크."

"근데 진짜 오빠들이 저 가로등 껐어?"

"아니. 그냥 오늘 밤에 나와 보니까 다마가 나가 있더라. 아마 우리 둘이 만리장성 잘 쌓으라고 하늘이 도우신 모양이지."

둘만 남으니 한결 호젓하고 분위기도 야릇해지는 것이 사실이다. 안경은 일어나서 지퍼를 내리며 모래밭에 아무렇게나 담배를 퉤, 뱉었다.

"우리도 슬슬 연애 한번 해 볼까? 흐흐."

여자가 옷을 벗으려다가 뒤를 흘끔거린다. 해수욕장 주변과 달리 모텔이나 펜션도 없고, 도로 건너편에 커다란 2층 건물 하나만 외따로 떨어져 있을 뿐이다. 짓다가 만 듯 인기척이 느껴지지 않는 집을 가리키며 여자가 말했다.

"오빠, 저기 저 큰 건물 있잖아, 우리 저기 가서 하자. 보아하니까 빈집 같은데, 나 진짜 모래밭에 눕는 거 싫어서 그래. 읍!"

여자의 입을 자기 입술로 덮으며 억지로 자빠트린 안경이 반바지를 끌어 내리며 말했다.

"나는 말이지, 누가 싫다는 걸 억지로 하면 그게 그렇게 흥분이 되더라고. 으흐흐흐."

여자는 체념하고 순순히 남자의 손에 몸을 맡겼다. 이 정도 흥분한 걸로 봐서 어차피 조금만 참으면 끝날 것 같다.

여자의 입에서 영업적인 신음 소리가 파도 소리와 섞여 울릴 때, 그들로부터 20여 미터 떨어진 해변의 물속에서 뭔가가 움직이기 시작했다.

05

 한 지점에서 출발한 네 개의 그림자가 빠르게, 소리 없이 모래사장을 내달려 두 덩어리로 뭉쳐진 네 사람에게 다가간다. 하지만 두 쌍의 남녀는 그런 기미를 전혀 눈치채지 못한 채 다른 일에 몰두하고 있었다.
 "오빠아~ 진짜 끝내준다아~."
 "그, 그렇지? 너는 오늘…… 허억~ 아주 죽었어. 허억~."
 네 개의 그림자는 속도를 더 높였다. 젖은 발바닥이 모래에 닿을 때마다 나는 철퍽거리는 소리 정도는 바닷바람 속에 묻혀 사라진다. 첫 번째 그림자가 안경의 목을 뒤로 젖히며 울트라마린 나이프로 긋는 동안, 두 번째 그림자는 여자를 덮치며 입을 틀어막았다.
 읍ㅡ! 눈이 화등잔만 해진 여자가 방어를 위해 무의식적으로 상체를 일으키자 그녀의 가느다란 목에 낚싯줄 올가미가 걸렸다.
 끄윽, 큭! 여자가 몸을 뒤채며 발버둥을 치려 들자, 그림자가 두 다리로 옥죄어 누른다. 여자는 이내 축 늘어져 버렸다.
 그들로부터 10여 미터 떨어진 장소에서는 호리호리와 여자 2가 비슷한 방식으로 죽어 가고 있었다. 호리호리의 목에서 올가미를 풀어낸 그림자가 이쪽을 향해 팔목을 잡고 원을 만들어 상황이 종료되었다는 신호를 보낸다.
 "칼을 쓰지 말라니까……. 이 새끼야, 이 피 이거 다 어쩔 건데?"
 두 번째 그림자가 첫 번째 그림자를 나무란다. 첫 번째 그림자는 히죽거리며 발로 모래를 쓸어 덮었다. 모두 검은 잠수복을 입고 있다.
 "이렇게 하면 되지 않습니까? 어차피 흔한 게 모래인데. 흐흐, 근데 이런 데에 웬 여자가 다 있네……."
 "아가리 다물어. 이빨 보이지 마!"
 그들의 곁으로 다가온 세 번째 그림자가 목소리를 낮춰 으르렁거린다. 첫 번째와 두 번째는 곧바로 경직되어 자세를 고쳐 섰다.

"장비 점검해. 너, 후방 경계!"

명령을 받은 두 번째 그림자는 사선으로 메고 있던 소총을 들었다. 총구에 물이 들어가는 것을 방지하기 위해 씌워 놓았던 콘돔의 고무줄을 벗겨 낸 그는 차단벽에 바짝 붙어 섰다.

장비를 매단 채 차가운 밤바다의 파도를 뚫고 한 시간 반이나 헤엄을 쳐서 이곳에 도착했지만, 그들의 표정에서 지친 기색은 보이지 않는다. 첫 번째와 네 번째가 시체들을 끌어 한군데 얌전히 모으는 동안 세 번째 그림자는 바다 쪽을 향해 서서 플래시를 켰다.

손바닥으로 플래시를 막았다 다시 떼는 방식으로 세 번 불빛을 깜빡거리자, 저쪽에서도 똑같은 신호가 온다. 세 번째 남자는 이번에는 간격이 길게 두 번 불빛을 깜빡였다.

"각자 위치로."

명령이 떨어지자 세 개의 그림자는 산개해서 어둠 속에 자신들을 묻은 채 사격 자세를 취했다. 그들의 총구에는 소음기가 붙어 있고, 탄창에 든 것은 308 윈체스터 서브소닉 탄약이다. 발사되자마자 음속을 돌파하면서 요란하게 날아가는 일반 총알과 달리, 308 서브소닉은 찰칵거리는 정도의 쇳소리밖에는 만들어 내지 않는다.

물론 그렇다고 해도 총격은 어디까지나 최악의 상황일 때만 벌여야 한다는 걸 다들 잘 알고 있었다. 인간이라는 건 급소에서 조금만 빗나가도 죽기 직전까지 엄청난 비명을 지를 수 있는 동물이기 때문이다.

칙, 치이이익―!

시체들을 모아 둔 곳에서 갑자기 이상한 소리가 난다. 무전기가 전파방해를 받았을 때 내는 잡음 같다.

이상하군. 보초병들에게 무전기가 지급되었다는 소리는 못 들었는데…….

세 번째 그림자는 긴장한 표정으로 시체들을 뒤졌다. 예비군의 주머니를 아무리 털어 봐도 무전기는 나오지 않는다. 그러는 동안 또 한 번 치칫대는 잡음이 울렸다.

여자의 핸드백이라는 의외의 장소에서 무전기를 찾아낼 때까지 몇 번이고 치익거리는 소리가 났고, 점점 그 주기가 짧아졌다. 멀리 퍼질 리야 없겠지만, 시나리오에 없던 일이라 진땀이 난다.

땀을 뻘뻘 흘리며 무전기를 꺼낸 세 번째 그림자는 개머리판으로 내리쳐 작살을 낸 뒤, 다시 핸드백 속에 던져 넣었다.

"하아~ 하아~. 뭐야, 대체……."

땀을 씻어 낸 세 번째 그림자가 고개를 들었을 때, 제2대는 이미 꽤 가까운 곳까지 와 있었다. 모터를 끈 검은 고무보트 한 대당 여덟 명씩의 건장한 남자들이 몸을 바짝 숙인 채 열심히 노를 저으며 해안으로 다가오고 있다.

"별 이상 없나?"

검은 고무보트에서 제일 먼저 내린 사내가 세 번째 그림자에게 물었다.

무전기에 관해서 말을 해야 할까…….

잠시 망설이던 세 번째 그림자는 결국 그냥 무시하기로 했다. 그게 왜 거기 있냐고 추궁을 당해 봐야 자신만 골치가 아파질 뿐이다.

"옛, 돌발 사항 없습니다. 시나리오 대롭니다."

"좋아, 빨리빨리 움직여."

명령을 내린 사내는 반라의 상태로 죽어 있는 남녀들의 시체를 경멸하는 눈으로 내려다봤다. 그러는 동안 보트들이 속속 도착했고, 남자들은 자신이 타고 온 보트를 들고 해변의 외딴 2층 건물을 향해 망설임 없이 뛰어갔다.

드르르륵―.

기름칠이 잘되어 있는 셔터를 들어 올리자 널찍한 주차장이 나타난다. 가장 먼저 도착한 보트의 인원들이 시체를 집 안으로 들였을 때, 차고에 세워 둔 보트들도 거의 다 정리가 끝난 상황이었다.

바람을 빼 버리자 열 대라고 해도 그리 많은 공간을 차지하지 않는다. 자신의 보트를 정돈한 인원들은 바닥에 빼곡하게 붙어 앉은 채 다음 명령을 기다리고 있다.
"지금 시각이 공네 시 삼십이 분. 지금부터 이십팔 분 동안 환복하고 모든 준비 마친다."
등 뒤에서 셔터가 내려지는 동안 시계를 들여다본 사내가 명령했다. 80명의 잠수복을 입은 남자들은 입을 굳게 다무는 것으로 동의의 뜻을 전했다. 그들은 건물 내에 위치한 계단을 타고 순서대로 2층에 올랐다. 널찍한 마루의 긴 옷걸이 랙에는 알록달록한 티셔츠와 카고 반바지부터 와이셔츠와 정장 상하의까지…… 수백 벌의 다양한 의상이 갖춰져 있었다.

"아이, 씨발. 진짜 이년들, 말도 좆나게 안 들어요. 하여간 옛말에 그른 게 하나도 없다니까……. 조선 년들은 사흘에 한 번씩 패 줘야 말을 들어. 아니, 씨발, 무전으로 어명 내린 지가 언젠데……."
2층 건물에서 남자들이 옷을 갈아입고 있을 때, 해변 진입로에는 한 사내가 투덜거리며 걸어 들어왔다. 오늘 이곳에 여자들을 보내고 근처의 차 안에서 기다리고 있던 포주다. 몇 차례나 무전기로 신호를 보내도 도무지 답이 없어서 결국 여자들을 회수하기 위해 직접 나선 것이다. 그는 이 기회에 군인들에게도 단단히 못을 박아 둬야겠다고 생각했다.
"씨발, 이런 건 말이지, 그냥 상도덕이라고 하기 전에 민주 시민이 갖춰야 될 기본 매너잖아. 아니, 남이 장사하는 물건을 가지고 놀았으면 반납을 제때 해야 할 것 아니야. 입장을 바꿔서 생각을 해 보면 간단하게 답이 나올 텐데도 이러네……."
포주는 군인들을 나무랄 말을 미리 연습 삼아 중얼거리며 배달 장소인 차단벽으로 걸어갔다. 그런데 아무도 없었다.
"앵두야! 자두야!"
화가 머리끝까지 치솟은 포주는 두 여자의 이름을 불렀다. 처음에는 소리 죽여 부르던 것이 꽤나 커질 때까지 대답이 없다.

"이런 개같은 년들! 쨌어?"

포주는 왔던 길을 다시 돌아오며 씩씩거렸다. 어차피 섬이라서 도망을 칠 수 없다는 걸 알면서도 가끔씩 이렇게 미련한 년들이 나온다. 이번에는 아마 근무 서기 싫은 예비군 사내놈들이랑 작당을 한 모양이다.

아주 요절을 내 줘야지…….

포주는 여자들을 잡으면 어떻게 할지 고민하면서 걸었다. 고통을 주고 그년들이 비명을 지르며 살려 달라고 비는 상상을 하는 것만으로도 기분이 조금은 나아지는 것 같다. 그러다가 그는 하지 말아야 할 실수를 저질렀다. 무전기를 꺼낸 것이다.

"아, 씨발! 아직 안 터지나? 조금 더 나가서 걸어야겠다."

그는 똘마니들에게 계집애들을 잡아 오라는 명령을 내릴 참이었다. 몇 번을 시도해 봐도 무전기는 치익대며 잡음만 냈다. 그때, 누군가 뒤따라오고 있다는 인기척이 느껴졌다. 포주는 뒤를 돌아보았다.

어쩌면 그 잡것들이 뒤늦게 쫓아와 '오빠, 용서해 줘요~.'라고 빌려 들지도 모른다고 생각했다. 그런 그의 예상은 보기 좋게 빗나갔다.

"윽!"

포주는 입이 틀어막혀진 채 공포로 질린 눈을 껌뻑거렸다. 깨물어 보려고 해도 워낙 억센 손이어서 입이 벌어지질 않는다. 목에 차가운 쇠가 닿는 느낌이 든다. 섬뜩하다.

"너 뭐야? 누구에게 무전하려고 한 거야?"

질질 끌려 2층 건물의 그늘 안으로 끌려 들어가 두 손을 테이프로 포박당한 포주에게 한 사내가 물었다. 입을 풀어 주자마자 포주는 항의를 하려 들었다. 사내의 말투에서 군인의 낌새를 느꼈기 때문이다. 군인이라면 뭔가 오해가 있던 게 틀림없다.

"아니, 아저씨. 우리 서로 돕고 사는 처지에…….."

개머리판이 얼굴을 후려치는 바람에 포주는 입을 다물어야 했다.

크으윽, 이가 부러지고 피가 뚝뚝 흐르는데, 그 아픈 상처를 또 꽉 움켜쥐고 비명도 지르지 못하게 한다.

"이 새끼가, 묻는 말에 대답 안 하지? 다시 물어본다. 너, 뭐 하는 새끼야?"

사태가 심각하다는 것을 깨달은 포주는 얼른 고개부터 납작 숙였다. 얼굴을 보지 않았다는 걸 상대에게 알리기 위해서다.

"저, 저는 그냥 계집애들 두서넛 데리고 정직하게 장사하는 놈입니다. 나, 나쁜 놈 아닙니다."

"무전은 누구한테 때렸어?"

"그, 그…… 아무것도 아닙니다. 오늘 여기서 계집애들이 배달을 왔는데 회수가 안 되어 가지고…… 그년들, 아니, 그 애들 잡으려고……."

묻던 사내는 더 들을 필요 없다고 생각해서 턱을 까딱거렸다. 곧바로 또 억센 손이 포주의 입을 틀어막는다. 움직임들이 워낙 빨라서 '살려 주세요…….'라는 말을 내뱉지도 못했다.

"처리하고 같이 둬."

사내의 명령이 떨어지자마자 포주의 목젖에 강력한 손날치기가 꽂힌다. 그리고 그가 끔찍한 고통을 느낄 때, 입이 자유로워졌다. 하지만 비명을 지를 수는 없었다. 비명은커녕 쉿소리조차 나지 않는다. 포주의 목에 올가미가 씌워지고 꽉 조여졌다.

하아아~. 포주는 몇 번 몸서리를 치다가 결국 숨을 거뒀고, 그의 시체는 그가 그토록 찾으려 했던 앵두와 자두의 바로 곁에 던져졌다.

펄럭, 남자들은 커다란 푸른색 공업용 포장을 펼쳐서 바람 뺀 고무보트와 시체들을 한 번에 덮어 고정하고, 억지로 포장을 젖히는 순간 핀이 빠지도록 수류탄 트랩과 휘발유도 장치해 두었다.

그리고 20여 분 뒤, 커다란 가방을 하나씩 든 80명의 사내가 건물에서 빠져나와 어둠 속에 몸을 숨긴 채 섬의 중앙을 향해 빠르게 달려 나갔다. 이제 그 장소에 남은 것은 맨 처음 예비군을 죽인 네 명뿐이다.

그들은 2층의 커튼 틈으로 소총의 총구만을 내밀고 조준경을 통해 외부를 감시했다. 두 시간이 가까워지도록 단 한 사람도 보이지 않을 만큼 해안로는 한적했다. 그러나 사실은 그들의 눈에 띄지 않는 각도에서 누군가가 그곳을 지나기는 했다. 혹시나 싶은 불안감에 예비군들을 다시 찾은 도 원사다.

 모래사장을 통해 천천히 걸어온 도 원사의 모습은 차단벽에 가로막혀 있어 2층의 저격수에게는 보이지 않았다.

 "어허, 이거 진짜 도망을 쳐 버렸네……. 이 사람들, 이거…… 실탄까지 가지고……. 허어! 참 큰일 낼 사람들일세……."

 근처의 다른 보초병들은 멀쩡히 잘 근무를 서고 있는데…….

 역시나 예감이라는 게 무시할 수 없다. 도 원사는 답답한 마음에 혀를 끌끌, 찼다.

 어쩌지?

 도 원사는 차단벽 끝자락에 기댄 채 잠시 고민을 하며 서 있었다.

 탈영병이 있다는 신고를 하려면 서쪽 항구의 초소에 가야 한다. 그리고 그는 모르고 있지만, 차단벽 밖으로 한 발짝을 내미는 순간 2층의 저격수는 그의 머리에 구멍을 내 버릴 터였다.

 "에이, 저희들도 다 가정이 있고 생각이 있는 놈들인데, 무슨 큰 사고야 치겠어? 한잠 자고 나면 겁이 나서라도 복귀할 테지."

 도 원사는 그렇게 중얼거리고 나서 차단벽을 따라 되짚어 돌아갔다. 어차피 예비군들이 차고 넘쳐서 인원 관리는 제대로 되지 않는다. 그가 서류에 복귀라고만 적어 두면 당장 오늘 밤 점호가 있기 전까지는 아무런 문제도 없을 것이고, 그놈들이 가지고 나간 실탄이라야 다 합쳐도 달랑 스무 발이다. 게다가 사실 큰 난동을 일으킬 만한 이유도 없는 녀석들이라는 걸 그 자신도 잘 알고 있다.

 "점심때쯤 그놈들 집에다가 전화나 한 통씩 해 봐야겠군."

 도 원사는 담배에 불을 붙였다. 귀찮았다. 하지만 방금 내린 결정 덕분에 그의 목숨이 아직 붙어 있다는 생각은 조금도 하지 못했다.

Chapter 24
디아스포라

01

― 건대 쉘터 이동을 신청하신 분들께서는 지금 1루 더그아웃 석에 집결해 주시기 바랍니다. 다시 한번 말씀드립니다. 건대 쉘터 이동을 신청하신 분들은 지금 1루 더그아웃 석에 집결해 주십시오. 장갑형 트레일러, 7시 반에 출발합니다. 기다리지 않습니다.

아침 6시가 되자 잠실야구장 쉘터의 장내 스피커에서는 계속해서 같은 말이 흘러나왔다. 아직 새벽잠이 다 깨지 않은 사람들이 일어나 앉아서 눈을 비비고, 그 사이를 헤치고 다니며 군인들도 똑같은 메시지를 전달했다.

"웬일이야…… 지금 몇 시인데……."

어젯밤 잠을 설친 임수정이 얼굴을 쓸어내린다.

"6시네요. 아함~."

옆자리에서 잠들었던 테라가 시계를 들여다보고 일러 주었다. 한뎃잠을 자다가 막 깬 얼굴인데도 어지간히 예쁘고 사랑스럽다.

"이상하다? 어제 분명히 점심 먹고 출발할 거라고 했었는데…… 너무 이르잖아. 뭐지?"

"그러게요. 왜 갑자기 바뀌었을까요?"

넋두리를 늘어놓으면서도 두 사람은 서둘러 자리에서 일어나 짐을 챙겼다. 짐이라고 해 봐야 조그만 박스 하나에 전부 들어갈 보잘것없는 것들뿐이지만, 그거라도 없으면 당장 곤란해진다.

어젯밤 테라는 자신과 임수정의 사물함에 가득 차 있던 음식들을 모두 주변의 아이 엄마들에게 나눠 주었다. 어차피 그 많은 짐을 건대 쉘터까지 들고 갈 수는 없는 일이다.

건대에 쉘터가 있고, 이제 그곳으로 이동할 수 있게 되었다는 이야기를 듣자마자 임수정은 들떠서 어쩔 줄을 몰라 했다. 혹시 자신의 가족들이 그곳에 있을지도 모른다는 기대 때문이었다.

임수정은 테라에게 함께 가자고 제안했고, 테라는 그걸 순순히 받아들였다. 어차피 비슷한 수용소 생활인데, 이왕이면 처음부터 가장 힘든 시기를 같이 보낸 격리 시설 동기의 곁에 있고 싶었던 것이다.

"이봐요, 왜 이런 건지는 좀 이야기해 줘야지. 이렇게 갑자기 스케줄을 바꾸고 그러면 어떻게 해. 곤란하다고."

중년 여자 한 사람이 지나가는 병사를 붙잡고 항의를 한다.

"바람 세진 거 느껴지시죠? 오후에 태풍이 올 거라고 합니다. 꽤 큰 태풍이래요. 그래서 일정을 당겼습니다. 장갑형 트레일러로 이동하시는 동안 상공에서 헬리콥터가 호위를 해야 하는데, 태풍이 불면 헬기가 못 뜨거든요. 물론 육로로 이동하는 것도 더 어려워지고요…… 어?"

한창 설명을 하던 병사가 일순 놀라서 경직되었다. 박스에 짐을 담고 있던 테라의 모습을 발견했기 때문이다.

"아…… 저, 테라 씨도 그리로 가시는 거군요……."

병사의 얼굴에서 기운이 한꺼번에 빠져나간다. 테라는 얼른 그에게 다가가 두 손을 꼭 잡으며 가볍게 고개를 숙였다.

"그동안 정말 고마웠습니다, 오빠. 건강하세요."

"아니…… 저는 뭐, 해 드린 것도 없는데……."

테라와 손을 잡는 뜻밖의 행운에 기쁘면서도 이제 저 얼굴을 볼 수 없다는 게 슬프다. 병사는 가볍게 한숨을 쉬었다.

"테라 씨도 건강하세요. 후우~ 건대 경비병 애들은 좋겠네요. 거기는 좁다니까 서로 얼굴 볼 일도 많을 텐데."

어깨가 축 늘어진 병사가 떠나고, 임수정과 테라도 이웃의 아이 엄마들에게 인사를 한 뒤 더그아웃 석을 향해 이동했다. 벌써 꽤나 많은 사람들이 길게 줄을 지어 서 있다.

"잠시만요. 허허, 아이구, 미안합니다. 좀 지나가겠습니다. 허허."

주변을 메운 구경꾼들 사이를 뚫고 주름진 얼굴 하나가 웃는 낯을 내민다. 아줌마들 사이에서 절정의 인기를 누리는 육만배다. 그의 뒤에 바짝 붙어 한 무더기의 덩치 큰 남자들도 줄에 합류해 섰다. 대략 20여 명. 그들 역시 건대로 가려는 모양이다.

"저, 이거 붙이고 올게요."

박스를 내려놓은 테라가 임수정에게 말했다. 어젯밤 그녀는 아주 공을 들여 자신이 건대 쉘터로 간다는 메모를 쓰고 예쁘게 꾸몄었다. 물론 그것을 읽어 주길 기대하는 사람은 그리운 제니다.

비록 헤어진 지 열흘이 되도록 아무런 연락을 받지 못했지만 테라는 제니가 살아 있을 것이라고 굳게 믿었고, 그녀가 언젠가 한 번은 이곳 잠실 쉘터로 와 줄 거라 기대했다.

만남의 벽 나무 구조물 앞에는 쪽지를 붙이려는 수많은 사람들이 복잡하게 얽혀 있었다. 모두 아주 가냘픈 희망의 끈을 꽉 붙들고 누군가를 만나길 고대하는 사람들이다. 밀고 밀리는 중에 테라는 몇 번이나 발을 밟혔다. 잘려 나간 새끼발가락의 상처가 밟힐 때면 끔찍한 고통이 수반되었다.

"끄응차!"

테라는 발돋움까지 해 가며 가장 높은 곳에 제니에게 보내는 메모를 붙였다.

가장 눈에 쉽게 띄는 자리는 물론 사람의 눈높이일 테지만, 거기는 경쟁이 심해서 뒷사람들이 떼어 내 버릴 가능성도 몇십 배나 높다. 지금 당장만 해도 극성맞은 사람들은 남의 소중한 메모들을 뜯어 버리고 그 자리에 자신의 것을 붙이고 있다.

왜 군인들이 이런 걸 통제하지 않을까…….

돌아서서 걸어오면서도 테라는 불안감을 견딜 수 없었다.

"잘 붙이고 왔어?"

임수정이 웃는 얼굴로 테라를 맞아 준다. 가족을 만날지도 모른다는 기대감에 그녀의 얼굴은 상기되어 있다.

"네에~ 그런데 좀 걱정이 돼요. 뒷사람들이 제 메모를 떼어 버릴까 봐요."

"그런 걱정은 하지 마. 메모 같은 건 없어도 괜찮아. 제니가 오기만 하면 주변 사람들이 다 이야기해 줄걸? 테라도 얼마 전까지 여기 있었다고."

"그랬으면 좋겠어요. 그런데 건대로 갔다는 걸 기억하는 사람들이 그때 여기 안 남아 있으면 어쩌죠? 다들 다른 지역으로 옮겨들 가는 분위기잖아요."

테라는 불안한지 자꾸 엄지손톱을 물어뜯었다.

"자, 이제 게이트 엽니다. 나가시면 안내하는 병사들 지시를 들으시고, 질서를 지켜서 이동해 주세요. 아, 그리고 아침 식사는 이동하신 곳에서 드실 거예요."

사람들을 두 줄로 세우고 나서 외부로 향하는 게이트가 열렸다.

끼이이이―.

이곳 쉘터에 들어온 이래, 내내 단단히 잠겨 있기만 하던 두꺼운 철문이 밀리고 처음으로 그곳을 통해 외부의 공기가 들어왔다.

휘이이잉―.

테라의 긴 검은 머리가 바람에 날린다.

투두두두―.

머리 위에서 프로펠러가 바람을 가르는 소리가 울린다. 테라와 임수정은 고개를 들어 하늘을 쳐다봤다. 오늘을 위해 동원된 두 대의 헬리콥터가 서로 교차하며 지나고 있다.

"헬리콥터까지 와 있으니 뭔가 엄청난 일인 것 같은 기분이 드네."

임수정이 중얼거린다. 생각해 보면 열흘 만에 처음으로 그들은 기지를 벗어나 육로를 통해 움직이는 것이다. 좀비 세상이 오기 전에는 매일의 일과 속에 당연히 들어 있던 일인데, 이제는 굉장히 낯설고 두려운 모험이 되었다.

"자, 이동합니다! 밀지 마시고 순서대로 걸어 나와 주십쇼!"

앞쪽에서 대기하고 있던 병사들이 손짓을 하며 나오라는 신호를 보낸다. 사람들은 시키는 대로 걷기 시작했다.

원래 있던 잠실야구장의 계단과 보행로들은 이곳이 쉘터로 지정되자마자 외부의 침입을 막기 위해 전부 끊어 놓았기 때문에, 며칠 전 그 반대쪽으로 철골 통행로와 계단을 설치했다. 2층 높이의 간이 계단을 내려가면 사방이 모두 철책으로 둘러싸인 긴 이동식 복도가 나타난다. 그리고 그 위에 국방색 천막을 씌워 놓았다.

바로 양옆에는 외벽이라 할 수 있는 3미터 높이의 철책이 혹시 있을지 모르는 소규모 좀비들의 난입으로부터 이동식 복도를 보호한다. 문제는 어두운 색 천막이 주는 불길한 인상이었다. 군의 입장에서는 외부를 보지 않는 편이 더 나을 거라고 판단해 나름대로 신경을 쓴 것인데, 그게 오히려 사람들의 공포심을 자극했다.

"서른여섯, 서른여덟, 마흔. 자, 여기까지 끊겠습니다. 나머지 분들은 이 선에서 기다려 주십시오."

마흔 명을 헤아린 뒤, 병사 넷이 앞장을 섰다.

"천천히 따라오십시오!"

하지만 사람들은 쉽사리 그 어두운 공간 속으로 발을 내딛지 못하고 머뭇거렸다. 천장에 등이 밝혀져 있다고는 해도 50미터 이상을 이 안에서 걸어가야 한다고 생각하니 두 발이 땅에 달라붙어 움직일 수가 없다. 당장에라도 저기 보이지 않는 장막을 뚫고 좀비가 튀어나와 달려들 것만 같아 두려운 것이다.

이 통로를 준비한 군에서 간과한 점은, 지금 쉘터 내에 있는 생존자들이 모두 좀비에 대한 끔찍한 트라우마를 갖고 있다는 사실이었다.

"걱정하지 마세요. 상공에서 엄호하고 있기 때문에 안전합니다. 이렇게 시간을 지체하시면 오늘 내 이동 못 합니다!"

병사들의 성화에 못 이겨 앞줄의 사람들이 천천히 움직인다. 10여 미터쯤 복도 안까지 들어갔을 때, 선두에서 한 중년 여자가 돌아서며 소리를 질러 대기 시작했다.

"도, 도저히 나는 못 가겠어! 다른 사람들보고 앞에 서라고 해요! 나는 무서워서 저기까지 못 걸어가!"

"이러지 마세요! 다들 마찬가지입니다! 저희 병사들도 지금 밖에서 대기 중입니다! 여러분은 안전해요!"

"그러니까, 다른 사람 먼저 보내라고요! 비켜요! 비켜 봐요! 나 좀 나가야 돼! 숨을 못 쉬겠어!"

"안 가시려면 시간 끌지 말고 빠지세요! 다른 분들한테까지 방해됩니다."

이쯤에서 여자가 그냥 남는 편을 택하면 좋았겠지만, 이번엔 다른 남자가 끼어들었다.

"어이, 후배님! 왜 말을 그렇게 해? 저 천막이 무서워서 그러는 거 아니야. 그러니까 그것만 좀 걷어 줘."

"저희는 그렇게 한가한 사람들 아닙니다. 안 가실 분들은 옆으로 비켜서세요."

병사는 두 사람을 열외로 세우고 다른 이들에게 앞으로 나갈 것을 부탁했다. 그러나 그들 중 누구도 가장 선봉에 서고 싶은 마음 같은 건 없다. 빽빽이 늘어서 있던 200여 명의 사람들이 덩달아 동요하자, 그것만으로도 대단한 혼란이 빚어졌다. 그리고 상공의 헬리콥터에서 확성기를 통해 쓸데없는 말을 보태는 통에 사람들의 공포심은 극에 달했다.

"세 시 방향에서 좀비 접근 중! 규모는 넷! 거리 1,500! 신속하게 이동하라!"

"어, 어떡해! 아저씨, 일단 돌아가요! 응? 좀비가 온다잖아?"

"아닙니다, 괜찮아요. 저건 그냥 상황을 보고하는 차원입니다. 이중, 삼중으로 안전장치가 있어서 절대로 여기까지는 접근 못 합니다. 1.5킬로미터면 엄청 멀리 있는 거예요!"

2층에서 대기하고 있는 사람들에게는 아래에서 벌어지고 있는 혼란과 철책 너머를 서성이고 있는 소규모의 좀비들이 모두 한눈에 보인다. 객관적으로 보자면 분명 안전하다. 그러나 혹시 무슨 허점이 있다면?

만약 한 가지라도 계획이 어긋난다면 좀비에게 물릴 것이고, 그러면 그 사람들은 그걸로 끝이다. 다시 돌이킬 수 없다.

긴장한 사람들이 흘리는 진땀 냄새가 주변의 공기 속에 꽉 채워졌다. 테라와 임수정도 떨림을 가라앉히지 못해 서로의 손을 꽉 잡은 채 상황을 지켜봤다.

"이거 놔요! 잡아당기지 말라고!"

"아, 이러시면 정말 오늘 못 나갑니다. 그러면 태풍 지날 때까지 꼼짝도 못 하고요. 이 철책이 그동안 멀쩡히 남아날는지 장담할 수 없어서 시간이 더 늦어져요!"

처음 소동을 일으킨 중년 여자를 비롯해서 몇몇은 아예 바닥에 주저앉아 저항을 이어 가는 중이다. 군인들이 달라붙어 일으켜 세우려 해 보지만, 그럴수록 오히려 더 강하게 반발했고, 히스테리는 서서히 전염될 조짐을 보이기 시작했다. 그때, 육만배가 나섰다.

"잠깐만요, 잠깐만요, 일병님. 저한테 1분만, 딱 1분만 주십시오."

실랑이를 하는 병사에게 양해를 구한 육만배는 웃는 낯으로 말을 걸었다.

"허허허, 여사님. 아직도 이렇게 소녀 같은 구석이 있으시네. 무서워하시는 모습도 어찌나 아름다운지 모르겠습니다. 허허허, 자, 제 손 잡으세요. 바닥이 찹니다. 여자는 찬 데 앉으면 안 좋아요."

부자에 멋쟁이라는 이유로 쉘터 내에서 인기가 높았던 육 사장이 다가와 직접 손을 내밀어 주고 아름답다며 웃어 주자, 그 와중에도 중년 여자의 볼이 불그스름해진다.

"어머, 육 사장님······."

중년 여자가 조금 부끄러워하며 내미는 손을 맞잡자, 육만배는 부드럽게, 그러나 단호하게 잡아 일으켰다. 그러고는 돌아서서 큰 소리로 말했다.

"여러분, 저는 겁이 많은 사람입니다! 맞는 게 무서워서 평생 싸움 같은 것도 한 번 해 본 적이 없고, 혼자 자야 할 때는 불도 환하게 밝히고 TV를 켜 놓아야 잠이 오는 사람입니다. 그런 데다가 보시다시피 이제는 이렇게 늙어서 힘도 없습니다. 이 길요? 물론 무섭죠. 하지만 저는 이를 악물고 걸어갈 겁니다. 스타 시티에 살고 있던 제 아들! 그 애를 만날 수만 있다면 이렇게 가슴이 떨리고 무서운 것도! 저 좀비들이 울어 대는 소리도! 다 이겨 낼 수 있습니다! 제 아들이 건대 쉘터에서 저를 기다리고 있을 거라고 믿으니까요! 여러분, 우리 모두 같은 처지 아닙니까? 힘을 냅시다! 사랑하는 사람들이 애타게 우리를 기다린다고 생각하면 이깟 잠시 무서운 건 얼마든지 참을 수 있습니다! 자, 겁보인 제가 한번 앞장을 서 보겠습니다. 저 같은 것도 갈 수 있다면 누구나 갈 수 있다고 생각합니다. 가시죠, 일병님."

일장연설을 늘어놓은 육만배가 병사들과 함께 성큼성큼 걸어 들어가자, 사람들이 술렁인다. 그러고는 천천히 그 뒤를 따라 걷는다. 그래도 버티려는 이들에게는 미리 귀띔을 받은 기동이와 가희가 달라붙어 꾀고 어르며 설득을 했다.

"근데, 오빠. 우리 회장님, 아들이 있어? 건대 스타 시티에 살았었나 봐? 오빠 알았었어?"

사람들의 불안이 진정되고 어느 정도 한숨을 돌린 뒤, 가희가 기동이에게 물었다. 기동이는 고개를 갸웃거린다.

"글쎄······ 회장님 자제분이 있으시다는 말씀은······ 그 뭐냐, 금, 금초신문인데······."

육만배가 겁쟁이 코스프레에 있지도 않은 자식까지 끌어들여 가며 필사적인 쇼를 한 이유는 간단하다. 혹시라도 앞에서 거치적대는 돼지 같은 연놈들 때문에 이동하지 못하고 오늘 오후를 넘기면, 그의 수하들이 꼼짝없이 군대에 끌려갈 것이기 때문이다. 이제 와서 그렇게 빈손으로 다시 시작하는 일은 할 수 없었다.

"이쪽으로 들어가시면 됩니다."

천막 쳐진 구간이 끝나고 복도 철책 안으로 햇살이 환하게 비추었을 때, 드디어 대기하고 있던 장갑형 트레일러의 모습을 볼 수 있었다. 말이 좋아 장갑형 트레일러지, 그건 그냥 40피트짜리 대형 철제 컨테이너에 개폐식 옆문과 바퀴를 달아 놓은 것뿐이다. 그리고 그런 트레일러들을 연결해 장갑차가 끌고 가는 원리였다.

하지만 그렇게 단순한 만큼 튼튼하다는 것에는 이견을 달 수 없을 듯했다.

투웅—.

육만배가 두께를 가늠하기 위해 손바닥으로 벽면을 쳐 보자, 믿음직한 소리가 울린다. 좀비의 손톱과 이빨 정도로는 절대 뚫리지 않을 만한, 단단한 벽이다.

"안전합니다. 걱정하지 않으셔도 됩니다."

트레일러 위쪽에 설치된 기총 포대에 앉아 있던 병사가 말을 건넨다. 그들이 앉은 포대는 몇 개의 쇠파이프를 덧대 좀비가 뛰어 올라올 수 없도록 높이를 강화해 놓은 것에 불과하지만, 지상 3미터 위인 만큼 안전해 보인다. 접이식 사다리는 아예 컨테이너 지붕 위에 끌어 올려놓았다.

"허허, 그러네요. 든든하군요. 잘 좀 부탁드리겠습니다."

육만배는 기총사수들에게 살짝 고개를 숙여 보인 후, 컨테이너 내부로 들어갔다. 언뜻 보기에도 허술한 의자가 양쪽 벽을 따라 일렬로 고정되어 있고, 위쪽에는 공기를 통하게 하기 위해 뚫어 놓은 조그만 구멍들이 보인다. 별도의 공조장치나 냉방 시스템 같은 것은 없는 것 같다.

홋, 어지간히 궁하게 만들었군그래…….

자신의 소지품을 담은 박스를 의자 아래에 밀어 넣은 육만배는 의자에 앉아 벽에 몸을 기댔다. 조금 전 그가 잡아 일으켜 줬던 떼쟁이 년이 히죽거리며 옆자리에 붙어 앉아 돼지 암내 같은 악취를 풍기는 것만 제외한다면 이 상황이 그리

나쁘지 않았다.

한편, 임수정과 테라도 천막이 둘러진 통로 앞에서 자신들의 차례를 기다리고 있었다.

"테라야, 너 괜찮아?"

도무지 안정을 찾지 못하는 테라를 향해 임수정이 물었다. 그녀는 계단을 내려오는 내내 불안한 표정으로 몇 번이나 뒤를 돌아보았고, 말없이 깊은 생각에 잠겨 있었다.

"언니, 정말 미안한데요……."

마침내 결심을 굳힌 듯, 테라가 입을 연다.

"아무리 고민을 해 봐도 저 여기에서 며칠만 더 기다려 보고 싶어요. 제니가 여기까지 왔는데 길이 엇갈나서 못 만난다고 생각하면 너무 가슴이 아파요. 며칠만, 며칠만 더 기다려 보고 그때도 안 오면 제가 건대로 갈게요. 그렇게 해도 괜찮죠? 같이 가겠다고 약속해 놓고 말을 바꿔서 정말 죄송해요."

"아니야…… 미안할 게 뭐 있어. 그래그래, 마음이 시키는 대로 해. 그래야 후회가 안 남지. 나도 네가 제니를 꼭 만났으면 좋겠다."

"그렇게 말해 줘서 고마워요, 언니. 저, 그리고 손 좀 내밀어 봐요."

"응?"

임수정이 그대로 따르자, 테라는 자신이 차고 있던 작은 시계를 그녀의 팔목에 채워 주었다.

"아, 아니야. 이거 안 받을 거야! 딱 봐도 비싼 것 같은데…… 이런 건 그냥 네가 차고 있어야 어울려."

당황한 임수정이 시계를 풀어 돌려주려고 하자, 테라는 그녀의 두 손을 꼭 잡고 다정하게 말했다.

"그냥 받아 주세요. 건대 쉘터에서 배급이 어떨지 몰라 걱정돼 그래요. 제가 가기 전에 언니가 뭔가 필요한 물건이 있으면 그걸로 구하세요. 그거요, 정말 좋은 시계 맞으니까 헐값에 넘기시지 말고 흥정 잘하셔야 돼요. 알았죠, 언니? 아이이~ 풀지 마요."

"하아~ 알았어. 그렇지만 다른 거랑 바꾸지는 않을 거야. 그냥…… 너 대신, 너랑 같이 있다고 생각하고 네가 올 때까지 내가 맡아 두는 걸로 할게. 이거 꼭 찾으러 와야 돼."

하도 간곡하게 권하는 바람에 임수정은 시계 선물을 받아들일 수밖에 없었다. 테라는 그제야 안심이 된다는 듯 애잔하게 웃으며 임수정을 끌어안는다. 쉘터 내의 수많은 군인들이 왜 이 아이만 보면 열광하는지 알 수 있을 것 같은, 그런 웃음이다.

서로 건강히 있어야 한다는 인사를 나누고 둘은 헤어졌다. 통로를 걷다 슬쩍 뒤를 돌아보니 테라는 열외에 서서 가볍게 손을 흔들어 준다. 그녀의 뒤에는 호위병처럼 병사들이 버티고 서 있다.

기분 탓일까, 그녀가 마음을 바꿔 여기 남는다는 것을 알게 된 이후 보초병들의 안색이 조금은 밝아진 것처럼 보인다.

"아이고, 안녕하십니까. 여기서 또 뵙는군요. 건대 쪽에 연고가 있으셨나 보죠? 한데 뭐가 좀 허전하다 했더니, 그 늘 함께 다니시던 젊은 아가씨가 안 보이는군요. 그분은 안 오시나요?"

트레일러에 오른 임수정이 자리를 잡고 앉자, 맞은편 좌석에서 누군가 인사를 건넨다. 고개를 들어 보니 육 사장이다. 임수정은 대충 얼버무리며 웃었다.

"아, 네…… 그렇게 됐네요."

"허허, 그것참 아쉬우시겠습니다그려. 두 분이 단짝이시던데……. 하지만 또 이렇게 새로운 인연을 만나고 그러는 게 인생 아니겠습니까. 허허허."

육 사장이 과장된 표정으로 사람 좋은 웃음을 지어 보인다. 임수정이 가볍게 고개를 끄덕이는 동안, 트레일러의 문이 닫히고 장갑차와의 견인 고리가 채워지는 소리가 울렸다. 그 철컹거리는 쇳소리가 어딘가 불안함을 선사한다.

아니야, 아니야. 불안할 것 하나도 없어…….

임수정은 마음을 다스리기 위해 가만히 눈을 감고 차가운 쇠 벽에 머리를 기댔다.

02

그 무렵, 민구는 플래시로 어둠을 밝히며 깜깜한 지하철 선로를 걷는 중이었다. 바로 곁에는 길 안내 역할의 스패너와 쇠파이프가 각각 한 개씩 가방을 들고 따라온다.

스패너가 든 가방에는 민구가 만배파 건물을 떠날 때부터 들고나온 물건들과 마세티가, 쇠파이프가 든 가방에는 어젯밤 짭새들에게서 빼앗은 총이 들어 있다. 민구는 손에 달랑 물병 하나만을 들었다.

"이, 이걸 저한테 맡기셔도 돼요?"

총이 든 가방을 들고 따라오라고 했을 때, 쇠파이프는 의아하다는 표정으로 물었다.

"왜? 그것만 있으면 나한테 이길 것 같아?"

민구가 히죽 웃으며 물었다.

"아, 아, 아니에요, 형님. 무슨 그런 생각을…… 저, 저는 그냥……."

"잠실역까지만 길을 안내해. 그러면 그건 늬들한테 줄 테니까."

"저, 정말이십니까, 형님?"

총 가방을 꽉 끌어안은 쇠파이프가 세계의 절반이라도 넘겨받은 것같이 벅찬 표정을 지었다. 민구는 코웃음을 친 뒤, 빨리빨리 움직이라고 녀석의 엉덩이를 한차례 걷어차 주었다.

빨리 이놈들과 헤어지고 혼자 남아야 담배를 한 대 시원하게 피울 수 있다. 불만 붙였다 하면 애새끼들이 뒈지는 소리를 하며 애원을 하는 통에 그냥 꺼 버리기를 몇 차례나 반복했던 것이다.

"이쪽으로 가셔야 돼요. 여긴 저희가 함정을 만들어 둔 데거든요."

두 놈의 안내에 따라 민구는 아무 생각 없이 걸었다. 허술하기는 해도 꽤 많은 함정을 파 둔 걸 보니, 이놈들이 살아남아 보려고 나름 얼마나 치열하게 준비를 했는지 눈에 보이는 것 같다.

비단 함정 문제가 아니라도 지하철 선로라는 것은 생각보다 훨씬 넓고 또 복잡하게 얽혀 있었다. 지하 생활에 익숙한 이놈들과 함께 길을 나서지 않았더라면 꼼짝없이 미아가 되어 버렸을 거라고 민구는 생각했다.

"그, 그런데요, 형님. 그 잠실 쉘터라는 데는 어떻게 아셨어요?"

목적지를 두 정거장 앞뒀을 때, 쇠파이프가 물었다.

"음, 누가 아주 친절하게 메모를 남겼더라고. 왜? 가고 싶어?"

"아, 아니요. 저희는 그런 데는 안 가요. 짭새들이 저희들 겁주려고 여러 개소리를 지껄였지만, 딱 한 가지 맞는 말을 했다고 생각하는 게 뭐냐면요, 나라 꼴이 이렇게 됐으니까 이제 젊은 남자들은 눈에 띄기만 하면 군대에 끌려갈 거라고 하는 말이에요. 제 생각도 비슷하거든요. 씨발, 괜히 끌려가 가지고 총알받이로 내몰리기는 싫어요."

스패너가 끼어들었다.

"야, 근데 있잖아, 그래도 거기 가면 굶어 죽지는 않을 거 아니야."

"씨발아, 굶어 죽기는 왜 죽어? 등신 소리 작작 해. 물탱크 파이프 열면 물이 콸콸 나오지, 편의점 창고에 과자랑 라면 있지, 그리고 어떻게 다시 찾은 여친인데……. 이제는 죽어도 개랑 안 헤어질 거니까."

"아, 맞아. 너넨 분위기 열라 좋더라? 난 자꾸 좀 그렇더라고. 짭새 새끼들하고 나까무라한테 무슨 짓 당했을지 훤히 짐작이 되는데……. 얘는 자기가 찔리는 게 있어서 그러는지 자꾸 더 엉겨 붙기는 하는데……."

"지랄하네, 등신 새끼가. 걔네가 좋아서 한 일이 아닌데 그렇기는 뭐가 그래?

저는 만약 그런 상황이었으면 그것들 똥구녕까지 쪽쪽 빨았을 새끼가 대단한 열녀인 척하고 자빠졌네."

"미친, 나라고 그걸 모르겠냐! 말하자면 그렇다는 거지. 근데 쉘터 말이야…… 혹시 모르잖아? 나라에서 안전하게 쉴 만한 데를 만들어 두고 잘 관리해 주고 있을지도."

"야, 우리나라에서? 좆도 그런 일이 있겠다. 그렇죠, 형님?"

뭐가 그렇게 신이 났는지 두 새끼가 떠들어 대는 꼴을 보니, 가만 내버려 두면 한도 끝도 없을 것 같다. 물을 한 모금 마신 뒤, 민구는 대답 대신 차갑게 말했다.

"시끄러워, 이 새끼들아. 관심 없으니까 그딴 건 너희끼리 남아 있을 때 실컷 지껄이든가 하고, 걷는 속도나 올려. 어디인지 빤히 알겠다, 가고 싶으면 아무 때라도 가면 되잖아."

얼굴에서 웃음기가 걷힌 두 놈은 입을 꽉 다문 채 보폭을 넓혔다. 총을 준다고 하는 바람에 들떠서 잠시 잊고 있었는데, 이 남자는 거짓말처럼 잔인하고 강한 살인 전문가라는 게 기억났다.

어젯밤을 떠올려 보니 민구가 담배로 지진 목덜미가 공연히 따가워져서 스패너는 머리를 긁적였다.

시간이 꽤나 걸린다는 점만 제외하면 이동은 순조로웠다. 중간에 괴물을 하나 만나기는 했지만, 민구가 나서서 별 힘을 들이지 않고 처리했다. 그놈 역시 땅 위의 녀석들에 비하면 현저하게 느렸다.

민구가 쿠크리에 묻은 좀비의 체액을 닦는 동안 두 녀석은 가볍게 한숨을 내쉬며 감탄했다.

"여깁니다. 다 왔어요. 이 위가 종합운동장역이에요."

햇살이 환하게 내리비치는 통풍구 아래에서 쇠파이프가 말했다.

쿠르르르릉—.

뭔가 굉장히 묵직한 물체가 근처를 지나는지 민구가 위치한 곳까지도 그 진동이 전해진다. 키리릭거리며 아스팔트를 갈아 대는 소리가 나는 걸로 봐서 단순한 자동차는 아니다. 진동은 한동안 계속되다가 북쪽을 향해 멀어졌다.

투투투투투—.

헬리콥터의 프로펠러 소리가 그 뒤를 따랐다.

"뭐가 움직이는 걸까, 이거? 탱크?"

스패너가 묻자 쇠파이프가 고개를 끄덕인다.

"그런 것 같아. 우와, 장난 아니다. 진짜 쉘터라는 데가 있기는 한가 본데?"

두 놈은 다시 '군대에 잡혀간다', '아니다'를 주제로 토론을 벌이기 시작했다. 귀가 아프기도 하고 이제 슬슬 이 녀석들을 놓아줘도 될 것 같다고 생각한 민구는 스패너에게서 연장이 든 가방을 빼앗았다.

"이제 돌아가도 돼. 아, 그리고 너, 나 자던 방 어디인지 알지? 총알은 거기에 있으니까."

"엑? 그럼 이 가방 안에 든 거는 전부 빈총이에요?"

"하하, 웃기는 놈이네. 그러면 너한테 장전된 총을 들려 줄 줄 알았나? 왜 그렇게 쳐다봐? 뭐 더 할 말 있어?"

머뭇거리던 쇠파이프와 스패너는 마주 보고 고개를 끄덕이더니, 그 자리에 넙죽 엎드려 큰절을 한다.

"형님, 저희 살려 주셔서 정말 고맙습니다!"

"됐어, 꺼져."

민구는 얼른 돌아서서 계단 위로 올랐다. 녀석들이 다시 한번 감사하다는 합창을 했지만, 들은 척도 하지 않았다. 돌아서는 놈들의 발소리가 가볍다.

이제 저것들의 세계에서 또 다른 완장과 계급이 생겨나겠구만.

"이런 젠장, 몇 번 출구로 나가야 하는지 물었어야 하는데……. 정작 중요한 건 놔두고 엉뚱한 소리만 지껄이다 헤어졌군."

개찰구 부근까지 올라와서야 민구는 자신이 지하철 지리에 대해 전혀 모른다는 사실을 깨닫고 혀를 끌끌 찼다. 뭔 놈의 출구가 그리 많은지, 사방 곳곳마다 출구라는 화살표가 달려 있다. 인근 지도 앞에 서서 궁상맞게 한참을 갸웃거린 끝에야 민구는 자신이 나가야 할 곳을 찾았다.

출구 위에 올라선 민구를 맞은 건 높다란 철책이었다. 3미터는 족히 될 법한 이중 철책에 날카로운 레이저 와이어까지. 어지간히 둘러쳐 두고 있다.

휘이이잉—.

먼지를 가득 담고 매섭게 몰아치는 바람 때문에 민구는 눈살을 찌푸렸다.

"아무도 없는 건가……."

주변을 둘러보던 민구는 순찰을 돌던 군인 둘과 눈이 마주쳤다. 민구와 철책 두 개를 사이에 두고 마주 선 군인들은 외계인이라도 본 것 같은 표정으로 입을 다물지 못했다.

지하철에서 불쑥 튀어나온 민구 때문에 그들은 어지간히 쇼크를 먹었다. 철책 외곽을 살아서 돌아다니는 사람은 처음 봤다. 그것도 산책이라도 나온 것처럼 여유 만만한 얼굴로…….

손에 가방을 들고 있지 않았다면 좀비라고 간주해서 발포했을 것이다.

뭐지? 미친 사람인가?

좀비 세상이 너무 두려운 나머지 정신 줄을 놓아 버린 것이라면 납득이 갈 만도 하다.

"여기가 잠실 쉘터요?"

목소리가 멀쩡하고 발음도 정확하다. 미친 사람도 아니다!

"어, 어…… 아…… 맞긴 합니다. 근데 아저씨, 대체 어디서…….."

"잘됐군. 이것 좀 열어 봐요. 들어갑시다."

민구는 굳게 잠겨 있는 철망을 가볍게 흔들었다. 병사들은 난감한 표정을 짓는다.

"이, 이쪽에는 문이 없어요. 왼쪽으로 돌아오셔야 됩니다."

"얼마나?"

"한…… 이, 이백 미터 정도요. 거기로 가면 문이 있습니다."

Chapter 24 디아스포라

병사가 왼손을 들어 건물 반대쪽을 가리킨다. 조금 전, 건대로 가는 장갑형 트레일러가 출발했으니 아직 경비병들이 업무를 보는 중일 것이다.

"아니, 왜 지하철 출구 앞에 문을 안 만들어 놓은 거요?"

민구가 짜증 섞인 목소리로 묻자 병사는 여전히 입을 다물지 못하고 대답했다.

"그, 그야…… 그리로 나오는 사람이 아무도 없으니까……. 근데 대체 뭐 하는 분이시기에 이렇게 당당하게…… 좀비 세상 온 거 혹시 아십니까?"

"그거 모르는 사람도 있겠소? 이쪽으로 200미터라고?"

병사가 고개를 끄덕이는 것을 확인한 민구는 철책을 따라 걸었다. 조금 귀찮기는 하지만 이제 다 왔으니 굳이 성질을 부릴 필요까지는 없다. 절반 정도 걸어왔을 때, 다급한 목소리가 등 뒤를 시끄럽게 만든다.

"어! 어! 어! 아저씨! 뛰어! 뛰어! 아니, 엎드려! 이거 어떡하지?"

뭐라는 거야? 저놈도 어지간히 부산을 떠는군…….

민구는 고개를 돌렸다. 저 멀리 조금 전 그와 이야기를 나눴던 두 병사가 필사적으로 손을 휘저으며 뛰라고 외쳐 댄다. 그리고 그들보다 100여 미터 뒤에서 예닐곱 마리의 괴물들이 미친 듯이 달려오고 있다.

오! 오랜만이군, 저렇게 팔팔한 놈들은. 역시 지하에 있는 놈들이 이상한 거였어…….

민구가 괴물의 운동 능력을 보면서 고개를 끄덕이고 있을 때, 병사들은 무전기를 꺼내 다급하게 외쳤다.

"당소 1번 게이트! 여기는 1번 게이트! 1루 외야석 저격수들! 올림픽로 방향 좀비들 시야 확보 가능한가? 저격 부탁한다! 생존자가 위험하다! 생존자가 있다!"

— 불가하다! 구조물에 가려져 시야 불량하다! 불가하다!

"이런 젠장!"

병사들은 급하게 뛰어가며 총을 겨눠 본다. 하지만 달리는 좀비들을, 그것도 한두 마리가 아닌 저렇게 많은 녀석들이 이곳에 닿기 전에 처리하는 일은 그야

말로 불가능하다. 그건 그들 자신이 제일 잘 안다.

"뭐 해요, 아저씨! 빨리 도망치라고!"

병사 중 한 명이 쉰 목소리로 외쳤다. 민구는 마지못해 몇 걸음 물러났다. 괴물들이 무서운 게 아니라, 저 철책 안의 군인들이 쏘는 눈먼 총알이 더 신경 쓰인다.

"어, 어, 어~ 저 사람 어떻게 해? 왜 저기 서 있어?"

"으아, 씨발. 저거 꼼짝없이 죽었네."

근처의 군인 서넛이 수군거리는 방향으로 테라는 고개를 돌렸다. 그녀는 조금 전 출발한 장갑형 트레일러를 배웅하기 위해 2층의 철제 통로 위에 서 있었다.

어머…….

놀란 테라는 두 손으로 입을 가렸다. 군인들의 말처럼 철책 밖에 한 남자가 서 있고, 그를 향해서 여러 마리의 좀비들이 달려드는 중이다. '어떡해, 불쌍해서…….' 하는 생각이 테라의 가슴을 흔들었다. 더 이상 볼 수 없을 것 같아 눈을 감으려 할 때, 남자가 가방에서 아주 긴 물건 하나를 꺼냈다.

스르릉—.

마세티를 꺼낸 민구는 가방을 바닥에 내린 다음, 뒤로 쭈욱 밀듯이 던졌다. 가방은 3미터 정도 밀려가 철책에 부딪치며 멈춰 섰다. 저 정도 거리면 일껏 가지고 온 소지품들이 썩은 뇌수를 뒤집어쓸 일은 없을 것이다. 뭐, 어차피 그리 대단한 물건들은 아니지만…….

그롸아아아—.

녀석들은 언제나처럼 아가리를 쫙 벌리고 고함을 질러 대며 정면에서 달려온다.

"와라!"

민구는 철책에 등을 붙인 채 마세티를 쳐들어 올리며 놈들을 맞을 준비를 했다. 일곱. 그리 많은 수는 아니지만, 더 편하게 싸우려면 한쪽으로 모는 편이 낫다.

첫 번째 놈의 악취가 코에 닿을 것같이 다가왔을 때, 민구는 스텝을 밟아 방향을 바꿨다. 일직선으로 곧장 내달리던 괴물이 철책에 얼굴을 짓찧으며 철컹, 철책이 울리자 안쪽의 경비병들이 본능적으로 움찔거렸다. 민구는 방향을 틀기 위해 돌아서는 놈의 무릎을 마세티로 내려찍었다.

콰작!

내딛는 발의 하중이 고스란히 실려 있던 무릎이 꺾이면서 괴물이 앞으로 고꾸라지려 한다. 하지만 민구는 녀석이 얌전히 엎어지도록 내버려 두지 않았다.

"아냐, 그리 자빠지면 안 되지."

칵—!

다시 한번 휘두른 민구의 칼날이 괴물의 아가리에 박힌다. 믿음직한 두께의 쇳덩이가 턱뼈 사이에 단단히 물렸다 싶은 순간, 민구는 팔을 확 잡아챘다. 괴물은 낚싯바늘에 꿰인 물고기처럼 옆으로 끌려오다가 넘어졌다. 민구는 놈의 성한 나머지 다리 뒤쪽에도 한 차례 칼질을 해서 쉽게 일어설 수 없도록 해 두었다.

그롸아아아—!

두 번째, 세 번째 놈이 거의 동시에 몸을 날린다. 민구는 마세티를 좌우로 휘둘러 놈들의 중심을 흩고, 빠르게 서너 발짝을 뛰어 물러났다. 달려들던 괴물들이 속도를 이기지 못하고 철책을 들이받는다.

이제 괴물들과 민구는 위치를 바꾼 모양이 됐고, 맨 처음 두 다리를 잃어 엉거주춤하게 서 있는 놈이 나머지 녀석들과 민구 사이에 낮은 벽을 만들어 주었다.

그 이후는 쉬웠다. 뼈 사이에 칼날이 끼어 버리는 일이 없도록 주의하기만 하면 된다. 뛰어오른 놈들이 동료의 어깨와 대갈통을 걷어차고 달려들 때마다 민구의 칼날이 번뜩이며 춤을 췄고, 괴물들은 차례로 뇌수를 흩뿌리며 바닥에 고꾸라졌다.

"하여간 정직한 새끼들이라니까."

이것들에게는 무리를 나누어 양방향으로 덤벼드는 협공이나 위장 공격 같은 건 없다. 여섯 번째로 뛰어드는 놈의 발목을 후려친 뒤, 엎어진 녀석의 목을 사정없이 난도질한 민구는 첫 번째 놈을 향해 몸을 돌렸다.

몇 번이나 다른 괴물들의 발에 차여 땅바닥에 굴렀던 놈은 두 팔과 부러진 다리를 이용해서 그로테스크한 자세로, 하지만 여전히 빠르게 민구를 향해 돌진해 오고 있다. 한 발짝을 뗄 때마다 부러진 뼈의 각도가 더 심한 각도로 꺾이지만, 놈에게 머뭇거리는 기색 따위는 없다.

"그래? 그럼 나도 전력으로……."

민구는 오른팔을 어깨 위로 들어 올렸다가 힘차게 내리꽂았다.

빠가각!

마세티는 괴물의 이마와 정수리 사이, 뼈들이 연결된 지점을 정확하게 타격했다. 괴물이 휘청하며 잠시 움직임이 늦춰진다. 민구는 같은 자리에 다시 한번 더 풀스윙을 해 칼을 박아 넣었다.

으직!

마세티가 박히는 것과 동시에 녀석의 목뼈가 부러지고, 스위치가 끊긴 괴물은 두 팔을 가슴에 깔며 앞으로 자빠졌다.

"후우우~."

민구는 마세티를 녀석의 쪼개진 머리통에 잠시 맡겨 두고 담배를 꺼내 불을 붙였다. 놈들 외에 별다른 괴물이 눈에 띄지 않으니 한 대쯤의 여유는 있을 것이다.

꽤나 오랜만에 제대로 피우는 담배는 그 맛이 각별해서 민구는 그 자리에 선 채 몇 모금 더 깊숙하게 연기를 빨고 난 이후에야 움직이기 시작했다. 마세티를 빼내 괴물의 옷자락에 슥슥, 닦고 가방을 집어 든 민구는 다시 쉘터의 출입구를 향해 걸었다.

"물, 물렸어요? 혹시 물렸습니까?"

민구가 출입구 앞에 서자 경비병들이 당황해하며 묻는다. 다들 조금 전의 싸움을 보고 어지간히 충격을 받았기 때문에 정작 좀비들과 싸운 건 민구인데 오히려 이쪽이 숨을 헐떡이고 있다.

"처음부터 다 봐 놓고서, 안 물렸다는 거 알잖아."

"그, 그런데 다, 당신, 뭐야? 응?"

그다음은 당연히 정체에 관해 묻는 순서였다. 민구가 말한 대로 그 말도 안 되는 싸움을 처음부터 전부 지켜본 군인들로서는 당연한 질문이다. 게다가 이 태연한 태도는 대체 뭐란 말인가.

뭐라고 대답할지 잠시 생각한 민구가 입을 열었다.

"음, 저쪽 군인들은 생존자라고 부르던데……."

말을 마친 민구는 담배를 빨아들이며 고개를 들어 출입구와 철책, 그리고 철제 계단과 통로를 살폈다. 이중으로 잠긴 두 개의 문 중에 안쪽 것은 쇠창살로 단단히 보강이 되어 있다.

계단 위쪽에서는 역시 긴장한 빛이 역력한 군인들 서넛과 바짝 마른 계집애 하나가 그를 향해 호기심 가득한 시선을 던지고 있다. 계집애가 입은 짧은 원피스 자락은 정신없이 부는 바람에 날려 팬티가 보일락 말락 한다.

"그, 그런 말이 아니잖습니까? 도대체 뭐 하는 분인데 그런 무기를 들고 다니는 겁니까?"

"그럼 저런 괴물들하고 뭐로 싸우라는 거요? 기도로 물리치나? 그런 것보다 이것 좀 열지. 괴물들이 언제 또 올지 모르는데, 애써 살아남은 사람 문 앞에서 죽이지 말고."

민구의 말에 군인들은 문득 정신을 차린 듯 고개를 끄덕였다. 하지만 이 남자가 들고 있는 저 커다란 칼, 조금 전까지 좀비의 대갈통에 박혀 있던 저 뇌수가 잔뜩 묻은 칼까지 안에 들이고 싶은 마음은 추호도 없었다.

"알았으니까 일단 그 칼부터 버려요. 그러면 문을 열어 드리겠습니다."

나 이런…… 저희들이 사 준 것도 아니면서 왜 버려라 마라야…….

민구는 속으로 혀를 차면서도 순순히 바닥에 마세티를 내려놓았다. 어차피 저 문을 통과할 때 무기를 가지고 가지는 못할 것이라는 정도는 예측한 참이다.

민구가 지시에 순응하자, 군인들도 한숨을 돌리고 자물쇠를 푼다.

드디어…….

쉘터의 철책 안으로 한 발을 들여놓으며 민구는 한쪽 입꼬리를 올리며 가볍게 웃었다. 한참을 돌고 돌아서 드디어 만배파 식구들과 만나게 되었다.

"그 밖에 무기 더 없습니까? 가방 내려놓고 손을 위로 올리세요."

병사들은 아직도 경계를 완전히 풀지 않았는지 그를 향해 총을 겨누고 있다. 이쯤 되면 몸수색을 당하기 전에 자수를 하는 편이 훨씬 나을 것 같다는 생각이 들었다.

"칼이 몇 자루 더 있긴 한데…… 내가 꺼내겠소."

'칼'이라는 단어가 민구의 입 밖으로 흘러나오자 군인들의 눈빛이 번뜩였다. 그들을 자극하고 싶지 않아 민구는 손바닥을 내보인 뒤, 허리를 숙이고 아주 천천히 쿠크리가 들어 있는 나이프 홀더를 풀어 바닥에 내려놓았다. 그러고는 재킷을 벌려 젖히고 울트라마린 나이프도 꺼냈다.

그가 한 자루씩 날카로운 쇠붙이를 꺼내 놓을 때마다 군인들의 표정에서 '뭐 이런 새끼가 다 있지? 이거 어쩌지…….' 하는 당혹스러움이 읽힌다. 혹시 하는 마음에 무기를 몽땅 버리고 오지 않은 게 실수라면 실수였다. 세 자루의 칼을 얌전히 바닥에 내려놓은 민구는 다시 두 손을 들고 최대한 부드러운 어조를 꾸며 말했다.

"이게 다요."

사실을 말하자면 재킷의 안주머니에 재봉된 금속 홀더 아래쪽에는 라 그리프 나이프가 숨어 있다. 그가 울트라마린 나이프를 빼낸 바로 그 자리다. 손가락을 구멍에 끼워서 쓰는 라 그리프는 날의 길이가 엄지손가락 정도밖에 안 되는 짧은 칼이지만, 맨주먹보다야 수십 배는 유용하다.

먼저 울트라마린 나이프를 빼서 건네주면 대부분의 경우, 그 칼집 안쪽에 또 하나의 작은 칼이 숨겨져 있다고는 생각하지 않는다. 게다가 이건 안감에 넣고 꿰매 둔 거라 옷을 전부 뜯어 까 보지 않는 이상 발견하기 어렵다. 민구는 예전에 이 수법으로 몸수색을 통과한 뒤 방심하고 있는 상대의 목을 여러 번 땄다.

군인 하나가 다가와 그의 몸을 두드리듯 더듬었지만, 그 역시 큰 칼이 들어 있던 금속 홀더는 그냥 무시하는 눈치였다. 민구는 태연히 주변을 두리번거리고 서 있었다.

"사람을 찾고 있는데, 생존자들이 어디에 있소?"

몸수색이 얼추 끝났을 때, 민구가 물었다. 조금 전 칼을 버리라고 하던 병사가 대답했다.

"야구장 건물 안에 안전하게 보호받고 계십니다. 외상 있으십니까?"

"외상?"

"네. 겉으로 드러나는 상처 말입니다. 찢어지거나 베이거나, 하여간 최근에 피가 흘러나온 곳 있습니까?"

"이런 거 말하는 건가? 보름 가까이 된 거요."

민구는 와이셔츠를 젖혀 수술받은 어깨의 꿰맨 자국을 드러내 보였다. 유심히 바라보던 병사가 고개를 끄덕인다. 이미 상처도 아물었고, 정식으로 병원 치료를 받았다는 게 분명하다.

"뭐, 제가 보기도 그런 것 같군요. 치료받은 상처이니, 그럼 24시간만 계시면 됩니다."

24시간? 어디에 있으라는 말이지?

병사의 말을 이해하지 못한 민구는 그를 빤히 쳐다봤다. 길을 안내하려던 병사가 다시 설명을 해 준다.

"안전을 위해서 외부에서 들어오신 분들은 전부 일정 기간 동안 개별 격리 시설에 수용됩니다. 외상이 있는 경우는 48시간, 외상이 없으면 24시간. 예외는 없습니다. 아, 그 가방은 검색을 마쳤으니 가지고 가셔도 됩니다."

병사가 지퍼가 열린 채 어지럽혀져 있는 민구의 가방을 가리켰다.

24시간이라······.

불만스러웠지만 예외 없는 규칙이라니 받아들일 수밖에 없다. 병사를 따라 걷던 민구는 천막이 씌워진 통로 앞에 서자 갑자기 중요한 문제가 생각났다는 듯 물었다.

"그 안에서 담배를 피울 수 있소? 그 개별 뭐……라는 데 말이오."

"쉘터 내에서 흡연은 제한된 구역 안에서만 가능합니다. 그 외에는 전부 금연이 기본입니다."

"그럼 여기에서 한 대만 더 태우고 갑시다."

그렇게 말한 민구는 허락이 내려지기도 전에 담배를 입에 물고 불을 붙였다. 앞뒤로 그를 둘러싼 채 걷던 병사들은 제멋대로인 그의 행동이 마음에 들지 않았지만, 이해 못 할 일도 아니어서 굳이 제지하지는 않았다.

후우~. 무표정한 얼굴로 연기를 내뿜은 민구가 가까이에 있는 병사들을 향해 담배를 권한다. 담뱃갑을 내미는 민구의 손등에는 조금 전에 튄 좀비의 뇌수가 얼룩처럼 말라붙어 있다.

병사들은 약속이라도 한 것처럼 단호하게 고개를 저었다. 그들 중 두 명은 흡연자였고, 브랜드도 사회에서 즐겨 피우던 것이지만, 저 손으로 주는 담배를 받아 입에 대느니 차라리 평생 담배를 끊는 편을 택하리라고 생각했다.

03

"오, 우리 지금 한강 건너고 있어요. 허허, 이제 강북이네. 신기하다."

"분위기는 어때요? 네? 혹시 좀비도 보여요?"

"아뇨, 좀비는 없어요. 그냥 차들이 한쪽으로 밀려나 있고, 철책들이 쭈욱 늘어서 있어요."

의자에 발돋움을 하고 서서 공기구멍에 눈을 대고 바깥을 살피던 남자는 끊임없이 지껄이며 중계방송을 해 주었다. 가끔씩 사람들이 궁금한 걸 물어보면 열심히 대답도 해 준다.

"위험합니다. 앉으십쇼!"

앞자리의 군인들이 몇 차례 경고를 하고, 두어 차례 억지로 끌어 앉히기도 해 봤지만, 남자는 막무가내였다. 게다가 컨테이너에 타고 있는 다른 사람들 역시 남자가 전해 주는 바깥의 상황을 듣고 싶어 했다.

옆자리의 사람들은 남자가 넘어지지 않도록 다리를 잡아 주기도 했다. 그래서 군인들은 그냥 남자가 하고 싶은 일을 하도록 내버려 두었다. 저러다가 굴러 떨어져서 머리가 깨진다고 한들 뭐 어떤가. 어차피 제 대가리인데…….

"아…… 젠장, 살아 있는 사람이 하나도 안 보여. 자동차로 이렇게 한참을 달렸는데……."

남자가 또 혼잣말을 한다. 그의 목소리에 담긴 절망감이 고스란히 전해지는 것 같아 임수정은 한숨을 쉬었다.

투투투투— 호위하며 상공을 나는 헬리콥터의 소리, 크르릉거리는 장갑차의 엔진 소음 같은 것들 때문에 더 불안해지는 것인지도 모르겠다. 임수정은 귀를 막고 고개를 푹 숙였다.

흔들리는 찜통 컨테이너 안에서 이동하기를 40여 분. 두근거리며 출발한 길이지만, 이제는 몸도 마음도 꽤나 지쳐 버렸다.

쒸이이이잉—.

양쪽 공기구멍을 통해 바람이 통과하며 내는, 소름 끼치는 소리 역시 그녀를 우울하게 만든다. 게다가 그 바람에는 쉘터에서 제대로 씻지 못한 사람들의 지독한 땀 냄새가 섞여 있다.

"아, 지금 가는 곳도 괜찮을 겁니다. 그렇게 심려하지 마세요. 허허, 마음 붙이는 곳이 바로 고향이라고들 하지 않습니까."

임수정이 다시 머리를 들었을 때, 맞은편의 육만배가 한쪽 눈을 찡긋하면서 그녀를 달랜다. 그 옆의 중년 여자는 무섭다는 핑계로 육 사장의 손을 꼭 쥔 채 수줍은 소녀 흉내를 내고 있다.

"고향요······."

그 말이 너무 허망하게 들려서 임수정은 맥없이 웃었다. 가족도, 친구도 없는 고향이 다 뭐란 말인가. 삼복더위 속에서 땀을 뻘뻘 흘리면서도 철모를 벗지 못한 채 총을 꽉 부여잡고 있는 어린 병사들을 볼 때마다 군에 있는 동생이 생각난다.

이들만큼만이라도 그 애가 안전하게 지내고 있는지 늘 걱정이 되지만, 임수정에게는 동생의 안부를 물을 방법도, 용기도 없다. 건대 쉘터가 가까워질수록 그녀의 마음속에는 다가올 실망에 대한 두려움이 점점 더 커졌다. 그녀의 가족이 살아남아 그곳으로 와 있을 가능성은 현실적으로 극히 낮다는 것을 잘 알고 있기 때문이다.

"어, 이거 왜 이래? 지금 안 움직이잖아?"

속도를 줄이던 트레일러가 마침내 그 자리에 멈춰 서고, 그 상태로 시간이 흐르자 사람들이 술렁이기 시작했다. 불안증이 도진 일부는 앞자리의 군인들을 향해 이유를 물었지만, 외부와 완전히 차단된 상황이니 그들이라고 해서 알 리가 없다. 군인들 역시 두려움이 번진 얼굴을 가로로 저을 뿐이다.

"뭐가 좀 보여요? 네? 밖에 지금 무슨 일이에요?"

사람들은 이제 공기구멍에 매달린 남자에게 질문했다. 어떤 이들은 자신들도 자리에서 일어나 공기구멍에 눈을 대고 밖을 보기 위해 필사적으로 발돋움을 하고 있다.

"모, 모르겠어요. 여기 지금 보이는 데에는 아무 일도 없어요. 그냥 조용해요."

남자의 답이 돌아왔다.

"어딘데요? 우리가 있는 데가 지금 어딘데요?"

"스타 시티 막 지났어요. 건대역 사거리 바로 전이에요······. 어, 저, 저거······."

남자가 갑자기 말을 더듬더니 마침내는 입을 굳게 다물어 버렸다. 사람들의 궁금증이 폭발하기 직전, 머리 위로 헬기가 지나는 굉음이 울린다. 그러고는 곧바로 기관총 소리가 요란하게 고막을 흔든다. 그들이 타고 있는 컨테이너 위의 기관총 포대에서 발사되는 건 아니었다.

"아니, 왜 갑자기 입을 다물어? 무슨 일이에요? 응? 뭐냐고요?"

육만배 옆자리의 중년 여자가 악을 쓴다. 남자는 겁에 질린 목소리로 중얼거렸다.

"처, 처, 철책이 무너졌나 봐. 좀비들이 뛰어와요."

"뭐라고요? 그럼 안 되잖아!"

사람들은 악을 쓰고 울음을 터뜨리거나, 다른 사람에게 안기거나, 혹은 직접 눈으로 확인하기 위해 의자로 뛰어올랐다. 임수정은 눈을 꾹 감고 얼굴을 감싸 쥐는 편을 택했다. 가슴이 너무 두근거려서 양팔로 심장 주변을 눌러 봐도 도무지 진정이 되질 않는다.

어떡해…… 어떡해…….

겁먹은 사람들이 날뛰면서 컨테이너 내부는 순식간에 극도의 혼란에 빠졌고, 네 명뿐인 군인은 통제보다도 자신들이 가진 총기를 탈취당하지 않는 것에 더 신경을 바짝 곤두세워야 했다.

"앉아요! 가까이 오지 말고 앉으라고!"

이런 젠장…….

육만배가 기동이와 눈빛을 교환했다. 여차하면 중년 여자를 총알받이로 앞세워 다가간 다음, 저 군인 놈들이 들고 있는 총이라도 빼앗아야겠다고 생각한 육만배는, 뱀처럼 도사린 채 틈이 나기를 기다렸다.

투투투투투투—.

그러는 동안에도 프로펠러와 기관총 소리는 쉼 없이 울려 댄다. 공기구멍에 매달려 있던 남자는 온몸을 바들바들 떨면서도 잠시도 눈을 떼지 못하고 홀린 듯 그 제한된 광경을 지켜보았다.

투투투투투—.

하늘에서 불덩이처럼 새빨간 총알이 날아와 저 멀리 떨어진다. 총알 줄기가 훑고 지날 때마다 잘려 나간 좀비들의 팔다리가 사방으로 튀고, 박살이 난 자동차에서는 화염이 솟구쳤다.

와장창창!

스타 시티와 주변 건물들의 유리창이 부서지는 소리, 그리고 좀비들의 울음소리, 로데오거리의 골목에서 뛰쳐나온 좀비들은 그들을 향해 미친 듯이 달려오고 있다.

투루루루루룩—.

또 한 차례 개틀링 건이 수백 발의 총알을 퍼부었고, 조금 전까지 살아 움직이던 좀비들은 썩은 고깃덩어리 조각들로 바뀌었다.

"제발…… 제발……."

임수정은 누구인지 특정할 수 없는 존재를 향해 간절하게 빌었다. 죽음의 기운이 바로 코앞까지 다가오자, 가족도 친구도 모두 잃었다고 풀 죽었던 게 얼마나 사치스러운 투정이었는지 비로소 깨달을 수 있었다.

텅텅텅텅텅텅—.

지붕의 포대에서 기관총들이 일제히 불을 뿜었고, 그 진동은 단단한 쇠 벽을 타고 고스란히 전달되어 큰 종처럼 컨테이너 내부를 울렸다.

쾅쾅쾅—!

장갑차에서 발사된 40㎜ 유탄이 폭발하면서 로데오거리의 건물들을 박살 내고 검은 연기를 피워 올린다. 무너진 돌 더미는 좀비들이 뛰어나오는 통로를 아예 막아 버렸다.

그렇게 헤아릴 수 없을 만큼 커다란 소음들이 폭풍처럼 휘저어 대기를 얼마나 계속했을까. 사람들의 고막이 반쯤 기능을 잃었을 때쯤, 갑자기 사방이 고요해졌다. 그리고 조금 뒤, 컨테이너는 다시 움직이기 시작했다.

"이제 끝난 거야? 우, 우리 살아남은 거야?"

감정이 북받쳐 오른 사람들이 울음을 터뜨린다. 임수정의 눈에서도 역시 눈물이 흘러나왔다.

휴우우~. 군인들은 한숨을 쉬며 승객들을 향해 겨누고 있던 K-2를 다시 내려

놓았다. 쉘터에 도착할 때까지 잔여 10여 분 동안 아무도 입을 열지 않았다. 다들 자신이 얼마나 보잘것없고 약한 존재인지 확실히 알게 된 것이다. 겁먹은 사람들이 지려 놓은 소변이 그 증거라도 되는 양 고약한 냄새를 풍기며 코를 자극한다.

쿵—! 쿵—!

목적지에 도착했다는 것을 알리는 두 번의 긴 노크가 바깥쪽에서 울려왔다. 병사들은 자물쇠를 풀고 문을 열었다.

"고생하셨습니다. 줄을 맞춰 순서대로 내립니다."

무뚝뚝하게 말하는 병사의 얼굴에도 조금 전 휩쓸고 간 공포의 흔적이 남아 있다. 사람들은 후들거리는 다리를 달래 가며 서둘러 컨테이너 아래로 내려섰다.

"아……."

자신을 맞는 것이 또 다른 철책이라는 걸 보게 된 순간, 임수정은 낮게 신음했다. 주차장이었던 공간을 빙 둘러 이중으로 세워진 높다란 철책은 그들이 출발할 때 보았던 그 황량한 모습의 복사판이었다.

"멈춰 서지 않습니다."

병사의 채근을 받고서야 임수정은 다시 걷기 시작했다.

넓은 주차장 건너편에는 4층 높이의 체육관이 문을 활짝 열고 새로운 이주민들을 받아들이는 중이었다. 체육관 내부는 어두웠다. 3층까지의 창문이 모두 벽돌과 시멘트로 단단히 봉인되어 있어서 들어오는 햇빛의 양이 절대적으로 부족했다.

한때 농구 코트였던 나무 바닥은 칸막이 두 개를 이용해 셋으로 구획을 나누어 놓았다. 공간을 넓히려고 객석을 들어냈는지, 귀퉁이 쪽에는 콘크리트가 황량하게 드러나 있다. 그보다…….

그런 것들보다 임수정을 맥 빠지게 만드는 일은 이 쉘터가 거의 텅 비어 있는 채로 그들을 맞았다는 사실이다. 먼저 와 있던, 몇 안 되는 사람들 중에 임수정이 아는 얼굴은 없었다.

"가장 오른쪽이 남자분들, 가운데가 가족 일행이신 분들, 그리고 여자분들은 이쪽을 사용하시면 됩니다. 샤워실과 화장실은 저 표지를 따라 나가시면 됩니다."

"안쪽으로 가자! 안쪽이 좋아!"

"화장실에서 먼 데다 자리 잡아!"

설명을 듣자마자 사람들은 더 좋은 자리를 선점하기 위해 급하게 뛰었다. 더 좋은 자리? 다 똑같은 딱딱한 바닥일 뿐이고, 개인적인 공간 따위는 전혀 없는데, 도대체 어떤 점이 좋다는 거지?

자신의 몸을 밀치고 달리는 사람들의 뒷모습을 멍하니 보고 있던 임수정은 소지품 박스를 가슴에 안고 다시 주차장으로 돌아 나왔다.

이유는 모르겠지만, 이곳이 싫다. 불길하다는 기분이 들었다. 그저 낯선 곳에 처음 들어섰기 때문에 느껴지는 감정은 아니었다.

부르르릉ㅡ.

철책 너머에서는 그녀를 태우고 왔던 장갑형 트레일러가 잠실로 귀환하기 위해 막 출발하려는 참이다. 지금 마음 같아서는 체면이고 뭐고 달려가 잠깐만 멈춰 서서 자신을 좀 태워 달라고 사정하고 싶었다.

"그래, 잠실도 처음에는 낯설고 힘들었어. 어차피 내 집 아닌 다음에야 다 똑같아."

한참을 더 멍하니 앉아 있던 임수정은 그런 말로 자신을 다독이면서 일어났다. 그러면서 생각했다. 테라가 와 주면 이 고독감도 한결 나아질 거라고.

04

3층 집 옥상에서 두 번째로 맞는 아침은 전날보다도 별로였다. 다들 해가 중

천에 떠올라서야 깨어났는데, 그래도 여전히 컨디션은 좋지 않다. 유빈이가 애써 차린 아침도 다들 먹는 둥 마는 둥 했다. 심지어 요리를 만든 유빈이 본인조차 몇 숟갈 뜨지 않고 전부 버렸다.

입 안에 모래가 가득 들어 있는 것같이 껄끄러워 뭘 씹을 수가 없다. 온몸이 다 부서지는 것 같다. 어제 하루 종일 뙤약볕과 불길에 덴 피부는 자고 일어나니 더 화끈거리며 따가웠고, 눈도 잘 떠지지를 않는다.

"아하아암~."

두 개째 캔 커피를 마시던 삼식이가 입이 찢어져라 하품을 한다. 카페인이 도무지 위력을 발휘할 생각이 없는 것 같다. 좀비 세상이 와 버린 이후 편한 꿈을 꿨던 적은 거의 없지만, 어젯밤만큼 괴로웠던 적은 처음이었다.

죽을 만큼 피곤한데도 이상하게 정신만은 반쯤 깨 잠을 편히 이루지 못했다. 게다가 결정적으로…… 그런 어려움들을 다 이기고 어떻게, 어떻게 눈이 감기는가 싶으면 여지없이 누군가가 천장이 떠나가라 비명을 질러 대는 통에 다들 놀라 다시 깨기를 새벽까지 반복해야 했다.

"오늘은 바람이 꽤 세게 부네요. 아우, 목이야……."

문제의 범인이 배낭을 챙겨 들면서 갈라진 목소리로 혼잣말을 한다. 어젯밤 제니는 열두 번도 넘게 잠꼬대를 하면서 소리를 질러 댔었다. '으아! 으아!' 하는 단순한 비명부터 '미안해요! 미안해요!' 하는 애원까지…… 참 다양하기도 했다. 불타오르던 시체들에 대한 죄책감이 어지간히도 강렬하게 남았던 모양이다. 두어 번인가는 테라의 이름을 부르며 흐느끼기까지 하면서.

"잠꼬대를 그렇게 했으니 목도 아프겠지. 너 엄청 높이까지 올라가더라. 혹시 예전에 네 잠꼬대 때문에 경찰 출동한 적 없었어?"

삼식이가 장난을 걸어왔지만 제니는 그를 차가운 시선으로 바라보며 등을 홱 돌렸다.

"아, 몰라요. 오빠랑은 말 안 할 거예요."

"어? 왜?"

"가슴에 손을 얹고 생각을 해 봐요, 나한테 잘못한 거 없었나."

"응? 모르겠는데? 내가 뭘…… 네가 자꾸 깨서 괴로워하기에 재워 주려고 옛날이야기까지 해 줬잖아. 기억 안 나?"

"악몽 꾸다 깬 사람한테 해 준 이야기가 여고 2등이 1등을 밀어 죽이고 혼자 자습하는 이야기였잖아요! 어째 이상한 기분이 들어도 설마설마했는데."

"하하하, 그래. 너 그거 싫어하더라. 하지만 네가 하지 말라고 해서 곧바로 다른 이야기로 바꿨잖아."

"그래요. 그다음 한 게 '어? 아빠, 왜 엄마 업고 와?' 이거였잖아요. 둘 다 사람 죽인 살인자가 귀신들한테 복수당하는 이야기잖아요!"

"맞아, 이 개새끼야! 너 때문에 나도 잠 못 잤어. 안 그래도 바로 아래층에 여자 시체가 있다며?"

갑자기 끼어든 신입도 분통을 터뜨렸다. 한쪽 눈썹이 없으니 그래 봐야 웃음만 나온다.

"하하하! 뭐, 어때. 살인을 한 놈들은 벌도 좀 받아야지. 제니, 너는 사람 죽이지 않았잖아."

"죽였다고요! 바로 어제! 수백 마리나 한꺼번에! 태워서! 그래서 악몽을 꾼 거잖아요!"

삼식이는 여전히 여유를 잃지 않고 제니에게 말했다.

"그것 봐. 지금도 수백 명이 아니라 수백 마리라고 했지? 사람이 아니라는 걸 너도 잘 알고 있는 거야. 그리고 그건 동물도 아니야. 숨도 안 쉬고, 통증도 못 느끼잖아. 그러니까 어제 네가 몇 마리를 죽였든 간에 그건 그냥 뱅어포 한 장 뜯어 먹은 것보다도 죄가 없는 거라고. 너 뱅어포 먹으면서 죄책감 느껴? 아, 뱅어포는 그래도 살아 있던 거니까 꿈틀이 젤리라고 할까?"

"어휴~ 몰라요. 왜 역겹게 좀비랑 먹는 걸 연결시켜요? 전에도 카레 먹을 때 그래 놓고."

말 안 할 거라고 해 놓고서 제니는 삼식이와 티격태격 잘도 싸워 댄다. 뭐, 어쨌든 그녀가 조금은 진정이 된 것 같아서 보안관과 유빈은 안도했다.

어제 제대로 화염병을 날리지 못했을 때는 심장이 오그라드는 것 같았고, 불붙은 채 달려들다가 케이블에 막혀서 버둥거리는 좀비들의 모습은 끔찍했지만, 그래도 이젠 다 끝났다. 이제 다시 복지 센터로 돌아가 안정적으로 생활할 수 있다.

비록 창문도 없고, 아침마다 모래를 채운 플라스틱 통을 두드리며 일을 봐야 하는 곳이지만, 언젠가부터 거기가 집인 것처럼 느껴진다. 때가 꼬질꼬질한 스티로폼 침대조차 그립다.

변화가 골목에서 밤을 보내는 건 왠지 불안하다. 언제 또 다른 좀비들이 들이닥쳐 길을 꽉 메운 채 행진을 할지 모른다는 두려움이 있는 것이다.

"차 가지고 갈까?"

경전철역을 지나 벌판으로 들어섰을 때, 철책 앞에 나란히 주차되어 있는 코롤라와 오피러스를 보면서 보안관이 말했다. 어젯밤 여기까지 끌고 와 세워 둔 것이다. 코롤라를 보자마자 모두의 머릿속에는 파스를 뿌려 봐도 완전히 지워지지를 않던 그 시체 냄새가 떠올랐다. 웁, 가벼운 욕지기가 인다.

"난 걸어갈래. 오랜만에 시원한 공기도 쐴 겸."

유빈이 손을 들었다. 그의 말을 듣고 보니 정말 모처럼 청량한 바람을 맞으며 걸어갈 수 있다는 게 축복처럼 느껴졌다. 아침 이슬이 맺힌 풀밭의 향기도 반갑다. 돌이켜 보면 요즘은 거의 매일을 악취에 둘러싸여 살았으니까.

"후~ 하~."

그래서 그들은 다들 가슴을 쫙 펴고 폐 깊숙이 숨을 들이쉬며 천천히 걸었다. 길거리에 타 죽은 시체들이 수백 구나 널려 있다는 걸 생각하면 마음 한구석이 납덩이로 누르는 것처럼 무거워지지만, 그래도 집을 안전하게 지켜 냈다는 게 중요하다.

이제 좀비들에 대한 걱정 없이 다시 웃고, 떠들고, 밥을 먹을 수 있다. 그쪽 길로 굳이 내려가지만 않는다면 시체들과 마주할 일도 없을 것이다.

"복지 센터 도착하면 팔레트 잘라서 사다리부터 만들어야겠네. 내가 삼식이랑 할 테니까, 보안관 너는 좀 쉬어. 상처 덧나겠다."

유빈의 말에 보안관은 슬쩍 자신의 팔을 봤다. 제니를 구하기 위해 유리창을 깨다가 난 상처는 어제의 노동 때문에 다시 벌어져 있었다. 대충 소독약을 바르고 붕대를 감아 두었지만, 어제는 다들 너무 지쳐서 제대로 치료를 하지 못했다. 제니가 미안한 표정을 지으며 보안관에게 말했다.

"그래요, 오빠. 약 바르고 제가 반창고 다시 붙여 줄게요."

"후우우~ 어제로 날을 잡은 게 다행이었어. 오늘처럼 바람이 많이 불었으면 아마 우리까지 홀라당 타 버렸을지도 몰라. 아, 터보 라이터라도 하나 장만해야지, 이거 원, 불이 자꾸 꺼져서……."

삼식이가 담배 연기를 내뿜는다. 정면에서 불어오는 바람 때문에 불을 붙이는 데 꽤 애를 먹어야 했다. 연기는 입 밖으로 빠져나오는 것과 동시에 춤을 추며 뒤로 날아가 버렸다.

"잠깐만……."

10분여를 걸어 야트막한 경사의 8부 능선 정도에 도착했을 때, 유빈이 고개를 갸웃거렸다. 예전에 제니가 마스크를 벗고 처음 인사를 하던 바로 그 장소다.

"이상한데, 이거? 흐으음~ 냄새 너무 심하지 않아?"

유빈의 말을 들은 나머지도 킁킁대며 콧구멍을 벌렁거렸다. 보안관도 고개를 끄덕였다. 바람에 날리는 제니의 머리카락 냄새를 맡느라 미처 모르고 있었지만, 확실히 바람 속에 악취가 실려 있다. 좀비에게서만 나는 냄새다.

설마…… 설마 전부 다 타 버리지 않고 생존한 놈들이 있는 걸까?

모두의 얼굴에 두려움이 스친다.

아니야, 그럴 리가…….

그렇게 쾅쾅, 터지면서 사방이 훤해질 만큼 오랫동안 불이 타올랐는데, 그런 지옥 속에서 멀쩡하게 남은 놈이 있을 리가 없다.

"아무래도 이상해……. 여기 있어 봐."

모두를 대기시킨 후, 유빈이 자세를 낮추고 구릉의 꼭대기까지 올라가 전방을 살핀다. 그러고는 곧 깊은 한숨을 내쉬었다.

"뭐야? 하나도 안 죽었잖아, 이거! 오히려 더 느는 것 같은데?"

망원경을 꺼내 들고 바로 옆에 다가온 삼식이가 중얼거렸다. 그의 말대로 복지 센터 앞에는 수백 마리의 좀비들이 모여서 북적이고 있다. 하지만 전부 어디에선가 새로 온 놈들이다. 불에 탄 흔적 없이 멀쩡한 피부와 옷이 그 증거였다.

녀석들은 오른 방향의 도로, 즉 어제 유빈 일행이 길을 막고 불을 질렀던 지점을 향해 걸어가는 중이었다. 양이 얼마나 되나 싶어서 한참을 지켜봐도 도무지 행렬이 끝날 기미가 없다. 게다가 이미 도로 아래로 내려가 있는 녀석들은 또 얼마나 될는지…… 아마 천 단위, 혹은 그 이상일 수도 있다.

"산을 넘어온 놈들도 있나 봐."

"어떻게 알아?"

"산에 설치해 놓은 트랩에 좀비들이 여럿 걸려 있어."

난감하다. 유빈은 얼굴을 쓸어내렸다. 풀에 엎드려 복지 센터를 바라보는 일행들 전부의 입에서 안타까운 한숨이 새어 나온다.

뭐가 문제였을까? 왜 하룻밤 만에 저렇게 많은 좀비들이 한꺼번에 몰려든 걸까? 불에 타 죽은 동료들의 복수를 하려고? 아니, 놈들에게 그만한 지능은 없다. 그렇다면 본능?

본능이라…….

삼식이의 재떨이 주변에서 서성이던 놈들이 있던 게 기억난다.

어쩌면 불을 지른 게 잘못이었을까? 좀비들이라는 건 탄 냄새를 좋아하나?

이런저런 생각들이 머리를 어지럽히지만, 확실한 건 한 가지뿐이었다. 지금까지 그들이 집처럼 여기던 공간은 더 이상 그들에게 안전한 은닉처가 아니다. 이제 좀비들의 요새가 되어 버린 것이다.

"돌아가자……. 이제 복지 센터는 버려야 돼."

유빈은 최대한 침착함을 가장하며 말했다. 하지만 떨리는 그의 목소리는 불안함을 감추지 못했다. 단순히 거주 공간이 바뀐다거나, 혹은 조금 후퇴하면 되는 문제가 아니었다.

좀비들의 행진이 매일 방향을 바꾸고 있으니, 저기에 있는 수백 마리가 언제 또 변화가 쪽으로 그 발길을 돌릴지 전혀 예측할 수가 없다. 또는 그 역의 경우로 시내에서 몰려온 좀비들이 변화가를 점령해 버릴지도 모른다.

"이, 이제 어떻게 해야 돼요, 우리?"

변화가를 향해 걸음을 서두르던 중 제니가 묻는다. 어제오늘 살이 빠져 더 커다래진 그녀의 눈에는 공포가 가득 서려 있다.

"일단 변화가로 돌아가서 숙소를 정해야지. 이슬 맞고 자는 일은 더 못 하겠으니까. 그리고 철책을 뜯어다가 옥상마다 연결해서 혹시 좀비들에게 둘러싸이면 달아날 수 있도록 해 둬야 돼. 그다음에 슈퍼에서 가능한 한 많이 음식을 가져와 쌓아 놓아야 해."

"둘러싸인다고요?"

"아니, 그, 그건 그냥 만일의 경우를 대비한 거야. 그런 일이 없도록 할 테니까 걱정하지 마."

유빈은 자기 자신도 믿지 않는 헛된 약속을 했다.

"공구도 거의 다 복지 센터에 있는데……."

보안관이 야구 배트를 어깨에 걸치며 난감한 표정을 짓는다. 이젠 해머도 자동차 트렁크에 넣어 둔 것 하나뿐이다.

"가방 안에 넣고 다니던 걸로 아쉬운 대로 해결해야지, 뭐. 일단 스패너만 있으면 철책은 뜯을 수 있으니까……."

웅얼거리며 뒤를 돌아보던 유빈은 발이 걸려 넘어졌다. 어느덧 풀밭에서 벗어난 그들은 산책로까지 와 있었다. 손을 짚으며 일어나려는 유빈의 눈에 바닥에 적혀 있는 숫자 11,200이 다시 들어온다. 일전에도 한 번 보았던 숫자다.

근데 대체 이게 뭐지…… 하는 궁금증이 뇌리에 들어오기 직전, 벌써 역 안으로 들어간 보안관과 삼식이가 철책 한 칸을 흔들며 물었다.

"이것부터 뜯는다?"

유빈은 고개를 끄덕이며 소리쳤다.

"야, 보안관. 넌 일단 좀 쉬라니까…… 내가 할게!"

당장 보안관의 체력이 걱정된 유빈은 머릿속의 숫자를 뒤로하고 친구들을 향해 달려갔다.

Chapter 25
폭풍 속으로

01

제주 강정 해군 기지의 한 작전실에서는 한 교수가 서너 명의 군인들과 함께 스크린을 뚫어져라 쳐다보고 있었다. 어제 새벽 갑자기 영감이 떠오른 교수가 긴급하게 자료들을 긁어모으라는 명령을 내렸고, 그때부터 지금까지 계속 똑같은 행동을 하는 중이다.

테이블에 어지럽게 널린 음료수 병들과 포도주 병, 그리고 아무렇게나 비벼 끈 꽁초의 산이 그들이 얼마나 오랫동안 이 방 안에 있었는지를 설명해 준다.

"이건 아냐. 다음 걸 돌려 봐."

교수의 명령이 떨어지자마자 컴퓨터 앞에 앉은 군인이 마우스를 클릭했다. 그러자 전방의 대형 화면에 또 다른 밤바다 영상이 떠올랐다. 8배속으로 돌려 봐도 별다른 변화는 없었다. 지금까지 봐 왔던 수백 개의 데이터가 모두 그랬던 것처럼…….

컴퓨터 앞의 전산병은 몰래 입을 가리고 하품을 했다. 저 양복 입은 작자는 대체 무슨 생각으로 비슷한 영상만 계속 돌려 보고 있는지 모르겠지만, 어젯밤부터 교대도 못 하고 계속 명령을 수행해야 하는 그로서는 죽을 맛이었다.

— 우리가 확보한 것 중에서 바다가 나오는 영상은 다 긁어모아.

어제 새벽 그에게 떨어진 명령은 그것이었다. 그래서 그와 동료들은 생노가 다를 뛰며 데이터베이스에서 영상들을 검색하고, 그것을 따로 폴더에 저장했다. 6월 중순 이후, 해안 감시선이 찍었던 순찰 영상부터 민간 여객선에서 전송한 영상까지 일절 예외를 두지 말라는 명령이었다.
이미 예전에 정보로서의 가치가 없다고 판단한 것들까지도 전부 포함하고 나니 그 양이 엄청났다. 하지만 김성진이 틀어 주었던 영상, 그러니까 해경들이 낯선 배를 탐색하다가 처음 좀비에 물렸던 그 사건의 영상은 거기에 포함되어 있지 않았다. 채 장군이 사본을 만들면서 아예 원본을 삭제해 버렸기 때문이다.
"야, 잠깐. 멈춰 봐. 아니, 리와인드해. 48분 20초 지점으로."
살짝 졸며 클릭질을 하고 있던 병사는 그 명령에 깜짝 놀라 깨서 재빨리 뒤로 가기를 눌렀다.
"그래. 거기야, 거기."
교수는 담배에 불을 붙이고 눈을 번뜩이며 화면에 집중했다. 병사가 뭔가 싶은 마음에 모니터를 유심히 봤지만, 개뿔 대단할 건 없었다. 백령도 주변에서 NLL 이북을 찍은 것이었는데, 작고 허름한 배 한 척이 파도를 따라 움직이고 있는 게 전부였다. 녹화된 날짜는 7월 2일로 표기되어 있다.
"저거 키워 봐. 화면 확대할 수 있지?"
둥둥 떠다니는 배를 한참 더 구경하던 교수가 말했다.
"예. 하지만 화질이 많이 떨어집니다."
"최대한 해상도를 높여 봐. 배를 중심으로 해서."
이제 제발 그만하자. 지긋지긋하다…….
병사는 속으로 투덜대며 기계를 조작했다. 수십 배로 화면을 확대하니 이제 도트 하나가 손톱 크기만 해졌다.

"거기서 멈춰."

그렇게 말한 교수는 벌떡 일어나서 대형 모니터 앞으로 걸어갔다. 눈을 아주 가까이 대고 한참 동안 배를 바라보던 교수가 뒤를 돌아보며 물었다.

"야, 이 글씨 뭐라고 쓴 것 같으냐?"

"글씨 말씀이십니까? 에…… 858-81 아닙니까?"

"아니야. 하지만 비슷해. 이거 850-01이야. 거기 너, 네 생각은 어때?"

"네. 그런 것 같습니다."

"좋아, 이제 다시 재생해."

교수는 만족한 표정을 지으며 자리로 돌아와 생각에 잠겼다. 그가 턱을 괴며 고민하는 사이, 문제의 배는 조금씩 흘러가 카메라 범위 밖으로 사라져 버렸다. 지금의 진행 방향대로 계속 표류했다면 북한의 어느 해안에 닿았을 것이다.

"저 배가 맞아. 딱 저렇게 생긴 거였어……."

교수는 더 이상 영상에 대해서는 흥미가 없는지 고개를 하늘로 쳐든 채 중얼거리기만 했다. 게다가 저 숫자, 어딘지 낯설지가 않다.

850-01이라…… 뭐지? 그리고 7월 13일 밤에 내가 보았던 영상에는 뭐라고 써 있었지?

교수는 두 손의 엄지를 관자놀이에 가져다 대고 생각에 잠겼다. 좀비 사태가 일어난 날 새벽부터 영상을 보던 시점까지 기억을 역순으로 되짚어 올라가기 위해서였다.

음……. 그래, 그날 밤 회의를 마치고 킹메이커와 헤어져서 단골 요정으로 갔었지. 그리고 두 년을 끼고 잠이 들었다가…….

교수는 감각들을 되살려서 모든 걸 영화 필름처럼 연결해 보려 애썼다.

그 배로 건너갔던 해경의 비명 소리, 총소리, 그리고 바닥에 튀던 피. 그 배에 적혀 있던 숫자는…… 분명 82-08이었다.

그래, 맞아. 82-08이었어!

"설마!"

교수가 벌떡 일어나서 책상을 쾅! 내리쳤다. 갑작스러운 그의 행동에 군인들이 어깨를 움츠렸다. 교수는 자책의 의미를 담아 머리를 쿵쿵, 두드렸다. 그날 그 영상을 보면서 왜 그 숫자가 이상하다고 느끼지 못했던 것인지 도무지 이해할 수 없다. 이렇게 단순하고 빤히 보이는 것인데도 말이다.

훗, 왜긴. 욕심이 눈을 덮어 버려서 그렇지. 미련한 새끼…….

교수는 자신을 비웃었다.

띠띠— 띠띠—.

핸드폰의 알람이 그에게 회의 시간이 가까워졌음을 알려 주었다. 마음 같아서는 여기에서 더 많은 화면을 검토하고 싶지만, 킹메이커가 주선한 중요한 회의라서 꼭 참석해야 한다.

"여기에서 대기! 나 금방 갔다 올 테니까, 그때까지 남해 쪽에서 81이라는 숫자가 박힌 배를 찾아놔. 다른 글씨는 없고, 그냥 81로 시작해야 돼."

문을 열고 나서며 교수가 내린 명령에 병사들은 한숨을 쉬었다.

"그럼 그렇지, 우리만 당했을 리가 없어. 그랬으면 다들 이렇게 조용하게 있을 리가 없지."

복도를 걸어가면서 교수는 계속 혼잣말을 중얼거렸다. 그렇다면 중국과 일본이 왜 저리 침묵하고 있는지도 이해가 간다. 이건 아주 조직적이고도 거대한, 그리고 아주 악질적인 장난질이었다. 적어도 동아시아의 주요국들 전부를 대상으로 한 것만은 분명했다.

하아~. 자신이 찾아낸 것에 자부심을 느끼면서도 교수는 해소되지 않는 궁금증들 때문에 여전히 고개를 갸웃거릴 수밖에 없었다.

"도대체 누가 왜 저 지랄을 한 거지? 그것도 국가번호로 분류까지 하면서?"

850은 국제전화를 위한 북한의 국가번호이다.

지난 7월 2일, 북한에도 좀비들이 배달된 것이다.

02

콘퍼런스 룸이 있는 강정 기지 작전 본부 4층 복도는 담배 연기가 자욱했다. 공조 시스템이 공기를 빨아들여 최첨단 필터로 여과시키기도 전에 삼삼오오 복도 의자에 모여 앉아 있는 수십여 명이 담배 연기를 뿜어 대고 있는 까닭이다. 금연 구역이었지만 그런 걸 지키는 사람들은 일반 직원들이나 청소를 하는 병사들뿐이었다.

"어, 채 장군 오셨구만. 들어가십시다."

육군 참모들에 둘러싸여 뻑뻑 담배를 빨아들이고 있는 채 장군을 보고 교수가 반가운 척 손을 들었다. 채 장군은 여유 있는 미소를 짓는다.

"예, 먼저 들어가십시오. 이것만 마저 피우고 들어가겠습니다. 아, 참 이걸 끊어야 되는데……."

"채 장군도 참. 힘들게 배운 걸 왜 끊어요. 허허."

교수가 문 안으로 사라지자 채 장군의 얼굴에서 가식적인 웃음이 지워진다. 그의 우측에 앉아 있던 중장 하나가 아니꼽다는 듯 말한다.

"참 내…… 군복이라고는 평생 한 번도 입어 본 적 없는 새끼가 작전 회의에는 뭐 주워 먹을 게 있다고 기어 들어오는 건지……."

"내비 둬라. 민주주의 사회 아니냐."

채 장군은 필터를 잘근잘근 씹으면서 대꾸했다.

"하지만……."

조금 전의 중장은 그래도 뭔가 더 할 말이 남은 눈치였지만, 채 장군은 얼른 눈짓을 해서 그의 입을 막았다. 맞은편에서 해군 참모 총장 이승남이 일행을 이끌고 걸어오는 게 보였기 때문이다. 이승남 대장이 과장되게 큰 소리를 지르며 손을 쫙 벌렸다.

"아이구, 채 장군님. 허허허, 어떠세요? 뭐 불편한 거 없으시죠? 제가 특별히 배려해 드리라고 단단히 말을 해 놓았는데, 아무래도 지방이라…… 그리고 육군 분들을 모셔 본 경험이 없어서! 허허허!"

이승남이 껄껄거리는 동안 그 옆에 선 해병대 사령관은 눈알을 부라리며 채 장군과 그의 참모들을 노려본다.

겨우 별 세 개짜리가…….

채 장군으로서는 기가 막힐 노릇이었다. 예전 같았으면 꿈에서도 생각해 볼 수 없는 일이다.

"아, 좋습니다, 이 총장님. 워낙에 그 배려를 잘해 주셔서……. 야전에서 이만큼 나이를 먹었는데, 객지 생활이 불편할 리가 있겠습니까? 저보다야 오히려 이 총장님이 걱정입니다. 계룡대에서 편히 계시다가 낯선 잠자리이실 텐데."

말은 좋게 하는 듯하지만, 채 장군이 전달한 실제 의미는 '너도 원래 여기 없던 놈이잖아?'였다. 계룡대 3군 통합 기지라는 하나의 공간에 함께 있을 때만 해도 공식 서열 3위인 해군 참모 총장이 그의 앞에서 모가지에 깁스를 하는 일은 절대 없었다.

"아, 저야 그래도 기반이 여기니까 채 장군님 같지는 않죠. 채 장군님, 모자란 거 있으시면 부관들에게 말씀만 하십시오. 가능한 한 긍정적으로 검토하라고 제가 미리 언질을 해 놓겠습니다. 허허허."

이 총장이 허세가 가득한 웃음과 함께 사라졌다. 숙청과 서열 재배치의 시간이 왔다는 것을 암시하는 듯한, 그런 웃음이었다.

채 장군의 부하 장성들은 이 총장의 뒷모습을 보며 분함을 못 이겨 부르르 떨었다.

"뭐어? 긍정적으로 검토를 해? 밤송이를 까라면 까겠습니다, 해도 모자랄 판에 감히 뉘 안전이라고……. 하아~ 저, 저걸 어떻게 해야 합니까, 장군님?"

그러거나 말거나 채 장군은 초연한 표정으로 새 담배에 불을 붙이고 잠시 침묵했다. 이 모든 사달의 원인은 이 외딴곳에 긴급 대책 본부를 차렸을 때부터 이미 예견된 셈이다. 그러니 탓하려면 미리 알아채고 대처하지 못한 그 자신을 탓

해야 한다.

4·3 사건 이후 근 70년이 되어 가도록 제주도에는 육군이 배치되지 않아 왔다. 해안 경비는 전경이 맡았고, 강정 기지가 완공되기 전까지는 공군과 해병 소수만이 배치되어 있었다. 일본을 가상 적국으로 인정하지 않았기 때문에 상륙전에 대한 대비는 제로에 가까웠던 것이다.

바꿔 말하자면 제주는 전국 팔도에서 유일하게 육군의 파워가 미치지 않는 땅이다. 불과 보름 전까지는 그런 것 따위 아무래도 상관이 없었다. 어차피 정치, 경제가 모두 반도 내에 집약되어 있고, 3군 사령부까지도 한자리에 몰아넣어 뒀기 때문에 육지를 지배하는 자가 모든 것을 지배했다. 그런데 신경조차 쓰지 않던 이 조그만 섬에 들어온 것이 채 장군을 옭아매는 감옥이 되어 버렸다.

"……어쩌겠어."

채 장군이 자조적으로 웃으며 말했다.

"이 세상에서 가장 쓸모없는 것이 운용할 병력이 없는 장군이니까……. 후우우~."

킹메이커는 철저했다. 하루에 이 섬 안으로 들어올 수 있는 육군 병력을 블랙호크 네 대로 제한했고, 그나마 북쪽 해안에 내려야 하며, 한 번에 두 대 이상씩은 안 된다. 그리고 긴급 물자 수송 같은 임무를 마치면 들어왔던 병력들은 고스란히 다시 뭍으로 돌아가야 한다. 긴급 물자라야 구조한 정치인들이나 고급 식재료 따위가 전부지만…….

좀비 사태가 벌어지고 사나흘의 시간이 흐른 뒤부터는 감시의 수준이 한결 더 철저해졌다. 슬쩍 떠보기 위해 대형 수송 헬기가 허가를 받지 않은 채 이쪽으로 기수를 틀기라도 하면 곧바로 이지스함에서 감지하고 경고를 보낸다. 물론 이쪽에서 떠나는 것도 마음대로 안 된다. 이런 이유들로 지금 제주도에는 육군 사병보다 장성이 더 많다는 말까지 나온다.

"혹시 오늘 회의에서 무슨 사달을 내리는 것 아닐까요, 장군님? 저놈들이 갑자기 이렇게 소집하는 꼴이 아무래도 영……."

참모 하나가 걱정스러운 표정으로 속삭인다. 군 명령 체계 내에 대규모 물갈이가 일어난다고 해도 이상하지 않은 분위기이기는 하다. 숙청 대상 1호일 게 분명한 채 장군은 고개를 저으며 킹메이커를 가리켰다.

"저기 윤 장관이 있는 한, 이 자리에서는 아무 일도 안 일어나. 저놈은 겁이 많아서 혹시라도 피를 흘려야 하면 늘 빠져 버리거든. 그러니까 너무 걱정하지 마라. 슬슬 들어가자."

채 장군은 대리석 탁자에 아무렇게나 담배를 비벼 끄고 일어나 콘퍼런스 룸 안으로 들어갔다. 40여 명이 벌려 앉은 널찍한 회의실 내부에서는 벌써 보란 듯이 회의가 진행 중이었다. 육군 장성들 따위는 안중에도 없다는 식의 태도다.

"지금 보시는 이것이 컨트롤러입니다. 처음 동작을 개시할 때만 이 기기로 명령을 입력하면 그 뒤에는 GPS와 적외선 센서를 이용해서 아군을 따라 움직입니다. 100킬로그램의 장비를 싣고 하루 만에 15킬로미터를 이동할 수 있습니다."

가장 먼저 발표를 하고 있는 것은 국방과학연구소 ADD에서 파견 나온 연구원이었다. 그가 설명하는 물건은 충견이라 불리는 군용 사족 보행 로봇으로, 미군이 운용하는 무인 수송 로봇인 알파 독을 모델로 삼아 2010년대 초반부터 개발에 착수한 것이다.

그래 봐야 기술적 한계 때문에 미제 오리지널의 절반에 해당하는 속도로 절반의 무게밖에는 나르지 못한다. 채 장군을 알아본 연구원이 꾸벅 묵례를 한다. 채 장군이 고개만 까딱하고 자리에 앉자 연구원은 다시 설명을 재개했다.

"현재까지는 어디까지나 전장에서 물자를 수송하고 병사들의 개인 적재량을 분담하는 지원의 용도였지만, 전투의 대상이 인간에서 변종으로 바뀜으로써 패러다임의 전환이 필요했습니다. 그래서 저희 연구소에서는 연속 철야 작업을 통해 대대적인 업그레이드를 이루어 냈습니다. 자, 처음 인사드립니다. 전투 사족 보행 로봇 관창입니다."

장황한 설명을 하며 중앙으로 걸어 나온 연구원이 흰 장막을 벗겨 내자, 황소만 한 크기의 기계가 모습을 드러낸다. 컨트롤러의 조작에 따라 기계는 짧은 보폭으로 대여섯 걸음을 뗀 후 멈췄다.

몇몇이 가벼운 박수를 치기는 했지만, 대부분은 시큰둥한 얼굴로 지켜보고만 있었다. 냉담한 반응에도 불구하고 연구원은 페이스를 유지하며 말을 이었다.

"이번에 프로토타입 개발을 완료하고 이곳에서 먼저 선보이기 위해 여섯 대를 긴급히 공수해 왔습니다. 관창의 최대 장점은 살아 있는 병사들의 지원이 없이도 도로에 그어진 선을 따라 스스로 적진에 쇄도하여 근접 거리에서 적들을 섬멸할 수 있다는 데 있습니다. 구형 모델의 화물 적재 공간에 두 정의 각기 조준 가능한 K-3 기관총과 4,800발의 실탄을 적재하고, 움직이는 모든 것들을 목표로 상정하여 사격합니다. 또는 50킬로그램의 폭발물을 탑재한 채로 좀비 무리의 한가운데까지 접근한 후, 자폭할 수도 있습니다. 잘 아시다시피 황산벌 전투에서 백제군에 몇 차례나 돌진하여 전황을 역전시킨 관창이라는 이름처럼 이 전투 사족 보행 로봇은 수세였던 작금의 전세를 한 방에……."

"구형이 100킬로그램까지 적재할 수 있었는데 신형은 50킬로그램을 싣는다고? 왜 그런 무게 차이가 나? ADD에서는 그런 걸 업그레이드라고 부르나?"

신나게 떠들던 연구원은 교수의 지적 때문에 말이 끊겼다.

"아, 그건…… 첨단 조준 장비와 센서, 그리고 신형 보조 모터 등의 중량이 추가되었기 때문에 그렇습니다. 관창은 어디까지나 독자적인 전투 수행이 가능한 일발 역전 병기로……."

연구원이 대답을 마치기도 전에 교수는 또 다른 걸 물었다.

"조준해서 기관총을 쏠 수 있다고 했잖아? 드론처럼 원거리에서 조종하는 건 아닐 테고, 도대체 뭐로 목표를 분간한다는 거야?"

"근접 초음파 센서입니다. 단순히 무인 주차 시스템 등에서 사용되는 기술을 차용하는 데 그치지 않고, 여기에 움직임을 감지하는 알고리즘을 더했습니다. 따라서 고정적인 사물, 예를 들어 주차되어 있는 자동차나 건물, 도로 표지판 등은 목표에서 제외됩니다."

"한마디로 가만히 있는 건 안 쏜다는 말이잖아. 뭐, 좋아. 놈들은 누가 시키지 않아도 엄청 열심히 움직이기는 하니까. 그런데 근접이라는 게 대체 얼마의 거린가?"

"초음파 빔 앵글을 좁히면 직진성은 좋아지지만, 대신 감지 범위가 좁아집니다. 기관총 한 정이 각도를 바꿔 가며 가장 효율적으로 작동할 수 있도록 하기 위하여 저희 연구소에서는 각 총에 두 개의 센서를 부착하는 것으로……."

"아, 왜 자꾸 말을 길게 늘어뜨려? 몇 미터냐고? 목표물 인지 가능한 거리가?"

"……8미터입니다."

"8미터? 지금 8미터라고 했어?"

교수는 믿어지지 않는다는 말투로 짜증을 부렸다.

"그러니까 다시 정리를 한번 해 보자고. 저 관창인지 뭔지가 좀비 떼를 찾아서 걸어가. 그것도 험로는 안 되고, 선이 그어진 도로 위에서만 움직일 수 있어. 그러다가 8미터 안쪽에 뭔가 움직이는 게 있으면 사격을 시작해. 그런데 좀비 떼랑 10미터만 떨어져 있는 경우에는 앞에 뭐가 있는지도 모르고 그냥 지나쳐서 가는 거야. 한마디로 이건 바짝 붙기 전까지는 아무 의미도 없는 기계라는 말이지. 그렇지? 어군 탐지기보다도 못한 거 아니야, 이거?"

"기술의 차원이 다릅니다. 그리고 일단 근접하고 나면 두 정의 경기관총이……."

교수는 손을 들어 연구원의 말을 끊고는 입구를 지키고 서 있던 해병 둘에게 지시를 내렸다.

"어이, 너, 너. 이리 와 봐. 저거 옆에 서."

그러고는 다시 연구원에게 관창을 가동해 보라고 했다. 연구원은 어쩔 수 없이 컨트롤러를 주물렀다.

"위잉— 위잉—."

관창은 밖으로 꺾인 네발을 움직여 걷기 시작했다.

"자, 너희 이제 저 위에 매달려 봐."

네?

갑작스러운 명령에 해병들이 망설이자 교수는 다시 한번 명령을 내렸다.

"저 기계 위에 매달려서 당겨 보라고. 왜? 무서워?"

교수의 도발을 받은 해병들은 곧바로 관창의 화물 적재 칸 위로 뛰어올랐다. 적재 표준량보다 무거운 무게가 한꺼번에 한 방향으로 실리자 관창의 중심은 금세 왼쪽으로 기울었다. 그런 상황에서 두어 발짝을 내딛더니, 다리가 휘청대다가 이내 중심을 잃고 넘어져 버린다.

위잉— 위잉—.

네발이 허공에서 버둥거리는 관창의 모습은 흡사 싸구려 장난감과 비슷했다. 연구원도 민망한지 얼른 컨트롤러로 시동을 껐다. 자리를 박차고 일어난 교수가 관창의 후면을 구둣발로 걷어차며 소리를 지른다.

"장장 5년이야! 그리고 들어간 돈만 2670억이었어! 2670억을 쏟아부어서 나온 게 이거야? 사람 둘도 지탱 못 하는데, 뭐 어쩌고 어째? 근접해서 움직이는 표적을 섬멸해? 어떻게 섬멸을 한다는 거야? 좀비들이 이놈만 보면 물러나서 길을 터줄 것 같은가? 응? 젠장, 긴급하게 보고할 것이 있다고 해서 가져온 게 이거야? 내가 하던 일도 멈추고 급히 참석한 회의의 이유가 이거였냐고?"

"허허허, 한 교수님도 참……. 진정하시지요. 뭐, 젊은 사람들이 서두르다 보면 실수할 수도 있는 거죠. 게다가 저기 계신 채 장군님께서 적극적으로 추진하셨던 사업이기도 하고 말이에요. 하지만 그러면서도 이거 연구 개발 예산이 어딘가로 새어 나가지 않았나 하는 느낌은 저에게도 드는군요. 엄정해야 할 예산 집행이니까 만약 유용의 혐의가 있다면 그 부분은 따로 감사를 하든지 하면 되겠고요."

교수를 진정시킨 것은 킹메이커였다. 하지만 킹메이커는 '감사'라는 단어를 길게 끌어 발음하며 채 장군을 향해 시선을 돌렸다.

흠, 채 장군은 아무렇지도 않은 듯 헛기침을 하며 그 시선을 무시했다.

국방과학연구소 예산 사용을 가지고 나를 치시겠다? 좋아, 마음대로 해 봐.

하지만 장부나 자료가 남아 있어야 감사든 뭐든 하는 거지…….

채 장군의 마음을 읽기라도 한 듯 킹메이커는 또 특유의 말투로 이죽거린다.

"허허, 하지만 이런 때에 서류 감사를 할 여유 같은 건 없겠지요. 결국 죄지은 놈들은 이런 세상이 와서 쾌재를 부를 수도 있겠다는 생각이 듭니다. 그렇지 않습니까, 채 장군님?"

"크흠, 뭐, 똑똑하신 분들이 잘 알아서 하시겠지요. 저같이 무식한 놈이 뭘 알겠습니까?"

채 장군은 굳이 억지웃음을 짓지 않았다. 웃어 주고 싶은 마음도 없다.

"그건 그렇고…… 채 장군님, 또 서울에서 건물을 부쉈다면서요? 허허, 지난번에도 강남역 사거리에서 대형 폭발을 일으켜서 한 블록을 거의 날린 지 얼마나 됐다고 또……. 왜 육군들은 그렇게 조심성이 없는 건지 모르겠네요. 폭발물 사용을 최대한으로 줄이고 실탄으로 대응하라는 명령이 잘 전달이 안 된 겁니까?"

계속해서 긁어 댄다. 이번에는 생존자들을 이송할 때 유탄을 발사했던 걸 문제 삼고 있다. 그가 더 이상 사유 재산 보호에 연연하지 말라는 명령을 내린 것은 사실이다. 이 눈치, 저 눈치 보느라 아무것도 못 하고 있는 게 도무지 성미에 맞지 않았던 것이다.

마음 같아서는 생존자들 따위 어떻게 되든 지금 당장 네이팜으로 경기도 북부부터 싹 불태워 밀어 버린 후에 탱크로 남진하고 싶다. 아무리 사방에서 곡소리가 나도 북괴의 남하를 핑계로 삼으면서 전방의 병력들을 전부 동원하지 않았던 것은, 바로 그 한 방을 위한 준비였으니까. 채 장군은 온화한 얼굴로, 하지만 단호한 말투로 대꾸했다.

"제주도에 계신 분들이야 전혀 실감을 못 하시겠지만, 저희 애들은 지금 목숨을 걸고 싸웁니다. 아무리 구치소에서 수감자들을 차출해 건설 작업을 돕게 시킨다고는 하지만, 철책을 치고 수송차를 모는 군인 애들은 여전히 위험에 노출되어 있습니다. 시답지 않은 건물 몇 개 보존하자고 걔들을 싹 다 좀비 밥으로 주자는 말씀은 아니실 거라고 믿겠습니다."

"시답지 않은 건물 몇 채가 아닙니다. 저희가 집계한 바로는 어제까지 군에서 민간 기업에 입힌 재산 피해가 3조 4천억 원이 넘습니다. 물론 수도권 내에서만 그렇다는 말씀입니다."

우측 말석에 앉은 양복쟁이 하나가 서류철을 뒤적이며 끼어들었다. 채 장군이 고개를 갸웃거리며 묻는다.

"넌 어디 소속이야? 한 번도 본 적이 없는데?"

"태양 그룹 재무실 제2차장입니다. 민관 합동 대책 본부 경제 고문 자격으로 이 회의에 참가했습니다."

아 나, 이거······.

채 장군은 어처구니가 없어서 잠시 주변을 두리번거렸다. 그러고는 곧바로 양복쟁이를 향해 명패를 집어 던졌다.

"당장 안 나가, 이 개새끼야? 여기가 어디라고 잡상인 새끼가 버르장머리 없이 기어 들어와서 주둥이를 나불거려? 고문? 야! 뭐 해! 당장 저 새끼 안 끌어내고!"

명령이 즉각 수행되지 않은 것 때문에 더 흥분한 채 장군이 옆자리의 명패까지 들어 올리자 해군 참모 총장이 마지못해 눈짓을 했고, 해병들은 그제야 양복쟁이를 데리고 나갔다.

"허허, 채 장군님. 암만 그래도 잡상인이라뇨. 민 없이는 군도 없다는 걸 잊으시면 안 되겠죠. 우리가 이렇게 모이는 것도 다 국민들을 위한 것 아니겠어요?"

킹메이커가 빙글거리며 딴죽을 걸어온다. 채 장군도 곧바로 받아쳤다.

"그렇게 민이 소중하신 분들이 대피소 만드느라 건물 몇 개 부서진 걸 걱정하시는군요. 몰랐습니다. 근데 그 잘난 민간 연구소인지 뭔지에서 열흘 정도만 지나면 좀비들의 운동 능력이 떨어질 것이라 예상되니 일단 기다리라고 하시던 박사님들은 다 어디로 가셨습니까? 제가 직접 헬기에 태워서 강남역 사거리에 모셔다 드리려고 했는데······."

이 순간을 계기로 해서 안 그래도 껄끄럽고 냉기가 흐르던 회의의 분위기는 더욱 싸늘하게 식어 버렸다. 그리고 그 살얼음처럼 얄팍한 표면 아래로는 언제 모든 것을 태울지 모르는 불길이 이글이글 타올랐다. 그다음 발표자로는 공군의 대령 하나가 나섰다.
 "제가 말씀드리고 싶은 전략은 간단합니다. 그리고 비용도 그리 많이 들지 않습니다. 좀비들의 운동 성향을 이용한 것입니다."
 그런 후, 대령은 태블릿 컴퓨터 크기 정도의 장비 하나를 꺼내 보였다.
 "여기에는 GPS와 간단한 송신장치가 들어 있습니다. 나머지 부분은 거의 배터리입니다. 아시다시피 좀비들은 원을 그리면서 이동합니다. 상공에서 좀비들의 무리를 관찰한 파일럿들이 일관되게 보고해 온 사항입니다. 가장 가운데에 커다란 규모의 원이 톱니바퀴처럼 돌고, 그 주변에 보다 적은 규모의 좀비들이 작은 원형으로 모여 위성처럼 돕니다. 그리고 이것이 전체적으로 회전하면서 이동합니다. 문제는 이 거시적인 이동의 궤도가 대체적으로는 원형이지만, 예외의 경우가 종종 발생한다는 데 있습니다. 그래서 현재 우리 군은 언제 어느 지점에 얼마나 큰 규모의 좀비 떼들이 위치해 있는가 하는 점을 정확하게 알지 못합니다. 예측을 하고는 있지만 빗나가는 일이 많아서 큰 피해를 초래하기도 했습니다. 이동 중에 전사자가 느는 이유도 여기에 있습니다."
 "너 지금 나한테 하는 말이야? 육군이 무능하다고 하는 그런 소리야?"
 갑자기 발끈한 채 장군 때문에 공군 대령은 당황해서 얼굴을 붉혔다.
 "그, 그렇지 않습니다, 장군님. 제아무리 철저히 대비되어 있는 병력들이라고 해도 예기치 않은 습격에는 약점을 보인다는 원론을 말씀드리는 것뿐입니다. 이 전략은 창끝처럼 날카로운 아군의 공격력을 적재적소에 투입하기 위한 것입니다. 이 장치……."
 대령은 다시 한번 장비를 들어 올렸다.
 "저는 이 장치를 고양이 방울이라고 부릅니다만, 이 고양이 방울을 좀비 개체에 고정시킵니다. 그리고 방울을 부착한 좀비를 헬기와 같은 수송 수단을 이용해 가장 중앙에 위치한 큰 규모의 좀비 원 속에 투입시킵니다. 모든 대규모의 좀비 집단 속에 이렇게 하나씩의 방울을 달아 둔다면 우리 군에서는 놈들의 이동 경로와 방향, 속도 등을 모두 파악할 수 있고, 나아가서는 향후 진로까지도 예측이 가능합니다. 물론 그러면 엄청난 전략적 우위를 점할 수 있습니다. 지금부터 화면을 통해 보실 것은 제가 파주에 연락해서 미리 방울을 달아 놓은 좀비들의 최근 3일간 움직임입니다. 규모는 오, 꽤나 대규모에 속하는 무리입니다."

스크린에 파주와 일산의 지도가 떠올랐고, 곧 삐뚤빼뚤한 빨간 선이 거리를 아무렇게나 누비고 다닌 기록이 그 위에 겹쳐졌다. 파주 출판 단지에서 출발하여 일산을 대각선으로 가로지르고 마지막에는 고양까지 도달해 있었다.

"제가 아까 말씀드렸던 것처럼 이놈들은 거시적 경로마저도 원을 그립니다. 지금 여기에서는 단순히 지그재그인 선처럼 보이지만, 이것을 확장시킨다면 서울 북부와 포천까지가 포함된 커다란 원의 형태가 된다는 것을 확인하실 수 있을 겁니다. 다시 말씀드리자면, 이 규모 오짜리 무리들은 지금 시속 4킬로미터의 평균 속도로 며칠 동안에 걸쳐 서울을 향해 동진하고 있는 것입니다."

좀비들의 거대한 웨이브가 서울을 덮칠 것이라는 경고와 함께 대령은 몇 가지의 정보를 더 전했다.

하지만 불행한 사실은, 이 귀가 솔깃할 만한 아이디어에 대해 방 안의 사람들 중 아무도 별 주의를 기울이지 않았다는 점이다. 채 장군과 킹메이커, 두 패로 나뉘어 신경전을 펼치고 있었기 때문에 일개 대령이 나불대는 소리 따위는 그들의 귀에 들어올 여유가 없었다.

이후 몇 가지의 보고가 더 이어진 뒤, 회의는 끝이 났다. 회의를 마치며 킹메이커가 마이크를 잡았다.

"비록 우리가 지금 예기치 못한 위기 상황을 겪고 있지만, 우리 민족의 저력은 이까짓 작은 위협보다 훨씬 더 크고 강력하다고 믿어요. 그러니 물론 이겨 내고 극복할 수 있을 겁니다. 그런데 그런 과정에서 가장 중요한 것은 아군끼리 숨기는 사실이 없어야 한다는 점이겠지요. 아주 중요한 뭔가가 있을 때 그걸 뒤로 빼놓거나, 혼자만 알고 있으려고 몰래 감춰 놓는 일은 없어야죠. 그런 사람은 한 식구라고 부를 수 없지 아니겠어요? 그건 배신자죠. 그리고 조직 내의 배신자는 반드시 처벌을 받아야 할 거예요. 채 장군님, 어떠신가요? 제 의견에 동의하시나요?"

킹메이커가 노회한, 그러나 사악한 지혜로 번들거리는 눈동자를 들어 채 장군을 바라본다. 채 장군은 고개를 빳빳이 들었다.

"그런 건 그야말로 기본 중에 기본 아닙니까?"

"그렇죠? 그럼 오늘 회의는 여기에서 마치는 걸로 하죠. 더 모이실 일이 있으면 추후에 개별적으로 연락을 드리겠습니다."

회의가 끝나고 모두 콘퍼런스 룸을 나서는 동안 국방과학연구소에서 파견 나온 연구원은 해병들의 도움을 받아 쓰러진 관창을 다시 일으켜 세우기 위해 애를 먹고 있었다. 고양이 방울 전략의 결재를 받지 못한 대령은 안타까운 표정으로 장성들의 뒤를 따라 퇴장했다.

흥, 해군과 공군 똥별 놈들의 뒤통수에 대고 콧방귀를 뀌어 준 뒤 방을 나서려던 채 장군은 뒷걸음질을 치던 연구원과 부딪치고 말았다.

털썩, 스마트폰이 바닥에 떨어지고 채 장군은 화난 표정으로 연구원을 노려본다.

"죄, 죄송합니다, 장군님. 여기에 있습니다."

연구원은 얼른 스마트폰을 주워 소매로 닦은 뒤, 두 손으로 채 장군에게 돌려주었다. 무슨 일인가 싶어 뒤쪽을 돌아보던 킹메이커 쪽 일행들이 비웃음을 던지고 다시 제 갈 길을 간다.

채 장군은 그들과 반대쪽을 택해 서쪽 엘리베이터를 타고 아래로 내려왔다. 구역질 나는 놈들과 한자리에 너무 오래 있었다. 신선한 공기가 필요하다.

"장군님, 아무래도 저쪽에서 눈치를 챈 것 같습니다. 회의 마지막에 그 너구리가 한 말도 그렇고."

로비 앞에서 담배에 불을 붙여 준 참모 하나가 걱정스러운 얼굴로 채 장군에게 귓엣말을 한다. 채 장군은 연기를 내뿜으며 고개를 끄덕였다.
"그래, 내 생각에도 새어 나간 것 같아. 어떤 개새끼가 흘린 거지? 홍, 약아빠진 새끼들. 눈치 하나는 기가 막히게 빠르군. 그래도 그거는 못 넘겨주지."
그렇게 말하며 채 장군은 부하들이 열어 놓은 문을 통해 밖으로 나갔다.

03

휘이이잉—.
아침보다 한층 더 강해진 바람이 빗방울까지 실어서 세차게 몰아치고 있다. 채 장군이 말한 '그거'란 며칠 전 삼척에서 회수한 미군의 핵탄두다. 원래 비핵 선언 국가인 대한민국 영토 내에 있어서는 안 되는 물건이나 어쨌든 지금은 그의 손에 들어와 있고, 채 장군은 그걸 아무에게도 양보할 의사가 없었다. 물론 미국은 예외지만······.
그에게는 킹메이커나 교수가 가지고 있는 미국과의 커넥션이 전혀 없다. 하지만 그가 미국에게 되돌려 줄 선물로 핵을 보유하고 있는 이상, 아주 작은 하나의 연결 고리만 생겨나면 킹메이커나 교수에 못지않은 미국의 좋은 친구가 될 수 있을 것이다. 언젠가 이 세상이 다시 정상화될 때 핵은 미국과 그 사이의 우정을 쌓아 줄 중요한 기초가 될 것이라고, 채 장군은 믿었다.
"날씨도 참 지랄 맞네. 야, 차 가져오라고 해."
채 장군은 투덜거리며 스마트폰의 전원을 켰다. 저 더러운 놈들은 작전 본부 내 핸드폰 사용 금지라는 수칙을 육군들에게만 지키라고 강요하고 있다. 운전병이 도무지 나타나지 않아 채 장군의 이마에 세로로 주름살이 생기기 시작할 때쯤, 뒤쪽에서 그를 부르는 목소리가 들렸다.
"여어, 채 장군님. 아직 계셨네요. 다행입니다. 저희랑 점심이나 같이하시죠?"

해군 참모 총장 이승남과 해병대 사령관이다. 이승남은 뭐가 그리 좋은지 계속 빙글거리며 다가와 채 장군의 옆에 선다. 그는 뒤쪽에 무장한 해병들을 쭈욱 도열시키는 것으로 무력시위를 하고 있다. 채 장군의 참모들이 발끈하지만, 저항할 방법은 없다. 말이 좋아 권유지, 이쯤 되면 명령이나 다름없다.

"점심? 벌써? 난 아직 생각이 없는데……."

채 장군은 여전히 느물거림을 잃지 않고 그 자리를 벗어나 보려 한다. 하지만 이승남은 그의 앞을 막으며 말했다.

"아, 아, 이러지 마시고 같이 가십시다. 서귀포 쪽에 다금바리회를 기가 막히게 하는 집이 있어서 제가 다 예약을 해 놓았습니다."

"뭘 그렇게 멀리 갈 필요가 있습니까? 영내에도 식당이 있는데."

채 장군이 달가워하지 않자 이승남이 씨익 웃는다.

"오붓하게 따로 드릴 말씀도 있어서 그렇습니다. 오, 마침 차가 왔네요. 타시죠."

해군 참모 총장은 전용 에쿠스의 문까지 직접 열어 주며 승차를 권한다. 어떻게 해서든 함께 나가겠다는 것이다.

그래, 갑시다. 까짓것.

채 장군은 껄껄 웃으며 상석을 차지해 버렸다. 순간, 자신이 부하들에게 했던 말이 불현듯 떠올랐다. 킹메이커는 언제나 피 흘리는 자리에서 빠진다.

"어딥니까? 그 다금바리회 기가 막히는 집이?"

헤드레스트에 머리를 기댄 채 장군이 물었다. 왼쪽으로 들어와 앉은 이승남이 한쪽 입꼬리를 올린다.

"이제 금방 가시게 될 건데 몇 분 미리 듣는다고 뭐가 달라지겠습니까? 저희가 알아서 다 좋은 데로 주선해 뒀습니다."

"신비주의구만! 그런 것도 좋지!"

해병대 사령관이 조수석에 오른다. 당황해하는 채 장군의 참모들을 남겨 두고 에쿠스가 출발하자, 두 대의 지프가 따라와 앞뒤를 호위한다. 호위 차량들은 기관총과 같은 중무장을 하지 않은 채였다.

사실 뻥 뚫린 2차선은 별도의 호위조차 필요해 보이지 않을 만큼 평화로워 보인다. 차량 통제가 엄격히 이루어지고 있는 제주의 모든 도로는 말 그대로 한적했고, 가끔 눈에 띄는 차량들이라야 거의 대부분 정부 관계자나 군인들임을 증명하는 스티커를 붙인 것들이었다.

후드드득—.

굵어진 빗방울이 앞 유리를 때린다. 가까워진 태풍 때문에 대낮인데도 하늘빛은 어두웠다.

"저런 작은 군함들은 동해 발전소 있는 쪽으로 좀 지원을 보내 주지. 어제 삼척 같은 경우만 해도 해군의 지원이 있었으면 버틸 수 있었잖아. 내륙이랑 이어진 제주도 앞바다까지 이렇게 철통같이 지킬 필요가 있나? 어차피 아군들이 주둔하고 있어서 안전한데 말이야."

태풍을 피하기 위해 항구에 정박하고 있는 참수리급 고속 경비정들을 보던 채 장군이 혼잣말인지 부탁인지 구분하기 어려운 이야기를 중얼거렸다. 그러거나 말거나 이승남은 야릇한 미소를 지으며 아무 대꾸도 하지 않았다.

10여 분을 내달려 서귀포 시내에 도착한 자동차는 몇 개의 코너를 돈 뒤, 3층으로 된 일본풍의 건물 앞에 멈췄다.

"라쇼몽? 뭐, 어디서 쪽발이 이름을 가져다가 붙여 놨어? 여튼 겉만 봐서는 굳이 이 비바람을 뚫고 와서까지 먹어야 할 만한 데는 아닌 것 같구만."

지프에서 내린 병사들이 뛰어와 문을 열고 우산을 받쳐 주자 채 장군은 투덜대며 차에서 내렸다. 식당 안에 들어서자 먼저 와 기다리고 있던 병사 넷이 경례를 한다. 그들 외에 다른 손님은 없었다.

"쉬어, 쉬어. 에~ 그 사람들, 밥 한번 참 요란하게 먹자고 하네."

채 장군은 성큼성큼 앞서 걸어가 중앙의 테이블 가장 좋은 자리에 털썩 주저앉았다. 유리문 너머 그들 일행이 타고 온 지프와 에쿠스가 보이는 자리다.

"나 전화 한 통 해도 되나? 지금 생각이 났는데, 약속해 놓은 걸 깜빡했네……."

채 장군이 주머니에서 스마트폰을 꺼내 켜자 이승남이 웃는 얼굴로 다가와 그의 손을 지그시 누른다.

"누구인지는 몰라도 채 장군님을 기다리는 거라면, 영광으로 여기면서 기쁘게 시간을 보내고 있을 겁니다."

해병대 사령관의 사나운 눈초리가 전화는 허용되지 않는다는 메시지를 확실하게 전한다. 채 장군은 끄음~ 고개를 끄덕이며 널찍한 테이블 한쪽 구석에 스마트폰을 던져 두었다.

이승남이 자리에 앉아 손짓을 하자, 식당 내부를 지키고 있던 병사들은 자리를 피하기 위해 후문으로 나가 버렸다.

"근데 말이지, 사실 나도 이런 자리 한 번쯤은 마련하려고 했었소. 이 총장도 알다시피 우리 지금 아슬아슬하게 버티고 있잖습니까? 먹물들이야 무슨 생각을 하면서 저렇게 느긋한지 몰라도, 우리 군끼리는 좀 더 협심해서 하루라도 빨리 대규모 섬멸 작전을 시작해야 할 것 같아서 말이지."

셋만 남게 되자 채 장군이 테이블 위로 몸을 기울이며 은밀하게 말한다. 이승남은 피식거리며 받았다.

"섬멸 작전요? 어떤 겁니까?"

"뭐, 그야 내가 지금껏 열 번도 넘게 이야기했던 건데…… 뭐, 또 한 번 이야기하지. 돈 드는 일도 아닌데. 네이팜이야. 네이팜으로 수원부터 그 북쪽으로는 싹 다 밀어 버리고 거기에서 시작하면 되는 거야. 그래도 살아남은 것은 탱크로 깔아뭉개면서 내려오면 될 거고. 음, 우리가 가진 설비를 지금부터 풀로 돌려도 그만한 수효의 네이팜을 만들려면 아마 꽤나 시간이 걸릴 테니까 한시라도 서두르는 게 이득이지."

"채 장군님."

이승남이 말을 끊는다.

"채 장군님께서는 왜 그렇게 불바다를 좋아하십니까? 서울이 육이오 직후로 돌아가야 마음이 후련하시겠습니까? 그리고 아직도 그 지역에 남아 있다고 추정되는 생존자만 200만이 넘습니다. 그 사람들은 대체 어떻게 하시려고요?"

"난 일단 우리가 현실을 냉정하게 인정해야 된다고 봐. 서울? 경기? 거기는 이미 끝이 난 거야. 그렇지 않소? 지금 그 두 군데에 있는 좀비들의 수만 대충 1500만이야, 1500만. 상상이나 갑니까? 엄청나지. 역사상 그 어떤 군대도 한 지역에서 1500만을 사살해 본 경험이 없어. 그 혹독하다던 레닌그라드에서 죽은 사람들을 다 더해 봐야 200만이 될까 말까야. 그런데 1500만이 한꺼번에 아래로 밀고 남하하면 그걸 어떻게 할 거야? 당해 낼 수 있나? 못 해. 절대로 못 한다고. 핵이라도 쓴다면 모를까. 생존자가 200만이라고? 그게 무슨 의미인 줄 아시오? 걔들이 있는 자리를 1500만이 휩쓸고 지나오면, 그 200만도 좀비가 돼서 우리가 상대해야 하는 적의 수가 1700만으로 불어나 버린다는 뜻이야. 우리 군이 늑장을 부릴수록 죽여야 하는 좀비는 더 늘어나면 늘어나지, 절대 줄지를 않는다고. 아니, 나머지라도 어떻게든 살아 봐야 할 거 아니야. 그러니까 지금이라도 보호하고 있는 생존자들은 남쪽으로 이송하고, 싹 다 불을 질러서 태워 버려야 돼."

채 장군은 과장된 몸짓으로 열변을 토하면서 1500만이라는 수를 강조했다. 이승남은 무표정한 얼굴로 고개를 살살 저으면서 정종을 따랐다.

"채 장군님 비관주의는 정말 못 당하겠군요. 좀비들이 기계처럼 일사불란하게 한날한시를 기해서 일제히 남하한다? 그런 일이 없을 거라는 것쯤은 우리 모두 다 잘 알고 있잖습니까? 그리고…… 그렇게 해서 사태를 정리할 수 있다고 해도 그 뒤에 대체 뭐가 남습니까? 채 장군님, 사람은 이민을 받아 머릿수를 채울 수 있지만, 기간 시설들은 절대 이민 오지 않습니다. 건물 하나, 도로 한 칸, 이런 것들은 전부 돈이 생으로 들어가지 않으면 어느 날 갑자기 뚝딱하고 생겨나는 게 아니란 말입니다."

"훗, 이민? 어디에서 온다는 거야? 잘 생각해 봐. 주한미군들까지도 우리에게 통보 한번 없이 일제히 철수했어. 천하의 미군이 전 세계 유일한 분단국가이자 혈맹에서 병력을 빼낸 뒤, 보름이 지날 동안 아무런 조처를 하지 않고 있다고. 거기까지도 문제가 생긴 게 아니라면 이런 일이 일어날 리가 없겠지. 미국이 그렇다면 나머지 나라들은 어떻겠어? 난리도 아닐 테지. 사실 당신들도 그 정도는 다 추측하고 있잖아? 왜 자꾸 손바닥으로 하늘을 가리고 싶어 하는 거야? 내 말이 틀리다면 증거를 보여 줘. 육군은 근처에 얼씬도 못 하게 하지만, 당신들은 아리랑 5호가 보낸 위성사진 가지고 있을 거 아니야."

독자적으로 군사위성을 운용하지 않기 때문에 의존할 수 있는 정보는 그 정도뿐이다. 이승남은 대답 대신 정종 잔을 건넸다. 채 장군이 술잔을 기울이는 동안 다금바리회가 나왔다. 커다란 접시 가운데 대가리만 잘라서 세워 놓은 다금바리는 입을 뻐끔거리며 자신이 조금 전 회 쳐진 신선한 고기임을 증명하고 있다. 이승남이 입을 열었다.

"채 장군님, 오늘 평소답지 않게 말씀을 굉장히 길게 하시네요. 하긴 뭐, 힘이 없으니 말이라도 많이 하고 싶어지는 거겠죠. 하지만 저는 그런 말들 전부 동의할 수 없습니다. 어차피 이렇게 된 마당이니까 앞으로는 얼마나 지켜 내는가와 좀비들이 전부 처리된 후, 재건의 여력이 있는가의 싸움이 될 겁니다. 전 세계가 새로운 출발을 앞둔 시점인데, 국가 기간 시설을 파괴하려 들다니, 어리석은 것도 정도가 있는 겁니다……. 그리고 지금 중요한 이야기는 그게 아닙니다. 더 큰 문제는 이렇게 위중한 시국에 적전 분열을 일으키려는 세력들이 군 내부에 존재한다는 사실입니다. 혹시 짚이는 거 있으십니까?"

아니…….

채 장군은 몸을 뒤로 젖히고 고개를 저었다.

"대체 무슨 소리인지 알아듣게 이야기를 해 줘야 할 것 아니오."

이승남이 또 피식거린다. 웃음보가 터져서 질질 새기라도 하는 모양이다.

"윤 장관님은 그래도 마지막으로 고백할 기회를 주고 싶어서 일부러 회의까지 소집하셨는데, 끝까지 배신을 하려고 드는군요. 채 장군님, 당신 영 몹쓸 사람이구만."

갑자기 웃음기를 걷어 낸 이승남은 킹메이커를 거론하며 테이블을 탁, 내려쳤다.

"삼척에서 미군 물건 챙긴 거 우리가 모를 것 같아? 우리에게도 다 눈과 귀가 있는데 그런 게 비밀로 남을 것 같았나 보지? 그걸 혼자 몰래 가져가서 뭘 어쩌겠단 거야? 응? 정말로 서울 한복판에서 그걸 터뜨려야 당신 속이 시원하겠어? 길게 말하지 않겠어. 그 상자 지금 어디 있어? 어디에다 숨겨 뒀어?"

역시 누군가가 흘렸다. 어떤 개새끼가 비밀을 누설한 거지?

채 장군은 속으로 이를 갈았지만, 끝까지 능청을 부린다.

"크크크, 그거? 그 상자? 미군 물건? 야, 왜 핵탄두라는 말을 못 하고 빙빙 돌려 말하는 거야? 그게 무슨 금지어라도 되는 거냐?"

약이 오른 이승남은 더 목소리를 높였다.

"그래, 인정했지? 나라가 이런 위기에 처해 있는데 사리사욕을 위해서 귀중한 병력을 맘대로 움직여? 그것도 정권에 반하는 목적을 위해서? 이 반역자 새끼! 야, 이 새끼 체포해!"

이승남의 말이 끝나기가 무섭게 2층에서 헌병들이 워커 소리를 요란하게 울리며 뛰어 내려왔다.

"채양균! 반역 및 국가 전복 시도 혐의로 체포한다. 너는 이 시간부로 이등병으로 강등됐다. 군복 벗어!"

양쪽에서 헌병들이 달려들어 그의 계급장을 떼고 옷을 잡아 뜯는다.

투둑, 단추가 떨어져 나간 옷들이 양쪽으로 벌어지고, 탁자에 올려두었던 모자는 바닥에 구른다. 이승남은 콧구멍을 벌렁거리며 그 광경을 구경하고 있다.

"이 총장……."

포승줄을 든 헌병이 다가오자 채 장군은 애원하는 말투로 입을 열었다. 양팔이 헌병들에게 붙잡혀 있어서 꼼짝도 하지 못하는 그의 얼굴은 이제 그저 노인으로만 보인다.

"나 아직 이거 한 점도 못 먹었어……. 이 총장이 그래도 나 생각해서 사 준 건데 입은 대 보고 가고 싶어. 어차피 지금 들어가면 이런 거 다시는 못 먹을 거 아냐. 점심 대접해 준다고 약속했었잖아……."

"시끄러워, 이 새끼야! 이등병 새끼 주제에 어디 해군 참모 총장님께 반말을 찍찍 지껄여!"

지금껏 말없이 노려보고만 있던 해병대 사령관이 벌떡 몸을 일으키며 채 장군에게 물을 끼얹는다.

촤악―.

물벼락을 맞은 것에도 아랑곳 않고 채 장군은 다시 한번 애원의 눈길을 보냈다. 별이 번쩍이는 껍데기를 벗겨 내자 갑자기 비굴해진 채 장군의 모습을 보면서 이승남은 새어 나오는 웃음을 도저히 참을 수 없었다. 그렇게나 오랫동안 꿈꿔 오던 순간이 지금 현실이 되었다.

천하의 채양균이 이미 죽은 목숨을 자신에게 애걸하고 있다. 접시에 놓인 채 뻐끔대는 다금바리 대가리와 다를 바 없는 신세가 된 것이다. 이런 좋은 구경거리는 시간을 충분히 두고 지켜보고 싶은 것이기도 했다.

"채 장군, 당신 말이 맞아. 내가 점심 대접한다고 했으니 숟가락 내려놓을 때까지는 책임져 줘야지. 어이, 물러나. 잠시 놔드려."

헌병들에게서 풀려난 채 장군은 물수건으로 얼굴과 젖은 옷을 닦아 내고 젓가락을 들었다. 침울한 표정으로 회를 집으려고 했지만, 손이 부들부들 떨리는 통에 자꾸 떨어졌다.

밖에 세워 둔 지프에서는 병사들이 캔버스 탑을 벗겨 내고 있었다. 채 장군은 한숨을 내쉬었다. 이렇게 비가 쏟아지는 날 굳이 오픈카를 만드는 이유로 머릿속에 떠오르는 것은 한 가지밖에 없다. 포승줄에 묶은 자신을 퍼레이드 하듯 끌고 다니며 망신 주겠다는 야비한 발상이다.

흥분 때문에 젓가락은 더 떨리고, 두 번, 세 번 집어도 계속해서 회는 떨어진다. 그리고 이승남의 비웃음 속에 네 번째로 한 점을 집어 들려는 순간, 뒷문이 벌컥 열리며 누군가 뛰어 들어왔다.

04

"억, 뭐……!"

'뭐야?'라는 말이 헌병의 입에서 떨어지기도 전에 소음기를 단 총구에서 불이 뿜어진다.

퓩— 퓩— 푸슉, 푸슉, 푸슈슛—.

뒷문으로 뛰어 들어온 네 명의 남자는 순식간에 헌병 넷을 해치웠다. 당황한 이승남은 뒤를 돌아보았다.

내 경호 병력들…….

그의 병사들은 골목으로 난입한 괴병력들과 전투 중이었다. 마지막 저항으로 발사한 총성이 하늘을 채운다.

타타타타—.

그러나 맞은편 건물 옥상에서 소리도 없이 날아온 총알들은 이내 그들의 가슴과 식당 유리문을 꿰뚫었다. 식당 입구는 먼저 쓰러진 병사들의 피로 붉게 물들어 있다.

푸슛— 푸슛—.

주방과 홀 안쪽에서도 잇달아 총성이 울려 댄다.

"끄으으…….'

가슴에 두 발이나 맞고도 아직 숨이 붙어 있는 헌병이 신음을 토한다. 검은 재킷을 입은 사내 하나가 그 곁을 무심히 스쳐 가며 얼굴에 권총을 발사했다.

퓨웅—.

헌병은 이내 숨을 거두고 조용해졌다.

"전부 처리했습니다, 장군님."

검은 재킷의 남자가 바닥에 떨어져 있던 채 장군의 모자를 집어 각을 잡은 뒤 건네며 보고했다. 그는 오늘 새벽 고무보트에서 가장 먼저 내렸던 사내다. 그리고 일전에 삼척에서 이 병장의 조인트를 걷어찼던 소령이기도 하다.

"늦었잖아, 이놈들아."

"주변 건물 제압에 시간이 좀 걸렸습니다."

"뭐…… 그래도 아슬아슬하게 합격점 안에 들기는 했다."

러닝셔츠 바람의 채 장군은 모자를 푹 눌러쓰고 근엄한 표정을 지었다. 순식간에 전세가 역전되어 버린 이승남 일행은 겁에 질린 눈을 바쁘게 굴린다. 뒷문과 앞문을 통해 꾸역꾸역 들어와 그 둘에게 총을 겨누고 있는 사복 입은 남자들은 어느새 열 명이 넘었다.

"아 참~! 저 새끼는 필요 없어."

젓가락을 다시 들던 채 장군이 갑자기 생각났다는 듯 해병대 사령관을 지목했다. 말이 떨어지자마자 해병대 사령관이 몸을 일으켜 보려 했지만, 검은 재킷의 반응이 더 빨랐다. 검은 재킷은 한 발을 내디디며 권총 소음기를 그의 관자놀이에 대고 방아쇠를 당겼다.

푸슉―.

머리가 터져 나가면서 뇌수와 피가 테이블에 흩뿌려졌다.

덜덜덜. 뜨거운 피를 뒤집어쓴 해군 참모 총장은 사시나무 떨듯 온몸을 부들거렸다.

"저놈이 고집 피우는 바람에 그동안 해병 애들은 써먹지도 못했잖아. 다급바리라……."

채 장군은 피가 점점이 튄 회를 한 점 집어 올렸다. 그의 젓가락은 더 이상 떨리지 않았다. 두툼한 살을 질겅질겅 씹으며 이승남을 노려보던 채 장군이 입을 열었다.

"승남아, 대체 무슨 생각이야? 이 채양균이가 그렇게 호락호락한 사람이 아니잖아. 너도 대가리라는 게 달려 있으니까 나만 없으면 네가 육군을 통제할 수 있으리라고 생각했을 것 같지는 않고…… 누군가 하나를 허수아비로라도 내세울 계획이었을 텐데, 그게 누구였어? 에이, 왜 그래? 우리 사이에 무슨 비밀이 있다고. 말해 봐. 육군 중에 누가 너희랑 내통을 했었던 거야? 대체 어떤 개새끼가 핵 이야기를 너희한테 나불거렸어?"

이승남은 이를 딱딱, 부딪치며 눈을 내리깔고 있다. 대체 왜 이 숙청이 실패한 것인지, 이 장소에 어떻게 저런 놈들이 저렇게 많이 나타난 것인지를 생각하고 있는 모양이다.

흥, 채 장군은 콧방귀를 뀌고서 바지 주머니를 쑤석거려 전화기를 꺼냈다.

"여보세요, 박 중장? 어, 나다. 흠, 전화받을 수 있는 것 보니까 너희는 아직 안 건드렸나 보구나. 야, 잠깐 내 말부터 들어. 글쎄, 궁금한 건 나중에 물어보라고. 우리 애들 다 데리고 지금 빨리 기지 밖으로 나가. 가능한 한 멀리 가서 무조건 숨어 있어. 내가 따로 연락할 때까지. 그래."

탁.

통화를 마친 채 장군이 전화기 폴더를 접어 앞에 내려놓는다. 이승남의 눈에 의문 부호가 떠올랐다.

두 개의 전화기…….

채 장군이 아까 만지작거리던 스마트폰은 분명히 테이블 구석에 있다. 그럼 지금 꺼낸 저 폴더 폰은 대체 뭐란 말인가……. 그의 마음을 읽은 채 장군이 빙 긋이 웃는다.

"아! 저거? 저 스마트폰은 내 전화 아니야. 뭐? 이상하다고? 분명히 회의실에서 연구원이 나한테 주워 준 거 봤는데, 그렇지? 그거 다 그놈이 쇼한 거야. 새끼, 연기 잘하더구먼. 사실 난 이게 진짜 전화기인지 아닌지도 잘 모르겠어. 하여튼 이거만 가지고 있으면 내 위치가 정확하게 추적된다 하더라고. 그러니까 얘들이 뒤를 따라왔을 테지. 허허."

뒤에 버티고 선 사내들을 자랑스럽게 가리킨 채 장군이 금방 목소리를 위압적으로 바꾸었다.

"그 정도 떨었으면 됐잖아. 이제 윤 장관에게 전화해서 나 체포했다 하고, 따로 은밀히 좀 만나자고 해. 그놈의 미군 물건 위치를 알아냈으니 알려 드리겠다고."

이승남은 망설였다. 킹메이커가 이들의 손에 들어가는 건, 아니, 보다 정확히 말하자면, 이들의 총에 머리가 뚫리는 건 상관없다. 하지만 그렇게 첫 단추가 끼워지는 순간, 채 장군 저 악마 같은 인간의 계획은 궤도 위에 오르게 될 것이다.

해군과 공군의 주요 인물들을 차례차례 불러내서 해치우거나 포섭할 것이고, 그들을 꾀어내는 미끼로는 자신을 사용할 것이다.

조직 전체를 와해시키는 배신자....... 더러운 배신자가 되고 싶지 않은 본능에 가로막혀 이승남은 쉽게 통화 버튼을 누르지 못했다. 그런 방법 말고 어떻게 다른 수를 써서 살아날 수는 없을까...... 이승남은 필사적으로 머리를 굴렸다.

총소리가 울렸는데...... 누군가 신고를 했다면 지원 부대가 와 주지 않을까? 그러나 저놈들이 주변 건물들을 제압했다고 했으니, 이미 다 죽여 버렸을지도 모른다.

"저, 전화는 안 하기로 되어 있습니다. 직접 방문해서 보고하는 걸로......."

"허허...... 승남아, 아무리 상황이 어려워도 우리 최소한의 자존심은 그대로 좀 가지고 가자. 너를 기지 안으로 보내 달라고? 그게 무슨 되지도 않을 소리야? 대장 계급 그대로 달고 살 수 있도록 해 주겠다는데도 영 싫은가 보네. 아, 이해해. 끄나풀이 된다는 게 영 자존심이 허락하지 않지? 그럼 내가 그 자존심의 부담을 좀 덜어 줘 볼까?"

검은 재킷이 스마트폰을 집어 와 건네자, 그것을 받아 든 채 장군이 말했다.

"이게 단순히 GPS일 뿐이면 굳이 이렇게 크게 만들 이유도 없었겠지. 이 총장, 아까 우리가 본 그 사족 보행 로봇 기억나? 구형보다 적재량이 오히려 50킬로그램이나 줄었다고 한 교수가 ADD 연구원한테 막 지랄을 했었던 거. 근데 생각해 봐. ADD에 암만 똑똑한 애가 없다고 해도 신형을 만들면서 적재량을 반씩이나 뚝 떨어뜨릴 리는 없잖아. 그거 적재량은 예전 모델 그대로야. 그런데 왜 50킬로그램이라고 줄여 말했냐고? C4를 50킬로그램 채워 놨거든. 괜히 적진에 침투시키면 일발 역전을 이룰 수 있는 병기니 뭐니 했던 게 아니야."

"에에?"

이승남이 어이없어하자 채 장군은 담배 연기를 내뿜으며 빙글거렸다.

"C4라고, 이 새끼야. 관창 하나당 복합 장갑 패널처럼 위장해 둔 C4가 50킬로그램씩 붙어 있다고. 그게 아까 몇 대가 들어왔다고 했는지 기억나? 하긴, 아까 네 대가리 속에는 나를 포승줄에 묶어서 끌고 다닐 생각밖에 없었을 텐데 뭘 기억하겠어? 내가 이야기해 줄게. 여섯 대야. 제주도에 이미 여섯 대가 들어와 있어. 그리고 그중에 세 대는 작전 본부 안에 가져다 놨고. 네 생각에는 그 건물이 C4 150킬로가 터져도 멀쩡하게 서 있을 것 같냐? 어때? 이제 모두의 생명을 구하기 위해서 전화를 할 마음이 좀 들어? 윤 장관 하나의 목숨이랑 바꾸면 그게 더 윤리적이긴 하잖아?"

이승남은 얼굴을 감싸 쥐고 생각에 잠겼다.

폭탄이라고? 블러핑일까? 아니면 정말로…….

진실이 무엇이든 간에 정말 채 장군의 말처럼 양심의 부담은 한결 덜어진다. 더 많은 사람을 살리기 위해서…… 라는 변명이 마련되자 살고 싶은 욕망이 몇 배나 더 강하게 느껴졌다.

"제 지위는…… 어떻게 됩니까?"

마음을 거의 굳힌 이승남이 조심스럽게 물었다. 채 장군은 두 팔을 벌린다.

"이 총장, 나는 마음이 좁은 사람이 아니야. 네가 나한테 욕했던 거? 난 벌써 다 잊었어. 해군에는 참모 총장 이승남이 필요해. 그러니까 국군 서열 3위인 그 지위는 그대로 가지고 가. 다만, 너는 이제부터 거주 이전의 자유는 없지. 여기 정리가 끝나면 강정 기지는 육군이 관리한다. 네가 더 이상 실수만 하지 않으면 제명 다 누리고 잘살 수 있을 거니까 너무 걱정하지는 말고. 자, 이제 빨리 전화해! 나도 시간 붙들어 매 놓은 사람 아니야."

이승남은 고개를 끄덕이고 전화기를 꺼내 번호를 눌렀다. 검은 재킷이 귀를 바짝 대고 통화 내용을 같이 듣는다.

"예, 장관님. 접니다. 채 장군 체포했습니다. 군복 벗기니까 곧바로 기가 죽어서 인정했습니다. 저, 그 건 때문에 드리는 말씀입니다만, 따로 좀 뵐 수 있겠습니까? 살려 준다는 약속을 장관님이 직접 대면하고 해 주셔야 그 상자 행방을 말하겠다고, 채 장군이 하도 고집을 부려서 말씀입니다. 기지 내로 끌고 다니기에는 아무래도 사람들의 눈이 많아서……. 예, 예, 그럼 거기에서 뵙겠습니다."

전화를 끊은 이승남이 한숨을 내쉰다.

"한 시간 뒤에 보잡니다. 지금 마무리 지어야 할 일이 있다고."

"잘했어. 야, 우리도 출발해."

채 장군의 명령이 떨어지자 모두 재빨리 움직인다. 문밖의 병력들은 어느새 군복으로 갈아입고 승차할 준비를 마쳤다. 지프의 지붕도 도로 씌워 놓았다. 에쿠스에는 운전병과 검은 재킷, 채 장군, 그리고 이승남의 순서로 앉았다.

이곳으로 올 때와 똑같은 대형으로 두 대의 지프와 한 대의 에쿠스가 이동한다. 하지만 올 때에 타고 있던 사람들 중 살아남은 것은 단둘뿐이다. 다른 대원들은 멀찍이 떨어져서 그 뒤를 따랐다.

"……장군님, 이 일 마무리 지으면 저 병사 하나 차출해 오고 싶습니다. 허락해 주시겠습니까?"

달리는 차 안에서 검은 재킷이 채 장군을 돌아보며 말했다. 단추가 날아가 버린 군복을 대충 여미던 채 장군이 건성으로 대답한다.

"그런 걸 뭘 나한테 일일이 말하냐? 그냥 네가 알아서 빼다가 써."

"그게, 삼척 원전 방어 부대 놈인데, 거기 책임자가 대령으로 특진 예정자여서 제가 마음대로 하기에는……."

"훗, 대령이 대대장이야? 그놈의 특진이 군대 족보를 개족보로 만드는구만. 새끼, 생긴 것답지 않게 섬세한 척하기는. 알았다. 까짓것, 내가 명령서 한 장 써 주면…… 근데 가만. 삼척 원전이라고 했어?"

"네, 그렇습니다. 경비병으로 있는 이등병인데, 잘만 키우면 앞으로 장군님 큰일 하실 때 요긴하게 쓸 수 있을 것 같았습니다."

"아, 너는 그 시간에 물속에서 노 젓느라 소식을 못 들었겠구나. 거기 오늘 새벽에 함락됐어. 전멸이야. 왜? 아쉬워? 똘똘한 놈이었어?"

채 장군의 이야기를 들은 검은 재킷이 무표정하게 고개를 끄덕인다.
"그런 데서 썩기는 아까운 놈이었습니다."

05

"⋯⋯헉!"
깜짝 놀라 잠에서 깨어난 진우는 벌떡 일어나 총구를 사방으로 정신없이 돌렸다. 다행히 주변에는 아무것도 없다. 만약 잠들어 있던 도중에 좀비가 근처를 지나기라도 했다면 꼼짝없이 죽었을 것이다.
"뭐, 뭐야⋯⋯. 얼마나 뻗어 있었던 거야? 윽! 콜록, 콜록."
뼈까지 추위가 사무쳐 오는 것 같아서 견딜 수가 없다. 진우는 폐가 터져라 기침을 하면서 등에 덮고 있던 담요 자락을 끌어 올렸다.
이상하다. 분명히 계속 움직이는 중이라고 생각했는데, 어느새 잠이 들었던 것일까⋯⋯.
폭우가 쏟아지는 산속을 계속 걸었었다. 밤새도록 내내 비를 맞은 탓에 푹 젖은 옷을 바람이 스칠 때마다 피부가 찢겨 나가는 것 같았다. 텅 빈 배에서는 꼬르륵 소리가 나고, 몇 미터 앞도 제대로 보기가 어려웠다. 그렇게 얼마를 헤매던 중에 이 펜션을 만났다.
펜션! 음식! 먹을 것!
구세주라도 만난 것 같은 마음에 내달려 왔지만, 가까이 다가와 보니 이미 예전부터 영업을 하지 않은 것처럼 보이는, 폐쇄된 펜션이었다. 당장에 귀신이 나와도 이상하지 않을 것처럼 낡은 데다 귀퉁이가 부서진 문들은 바람에 제멋대로 휘둘리며 쿵쿵거렸고, 깨진 유리창을 통해 들여다보이는 방 안에 있는 물건이라고는 곰팡이가 피어 있는 꼬질꼬질한 담요 정도뿐이었다.

진우는 일단 추위를 막기 위해 담요부터 뒤집어쓰고 모든 방문을 조심스레 열어 보았다. 좀비는 없구나…… 하고 안도의 한숨을 쉬며 돌아서는 순간, 그는 의식을 잃고 쓰러졌었다.

"으흐으으~ 으으으~."

젖은 옷을 입은 채 잠이 들었던 터라 체온은 더 낮아졌고, 진우의 입에서는 계속해서 덜덜 떠는 신음이 새어 나왔다. 조금만 더 오래 꿈속에 머물러 있었더라면 굳이 좀비의 힘을 빌리지 않더라도 저체온증 때문에 저세상에 갈 뻔했다. 고린내가 나는 담요를 한 장 더 덮어써 봐도 별로 나아지는 것 같지 않다. 너무나 추웠다.

불! 불이 필요하다.

진우는 다시 한번 펜션을 샅샅이 뒤져 창고에서 녹이 잔뜩 슨 바비큐용 그릴과 반 봉지 정도 남은 차콜, 그리고 라이터 기름을 발견했다.

"젠장, 숯불만 있고 구워 먹을 수 있는 건 하나도 없네……."

서둘러 방으로 돌아온 진우는 그릴에 차콜을 붓고, 그 위에 라이터 기름을 끼얹었다. 그러고는 덜덜 떨리는 손으로 지포라이터에 불을 붙였다. 원래는 중위의 물건이지만, 필요할 것 같아 배낭 안에 담아 왔다. 습기를 잔뜩 먹고 있던 차콜이라도 라이터 기름의 힘을 얻으니 금방 불이 붙는다.

"이거…… 얼마나 오래가지?"

불안해진 진우는 다 떨어져 가는 싱크대 문짝을 뜯어내 밟아서 땔감을 만들었다. 때가 켜켜이 찌든 벽지도 북북 찢어 불 속에 던져 넣었다. 멀쩡한 창문이 없었기 때문에 환기 걱정은 하지 않아도 될 것 같았다.

휘이이잉~.

강풍이 몰아칠 때마다 그릴 속의 불꽃은 날아갈 듯 춤을 춘다. 더러운 담요를 머리끝까지 덮어쓴 채 덜덜거리며 한참 동안 그릴의 불을 쬐던 진우는 수통에서 물을 한 모금 들이켰다.

차츰 손발에 감각이 돌아온다. 군복과 신발도 아까에 비하면 한결 물기가 가셨다. 이후에도 벽에 머리를 기댄 채 간간이 땔감을 넣어 주던 진우는 빨간 불빛을 보면서 중얼거렸다.
"아~ 그래도 이제 좀 살 것 같다."
체온이 회복되자 이번에는 허기가 고통을 주기 시작했다. 열두 시간 이상 아무것도 들어간 게 없는 배는 계속 꼬르륵대며 음식을 달라고 보챈다. 아껴 가며 수통의 물을 마셔 봐도 공복감은 가시지 않고 점점 더 심해져 온다. 진우는 쓰린 배를 움켜쥐고 배고픔에 대한 생각을 떨쳐 버리려고 애를 썼다.
다른 걸 생각하자, 뭔가 기분이 좋았던 걸…….
펜션이라는 공간은 자연스럽게 진우에게 작년 여름의 추억을 떠올리게 만든다. 세 친구와 함께 놀러 갔던 일, 그들과 함께 계곡에 발을 담그고 마셨던 시원한 맥주, 저녁에 별을 보며 구워 먹은 두툼한 삼겹살, 소시지…… 삼식이가 꼬셔 온 여자애들이 깔깔대며 입 안에 넣어 주던 상추쌈…….
저절로 고인 침이 넘어가며 목젖이 꿀꺽댄다. 배고픔을 잊을 수 있을까 해서 시작한 공상인데, 오히려 음식 생각만 더 간절해졌다.
"한심하다. 가족도, 친구도 아니고, 상추쌈이 생각나다니. 이렇게 슬퍼도 뭐가 먹고 싶어지는구나……."
싱크대 문 조각을 그릴 속에 넣고 불을 뒤적이며 진우는 혼잣말을 했다. 분대원들 모두 살아 나와서 함께 있는 거라면 얼마나 좋을까. 아니, 단 한 사람만이라도 구해 낼 수 있었다면…….
새 분대로 급조되어 처음 서먹서먹하던 날 밤에 다 같이 합심해서 장교들을 엿 먹이고 포스터를 훔쳐 오던 그 순간으로 돌아가고 싶어진다.
젠장…….
진우는 머리를 감싸 쥐고 스스로를 자책했다. 다들 나만 믿고 있었는데…… 마지막까지 나만 믿고 있었는데 아무도 살리지 못했다.
'건방진 생각 작작 하고 정신 차려, 이 새끼야. 너도 지금 살아도 살아 있는 게 아니야.'

한참을 더 괴로워하던 진우는 자신을 다잡기 위해 벌떡 일어섰다. 먹을 것……. 당장 얼어 죽을 위기는 넘겼으니 이제 배에 뭔가를 채워야 한다. 하지만 이 네 동짜리 펜션 안에 남아 있는 먹을 것이라고는 창고 안에서 죽어 있는 생쥐의 시체뿐이라는 건 이미 확인했다.

밖은…… 잡초가 무성하게 자라난 근처의 텃밭에 뭔가 남아 있지는 않을까…….
진우는 고개를 내밀어 주변을 살폈다.

휘이이이이~.

열어 둔 문 너머로 보이는 야산에는 떨어진 나뭇잎들이 사방으로 날리고 있다. 비바람이 거세지면서 굵은 나뭇가지들까지 정신없이 춤을 춘다. 산속의 허름한 펜션은 금방이라도 무너질 것처럼 덜컹대고 삐걱거렸다.

점점 그 위력이 거세지는 태풍을 감안할 때, 시간을 더 끌었다가는 몇 시간 동안 꼼짝없이 이곳에 갇히게 될 상황이다.

몇 시쯤 된 걸까…….

시간을 확인하기 위해 손목을 들어 올린 진우는 그제야 자신의 시계가 망가졌다는 걸 발견했다. 언제 유리가 깨졌는지는 모른다. 달리다가 돌부리에 걸려 넘어졌을 때, 혹은 발전소에서 좀비들과 뒤엉켜 싸우던 때, 그게 아니라면 강 일병이 팔을 다쳤을 때 함께 몸을 날리던 순간…….

그 어느 경우에 부서졌다고 하더라도 전혀 이상하지 않다. 진우는 물이 뚝뚝 떨어지는 싸구려 전자시계를 풀어 배낭에 넣었다.

"이 주위에 다른 펜션 같은 건 또 없나? 하다못해 민가라도……."

지금 당장 눈에 보이는 곳은 없다. 하지만 어차피 이런 숙박업소는 주변에 물이 흐르는 계곡을 믿고 만들어지니까, 이곳 하나만 동떨어져 있을 것 같지는 않았다. 문가에 서서 망설이던 진우는 그릴에 나뭇조각을 더 채워 둔 다음, 담요를 머리 위로 끌어 올리며 빗속으로 뛰어나왔다.

허술한 나무 게이트를 지나 30여 미터쯤 더 달리자, 경사진 아스팔트 도로가 나타난다.

좋아!

진우는 속으로 외쳤다. 도로가 닦여 있다는 것은 누군가 더 많은 사람들이 이 근처에 살고 있었다는 말이다. 저까짓 펜션 하나를 위해 공무원들이 이 긴 길을 내 주지는 않을 테니까…….

양방향의 길 중에서 망설이지 않고 내리막 쪽을 택한 이유는 간단하다. 물이 가까워질수록 매점을 만날 가능성도 커진다. 게다가 지금 당장은 오르막길을 뛰어오를 만한 체력이 없기도 했다.

콰콰콰콰~!

아름드리나무가 양쪽으로 늘어선 구간을 벗어나자, 도로 오른편에 계곡이 모습을 드러냈다.

콰콰콰콰―.

소름이 끼칠 만큼 사나운 물소리다. 몇 시간째 쏟아진 비 때문에 불어난 누런 흙탕물이 회오리치며 쏟아져 내려온다. 부러진 나무토막, 도로 표지판…… 상류에서 떠내려온 여러 가지 물건들이 시야에 들어오기 무섭게 저 아래로 빨려 들어가듯 사라져 버린다. 비록 높이의 차이는 있지만 바로 몇 미터 옆에서 물가의 흙과 돌들이 부서져 나가고, 작은 나무들이 뿌리째 뽑혀 쓸려 가는 광경은 오싹한 것이었다.

"저건……."

떠내려오는 것들 중에는 좀비도 있었다. 흙탕물 위로 가끔씩 머리를 솟구치던 녀석은 그 짧게 스쳐 가는 순간에도 진우를 향해 고개를 돌렸다.

그롸아…….

놈이 아가리를 벌리려던 순간 한차례 세찬 물살이 밀려왔고, 좀비는 물속에 잠긴 채 사라져 갔다.

"여기까지 물이 차오르면 안 되는데……."

진우는 정신없이 날리는 담요 자락을 붙잡고 다시 뛰기 시작했다. 마음이 급해진다. 그가 불을 피웠던 펜션부터 계곡 입구까지는 꽤나 먼 길이었다. 물기로 미끄러운 도로를 10분쯤 달려가다 보니 불평이 절로 난다.

"젠장, 저렇게 외딴 데다가 집을 지어 놨으니 당연히 망하지. 대체 무슨 생각이었던 거야."

이럴 거면 차라리 다시 돌아가서 위쪽을 찾아볼까 하는 마음이 강해졌을 때, 왼편 나무숲 사이로 목제 지붕이 눈에 들어왔다. 제발 이번에는! 진우는 간절하게 빌면서 진입로를 향해 몸을 틀었다.

할렐루야!

비록 펜션은 아니지만, 멀쩡한 상태의 농가가 나타났다. 지은 지 얼마 되지 않은 신식 주택이다. 진우는 내부를 엿보기 위해 창가에 붙어 섰다. 커튼이 드리워져 있어서 안쪽이 보이지는 않았다. 그러나 이 비바람 속에서도 썩은 냄새가 진동을 한다.

빠각!

진우는 총을 겨눈 채 발로 걷어차서 잠긴 문을 열어젖혔다. 그러고는 잠시 그 자리에 서서 플래시로 안쪽을 비췄다. 텅 빈 집이었다. 천천히 안쪽으로 들어선 진우의 눈에 방석 옆에 놓인 싸구려 박하사탕 봉지가 들어온다. 진우는 벌벌 떨리는 손으로 급하게 껍질을 까서 입 안 가득 쑤셔 넣었다. 그런 후, 사탕을 우물거리며 주방으로 가 닫혀 있는 모든 서랍을 열었다.

식기와 조리 도구부터 배달 음식점 전단 묶음까지…… 온갖 자질구레한 것들이 튀어나온 후에 양념류가 나온다. 간장, 고춧가루, 후춧가루, 미림, 참기름…… 설탕을 제외하면 지금 그에게는 있으나 마나 한 물건들뿐이다.

"젠장, 이런 거 말고! 당장 먹을 수 있는 거."

냉장고 문을 열자 초록색 진물이 줄줄 흐르는, 썩어 버린 야채와 고기가 모습을 드러낸다. 악취의 진원이 여기였나. 윽! 진우는 서둘러 문을 닫아 버리고 기침을 했다. 곰팡이가 코로 잔뜩 들어온 것 같다.

"도대체 뭘 먹고 산 거야, 할머니……."

진우는 벽에 걸려 있는 할머니의 사진을 향해 투덜거렸다. 집주인으로 보이는 사진 속의 할머니는 알록달록한 꽃밭 가운데에서 환하게 웃고 있다.

방문들을 열다가 드디어 창고 방을 발견했다. 말통에 든 콩, 잡곡, 쌀, 벽에 걸려 있는 말린 나물들, 박하사탕, 호박엿 사탕, 그리고…… 라면! 너무도 반가워서 신성해 보이기까지 하는 라면이 테이프도 뜯지 않은 박스째로 그를 기다리고 있었다.

"으으으~ 아아아~."

박스에 달려든 진우는 실성한 사람처럼 신음을 흘리며 종이를 북북 찢었다. 그러고는 한 봉지를 꺼내 수프도 뿌리지 않고 생으로 와득와득 씹었다.

……맛있다. 이제부터 한평생 생라면 부순 것만 먹어도 좋겠다는 생각이 들 만큼 맛있다. 몇 번을 컥컥거리며 급하게 라면 한 봉지를 다 쑤셔 넣은 진우는 입 안에 든 걸 다 씹어 삼키기도 전에 두 번째 봉지를 찢었다. 이번에는 수프를 뿌릴 여유가 생겼다. 두어 입을 더 베어 먹고 목이 멘 진우는 마실 것을 찾기 위해 고개를 두리번거렸다.

그보다 20년은 더 나이를 먹었을 것처럼 보이는 구식 찬장에는, 역시 만들어진 지 30년은 넘었을 게 분명한 촌스러운 유리컵들이 보란 듯이 전시되어 있었다. 그 옆으로 몇 병의 소주, 그리고 한쪽 구석에 커다란 유리병 한 개가 놓여 있다. 인삼을 넣고 담근 인삼주였다. 얼마나 오래 그 속에 있었는지는 모르지만, 팔뚝만큼이나 굵은 인삼이다.

"우와~."

진우는 망설임 없이 봉인을 뜯고 잔에다 술을 따랐다. 코끝으로 전해지는 향기가 꽤나 그럴듯하다. 한 모금을 들이켜니 짜릿한 기운이 위장까지 한 번에 퍼진다. 밤새도록 차가운 비와 바람을 맞느라 뻣뻣했던 목도 조금은 부드러워지는 것 같다.

좋은데? 딱 두 잔만 더 마셔야지…….

진우는 만족한 웃음을 지으면서 곧바로 다시 잔을 채웠다. 여유롭게 천천히 수프를 잔뜩 뿌린 생라면을 씹고, 인삼주를 기울였다. 이건 수통에 담아 가져가면 앞으로도 요긴할 것이다.

어느 정도 허기가 가시고 술 덕분에 몸에서 열도 오르자, 진우는 펜션으로 돌아가기 위해 라면을 챙겼다. 급한 마음에 조금이라도 무게를 덜어 보려고 배낭을 가져오지 않았기 때문에, 이 농가 주인의 장바구니를 빌렸다.

때가 꼬질꼬질한 나일론 가방에 라면과 사탕, 인삼주, 그리고 라면을 끓일 냄비와 젓가락까지를 꽉 채워 들고나오는데, 갑자기 소름이 돋아난다.

"이런!"

당황한 진우는 장바구니를 놓고 재빨리 K-2를 고쳐 쥐었다.

털썩!

현관의 단단한 돌바닥에 떨어진 인삼주 병은 박살이 났다.

그롸아아—.

대체 어디에 숨어 있었던 것인지 좀비가 텃밭의 이랑 사이로 달려오고 있다. 흘러나온 내장을 덜렁거리며 달려드는 작은 몸집의 좀비. 진우는 망설이지 않고 곧바로 방아쇠를 당겼다.

타앙—.

비를 뚫고 날아간 총알이 좀비의 오른쪽 머리통을 박살 낸다. 충격을 이기지 못해 빙그르르 돈 좀비는 멀쩡한 왼쪽 얼굴을 위로 한 채 바닥에 고꾸라졌다.

"하아~ 하아~ 이런 젠장……."

좀비가 조금 전 보았던 사진 속의 할머니라는 걸 깨달은 진우는 잠시 숨을 헐떡이며 그 썩어 버린 얼굴을, 희게 변한 눈동자를 빤히 쳐다보고 서 있었다.

기분이 더럽다. 좀비였다는 점을 빼면…… 남의 집에 마음대로 들어가서 도둑질을 하다 들킨 뒤, 성질을 내며 달려드는 집주인을 죽여 버린 것이다. 그것도 쪼글쪼글한 할머니를, 한쪽 팔도 잘려 나가 없는 할머니를…….

박살이 나서 현관을 흥건하게 적신 인삼주가 진우에게 더욱 자책감이 들도록 한다. 저 할머니가 아끼느라 평생 마시지 못하던 것을 자신이 뜯고 마시는 것도 모자라 아예 병을 깨 버렸다…….

웁! 진우는 올라오는 구토를 꾹 눌러 참고 다시 창고 방으로 들어가서 멀쩡한 라면들을 챙겼다. 아무리 엿 같고 더러워도 먹지 않으면 죽는다. 그리고 그는 죽고 싶은 생각이 조금도 없다.

할머니 좀비가 더 이상 움직이지 못하는데도 여전히 느낌이 좋지 않은 걸 보면 부근에 아직 좀비들이 더 있다는 이야기다. 빨리 이 자리를 벗어나야 한다.

"이상하다. 아까 들어갈 때에는 왜 못 느꼈었지?"

자기의 감에 대해 어느 정도 자부심이 있던지라 바로 근처에 좀비가 있었는데도 전혀 눈치를 채지 못한 것이 이상했다.

배가 너무 고파서 다른 데엔 신경이 쓰이지 않았던 걸까?

왔던 길을 거슬러 올라가던 진우는 샛길 안으로 쑥 들어가는 누군가의 뒷모습을 보았다. 이 빗속에서 러닝셔츠만 입고 빠르게 걸어가는 사람. 아무래도 살아 있는 건 아니다. 좀비다.

이것들이 대체 왜 이렇게 몰려들지? 나한테 좀비를 불러 모으는 재주가 있는 건 아닐 테고…….

진우는 가방을 사선으로 고쳐 메고 총을 겨눈 채 조심스레 걸음을 옮겼다. 놈이 들어간 길은 조금 전 그가 불을 피웠던 펜션으로 이어져 있다. 젠장! 웬만하면 피하고 싶은데, 펜션에 배낭을 두고 왔으니 돌아갈 수밖에 없다. 게다가 거기엔 어렵게 어렵게 피워 둔, 소중한 불도 있다.

"흠! 킁킁!"

펜션이 가까워졌을 때, 바람의 방향이 바뀌면서 진우의 코에 매캐한 냄새가 들어온다.

이건!

당황한 진우는 달리기 시작했다. 펜션 뜰 안에 들어서자 자욱하게 피어오른 희뿌연 연기가 그를 맞는다.

"안 돼!"

진우는 절망적으로 외치며 뛰었다. 그가 불을 피워 뒀던 방에는 좀비 세 마리가 들어 있다. 조금 전 그가 보았던 러닝셔츠 차림의 좀비를 제외한 나머지 두 마리는 대체 무슨 생각인 건지 온몸에 불이 붙은 채 방 안을 서성이고 있었다.

엎어진 그릴에서 쏟아져 나온 차콜과 불붙은 나뭇조각들이 싸구려 장판을 녹이면서 불길을 옮겼고, 벽지와 싱크대, 합판으로 만들어진 계단에까지 불이 번진 상태였다.

"야! 이 개새끼들아!"

비명에 가까운 진우의 욕설을 듣고 좀비들이 고개를 돌렸다. 그러고는 곧바로 그를 향해 달려왔다.

치이이익—.

타오르던 좀비들의 몸이 비에 닿으며 수증기가 뿜어져 나온다. 진우는 빠르게 총구를 돌리며 세 마리를 처리했다.

좀비들의 몸이 바닥에 쓰러지기도 전에 진우는 펜션 건물을 향해 뛰었다.

배낭! 내 배낭! 탄창이 들어 있는 배낭!

그의 머릿속에는 불이 붙은 배낭 생각뿐이었다. 이미 불길은 엄청나게 거세져 있지만, 그는 온몸이 푹 젖은 데다 젖은 담요를 뒤집어쓰고 있다. 이 정도면 괜찮을 거야, 라는 생각에 한 발을 방 안에 들여놓는 순간, 화르륵— 타오르는 불길의 열기가 그의 얼굴을 덮친다.

진우는 반사적으로 몸을 뺐다. 도저히 뛰어들 수 없을 만큼 뜨겁다. 그리고 방 안에는 매케한 유독가스가 가득 들어차 있다. 한 번 살짝 들이마신 것뿐인데 기침이 멈추지 않을 만큼 독한 냄새다.

"하아~ 하아~ 쿨럭! 쿨럭!"

담요를 벗어 이리저리 후려치며 불길을 잡아 보려던 진우는 결국 포기하고 바닥에 주저앉아 버렸다. 불과 2미터…… 그 짧지만 도저히 닿을 수 없는 거리 너머에는 온갖 필요한 물건들과 목숨 같은 탄창이 든 그의 배낭이 잿더미로 변해 있다. 진우는 분한 마음을 이기지 못해 바닥을 내리쳤다.

왜! 도대체 왜 이렇게 경솔했을까? 왜 배낭을 바닥에 내려놓고 길을 나섰을까? 그까짓 몇 킬로그램을 덜어서 뭐 얼마나 편해지겠다고…….

하지만, 도대체가…… 이럴 수가 있나? 이렇게 비가 오는 날, 불이 나서 전 재산을 홀랑 날리다니. 이게 대체 말이 되느냔 말이야!

너무 분하고 화가 나서 견딜 수가 없다. 진우는 이마를 찌푸린 채 고개를 젖히고 한참을 움직이지 못했다. 쏟아지는 비와 바람은 더 거세졌다.

휘이이~. 히히히히~ 죽어라~. 이쯤 했으면 죽어라~. 그냥 얌전히 죽어 버려~. 그러면 편해진다~. 어차피 넌 못 살아~. 버티면 버틸수록 너만 힘든 거야~. 히히히히히~.

하이바 틈으로 울리는 바람 소리가 그렇게 약을 올리며 깔깔대는 것 같다.

"이런다고 내가 포기할 것 같아?"

마침내 눈을 번쩍 뜬 진우는 시커먼 구름을 향해 소리를 질렀다.

"이 정도로는 약해! 더 센 걸 가져와! 우습게 보지 말라고!"

슥, 소매로 얼굴의 빗물을 훔친 진우는 다리에 힘을 꽉 주며 돌아서서 걷기 시작했다. 할머니 좀비의 집으로 향하는 샛길은 어느새 물이 질퍽한 진창으로 변해 있었다.

이제 그에게 남은 건 전술 조끼에 끼워 둔 세 개의 탄창, 대검, 중위에게서 압수한 권총, 그리고 함께 수천의 좀비들과 맞서 왔던 믿음직한 K-2, 그것뿐이다.

진우는 K-2의 총신을 쓸어 물기를 닦아 냈다. 이걸로 버틸 것이다. 이걸 다 쓰기 전에 나는 보란 듯이 집으로 돌아갈 것이다. 이걸로 버틸 수 있다…….

진우는 마음을 다잡기 위해 똑같은 말을 수백 번 되뇌고, 또 되뇌며 걸었다.

06

사무실 소파에 몸을 묻은 채 이따금씩 고개를 끄덕이며 교수의 설명을 들은 뒤, 킹메이커가 말했다.

"흠~ 배에 적힌 일련번호라……. 한 교수님은 용케 그런 생각을 다 하셨네요. 82-08…… 그래요, 확실히 그런 숫자였던 것 같습니다. 08이라는 건 우리가 모르는 01이나 07도 있었다는 의미일까요? 역시 의도를 가진 누군가가 다수 국가를 대상으로 해서 동시다발적으로 풀었던 거군요. 어쩐지, 너무 빨리 퍼졌다 했더니……."

아리랑 3호가 보내온 믿기 힘든 사진들도 이제는 납득이 간다. 가로세로 1미터 이내 크기의 물체는 구분하기 어려울 만큼의 해상도여서 주간의 풍경에서는 큰 차이를 발견할 수 없지만, 야간 사진을 보면 세상이 바뀌었다는 것이 확연하게 드러난다. 해안선의 대도시와 연해를 따라 빛의 띠를 환하게 이루던 조명이 5분의 1 수준으로 줄어들었다. 도쿄, 상하이, 런던, 뉴욕…… 예외는 없었다.

어차피 리셋이 이루어졌으니 이제부터는 좀비 소멸 후 누가 빨리 재건하느냐에 따라 세계의 정세가 개편될 거라던 태양 그룹 경제 연구소의 말이 솔깃하게 들리는 건 그런 까닭이다. 물론 그때에도 세계의 중심은 어디까지나 미국일 거라고 킹메이커와 교수는 굳게 믿었다.

"위성 6호는 아직도 교신이 안 된답니까?"

교수가 답답하다는 표정으로 물었다. 킹메이커는 고개를 끄덕인다. 좀비 사태가 터지고 난 다음에야 알게 되었지만, 다목적 실용 위성 6호는 이미 지난 5월부터 제 기능을 하지 못하는 상태였다. 그런데 두 달이 넘도록 보고도 하지 않은 채 쉬쉬하고 있었던 것이다.

"젠장맞을 놈들!"

교수가 항우연의 엔지니어들에게 저주를 퍼붓는다. 하지만 그들 대부분이 좀비로 변해 사살된 마당이니, 처벌할 수 있는 대상도 남아 있지 않다.

"미국도 어려운 모양입니다. 동부, 서부 가릴 것 없이 해안의 불빛 크기가 더 작아졌어요."

킹메이커의 말에 교수도 한숨을 내쉰다.

"그래도 다행입니다. 채 장군을 체포했으니 육군 내에 한동안 혼란이 생길 테고, 그러면 자기들끼리 서로 물고 뜯느라 바빠서 다른 데 신경을 쓸 틈이 없을 테니까요……. 후우~."

군에는 기대를 하지 않는다. 지난 수십여 년간 대한민국 국군은 독자적으로 사단 이상 규모의 전투를 수행해 본 적도 없다. 그러니 미국의 지원과 지휘 없이 이 대규모 사태를 정리하라는 요구는 당연히 무리한 것이다.

현재 그들이 바랄 수 있는 것이라고는 스스로를 소위 전문가라고 하던 나부랭이들이 공통적으로 주장했던 것처럼, 외부에서 에너지를 공급받지 못하는 좀비들이 스스로 멈춰 주는 것뿐이다.

"빠르면 한 달, 아무리 늦어도 가을을 넘기기 전에는 놈들의 동력원이 끊어질 겁니다."

대부분의 전문가들은 그렇게 말하고 있었다. 며칠 전까지 좀비라고는 본 적도 없는 놈들이 무슨 근거로 전문가를 자처하는지는 모르겠지만…….

그러나 가을쯤 되면 적어도 미국은 자국의 좀비 문제를 해결할 테고, 그때에는 도움의 손길을 이쪽까지 뻗쳐 줄 것이다. 그러니 일단 권력의 정상에서 버티는 게 중요하다.

"장관님, 2시 20분 전입니다."

비서실에서 걸려 온 전화가 킹메이커에게 해군 참모 총장과의 약속을 일깨워 준다.

"음, 알았어. 준비하지. 그리고 지금 이 총장에게 연락 넣어 줘요, 약속 장소를 쉐라톤으로 바꾼다고……."

전화를 끊은 킹메이커는 양복 재킷을 걸쳤다. 직전에 약속 장소를 변경하는 것은 외부에서 누군가를 만날 때 그가 가끔 사용하는 수법이다. 물론 그는 처음부터 가짜 약속 장소와 쉐라톤, 두 군데 모두에 병력을 배치해 두었다.

자신의 경호 병력은 배치하되, 타인의 병력이 끼어들 가능성은 배제하는 것. 그것이 그가 지금까지 뒤통수를 맞지 않고 살아남아 온 비책 중 하나다. 현재 자신의 편에 서 있는 이승남이라고 해도 예외는 없다.

"약속 장소를 바꾼답니다. 쉐라톤으로 오라고 하는데…… 혹시 눈치채 버린 걸까요?"

전화를 끊은 이승남이 떨떠름한 표정으로 말했다. 채 장군은 그럴 줄 알았다는 듯 콧방귀를 뀐다.

"눈치는. 그냥 그게 그 새끼 특기야. 하여간에 겁이 더럽게 많거든."

"지금이라도 저희 애들 빼서 그쪽으로 전부 이동시킬까요?"

검은 재킷에서 해군 장교복으로 갈아입은 앞자리의 소령이 묻는다. 킹메이커가 처음에 알려 준 약속 장소 부근에는 40여 명의 특임대원들이 침투해서 저격 포인트를 잡아 두고 있었다. 물론 그런 노력들은 이제 다 허사가 되어 버렸다.

"됐어. 벌써 윤 장관, 그 새끼가 깔아 둔 애들이 사방에 널렸을 텐데, 이 빗속에 그런 짓을 했다가는 공연히 더 눈길만 끈다. 플랜 B를 내봐."

"제가 송 중장에게 비화기로 연락해서 쉐라톤을 치라고 하겠습니다. 그러면 간단하게 정리되지 않습니까?"

송 중장은 강정 기지 사령관이자 해군 참모 차장이다. 이승남의 말에 채 장군이 헛웃음을 친다.

"이봐, 간이 큰 거야, 아니면 생각이 없는 거야? 걔가 그렇게 위험한 명령을 순순히 들을 거라고 생각해? 자네 라인도 아니잖아."

"라인은 아니지만 상관 명령이니까……."

"그 말을 바꿔서 생각해 봐. 지금 타깃은 원래 나였어. 나랑 내 라인. 이 타깃들 정리하면 국군 서열이 확 바뀔 뻔했지. 그런 마당에 승남이 자네만 없애면 자기가 저절로 해군 넘버원이자 군 서열 전체 넘버원이 될 텐데? 날 봐! 라인이라고 코흘리개 데려다가 별까지 달아 줬더니 쪼르르 달려가서 고자질하는 새끼가 있잖아."

그 말에 이승남도 납득을 하고 고개를 끄덕인다. 하긴, 송 중장으로서는 채 장군의 편에 서 버린 자신을 위해 싸워 봐야 거의 득 되는 것이 없다. 대의명분으로 보나, 실질적인 득실을 따져 보나 킹메이커의 손을 들어 주는 게 나을 것이다.

"얼마 정도의 손실까지 감수하실 계획이십니까?"

잠시 생각을 정리한 소령이 물었다. 채 장군은 곧바로 답을 했다.

"건곤일척의 승부니까 다소간의 희생은 어쩔 수 없겠지. 아니야, 확실하게 다시 이야기하는 게 낫겠군. 정권을 차지할 수 있다면 손실은 관계없다."

"그러시다면 저에게 계획이 있습니다."

소령이 은밀하게 눈빛을 빛내며 설명을 시작했다.

15분 후, 이승남의 에쿠스와 두 대의 지프는 중문 관광 단지 가장 안쪽 깊숙한 곳에 위치한 쉐라톤에 도착했다. 정문에서 경비를 서고 있던 여덟 명의 해병은 이승남을 확인하고 경례와 함께 그들을 통과시켜 주었다. 개방적인 열대풍으로 꾸며진 전방 주차장을 통과해서 진입로를 지나자 도넛 모양으로 생긴 호텔 로비 정차 공간이 나타난다.

시속 10킬로미터 미만으로 천천히 진입하는 동안 소령은 계속 사방을 두리번거리며 병력 배치를 파악하기 위해 노력했다. 일단 정문을 지나고 나면 로비에 도착할 때까지 별다른 화력이 없다. 물론 로비 입구는 소대 병력의 해병들로 단단히 막혀 있고, 그 옆에는 또 따로 트럭 한 대가 완전 무장 한 병력을 꽉 채워 대기 중이다.

"미친 새끼로구만. 전쟁이라도 하는 줄 아나……."

겁이 많은 놈이라 어느 정도의 호위 병력을 동원했을 것이라는 것쯤은 익히 짐작하고 있었는데도, 막상 그 광경을 실제로 보고 나니 저절로 욕이 나온다. 어림잡아 계산해 봐도 이승남이 몰고 다니는 병력의 4배수 이상을 배치해 놓았다.

투덜대는 채 장군을 소령이 달랬다.
"걱정하지 마십시오, 장군님. 저 정도는 예상 범위 내에 있습니다. 그리고······ 이 총장님, 이 작전 종료 시까지 얘는 총장님 등만 바라보고 있을 겁니다. 그러니까 꼭 적극적으로 협력해 주시기를 바랍니다."
운전석에 앉은 병사의 하이바를 치며 소령이 말했다. 혹시라도 허튼수작하는 기미가 있다면 당겨 버리겠다는 뜻이다. 이승남은 고개를 끄덕였다.
"어차피 윤 장관에게 전화를 건 시점부터 나도 한배를 탄 거야. 돌이키지 못한다는 건 잘 알고 있어."
지프에서 내린 병사들이 에쿠스 문을 열자 이승남, 채 장군의 순서대로 내렸다. 뒷좌석에 함께 앉아 있던 소령은 왼쪽 문으로 내려 합류해서 채 장군의 포승줄을 쥐었다.
"어서 오십시오, 총장님."
경비 책임자인 것으로 보이는 해병 하나가 다가와 경례를 한다. 팔각모에는 중령 계급장이 달려 있다. 중령은 러닝셔츠 차림에 포승줄로 묶여 있는 채 장군을 위아래로 훑으며 비웃는 표정을 지었다.
"아, 그래. 장관님은?"
"벌써 기다리고 계십니다."
"그런가. 우리도 서둘러야겠군."
이승남이 모르는 척 병력을 거느리고 이동하려 들자, 중령이 공손하게 만류한다.
"저, 총장님. 죄송한 말씀입니다만, 호텔 내부는 비무장이 원칙입니다."
"뭐어?"
휴대용 금속 스캐너를 가지고 다가서는 병사들을 본 이승남이 걸음을 멈추고 과장된 반응을 한다.
"이 새끼가! 네가 암만 해병이라도 나는 엄연히 네 직속상관이야. 그런데 나한테 무장 해제를 명령해? 이런 정신 나간 새끼! 김 중장한테 전화 넣어서 뭐라고 하는지 좀 듣고 싶어? 응?"

"이렇게 하시는 동안에도 장관님은 계속 기다리고 계십니다."

이미 두 시간 전에 머리가 날아가 버린 해병대 사령관까지 들먹이며 성질을 부려 봐도 해병 중령은 별로 흔들리는 기미가 없다. 킹메이커에게서 약속을 단단히 받고 나름 큰 꿈을 꾸고 있는 모양이다.

"뭐, 좋아. 어차피 나는 무장도 하지 않았고, 얘들은 여기 두고 가면 되겠지. 이제 만족하나? 정충교 중령? 자네 이름이 아주 오래 기억될 것 같구만."

한참 성질을 부리던 이승남이 마침내 납득하는 시늉을 한 것은 차에서 내린 지 5분여가 지난 뒤였다. 지금쯤이면 시간 차를 두고 출발한 두 번째 팀, B팀이 부근까지 도달했을 시간이다. 그리고…… 2시 10분에 터뜨리기로 되어 있던 관창이 해군 기지 작전 본부 내에서 폭발할 시간이기도 했다.

콰아아앙ㅡ!

강정 기지에서 터진 50킬로그램의 C4는 태풍의 소음을 뚫고 2킬로미터 이상 떨어져 있는 쉐라톤에까지 그 폭발을 알렸다. 그리고 곧바로 건물 유리창 사이로 검은 연기가 뿜어져 나왔다.

"뭐! 뭐야?"

이승남이 필사의 연기를 하는 동안, 특임대원들이 그와 채 장군의 몸을 덮고 주변을 경계한다. 그리고 제2, 제3의 폭발이 이어졌다. 내부에서 터진 150킬로그램의 C4는 지어진 지 2년밖에 되지 않은 현대식 건물을 순식간에 폐허처럼 만들었다. 소령이 외쳤다.

"총장님, 엎드리십쇼! 위험합니다!"

"뭐…… 이게 지금 무슨……."

예상 밖의 굉음과 연기에 놀란 해병 중령은 도무지 정신을 차릴 수 없었다. 포탄이 날아오는 소리가 들리지 않은 걸로 미루어 포격은 아니다.

콰콰아아앙~!

이번에는 B팀의 유탄발사기에 의해 정문 초소가 산산조각으로 터져 나간다.

충격파가 차창을 흔들고 부상당한 경비병들의 비명 소리가 혼란을 더 가중했다.

타타타타타타—.

B팀은 호텔 주차장 안쪽을 향해 50여 발을 난사했다. 당연히 그들의 총구는 채 장군이 위치한 쪽에서 먼 곳을 겨눴다.

"뭐야, 이 개새끼들! 습격이다!"

가장 먼저 반격에 나선 소령과 특임대원들이 정문을 향해 응사했다. 물론 어떤 일이 일어날지 미리 다 알고 있었기 때문에 제일 빠르게 반응할 수 있던 것이다.

슈우우웅—.

두 번째 유탄이 날아와 주차되어 있던 빈 차를 박살 낸다.

특임대원들은 얼른 호텔 기둥 뒤로 몸을 숨겼다. B팀이라고 해 봐야 도로에 버티고 선 것은 불과 여덟 명이 탑승한 두 대의 차량, 그중 네 명만이 사격하는 것이지만, 효과적인 제압 사격술 덕에 이쪽에서는 고개를 드는 것조차 쉽지 않았다.

소령은 자신의 부하들이 얼마나 배운 대로 잘해 내고 있는지 소리를 들으며 즐겼다. 이승남이 해병 중령을 향해 입에 거품을 물고 악을 썼다.

"장관님 지하로 대피시켜! 빨리! 여기도 안전하지 않다!"

그가 이성을 되찾아 합리적인 판단을 내리기 전에 더 흔들어 둬야 한다. 바로 옆 트럭에서는 대기하고 있던 해병대 병력들이 하차해 트럭을 엄폐물 삼아 정문을 향해 사격을 시작했다. 호텔 로비 안에 있던 병력들까지도 달려 나와 총구에서 불을 뿜는다. 하지만 후발대 차량들은 이미 그 자리를 뜬 상태였다.

박살이 난 정문과 검은 연기를 내뿜는 작전 본부 건물을 번갈아 보고 있던 중령에게 이승남이 다시 닦달을 했다.

"정신 차려! 애들 여기 지키게 하고 자네는 일단 장관님부터 피신시키란 말이야! 내부에도 병력이 있지? 어디야? 스카이라운지?"

물론 스카이라운지에는 1개 분대가 배치되어 있다. 그런데…… 어딘가 상황이 이상하다. 중령은 고개를 끄덕이면서도 계속 머리를 굴렸다. 뭔가 명확하지 않다.

뭐지? 뭐가 이상한 거지?

꺼림칙한 부분이 있는데, 그걸 딱 꼬집어 말할 수가 없다.

"숙여!"

소령의 외침과 거의 동시에 총알이 빗발치듯 쏟아진다. C팀이 도착한 것이다.

타타타타타─.

두 번째 팀으로부터 병력 배치에 대한 정보를 충분히 받은 터라 이번에는 제법 정교하게 조준 사격을 가해서 순식간에 해병대 트럭이 벌집이 됐다.

타타타타타타─.

C팀 20여 명은 이미 초소가 날아가 버린 정문 주변의 담을 엄폐물로 삼고 야무지게 총알을 퍼부어 댄다.

퓩─ 퓨퓨퓩─.

근처에 주차되어 있던 고급 관료 차량의 방탄유리에 벌집 모양의 탄흔이 남겨지고, 대리석 조각이 어지럽게 날린다. 로비 앞에 비를 막기 위해 지어 놓은 길고 넓은 천장 구조물이 각도를 제한하기 때문에 수류탄을 던지기도 어려운 상황이다. 게다가 거리도 50미터가 넘는다.

"끄아아아~."

수류탄을 던지기 위해 측면으로 뛰어나가던 해병이 허벅지에 총을 맞고 바닥에 뒹군다. 동료들이 재빨리 달려가 그를 끌어들였다. 대량의 사상자는 아직 나오지 않았지만, 이 사건을 기점으로 호텔 경비대의 사기는 뚝 떨어져 버렸다.

무엇보다도 대체 누가 공격을 하고 있는 것인지, 병력은 얼마나 되는 것인지 따위의 기본적인 정보가 없다는 것이 가장 그들을 혼란스럽게 한다. 열심히 본부와 교신을 해 보려던 무전병이 고개를 설레설레 젓는다. 아마 조금 전의 연쇄 폭발 때문에 본부 내 통신망이 장애를 일으킨 모양이다.

"트럭을 버려! 위험해!"

잇달아 날아오는 유탄 때문에 차량 엄폐물은 더 이상 의미가 없어졌다.

애애애애앵~ 애애애애앵~.

총성을 듣고 부근의 검문소에서 출동한 차량들이 사이렌을 요란스럽게 울리며 달려오는 소리!

호텔 기둥 뒤에 숨은 병사들의 얼굴에 잠시 안도의 빛이 돈다. 그러나 그것도 잠시. 곧바로 엄청난 폭음과 함께 불붙은 지프가 높다란 담 위로 솟구치는 모습이 보인다. B팀이 길목에 장치해 놓은 트랩이 폭발한 것이다. 외부 지원은 없다!

"여기는 저희가 맡겠습니다! 총장님은 내부로 피신하십쇼!"

해군 장교 복장을 입고 있던 특임대원 하나가 머리 위로 총을 난사한 뒤 돌아보며 외쳤다. 소령이 고개를 끄덕인다.

"맞는 말입니다! 중령님! 안으로 모셔야 합니다! 여긴 너무 위험합니다!"

해병 중령의 귀에도 그 말은 그럴듯하게 들렸다. 자신이 경호 책임자로 있는 상황에서 해군 참모 총장, 별 네 개가 목숨을 잃는다면 출세는 물 건너가고 군 경력은 거기에서 끝이 난다.

타타타타—.

총알은 쉼 없이 날아온다. 저놈들은 탄창도 갈지 않고 쏴 대는 것 같다.

"엄호해! 엄호! 이동한다!"

그의 말에 해병들이 일제히 몸을 일으키고 정문 담을 향해 총알을 퍼부어 댔다. 그 사이 중령은 이승남 일행을 이끌고 호텔 로비 안으로 뛰어드는 데 성공했다.

"하아~ 하아~ 괜찮으십니까? 맞으신 곳은 없습니까?"

중령은 엘리베이터 버튼을 연타하며 이승남을 향해 물었다. 네 개의 엘리베이터 중 처음부터 세 개를 잠가 놓았기 때문에 움직이는 것은 이것뿐이다. 이승남은 대범한 표정을 지으며 고개를 끄덕였다. 로비 안쪽의 안내 데스크에서는 여직원들이 울먹이며 수화기 너머의 경찰에게 하소연을 하고 있었다.

훗, 그년들 어지간히 순진하군. 경찰이 어찌할 수 있을 상황으로 보이냐?

채 장군은 속으로 웃었다. 경찰에서 아무리 강정 기지 쪽으로 전화를 돌려 봐도 이미 아수라장이 돼 버린 해군 본부는 외부 지원에 신경을 쓸 여력이 없다. 다행히 태풍이 몰아쳐 주면서 공중 지원 가능성이 아예 사라져 버렸기 때문에 이런 작전이 가능해졌다.

건물 하나랑 정권이랑 바꾸는 장사라면 백 번이라도 해야지…….

채 장군은 이 작전이 만족스러웠다. 요즘 같을 때는 물자가 귀해서 재건하려면 적지 않은 시간이 필요할 테지만, 허무하게 죽어 버리는 것보다야 훨씬 낫다.

"위에는 병력이 얼마나 배치되어 있습니까? 독자적으로 탈출 작전을 수행할 만한 무장을 하고 있습니까?"

"아아, 1개 분대니까…… 음?"

엘리베이터가 15층을 지났을 무렵에야 해병 중령은 상황이 기묘하다는 것을 깨달았다. 외부 전망 엘리베이터에 탄 여덟 명 중 그 자신과 곁의 상병 하나를 제외한 여섯이 외부인이다. 게다가 무장 해제도 하지 않았다.

내가 뭘 한 거지? 암만 정신이 없었어도 그렇지, 내 부하들을 외부에 남겨 두고…….

스카이라운지가 있는 22층까지는 아직 여유가 있다. 그 전에 잠시 멈춰 서서 정리를 좀 해야 할 필요가 있다. 중무장을 한 사람이 너무 많다. 중령은 일단 엘리베이터를 세우기 위해 20층 버튼을 눌렀다.

띵―.

20층에 멈춰 선 엘리베이터의 문이 열리자, 중령은 열림 버튼을 꾹 누르고 가능한 한 침착함을 가장해서 말했다.

"잠시 내리시죠. 드릴 말씀이 있습니다."

중령의 목 뒤로는 식은땀이 흐른다. 엘리베이터에 함께 타고 있는 유일한 그의 같은 편, 상병은 상황을 이해하지 못했는지 특별히 경계하고 있지 않다.

하긴…… 일반 사병에게 장교들의, 그것도 별 단위의 파워 암투가 벌어지고 있다는 것을 알려 주지도 않고 스스로 파악하라는 건 무리한 요구이다.

"눈치챈 것 같습니다."

소령이 채 장군을 향해 말했고, 채 장군은 고개를 끄덕였다. 여기까지 올라오는 내내 소령의 눈치만 보고 있던 특임대원들은 해병 상병에게 달려들어 소총을 내려치며 목을 뒤로 꺾었다.

"이! 이 새끼들!"

해병 중령이 권총집에 손을 대는 것보다 처음부터 준비를 마치고 있던 소령이 더 빨랐다.

탕— 탕, 탕—.

세 발의 총성이 호텔 복도를 흔든다. 카펫에는 중령의 몸에서 쏟아져 나온 붉은 피가 흥건하게 흘렀다.

"탄창 확인해."

위험이 모두 사라진 것을 확인한 후, 특임대원의 몸 뒤에서 빠져나온 채 장군이 묶는 시늉만 해 뒀던 포승줄을 바닥에 던져 버리며 말했다.

"이제 역도들을 처단하러 가자. 다들 타깃 얼굴은 알지?"

"눈 감고 그릴 수도 있을 겁니다."

엘리베이터를 봉쇄해 놓은 소령이 자신 있게 대답했다. 어젯밤 출발하기 전, 모두에게 킹메이커와 교수의 사진을 나눠 주고 이 새끼들의 목을 따야 한다고 몇 번이나 강조했었다. 새벽 내내 차가운 바다에 몸을 적시며 노를 젓는 동안 특임대원들은 그들에 대한 이유 없는 증오를 증폭하고 또 증폭했을 게 뻔하다.

"좋아. 이 작전 완료만 하면 다들 2계급 특진이다."

바닥에 떨어진 해병 중령의 권총을 주워 들며 채 장군이 빙긋 웃었다. 소령이 들고 있던 007 가방을 열자 광학 조준 장치까지 장착된 MP-5가 모습을 드러낸다. 이승남에게는 무장이 허용되지 않았다.

"치이잇— 치이잇—.

중령의 허리에 채워진 무전기가 계속 울려 댄다. 암구호를 모르기 때문에 그냥 내버려 두는 편이 낫다. 한 번에 스카이라운지까지 올라갔더라면 좋았을 테지만, 여기까지 병력 손실 없이 온 것만 해도 절반의 성공이다.

"방을 하나 확보할까요? 작전 끝날 때까지 피신하시겠습니까?"

"그만둬, 뒤에서 따라갈 테니까. 어차피 여기까지 온 이상 모든 게 모험이다."

사사삿ㅡ.

네 명의 특임대원은 서로를 엄호하며 교차해서 계단을 향해 뛰었다. 총소리가 울렸으니 뭔가 사달이 났다는 것쯤은 위쪽에서도 짐작하고 있을 것이다.

"윤 장관님, 윤 장관님, 구조대입니다!"

20층 계단 입구에 선 특임대원은 위쪽을 향해 킹메이커의 이름을 불렀다. 조금이라도 반응이 있다면 곧바로 방아쇠를 당길 심산이었다. 하지만 반응도, 인기척도 없다. 그들은 계단이 꺾이는 지점에서마다 같은 수법을 사용하며 천천히 전진했다.

22층을 한 층 남겨 놓은 지점에서 킹메이커를 불렀을 때, 누군가 아주 살짝 고개를 내밀었다.

파팡ㅡ 파파파팡ㅡ.

특임대원의 총성이 복도를 울리고, 잠시 후, 젊은 병사의 시체가 계단 아래로 굴러떨어졌다.

투투투투ㅡ 투투투투ㅡ.

위쪽에서 대응 사격이 쏟아진다. 특임대원들은 목을 움츠린 채 벽에 바짝 붙어서 어지럽게 날리는 총탄들이 멈추기를 기다렸다.

핑ㅡ.

도탄에 팔을 스친 특임대원이 짧은 비명을 지른다. 단조로운 총소리. 겹치지 않는 걸 보면 분명 혼자서 쏘는 것이다. 1개 분대가 있다는 걸 확인했는데 정작 지형적 이점이 있는 장소에는 보초를 두 명만 따로 떼어서 배치해 두었다. 이렇게 엉망으로 병력을 운용하는 걸 보면 군인이 지휘를 하는 게 아니라 양복쟁이들이 제멋대로 명령을 내리고 있는 모양이다.

기세 좋게 울려 대던 총성이 뚝 그쳤다. 온 신경을 청각에 집중시키고 있던 소령은 머릿속으로 초를 계산했다. 아무리 철저하게 훈련받은 병사라고 해도 탄창을 교환하고 다시 사격을 시작하는 데 2초는 걸린다. 사선으로 총을 비틀어 탄창을 날리며 온갖 재주를 부려 봐도 그보다 줄어들지는 않는다. 실전 경험이 없다면 물론 그 시간은 더 늘어날 것이다. 반면, 자신은 계단의 코너를 돌기만 하면 된다.

투투투투투—.

다시 총성이 시작되기까지 3초 정도가 지났다. 탄창을 갈아 끼우기 위해 몸을 숨기는 시간까지 계산에 넣으면 결코 나쁘지 않은 솜씨였다. 다시 30발이 소진되고 일순간 적막이 흐를 때, 미리 대기하고 있던 소령은 그 짧은 틈을 놓치지 않고 계단 위로 뛰어올랐다.

코너를 돌자 난간 사이로 해병의 군화가 들어온다. 어차피 다른 부분까지 시야가 확보될 필요도 없다. 레이저 도트가 다리에 걸리자마자 소령은 즉시 방아쇠를 당겼다.

투투투— 투투—.

끄아아아~!

막 재장전을 마치고 총구를 아래로 내리려던 해병은 다리에 총알 세례를 받고 굴러떨어졌다.

쿵—!

박살이 난 다리 때문에 제대로 중심을 잡지 못하고 구르던 병사는 목이 부러져 숨을 거두었다. 이제 계단은 모두 정리됐다.

너! 너! 소령이 손가락으로 특임대원 두 명을 지목한다. 지명받은 두 대원은 재빨리 뛰어 올라와 방화문 앞에 섰다. 한 대원은 수류탄 고리에 손가락을 건 채 대기하고, 다른 한 대원은 문의 손잡이를 잡은 채 손가락으로 카운트를 시작했다.

셋, 둘, 하나.

문을 당기자마자 몸을 숙이고 있던 다른 대원은 수류탄을 까서 힘차게 바닥에 굴렀다.

투투투— 투투투—.

다시 문이 닫힐 때까지 그 짧은 시간 동안 문틈 사이를 향해 총알이 빗발치듯 쏟아진다.

윽! 운이었는지, 실력이었는지는 모르겠지만, 그중 한 발이 수류탄을 던진 특임대원의 눈을 관통했다. 그는 비명도 제대로 지르지 못하고 벽에 날아가 부딪치며 쓰러졌다.

콰쾅—!

복도에서 수류탄이 폭발했고, 그 충격이 계단 전체를 흔들며 전해진다.

"한 번 더 열어."

사망한 대원에게서 수류탄을 떼어 온 소령이 명령했다. 2차 투척은 더 먼 곳을 목표로 했다. 이번에는 대응 사격조차 이루어지지 않았다.

콰아앙—!

문이 흔들리며 틈 사이로 먼지가 쏟아진다.

때르르르릉—.

고열을 감지한 화재경보기가 울리기 시작했다.

"가자!"

소령은 MP-5를 겨누며 앞장을 섰다. 두 방이나 수류탄 세례를 받은 덕에 스카이라운지 내부에는 멀쩡히 서 있는 사람을 찾아보기 어려웠다.

촤아아아아—.

머리 위에서는 스프링클러가 뿌려지고, 깨진 유리창을 통해 몰아치는 고층의 바람 때문에 고급 테이블보들이 춤을 추며 휘날리고 있다.

으으으~. 신음 소리를 내며 몸을 뒤척이는 사람을 볼 때마다 두 특임대원은 사정없이 방아쇠를 당겼다. 그것이 어린 해병이든, 양복쟁이 관료든, 서빙을 하기 위해 대기하다가 봉변을 당한 웨이트리스이든 간에 차별을 두지 않았다. 겉모습에 속아 고민하다가 역으로 이쪽의 머리가 날아갈 수도 있다.

바 뒤쪽에 숨어 오들거리던 바텐더를 끝으로 홀이 완전히 정리된 것을 확인한 소령이 천천히 걸음을 옮기다가 우뚝 멈춰 섰다. 그리고는 뒤쪽으로 수신호를 보냈다. 채 장군과 이승남을 호위하고 있던 병사가 그들을 데리고 다가왔다.

"찾았습니다."

소령이 비켜서자 온몸이 너덜너덜해진 채 바닥에 뒹굴던 킹메이커가 모습을 드러낸다. 찢겨 나간 머리 가죽에는 성성하던 백발 대신 붉은 피가 점철되어 있다.

"술 가져와!"

채 장군이 명령을 내리자 호위하고 있던 병사가 바 뒤쪽으로 뛰어 들어가서 아직 멀쩡하게 남아 있는 병 중 하나를 집어 왔다. 그러는 동안 채 장군은 의자 하나를 끌어왔다. 의자에 떨어져 있던 살점과 내장을 밀어 쳐 버리고 그 위에 걸터앉은 채 장군은 담배에 불을 붙이고 느긋하게 연기를 내뿜었다. 차가운 바람 사이로 몰아치는 빗방울들도 청량하게만 느껴진다.

꾸르르릉―.

시커먼 하늘 사이로 천둥이 울린다.

"윤 장관! 길었어. 자그마치 15년이야."

위스키를 병째 나발 불고 나서 채 장군이 킹메이커를 향해 말했다.

끄으으으으~ 킹메이커의 입에서 신음이 흘러나온다.

"15년 동안이나 네 뒤치다꺼리나 하며 살았지. 개똥도 모르는 새끼가 그저 주둥이만 살아서 나불거려도 실실대며 비위를 맞춰 주고 말이야. 민주주의라는 게 참 좆같더라고. 아, 지금도 네 말투만 생각하면 자다가도 벌떡벌떡 일어나. 존댓말로 깐족거리는 그 재수 없는 말투 말이야. 알아?"

채 장군이 워커 바닥으로 손톱을 짓이겨도 킹메이커는 별 반응을 하지 않았다. 이미 가해진 고통에 비하면 그 정도는 자극에도 끼지 못하는 모양이다.

"VIP는 내가 잘 모실게. 너는 그냥 편하게 가면 돼. 골치 아픈 너희 두 새끼만 사라져 주면 이 나라는 아무 걱정 없어."

채 장군은 뜯겨 나온 킹메이커의 손톱을 멀리 걷어차 버렸다. 이것으로 상황은 모두 평정됐다. 날아가 버린 작전 본부의 통신 시설을 복구하거나 하는 일들은 며칠이 소요되겠지만, 일단 그 단계만 지나면 전군이 일사불란하게 그의 손아귀 안에 들어올 것이다.

킹메이커와 교수는 쿠데타를 일으키려던 세력에 의해 살해당한 것이고, 그 범인은 아까 죽여 버린 해병대 사령관으로 몰아가면 된다. 의문을 갖는 놈들도 있겠지만, 그래 봐야 진실은 완벽하게 묻히고, 불평은 화장실에서 수군거리는 정도를 넘지 못한다. 어차피 이 두 놈만 없으면 양복쟁이들은 아무런 힘도 쓰지 못하는 오합지졸이니까.

"……두 새끼? 크크크, 크흐흐흐흐~."

이제껏 아무 말도 않던 킹메이커가 한마디를 내뱉고는 미친 듯이 웃어 대기 시작했다. 흐느끼는 것처럼도 보이는 웃음이었다. 그 웃음의 의미를 알아차린 채 장군이 빽! 소리를 쳤다.

"두 번째 타깃 어디 있어? 한 교수, 이 새끼 찾았나?"

박살 난 테이블 사이를 뒤지며 돌아다니던 대원이 고개를 젓는다. 피떡이 된 양복 차림의 시체들을 몇 구 찾아냈지만, 그중에는 교수가 없다. 화장실까지 샅샅이 뒤져 봐도 마찬가지다.

"흐흐흐흐흐~ 흐흐흐흐~ 쿨럭, 컥! 컥!"

킹메이커의 음산한 웃음이 계속될수록 채 장군의 불안감은 커졌다. 불알 두 쪽처럼 늘 당연히 붙어 다닌다고만 생각했는데, 오늘처럼 중요한 자리에 어째서 이놈 혼자만 모습을 드러냈단 말인가……. 도무지 이해가 되지 않는다.

"한 교수 어디 있어? 말해!"

채 장군은 킹메이커의 머리통을 잡고 바닥에 찧으며 고함을 질렀다. 손톱이 뜯겨 나간 손으로 채 장군의 손을 할퀴어 대며 킹메이커는 마지막 기운을 다해 웃었다.

"크흐흐흐흐~ 당신 능력으론…… 집권은 무리야."

퍼억!

화를 이기지 못한 채 장군은 권총을 휘둘러 말을 끝맺기 전에 킹메이커의 대갈통을 후려갈겼다.

퍽— 퍽—.

손바닥 껍질이 벗겨질 만큼 여러 차례 힘차게 내려쳐서 카펫이 피범벅이 된 다음에야 채 장군은 헐떡이며 몸을 일으켰다.

"여기에는 없는 것 같습니다."

채 장군의 격앙된 감정이 조금 가라앉기를 기다려 소령이 보고했다.

"그래, 후우~ 아무래도 그 새끼는 다른 데 있는 모양이다."

피투성이 손으로 얼굴을 쓸며 채 장군이 말했다. 모두의 얼굴에 당혹감이 스쳐 간다. 이렇게 되면 작전은 실패. 정복자가 된 것이라 믿었다가 순식간에 수배자 신세로 전락해 버린 채 장군의 얼굴에 고통이 서린다.

"일단 피하셔야겠습니다. 두 번째 타깃이 생존해 있다면 이 자리는 위험합니다."

"그렇겠지. 젠장, 너한테 면목이 없구만. 이제부터 플랜 C로 간다."

"플랜 C?"

이승남이 고개를 갸웃거리자, 채 장군이 대답한다.

"아래에 있는 해병대 애들부터 싹 다 쓸어서 함께 데리고 간다. 한 명이 아쉬운 마당이니까 요긴할 거야. 숨어서 때를 봐야지."

"으윽~ 쿨럭! 쿨럭!"

교수는 자신을 누르고 있는 소파를 밀어내고 겨우겨우 몸을 일으켰다. 방 안에는 연기가 자욱하다. 양복 소매에 불이 붙어 있다는 것을 깨달은 교수는 서둘러 재킷을 벗어 던졌다. 의식을 잃은 채 얼마나 누워 있었던 것일까. 고막에서는 계속해서 위이이잉— 하는 소리가 울린다.

"이봐! 이봐! 아무도 없어? 힘껏 외쳤지만 자신의 귀에는 들리지 않는다. 그저 위이이잉— 하는 커다란 울림만 계속될 뿐이다. 조금 전까지 마주 앉아 이야기를 나누던 태양 그룹 간부는 쏟아져 내린 콘크리트 더미에 몸의 절반이 뜯긴 채 눈을 홉뜨고 죽어 있다.

"이런 젠장! 이게 대체 뭐야!"

형광등이 박살 나서 컴컴해진 방 안을 더듬거려 겨우 복도로 빠져나왔다. 복도 역시 사방이 검은 연기로 덮여 있다. 소화기를 든 병사들이 이리저리 바쁘게 뛰어다닌다.

뭐지? 폭격이라도 당한 게 아니라면 이 지경이 될 수가 있나?

밀려오는 어지럼증을 이기지 못하고 교수는 바닥에 털썩 주저앉았다.

지지직— 지직—.

번쩍거리는 형광등을 멍하니 보고 있던 교수의 귀에 조금씩 소리가 되살아나 들려오기 시작했다.

'소화 호스 연결해!' '4층에서 터졌어!' '대피시켜!' 다들 정신없이 떠들어 대고 있다. 합선 때문에 사방에서 불길이 일어난다.

젠장, 저 개새끼 때문에 하마터면 죽을 뻔했군……. 교수는 이미 죽은 사람을 향해 눈을 흘겼다.

킹메이커와 함께 호텔로 향하려던 때, 교수는 자기가 명령을 해 놓고 몇 시간째 방치한 병사들이 떠올랐다. 밤을 꼴딱 새웠던 놈들. 교수는 금방 따라가겠다는 말로 킹메이커를 먼저 보낸 뒤, 전산실로 향했다. 그냥 전화로 해산을 명해도 되는 일이었지만, 결과물을 눈으로 확인해 보고 싶었다.

그렇게 복도를 걸어가던 교수를 태양 그룹 간부가 붙잡고 늘어졌다. 아까 회의에서 거론됐던 고양이 방울 GPS를 현장에 꼭 투입하고, 그 정보를 자신의 기업에도 공유해 달라는 것이었다.

가는 것이 있으면 오는 것이 있어야 한다. 그 대가로 무엇을 제공해 줄 수 있는가에 대해 흥정을 하던 중, 갑자기 폭음과 함께 사방이 흔들렸고, 천장에서 돌무더기가 쏟아져 내렸다.

"쉐라톤에도 병력을 보내야 돼! 거기도 지금 교전 중이라고 한다! 폭발도 있었다는데!"

여군 정보 장교가 다급한 목소리로 외치며 뛰어 올라온다. 교수는 자신의 귀를 의심했다.

교전? 교전이라니? 제주도에 누가 있어서 교전을 벌인다는 말인가.

겨우 몸을 일으킨 교수는 창틀에 의지해 가며 천천히 서쪽 별관을 향해 걸어갔다. 힘겹게 한참을 걸어서 창가에 선 교수는 안도의 한숨을 내쉬었다. 무슨 헛소문이었는지는 몰라도 멀리 보이는 쉐라톤은 은빛 유리로 된 자태를 뽐내며 건재해 있다.

"미친년, 어디서 이상한 소리를 듣고 와서……."

담배를 문 교수가 바지 주머니에서 라이터를 꺼내 불을 붙이고 다시 고개를 들었을 때, 쉐라톤의 최상층 스카이라운지에서는 검은 연기가 뿜어져 나오고 있었다.

툭, 교수의 입이 벌어지며 담배가 떨어져 구른다.

죽었구나…….

직감적으로 깨달을 수 있었다, 킹메이커가 살해당했다는 것을. 그리고 지금 이 나라에서 그런 미친 짓을 저지를 만한 힘을 가진 놈은 단 한 명밖에는 없다.

이승남! 이 미친 새끼!

교수는 이를 부드득, 갈았다.

Chapter 26
변곡점

01

바람이 너무 거세져서 도저히 작업을 계속 진행하기가 어려워졌다.

덜컹— 덜컹—.

높게 쌓아 놓은 펜스들이 강풍에 흔들리며 거슬리는 소리를 낸다. 신입과 제니는 물론, 팔에서 피가 질질 흐르는 보안관까지 합세해 몇 시간 동안 진땀을 빼가며 풀어 놓은 펜스들이다.

"아무래도 더 이상 안 되겠어. 지금까지 한 것들만 묶어 놓고 일단 바람을 피하자."

먼지를 피하기 위해 눈을 가늘게 뜨며 유빈이 말했다. 이건 그냥 강한 바람이 아니었다. 예보 같은 건 딴 세상 이야기가 돼 버린 지금은 까맣게 모르고 있었지만, 태풍이, 그것도 꽤나 큰 태풍이 몰려오는 게 분명하다.

두 줄로 차곡차곡 쌓아 올린 강철 펜스들이 회오리바람에 말려 날아다닌다면, 그저 귀찮은 정도로 끝나는 문제가 아니라 큰 부상을 입게 될 수도 있다. 어차피 이런 강풍 속에 펜스들을 연결해서 다리를 놓아 봐야 얼마 버티지 못하고 부서질 것이 분명했다.

"뭐로 묶지? 하아~ 일단 좀 잡고 있어. 내가 금방 슈퍼에 가서 끈이라도 가져올……."

간만에 허리를 쭈욱 펴며 벌판 쪽을 둘러보던 삼식이가 외마디 소리를 질렀다.

"억! 저, 저거 뭐야!"

모두는 삼식이와 같은 방향으로 고개를 돌렸다. 벌판에서 좀비 한 마리가 어기적거리며 걸어오고 있었다. 거리는 불과 20여 미터. 레이저 와이어와 한참 씨름을 하다가 넘어왔는지 무릎과 오금이 너덜너덜하게 찢겨 나가 있다. 물론 그래서 걷는 속도도 느리다.

"씨, 씨발……."

겁먹은 신입이 스패너를 떨어뜨리는 속도와 거의 동시에 알루미늄 배트를 집어 든 보안관이 구름다리를 넘어 내달려 나갔다. 사람들이 가까워지자 흥분한 좀비 역시 떨어져 나가기 직전의 다리를 혹사해 가며 속도를 높여 뛰어온다.

보안관은 인정사정없이 놈의 대갈통을 향해 풀스윙을 날렸다.

쩌엉ㅡ!

알루미늄 배트가 찌그러지고 좀비는 핑그르르 두어 바퀴를 돌고 나서 바닥에 쓰러졌다. 하지만 이내 다시 몸을 추슬러 일어난다. 한 방만 제대로 들어가면 두개골이 박살 나던 해머와는 파괴력이 다른 모양이다.

그롸아아ㅡ.

꿇어앉은 놈의 입에서 포효가 울려 나오기 시작하자 온몸에 소름이 돋는다. 그 소리가 다른 동료들을 끌어들일까 봐 두려운 것이다.

"시끄러, 이 개새끼야!"

보안관은 허리 높이로 한 번 더 있는 힘껏 배트를 돌렸다.

빠각ㅡ!

좀비의 목이 반대 방향으로 꺾여 돌아가며 뒤통수가 앞으로 왔다. 이미 죽은 것 같지만, 확실하게 하고 싶어서 그 뒤통수를 재차 후려쳤다.

뻐억ㅡ!

얇은 뼈가 빠개지는 소리. 좀비는 더 이상 움직이지 못하고 앞으로 고꾸라진다.

"우와, 놀래라. 도대체 왜 아무도 몰랐지? 이렇게 가까이 다가올 때까지."

삼식이가 가슴을 누르며 말했다. 이유는 간단하다. 아무도 보초를 서지 않았으니까. 다들 벌판 쪽으로 등을 진 채 경전철역의 펜스 볼트를 푸는 일에만 너무 열중하고 있었으니까.

"후우~ 이 새끼는 어째서 이 멀리까지 온 거야? 다들 불난 주변에 모여드는 거 아니었어?"

이마의 식은땀을 훔치며 보안관이 중얼댔다.

"펜스를 뚫어 놓은 곳이 있으니까…… 그리로 빠져나온 것 같아. 워낙 많이 뭉쳐들 있었잖아. 그렇게 저희들끼리 밀고 밀리다가 레이저 와이어 위에 넘어졌는지도 모르고. 어쨌든 한 마리가 있다는 건……."

말을 하던 유빈이 입을 다물어 버렸다. 한 마리가 보였으니 보이지 않는 곳에 몇 마리가 더 있다 해도 하나도 이상하지 않다. 도로에 얼마나 더 많은 놈들이 돌아다니고 있을지, 또 그놈들이 다른 무리까지 끌어들여서 이쪽으로 몰고 올지 생각만 해도 끔찍하다.

복지 센터와 경전철역 사이의 벌판은 그간 그들에게 청정 지역이었다. 한 마리의 좀비도 본 적이 없어서 안심하고 다녔던 곳. 그런데 이 좀비가 방금 막 그런 곳을 횡단해 그들의 코앞까지 와 있었던 것이다.

"찜찜해서 안 되겠어. 벌판 쪽을 한 바퀴 쫙 돌아야겠다. 유빈아, 가자. 네가 운전 좀 해."

보안관이 코롤라 앞으로 걸어가며 손짓을 한다. 유빈은 삼식이에게 제니와 신입을 데리고 3층 집으로 들어가 있으라는 말을 남긴 뒤, 자동차에 올랐다. 주인 여자의 시체가 욕실에 들어 있기는 해도 복도의 방범 문이 워낙 튼튼하기 때문에 지금으로서는 최선의 도피처이다.

"어, 저기! 저기 보인다. 저 새끼 잡자."

풀밭 위를 달린 지 몇 분 되지 않아 두 번째 좀비가 눈에 들어왔다.

"꽉 잡아!"

유빈은 좀비를 향해 방향을 튼 뒤, 속도를 올렸다.

그와—.

자동차를 향해 고개를 돌린 좀비가 몸을 날리기도 전에 코롤라는 시속 70킬로미터가 넘는 속도로 좀비의 무릎을 덮쳤다.

콰직—.

왼쪽 범퍼와 좀비의 무릎뼈가 동시에 작살이 났다. 차에 치인 좀비는 튕기듯 날아올랐다가 다시 풀밭 위로 곤두박질쳤다.

"다시 돌려! 끝장을 내야 돼!"

흥분한 보안관이 소리를 지른다. 유빈은 입술을 꽉 다물고 핸들을 꺾어서 유턴을 했다. 두 다리와 여러 군데의 뼈가 박살 난 좀비는 기묘한 자세로 네발을 사용해 빠르게 기어오고 있다. 한 번 더 깔아뭉개야 한다.

위이잉—.

액셀러레이터를 밟자 엔진이 앙탈을 부린다. 그 속도 그대로 좀비를 들이받았다.

터엉—.

사람 체중만큼의 충격이 핸들을 통해 고스란히 전달되는 동안 머리가 박살난 좀비가 뒤쪽으로 튕겨 나가는 모습이 보인다. 보안관이 살기등등한 표정으로 배트를 들고 내렸다.

부우웅—.

알루미늄 배트가 바람을 가르는 소리. 그리고 곧바로 좀비의 머리통은 부서졌다. 정수리가 쪼개지며 목뼈가 꺾이고, 압력을 이기지 못한 눈알이 튀어나온다. 수십 번을 보았지만, 늘 끔찍한 광경이다.

"가자! 이 방향으로 좀 더 직진해 봐. 소리가 들린 것 같아."

좀비를 끝장내고 돌아온 보안관이 앞을 가리켰다. 그다음은…… 계속 같은 행동의 반복이었다. 한두 마리, 혹은 서너 마리씩 떨어져 나와 배회하던 좀비들을 발견하고, 냅다 속력을 올려 들이받고, 뼈마디를 작살내서 더 이상 움직이지 못할 수준이 되면 보안관이 내려서 야구 배트로 정리를 한다.

40분이 순식간에 흘러갔다. 그러는 동안 한두 방울씩 떨어지던 비는 점점 굵어져 폭우로 바뀌었고, 코롤라의 범퍼와 펜더는 엉망으로 훼손되어 버렸다. 헤드라이트는 깨지고, 사이드미러에도 금이 갔으며, 고속으로 시체를 깔아뭉개려다가 하마터면 전복될 뻔한 위기도 두어 번 겪어야 했다.

"하아, 하아~ 뭐 이렇게 많아? 젠장, 앞으로도 한참 돌아다녀야겠네."

막 좀비 세 마리를 더 끝장내고 돌아온 보안관이 조수석에 앉으며 투덜거린다. 보안관의 머리카락도, 옷도, 조수석 시트도, 우글쭈글해진 야구 배트도 모두 아주 흠뻑 젖어 있다. 계속 배트를 휘둘렀던 보안관의 숨이 가빠졌다. 유빈도 한숨을 쉬었다.

지친다. 좀비들이라는 걸 잘 알고 있지만, 계속해서 사람 모양을 한 것들을 치어 죽이고 그 충격을 고스란히 몸으로 느끼는 작업이 반복되면서 머릿속 어느 한구석의 퓨즈가 픽— 하고 끊어지는 것 같다.

이제는 불과 20여 미터 앞에 있는 것도 제대로 보이지 않을 만큼 시계가 불량해졌다. 속도를 최고로 해 놓은 와이퍼가 아무리 열심히 움직여도 샤워기를 틀어 놓은 것처럼 쏟아붓는 비를 이기지는 못했다.

"뭐 해, 유빈아? 출발해."

유빈이 흘러내리는 물로 뿌예진 차창을 멍하니 보고 있자, 보안관이 씩씩거리며 재촉을 한다.

"하~ 보안관, 이제…… 그만하자."

유빈은 한숨을 내쉬며 조용히 말했다.

뭐? 보안관이 묻는다. 몇십 분 동안이나 피를 보고 흥분한 상태였기에 목소리가 높아져 있다.

"이제 그만하자니? 뭘? 이 새끼들 죽이는 거? 그러면 우리가 죽자고?"

"그게 아니야. 이렇게 사냥하고 다니는 거, 이제 그만해. 어차피 좀비들이 사방에 널렸는데 한두 마리 더 죽이고 다닌다고 해서 표도 안 날 것 같아. 무의미한 일이야."

"약한 소리 하지 마, 인마! 바로 근처까지 이 새끼들이 돌아다니는데, 그러면 가만히 보고 있자는 말이야? 벌판 위에 있는 놈들은 다 죽여 놔야 돼! 그래야 우리가 안전해!"

"몇 마리를? 어차피 한번 방향을 이리로 잡았으니까 저 새끼들은 계속 올 거야. 수천 마리를 다 때려죽일 수는 없잖아."

"왜 못 죽여! 포기하지만 않으면 결국엔 다 죽일 수 있어!"

보안관이 소리를 버럭버럭 지른다. 그는 화가 많이 나 있었다. 그 마음은 유빈도 이해한다. 어제 그 난리를 치고 죽을힘을 다해서 수백 마리를 태워 죽였더니, 오늘은 그 몇 배나 되는 놈들이 몰려왔다.

안전한 집으로 돌아가서 제니와 웃음 짓는 매일을 보내고 싶었을 텐데, 그 바람이 다 물거품이 돼 버렸다. 게다가 이놈들이 이번에는 번화가 쪽으로까지 뻗어오려 한다.

누구에게나 속상한 상황이지만, 자신이 모두의 목숨을 책임지고 있다고 믿는 보안관에게는 특별히 더 받아들이기 어려운 현실일 것이다. 하지만 그런 울분을 무리에서 떨어져 나온 좀비 몇 마리의 다리뼈를 분지르고, 대갈통을 쪼개는 것으로 해소해 봐야 결국 소모되는 것은 이쪽의 체력과 감수성일 뿐이다. 1킬로미터도 안 떨어진 곳에 수천 마리가 모여든 시점에서 이미 안전은 멀리 물 건너가 버렸다.

"돌아가자……. 애들이 걱정하고 있을 거야."

한동안의 정적을 깨고 유빈이 말했을 때, 보안관은 입술을 앙다문 채 아무 말도 하지 않았다. 유빈은 대답을 기다리지 않고 액셀러레이터를 밟았다.

씨이잉―.

진창으로 변해 가는 흙바닥에서 잠시 헛돌던 타이어는 이내 접지력을 확보하고 그가 모는 방향으로 차를 움직였다. 안개등까지 켜야 할 만큼 어느새 사방은 어두워져 있었다.

"우우우우웅~."

바람의 음산한 울음소리가 앞 차창을 흔들어 댄다.

"어휴……."

유빈이 산책로 바로 앞에 차를 세우자, 보안관이 한숨을 푹푹 내쉬다 문을 열고 내린다. 뭐라고 한마디를 하려다가 꾹 삼키는 것 같다. 구름다리를 건너고 지하 통로를 지나 번화가로 들어서는 동안에도 두 친구는 아무 대화 없이 몇 걸음의 차이를 두고 묵묵히 걸어갔다.

가로수의 가지들이 전부 한 방향으로 휠 만큼 강한 바람이 쉬지 않고 불어온다. 번화가 쪽으로 가기 위해 물이 발목까지 차오른 지하 차도를 빠져나오자 제니의 얼굴이 보였다.

"보안관 오빠…… 유빈 오빠……."

삼식이와 함께 지하 통로 앞에서 기다리고 있던 제니가 보안관을 보자마자 얼른 뛰어와 우산을 씌워 준다. 우산을 쓰고 있었다고는 해도 워낙 강풍이 함께 몰아치는 중이어서 둘 다 홀딱 젖었다. 가격표도 떼지 않은 새 우산 손잡이를 건네는 제니의 손이 얼음처럼 차다.

"……왜 나와 있어, 추운데."

도끼눈이 되어 있던 보안관이 감정을 억누르고 물었다.

"그야…… 걱정이 되니까. 괜찮아요? 다친 데는 없어요?"

"응. 들어가자."

"유빈 오빠도 괜찮아요?"

"응."

유빈은 무덤덤한 얼굴로 고개를 끄덕였다.

"그런데 왜 분위기가……."

제니가 걱정스러운 표정을 짓자 삼식이가 거든다.

"그러게. 너희 싸웠어?"

"애들이냐? 싸우기는 누가……. 얼른 들어가자. 춥다."

보안관이 말을 얼버무리며 성큼성큼 걸어 앞서갔다. 3층 집 안으로 들어와서도 쉽게 화가 삭여지지 않는지 보안관은 베란다 앞에 서서 담배를 피우고 있던 신입에게 버럭 화를 냈다.

"밖에 나가서 피워, 이 새끼야! 추워 죽겠는데 창문은 있는 대로 다 열어 놓고!"

그러고는 방문을 쾅! 소리가 나도록 닫고 들어가 버린다.

"뭐, 뭐야? 갑자기 왜 저렇게 성질을 부려? 나는 배려한다고 문 열어 놓고 피운 건데."

말은 그렇게 하면서도 조금 겁을 먹은 신입은 얼른 밖으로 꽁초를 던져 버리고 창문을 닫았다. 분위기가 이렇게 되다 보니 삼식이와 제니의 시선은 유빈이에게 쏠렸다. 제니가 건네준 수건으로 머리를 털던 유빈은 미간을 살짝 찡그렸다.

"그냥 속이 상해서 저러는 거야. 생각보다 좀비들이 많았어."

"에, 정말? 한두 마리가 아니야?"

"음, 그렇더라. 다 못 잡았어."

최대한 별것 아니라는 듯 말했지만, 말하는 유빈도, 듣는 세 사람도 금방 마음이 무거워졌다. 좀비의 더 많은 발길이 그들이 있는 방향으로 향하고 있는데, 그걸 돌리거나 멈출 능력이 없다. 그리고 그들은 이미 아침에 수천이나 되는 커다란 좀비 무리를 직접 눈으로 확인했다.

"그래서…… 제일 가까이 와 있는 놈은 얼마나 근처에 있는데?"

신입이 물었다. 유빈은 고개를 저었다.

"몰라. 산책로에서 100미터도 안 떨어진 데에서까지 몇 마리를 잡았으니까 그 근처에 또 있다고 해도 이상할 건 없지. 근데 전부 눈으로 확인한 건 아니야. 아니, 못 해. 너도 그 벌판이 얼마나 넓은지 알잖아."

"씨발, 좆 됐네. 내가 이럴 줄 알았어. 아무것도 안 하고 탱자탱자 여유 부리면서 노닥거릴 때부터 내가 이렇게 될 줄 알았다고! 씨발, 어떡할래? 이 비가 쏟아지는데 이제 도망도 못 친단 말이야! 진작 멀리 쨌어야지! 에이그, 모자란 새끼들!"

제멋대로 원망을 늘어놓은 신입은 담배와 소주를 챙겨서 학생 방으로 들어가 버렸다. 어차피 그런 놈이란 걸 알고 있으니 별로 화가 나지도 않고, 대거리할 필요가 느껴지지도 않았다. 그리고 녀석의 말 속에 적어도 하나는 뼈아픈 진실이 담겨 있기도 했다.

분명 요 며칠…… 시간이 있었다, 달아날 수 있는 시간이. 하지만 위험할지도 모른다는 두려움 때문에 쉽사리 낯선 곳을 향해 발을 떼지 못했던 것이다. 어제의 안일함이 오늘 아주 단단히 발목을 잡고 있다…….

거기에 생각이 미치자 유빈은 스스로의 뺨이라도 후려치고 싶어졌다. 작은 램프 하나만 켜진 거실의 분위기는 어둡고 무거웠다.

"괜찮아. 도망가기로 마음만 먹으면 내일이라도 출발하면 돼. 그러니까 일단 옷부터 갈아입어, 유빈아. 너 감기 걸리겠다."

삼식이는 정말 아무것도 아닌 일을 말하는 듯 술술 쉽게도 이야기한다. 별생각 없이 저 해맑은 얼굴을 마주하고 들으면 '그렇구나.' 하고 믿어 버릴 만큼 설득력이 강하다. 모르긴 해도 아마 삼식이 자신 역시 그 말을 하는 것과 동시에 철석같이 믿어 버릴 것이다.

"그런데 내일은 비가 그칠까요?"

장대비가 사선으로 사정없이 긋는 베란다 밖을 내다보며 제니가 물었다. 삼식이는 또 1그램의 고민도 거치지 않고 날름 답을 해 준다.

"응, 그칠 거야. 이게 그냥 비라면 며칠 동안도 내릴 수 있지만, 태풍인 거잖아. 태풍은 원래 아무리 길어도 한 대여섯 시간이면 지나가. 그러니까 걱정하지 마."

"그러면 좋겠는데……."

어지간히 추운지 제니는 움츠린 채 두 어깨를 감싸 안고 가볍게 떨었다. 하긴 계속 그 비바람을 맞으며 두 사람을 기다렸으니 이상할 일도 아니다.

"너도 옷 좀 갈아입어야겠다. 내가 가게에 나가서 옷 좀 집어 가지고 올까?"

"아니에요. 그냥 안방 장에 있는 거 아무거나 입을게요."

제니가 아줌마의 헐렁한 옷으로 갈아입고 나올 때, 갑자기 영감이 떠오른 삼식이가 보안관이 들어가 버린 작은방 문에 대고 과장스러운 목소리로 떠들어 댄다.

"우왓! 제니야, 여기서 바지 갈아입으면 안 되지! 암만 우리가 가까운 사이라도 그러면! 보안관, 제니 좀 말려!"

그러고는 문에 귀를 가져가 보았지만, 보안관에게서는 아무 대꾸도 돌아오지 않았다. 삼식이는 설레설레 고개를 저었다. 평소 같았으면 분명 '삼식이, 이 미친 새끼야! 왜 애를 이상한 사람 만들어?'라면서 발끈했을 텐데, 저렇게 조용한 걸 보면 기분이 어지간히 상한 모양이다.

"아무래도……."

유빈이 마룻바닥에서 엉덩이를 떼며 말했다.

"내가 없어야 보안관이 나왔을 때 분위기가 좀 편할 것 같아. 제니야, 네가 잘 달래서 밥도 같이 먹고 그래."

"오빠는 어디 가려고 그래요, 비가 이렇게 오는데……."

"망이나 보다가 올게. 사실 좀비들이 어디까지 왔는지 걱정도 되거든. 비는 걱정하지 마. 가게에서 비옷 하나 집어 입으면 되니까."

"오빠……."

유빈을 잡기 위해 제니가 손을 뻗는다. 하지만 삼식이에게 잡히는 바람에 그녀의 손은 유빈에게 닿지 않았다. 어째서 만류하는지 이해 못 한 제니가 돌아보자 삼식이는 고개를 살랑살랑 흔든다. 그러는 동안 유빈은 문을 닫고 나가 버렸다.

"그냥 둬."

"왜요? 오빠 저러다가 병나요."

삼식이가 다가와 귀에 대고 속삭였다.

"있지…… 남자들은 자기 밑천이 바닥나면 그게 제일 창피해. 그 창피한 걸 들키기 싫어서 자꾸 화가 난 척하고 혼자 있고 싶어 하는 거야. 어린애들도 아니고, 그게 뭔 유치한 짓이냐고 할지 모르겠지만…… 어쩌겠어, 그렇게 생겨 먹은 걸. 그러니까 두 놈 다한테 기분을 추스를 시간을 줘."

"하지만 이러다가 혹시 무슨 일이라도 나면……."

"그럴 일은 없어. 쟤가 얼마나 약은데. 그리고 또 강해. 10년을 넘게 매일 얼굴을 보고 살아온 친구로서 하는 말이니까 믿어도 돼. 일단 밥부터 해 놓고 이따가 눈치 봐서 보안관이나 불러내자. 너한테 이제 안심해도 좋다는 말을 못 해 준 것 때문에 저놈도 어지간히 자존심이 상했을 거니까."

02

3층 집을 나선 유빈은 등산용품 가게에 들러 젖은 옷을 갈아입고, 그 위에 판초 우의까지 뒤집어쓴 뒤, 다시 경전철역 쪽으로 걸음을 옮겼다. 그래도 여전히 추웠다. 빗방울은 더욱 굵어졌고, 떼어 놓은 펜스들이 바람개비처럼 날아다닐 만큼 강한 바람이 분다.

콰장창—!

펜스들끼리 부딪치며 요란한 소리를 냈다. 아직 낮이지만 가게에서 집어 온 플래시가 필요할 만큼 사방이 어두워져 있었다. 다행히 이 근처까지는 아직 좀비들이 오지 않은 듯하다.

"후우우~."

구름다리 앞에 서자 여러 가지 의미가 담긴 한숨이 절로 나온다. 발밑으로는 몰라볼 정도로 불어난 물이 콸콸 흐르고 있다. 하도 사나운 물줄기로 변해 있어서 이제는 그냥 산책로를 따라 흐르는 개천이라고 부르기도 민망할 지경이다.

산책로에 넘실넘실 넘쳐흐르는 물은 그에게 달아날 수 없다고 경고를 하는 것 같다. 좀비 세상이 닥친 첫날, 보안관이 바로 이 자리에서 개 아저씨를 발로 차 떨어뜨렸을 때가 떠오른다. 그때까지만 해도 이런 상황에 처하리라고는 상상도 하지 못했다.

"젠장……"

한계에 부딪힌 것 같다. 아무리 생각해 봐도 도무지 그럴싸한 계획이 떠오르지를 않는다. 낙천적인 삼식이는 내일이라도 도망을 치면 된다고 제니에게 호언을 했지만, 사실 그건 아주 어려운 일이다.

어디로 몸을 피하면 여기보다 안전할지, 자신들은 알지 못한다. 당장 옆 동네에 어떤 규모의 좀비가 얼마나 자주 돌아다니고 있는지에 대해서도 까맣게 모르고 있는데…….

대피소…… 쉘터…….

궁지에 몰리자 도움을 청하고 싶어지고, 그러자 예전에 보았던 전단이 기억났다. 안전한 잠자리를 제공해 주겠다는 유혹적인 문구. 한데 거기 적혀 있던 대로라면 가장 가까운 대피소도 한강 부근까지는 가야 한다. 도로마다 꽉 막혀 있고, 언제 어디서 좀비의 대군과 만날지 모르는데 태릉에서부터 거기까지 걸어가려면 목숨이 열 개라도 모자랄 거다.

"안 돼, 그건."

유빈은 이내 대피소라는 선택지를 머릿속에서 지워 버렸다.

그럼 다리를 끊을까? 이 다리만 없으면 개천 때문에 저쪽이랑 격리될 수 있을 텐데…….

자꾸 바보 같은 욕심만 고개를 든다. 작지만 콘크리트로 지어진 단단한 다리를 소수 인력의 힘만으로 부술 수 있을 턱이 없다. 그렇게 유빈은 혼자서 머리를 쥐어짜며 폭우가 쏟아지는 어두운 벌판을 보고 서 있었다.

얼마나 그러고 있었을까. 뒤쪽에서 플래시 불빛이 흔들리며 다가왔다. 유빈은 고개를 돌렸다.

"……혼자서 뭐 해? 밥 먹으러 가자."

보안관이었다. 말투는 아직 완전히 풀어지지 않았지만, 그래도 이제는 어지간히 감정을 다스렸는지 편안해 보인다. 머리를 긁적이며 다가온 보안관이 바로 곁에 와 섰다.

"저 차 세워 놓은 데까지 물이 차오르지는 않겠지?"

산책로까지 넘쳐 오른 물을 멍하니 보고 있던 보안관이 산책로 위쪽에 세워 둔 코롤라와 오피러스를 가리키며 말했다. 수면과는 적어도 3미터 이상의 높이, 그리고 8미터 이상의 거리 차이가 있다. 유빈은 고개를 끄덕였다.

"음, 저기까지는 안 닿을 거야. 뭐, 한 일주일씩 쏟아진다면 또 모르지만."

"그럼 됐어. 들어가자, 배고프다."

보안관이 유빈의 어깨를 꽉, 끌어안는다. 고릴라처럼 강한 힘에 휘청거린 유빈이 쥐고 있던 플래시를 떨어뜨렸다.

엇, 하는 사이 다리 아래로 떨어진 플래시는 빠르게 흐르는 개천에 집어삼켜져 떠내려가 버렸다. 그 모습을 본 유빈이 대수롭지 않게 물었다.

"그런데 이 개천, 이거 어디로 흐르는 걸까?"

딱히 그럴듯한 대답을 기대한 건 아니었다. 어차피 유빈이나 보안관이나 모두 이 동네 사람이 아니고 일하는 동안 잠시 머무는 신세였으니, 그가 모르는 건 보안관 역시 모른다고 보는 편이 맞다. 보안관이 깊이 생각하지 않고 대답했다.

"당연히 한강이겠지. 강북에 흐르는 물들은 다 결국엔 그리로 가는 거 아냐?"

그 말을 들은 유빈은 눈동자가 똥그래져서 보안관을 돌아보았다. 머리에 벼락이라도 내리꽂힌 것 같은 기분이다.

"……그래, 네 말이 맞아. 서울 전체를 가로지르면서 지나가는 강이니까…… 어디서 뭐랑 합류하든 흐르는 물이라면 결국 한강이랑 만나게 되어 있어. 허어, 왜 지금까지 그 생각을 못 했지?"

그가 하도 감격한 표정을 짓고 서 있자 보안관이 이상한 눈으로 바라본다.

"야, 유빈아. 너 괜찮냐?"

유빈은 대꾸하지 않았다. 그간 아무 쓸모가 없는 것처럼 보여서 뇌의 아주 깊은 구석에 박아 두었던 생각의 파편이 의미를 가지며 붕 떠올랐다.

11,200…… 한강으로 흐르는 개천, 그 개천을 끼고 나란히 닦여진 산책로…… 11,200…….

잔뜩 상기된 얼굴로 보안관에게서 플래시를 빼앗아 든 유빈은 구름다리를 단번에 건너 산책로에 섰다. 보안관이 당황스러워하며 쫓아온다.

"갑자기 왜 그래, 인마? 대체 무슨 일인지 말을 좀 해!"

"여기! 여기가 11,200이야! 이게 뭔지 이제 알 것 같아!"

뜬구름 잡는 대답을 한 유빈은 플래시로 도로를 비추었다. 예의 그 글씨가 보인다.

11,200

그리고 화살표. 유빈은 화살표가 그려진 방향을 향해 전속력으로 뛰었다. 하도 급하게 달리다 보니 하마터면 자신들이 쳐 둔 레이저 와이어 트랩에 걸릴 뻔하기도 했다.

으이크! 깜짝 놀라 황급히 몸을 틀면서도 유빈은 달리기를 멈추지 않았다. 저만큼 멀리 뛰어가 다시 발밑을 살피던 유빈이 두 팔을 번쩍 들어 올리며 환호성을 질렀다.

"맞았어! 네 말이 맞았어, 보안관! 여기는 11,100이야!"

"나는 네가 뭔 소리 하는지 모르겠어!"

다시 달려온 유빈은 아, 하고 머리를 두드리더니, 두 팔을 벌려 산책로의 폭을 재 본다. 그러더니 뭐가 만족스러웠는지, 보안관을 꽉 끌어안은 채 펄쩍펄쩍 뛴다. 딱 미친 사람 같았다.

"지도! 지도! 그래, 복덕방에 가면 거기에는 있겠다. 이제 하나만 더 확인하면 돼! 가자!"

이번에는 다시 왔던 길을 거슬러 뛰어간다. 얼마나 흥분했는지 경전철역부터 번화가 복덕방까지 숨도 거의 쉬지 않고 단숨에 내달렸다.

"하아~ 하아~. 너, 너 때문에 숨차서 쓰러지겠다. 이게 갑자기 다 뭔데? 11,200이니, 11,100이니, 그게 뭐 어쨌다고? 하아~ 아, 이 새끼, 사람 답답하게 설명도 안 해 주고……."

덩달아 이리저리 뛰어다녀야 했던 보안관이 숨을 헐떡이며 투덜댄다. 그러는 동안에도 유빈은 지난번 떼어 온 것보다 더 큰 지도가 부착된 복덕방 벽에 바짝 달라붙어서 플래시와 손가락으로 지도를 훑으며 계속 중얼거렸다.

"이거 봐, 보안관. 응? 이거 봐. 여기 이 녹지…… 이게 저 벌판이야. 그치? 그리고 이 골목이, 지금 우리가 서 있는 번화가고…… 경전철역이 여기, 그럼 우리가 조금 전 뛰었던 산책로는……."

손가락으로 지도의 도로를 따라가는 유빈의 표정에서는 광기마저 느껴진다. 그만큼 엄청나게 흥분해 있었다.

젠장, 찬 바람을 너무 오래 맞아서 저놈이 머리가 어떻게 된 걸까?

보안관이 속으로 그런 생각을 하고 있을 때, 유빈이 말했다.

"찾았다! 이 개천, 중랑천으로 흘러 들어가는 거였어."

그러더니 책상에 놓여 있던 지도책을 넘겨 서울 지도를 찾았다.

맞았다. 그래, 맞았어…….

웅얼거리면서 손가락 마디로 길이까지 대 보는 모습은 마치 광인처럼 어딘가 오싹하다.

"한강이 아니고?"

"아니, 결국 한강으로 가는 거지. 중랑천이 한강으로 합쳐지니까. 11,200 기억나지? 그게 이 길이야. 우린 이제 살았어, 보안관!"

지도의 아주 가느다란 선 하나를 짚으며 유빈은 감격에 찬 표정을 짓는다.

"아우, 답답하게 굴지 말고 좀 알아듣게 말을 하라고! 11,200이 뭔데?"

"산책로 끝까지의 거리지. 그리고 그 끝은 당연히 한강일 거고! 겨우 11킬로미터밖에 안 돼. 우리는 그냥 저 산책로를 따라서 쭉 가기만 하면 되는 거라고!

뻥 뚫린 길을 11킬로만 가면 바로 강 건너에 대피소가 있어!"
 콰르르릉!
 때맞춰 벼락과 천둥이 내리치자 극적인 효과는 몇 배나 증폭되었다. 잠시 멍해져 있던 보안관은 의심이 가득한 표정으로 물었다.
 "잠깐만……. 저 산책로를 따라서 11킬로미터만 가면 한강이라고? 그걸 어떻게 그렇게 확신해?"
 "이 지도에 나와 있잖아. 맨 아래에 이 작은 스케일 표 보이지? 이거 한 칸이 1킬로미터야. 아니, 이게 부르는 이름이 스케일 표가 아니었는데…… 명칭이 뭐더라? 우리 초등학교 때 배웠잖아. 지도 보는 법."
 "명칭 같은 건 됐으니까 그냥 설명이나 계속해 봐."
 "그래, 알았어. 한강에서부터 중랑천, 그리고 우리가 있는 여기까지 이 거리. 봐 봐, 11킬로미터 맞아. 내가 손톱으로 재 봤어. 그리고 우리 산책로에 적혀 있는 숫자. 그게 11,200이었지. 내가 100미터쯤 뛰어가니까 거기에는 11,100이라고 박혀 있었고."
 "그게 만약 다른 데로 가는 거리라면? 우린 이 산책로 동서남북도 잘 몰라."
 "아니야. 저 벽에 붙은 지도를 봐. 그 위쪽으로는 그만큼 길게 뻗어 있지도 않아. 여기가 거의 끝에 가까워."
 보안관도 생각에 잠겼다. 말이 되는 것 같다. 하지만 여전히 한 가지 난관이 버티고 있다.
 "좋아, 유빈아. 네 말이 맞다고 치자. 그런데 11킬로미터를 걸어가는 것도 문제야. 저 길 쭉 따라서 걷다가 만약에 좀비 떼라도 만나면 어떻게 할지도 생각해야 되는 거잖아. 걔들이 우리보다 훨씬 빨라. 달아날 방법이 있어?"
 "아니, 우린 안 걸어가."
 잔뜩 들떠 벽에서 지도를 뜯어내던 유빈이 대답했다.
 "뭐? 그럼 어떻게……."
 보안관의 입에서 질문이 떨어지기도 전에 유빈은 말을 계속 이었다. 소풍 떠나기 전날, 슈퍼에 과자를 사러 온 아이처럼 들뜬 목소리였다.

"차를 타고 갈 거야. 간단해. 진입 못 하도록 막아 놓은 돌기둥 두어 개만 부수면 돼. 이제는 산책로에 자동차를 끌고 들어왔다고 단속하는 사람도 없고, 불평할 사람도 없으니까. 넓이도 다 재 봤어. 충분하고도 남아! 겨우 11킬로야, 보안관! 밟기 시작하면 15분도 안 걸려!"

3층 집으로 돌아온 뒤에도 쉽게 흥분이 가라앉지 않은 유빈은 밥도 먹는 둥 마는 둥 하며 잔뜩 들뜬 목소리로 제니와 삼식이에게 산책로를 따라 이동하는 계획을 설명했다. 소주 나발을 불었는지 그새 드르렁대며 깊은 잠에 빠진 신입은 그냥 내버려 뒀다.

"흐음, 너무 괜찮아서 구라 같은 이야기네. 저 앞의 산책로가 한강까지 뻗어 있다, 이거지? 근데 그런 걸 왜 만들어 놨지?"

삼식이가 벌써 며칠째 감지 못한 머리를 긁적이며 물었다.

쿠르르릉—.

밖에서는 천둥이 요란스레 울리고, 사나운 빗줄기는 베란다 통유리를 두드려 댄다. 바람 때문에 격하게 흔들리는 유리가 금방이라도 깨질 것 같다.

"뭐…… 사람들 자전거 타거나 조깅하라고 만들어 놓은 거 아닐까? 웰빙 시대잖아."

"그럼 한강까지 간 다음에는 어떻게 되는 거예요? 거기에서 잠실까지도 꽤 멀어요. 강도 건너야 하고요."

바닥에 펴 놓은 지도를 유심히 들여다보던 제니가 가늘고 긴 손가락으로 잠실야구장을 짚는다. 유빈은 이마를 찌푸렸다. 그에게도 아직 고민으로 남은 부분이었기 때문이다.

"확실하지는 않지만…… 아마 거기까지 가면 배를 구할 수 있지 않을까? 하다못해 오리 보트 같은 것만 있어도 강은 건널 수 있으니 말이야. 그리고 대피소 부근에 가면 군인들이 보초를 서다가 구조해 줄 수도 있지 않나 하는 기대도 좀 있고."

"이 태풍이 불어닥친 다음에 배가 멀쩡할까? 누가 묶어 놓지도 않았을 텐데……."

보안관의 말이 정곡을 찌른다. 플래시 불빛을 중심으로 머리를 모으고 앉은 네 사람은 가볍게 한숨을 내쉬었다.

딱 하루만 일찍 생각해 냈어도…….

유빈이 기죽은 목소리로 중얼거렸다.

"그런 것보다 말이지, 잠실에 정말로 대피소 같은 게 있기는 한 걸까? 말로만 있다고 해 놓고 막상 가 보면 아무도 없는 건 아니냐? 요즘 뭐 제대로 돌아가는 걸 본 적이 없으니까 도무지 믿음이 안 가네."

삼식이가 보다 근본적인 것에 대한 질문을 던졌다. 제주도에 숨어서 방송을 내보내는 주제에 며칠만 기다리라고 했던 놈들이니, 뭔 허튼짓을 했다고 해도 이상하지 않다. 그때 방송에 나왔던 여자 고위 관료는 아무리 길어도 일주일이면 사태를 수습할 거라고 했는데, 그 일주일은 벌써 지나갔다.

콰장창—.

어디선가 유리창이 깨지는 소리가 요란스레 귀를 때린다. 창문을 열어 둔 건물들은 여지없이 강풍에 유리가 박살 났다.

"음…… 만약 정말로 가 봤는데 아무것도 없으면 다시 돌아와야지, 뭐. 하지만 그래도 시도해 볼 만한 가치는 있는 것 같아."

그렇게 말을 하면서도 유빈은 이곳으로 다시 돌아오기 어렵다는 걸 잘 알고 있었다. 비록 아직 소수에 불과하지만, 좀비들은 벌판 쪽으로 방향을 잡고 이동하는 상황이고 벌판을 배회하던 놈들이 산책로만 건너면 곧바로 경전철역이다. 젖과 꿀이 흐르던 복지 센터 시절은 이제 막을 내렸다.

"한강까지 갔는데 아무것도 없으면 차라리 배를 고쳐서 타고 인천 앞바다까지 쭉 나가자. 그쪽에는 무인도도 꽤 많이 있거든."

삼식이가 뒤로 벌렁 누우며 중얼거린다. 벌써 의식의 흐름이 마구 진행되기 시작했나 보다. 보안관이 어이없어하며 묻는다.

"오리 보트 페달을 밟아서 바다까지 나간다고? 네가 무슨 사이클 선수냐?"

"헤엥~ 보안관, 너는 제니 옆에 태우고 못 가는 모양이구나?"

"나, 나야 당연히 갈 수 있지."

보안관이 곧 말려든다.

"그럼 우리도 갈 수 있어. 까짓것, 힘들면 좀 쉬었다가 밟고 그러지, 뭐. 어차피 물이 흐르는 대로 가는 거니까 그렇게 빡세지는 않을 거야."

"그렇게까지 해서 무인도로 가면 뭐가 좋아요? 말 그대로 아무것도 없잖아요. 어디에서 자고 뭘 먹고 살아요? 물도 없을 텐데."

제니도 망상 대전에 동참해 버렸다.

아니, 애초에 도저히 무리라니까. 무인도를 찾아가려면 인천에서부터만 계산해도 파도치는 바다를 20킬로미터는 가야 하는 거라고…….

유빈은 얼굴을 쓸어내렸다. 하지만 나머지 세 사람은 이젠 완전히 진지해져서 오리 보트로 무인도 가기 작전에 대한 설전이 한창이다.

"아니야. 무인도라고 해도 실제로는 사람들이 사는 곳이 꽤 많거든. 낚시꾼들 재워 주는 민박집이랑 마실 물도 있어. 또 어떤 섬에는 등대 건물도 있고. 내가 가 본 무인도 등대는 엄청 큰 현대식 건물에 붙어 있었어. 이 집보다도 더 커. 그러니까 잠은 그런 데서 자면 되지. 그리고 낚시를 해서 물고기라도 잡아먹으면 되고."

"촤악―."

삼식이가 낚싯대를 던지는 시늉을 한다. 하지만 유빈이 아는 한, 저놈은 아직 실제로는 한 번도 낚시를 해 본 경험이 없다. 휴우~. 제니가 시무룩한 표정을 짓는다.

"그렇게 원시인처럼 살아야 하는 거예요? 하아~ 죽을 때까지 양념도 하지 않은 생선구이만 먹고 살아야 한다니, 뭔가 좀 슬퍼지네요."

"에이, 설마. 시간이 좀 지나고 나면 좀비든 뭐든 어느 정도 정리가 되겠지.

그러면 등대를 고치기 위해서라도 수리반이 올 테고. 우린 그때까지만 버티는 거야."

삼식이의 낙관론은 바닥이 보이지 않는다. 제니가 고개를 갸웃거렸다.

"만약에…… 아무리 기다려도 아무도 오지 않으면요? 그럼 어떡해요?"

"그래도 최소한 언제 좀비들이 쳐들어와서 우릴 죽일까, 매일 마음 졸이면서 사는 것보다야 낫지."

어느새 대피소로의 이동 계획 논의가 무인도로의 이동 계획 논의로 변질되어 버렸다. 유빈이는 지도를 펄럭펄럭 흔들어 세 사람의 주의를 집중시켰다.

"야, 그럴 일 없어. 대피소가 분명히 있을 거야. 그러니까 로빈슨 크루소 같은 이야기는 그만해. 그런 것보다 뭘 가져갈지, 뭘 두고 갈지에 대해서나 생각해 보자. 차 두 대에 나눠 타고 간다고 해도 짐을 무한정 실을 수는 없는 거니까. 내일 산책로에서 물이 빠지는 대로 출발하려면 뭐부터 할지 미리 계획을 세워야 돼."

"밟기 시작하면 15분이면 간다더니……."

"거리는 11킬로미터밖에 안 되니까 짧아. 하지만 내가 어떤 인간인지 잘 알잖아. 나는 걱정이 많은 놈이라서 뭐든지 준비가 철저히 안 돼 있으면 불안하다고. 물이든 먹을 거든 적어도 사흘 치는 챙겨 가고 싶어. 오피러스에 기름이 별로 없으니까 세녹스도 필요하고."

"흐음~ 그러면 아침부터 꽤 바쁘겠는데? 세녹스도 가지고 와야 하고, 짐도 계속 들어 날라야 하는 거잖아."

그렇게 해서 네 사람은 조금쯤은 낭만적이었던 무인도의 꿈을 놓아주고 다시 현실로 돌아왔다. 해야 할 일들과 그 일을 할 사람을 종이에 적고, 일의 순서를 조정하는 동안에도 계속해서 벼락이 번쩍거리고 사나운 바람은 유리창을 흔들어 댄다. 꼼꼼하게 따져 보니 해야 하는 일들이 꽤 많다.

회의를 끝냈을 때, 어느새 시간은 밤 10시에 가까워져 있었고, 마지막 폭우를 쏟아부은 태풍은 서쪽을 향해 물러나는 중이었다.

"흐아암~."

보안관이 하품을 하며 졸린 눈을 비볐다. 어제 제니의 잠꼬대 때문에 잠을 설쳤기에 졸음이 쏟아질 만도 하다.

"아, 난 도저히 더 못 버티겠다. 자야겠어. 다들 잘 자라."

그 말과 함께 거실 구석에 팔베개를 하고 누운 보안관은 이내 도롱도롱 숨을 몰아쉬며 깊은 잠에 빠져 버렸다.

"나는 옥상에서 담배 한 대 피우고 올게. 이제 비도 더 안 오는 것 같고…… 너희, 맑은 공기 쐬고 싶지 않아?"

삼식이가 허리를 쭉 펴며 일어났다. 괜찮은 생각인 것 같아 유빈과 제니도 그 뒤를 따라나섰다.

흐으음~ 가슴 깊이 숨을 들이쉬자 청량한 밤공기가 폐에 가득 찬다. 세 사람은 난간에 기댄 채 아주 먼 곳까지 꽉꽉 들어차 있는 어둠을 바라보았다.

새 출발을 앞둔 밤, 설렘과 두려움이 빠르게 교차하며 마음을 어지럽힌다. 멀리 칠흑 같은 암흑 사이로 점점이 흩뿌려진 아주 조그만 불빛들이 눈에 띄었다. 아직 살아남은 누군가가 저 먼 곳 어딘가에서 어둠과 추위를 이겨 보려고 피워 둔 모닥불이리라.

"이제 슬슬 들어갈까? 우리도 들어가서 자 둬야지."

삼식이가 담배 한 대를 다 피우고 나서도 어느 정도의 시간이 더 흘렀을 때, 유빈이 말했다. 싱긋 웃는 제니의 얼굴에 장난기가 데굴데굴하다.

"저 지금 억지로 잠들면 또 어제처럼 막 소리 지르다가 깰 거 같은데……."

"어휴~ 그건 좀 봐줘라."

유빈이 두 손을 모아 비는 시늉을 했다.

"그러니까 조금만 더 있다가 내려가요. 여기 있으니까 마음이 차분해지는 것 같아서 좋아요."

"춥지 않아? 바람이 이렇게 부는데."

"좀 쌀쌀해지는 것 같기는 한데, 괜찮아요. 오빠가 재킷을 벗어서 덮어 줄 테니까요."

그래서 유빈은 재킷을 빼앗겼다. 셔츠 차림이라도 팔짱을 끼면 버틸 수는 있다. 겨우 잠이 들었는데 비명 소리에 놀라 허겁지겁 깨는 것보다는 약간 추운 편이 나으니까. 애초에 긴팔 셔츠 하나만 입고 있던 삼식이는 이 뺏고 빼앗기는 일에서 다행히 무관했다.

"근데 아침에 그놈들 말이야."

두 번째 담배에 불을 붙이며 삼식이가 입을 열었다.

"대체 왜 그렇게 몰려온 거라고 생각해? 하루 만에 그 많은 놈들이 우연히 모여들었다고 생각하면 너무 뜬금없잖아."

여름답지 않게 제법 쌀쌀하게 부는 바람이 담배 연기를 사방으로 흐트러뜨린다. 잠시 생각하던 유빈이 대답했다.

"자동차들 모아 놓고 불 질렀던 자리로 몰려간 거 보면 분명 불과 관련이 있는 것 같긴 한데…… 정확하게 뭐에 끌리는 건지는 모르겠어. 불인지, 아니면 탄 냄새인지……."

"복지 센터 앞에 있던 놈들은 그럼 어떻게 이해해야 돼? 내 재떨이 주변에 무더기로 모여 서 있던 놈들 말이야."

"꽁초에서 탄 냄새가 나니까, 그것 때문일까?"

"글쎄, 꽁초를 물에 버린 건데 탄 냄새가 났을까? 지독한 담뱃진 냄새 같은 거라면 몰라도. 역시 그놈들, 담배를 좋아하는 걸지도 모르겠어. 그럼 이렇게 피우면 안 되는 건데……."

말은 그렇게 하면서도 삼식이는 아주 맛있게 담배 연기를 빨아들였다. 제니가 묻는다.

"그걸 피우면 답답한 게 좀 풀려요?"

"응? 아니, 뭐…… 딱히 그렇다고 볼 수는 없지만…… 한번 버릇이 들면 자꾸 생각이 나거든. 음…… 아닌가? 네 말을 듣고 보니 스트레스 해소가 조금은 되는 것 같기도 하고."

"그럼 저도 하나 줘 봐요."

"엑?"

유빈이 놀라서 돌아보았지만 삼식이는 자, 하며 곧장 담배 한 개비를 건네고 불까지 붙여 주었다. 바람 때문에 꽤 한참이나 걸려서 겨우 불이 붙었다.

"푸웁~! 쿡! 쿨럭! 픕, 에~ 이게 뭐야?"

담배 연기를 빨아들인 제니는 이내 기침을 하고 얼굴을 찡그렸다. 가볍게 눈물까지 맺힌 모습에 삼식이와 유빈은 웃음을 터뜨렸다. 그래도 제니는 굴하지 않고 재차 담배를 입에 가져간다.

"그냥 옆에서 맡는 것보다 훨씬 맵네요. 쿨럭! 켁!"

입에만 연기를 담았다 뿜기를 두어 번 반복한 제니는 마침내 포기하고 담배를 4층 높이 아래 바닥으로 던져 버렸다.

"여기가 그리워지겠죠? 저 복지 센터, 슈퍼, 그리고 이 건물."

천천히 한 바퀴를 돌아보다가 멈춰 선 제니가 말했다. 그녀의 시선이 고정된 옥상 문 주변에는 깨진 유리 조각들이 어지럽게 널려 있다. 일전에 스포츠머리 일행 두 놈과 유빈이 사투를 벌였을 때의 흔적들이다.

"아마, 이보다 불편한 환경으로 가면 그렇게 되겠지. 더 나은 곳에서 살다 보면 금방 까맣게 잊을 거고."

유빈이 대답하자 제니가 고개를 저었다.

"아니요, 여기는 정말 잊기 어려울 것 같아요. 돌이켜 보면 며칠밖에 되지 않는 시간이었는데, 정말 많은 일을 경험했어요. 나쁜 일들도 있었지만, 결과적으로 보면 굉장히 운도 좋았고요."

"뭐…… 어쨌든 이렇게 살아남았으니까 굳이 따지자면 운이 좋은 편이었다고 해야겠지. 후우~ 그 운이 내일도, 모레도 계속 좋아야 할 텐데."

"무서워요?"

"응. 어떤 일을 겪게 될지 전혀 모르고 있으니까."

유빈은 솔직하게 대답했다. 이론적으로는 불과 11킬로미터만 쭉 뻗은 도로를 따라 차를 몰고 가면 한강까지 닿는다. 그리고 거기서 강만 건너면 대피소다.

배가 기다리고 있는 것은 아니지만, 다 큰 남자 네 명이 도구를 사용한다면 강을 가로지를 만한 도구쯤은 얼마든지 만들 수 있을 거라고 믿고 싶다.

하지만 현실은 분명 녹록지 않다. 이론 속에서처럼 모든 일이 척척 아귀가 들어맞지는 않을 것이다. 하수 펌프가 가동되지 않는 탓에 도로에 고여 있는 물만 해도 내일까지 다 빠져 주지 않으면 여러모로 귀찮아질 게 분명하다.

"그렇게 말하니까 지금 이 순간이 더 소중하게 느껴지네요. 조금만 더 있다가 내려가요."

재킷의 지퍼를 쭉 당겨 코를 덮을 만큼 끌어 올린 제니는 크게 숨을 들이쉬었다.

컹컹컹ㅡ.

멀리서 개들이 짖어 댄다. 그렇게 밤이 깊어 갔다.

03

다음 날 아침, 7시가 조금 지나자 민구는 자유의 몸이 되었다.

"격리 수용 시간 만룝니다. 수고하셨습니다. 나오십쇼."

철창문을 열어 준 보초병이 서명해 달라며 서류 세 장을 내민다. 민구는 뭔지 물어보지도 않고 대충 이름을 휘리릭 갈겨써 줬다. 읽어 보나 마나 여기 들어온 이상 어차피 해야만 하는 필수 과정일 테니까. 보초병은 도장이 찍힌 조그만 딱지를 쥐여 주었다.

"뭐요, 이건?"

"이 쪽지를 대민 지원 센터로 가져가 보이시면 개인용 생필품을 지급해 드릴 겁니다."

생필품이라고 해 봐야 허접한 물건들일 테지.

민구는 귀담아듣지 않았다. 혹시 중요한 물건들이 들어 있다고 해도 일단 만배파 조직원들과 합류한 뒤에 애들을 심부름 보내 찾아오면 된다. 그런 것보다 24시간 동안이나 못 피운 담배 생각이 간절했다. 일단 가방을 찾은 뒤, 곧장 담배를 피우러 가고 싶다. 담배와 라이터는 가방에 넣어 두라고 해서 철창 안에 들어가기 전 압수를 당했다.

"내 가방은 어디 있소? 여기 들어오면서 맡긴 것 말이오."

"그것도 거기에서 보관하고 있을 겁니다."

어쩔 수 없이 민구는 대민 지원 센터를 찾아갔다. 아직 아침인데도 대기 중에는 큰비가 내린 다음 날 특유의 눅눅하고 끈적한 열기로 후끈하다.

어지간히 푹푹 찌려는 모양이군…….

민구는 와이셔츠 단추를 하나 더 풀었다. 산더미처럼 쌓아 둔 구호품 박스들 덕에 대민 지원 센터는 쉽게 눈에 띄었다. 세 개를 이어 붙여 둔 테이블 가운데에는 낙타처럼 생긴 군인 녀석이 가뜩이나 못난 얼굴을 잔뜩 찌푸리고 앉아 있다.

"가방을 찾으러 왔소."

민구는 테이블에 종이쪽지를 내려놓았다. 낙타는 그의 말이 들리지 않는다는 듯 고개를 옆으로 돌린 채 그의 부하들과 잡담을 나누고 있다.

내가 사회에 있을 때는 말이야…….

낙타는 겉멋이 잔뜩 들어간 목소리로 아무 쓸데 없는 헛소리들을 엄청 재미있는 이야기인 것처럼 늘어놓고 있었다.

쿵쿵, 민구는 테이블을 가볍게 두어 번 노크했다. 낙타가 눈을 흘긴다.

"뭔데, 아저씨?"

"내 가방이 여기 있다고 들었는데."

훗, 낙타는 대답을 해 주지 않은 채 고개를 다시 부하들 쪽으로 돌렸다.

"야, 나는 말이지, 도저히 이해가 안 돼. 지금 같은 위기 상황에서 우리가 깡패 새끼들까지 보호해야 하냐? 응? 아니, 이게 말이 되는 거냐, 이 말이야. 아무 때나 제멋대로 칼이나 휘두르고 다니던 깡패 새끼들까지 다 받아 주느라 막상 선량한 국민들은 제대로 도와줄 수가 없다니까? 야, 내 생각엔 그런 새끼들은 눈에 띄는 대로 그냥 싹 다 잡아다가 좀비 먹이로 던져 줘야 한다고 봐. 아니면 총알받이로 쓰든가. 하여간 그런 것들은 살려 둘 가치가 없어! 좀비 세상 끝나자마자 또 나가서 죄를 저지른다고. 근데 씨발, 윗대가리들은 그런 것들도 똑같이 구호품을 주고 보호를 해 주라고 하네? 에이, 좆도! 이런 구호품도 다 국민의 소중한 세금으로 산 건데 말이야. 쯧쯧쯧, 아쉬워. 내가 높은 자리에 있었으면 이런 기회가 왔을 때 아예 청소를 해 버릴 텐데……. 그냥 모가지를 탁—!"

낙타가 목소리를 높여 일장 연설을 쏟아 내는 바람에 아침 식사를 배급받기 위해 근처를 지나던 사람들이 멈춰 서서 구경까지 하고 있다. 민구는 무덤덤하게 말했다.

"다 지껄였으면 가방이나 내놔. 담배 피우러 가야 하니까."

"뭐어? 아저씨, 지금 뭐라고 그랬어? 뭐? 지껄여?"

낙타가 테이블을 쾅! 치면서 일어난다.

"가방."

민구가 낙타를 노려보았다.

민구의 사나운 눈빛에 움찔한 낙타는 자기도 모르게 한 발짝 물러났다. 그리고 그랬다는 것 때문에 더 화가 났다.

"아저씨! 독방에서 나오기 전에 사인한 거 그새 다 잊어 먹었나 보네? 군인들의 지시를 잘 따르고 말썽을 일으킬 시 어떤 불이익도 달게 받아들이겠다는 거에 사인했을 텐데?"

그러자 주변의 사람들이 웅성거린다.

"저 낙타 닮은 군인, 저거 또 시작이다."

"왜 저렇게 만날 사람들을 못살게 굴어?"

"아니, 근데 저 양복 입은 사람이 깡패래, 깡패……."

여론이 2 대 1 이상의 비율로 자신에게 부정적으로 돌아가고 있음을 깨달은 낙타는 분을 이기지 못하고 소리를 질렀다.

"야, 가방 줘 버려! 내가 진짜 참는다! 군인 신분으로 민간인을 깔 수가 없어서 참는다고!"

부하 병사가 구호품 상자와 사물함 열쇠, 민구의 가방을 테이블에 올려놓았을 때, 낙타는 갑자기 팔을 휘둘러 그것들을 밀쳤다.

쾅당!

구호품이 바닥에 떨어졌다. 민구의 표정이 서늘하게 바뀐다.

후우, 민구는 성질을 가라앉히기 위해 가볍게 한숨을 내쉬었다.

여기까지 온 길을 생각해라……. 육 회장을 만나는 게 우선이다…….

그렇게 자신을 설득하자 화가 조금은 가라앉는다.

"오늘 용꿈 꿨다고 생각해라. 박스만 주워. 그러면 살려 준다."

민구의 말에 낙타는 코웃음을 쳤다.

"참 내…… 뭐라는 거냐, 이 새끼? 크크."

그러면서도 낙타는 의자를 뒤로 조금 물려 민구와의 거리를 벌렸다.

"박스 주워. 더 말하지 않는다."

"당신이 손이 없어? 이까짓 게 뭐라고! 자! 당신이 직접 줍든가!"

낙타는 성질을 이기지 못하고 소리를 빽! 지르며 박스를 걷어차 버렸다. 그건 실수였다. 발에 부딪혀 멈춘 박스를 잠시 보고 있던 민구의 눈에 살기가 어렸다.

민구는 생각했다.

급소를 피해서 딱 두 대만 때리자. 앞니 네 개랑 코뼈 정도면 이 녀석의 버르장머리도 좀 바로잡힐 테지…….

군인을 때렸다가는 곧바로 추방당할지 모른다는 걱정이 들기도 했지만, 도저히 참고 봐줄 수가 없다. 24시간 동안이나 담배를 피우지 못해 극도로 예민해졌기 때문이리라. 민구의 허리가 꿈틀하면서 오른 주먹이 채찍처럼 휘둘려 나온다. 낙타는 아무것도 모르고 있었다.

"제가 주울게요! 그럼 되잖아요."

갑자기 둘 사이에 뛰어든 계집애 때문에 민구는 깜짝 놀라 주먹을 거뒀다. 짧은 원피스, 긴 검은 머리. 어제 철제 계단을 올라오면서 눈이 마주쳤던, 그 바짝 마른 계집애다.

"넌 뭐야? 비켜. 떨어뜨린 건 저놈인데……."

박스를 주워 올리는 희고 가느다란 팔을 낚아채며 민구가 성질을 부린다. 겁먹은 눈으로 돌아보면서도 계집애는 입가에서 웃음을 거두지 않았다.

"하, 하하…… 에이, 왜 그러세요. 이런 건 정말 아무것도 아니잖아요. 화내지 마세요."

"야! 너 그 손 안 놔! 테라 씨! 괜찮으세요?"

낙타와 시비하는 동안에는 뒤에서 그저 멀뚱멀뚱 보고만 있던 군인들이 갑자기 달려들어서 민구는 잠시 얼떨떨해졌다.

테라…… 어쩐지 낯이 익다 했더니, TV에서 보던 얼굴이었군…….

"아…… 괜찮아요, 오빠들. 저 이분, 아는 분이에요. 걱정해 주셔서 감사합니다."

테라는 군인들과 민구를 떼어 놓고 박스와 가방, 사물함 열쇠까지 모두 챙겼다. 그리고 아직도 분이 안 풀려 낙타를 노려보고 있는 민구를 잡아끌었다.

"자, 자, 가요. 가요, 아저씨. 사물함 어딘지 알려 드릴게요."

평소의 민구였다면 상황이 이쯤 되었을 때 말을 들을 리가 없다. 하지만 지금 그는 테라의 손에 이끌려 순순히 그 자리에서 걸어 나오고 있다. 자기가 저지른 일을 잘 알기 때문이다.

"이만큼 멀리 왔으면 됐잖아. 내려놔. 그런 것보다…… 너, 맞은 데는 괜찮냐?"

민구가 물었다. 갑자기 몸을 날린 테라를 보고 멈추기는 했지만, 분명 주먹이 입술을 스쳤다.

"조금 얼얼해요. 이따가 부을지도 모르겠어요. 하지만 괜찮아요."

바닥에 물건들을 내려놓은 테라가 왼 입술을 살살 누르며 생글 웃는다. 아랫입술 끝에 살짝 피가 맺혀 있다.

젠장, 이런 미숙한 실수를……

원할 때 제대로 주먹을 거두지 못했다는 것 때문에 기분이 상한 민구는 가볍게 한숨을 내쉬었다. 그걸 자책이라고 해석한 테라는 다시 미소를 지으며 말했다.

"이 정도는 아무것도 아니에요. 그러니까 미안해하지 마세요."

"왜 끼어든 거야? 뭘 바라는 건데?"

민구가 단도직입적으로 물었다. 그 무례함이 낯설었는지 커다란 눈을 깜빡거리던 테라가 대답했다.

"음, 어제요…… 아저씨가 들어오시는 걸 봤어요. 여기에 많은 사람들이 있지만, 걸어서 들어온 사람은 단 한 명도 없었거든요. 여기까지 얼마나 고생스러웠을까 하는 생각이 들었어요. 그렇게 힘들게 싸우면서 겨우 왔는데 이까짓 작은 일을 못 참아서 하루 만에 다시 쫓겨나면 너무 억울하잖아요. 그래서요. 그냥 그것뿐이에요. 그럼……"

테라는 공손히 고개를 숙여 인사를 하고 뒤돌아 가 버렸다.

이게 지금 뭐지? 바라는 게 없다고?

테라의 행동이 너무 낯설게 느껴져서 민구는 혼란스러웠다. 지금이라도 그녀를 멈춰 세워서 어떻게 하면 입술 터뜨린 값을 치르는 게 되느냐고 물어보려 할 때, 귀에 익은 목소리가 그를 부른다.

"꺄아~ 오빠아! 강 실장 오빠아~!"

만배파에서 관리하던 연예인 계집애가 그를 향해 소리를 지르며 달려오고 있다. 워낙에 똑같이 성형수술을 해 놓은 탓에 먼발치에서는 초희인지 가희인지 분간하기 어려웠다. 주변 사람들의 시선이 그들에게 쏠린다.

"오빠아~ 벌써 나왔었구나! 독방 앞에서 기다려야지 했었는데, 그만 깜빡 늦잠을 잤지 뭐야~. 오빠, 내가 어제 강 실장 오빠 도착한 거 보고 얼마나 좋아했는지 모르지? 내가 막 손 흔들었는데."

초희는 민구에게 팔짱을 꽉 낀 채 가슴을 가져다 대며 아양을 부렸다.

"몰라. 안 들렸어. 이것 좀 놔."

민구의 시선 끝에서 테라를 발견한 초희가 발끈한다.

"뭐야, 또 테라 저년이야? 흥, 여우 같은 년. 그새 벌써 강 실장 오빠한테도 꼬리를 치고 갔나 보네. 있지, 오빠. 저거 병신 됐다? 발가락이 뭉텅 하고 잘려 나갔더라고. 가까이서 보면 얼마나 징그러운지 모르지? 그런데도 좋다는 새끼들이 있으니 참……."

"좀 닥쳐. 회장님은?"

초희를 떼어 낸 뒤, 민구가 물었다.

"으응, 회장님이랑 우리 식구들 다 다른 데로 옮겨 갔어. 여기 말고 건대에도 또 이런 데가 있나 봐. 회장님이 나한테 신신당부를 하고 가셨거든. 강 실장 오빠 꼭 올 거니까 잘 모시다가 꼭 뒤따라오라고. 그게 어젠데…… 아마 며칠 동안은 기다려야 할 거야. 후훗, 생각해 보니까 그동안 강 실장 오빠는 내가 독점하는 거네?"

"다른 데로 갔다고? 왜?"

"군대에 끌려가지 않으려면 일단 피해야 한다나 뭐라나 했었는데…… 어? 강 실장 오빠, 어디 가?"

민구가 가방을 챙겨 들고 성큼성큼 걸어가자 초희가 종종걸음으로 뒤따른다.

"담배 피우는 데 어디야?"

"그쪽 아니야, 오빠. 반대로 가야 해."

외야석 흡연 구역에 도착한 민구가 담배를 물자 초희는 재빨리 불을 붙여 주었다.

후우우~. 민구는 깊이 빨아들인 연기를 천천히 내뱉었다. 오랜만에 피우는 거라 가벼운 구토까지 일 정도다.

"강 실장 오빠, 근데 나 소원이 하나 있는데……."

바로 곁에 서서 담배를 뻑뻑 피우던 초희가 눈치를 살피며 입을 뗐다. 민구가 신경도 쓰지 않자 다급해진 초희는 바짝 몸을 붙이며 귀에 대고 속삭였다.

"있지…… 건대로 가기 전에 테라, 그년한테 칼빵 좀 놔 주고 가면 안 돼? 그

쌍년이 회장님이랑 우리 식구들 다 좆나게 무시하고 우습게 봤었단 말이야. 응? 오빠, 그년 그 꼴난 얼굴 딱 세 번만 그어 주라. 그러면 나 속이 다 후련할 것 같아. 몰래 긋고 화장실에 처박아 놓으면 아무도 모를 거니까, 건대로 출발하기 직전에 하면 돼."

듣고 있던 민구가 초희를 빤히 쳐다본다.

"너 아침부터 약 먹었냐?"

"아잉, 오빠는 무슨 그런 말을 해요? 약도 없어. 기동이 오빠가 다 가지고 가서…… 악!"

민구에게 머리채를 휘어 잡힌 초희가 겁에 질린 비명을 삼키고 몸을 움츠린다.

"이년이 지금 누구한테 심부름을 시키는 거야? 응?"

"오, 오빠……. 강 실장 오빠, 잘못했어요. 너, 너무 반가워서 그만…… 한 번만 용서해 주세요……."

싹싹 비는 초희를 밀친 민구는 두 개비째 담배를 꺼내 물었다.

젠장, 가뜩이나 이래저래 더러웠던 기분이 미친년 때문에 몇 배나 더 엿같아졌다.

04

민구가 초희의 머리채를 잡고 밀친 그 아침에, 진우는 웃통을 벗은 채로 좀비 할머니의 집 텃밭을 파헤치고 있었다. 삽은 별채로 지어진 창고에서 가져온 것이다. 농사를 짓는 집답게 여러 가지 연장이 많았고, 할머니가 쓰던 것치고는 상태도 좋았다.

"후욱! 후욱!"

진우는 용을 써 가며 열심히 삽질을 했다. 비를 잔뜩 먹은 땅이라 삽이 팍팍

박히는 건 좋은데, 자꾸 삽 끝에 진흙이 엉겨 붙는 바람에 계속 흙을 털어 가며 작업을 하는 게 귀찮다.

틱, 사선으로 메고 있는 K-2가 가끔씩 삽에 부딪치지만, 이걸 몸에서 떼어 놓을 수는 없다.

— 야, 이 새끼야! 그렇게 하는 게 아니라 이렇게 손목을 쓰란 말이야! 이렇게! 팍! 팍! 봤냐?

삽질의 요령을 설명하며 시범을 보이던 김 상병의 목소리가 들리는 것 같아 진우의 입에서 씁쓸한 미소가 흘러나왔다. 줄곧 노가다를 뛰다 들어온 신병에게 삽질의 기본을 가르쳐 줄 만큼 어딘가 허술하고, 뻥뻥거리는 걸 좋아하는 사람이었다. 그리고 그만큼 따뜻하고 인간적인 사람이었다.

"후우~."

어느 정도 팠는지를 살펴보기 위해 진우는 허리를 펴고 땀을 닦았다. 아침 이른 시간인데도 벌써 푹푹 찐다. 불을 피우지 않고는 도저히 버텨 낼 수 없던 길고 긴 어젯밤이 거짓말인 것 같다. 하늘은 맑고, 해는 다시 뜨거워졌다. 여기저기 무너져 내린 흙더미들과 뿌리째 뽑혀 자빠져 있는 나무들만 아니라면 태풍이 지나간 흔적은 전혀 찾아볼 수 없다.

"대충 된 건가……."

자신의 파낸 땅의 크기와 넓이를 살펴보며 진우는 종이 팩에 든 두유로 갈증을 달랬다. 좀비 할머니의 집에는 생수 같은 건 보이지 않았다. 사방에 샘물이 널려 있고 수도만 틀면 물이 콸콸 흘러나왔을 거라, 애초에 따로 물을 담아 둘 필요가 없었을 터였다.

하지만 진우에게 그것은 생존에 심각한 위협을 주는 문제였다. 믿고 마실 만한 물이 없다. 그렇게 간절하던 때 찾아낸 것이 이 두유다. 할머니가 열두 개짜리 박스에서 딱 하나만 빼 먹고 곱게 모셔 두었던 것을 밤새 몇 팩이나, 그리고 지금도 생전의 할머니와는 일면식도 없는 어린 군인이 마시고 있는 것이다.

진우가 할머니의 집에서 챙긴 것은 두유만이 아니었다. 곁에 놓아둔 낡은 천 가방에는 라면과 쌀이 담겨 있다. 욕심 같아서는 눈에 띄는 먹을거리를 다 챙기고 싶었지만, 그렇게 무거운 짐을 가지고 이동할 수는 없기에 적당한 양만을 담았다. 하지만 그는 도둑놈이 되고 싶지는 않았다. 그래서 지금 그 음식들에 대한 값을 치르는 중이다.

"끄응차~!"

이불보로 감싼 좀비 할머니의 시체를 조금 전 파 둔 구덩이 쪽으로 끌어당겼다. 조그만 할머니의 시체를 옮기는 것뿐이지만, 밤새 제대로 잠을 이루지 못한 데다가 아침부터 삽질을 하느라 기진맥진한 덕에 진우의 입에서는 저절로 용쓰는 소리가 새어 나온다.

할머니의 시체가 눕혀진 자리 바로 곁에는 그녀가 얼마 전까지도 정성 들여 돌봤을 채소들의 뿌리가 제멋대로 널려 있다. 진우는 부지런히 삽을 놀려 퍼 둔 흙을 다시 덮었다. 그렇게 한참을 진땀 흘려 일한 덕에 할머니는 땅에 묻혔다.

깊게 파지도 못했고, 봉분이랄 것도 없이 그저 거칠게 만들어진 무덤이지만, 적어도 장사는 지낸 셈이다. 진우는 천 가방에서 할머니의 사진이 든 액자를 꺼내 축축하게 젖은 무덤의 흙에 박았다. 나중에라도 누군가 이곳을 지난다면 이 액자를 통해 무덤의 주인이 누구인지 알아낼 수 있도록.

"……이걸로 봐줘요."

벽에 걸려 있을 때와 마찬가지로 흙바닥에서도 환하게 웃고 있는 사진 속의 할머니를 향해 진우가 중얼거렸다. 그렇게 작업을 마무리 지은 그는 다시 군복을 걸치고 먹을 것이 든 천 가방을 사선으로 둘러멨다. 죄의식을 좀 덜어 내자 왠지 가방의 무게도 한결 가벼워진 것 같다.

할머니의 집에서 빠져나온 진우는 흙투성이가 된 비탈길을 따라 씩씩하게 걸어 내려갔다. 자신이 지금 정확하게 어디에 있는지도, 동서남북 중 어느 방향으로 가고 있는지도 모른다. 하지만 비관적인 생각에 젖어 있기에는 너무도 화창

한 햇살이 온 세상을 가득 비춰 주고 있다.

"좋아! 가 보자!"

스스로를 향해 격려를 보낸 진우는 걸음을 더욱 서둘렀다. 이 포장도로를 따라 걷다 보면 반드시 넓은 차도를 만나게 될 것이라고, 그리고 그 길에서 꼭 해답을 얻을 수 있을 것이라고, 그렇게 믿기로 했다.

"으아, 장난 아니야. 진짜 너무하다."

번화가 길에 세녹스 통을 내려놓으며 삼식이가 투덜댔다.

찰박.

그의 발이 닿자 고여 있던 물에 파장이 일며 흔들렸다. 골목 전체가 20센티미터가량의 물로 뒤덮여 있다. 그리고 그 위로는 깨진 유리 조각부터 좀비의 내장이나 오물까지 온갖 것들이 둥둥 떠다닌다.

"왜 물이 안 빠진 거야? 어제 비가 기록적인 폭우, 뭐 그런 거였나? 아니, 실제로 비 왔던 시간은 그렇게 길지도 않았잖아? 에이, 축축해. 씨발."

세녹스를 가지고 오는 동안 신발을 흠뻑 적신 신입이 원망스러운 얼굴로 욕설을 늘어놓았다.

"그런 게 아니야. 하수 펌프가 작동하지 않으니까 낮은 지대에서 빗물이 제때 빠져나가지를 못하고 있는 거지."

유빈이 말했다. 흙으로 된 지반과 달리 콘크리트와 아스팔트는 도무지 빗물을 빨아들여 주지 않는다. 전기와 수도가 끊기고 나니, 도시에서의 생활이라는 게 보이지 않는 곳에서 얼마나 많은 비용을 지불해야만 이루어지는 것인지 실감되었다.

이 정도의 물난리만으로도 행동의 제약은 부쩍 늘었고, 모든 것이 계획보다 더 많은 시간을 필요로 했다. 물론 달리기가 느려지는 만큼 위험도는 반비례하며 상승해 있다. 다행인 것은 아무도 다치지 않고 음식과 세녹스를 가지고 왔다는 점이다.

"근데 그 큰 봉투는 뭐예요, 오빠?"

보안관과 함께 슈퍼에서부터 음식을 가지고 온 제니가 유빈의 손에 들린 커다란 비닐봉지를 가리키며 물었다.

"응. 이거, 우리 신을 새 신발. 차에 타기 전에 물로 대충 씻고 이걸로 갈아 신어야지."

유빈이 열어 보인 봉지 안에는 등산용품 가게에서 집어 온 새 등산화와 양말이 머릿수에 맞게 한 켤레씩 들어 있다. 그들이 지금껏 신어 온 안전화는 고어텍스로 만들어진 꽤 좋은 놈이지만, 빗물이 발목을 넘겨 들어가 버린 순간, 방수라는 게 아무런 의미도 없어졌다. 그리고 이 더러운 물을 신발에 담고서 계속 돌아다녔다가는 언제 무슨 피부병에 걸린대도 이상하지 않을 상황이다.

"다 가지고 왔나? 그럼 출발하자."

물의 저항 때문에 잘 구르지 않는 쇼핑 카트에 짐들을 싣고 지하 통로 앞에 도착한 일행은 계단 아래로 플래시를 비춰 보다가 고통스러운 탄식을 내뱉어야 했다.

지하 통로 전체가 탁한 물에 잠겨 있었다. 비가 한창 퍼부을 때 넘치던 물이 이곳으로 쏟아져 들어갔고, 오물과 쓰레기 탓에 이 배수구도 막힌 모양이다.

"어휴, 어쩌냐?"

난감하다는 표정을 지으면서도 유빈은 일단 천천히 계단을 따라 걸어 내려가 봤다.

"찰박."

계단이 아직 네댓 개나 남은 시점부터 벌써 시궁창 냄새가 나는 물이 그를 반겨 준다. 차가운 물이 발목을 거쳐 종아리를 적신다. 이 물속에 수많은 사람의 피와 좀비의 뇌수가 오물과 함께 섞여 있을 것이라는 생각이 들자 구역질이 치밀어 오르는 것 같다.

우웅, 유빈은 뒤집어지는 속을 달래며 난간을 꽉 붙잡고 한 계단씩 더 아래로 내려갔다. 허벅지, 허리를 지나 명치 부근까지 담갔는데도 아직 바닥에 닿았다는 느낌이 없다.

계단이 얼마나 남은 걸까…….

플래시를 비춰 봐도 물이 워낙 탁해서 보이지는 않는다. 유빈은 이를 질끈 다물고 한 발짝을 더 내디뎠다. 겨드랑이가 서늘해진다. 그리고 마침내 평평한 바닥을 만났다. 이 정도 수심이라면 제니에게는 거의 턱 끝까지 차오를 것이다.

"어휴, 냄새. 이 근처 화장실이 다 이쪽으로 역류했나 보다."

뒤를 따라 내려온 보안관이 물가에 서서 코를 막는다. 그 말 그대로 엄청난 악취가 지하 통로 전체를 메우고 있었다.

하아~ 하아~. 유빈은 가능한 한 입으로 숨을 쉬면서 플래시로 통로 반대편 끝을 비췄다. 다행히 눈에 보이는 범위 내에 좀비는 없었다.

하지만 판단을 내리기에는 시야가 너무 좁다.

만에 하나 좀비가 물속에 잠겨 있다면 어쩌지?

걱정이 유빈의 얼굴을 스친다.

물론 놈들이 결코 숨지 않는다는 건 안다. 하지만 그는 성대가 뜯겨 나가 아무런 소리도 내지 못하는 좀비를 목격한 적도 있다. 문제는 좀비가 물에 뜨는지 가라앉는지를 그가 전혀 모른다는 점이다.

그리고 또 이 똥물을 헤치고 걸어 겨우 통로 저 끝까지 도착했을 때, 반대편에서 서성거리던 좀비가 달려들면 어떻게 할 것인가에 대해서도 고민을 해야 했다. 보안관이라고 해도 이 정도 깊이의 물속에서는 제대로 싸우기 어렵다. 잠시 고민을 하던 유빈은 다시 위쪽으로 걸어 올라왔다.

"어깨 바로 아래까지 푹 젖었네. 물 높이가 그 정도구나. 근데 표정이 왜 그렇게 걱정스러워?"

삼식이가 물었다.

"그게…… 너무 더럽기도 하고, 또 위험하기도 해서……."

유빈은 네 명에게 상황을 설명했다. 물이 더러워서 그 아래에 무엇이 있는지 아무것도 보이지 않는다는 점, 남자 가슴 높이까지 물이 차 있으니까 저항력 때문에 움직임이 더뎌진다는 점, 일단 일정 지점 이상을 지나면 무슨 일이 생긴다 하더라도 빨리 되돌아오기가 어렵다는 점, 통로 반대편에서 혹시 좀비가 뛰어들면 싸우기가 어렵다는 점.

그리고 남자들보다 키가 작은 제니는 이 모든 과정이 더 어려울 것이라는 점까지 조목조목 이야기하고 나니, 애초에 막연하게 인식하고 있던 것보다 문제가 더 심각하게 느껴진다. 피하고 싶다.

하지만 건너편의 산책로로 이어진 유일한 통로는 여기뿐이다. 여길 지나지 않으면 차를 탈 수도 없고, 그러면 대피소로 이동하는 것도 불가능하다.

"이 물이 빠질 때까지 기다리면 안 돼? 아, 저 더러운 물에 담근다는 상상만 해도 존나 역겹네, 진짜."

신입이 코를 막은 채 코맹맹이 소리로 묻는다.

"안 돼. 며칠이나 걸릴지도 모르고, 그동안에 저 건너편 상황이 어떻게 돌아갈지도 전혀 예측할 수 없으니까."

"내가 제니를 목말 태워서 갈게. 그렇게 해서 빨리 지나가 버리면 되는 거 아닌가? 물속이라고 해도 고작 몇십 미터인데, 그동안 무슨 별일이 있으려고?"

보안관이 흑심 반, 책임감 반의 심정으로 제안한다. 이번에도 유빈은 고개를 저었다.

"될 대로 되라는 도박은 안 할 거야. 그리고 네가 제니를 목말 태우고 있으면, 만약의 경우가 벌어졌을 때 우리는 누가 지켜 주냐?"

으음~. 다섯 명은 다시 고민에 빠졌다. 이야기가 늘어지는 기미를 보이자, 코에 휴지를 말아 넣은 신입이 유빈을 위아래로 훑으며 중얼거린다.

"야, 너 씨발, 일단 좀 씻어. 옷도 갈아입고. 남 생각도 좀 해라. 지금 네 바지에 묻은 거 아무리 봐도 똥인데, 그거."

"엑, 진짜?"

허벅지를 쓱 훑어 코에 가져다 대 본 유빈이 곧바로 기절하는 표정을 지었다.

"아으! 그걸 왜 굳이 확인까지 해요?"

제니가 뒷걸음질을 치며 입을 가린다. 사실 다른 친구들에게도 견디기 쉬운 냄새는 아니었다. 깊이를 가늠하기 위해 잠시 담갔다 나온 것만으로도 유빈의 몸에서는 악취가 강하게 풍겨 나왔다. 삼식이가 고개를 끄덕이며 신입에게 동조했다.

"그래. 혹시 피부병 걸릴지도 모르니까, 나중에 또 들어가더라도 비누질 좀 하는 게 나을 것 같다. 너 다리에 상처도 아직 완전히 아물지 않았잖아."

"알았어, 알았어. 금방 씻고 올게, 그럼."

유빈은 대수롭지 않다는 투로 말하고 생수병과 물티슈, 소독용 에틸알코올을 챙겨서 비닐봉지에 담아 옷가게 탈의실로 들어갔다. 비닐봉지를 옷걸이에 걸어 두고 오물에 푹 젖어 잘 벗겨지지 않는 옷을 바닥에 집어 던진 유빈은 물티슈로 대강의 더러움을 닦아 내고 레이저 와이어에 찢겼던 다리와 칼에 얕게 찔렸던 옆구리를 살펴봤다.

며칠 지나지도 않았는데 다행히 이미 붉은 새살들이 돋아나 있다. 이만하면 상처를 통한 감염의 걱정은 하지 않아도 될 것 같았지만, 이왕 가져온 것이니 알코올은 부어 두었다.

슬슬 야생이 되어 가는 건가…… 하는 생각을 하며 유빈은 대충이나마 물로 몸을 닦았다.

"야! 그 신발은 뭐야? 왜 안 버리고 가지고 왔어?"

새 옷으로 갈아입은 뒤, 물로 행군 안전화를 비닐에 담아 들고나오는 유빈에게 신입이 얼굴을 찌푸리며 묻는다.

"아, 이거…… 아무래도 안전화는 필요할 것 같아서."

"손만 뻗으면 사방에 새 신발인데, 그까짓 낡은 신발이 뭐가 그렇게 아쉬워? 그냥 버려, 인마."

"근데 이거는 앞코에도 철판이 들어 있고, 바닥도 못에 뚫리지 않는 재질이거든. 보안관, 삼식이, 너희는 아예 다른 신발로 갈아 신고 건너."

"잠수복 같은 게 있으면 좋은데……."

"옷은 저기를 벗어나자마자 갈아입으면 돼. 비누랑 물 가지고 가서 씻으면 되는 거고. 그런 것보다 더 중요한 문제가 많아."

"갈아입을 옷은 어떻게 가져가? 보따리에 싸서 머리에 이고 가나? 하하하, 그 모습 상상하니까 어지간히 궁상맞은데."

싱거운 삼식이가 자신의 말에 빵 터져서 혼자 킬킬거리는 동안 보안관과 유빈은 지하 차로를 건너는 방법에 대해 논의를 계속했다.

"먹을 거랑 옷을 배낭에 넣고 비닐로 여러 겹 싸서 카트에 담아 끌고 가면 될 것 같아. 그 위에 세녹스나 물처럼 무거운 걸 눌러놓으면 뜨지 않을 거야."

"그럼 아예 슈퍼에 가서 카트를 하나 더 가져와야겠다. 보안관, 너 혼자서만 무거운 걸 밀고 가면 힘이 빠질 테니까 무게를 나누자. 젤 걱정되는 건 역시 안전인데…… 물이 워낙 탁하니까 안에 뭐가 숨어 있다고 해도 하나도 이상하지가 않아."

유빈과 보안관이 머리를 긁적이고 있을 때, 제니가 제안을 했다.

"오빠, 제가 생각을 해 봤는데요, 전에 우리가 옥상 위로 건널 때 쓴 그 철책 있잖아요. 그걸 앞세워서 붙잡고 가면 안 돼요? 보호망처럼."

듣고 보니 꽤 괜찮은 이야기다. 쇠기둥을 떼어 내고 철망만 사용하면 무게도 확 줄어들 테고, 게다가 철책을 잡고 가면 제니가 턱 끝까지 차오르는 똥물에서 중심을 잃고 넘어질 가능성도 한결 줄어들 듯하다.

"에…… 철책 높이가 2.5미터 정도니까 그걸 옆으로 뉜 다음, 남자 둘이 양쪽을 잡아서 균형을 잡고 제니가 가운데에서 보조를 맞춰 가며 걸으면 되겠네."

"케블라 장갑 끼고, 그 위에 고무장갑도 끼고, 그렇게 하고 잡으면 안전할 것 같아요."

"그래, 그럼 그렇게 세 명이 앞장서고, 보안관이랑 한 명이 바짝 붙어서 카트를 끌고 따라가는 걸로 하자. 혹시라도 무슨 일이 있을 때 철책을 잡고 버티고 있으면 보안관이 곧바로 도와주면 되니까. 그럼 누가 어떤 위치에 서서 가는지 정하는 것만 남은 건가?"

"그거야 따로 정할 필요도 없지, 뭐. 삼식이랑 유빈이, 네가 철책을 잡아. 나랑 신입이 카트를 끌고 갈게."

보안관의 결정에 신입이 끼어든다.

"아…… 나도 철책 잡고 가는 게 더 좋은데……. 내가 잡을게."

위험해 보이는 선봉을 자처하는 게 이상한지 보안관이 물었다.

"야, 너답지 않잖아. 앞장을 서겠다니, 왜 그래? 무슨 꿍꿍이야?"

"꿍꿍이라니, 그런 거 없어. 그냥…… 그게 더 하고 싶은 것뿐이지."

신입이 말을 제대로 맺지 못한다. 눈을 가늘게 뜨고 그를 노려보던 삼식이가 손바닥을 탁, 친다.

"아하, 이제 알겠다! 너…… 맨 뒤에 처져서 가는 게 무섭구나? 누가 뒤에서 확 끌어당길까 봐? 하하하, 하여간!"

"지, 지릴 마! 이 미친 새끼야! 누구를 무슨 어린애인 줄 아나?"

신입이 목소리를 높인다. 목덜미까지 벌게져서 펄펄 뛰는 걸 보니 정곡을 찔린 모양이다. 보안관이 신입의 어깨를 꽉 잡고 귀에 속삭였다.

"만약에 무슨 일 났을 때 철책 놓고 달아나면 네 대가리부터 찍을 거야. 그러니까 자신 없으면 뒤에 서."

뚫어져라 쳐다보는 보안관의 눈에서는 진심이 뚝뚝 떨어진다.

흠, 흠, 신입은 잠시 헛기침을 하며 서 있다가 말했다.

"그냥 더 힘이 들더라도 내가 카트 끌고 가는 게 낫겠다. 이럴 때일수록 누군가는 희생을 해야지."

보안관이 무슨 말을 했는지 모르는 나머지 세 사람은 신입의 변덕을 이해하지 못했지만, 그냥 그런가 보다 하고 넘어갔다. 유빈이 종이 쪼가리에 볼펜을 끄적거리면서 지하 통로를 건너기 전에 해야 할 일들을 나열했다.

"보안관, 너 일단 팔에 랩부터 감아."

"랩? 음식 포장하는 비닐? 그건 왜?"

"너 팔 찢어진 데 아직 딱지도 제대로 안 앉았잖아. 거기에 저 똥물 들어가지 말라고 하는 거지. 물 새지 않게 서너 겹으로 튼튼하게 감아. 움직이는 데 방해가 되면 안 되니까 관절 주변은 놔두고."

"그건 제가 감아 드릴게요. 저 때문에 다친 거니까."

제니가 손을 번쩍 들자 보안관은 형언할 수 없이 흐뭇한 미소를 지었다. 똥물에 잠수하기 위해 준비를 하는 건데, 그의 표정만 보자면 남태평양의 해변에서 선크림을 발라 주겠다는 말을 들은 사람 같다.

"좋아, 그럼 너희는 랩 가지러 슈퍼 가는 길에 비닐봉지랑 샴푸, 비누, 수건, 고무장갑 이런 것 좀 챙겨다 줘. 종량제 비닐 100리터짜리 알지? 그거랑 생수는 많이 필요할 테니까 넉넉하게 가지고 와. 나머지는…… 각자 갈아입을 옷이랑 신발 챙겨. 혹시 내가 말하지 않은 거 있어?"

각자 갈라져서 준비를 마친 일행은 30여 분 뒤, 다시 지하 통로 앞에서 만났다. 애초 유빈이 주장했던 3일 치 식량과 물에 새로운 준비물들까지 더해지자 카트 두 개를 준비한 게 그리 과하지 않아 보였다.

"그건 뭐야?"

난데없이 야구 모자를 돌려쓰고 나타난 유빈을 보고 보안관이 물었다. 게다가 모자 위에는 덕 테이프로 고정한 분유 깡통이 달려 있어 난해하기 그지없다. 송곳으로 구멍을 숭숭 뚫어 놓은 플라스틱 뚜껑에는 라이터도 끼워져 있다. 구멍 사이로 휘발유 냄새가 살짝 풍긴다.

"이거…… 보험이야."

"무슨 보험이 담배를 댓 갑이나 머리에 쓰고 가는 거야?"

뚜껑을 열어 본 보안관은 고개를 갸웃거리면서도 더 캐묻지 않고 짐을 옮겼다. 테이프로 입구를 꽁꽁 봉쇄해 둔 커다란 비닐봉지들을 계단 아래까지 미리 옮겨 놓고 카트와 철망을 들고 내려갔다.

"들어가기 전에 이거."

삼식이가 내민 것은 싸구려 물안경이었다.

"편의점에 네 개 만 원짜리로 들여놨더라. 여름 대목을 노린 거였겠지. 전부 이거 써. 혹시라도 물에 잠길 일이 생기면 이렇게 허접한 물건이라도 있고 없고 차이가 클 거야."

케블라 장갑, 그 위에 고무장갑, 싸구려 물안경, 그리고 머리에는 헤드 랜턴. 이게 다섯 명의 표준 장비다. 각자 등에 멘 배낭 속에는 비닐로 꽁꽁 싸 둔 옷과 신발, 비누와 수건이 들어 있다.

"잠시만요."

물에 몸을 담그기 전, 제니는 길고 치렁치렁한 갈색 머리를 전부 틀어 올려 머리 위로 묶고 비니로 덮었다. 그녀의 흰 목덜미를 보며 보안관과 신입이 동시에 침을 꿀떡 삼킨다.

"준비 다 됐지? 자, 그럼 들어간다."

철망의 왼쪽 끝을 잡고 유빈이 가장 먼저 물속으로 몸을 집어넣었다. 팔뚝만 한 쥐의 시체가 배를 드러낸 채 천천히 떠내려온다. 유빈은 이마를 찌푸리며 물을 휘저어서 죽은 쥐를 밀어내 버렸다.

그가 철망을 잡고 있는 뒤쪽으로, 나머지 네 사람은 카트를 물속에 집어넣고 거기에 차곡차곡 짐을 담았다. 보안관은 야구 배트를 카트에 끼워 넣고 대신 짧은 망치를 택했다. 물에 몸이 잠긴 상황에서는 아무래도 리치가 짧은 무기가 낫다.

"잘 잡았어?"

철망을 잡고 나란히 선 제니와 삼식이에게 유빈이 물었다.

"하아~ 하아~ 오빠, 저 진짜 이럴 때 유난 떨고 싶지는 않은데, 냄새가 너무⋯⋯ 숨쉬기가 어려워요. 이거⋯⋯ 지금 떠내려오는 거⋯⋯ 설마 똥?"

까치발을 하고 키를 높인 제니가 숨을 몰아쉬며 괴로워한다. 그녀의 오똑한 콧날과 똥물 수면과의 거리는 손가락 하나 길이 정도밖에 되지 않는다. 물방울이 튀면 입술에 닿을 만큼 가깝다. 그만큼 악취도 더 직접적으로 강하게 느껴질 것이다.

그러는 순간에도 그녀의 시선 반대쪽에 또 죽은 쥐가 떠온다. 삼식이는 티 내지 않고 얼른 꼬리를 집어 뒤쪽으로 던져 버렸다.

"조금만 참아. 여기만 건너가면 힘든 건 다 끝나. 그다음엔 보송보송한 새 옷으로 갈아입고 11킬로미터만 가면 돼. 그러면 대피소에서 안전하게 저녁을 먹을 수 있어."

"후우~ 후우~ 네, 알아요. 후우~ 이제 가요."

몇 번 입으로 숨을 몰아쉰 제니가 살짝 고개를 끄덕인다. 그것을 신호로 철망조는 다시 움직이기 시작했다. 내려오기 전 연습했던 대로 왼발을 먼저 내디디면서 철망을 슬쩍 밀었다.

조금만 가면 된다고 했지만, 헤드 랜턴의 빛이 중간까지밖에 미치지 않을 만큼 지하 통로는 결코 짧지 않았다. 그리고 출렁이는 흙탕물이 주는 압박감 때문에 평소보다 몇 배나 더 길어 보였다. 발밑이 보이지 않기 때문에 보폭도 짧아질 수밖에 없다.

하아~ 하아~. 그들은 가능하면 입으로 숨을 쉬기 위해 노력하면서 천천히 한 발, 한 발을 내디뎠다. 물속에서 카트를 민다는 게 꽤 힘이 들어서 뒤따라오는 신입과 보안관도 진땀을 흘려야 했다.

"저기, 저거……."

3분의 1 지점쯤에서 삼식이가 나지막하게 중얼거렸다. 유빈도 보았다. 통로 저 끝 쪽에 뭔가 둥둥 떠 있다. 젖은 머리카락, 축 늘어져서 자연스럽게 떠오른 등짝…… 분명히 죽은 사람의 형태다.

중요한 것은 저놈이 그저 단순한 시체인지, 아니면 좀비인지 하는 점이다. 시체는 잔잔한 물의 흐름에 따라 아주 천천히 돌고 있었다.

"좀비야?"

보안관이 물었다. 삼식이가 고개를 젓는다.

"울부짖지 않는 걸로 봐서는 그냥 죽은 사람 같기는 한데…… 좀비가 물에 빠지면 어떻게 되는지 한 번도 본 적이 없으니 뭐라고 단정하기가 어렵네."

"하긴…… 좀비 시체일 수도 있어. 계단 위쪽에서 우리가 여러 마리 죽였었잖아."

유빈이 혼잣말처럼 중얼거리며 고개를 끄덕인다. 말은 그렇게 했어도 찜찜하다. 시체가 있는 물속에서 계속 걷는다는 것만 해도 불과 며칠 전에는 기절할 만큼 끔찍한 일이었으니까. 시체 썩은 물이 고스란히 옷 속으로 흘러 들어올 것만 같다. 만에 하나 저게 좀비라면 더 말할 것도 없다.

"아, 정말 싫다. 씨발, 저기를 지나가야 돼?"

신입이 인상을 쓰며 버릇처럼 침을 탁, 뱉었다. 침은 물에 둥둥 떠서 다시 그의 옷 가슴팍에 달라붙었다.

후우~. 크게 한숨을 쉰 유빈이 말했다.

"복잡하게 생각하지 마. 시체면 그냥 옆으로 밀어 치우면 돼. 시체 많이 봤잖아. 그리고 저게 다른 거라고 해도 우리는 가야 돼."

모두는 달아나고 싶은 충동을 꾹 누르고 다시 전진했다. 그리고 마침내 시체에서 2미터 내외까지 접근하게 되었다.

"천천히 가."

카트를 놓고 다가온 보안관이 망치를 잡은 손에 힘을 주며 말했다. 세 사람은 심장이 쿵쾅거리는 것을 느끼며 천천히 한 발짝씩 내디뎠다. 공교롭게도 시체는 제니가 선 곳을 향해 느리게 떠온다.

"으으으~."

울상을 짓는 제니의 몸이 점점 더 뒤로, 그리고 유빈 쪽으로 향한다. 한쪽 귀가 물에 잠길 것처럼 기울었는데도 정작 그녀는 자신이 그렇게 행동하고 있다는 걸 인식하지 못하는 듯하다.

출렁~ 철망에 닿은 시체가 빙그르르 돈다. 한쪽 눈알이 달아난 채 퀭하니 뚫려 있는 눈구멍, 반쯤 벌어진 썩은 입술, 뻣뻣하게 굳은 얼굴 근육을 보니 확실히 움직일 수 없는 상태라는 걸 알 수 있다.

모두의 입에서 안도의 한숨이 새어 나올 때, 시체와 눈높이가 같은 제니는 금방이라도 울 것 같은 목소리를 냈다.

"어떡해, 어떡해. 눈 마주쳤어요······. 으아아~."

그녀의 숨이 엄청나게 가빠진다. 너무 기울어져서 물에 빠지기 직전에 보안관은 얼른 제니의 옷깃을 잡아 똑바로 일으켜 세웠다. 그러고는 말했다.

"괜찮아, 괜찮아. 제니야, 진정해. 숨 크게 쉬어. 눈만 감으면 아무 일도 없어. 이제 다 끝났어."

보안관이 한 팔로 제니를 안아 올려 주며 진정시키는 동안 유빈과 삼식이가 철망을 비스듬히 밀어서 시체를 한쪽으로 떠내려 보냈다. 또다시 빙글 돌았을 때 시체의 뒤통수가 드러났다.

가까이에서 보니 해머에 맞아 박살 난 게 분명해 보이는, 움푹한 상처가 있다. 기억나지는 않지만, 아마 요 며칠 새 보안관이 끝장을 낸 좀비인가 보다.

첨벙, 첨벙.

혼자만 뒤처진 신입이 물보라가 제 얼굴에 튀든 말든 허겁지겁 뛰며 다른 사람과의 거리를 줄인다.

좀비의 시체를 한쪽 구석으로 몰아넣고 나서 일행은 지하 통로의 끝에 도착했다. 실제로 그 안에서 보낸 시간은 불과 몇 분 정도였겠지만, 체감되는 피로는 그것의 수십 배 이상이다. 계단을 통해 비치는 햇살을 보자 안도의 한숨이 저절로 터졌다.

"여기 있어 봐. 내가 먼저 보고 올게."

위쪽을 살피던 유빈이 철망을 한쪽으로 밀어 놓고 조심스레 계단을 밟으며 올라섰다.

"서둘러. 얘 거의 패닉 직전이야."

유빈의 뒤통수에 대고 보안관이 애타는 목소리로 말했다. 신입도 한마디 보탠다.

"나도 씨발······ 토할 거 같아. 우웁······ 후우."

그런 말들에 흔들리지 않고 유빈은 난간을 잡으며 한 계단씩 시야를 넓혔다. 여기까지 잘 와서 서두르다가 일을 그르치면 안 된다.

05

철책과 옆은 구릉까지밖에는 보이지 않지만, 다행히 경전철역 쪽은 아직 평화로워 보였다. 철책 한 칸을 떼어 내 바닥에 설치해 둔 트랩도 그대로다. 이 부근에는 아직 좀비들이 오지 않은 것이다.

휴우, 경전철역 위까지 올라가 본 뒤에야 안도한 유빈은 자기도 모르게 버릇처럼 얼굴의 비지땀을 손바닥으로 훑었다. 물론 곧바로 실수를 깨달았다.

"우웩— 카악! 퉤! 퉤엣!"

정신없이 침을 뱉고 나서 유빈은 다시 지하 통로로 돌아왔다.

"어때?"

삼식이가 묻는다.

"응, 올라와도 돼. 여기는 깨끗해."

우와아아, 흥분한 삼식이가 앞장을 섰고, 보안관은 제니를 안고서 두 계단씩 뛰어 올라왔다. 일단 맑은 공기를 쐬고 싶다.

"너희 둘은 여기 있어. 금방 짐 가지고 올게."

유빈이 다시 계단을 내려가며 제니와 보안관에게 말했다.

"저, 저도 도울게요."

"그냥 숨이나 좀 돌려. 이미 충분히 도와줬어. 정말 용감하게 잘 건넜어."

후들거리는 다리로 다시 일어서려는 제니의 손을 잡으며 보안관이 말했다. 유빈과 삼식이도 같은 생각이었다. 제니는 허망한 얼굴로 조금 전 벗어난 지하 통로를 돌아보았다. 저 안에서 무한한 지옥에 빠져 버린 것처럼 괴롭고 무서웠던 기억이 거짓말 같다.

 지나고 나서 보니 별것도 아닌데…… 언젠가는 지금 이렇게 힘들었던 모든 시간도 그저 꽤 견딜 만했던 추억의 편린으로 여겨지게 될까…….

 짐과 카트를 전부 따로 끌어 올려서 역까지 가져가는 데만도 시간이 제법 걸렸다. 창문이 깨진 정도만 빼면 역 건물에는 태풍이 미친 피해가 없는 것처럼 보였다.
 산책로 건너 언덕의 코롤라와 오피러스도 그들이 세워 놓았던 모습 그대로 서 있다. 혹시 좀비가 들어가지는 않았을까 해서 경전철역 건물 내부를 살펴보고 났을 때쯤에는 다들 녹초가 되어 버렸다. 물론 악취가 큰 원인을 차지했다.
 "먼저 씻고 나와. 여기에서 기다릴게."
 보안관이 비닐에서 벗겨 낸 생수병과 비누를 제니에게 건넸다.
 "이 냄새…… 안 지워질 것 같아요."
 제니가 엉망으로 더럽혀진 자신의 배낭 냄새를 맡으며 눈살을 찌푸린다.
 "내 생각에도 쉽게 빠질 냄새는 아니긴 해. 저기…… 혹시 잘 안 되거든 먼저 이걸로 닦고 비누를 써 봐."
 유빈이 제니에게 준 것은 짙은 푸른색의 리스테린 병이었다.
 "이건 구강청결제잖아요. 이런 게 효과가 있어요?"
 "영화에서 봤는데, 미국 FBI가 살인 사건 현장에서 냄새를 지울 때도 이걸 사용한대. 물론 다른 약품들도 같이 쓰겠지만……."
 "FBI가 청소를 한다고요?"
 "아…… 그게 아닌가? FBI가 용역을 주는 거였나? 뭐, 어쨌든 살균도 되는 거니까 손해 볼 일은 없을 것 같아. 그게 싫으면 주방 세제를 줄까? 기름때 만지는 사람들은 이걸로 손을 닦거든."
 "아뇨, 오빠 말대로 해 볼게요. 그 파란색만 봐도 뭔가 진정되는 것 같아요."
 제니는 가볍게 웃으며 짐을 챙겨 역 1층의 화장실 안으로 들어갔다. 화장실이라고는 해도 아직 개시도 하지 않은 건물이니 깨끗하다.

"짜잔!"

20여 분 뒤, 제니가 옷을 갈아입고 나왔을 때, 다들 약간, 아니, 조금 많이 놀랐다. 제니는 엄청 짧은 반바지에 운동화, 몸에 딱 달라붙는 자전거 라이더용 티셔츠를 입고 환하게 웃으며 모두의 앞에서 한 바퀴 빙그르르 돌았다. 지퍼가 내려진 라이더 티셔츠 사이로 가슴골이 뚜렷하게 보인다. 예전에 TV에서 보던 제니의 모습이다.

"이제 11킬로미터만 가면 대피소라면서요? 그래서 이렇게 입었어요. 이제 걸을 일 없으니까. 어때요, 보안관 오빠. 예뻐요?"

"응? 으응…… 예뻐. 엄청 예쁘긴 한데……."

보안관의 표정이 떨떠름해졌다. 유빈도, 신입도 비슷하다. 그런 남자들의 얼굴을 가만히 쳐다보던 제니가 훗, 웃었다.

"보안관 오빠가 무슨 생각 하는지 내가 맞혀 볼까요?"

"내 생각? 나 그다지 별생각 없는……."

"에이, 솔직히 이런 생각 하잖아요. 저 계집애, 우리랑 있을 때는 주구장창 긴 바지만 입고 비싸게 굴더니, 이제 사람들 많은 곳에 간다니까 저렇게 홀랑 까고 나왔구나. 치사하다. 나쁜 년, 나는 정말 진심으로 잘해 줬는데 그동안 우리를 이용만 했던 거구나…… 이런 생각 했죠? 그죠?"

"아, 아냐, 아냐! 그 정도까지는 아니고."

섭섭한 마음을 들켜 버린 보안관이 말을 더듬자, 제니는 싱긋 미소를 지었다.

"하하하, 오빠들은 아직 어리네요. 생각해 보세요. 거기를 누가 지킬 건지. 군인이나 경찰들이잖아요. 전부 남자라고요. 그러니까 제 바지가 짧을수록……."

그러면서 제니는 도발적으로 긴 머리카락을 휘날리며 한쪽 다리를 들어 역계단에 척 걸쳤다. 그녀의 희고 탄력 있는 허벅지 안쪽을 라이브로는 처음 본 남자들은 자기도 모르게 끄응, 하고 앓는 소리를 냈다.

"……우리가 받는 대우는 더 좋아질 거라고요. 이런 게 바로 전략이라는 거죠.

그리고 그 전략은!"

제니는 티셔츠의 지퍼를 5센티미터 정도 더 아래로 내렸다. 단단한 라이크라 섬유에 의해 갇혀 있던 커다란 가슴이 흔들리고, 핫 핑크색의 스포츠 브라가 언뜻 비친다. 보안관과 신입이 헉, 하는 소리와 함께 엉덩이를 뒤로 뺀다.

"이 지퍼가 내려가도 비슷한 효과가 나지요. 얼마나 확실한 전략인지는 다들 몸으로 확인하셨죠?"

제니는 눈을 내리깐 채 잘난 척을 한다. 몸의 특정 부위에 한꺼번에 피가 쏠린 세 남자는 바지 주머니에 손을 넣고 어떻게든 그 변화를 드러내지 않으려 애를 썼다. 엉거주춤한 자세로 서 있지 않은 건 삼식이뿐이다.

―――※―――※―――※―――

산책로와 벌판이 이어진 곳에는 차가 들어오지 못하도록 막아 둔 돌기둥이 나란히 늘어서 있다. 그중 세 개는 부숴 넘어뜨려야 차가 빠져나올 수 있다.

옷을 갈아입고 나온 남자들이 차로 짐을 옮겨 싣는 동안, 보안관은 트렁크에서 꺼낸 해머로 돌기둥을 열심히 후려갈겼다.

제니의 말을 들은 이후 계속 생각에 잠겨 있던 유빈이 머뭇거리며 말을 꺼냈다.

"그런데 말이야…… 대접받는 것도 좋지만, 나는 그렇게 입고 가는 게 아무래도…… 걔들이 어떤지 모르지만, 너무 흥분을 시키면 좀 위험하지 않을까 해서…… 차라리 조금 푸대접을 받더라도 안전한 게……."

그 문제로 의논을 하지는 않았지만, 보안관도 비슷한 걱정을 하던 참이다. 자동차 지붕에 서서 망원경으로 벌판을 살피고 있던 제니가 무슨 뜻인지 알겠다는 듯 고개를 끄덕였다.

"이렇게 입고 갔다가 몹쓸 짓 당할까 봐요?"

"응? 으음, 뭐, 굳이 말하자면 그런 이야기지."

"거기 분위기가 그렇다면 어차피 제가 누구인지 아는 순간, 똑같은 일이 일어날 거예요. 아무리 허술하게 입고 가도 마찬가지고요. 하지만 저는 대피소에 질서가 유지되고 있을 거라고 믿고 싶어요. 지금으로서는 거기가 유일한 희망이니까.”

"거기가 어떤 곳이든 간에 너한테 다른 놈이 손대는 일은 없어! 그런 놈들은 내가 다 죽여 버릴 거야!”

보안관이 해머로 돌기둥을 세차게 후려갈기며 소리친다. 말만 들어도 피가 거꾸로 솟는 모양이다.

"어! 와요! 와요!”

제니가 다급하게 외쳤다.

"엑! 진짜?"

삼식이가 얼른 뛰어 올라가서 망원경을 건네받았다.

"정말이네! 이런 젠장, 차가 지나갈 수 있을 만큼 길을 트려면 아직 시간이 좀 있어야 하는데!”

"어느 쪽에서 와? 몇 마리나 되는데?”

유빈이 아까 보험이라고 불렀던 모자와 분유 깡통을 챙겨 들며 물었다.

"열 시! 몇 마리냐면…… 에, 대충만 봐도 스무 마리는 넘어. 하여간 꽤 많아. 어, 유빈이, 너 어디 가? 가지 마, 위험해!”

"괜찮아. 놈들 근처까지는 안 가!”

유빈은 깡통을 옆구리에 끼고 열 시 방향으로 뛰었다. 그리고 아직 좀비들이 꽤 멀리 있을 때, 뚜껑을 열고 불을 붙였다. 담배가 활활 타오르는 것을 확인한 유빈은 얼른 뚜껑을 닫고 테이프로 위아래를 동여 묶었다.

"이야아~!”

그들의 위치로부터 먼 방향을 향해 힘껏 깡통을 집어 던졌다. 풀밭 위로 날아가 떨어진 깡통의 구멍 사이로 흰 연기가 모락모락 피어오르는 것을 확인한 유빈은 다시 일행을 향해 뛰었다.

저놈들을 끌어들인 게 불인지, 탄 냄새인지, 아니면 삼식이의 재떨이에서 풍겨 나오는 찌든 담배 냄새인지 알 수 없으니까 그 세 가지를 모두 캔 하나에 담아 보았다. 셋 중에 하나만이라도 걸려라 하는 심정이었다.

저 허술한 미끼가 어느 정도나 효과를 발휘할 수 있을지는 모른다. 하지만 가능성은 꽤 높다고 생각했다. 단 몇 분만이라도 놈들의 발을 묶어 줄 수 있다면…….

"뭐 하고 온 거야, 대체? 놀랐잖아."

방전이 돼 버린 보안관을 대신해서 세 번째 돌기둥을 향해 해머를 휘두르던 삼식이가 물었다. 보안관은 물집이 터져 버린 손으로 열심히 볼트를 풀어 철책을 뜯어내고 있다. 신입조차도 새파랗게 질려서 부지런히 스패너를 돌린다.

지금 빨리 여기에서 달아나야 한다. 또다시 저 좁고 더러운 지하 통로의 물을 건너갈 수는 없다. 모두의 얼굴에 똑같은 생각이 드러난다. 삼식이에게서 해머를 넘겨받으며 유빈이 물었다.

"좀비들 어때? 아직도 이쪽으로 걸어와?"

콰앙—!

돌기둥에 해머가 부딪치자 손바닥이 찢어지는 것 같아 유빈은 이를 악물었다. 그동안의 노동으로 생긴 굳은살이 무색한 고통이다. 이런 걸 참으면서 기둥을 두 개나 박살 낸 보안관이 새삼 대단하게 느껴진다.

"아니, 방향을 좀 트는가 싶었는데, 아까부터 멈춰 있어요. 신기하네요. 대체 무슨 마술을 부렸기에 쟤들이 저기에서 멍하니 서 있는 거죠?"

효과가 있다! 얼마나 지속될는지는 모르지만, 적어도 저 방법이 놈들의 관심을 끈다는 건 확인했다!

유빈은 두근거리는 마음으로 힘껏 해머를 휘둘렀다. 아드레날린이 솟아 잠시 고통을 이기는가 싶었지만, 몸은 정직해서 곧바로 한계를 알린다. 아무리 멀쩡한 척하려고 애를 써도 해머를 휘두르는 강도가 눈에 띄게 약해져 버렸다.

"교대!"

보안관이 다시 유빈에게서 해머를 빼앗아 쥐고서 돌기둥을 후려갈겼다.

쩡—! 쩡—!

벌써 소리의 클래스가 다르다. 그리고 한 번 더 해머를 맞은 돌기둥이 굵은 쇠볼트와 함께 자빠진다. 길이 열렸다.

"가자! 다들 타!"

주먹을 불끈 쥐어 보인 보안관은 지붕에 서 있던 제니를 안아 내리며 코롤라의 운전석에 뛰어올랐다. 유빈도 오피러스의 기어를 D로 바꾸었다. 트렁크에 마지막 짐을 실은 삼식이와 신입이 좌석 깊숙이 기댄다.

부우우웅—.

완만한 언덕길을 내려간 두 대의 자동차는 아직 물기가 남은 산책로를 따라 기분 좋게 달리기 시작했다.

11,200, 11,100, 11,000…….

순식간에 바닥의 숫자가 확확 줄어든다.

"우와~ 이 정도 페이스면 금방이겠는데?"

간만에 담배를 피워 문 삼식이가 황홀한 표정으로 연기를 내뿜으며 중얼거렸다. 뒷자리에 앉은 신입도 라이터를 열심히 켜고 있다. 기침이 좀 나기는 했지만, 유빈은 별 잔소리를 하지 않았다. 다들 상을 받을 자격이 있다.

물론 가장 큰 상을 받은 사람은 보안관이다. 섹시한 복장의 제니를 옆자리에 태우고 달리게 된 보안관은 껍질이 벗겨져 피가 나는 손바닥으로 핸들을 돌리면서도 아픈 줄을 모를 만큼 흥분해 있었다.

200여 미터를 더 전진하자 T자형 교차로에서 두 개의 산책로가 합쳐졌다. 위쪽으로는 높다란 고가 도로가 보인다.

"저거, 북부 간선 도로 맞죠?"

그저 단순한 고가 도로일 뿐이지만 제니에게는 뭔가 특별하게 느껴졌다. 막연하게 골목과 벌판이라는 개념 속에 갇혔다고 느끼고 있던 그들 앞에 처음으로 어딘가와 연결된 게 확실한, 명칭을 아는 길이 나타난 것이다.

으, 응, 보안관은 전방에서 눈을 떼지 못하고 건성으로 대답했다. 좁은 산책로인 데다 물난리가 휩쓸고 가며 낸 생채기가 여기저기 움푹움푹 파여 있어서 방심할 수가 없다. 보안관이 심상치 않다는 걸 눈치챈 제니가 핸들을 꽉 쥔 그의 손에 자신의 손을 겹쳐 다독이며 말했다.

"이제 좀 천천히 가도 돼요. 우리 꽤 멀리 왔어요."

그 말을 듣고서야 진정이 된 보안관은 가속 페달에서 발을 떼고 속도를 줄였다.

"그, 그러게. 내가 왜 이렇게 밟았지?"

미처 인식하지 못했지만, 그 역시 어지간히 두려웠던 모양이다. 아직도 벌렁거리며 격하게 뛰는 심장이 그 증거다.

"그 물속에서 엄청 무서웠을 텐데도 너는 침착하구나. 살면서 그렇게 더러운 일도, 또 그렇게 무서운 일도 아마 처음 겪었을 텐데."

애정이 가득한 시선으로 제니를 보며 보안관이 말했다.

음, 잠시 생각하던 제니가 고개를 저었다.

"아니에요. 더 무서웠던 적도 있고, 더 더러운 일도 있었어요."

"진짜?"

"네, 유감스럽게도 그러네요. 그때는 테라랑 같이 있어서 그나마 참을 수 있었지만요. 그런 것보다 이것 좀 마셔요, 오빠. 아까부터 계속 일하느라 물도 제대로 못 마셨죠?"

제니가 뚜껑을 열고 물병을 입에 대 준다. 황송하다는 표정으로 물을 받아 마시던 보안관이 갑자기 진지해져서 물었다.

"저기…… 지금 이렇게 잘해 주는 것도 혹시 그 아까 말했던…… 전략이라는 개념에 들어가는 거야?"

"에? 설마요? 오빠도 참, 왜 그런 생각을 해요?"

"사실…… 네가 그렇게 입고 가면 더 좋은 대우를 받을 수 있다고 했을 때 좀 놀랐어. 나는 닳고 닳은 여우 같은 애들이나 그런 생각을 하는 줄 알았었거든……."

"하하하, 저 여우같이 닳고 닳은 애 맞아요. 아이돌이라는 게 원래 순진한 사람들 홀려서 지갑을 열게 만드는 직업이잖아요. 그리고 별처럼 많은 아이돌들 중에서도 테라랑 제가 제일 많은 사람들을 홀렸었고요. 우리는 그런 일에 익숙해요.

다리를 보여 주고, 웃어 주고, 진심이 아니어도 남들의 호감을 사는 일…… 아마 테라가 제 상황이었더라도 비슷한 컨셉으로 입을 옷을 골랐을걸요."

보안관의 눈이 조금 슬퍼졌다. 중랑천을 만나면서 산책로는 다시 합쳐졌다. 그리고 여러 개의 물길이 하나로 만나게 될 때마다 더 강해진 물살이 길을 뭉텅 이째로 뜯어내 놓은 바람에 운전이 더 조심스럽다. 잠시 침묵하던 제니가 다시 입을 열었다.

"하지만 그렇다고 해서 영혼이 없다는 말은 아니에요. 진심으로 대해야 하는 사람들과 그렇지 않은 사람을 분간할 정도는 되거든요. 오빠들 앞에서 거짓으로 웃은 적은 한 번도 없어요. 앞으로도 늘 그럴 거예요."

보안관은 속도를 줄이고 제니를 돌아보았다. 분홍색 입술이 너무 예뻐서 지금 그냥 확 덮쳐 버리고 싶다. 어디 입술뿐인가…… 저 다리! 저 가슴! 저…….

하아아~. 자신도 모르게 한숨을 내쉰 보안관은 도리질을 쳐서 뇌의 거의 전부를 꽉 채운 망상을 겨우 몰아냈다. '왼쪽 길은 동부 간선 도로인가 봐요.' 따위 제니가 하는 말들은 하나도 귀에 들어오지 않는다.

한번 불이 붙어 버린 마음속에는 오로지 그녀를 꽉 껴안고 미친 듯이 키스를 퍼붓고 싶은 욕망만이 가득하다. 산책로를 따라 배치된 몇 개의 농구장과 자전거 연습장을 지나는 동안 하천 쪽으로 무성하게 자라 있는 갈대가 흔들리며 분위기를 더 로맨틱하게 만들어 준다.

하지만 완만한 코너를 돌았을 때, 갑자기 냉혹한 현실이 모습을 드러내며 보안관의 환상을 박살 내 버렸다.

06

"이, 이런 젠장!"

브레이크를 밟으며 보안관은 욕설을 내뱉었다. 좁아져 있는 길 위로 굵직한 가로수가 뿌리째 뽑혀 쓰러져 있다. 그것도 연이어 세 그루나. 아마도 한쪽 방향으로 뻗어 있던 가지들이 강풍에 흔들리면서 이 사달이 난 모양이다.

"끄응~!"

차에서 내린 보안관은 나무를 밀 수 있는지 용을 써 봤다. 꿈쩍도 안 한다.

"막혔네."

뒤차에서 내린 삼식이가 나무를 뒤꿈치로 쿵쿵, 차 본다. 신입까지 참견을 하기 위해 내렸다.

"밧줄이나 그런 걸로 묶어서 차로 끌어내면 되잖아. 어…… 저 새끼, 저거 뭐야? 어딜 도망가?"

신입이 말을 하다 말고 소리를 지른다. 돌아보니 유빈은 차를 후진시키고 있다.

위이잉―.

오피러스는 순식간에 코너를 빠져나가 시야 밖으로 사라져 버렸다. 신입이 갈라진 목소리로 생난리를 친다.

"아니, 저 미친 새끼, 뭐 하는 거야? 15분만 차로 달리면 한강이네 어쩌네 하더니…… 야, 이 개새끼야! 우릴 여기다 내려 두고서 혼자 도망가냐?"

삼식이가 크게 하품을 하고 나서 손가락으로 신입의 코끝을 튕긴다.

"바보냐, 너? 혹시 몰라서 차를 돌려놓으려고 빼는 거잖아. 여기는 차 한 대가 겨우 지나갈 정도니까."

"뭐, 뭐라고? 차를 왜 돌려?"

"길이 막혔는데 지금 당장에라도 저쪽에서 좀비들이 달려오면 어떻게 할래? 아니면 저 위에서 뚝 떨어질 수도 있고. 하여간 그런 경우에는 다시 차를 몰아야 한단 말이야."

삼식이는 약간의 거리를 두고 평행선을 그리고 있는 동부 간선 도로와 50여 미터 전방을 가로지르는 육교를 가리켰다. 도로에는 며칠째 그 자리에 방치되었을 게 분명한 자동차들이 꼬리를 물고 서 있다.

삼식이의 말이 끝나기도 전에 다시 타이어가 젖은 바닥과 모래를 훑으며 가까워지는 소리가 들린다. 후진으로 들어온 오피러스는 코롤라와 10여 미터의 거리를 두고 코너 끝에 멈춰 섰다.

"아, 난감하네. 좀 길이 넓은 데서라도 자빠질 것이지. 이러면 피해 갈 수도 없잖아."

차의 시동을 걸어 두고 내린 유빈은 쓰러져 있는 나무들을 보며 머리를 긁적였다. 아름드리에 가까운 나무들이 나란히 세 그루나 부러지고 뽑혀 누워 있다.

"시간도 많이 늦었는데."

삼식이가 시계를 확인하고 나서 주변을 두리번거린다.

"좀 전에도 말했었는데, 줄로 묶어서 차로 끌어내. 그러면 되잖아. 새끼들, 머리를 좀 써라."

답답하다는 듯 충고하는 신입을 보며 유빈은 고개를 저었다.

"저런 나무가 얼마나 무거운데. 세로 방향에서 당기는 거라면 또 모르겠지만, 가로로 누운 거라서 승용차로 끌어서는 어림도 없어. 버텨 낼 만한 줄도 없고."

"빨랫줄 잔뜩 챙기더구만. 그걸로 안 돼?"

"당연히 끊어지지. 그런 걸로 될 것 같으면 더 굵은 밧줄들은 왜 만들어 놨겠냐. 후우, 대체 여기가 어디야. 상봉? 저 진입로로 들어가서 좌회전하면 상봉역으로 가는 건가 본데?"

사방을 두리번거리던 보안관이 개천 건너편의 도로 표지판을 확인하고 말했다.

"상봉이면 얼마나 온 거예요, 우리가 있던 데에서?"

제니가 물었다. 유빈이 곧바로 일러 준다.

"내리기 직전에 거리계를 봤더니 3.4킬로미터 조금 못 왔더라."

"미묘하네. 그 정도면 멀리 온 것도 아니고, 그렇다고 복지 센터 근처라고도 못 하겠네."

아무 생각 없이 담배를 입에 가져갔던 삼식이가 멈칫한다. 아까 좀비들의 발을 묶어 두기 위해 유빈이 던진 깡통이 생각난 것이다.

"피워도 될까, 이거?"

"솔직히 모르겠어. 좀비들이 끌리는 게 그것 때문인지, 아니면 불 때문인지. 하여간 불안한 건 사실이야. 마음 같아서는 이참에 끊으라고 말하고 싶긴 한데, 그건 또 너무 가혹한 거겠지."

히잉— 유빈의 말에 삼식이가 애처로운 표정을 짓는다. 유빈은 피식 웃었다.

"차 안에 들어가서 창문 다 닫고 피우면 그나마 낫지 않을까? 꽁초도 밖에다 버리지 말고 빈 병에다 모으고."

"오케이. 금방 한 대만 피우고 올게."

삼식이와 신입이 자동차로 뛰어가는 동안 제니는 트렁크에서 약상자를 꺼내 와 보안관의 손바닥에 소독약을 바르고 붕대를 감아 주었다. 돌기둥을 해머로 내려치느라 그의 손바닥은 그야말로 너덜너덜하다. 나무를 보며 고개를 갸웃거리던 유빈이 보안관에게 말했다.

"길을 트려면 아무래도 몇 토막으로 잘라야겠지? 한 덩어리로는 답이 안 나오겠어."

"자르는 것도 일이겠다. 시간깨나 잡아먹겠는데."

"저 굵은 걸 뭐로 잘라요?"

테이프로 붕대를 고정하던 제니가 묻는다.

"나무 자르는 거야 톱이지, 뭐."

"톱? 우리한테 없잖아요."

"……저 위쪽으로 올라가서 구해 와야지. 여기도 사람 사는 동네니까 철물점 정도야 있을 거고."

"하아~ 괜찮을까요? 여기는 아는 동네도 아닌데."

제니가 한숨을 쉬며 주변을 둘러본다. 그들이 위치한 산책로에서 비스듬히 10여 미터만 올라가면 동부 간선 도로가 있고, 그 도로를 넘어가면 다시 민가다. 별다른 높은 건물이 눈에 띄지 않는, 전형적인 변두리의 모습이었다. 개천 반대편에 수십 동이 넘는 대단지 아파트들이 즐비하게 늘어서 있는 것과 선명하게 대조를 이룬다.
"그래도 저쪽보다야 나을걸? 사람들이 많이 살던 곳이니까 아파트 단지에는 아무래도 좀비가 남아 있을 가능성도 더 커."
보안관이 이마의 땀을 훔치며 말했다. 며칠 전, 산에 올라갔다가 목격한, 좀비들에 포위되어 있던 아파트의 광경이 떠올라서다.
"벌써 3시가 넘었네. 아침부터 준비해서 꽤나 서두른다고 서둘렀는데도……."
시간을 확인한 유빈은 해머를 꺼내 보안관에게 건네고, 자신은 야구 배트를 들었다.
"어디 가려고요? 삼식이 오빠 아직 안 왔는데."
"그냥 우리 둘이 후딱 다녀와 보려고. 그렇게 큰일 없을 거야."
그렇게 말하며 유빈은 코롤라 안에 있던 개인용 배낭 두 개를 꺼냈다. 출발하기 전, 그가 하나씩 표준 장비를 챙겨 넣어 놓은 것들이다. 그래도 혹시 몰라 그는 가방 앞주머니를 열고 라이터 기름과 라이터가 들어 있는지를 확인했다.
"싫어요, 다 같이 가요."
제니가 유빈의 가방을 빼앗는다. 유빈은 제니의 다리로 시선을 주었다. 희고 매끈하고 길다. 하지만 동시에 약하다.
"그런 바지 입고는 저길 못 지나가……. 댓 걸음도 못 가서 발목이 다 긁힐걸. 피투성이가 된다고."
제니는 유빈이 가리키는 방향으로 고개를 돌렸다. 경사로에는 관리를 받지 못한 덕에 제 마음대로 무성하게 자라난 잡초들과 키 작은 나무들이 가득 얽혀 있다.
"양말, 긴 양말 가져왔잖아요. 두 개 겹쳐 신을게요. 두꺼운 등산 양말이에요."
다급하게 짐을 뒤지는 제니의 손목을 보안관이 잡았다.
"제니야, 이 동네…… 우리가 한 번도 가 보지 않은 곳이야. 위험할지도 몰라."
위험할지도 몰라, 라는 말을 할 때 보안관은 의도적으로 목소리를 낮췄다. 그렇게 하면 제니가 겁을 먹을 거라고 생각했다. 하지만 제니는 담담하게 그의 손을 다독이며 대답했다.

"……그러니까 같이 가고 싶어요."

그 한마디에 감동받아서 완전히 녹아 버린 보안관은 더 이상 저항하지 못하고 순순히 물러났다. 하긴 처음 만나 속옷 가게 이층집에서 탈출했던 날에 그녀는 빼어난 달리기 실력을 입증했었다. 그리고 높다란 철책을 뛰어넘을 때에도 구르지 않고 정확하게 착지했을 만큼 운동 능력도 좋다. 그녀의 고집을 이미 경험해 본 유빈은 더 말을 보태지 않고 내버려 두었다.

"아, 올라가는 거야? 공구 찾으러?"

담배를 피우고 돌아온 삼식이가 장비를 갖추고 있던 유빈에게 물었다.

응, 유빈은 고개를 끄덕였다. 신입은 아무 말도 없이 서서 콧구멍만 벌렁거리고 있다. 양말을 겹쳐 종아리 위까지 올려 신고 있는 제니를 빤히 쳐다보느라 혼이 빠졌다.

"삼식이, 너 담배 어디다 챙겼어? 두 보루 정도 줘 봐. 여차하면 아까처럼 그거라도 써 봐야지."

오피러스 트렁크에서 담배를 한 무더기 가져온 삼식이가 신입을 가리키며 걱정스러운 표정을 짓는다.

"근데 나랑 얘는 무기가 없는데……."

"어차피 그렇게 전원이 싸울 일은 없어. 위험하면 다른 동네로 가면 되니까. 올라가 봐서 아니다 싶으면 곧바로 도망쳐야 돼."

유빈이 야구 배트를 삼식이에게 건네며 말했다.

흠, 삼식이가 다 찌그러진 배트를 잡고 스윙 연습을 할 때, 바로 직전까지 제니에게 정신을 빼앗겼던 신입이 고개를 돌렸다.

"그럼 나는 여기서 차를 지킬게."

말 같지도 않은 핑계였지만, 보안관은 그냥 고개를 끄덕여 주었다.

"그래, 좋을 대로 하는데…… 담배 피우고 창문 열어 놓지나 마라."

신입은 열쇠 하나만으로는 아직 불안했는지 한술 더 떴다.

"너희 차 열쇠도 나한테 맡겨 놔. 내가 유턴시켜 놓을 테니까."

"이걸 달라고?"

보안관은 열쇠를 빙글 돌려 주머니에 집어넣은 뒤 콧방귀를 뀌었다.

"네가 말 안 했으면 그냥 차에 두고 갈 뻔했다, 이 사악한 새끼야. 남을 믿는 법을 좀 배워라. 이제 그럴 때도 되지 않았냐?"

얼굴이 벌게진 신입을 놔두고 네 사람은 비스듬한 경사로를 올랐다. 풀은 발이 푹 빠질 만큼 자라 있고, 그 바닥은 물기 덕분에 온통 진창이다. 긴 바지를 입고 있는데도 가느다란 나뭇가지가 찌를 때면 저절로 눈살이 찌푸려진다.

아야야, 앞장서서 걷던 삼식이의 입에서 가벼운 신음이 흘러나온다. 보안관은 해머를 지팡이처럼 짚어 길을 트면서 제니의 손을 잡아 주었다.

"엉망이구나, 여기도."

동부 간선 도로에 올라서서 꽉 막힌 자동차들을 보며 삼식이가 중얼거렸다. 문을 열어 놓은 채 버려 두고 간 차들이 대부분이고, 서로 들이받아 박살이 난 차들도 간혹 눈에 띄었다.

"차라리 이 차들 중에 멀쩡한 걸 골라서 타고 내려가면 안 돼요? 그러면 나무로 막힌 데를 지나칠 수 있잖아요."

제니가 유빈에게 물었다.

"경사로가 꽤 가파른 데다가 진창이어서 위험하기도 하고…… 또 일단 이걸 제거해야 내려갈 수 있잖아."

유빈은 추락 방지용 철제 펜스를 두드리며 말했다.

"이것도 해체하려면 공구가 있어야 하니까 이래저래 공구상은 찾아야 돼. 이만큼 큰 사이즈 볼트를 풀 수 있는 스패너는 우리한테 없거든."

삼식이가 가장 먼저 높다란 철책을 기어 올라가 중간에 걸터앉았다. 그러고는 망원경을 꺼내 도로 건너편의 마을을 살폈다.

"어때? 뭐가 좀 보여?"

"음, 지금 보이는 데까지는 조용해. 그런데 집들에 가려져서 멀리까지는 안 보여. 이쪽이 지대가 좀 높은가 봐."

일단 넘어가 보기로 했다. 이번에도 제니는 다른 사람들 애먹이지 않고 풀쩍 뛰어 사뿐히 바닥에 내려앉았다. 철책 너머에는 동부 간선 도로의 소음을 막기 위해 설치해 둔 녹지와 폭이 좁은 공원, 좁은 4차선 우회로, 그 우회로를 따라 지어진 나지막한 집들이 나란히 늘어서 있다. 4차선 도로에 발을 디디며 보안관이 투덜댔다.

"여기까지도 차들이 이렇게 많아? 젠장, 길이 안 막힌 데가 없구만."

"보안관, 이쪽에서 걸어. 집들 있는 쪽에 붙지 마."

"그건 또 왜 그렇지?"

"우리 번화가에서 도망치던 때 생각해 봐. 2층, 3층 가리지 않고 좀비들이 뛰어내리잖아. 게다가 유리 조각까지 쏟아지지. 좁은 데서 그러면 빼도 박도 못해. 가급적이면 넓은 길 가운데로 가야 돼."

그렇게 말하며 유빈은 멈춰 서 있는 자동차 보닛과 트렁크를 드라이버로 긁어 별 모양 표시를 해 두었다. 철책 넘어온 위치가 헷갈릴 경우를 대비해서다.

낯선 동네 속으로 더 깊이 들어갈수록 그들의 가슴은 빠르게 뛰었다. 다행히 아직까지 젖어 있는 바닥에 좀비 발자국은 보이지 않는다. 그렇게 10여 분을 더 걸은 일행은 재래시장 골목을 만났다. 아케이드 시장답게 도로 양쪽으로는 점포들이 죽 늘어서 있고, 위쪽에는 연두색 투명 패널로 만든 지붕이 골목 전체에 걸쳐 길게 덮인 채였다.

"……으아, 이거 봐."

거리 여기저기 엎어져 있는 시체들과 넘어진 스쿠터들을 보며 삼식이가 중얼거린다. 목을 물어뜯겨 잘렸거나, 머리가 깨진 채 죽은 시체들이 즐비하다. 패널 지붕 덕에 태풍의 영향을 거의 받지 않아 상가의 유리창마다 말라붙어 있는 핏자국들도 선명했다.

이곳에서도 역시 대참극이 벌어졌었음을 알려 준다. 평범하게 장을 보러 나왔던 사람들과 가게를 지키고 있던 상인들이 좀비들에게 쫓기고 물어뜯기는 광경이 고스란히 상상되었다.

"들어가지 말자. 너무 좁아······."

유빈의 말이 떨어지기가 무섭게 골목 저 끝 코너에서 뭔가가 터벅터벅 걸어 나온다. 사람인지 아닌지 확인하기도 전에 일행은 얼른 입간판 뒤로 숨었다.

한 마리, 두 마리, 세 마리······ 늘어나는 좀비들의 수에 비례해서 그들은 점점 더 깊이 허리를 숙였고, 더 멀리 뒷걸음질을 쳤다. 다섯 걸음을 뒤로 물러났다. 100여 미터 앞에는 좀비 다섯 마리가 우뚝 서서 고개를 이쪽으로 향하고 있다.

"우리······ 들켰을까?"

타이어에 기대앉은 삼식이가 놀란 가슴을 눌러 진정시키면서 속삭였다. 몇 번이나 경험을 했는데도 갑작스레 저놈들과 맞닥뜨리는 건 도무지 적응이 안 된다.

"내가 볼게."

놈들의 동태를 살피기 위해 슬쩍 고개를 내밀어 본 보안관은 허겁지겁 배낭을 벗고 해머를 집어 들었다. 말로 굳이 전하지는 않지만, 그게 무슨 의미인지 알아들은 나머지 세 사람도 얼른 몸을 일으켰다. 다섯 마리 좀비들이 전속력을 다해 이쪽으로 뛰어오고 있다.

"뒤로 빠져!"

보안관이 자세를 잡으며 외쳤다. 삼식이가 제니를 붙잡고 뒤쪽으로 뛴다. 유빈은 배트를 꽉 쥔 채 5미터 정도의 거리를 두고 보안관과 나란히 섰다. 혹시라도 보안관을 지나쳐 달려오는 놈을 처리하기 위해서다. 그런 일이 없으면 더 좋겠지만······.

그롸아아아—!

10초도 걸리지 않아 바로 코앞까지 내달려 온 놈들이 아가리를 벌리고 포효한다. 풀쩍, 가장 앞서 달리던 놈이 자빠진 스쿠터를 뛰어넘었다. 그리고······ 콰당! 요란한 소리를 내며 바닥에 얼굴을 찧는다.

목뼈가 꺾여 버릴 만큼 호되게 부딪친 좀비는 더 이상 움직이지 못했다. 너무도 의외의 전개여서 엄청 긴장하고 있던 유빈조차 웃음이 터질 뻔했다.

하지만 곧바로 덮쳐 오는 두 번째, 세 번째 좀비의 끔찍한 비주얼이 그 웃음기를 싹 거두어 가 버렸다.

그와아아—.

좀비가 보안관의 목덜미를 향해 풀쩍 뛰었다. 기다리고 있던 보안관은 허리를 힘껏 돌려 놈의 얼굴을 해머로 박살 냈다. 그러고는 한 바퀴를 회전해서 세 번째 좀비의 관자놀이를 힘껏 후려갈겼다.

쩌억—!

뼈가 으스러지는 소리. 하지만 유빈에게도 눈을 돌릴 여유 같은 건 없다. 유독 그를 향해 일직선으로 달려오는 놈이 하나 있었기 때문이다. 하나, 둘…… 타이밍을 재던 유빈은 이를 악물고 배트를 돌렸다.

부우웅—.

그러나 거리가 조금 부족했다. 찌그러진 알루미늄 배트는 좀비의 머리가 아니라 아래턱과 이빨들을 몽땅 날려 버렸다.

"이런!"

휘청한 좀비가 금방 다시 중심을 잡고 유빈을 향해 달려든다. 유빈은 뒷걸음질을 치면서 마구잡이로 배트를 휘둘렀다.

빠악— 빠악—.

손과 머리를 계속 얻어맞으면서도 좀비는 좀처럼 쓰러져 주지를 않는다. 툭, 등에 벽이 닿았다. 더 이상 물러날 수 없다. 유빈은 배트를 짧게 돌려서 이빨이 없어져 버린 좀비의 턱을 쳐올렸다. 그리고 놈이 주춤하는 틈을 놓치지 않고 있는 힘껏 정수리를 내려쳤다.

"하아~ 하아~."

겨우 놈을 끝장낸 유빈은 가쁜 숨을 몰아쉬며 보안관 쪽으로 고개를 돌렸다. 보안관은 벌써 세 놈째의 대갈통을 박살 내 버리고 도와주기 위해 이쪽으로 달려오는 중이다.

"넌 여태까지 이런 걸 들고 용케 싸웠다. 때려 봐야 잘 죽지도 않는데…….."
"너무 찌그러져서 그래. 처음에는 꽤 괜찮았어. 일단 가벼워서 휘두르기가 좋잖아."
"어쨌든 공구상에 가면 무기가 될 만한 것도 좀 챙겨야겠다. 이걸로는 안 돼."
유빈은 야구 배트를 바닥에 짚으며 중얼거렸다. 어찌나 긴장해서 용을 썼는지 팔이 후들거린다.
"괜찮아요? 혹시 다친 거 아니죠?"
제니가 다가와 유빈의 등을 짚으며 걱정스러운 얼굴로 묻는다.
"아니."
유빈은 고개를 저었다. 안심한 제니가 다시 보안관에게 고개를 돌리자 보안관은 찡긋 윙크를 하며 오른팔의 이두박근에 힘을 꽉 주어 보였다.
"이런 놈들은 대체 왜 다른 놈들이랑 같이 안 몰려다니고 따로 떨어져서 저희들끼리만 서성거리는지 모르겠네."
유빈이 두덜거리자 보안관도 고개를 끄덕인다.
"하긴…… 변화가에도 이런 것들이 있었지. 행렬에 참가 안 하고 어정거리던 좀비들."
"근데 저놈은 뭐지? 좀비로 변하기 전 직업이 코미디언이었나?"
스쿠터를 뛰어넘다가 미끄러져 목뼈가 부러져 죽은 좀비를 턱으로 가리키며 삼식이가 물었다. 네 사람은 천천히 놈이 자빠져 있는 아케이드 안쪽으로 다가가 보았다.
벌어진 아가리, 축 늘어진 혀, 미동조차 없는 손가락…… 녀석은 확실히 죽었다.
"혹시…… 이거 때문이었을까요?"
놈의 발이 미끄러진 곳 근처에는 썩을 대로 썩은 야채들이 쏟아져 있었다. 아마 배달을 나가던 스쿠터가 넘어지면서 바닥에 엎은 것 같다. 야채 더미 한가운데에는 방금 생긴 것으로 보이는 움푹 팬 자국이 남아 있다.
"그러니까 이런 거네. 풀 스피드로 달리다가 장애물이 있어서 점프를 했는데,

하필이면 착지한 지점에 썩은 야채가 있었다. 크크크, 이렇게 날로 먹는 경우도 다 있구나. 바나나 껍질이었으면 더 그럴듯했을 텐데."

삼식이가 킥킥거리는 동안 유빈은 중요한 깨달음을 또 하나 얻은 것 같았다.

"……그래, 이놈들이 아무리 빠르고 힘이 세도 우리랑 똑같은 신발을 신고 다니는 거였지……. 바닥이 미끄러우면 자빠지는 거야. 그리고 어쩌면 더 치명적일지도 모르겠어. 이것들은 다른 놈이 미끄러지는 걸 봐도 거기에서 아무것도 배우지를 못하니까."

"참 내…… 그게 그렇게 진지한 목소리로 웅얼거릴 만큼 대단한 발견이냐? 이것들 돌대가리인 건 예전부터 알았잖아. 이러면서 시간 보내지 말고 빨리 공구상이나 찾자. 해 질라."

좀비의 신발 바닥을 홀린 듯이 바라보고 서 있는 유빈을 잡아끌며 보안관이 말했다.

응, 응. 그래, 가자.

대답은 그렇게 했어도 돌아서서 걸어가는 동안 유빈은 여전히 생각에 잠겨 혼자 고개를 끄덕거리기까지 했다. 얼마 동안 더 헤맨 끝에 공구상을 발견한 보안관이 입을 열었다.

"됐다! 찾았다."

쇼윈도 선반에 걸려 있는 여러 가지 전동 공구들이 그들을 향해 유혹의 손짓을 보낸다.

대로변에 위치한, 열 평 남짓한 가게였다.

쨍강―!

잠겨 있던 유리문을 배트로 깬 유빈은 손을 넣어 자물쇠를 돌렸다.

"사방에서 난리가 났었을 텐데 문까지 잠그고 도망쳤네. 꼼꼼하기도 해라."

삼식이가 안으로 한 발을 내디디려 하자, 보안관이 어깨를 붙잡는다.

"그 반대일 수도 있어. 그러니까 기다려 봐."

혹시 안쪽에 좀비가 된 가게 주인이 숨어 있을지 몰라 네 사람은 잠시 바깥에서 시간을 보냈다. 양쪽 선반에 공구들이 빼곡하게 걸려 있는 가게 내부는 두 사람이 겨우 걸어갈 수 있을 정도로 좁았고, 저 안으로 들어가면 손잡이가 긴 무기는 휘두를 수 없다.

"이 정도 시간을 줬는데도 안 뛰어나오면 없는 거겠지."

그렇게 말한 보안관은 입구에 해머를 내려놓고 선반에 걸려 있던 망치를 집어 들었다.

탱―.

스테인리스 선반을 망치로 가볍게 두들겼다. 여전히 가게 안은 조용하다.

"톱이랑 작업용 장갑부터 챙기자."

숨어 있는 좀비는 없다고 결론을 내린 보안관이 앞장을 섰다. 그와 제니가 새 공구 가방에 손에 닿는 대로 장비들을 집어넣는 동안 삼식이는 플래시를 들고 가게 안쪽으로 더 들어갔다. 유빈은 망을 보는 역할을 맡았다.

"500미리짜리가 없네. 이걸로는 너무 짧아서 중간에 걸릴 텐데……."

보안관은 톱들을 뒤적이며 아쉽다는 듯 중얼거렸다. 손도끼를 찾은 제니가 묻는다.

"오빠, 이걸로 하면 어때요?"

"아, 그것만으로는 어림도 없지만, 필요하기는 해. 무기로도 쓸 수 있을까?"

도끼와 망치, 두툼한 용접용 장갑에 고글, 대형 스패너까지 챙기긴 했지만, 보안관은 여전히 마음이 차지 않았다. 날 길이 30센티미터가 겨우 넘는 막톱으로 그 굵은 나무들을 자를 생각을 하면 한숨이 나온다.

"저런 것들은 못 써요? 날이 엄청 무서운데."

제니가 가리킨 것은 쇼윈도에 전시되어 있는 회전날 원형 톱이다.

"음, 못 써. 저런 거는 다 전기로 움직이는 거야. 야…… 삼식아, 뭐 하냐? 이제 가자!"

포기한 보안관이 아쉬운 대로 챙겨서 돌아가려고 할 때, 안쪽 깊숙이 들어갔던 삼식이가 회색 가방을 메고 돌아왔다. 가방의 모양이 평범하지 않다. 그리고 왼손에는 주유구가 두 개인 작은 기름통이 들려 있다.

"이거 봐, 보안관! 이 통 보면 생각나는 거 없냐?"

"너 설마······."

"그래, 맞아! 전기톱! 그것도 허스크바나 거야!"

가방의 지퍼를 연 삼식이가 뿌듯한 미소를 지어 보인다. 주황색 엔진에 주황색 톱날 커버, 전기톱이다. 보안관도 눈이 휘둥그레져서 웃는다.

"어디 봐! 오, 390! 3시리즈네. 근데 암만 봐도 새 거는 아닌데?"

"그게 뭐가 중요해? 가게 주인이 쓰던 건가 보지. 구리스 칠도 잘되어 있으니까 그게 오히려 더 좋아."

"저기요, 오빠······ 전기를 못 쓰는데······."

제니가 끼어들었다. 그녀의 말이 무슨 의미인지 잠시 뒤에야 깨달은 보안관과 삼식이는 배를 쥐며 웃었다. 제니는 여전히 어리둥절한 얼굴이다.

"왜······ 그렇게 웃어요?"

"아, 제니야. 이번 거는 좀 좋았어. 굉장히 맹해 보였다. 하하하!"

삼식이가 겨우 웃음을 진정시키며 말했다.

"이름만 전기톱이지, 사실은 기름으로 움직이는 거야. 이거, 전기하고는 아무 상관 없어."

삼식이가 제니를 더 놀리고 싶어 낄낄거리고 있을 때, 웃음소리를 들은 유빈이 가게 안으로 머리를 집어넣으며 다그쳤다.

"야, 너희 장난 그만 치고 빨리 나와! 가자! 하여간 겁도 없는 새끼들이라니까."

"하하하, 잔소리 대장 시아버지 납셨다. 일하자! 일!"

유빈이까지 손길을 더하자 작업에 속도가 붙어 대형 공구 가방 세 개가 금방 꽉 찼다. 들고 온 해머와 야구 배트 때문에 손에 여유가 없다는 것이 아쉬울 정도다.

"그런데 말이야, 슬슬 돌아가는 길이 헷갈리기 시작했어. 이쪽인가?"

다시 거리로 나와 좌우를 두리번거리며 삼식이가 말했다. 처음 와 보는 동네에서 아무렇게나 헤매면서 온 것이라 충분히 있을 법한 일이긴 하다.

"저리로 가야 돼."

유빈이 자동차를 가리켰다. 문손잡이 높이로 얇게, 그러나 꽤 깊게 생채기가 나 페인트가 벗겨져 있다.

"저렇게 긁어 놓은 것만 보고 따라가면 돼. 코너 돌 때마다 첫 번째 보이는 차들은 드라이버로 다 긁었어."

"아항~ 헨젤과 그레텔 같네요. 역시 꼼꼼해."

제니가 유빈의 어깨를 툭, 치고 앞서 뛰어간다. 공구상 하나만 목적으로 하고 달려오던 때와 달리, 돌아가는 동안에는 더 많은 것들이 눈에 들어왔다. 특히 길거리 구석마다 세워 둔 자전거가 매혹적으로 보인다.

"힘들여서 톱질하지 말고 차라리 저런 거 하나씩 타고 가 버릴까? 거리만 놓고 보면 이제 8킬로미터도 안 남은 거잖아. 짐 다 버리고 배낭 하나씩만 메고 가면 금방 도착할 텐데."

삼식이의 제안에 유빈이 고개를 저었다.

"에이, 그건 너무 극단적이다. 그렇게 했다가 만약에 한강까지 가서 아무것도 없으면 그땐 어떻게 할래? 당장 마실 물도 모자라면 정말 죽을 맛일걸?"

보안관도 유빈의 편을 들었다.

"아무래도 자전거는 자동차만 못해. 그거 타고 가다가 육교에서 뛰어내리는 좀비라도 걸리면 힘도 못 써 보고 죽어. 나도 반대야. 엇, 저기 제니다."

보안관이 이야기를 하다 말고 손가락질한 것은 건물 옥외 광고판에 붙은 커다란 에어컨 광고였다. 사진 속에서 흰색과 파란색 짧은 원피스를 입은 핑크 펀치 두 명은 신형 에어컨 옆에 선 채 환하게 웃고 있다. 보고 있는 것만으로도 겨드랑이를 적시고 있는 땀까지 다 들어갈 것같이 시원해 보인다.

잠시 넋을 놓고 광고를 올려다보던 보안관은 바로 곁에 서 있는 실제 제니를 돌아보았다.

"……사방에 네 얼굴이구나."

보안관이 감격스럽다는 듯 중얼댔다. 조금 전, 그녀의 포스터가 붙은 화장품 가게 앞을 지나온 터라 그가 느끼는 뿌듯함은 몇 배나 더 컸다. 제니는 부끄럽다는 듯 얼굴을 두 팔로 가렸다.

"크으, 저 때 사진 보니까 괜히 창피해지네요. 그동안 통 관리 못 받아서 엉망일 텐데."

"아냐, 너 무지하게 예뻐. 저 사진보다 훨씬 더 예뻐."

보안관의 입에서 사랑에 폭 빠진 남자의 전형적인 대사가 나온다. 제니는 기분 좋게 웃으며 보안관의 등짝을 때렸다.

"하하, 하여간 이 오빠는 부끄러움이라는 걸 모른다니까. 말만이라도 고맙네요. 그만 구경하고 이제 빨리 가요."

아무렇지 않게 그런 이야기들을 하며 빠른 걸음으로 걷던 그들은 아케이드 시장 앞에서 잠시 망연자실해졌다.

"……여기가 정말 조금 전에 우리가 지나갔던 데 맞아?"

주변의 광경을 돌아보며 보안관이 얼뜬 목소리를 냈다. 불과 수십여 분 전에 쓰러뜨렸던 좀비들이 걸레처럼 짓뭉개져 있었다. 로드킬을 당한 고양이나 개의 시체가 지나는 차들에 반복적으로 깔려 터진 모양과 비슷하면서도 조금 다르다. 그리 육중하지 않은 무게로 수십, 수백 번 밟고 지나가는 동안 훼손된 모습이었다. 그리고 놈들의 몸에서 터져 나온 체액에는 신발 자국이 선명히 찍혀있다.

"더럽게 많기도 하네."

삼식이가 한숨을 내쉰다. 어지러운 발자국들의 수와 모양으로 미루어 적어도 수십, 아마 수백의 커다란 좀비 무리가 이 길을 걸었다는 걸 알 수 있었다.

"우리가 여길 지나간 지 얼마나 됐지? 20분? 30분? 그 사이에 이놈들이 여길 지난 거야."

"그 생각 하니까 토할 것 같다. 타이밍이 조금만 어긋났으면 꼼짝없이 당할 뻔했잖아."

일행은 예외 없이 몸서리를 쳤다. 보안관이 옥외 광고판에 정신이 팔려 멍하니 몇 분을 그대로 보내지 않고 걸음을 서둘렀더라면, 이 좀비 행렬의 꼬리와 맞닥뜨렸을지도 모른다.

그들의 걸음이 빨라졌다. 이곳 역시 그 지긋지긋한 좀비 떼가 지배하고 있다는 걸 확인하고 나니, 호기심은 저 멀리 사라져 버리고 1초라도 빨리 벗어나야겠다는 마음뿐이다.

07

"아, 저 등신 같은 새끼 진짜······."

다시 힘겹게 철책을 넘었을 때, 발아래 산책로의 모습이 눈에 들어오자 보안관이 으르렁거린다. 오피러스의 창문 사이로 연기가 뿜어져 나왔다가 바람에 흩어지는 게 똑똑히 보였기 때문이다. 흥분한 보안관은 제니를 챙기는 것도 잊고 곧바로 비탈길을 뛰어 내려가 오피러스의 창문을 두들겼다.

"야이 개새끼야! 담배 어떻게 피우라고 했어! 창문 닫으라고 했지! 그 간단한 약속도 못 지키냐?"

백미러로 보안관이 오는 것을 보고 급하게 창문을 올린 신입은 식은땀을 흘리며 차에서 나왔다. 그러고는 콸콸 흘러가는 물살 속에 피우던 담배를 집어 던졌다.

"다, 닫았잖아! 너도 지금 보다시피 닫고 피웠다고!"

"지랄하지 마. 네가 서둘러서 창문 올린 걸 모를 줄 알고 구라 치냐? 사방에 냄새가 자욱한데! 이 멍청한 새끼가 진짜 누구를 죽이고 싶어서 안달이 났나!"

"글쎄, 아니라는데 자꾸 왜 생사람 잡고 지랄! 힘 좀 세다고 증거도 없이 이래도 되냐, 응? 아, 존나 억울하다고! 야, 삼식아! 얘 좀 어떻게 해 봐!"

보안관에게 멱살이 잡혀 차에 떠밀려 있던 신입은 삼식이에게 도움을 청했다. 삼식이는 자동차 안에 뒹굴고 있는 생수병 재떨이를 잠시 응시했다. 한 시간여 만에 피운 꽁초가 한 갑 가까이 된다. 음료수도 어지간히 먹어 치웠다.

불안과 초조를 덜기 위해 담배는 계속 피우게 되고, 그러자니 꽉 막힌 차 안에서 숨은 못 쉬겠고……. 신입이 창문을 열어 놓고 뻐끔거린 이유는 대충 알 것 같다. 삼식이는 보안관의 어깨를 가볍게 두들겼다.

"결론적으로 별일 없었잖아. 어차피 저 나무만 잘라 버리고 한강까지 가면 더 이상 이런 일로 시비할 일도 없어. 그러니까 빨리 톱질이나 하자."

씩씩거리던 보안관은 멱살을 쥔 손에 마지막으로 한 번 더 힘을 주며 말했다.

"내가 너를 버리고 가게 하지 마라, 이 새끼야."

길을 막고 누운 나무 쪽으로 보안관이 걸어가 버린 다음, 신입은 삼식이를 돌아보며 투덜거렸다.

"저 새끼 말이 너무 심한 거 아니냐? 담배 몇 대 피웠기로 사람을 버리고 간다고? 쳇, 농담이겠지?"

"아니, 눈동자를 보니까 농담이 아닌 것 같던데."

삼식이가 모처럼 장난기 없는 얼굴을 보이자 신입은 또 식은땀을 흘린다. 삼식이는 공구 가방에서 쪼개기용 도끼 하나를 꺼내 건네며 말했다.

"그냥 내색을 하느냐 마느냐 하는 차이만 있는 거지, 실은 네가 불안한 만큼 우리도 불안해. 조금 전에도 이거 구하러 갔다가 좀비들이랑 마주쳤어. 죽을 뻔했다고. 게다가 길은 막혔지. 저 동네에 지금도 돌아다니는 수백 마리가 네 담배 냄새에 끌려서 오면 막을 방법도 없어. 상황이 그러니까 평소보다 날카로워지는 게 하나도 안 이상한 거야. 네 사정만 생각하지 마."

마른침을 꿀꺽 삼킨 신입은 도끼의 커버도 벗겨 내지 않고 서둘러 보안관의 곁으로 다가갔다. 일하는 시늉이라도 해서 점수를 만회하려는 모양이다.

"……도울게. 뭘 하면 돼?"

신입이 쭈뼛거리며 말을 걸었을 때, 보안관은 막 전기톱의 초크를 빼고 스타터를 잡아당기는 중이었다. 보기만 해도 무시무시한 신무기를 마주한 신입의 눈동자가 욕심으로 빛난다. 한쪽 발로 손잡이를 밟고 있던 보안관은 신입을 돌아보고 그새 훨씬 가라앉은 목소리로 말했다.

"······물러나서 좀 기다려. 내가 나무에 쐐기 박을 자리를 만들어 줄 테니까, 삼식이랑 쪼개."

푸드득— 우우웅—.

전기톱에 시동이 걸렸다. 보안관은 손잡이를 잡고 나무 앞에 섰다. 고정된 나무를 얇게 자르는 게 아니어서 일단 전기톱을 이용해 V자로 나무를 잘라 내고 그 자리에 도끼를 박아 해머로 내려쳐 끊는 수밖에 없다. 시간이 꽤나 걸리겠지만, 회전 톱날이 나무 사이에 끼는 것보다는 낫다.

우웅— 우우우우웅—.

요란한 소리와 함께 톱날이 돌고 금방 사방으로 톱밥이 튀어 오른다.

"야, 저거 진짜 쩔기는 한다. 이거 끝나고 나면 저거는 나 줘라. 네가 보안관한테 말 좀 잘해 줘 봐."

코롤라 보닛에 기대서 보안관이 작업하는 모습을 구경하고 있던 신입이 삼식이에게 소곤거렸다. 이쯤 되면 성격이 좋다고 해야 할지, 뇌의 어떤 부분이 없다고 해야 할지······. 조금 전 그렇게 구박을 받고 나서도 신입은 좀처럼 기가 죽는 법이 없다.

콧구멍이 벌렁거리는 모습을 보니, 네일 건을 욕심낼 때보다도 두 배는 더 흥분한 모양새였다.

아하암, 가볍게 하품을 한 삼식이가 도리질을 한다.

"네 손에 저거 들어가면 우리가 불안해서 안 돼."

"흥, 새끼. 너한테 안 휘두른다. 쫄기는."

"그런 게 아냐. 우리가 저걸 맨 처음 봤을 때 조국남 반장님이 했던 이야기를 너한테도 그대로 해 줘야겠군."

"뭔 헛소리야, 등신아."

신입에게 얼굴을 가까이 가져다 댄 삼식이가 작업반장의 목소리를 흉내 내며 말했다.

"이거는 장난감이 아니다. 아주 아주 위험한 연장이고, 전문가들도 늘 긴장하면서 만져야 하는 물건이다. 호기심에 함부로 건드리지 마라."

"위험한 거 누가 모르냐, 이 새끼야. 갖다 대기면 하면 그냥 존나 잘라 내는 거 아니냐. 그러니까 내가 무기로 쓰겠다고! 너희는 해머다 배트다 해서 다들 무기 하나씩 있잖아."

아휴~ 삼식이는 탄식을 하고 나서 자신의 손을 전기톱처럼 흔들어 댔다.

"잘 들어 봐. 네가 전기톱을 잡았다고 치자. 기름까지 합하면 무게가 5킬로 정도 되고, 90cc 엔진이 진동을 하니까 실제로 느끼기에는 그것보다 더 무거워. 그러니까 네 마음대로 잘 다루어지지 않는다고. 자, 한참 스타터를 당겨서 시동 걸렸어. 손잡이를 위아래로 꽉 쥐면 톱날이 돈다. 우우웅! 근데 저게 은근히 예민해서 단단한 물건에 잘못된 각도로 들어가기라도 하면 톱날이 곧바로 팍 튀어. 뒷바꾸가 일어난다고. 그러면 어떻게 될 것 같아? 위이잉ㅡ!"

삼식이는 톱이라고 가정한 손날로 신입의 허벅지를 내려친 뒤, 빠르게 문댔다.

"그러면 네 허벅지에 박혀서 계속 도는 거야. 그런데 당황한 너는 손을 놓는 것도, 왼손으로 브레이크를 거는 것도 다 잊어 먹고 비명만 존나 지르는 거지. 으아악! 나 좀 살려 줘! 하지만 우리가 가까이 가기도 전에 톱날은 벌써 핏줄을 다 자르고 뼈를 토막 내고 있지! 피로 범벅이 된 우리 신입의 짧은 다리뼈를! 위이잉! 위이잉!"

"그만 문대! 이 미친 새끼야! 재수 없게 왜 만날 남의 다리를 자르는 시늉을 해! 저번에도 그러더니! 주기 싫으면 주기 싫다고 솔직히 말을 할 것이지, 왜 개소리를 꾸며 대!"

놀란 신입이 삼식이의 손을 쳐 내며 발끈한다. 삼식이는 여전히 웃지 않으면서 말을 마무리했다.

"꾸며 대는 이야기가 아니야. 전기톱 쓰는 아저씨들이 뭣 때문에 비싼 안전 작업복을 사서 입고 안전화를 챙겨 신겠냐? 다 혹시라도 사고가 났을 때 조금이라도 덜 다쳐 보려고 그러는 거란 말이야. 내가 장담하는데, 네가 저거 주물럭거렸다가는 한 시간 내에 어디 하나 날아간다. 그게 손가락이기만 해도 운이 좋은 거고, 만약 허벅지나 발이면 그냥 죽는 거야, 지혈이 안 돼서. 그러니까 제발 쓸데없는 욕심 부리지 말라고. 저게 좀비보다 더 위험할 수도 있어."

"계속 지껄여라, 난 안 들으니까."

신입은 두 귀를 틀어막은 채 고개를 돌렸다.

"그래도 저 둘은 나름 잘 어울려서 노네요. 삼식이 오빠는 대체 무슨 이야기를 하는 걸까요?"

유빈과 함께 늦은 점심 식사를 준비하던 제니가 신입과 삼식 콤비의 모습을 보며 물었다.

응? 잠시 시선을 두던 유빈은 따로 대꾸하지 않고 트렁크에서 음식들을 꺼냈다. 점심 식사 준비라고는 하지만, 그저 캔이나 봉지에 들었던 음식들과 일회용 포크, 물 같은 것들을 사람 수만큼 찾아 꺼내 놓는 것뿐이다.

불 지른 자동차에 몰려든 놈들을 한 번 보고 나니 찝찝해서 도무지 불을 피울 엄두가 나지 않는다. 더운 여름이라 캔에서 음식을 갓 꺼내도 별로 차갑지는 않다는 게 그나마 다행이었다. 오늘의 늦은 점심은 데우지 않은 햇반, 참치 캔, 그리고 봉지에 든 김과 튜브에 든 고추장이다. 어제저녁도, 그리고 오늘 아침도 비슷했다.

"어휴~ 사치스러운 말이라는 건 잘 알지만요, 이런 거 말고 얼큰한 국물이 엄청 그립네요. 날도 더운데…… 이상하죠?"

이마의 땀을 닦으며 제니가 중얼거린다.

"이상할 게 뭐 있어. 나도 그래. 한국 사람 대부분 그렇지 않을까? 어이! 보안관! 밥 먹고 해! 준비 다 됐어!"

"오빤 뭐가 젤 먹고 싶었어요?"

"음, 어제부터 계속 김치찌개가 먹고 싶더라고."

"아하! 전에 제가 해 줬던 그거요?"

제니가 해 줬던 거라면…… 그 김치를 물에 목욕시키고 대책 없이 계속 끓이기만 하던 음식이 아닌가.

유빈은 어이없다는 눈으로 제니를 보며 도리질을 했다.

"그…… 그런 것보다 더 제대로 만든 것 있잖아. 목살 듬뿍 넣고 끓여서 김치 야들야들해진 김치찌개. 후우, 근데 이제 그런 건 정말 다시 먹어 볼 수 없겠지. 김치는 다 쉬어 꼬부라졌고, 돼지고기 같은 걸 어디서 구할 수 있을 리도 없고 말이야. 세상이 예전처럼 돌아가면 그때나 먹게 되겠지. 야, 그건 정말 꿈같은 소리다."

"더 꿈같은 이야기 하나 해 줄까요?"

제니가 유빈의 손을 가볍게 토닥이더니 한쪽 눈을 찡긋한다.

"그때가 되면 그 찌개 제가 만들어 줄게요. 이 예쁜 손으로!"

예쁘다…….

제니의 모습을 보고 감탄하면서도 유빈은 가슴 한쪽이 아려 왔다. 그런 날이 올 것 같지가 않아서…… 그리고 기적처럼 그런 날이 온대도 제니표 찌개가 맛있을 리가 없어서…….

(다음 권에서 계속)